Erótica do Luto
no Tempo
da Morte Seca

Jean Allouch

Erótica do Luto
no Tempo
da Morte Seca

Sílvio Mattoni
O fracasso do pudor

Tradução
Procopio Abreu

Editor
José Nazar

Companhia de Freud
editora

Copyright © by E.P.E.L., 1995

TÍTULO ORIGINAL
Érotique du Deuil au Temps de la Mort Sèche

Direitos de edição em língua portuguesa adquiridos pela
EDITORA CAMPO MATÊMICO
Proibida a reprodução total ou parcial

EDITORAÇÃO ELETRÔNICA
FA - Editoração Eletrônica

TRADUÇÃO
Procopio Abreu

REVISÃO
Sandra Regina Felgueiras

IMAGEM DE CAPA
Gustav Klimt – Medicina – 1897/98

EDITOR RESPONSÁVEL
José Nazar

CONSELHO EDITORIAL
*Bruno Palazzo Nazar
José Nazar
José Mário Simil Cordeiro
Maria Emília Lobato Lucindo
Teresa Palazzo Nazar
Ruth Ferreira Bastos*

Rio de Janeiro, 2004

FICHA CATALOGRÁFICA

A445
Allouch, Jean.
    Erótica do luto no tempo da morte seca / Jean Allouch ; tradução Procopio Abreu. – Rio de Janeiro: Companhia de Freud, 2004.

    424 p. ; 23 cm

    ISBN 85-85717-66-1

    1. Luto — Aspectos psicológicos. 2 Morte — Psicologia. 3. Melancolia. I. Abreu, Procopio. II. Título.

CDD-155.937

*Companhia
de Freud*
EDITORA

ENDEREÇO PARA CORRESPONDÊNCIA
Rua da Candelária, 86 - 6º andar
Tel.: (21) 2263-3960 • (21) 2263-3891
Centro - Rio de Janeiro
e-mail: ciadefreud@ism.com.br

Esse saber não sabendo
É de tão alto poder
Que os sábios argumentando
Nunca o podem vencer
Pois seu saber não chega
A não entender entendendo,
Toda ciência transcendendo.

El saber no sabiendo
es de tan alto poder,
que los sabios arguyendo
jamás le pueden vencer;
que no llega su saber
a no entender entendiendo,
toda sciencia trascendiendo.

JOÃO DA CRUZ

Sumário

¡Que te sirva de vela! Ação 11
Por um outro luto 19

LITERATURA CINZA I 25

Estudo a:
"Luto e melancolia", luto melancólico 43

    Paradoxo 43
    Uma analítica do luto, realmente? 60
    A realidade pode dar *prova* do que quer que seja? 70
    Uma estranha e efêmera entidade "clínica": a PAD 81
    Onde vemos Freud passar bem ao lado de um
    encontro da história 91
    Duas vias da realização do desejo 108
    Trabalho? Traumatismo? 120
    Vocês subsistem, objetos substituídos? 126
        Uma existência... além 126
        A invenção do objeto substituível 130
        De uma pretensa inexistência do suicídio 133
        Crítica da identificação com o objeto perdido 135
    Romântica père-version 136
        O romantismo de "Luto e melancolia" 137
        "Luto e melancolia" em seu lugar na história 146

    Uma (não inédita) fetichização do objeto do luto *154*
    Onde Freud agüenta firme *160*
    Uma versão de pai *164*
  Luto melancólico *169*
Em proveniência de uma tradução *172*
Silvil Mattoni: O fracasso do pudor .... *172-I a 172-XII*

LITERATURA CINZA II 173

Estudo b:
O luto segundo Lacan intérprete de *Hamlet* 183

  Uma ausência? 183
  Um jogo sutil com Freud 188
  O que o teatro suscita, que o teatro resolva! 198
  Primeiros balizamentos 213
  O que vai decidir 216
  O itinerário de Hamlet 228
    O encontro com o espectro *228*
    A rejeição de Ofélia *241*
    A "cena" no quarto de Gertrudes *251*
    A cena do cemitério *258*
  Em direção a uma problemática lacaniana do luto:
  o impossível objeto 271
  Em direção a uma escrita do luto 285
  O sacrifício do falo 294

LITERATURA CINZA III 307

Estudo c:
Areu: o luto segundo Kenzaburô Ôe 317
  Para introduzir o fim do "mundo" 321
  Um assunto pessoal 329
  Areu e não Agwii 333
  Onde se escolhe o pedaço transferencial 338

A mutação subjetiva do acompanhante-narrador 342
Inibição, sintoma, angústia: os três tempos do luto? 347
O cumprimento / não-cumprimento de uma vida,
desafio do luto 349
Uma perseguição como pivô do luto 353
O sacrifício do luto 358

LITERATURA CINZA IV 363

CONCLUSÃO 387

Bibliografia 397

Sepultura individual do período chasseano.
Rapaz de 16 a 18 anos acompanhado de uma oferenda.
Escavação de L. Méroc e G. Simonnet. Foto de G. Simonnet.

¡Que te sirva de vela!

ação

> [...] nada se pode dizer "seriamente"
> (ou seja, para formar série limite)
> se não tomar sentido na ordem cômica.
> JACQUES LACAN, "L'étourdit",
> *Scilicet* 4, Paris, Seuil, 1973, p. 44.

Desta vez, ainda, os poetas terão precedido.

Que o luto seja elevado a seu estatuto de ato. A psicanálise tende a reduzir o luto a um trabalho; mas há um abismo entre trabalho e subjetivação de uma perda. O ato, este, é suscetível de efetuar no sujeito uma perda sem qualquer compensação, uma perda seca. A partir da Primeira Guerra Mundial[1], a morte não espera menos. Contra ela não se vocifera mais em conjunto; ela não dá mais lugar ao sublime e romântico encontro dos amantes por ela transfigurados. Certo. Resta que, na ausência de rito a seu respeito, sua atual selvageria tem por contrapartida que a morte induza o luto ao ato.

---

[1] No mesmo momento em que Freud escreve "Luto e melancolia". A publicação, em 1992, de um texto tal como o romance filosófico de Pierre Bergounioux, *L'orphelin* (Paris, Gallimard), mostra que só hoje começamos a medir a extensão dos estragos, notadamente da fratura que essa universalização da guerra introduziu na morte e na paternidade.

A morte seca, perda seca. De agora em diante, só tal perda seca, só tal ato consegue deixar o morto, a morta, à sua morte, à morte.

Kenzaburô Ôe[2] caracteriza esse ato (que bem pode, de fato, exigir certo trabalho) como "gracioso sacrifício de luto". O enlutado nele efetua sua perda, suplementando-a com o que chamaremos um "pequeno pedaço de si"; eis, propriamente falando, o objeto desse sacrifício de luto, esse pequeno pedaço nem de ti nem de mim, de si; e, portanto: de ti e de mim, mas na medida em que tu e eu permanecem, em si, não distintos.

Erotizado (não vemos, caso contrário, de que haveria perda pura), esse pequeno pedaço de si pede uma "erótica do luto". Sobre essa aposta, sobre esse desafio fálico ("o pequeno"), a noção de "trabalho do luto" desdobrava uma vela não pudica, mas obscurantista. Lance essa vela (outro gesto que levantá-la), o pudor nada perderá com isso. Quem não achar de bom tom ver assim aflorar a função do falo no próprio cerne do assustador sofrimento do luto poderá muito bem abandonar aqui mesmo este livro...

"My heart is in the coffin there with Caesar", proclama publicamente o Antônio de Shakespeare[3]. A versão do luto aqui proposta se mantém entre duas leituras possíveis dessa frase. Leitura um: "Sofro por meu coração estar nesse ataúde; ele não está em seu lugar por me ter sido pela morte arrancado", eis o enlutado; leitura dois: "Pois está ali sim, e vou abandoná-lo nesse lugar que, agora concordo, é de fato o dele", eis o gracioso sacrifício de luto, eis o fim do luto. Pois um luto, como uma psicanálise, por essência, tem um fim.

O místico leva até seu termo extremo a passagem ao ato desse mesmo voto de abandono; não só o objeto roubado seria cedido, mas o próprio roubo, o ato ao qual o luto responde, ato por ato. Assim, João da Cruz[4]:

---

[2] Cf. aqui mesmo, "Estudo c". Uma grande fantasia reina na transliteração do nome desse autor em francês: Kenzaburo Oé (Gallimard), Kenzaburo Oe (Stock), Kenzaburô Oe (*Le Monde*), Ôe Kenzaburô (ed. Labor & Ph. Picquier). Optamos por esta última solução, que diz claramente a que sistema ela se remete (o sistema Hepburn, em que *e* se pronuncia *é* e em que o acento circunflexo indica uma vogal longa); todavia, não seguiremos o uso japonês colocando o patronímico antes do prenome, um uso que, transferido para a França, parece pouco natural.

[3] William Shakespeare, *Jules César*, III, 2, 105.

[4] Jean de la Croix, *Poésies complètes*, edição bilíngüe, trad. franc. de Bernard Cesé, Ibériques, Paris, José Corti, 1991, pp. 24-25.

Por que, já que feriste	¿Por qué, pues has llagado
Este coração, não o curaste?	aqueste corazón, no le sanaste?
E, já que mo roubaste,	Y pues me le has robado
Por que o deixaste assim	¿por qué así le dejaste
Sem levar o roubo que roubaste?	y no tomas el robo que robaste?

E ainda Shakespeare. Descobrindo que a morte do pai teria deixado Ofélia louca, Laertes, seu irmão, aterrado, declara[5]:

Oh! céus! Será possível que o espírito de uma donzela	*Oh Heauens, is't possible, a yong Maids wits*
Seja tão mortal quanto a vida de um velho?	*Should be as mortall as an lold man life?*
A natureza é sutil no amor e, onde sutil se mostra,	*Nature is fine in Love, and where'tis fine*
Envia alguma preciosa informação de si mesma	*It sends some precious* de si *instance of it selfe*
Àquele a quem ama.	*After the thing it loves.*

Nomear "pequeno pedaço de si" essa *precious instance of it selfe* deveria nos ajudar a dizer sua função no luto.

Que a morte apenas seja suscetível de lhe outorgar seu estatuto de objeto perdido, disto só queremos, por enquanto, por prova uma historieta tanto mais exemplar por ocorrer entre crianças, com aquela implacável ausência de piedade notável em certos acontecimentos de pátios de escolas. Passa-se no México, onde ainda se sabe, por exemplo, que dar ritualmente para comer às crianças seus parentes próximos mortos, ou suas próprias caveiras (ambos feitos de açúcar, com identificação da pessoa referida num cartucho) não as deixa doentes, longe disso.

Assim o recreio; um menino maior, mais forte que o outro, toma à força um objeto julgado precioso do menor. Em vista disso, como se apre-

---

[5] William Shakespeare, *Hamlet*, ed. bilíngüe, trad. franc. Jean Malaplate, Paris, Corti, 1991, versos 156 a 160.

senta o problema para este? Ele não pode, é claro, ir dedurar, é contrário à moral das crianças. Mas tampouco pode pura e simplesmente submeter-se à lei do mais forte, aceitar uma perda com a qual não consente – pois, então, "deduraria" num outro sentido dessa palavra*, isto é, ficaria "na fossa"[6]. Então? O que será seu ato? Como será ele resolutório?

Ora, há uma solução mexicana, como que pré-fabricada e diretamente oriunda desse trilhamento notório com a morte, tão característico desse país. Assim, aquele de quem um mais forte tomou o objeto (elevado à função de objeto desejável, de *agalma*, por esse roubo mesmo), aquele que é, portanto, violentamente transformado em desejante, em erastes[7], ele que passeava tranquilamente enquanto portador do objeto maravilhoso, enquanto o erômenos que ele talvez não soubesse que era[8], pode dizer ao usurpador:

— Que isso te sirva de vela!
— *¡Que te sirva de vela!*

Subentendido... (mas a coisa é tão evidente que não precisa ser dita):

— Que isso te sirva de vela... para teu enterro!
— *¡Que te sirva de vela... para tu entierro!*

Uma vez essa frase articulada pelo fraco, o forte não agarra o outro pelo pescoço para enforcá-lo nem lhe dá uma surra. Tudo se passa, ao contrário, como se, em razão da formulação desse voto (pois trata-se de um, em boa e devida forma subjuntiva), os dois parceiros dessa "troca" tivessem ficado quites, quites embora até um acontecimento tenha de fato tido lu-

---

* *Cafarder* tanto significa "denunciar" quanto "ficar na fossa". (NT)
[6] Lacan observava, em nossa opinião a justo título, que a depressão, como é chamada, acontece depois que um sujeito recuou diante de um ato ao qual não podia deixar de... resolver-se.
[7] Há aqui mais que uma analogia com o luto. O enlutado também é, primeiramente, um desejante que não quer sê-lo.
[8] *Agalma*, *erastes* e *erômenos* formam uma bateria de termos em ação em *O banquete* de Platão. Lacan os estuda em seu seminário *Le transfert dans sa disparité subjective, sa prétendue situation, ses excursions techniques* (bulletin *Stécriture*).

gar, já que uma báscula se operou, já que o *erastes* se tornou *erômenos* e o *erômenos*, *erastes*. A despeito da violência do ato sofrido, até daquela (não a mesma) da reação ao ato, do reato, o essencial resta que um fim teve lugar; após a proferição da réplica, o assunto está encerrado, cada um pode ir cuidar de suas ocupações.

Não teria sido o caso se, como na França, a resposta tivesse sido essa ameaça: "Não o levarás contigo ao paraíso!". Na França e no México, os elementos são os mesmos: dois parceiros, um único objeto, um deslocamento de lugar. Mas, ao passo que a ameaça francesa leva a disputa pura e simplesmente até a porta do além, contentando-se em sugerir que somente ali uma solução poderia ser encontrada, que esse além faria limite, sem que, no entanto, se saiba nem por que nem como, a réplica mexicana faz desse além o lugar onde o problema será efetivamente resolvido; ela diz como, mediante o que ele se acha, desde já, resolvido aqui embaixo.

O que é que produz tal fechamento? Não estaríamos ainda a par do acontecimento se admitíssemos que o fraco formula um voto de morte em relação ao forte e a história não diz, aliás, se ele lhe deseja uma morte imediata ou após ter vivido noventa anos! Pouco importa, para falar a verdade. Conta apenas o fato de que o objeto intempestivamente arrancado sirva de vela ao tomador no momento em que esse for *largar las velas*; em outras palavras, morrer[9].

Em boa lógica, o fechamento verdadeiro só pode ser obtido de um ato cujo teor não é muito difícil de precisar, já que deve estar de acordo com o acontecimento que teve lugar; só pode, portanto, ser o ato pelo qual o fraco daria ao forte o que o forte lhe tomou. Ora, é precisamente o que se realiza com a frase declarativa: ele lho cede, mas para sua morte. Só essa morte outorga estatuto de dom ao objeto que foi arrancado. Só ela o transforma num objeto de sacrifício.

Se a atualidade, no Ocidente, está no dom de órgão, eis a presente obra situada como inatual. Recentemente, no rádio, pudemos ouvir essa

---

[9] Há aqui o incidente de um possível jogo de palavras, já que *vela* é também a "vigília" e que *"no darle a uno vela en un entierro"* quer dizer que esse um (*el uno*), enquanto morto, não tem mais autoridade para falar. Nesta linha, temos também *velorio*, a vigília (que equivoca, pois o equívoco repercute, com *velorio*, tomado de vela) e *velatorio*, a vigília fúnebre.

declaração de um especialista, interrogado após a publicidade dada à morte de uma criança com mucoviscidose e para a qual nenhum doador de pulmão pudera ser encontrado:

> Recusar dar, declarava Diafoirus, é levar um tesouro para o túmulo!

Preso em demasia à sua especialidade, o médico de plantão mediático esquece tudo o que comportavam de objetos (nada menos que os mais preciosos) as tumbas faraônicas, as da China antiga, as de muitas outras terras e culturas, inclusive as mais afastadas. Será, portanto, contra a maré dessa moderna vontade recuperadora dos tesouros que o morto levaria que diremos: há luto efetuado quando o enlutado, longe de receber sabe-se lá o que do morto[10], longe de retirar o que quer que seja do morto, suplementa sua perda sofrida com outra perda, a de um de seus tesouros.

Assim, cabe hoje à análise, se é verdade que ela soube, com Lacan, delimitar o alcance subjetivante do *"objeto pequeno a"* enquanto objeto radicalmente perdido, elevar esse real de uma economia técnica mercantilista, e contra essa própria economia, à dignidade do macabro.

> Considerai o que se esconde nas narinas, na garganta, no ventre: sujeiras por toda parte. Nós, que repugnamos tocar mesmo com o dedo o vômito ou o esterco, como podemos, então, desejar apertar nos braços o próprio saco de excrementos?

Odon de Cluny, no século XI[11], ressalta o macabro para dissuadir do comércio sexual, jogando a necrofilia[12] contra o desejo. No entanto, a coisa se inverte, e sabemos que as épocas macabras foram alegres, ricas em gozos da vida entre aqueles mesmos que o cultivavam. Basta, aliás, ler essas linhas para notar que o macabro isola, como a análise, o *objeto pequeno a*. Da

---

[10] Seria isso que estaria verdadeiramente em jogo nas querelas de herança, até nos problemas de transmissão. A morte de Freud e a de Lacan não perguntam ao analista o que ele recebe de Freud e de Lacan; elas o solicitam a determinar o que ele vai pôr de si em seus túmulos para que sejam bem os mortos que são e que ele esteja, por isso, ele, em seu lugar, o seguinte que ele é.
[11] Citado por Philippe Ariès, *L'homme devant la mort*, Paris, Seuil, 1977, p. 113.
[12] Não há uma palavra sobre a necrofilia em "Luto e melancolia"!

mesma forma, neste outro texto[13], em que o poeta cuida de indicar que a podridão que se apossa do cadáver não vem da terra onde ele está enfiado, ou dos vermes que o habitam, e sim do próprio corpo, que a traz desde antes do nascimento:

> Não é senão tudo lixo
> Morte, escarros e podridões
> Titica fedendo e corrompida.
> Toma cuidado com as obras naturais...
> Verás que cada conduto
> Fedorenta matéria produz
> Fora do corpo continuamente.

Possa este livro restabelecer o macabro em sua função de suscitação do desejo no vivente.

---

[13] Ele também citado por Ph. Ariès, op. cit., p. 122.

Por um outro luto

Já que se trata de ressaltar uma outra versão do luto que a que está em uso no movimento freudiano há oitenta anos (e doravante recebida como evidente bem mais além), já que se trata de tornar amplamente caduca essa versão insatisfatória, tal empreendimento parece-me não ter praticamente chance alguma de ser operante se eu me limitar a discutir o problema teoricamente. Minha aposta não pode aqui ser deixada de lado. Há mais. Ainda que fosse errônea a observação que acaba de ser feita, mesmo assim eu teria que passar por essa... re-aposta*. Não se trata, a fim de convencer, de usar do melhor, do único argumento que valha, tal como Freud notava: o caso, em seu desenvolvimento tão amplo quanto possível, que é também um desdobramento do jogo de seus mais "anódinos" detalhes, modo segundo o qual o método freudiano o leva à sua publicidade. Mais categoricamente, trata-se da própria coisa. De fato, a versão do luto trazida por este livro me foi primeiramente dada num pesadelo. Como evitar referir-se a isso, uma vez que, acompanhando os três anos de seminário dos quais este livro resulta, outros sonhos ou pesadelos intervieram, orientando, deslocando um propósito que, decididamente, não podia limitar-se ao que teria provavelmente sido preferível, em todo caso no que diz respeito ao princípio de prazer (isto é, de menor tensão), àquele "discurso sem fala" privilegiado por Lacan. Esse discurso continua privilegiado. Mas talvez ele só seja,

---

* Jogo com *ma mise* [minha aposta] e *en passer par cette... re-mise* [passar por essa reaposta] ou [*en passer par une remise* = dar uma passada numa garagem]. (NT)

para mim como para muitos outros, articulável através de uma fala, só no ponto onde a fala enquanto particular atingiria, mas por ter-se dado tal, o universal.

> O universal, se existe, deve aparecer em todo lugar, para cada um, revelar-se a ele em sua particularidade mesma, nevosa, ventosa, insular, separada[1].

Astúcia da razão? Não foi, entretanto, daí que a questão do luto – na medida em que devia hoje, na análise, ser objeto de uma revisão – me foi colocada. Por ter admitido que um filho morto constituía o âmago da loucura a vários na qual estava presa a de Marguerite Anzieu[2], a "Aimée" da tese de Jacques Lacan[3], por assim haver tido debaixo do nariz o fato de que essa loucura fora, de uma ponta a outra, um luto, a intempestiva declaração segundo a qual ela não havia feito seu luto me apareceu em toda a sua obscenidade. Justamente, aquele luto, em sua loucura, ela o fazia! Estava claramente havendo um mal-entendido. A psicanálise, em relação ao luto, contrariamente a seu método, virara médica no sentido estreito de: o que diz a norma. É verdade que o luto chama a norma; o que não impede, no sentido forte do termo, que não seja uma *razão*.

Meu questionamento do luto encontrou, assim, seu ponto de partida por essa constatação: havia luto ali mesmo onde se dizia que ele não estava, e nos queixávamos de que não houvesse luto ali onde o aguardávamos! E, por vezes, íamos mesmo até nos empenharmos em pôr para fazer seu luto (mas tal como o concebíamos) aqueles mesmos que o faziam (mas à maneira deles)! Claramente, era essa própria espera que devia ser reconsiderada. E, com ela, a versão (a aversão?) do luto que a vectorizava.

Por conseguinte, uma simples consulta dos casos mais clássicos da literatura analítica fazia aumentar consideravelmente essa falha cavada entre essas duas posições contraditórias: a clínica é a ausência de luto, a clínica é o luto. Essa segunda afirmação é muito menos intempestiva que aquela que consiste em introduzir, em outrem, algo, para em seguida proclamar

---

[1] P. Bergounioux, *L'orphelin*, op. cit., p. 151.
[2] Jean Allouch, *Marguerite, ou "A Aimée" de Lacan*, Rio, Companhia de Freud, 1997.
[3] Jacques Lacan, *De la psychose paranoïaque dans ses rapports avec la personnalité*, Paris, Le François, 1932, 2ª ed., Paris, Seuil, 1975.

que essa coisa lá não está. Uma justa prudência nos convida, assim, a acolher a histeria de Anna O. como sendo seu luto por seu pai, da mesma forma que a obsessão do homem dos ratos, ou a loucura de Ofélia, ou a impostura de Louis Althusser, luto por um tio homônimo, ou ainda o delírio de Pauline Lair Lamotte, acontecido no instante mesmo em que soube que seu diretor de consciência estava morrendo, como que para nos mostrar bem que sua doença valia luto pelo que ela havia elegido para guiá-la[4].

Essa identificação do luto e da clínica analítica impunha considerar novamente, tão radicalmente quanto fosse preciso, a versão psicanalítica do luto. Era janeiro de 1992.

"Luto e melancolia", certo, nos... aguardava: ao terapeuta as devidas honras [*]. Esse artigo canônico de Freud cuidara bem do luto? Ao interrogarmos esse texto, fomos, junto com aqueles que participaram desse questionamento, como que chacoalhados de surpresas em surpresas. Primeira delas: Freud não escreveu esse artigo para estabelecer uma versão psicanalítica do luto, como quase todos após ele dizem, ou crêem, ou querem crer, mas, tomando por ponto de apoio uma versão não crítica do luto, Freud quis, assim, conquistar a melancolia. Esse grosseiro contra-senso instalou-se bem cedo, e de tal modo que parece praticamente excluído desfazer essa tendência[5]. Fez-se do luto um... trabalho, embora o termo *Trauerarbeit* só figure, no total, uma única vez no artigo[6], e em lugar algum na seqüência dos escritos de Freud! Tanto permanece pregnante a ideologia do trabalho,

---

[4] Cf. Jacques Maître, *Une inconnue célèbre, la Madeleine Lebouc de Pierre Janet*, Paris, Anthropos, 1993.

[*] Jogo a partir da expressão *à tout seigneur tout honneur* [a cada qual as devidas honras] e *à tout soigneur* [terapeuta] *tout honneur*. (NT)

[5] Num artigo intitulado "A teoria mais avançada do psíquico" (*La Quinzaine littéraire*, nº 595, de 16-29 de fevereiro de 1992), podemos ler, da pena de um autor, no entanto, conhecedor de Freud, que: "Freud lembra constantemente a necessidade de se apoiar no patológico para esclarecer o normal (a melancolia esclarece o luto)..."; ora, Freud, em "Luto e melancolia", diz, desde a primeira linha, bem exatamente o inverso: "[...] queremos tentar esclarecer a natureza da melancolia comparando-a ao afeto normal do luto" (tradução Transa, inédito). O interesse desse contra-senso consiste no fato de que ele assinala que Freud poderia muito bem, ao escrever esse texto, não ser tão fiel quanto se supõe a seu próprio método.

[6] Ele lá aparece não como um conceito inédito, mas como uma palavra composta tal como as autoriza a língua alemã, vindo ao fio da pena, sem que seja preciso fazer disso toda uma história.

esquecidos de que a palavra *Arbeit* figurava na entrada do campo de extermínio de Auschwitz – *Arbeit macht frei*, "O trabalho liberta" –, esquecidos de que a palavra trabalho figurava em primeiro lugar na divisa de Pétain *Trabalho Família Pátria*, que não soubemos ver a inconveniência dessa redução do luto a um trabalho.

Citemos, como exemplar da mais comum posição, estas primeiras linhas de uma das raras obras, na França, dedicadas ao luto:

> O luto é a um só tempo o estado no qual nos deixa a perda de um ser querido (estar de luto), os costumes que acompanham esse acontecimento (trazer luto) e o trabalho psicológico que essa situação implica (fazer seu luto). [*Depois, logo após*] É o trabalho do luto que nos interessa essencialmente[7].

Foi preciso, de qualquer modo, para que persistisse tal resultado, estarmos bem cegos. Assim, tivemos que silenciar quanto às críticas de "Luto e melancolia" vindas de outros campos que não o freudiano. Nem uma palavra sobre Geoffrey Gorer, nem uma palavra sobre Philippe Ariès em o Landernau psicanalítico. Mas essa política da avestruz tem seus limites. Eu estava tocando nela. Era preciso, de fato, enfim responder à afirmação de Ariès segundo a qual "Luto e melancolia" prolonga uma versão romântica do luto, notadamente com essa idéia de um objeto substitutivo supostamente capaz de proporcionar ao enlutado, ao fim de seu "trabalho do luto", os mesmos gozos que aqueles obtidos, outrora, do objeto perdido. Vemos, "trabalho do luto", "objeto substitutivo", ao que deveremos bem acrescentar a tão problemática "prova da realidade", outras coisas ainda, toda a metapsicologia de "Luto e melancolia" tinha que ser reconsiderada (cf., aqui mesmo, "Estudo a"). Empreendi esse... trabalho em janeiro de 1992.

Mas uma aposta particular, à qual sem saber eu estava mesmo assim virando as costas, aguardava-me na virada dessa necessária desconstrução. Foi um ano depois que intempestivamente interveio um pesadelo (o pesadelo do torreão), que eu não podia simplesmente ignorar, tanto ele concernia ao próprio objeto do seminário então iniciado. Tomei, então, a resolução, inabitual entre os lacanianos, citando-o em público. Mas era como que abrir

---

[7] Michel Hanus, *La pathologie du deuil*, Paris, Masson, 1976, p. 5.

uma via, já que, desde então, em cada virada desse seminário, e agora ainda, enquanto escrevo estas linhas, nunca mais deixei de ser alfinetado pelo surgimento de sonhos, mais ou menos ansiosos, mas também cômicos, que vinham como que acertar as coisas independentemente de minha vontade.

O caráter inaugural e determinante do pesadelo do torreão me leva a colocá-los aqui, ele e sua análise, primeiro. Sua chegada brusca foi provocada por certos acontecimentos particulares, independentes do seminário; o que não impediu que ela ocorresse num momento decisivo deste, no momento de iniciar um segundo ano de estudo dedicado, este, não mais ao luto segundo Freud, mas ao luto tal como podemos ler sua versão em Lacan.

Não foi pequena a surpresa de dever, então, notar, uma vez que praticamente nada do que ele publicara deixava pressagiar isso, que havia de fato, em Lacan, uma versão do luto até então despercebida. O contrário teria, é claro, sido espantoso, se é verdade que Lacan, ao propor seu ternário – simbólico imaginário real – como paradigma para a psicanálise freudiana, devia, a partir dali, reconsiderar o conjunto dos problemas clínicos colocados ao campo freudiano. Leremos, no "Estudo b", como essa versão do luto reside na interpretação lacaniana de *Hamlet*.

Ora, eis que essa versão ia confirmar aquela saída de meu pesadelo! Não ignoro que, ao lerem esta última frase, poderão pensar "Mas ele está delirando!", ou, ainda, "Por que esse espanto? Ele está tão imerso em Lacan que até seus pesadelos dele estão impregnados!", ou alguma outra idéia da mesma rabelaisiana farinha. Não tenho, evidentemente, nenhum meio para responder a isso, que não me cabe, aliás, resolver. Enquanto isso, que seja aqui bem-vinda a suspeita wittgensteiniana: trata-se de uma autopersuasão, ou, então, como pretendo, de uma efetiva confirmação?

Uma última surpresa, algo como uma felicidade, surgiu de um encontro, o dos escritos de Kenzaburô Ôe[8]. Seu romance *Agwîî, le monstre des nuages* [*Agwii, o monstro das nuvens*] vinha confirmar o que decorria do encontro precedente: a importância do sacrifício de luto, encontrado tanto em meu pesadelo quanto na interpretação lacaniana de *Hamlet*. Assim, Ôe,

---

[8] Encontro que devo a Françoise Davoine e Jean-Max Gaudillière; fica aqui meu agradecimento a eles.

morando, no entanto, num país onde a graça não tem essa divina potência que lhe reconhecíamos no Ocidente, permitiu-me, qualificando-o de "gracioso", plenamente nomear esse sacrifício: um gracioso sacrifício de luto.

Do luto, minha experiência particular foi esta: após ter perdido, bem menino, um pai, perdi, pai, uma filha. Sem dúvida suscitada pela leitura de Ôe, uma sucessão de sonhos e pesadelos chamou-me a essa ordem, forçando-me, assim, a admitir que o caso paradigmático do luto não é mais hoje, como no tempo em que Freud escrevia a *Traumdeutung*, o da morte do pai, mas o da morte do filho[9].

Esse deslocamento nas gerações constitui um dos traços maiores da versão do luto aqui desenvolvida. Já em 1964, o sociólogo Geoffrey Gorer[10] assinalava explicitamente esse "privilégio" doravante concedido, no Ocidente, à morte da criança. Entretanto, é, mais uma vez, a literatura que é a mais esclarecedora. Se nos reportarmos a *L'orphelin* [O órfão], de Pierre Bergounioux, nele leremos como se operou esse deslizamento da morte do pai para a do filho, como os filhos daqueles que se massacraram em 1914-1918 só puderam tender a reduzir a nada a existência de seus próprios filhos.

Com um fundo de insatisfação em relação à versão psicanalítica do luto então recebida, várias experiências, no entanto diferentes (a minha, a leitura lacaniana de *Hamlet*, a lição recebida de Ôe), convergiam para outra versão, que situava o luto de hoje como sendo essencialmente um ato sacrificial gracioso, consagrando a perda ao suplementá-la com um pequeno pedaço de si. Ao apresentá-la, as páginas seguintes tentam também extrair algumas das conseqüências dessa outra versão.

---

[9] "Para mim, este livro tem outra significação, uma significação subjetiva que só entendi uma vez terminada a obra. Compreendi que era um pedaço de minha auto-análise, minha reação à morte de meu pai, *o drama mais pungente de uma vida de homem*", S. Freud, *A interpretação dos sonhos,* prefácio à segunda edição (verão de 1908), trad. franc. I. Meyerson, Paris, PUF, 1967. Poderíamos imaginar que Freud escreveu a intempestiva proposição que sublinhamos sob o impacto desse luto do pai e que não manteve, posteriormente, essa eminência concedida à morte do pai. Veremos, essa conjectura não encontra nele confirmação.

[10] Geoffrey Gorer, *Death, Grief and Mourning in Contemporary Britain*, London, Cresset Press, 1965, trad. franc. Hélène Allouch, *Ni pleurs ni couronnes*, precedido de "Pornographie de la mort", prefácio de Michel Vovelle, Paris, EPEL, 1995.

Literatura cinza I

Em que registro?

O cômico é o registro do luto; é sua chave, no sentido musical desse termo. O que não surpreenderá quem tiver aprendido (talvez de Kierkegaard) que o cômico é mais essencial que o trágico (é o verdadeiro fim do romantismo), que o palhaço é superior ao ator trágico. Kierkegaard notava que, no circo, os trapezistas, acrobatas e outros domadores arriscam a pele, não só, como no teatro, a reputação[1].

    Esse cômico do luto não está fora de alcance da análise fenomenológica. Basta ter tido contato, um pouco lateralmente, com as reações à volta de um morto para vê-lo aflorar: falas vãs então proferidas (raras são as ocasiões em que a fala soa mais falso, em que pensamos tanto em sua mallarmeana inanidade), gestos ou gesticulações observáveis (pungentes abraços repentinos de pessoas que, fora dessas circunstâncias, se ignoram), mímicas mais ou menos sinceramente contritas, adultos choramingando em público como crianças, sem ligar para o pudor. Tomados de viés, esses traços parecem ridículos, até mesmo grotescos. Além disso, os diferentes graus (e mal-entendidos) culturais acentuam essa impressão. Vistas de nos-

---

[1] É verdade que, doravante, o trapezista tem de aceitar a rede; podemos duvidar de que se trate aí de um verdadeiro progresso. Que vale, com efeito, uma vida que não se arrisca?

sa lucarna, as carpideiras orientais, com suas lamentações sabidamente fingidas, são ridículas – o ridículo transparecendo para quem não está dentro do jogo regrado daquele fingimento. Ridículo: *ridiculus*, de *ridere*, rir. esse rir do ridículo é o rir do cômico, aquele que rejeita uma pretensão ostensiva e abusiva à falofòria (caso caricatural do dândi, com seu guarda-chuva, escorregando numa casca de banana bem diante do terraço do Café Central, de onde as pessoas deviam estar embasbacadas com seu extremo cuidado de si).

Entrevemos, assim, que aquele que, de imediato, é mais manifestamente atingido pela morte de um ser amado bem poderia ser aquele que, durante o enterro, é tomado de um inextinguível e incontrolável "riso nervoso". O riso nervoso deriva por certo do cômico, levando-o a seu paroxismo no qual... ele não é mais nem um pouco cômico. Ele ressalta, assim, o cômico como tal.

O fato de relembrarmos, desde a Antigüidade, de gerações em gerações, belas palavras que supostamente foram proferidas por moribundos logo antes de falecer atesta igualmente essa tonalidade cômica do luto. Tal fato nos permite até caracterizar o gênero desse cômico em relação à morte: é o da afetação; "Todo moribundo que fala fala para a platéia", notava Morand. Citemos, pois, como tais, as últimas palavras dos grandes homens. Vai do espírito (o botânico Haller tomando seu pulso e dizendo: "a artéria bate – a artéria ainda está batendo – a artéria não está mais batendo") até a babaquice romântica (o *"Mehr Licht!"* de Gœthe, ou Musset declarando: "A boa coisa que é a calma"), passando pela preciosidade (Malherbe corrigindo um dos que assistiam à sua morte, que acabava de cometer um erro de francês), ou, ainda, pela última confissão até ali retida (Lope de Vega dizendo, após ter-se cuidadosamente assegurado de que ia bem ser sua última frase: "Dante é muito chato!"). A imagem desses ilustres não sai muito valorizada por essas derradeiras palavras. Mas um silêncio quanto a isso teria menos sido afetação? Não é seguro! Nada podemos fazer, acontece, com a aproximação da morte. Já aparece naquele *phatos* psicanalítico que queria nos fazer crer numa titanesca luta das forças de vida e morte. O exercício masoquista, aliás, com o qual a *libido analysandi* tem muitas coisas em comum (todas, dizia Lacan, exceto o domínio), usa e abusa dessa possibilidade segundo a qual o sofrimento se nutre de afetação. Ver também o tango argentino, ou a mãe judia.

Ao evocar de imediato esse cômico do luto, essa afetação do falar da morte, esse ridículo no sobrevivente, estaria eu pretendendo a isso escapar? Trata-se, ao contrário, de deslocar meu leitor até esse lugar onde ele seria sensível a esse tom que só poderá ser também o meu.

Um roteiro

Qual situação precisa, subjacente à perda de um ser querido, mas "à flor da perda", pode-se dizer (já que pode aflorar no riso nervoso), merece ser recebida como cômica? Se a virmos como um roteiro de história em quadrinhos ou de filme *comic*, não faremos, assim, senão reiterar um procedimento amplamente aplicado por Freud.

Freud, em seus textos, punha em cena um grande número de figuras fictícias, às vezes explicitamente definidas como tais, outras vezes com o mais ambíguo dos estatutos. Citemos em primeiríssimo lugar o cético, o personagem freudiano tornado crucial por seu papel no debate Freud/Wittgenstein que hoje em dia não é mais, na França, desprezado. Mas como também não pôr em primeiro, desta vez cronológica e não mais logicamente, a célebre "comunidade dos sábios" no inaugural sonho da injeção em Irma? "Irma" também, aliás, ainda que só pelo fato desse nome fictício, deriva de uma encenação. E tantos outros com ela, que sabemos. Nessa mesma veia, a um só tempo clínica e de ficção, vêm confluir seus nomes de fantasia atribuídos aos casos: "o homem dos ratos", "o homem dos lobos", "a mulher do tapete", "a jovem do travesseiro", etc. Quem não vê que isso está endereçado às crianças?

Mas houve outros personagens freudianos, menos notados, eles também mais ou menos históricos ou de pura ficção, tais como "o homem-de-cultura" de "Atualidades sobre a guerra e a morte"[2]. Mencionemos sobretudo o trio composto pelo amigo taciturno, o poeta e o psicanalista que Freud

---

[2] Sigmund Freud, *Œuvres complètes de psychanalyse* (doravante OCP), XIII, Paris, PUF, 1988.

põe em cena em *Vergänglichkeit*, trio que merece ser aqui distinguido, já que esse texto confina, historicamente, com "Luto e melancolia" e toma posição quanto à questão do luto e da relação com a morte. Temos, de fato, que dizer esse texto *fabuloso* no sentido próprio desse termo. "O amigo taciturno, o poeta e o psicanalista", não está aí um bom título de fábula? Esses três personagens se encontram para um passeio. Começa, então, uma disputa entre o poeta e o psicanalista, ao passo que o amigo taciturno continua em silêncio; ao termo dessa disputa, o desacordo conclusivo permite ao psicanalista declarar doentes seus dois parceiros de passeio, doentes, justamente, de um luto por eles mesmos ignorado. Vem depois a guerra, que permite ao psicanalista ter a última palavra, entoando, não dá para acreditar no que se vê, mas é assim, o canto idealista dos amanhãs que cantam e que são, aqui, aqueles da relação de objeto[3]. Não se trata aí apenas de uma fábula, mas de uma fábula cômica, notadamente pelo grotesco desse personagem de psicanalista que dá lições a todos, que sabe tudo sobre tudo, melhor que todos. Freud é um autor bem mais cômico do que se imagina habitualmente.

Os textos de Freud derivam de um estilo; o registro deles é essencialmente literário. Assim o viram, por exemplo, o presidente do tribunal encarregado de julgar o sobrinho de Hermine von Hug-Hellmuth, que, a respeito da psicanálise, concluía[4]: "É sempre apenas literatura"; ou, ainda, Richard Sterba confessando, ao final da vida, que foi o estilo de Freud que

---

[3] Citemos, para quem duvidasse da justeza do que acaba de ser dito: "[...] e eis que [*após o luto*] nossa libido torna-se novamente livre para, na medida em que ainda somos jovens e cheios de força vital, substituir objetos perdidos por objetos novos, *se possível tão preciosos quanto ou mais preciosos*". Sublinhamos, pois, algumas linhas mais abaixo, e será sua conclusão. Freud nos anuncia uma reconstrução "sobre uma base mais sólida e mais durável que antes". S. Freud, "Passagèreté", OCP, XIII, Paris, PUF, 1988, p. 321. *Vergänglichkeit* foi primeiramente traduzido por "Efêmero destino", depois pelo neologismo "*Passagèreté*" [Sobre a transitoriedade]. Por que não, mais simplesmente, "caducidade", que tem a vantagem de evocar o *objeto pequeno a* sob a forma desse envelope chamado "o caduco"? Há uma radicalidade da perda, da queda em "caducidade" (de *cadere*) que não é encontrada em nenhuma das duas traduções propostas (o que é passageiro pode muito bem voltar, re-apresentar-se, fosse ainda como passageiro).
[4] Citado por R. Jaccard, *Le Monde* de 24 de janeiro de 1992 (o sobrinho assassinou a tia em 9 de setembro de 1924; ele não a teria perdoado por tê-lo utilizado como caso em seu livro *De la vie de l'âme de l'enfant* [Da vida da alma da criança]).

despertou sua vocação de psicanalista[5]. A questão está, portanto, de fato colocada: trata-se de determinar de que maneira Freud se inscreveu na literatura, de que gênero de literatura deriva sua produção. Em resposta, introduzimos o termo roteiro. Quem escreve roteiros não é forçosamente bom romancista ou bom poeta; é um talento tão particular quanto aquilo a que ele se aplica.

Para além da atribuição do prêmio Gœthe[6], o caráter literário dos roteiros de Freud se verifica neste fato que Wittgenstein perfeitamente identificara: esses relatos oferecem, a quem deles toma conhecimento, alguns dados como que pré-fabricados, um *prêt-à-porter* que pode afigurar-se propício à subjetivação da experiência particular. Bem rápido, a não ser que seja com a ajuda da psicanálise, Freud nos transforma seu leitor em herói de tragédia grega! "Reconheçam ao menos que é sedutor", dizia Wittgenstein. O fato de esse procedimento vir de uma experiência da loucura acolhida segundo um certo método certamente não teve nada a ver com o sucesso. Mas não se pode esquecer que este se deveu também ao fato de Freud, médico, logo, homem de ciência, ter sido o primeiro literato moderno a apresentar seus roteiros no letreiro (diríamos também: sob a aparência) de uma ciência, a psicologia... das profundezas. Esses roteiros nos aparecem, assim, como RIS*, roteiros de inspiração científica. Essa sigla começa [em francês] como Sigmund; marquemos por aí que continuam ligados a seu nome de autor.

Quanto ao RIS, houve por certo precedentes, em alguns grupos religiosos hinduístas ou ainda entre alguns místicos, e pensamos em Surin. Mas a recusa científica da religião, digamos, o "cientificismo" de Freud diferencia nitidamente a relação com a ciência de Freud dessas precedentes

---

[5] "O que mais me seduziu foi o estilo literário de Freud e a maneira extraordinariamente clara e bela que ele tinha de exprimir suas idéias. Li em seguida a análise de um caso de histeria, na qual a descrição das personalidades, dos sentimentos e das relações humanas pareceu-me igualar a de grandes escritores. Assim, o que formou minha primeira imagem de Freud foi antes a qualidade artística de seus escritos do que o conteúdo deles". Richard F. Sterba, *Réminiscences d'un psychanalyste viennois*, Toulouse, Priva, 1986, p. 21.
[6] Flaubert: "Les honneurs déshonorent" [As honras desonram].
* Em francês, *scénarios d'inspiration scientifique*, SIS, começando com S de Sigmund. (NT)

tentativas de uma ciência psicológica experimental. Estas, com efeito, longe de se oporem à religião, tinham com ela boas relações. Ele, Freud, se dirige ao moderno, àquele que, tendo elegido a ciência, sabe que ela não pode tudo explicar, mas escolhe não ir procurar demais em outra parte as explicações que faltam. Ora, essa relação de Freud com a ciência dá uma pregnância particular a seus roteiros; esses se beneficiam da autoridade da ciência, de uma autoridade tanto mais incisiva porquanto teria ela mesma admitido seus próprios limites. Assim se isola um dos fatores do sucesso: se se tivesse tratado de psicopatologia e não de uma *literatura* científica, esses roteiros teriam ficado relegados num setor especializado do discurso médico-científico, não teriam interessado ainda mais "o homem de cultura" do que o fizeram o anideísmo de Clérambault ou o organodinamismo de Henri Ey.

Propor uma fábula, um roteiro do luto não será, portanto, transgredir uma freudiana maneira de fazer.

Será cômico. O enlutado está às voltas com um morto que está indo embora levando consigo *um pedaço de si*. E o enlutado corre atrás, com os braços estendidos para a frente, para tentar alcançá-los, ambos, esse morto e esse pedaço de si, sem deixar absolutamente de saber que não tem chance alguma de conseguir. Assim, o grito do luto é: "Pega ladrão[7]". Ele não implica necessariamente que o morto seja identificado ao ladrão; talvez ele seja simplesmente cúmplice ou mercenário contratado pelo ladrão; talvez o

---

[7] Esse grito já foi eleito, por Clérambault, e nos seguintes termos: "Um sujeito em estado de calma ou de euforia ouve um dia gritar 'Ladrão'; ele busca à sua volta a quem tal fala possa estar endereçada; a palavra se repetindo, ele se espanta de não ver ninguém, mas ainda não supõe que a palavra é endereçada a ele; essa palavra seguindo-o nas ruas, ele crê render-se a uma evidência, admitindo que há uma ação concertada, mas crê ainda apenas num projeto para intrigá-lo ou importuná-lo; depois, tende a achar que há uma hostilidade, que finalmente as vozes lhe explicam. Expondo-nos essa gradação, o doente nos diz: 'Antigamente, eu era conciliador; agora, tornei-me raivoso; estão exagerando'. Tal é a gênese do sentimento de perseguição nos sujeitos não paranóicos" (*L'automatisme mental*, prefácio de Jean Garrabé, Paris, Les Empêcheurs de penser en rond, 1992, p. 75). Parece excluído ressaltar qualquer versão que seja do luto sem que o luto nela esteja referido a esse sentimento de perseguição. Reciprocamente, imaginemos aqui que esse doente cuja experiência Clérambault transcreve estava de luto.

ladrão não exista; talvez a questão colocada seja justamente a de sua existência. Mas há roubo e, logo, possibilidade aberta desse grito.

Tal grito nos convida a contar ao menos três, talvez quatro personagens: o ladrão, o roubado, o recurso (a quem o grito se dirige) e... a morte. Assim, sozinha, a proferição desse grito atesta que o luto não pode ser concebido em termos duais, como um problema de casal entre o enlutado e seu morto, menos ainda, já que esse dual se presta tão facilmente a ser reduzido ao ego psicológico, à relação desse ego com um psíquico objeto perdido.

A situação cômica desse grito pode ainda ser dita em outros termos, tomados do *Banquete* de Platão: por sua morte o morto advém como erômenos, detentor do *agalma* (o pequeno pedaço de si de inestimável valor); ele, o enlutado, acha-se, portanto, brutal, selvagem e publicamente colocado em posição de erastes, de desejante.

Mas eis agora a experiência de pesadelo que me conduziu a distinguir esse roteiro.

O pesadelo
(noite de 7 para 8 de dezembro de 1992)

Aconteceu no dia seguinte a um fim de semana passado com minha mulher em casa de seus pais. Seu pai, gravemente enfermo, está declinando, morrendo. Um amigo da família de minha mulher, quase um filho (um filho da faxineira que, ela mesma, se tornara amiga da família, como tal adorando e adorada pelas crianças), vem todos os dias para ajudar a resolver diversos problemas práticos; ele se chama Jeannot [Joãozinho], apelido que me deram, criança, no Sul (onde moram meus sogros) e de que nunca gostei. O pesadelo comporta quatro cenas.

Cena 1: minha mulher e eu vamos visitar Jeannot, em sua casa, que vejo, primeira imagem, como que num pequeno vale, na entrada de uma floresta e à beira de um pântano ou de um brejo. A construção, bem grande, gênero pavilhão antes opulento ou fazenda reerguida [Pensei, ao transcrever estas duas últimas palavras[8], na foto de fazenda publicada em *Marguerite, ou "A Aimée" de Lacan*[9]], está situada bem perto de Paris (Fontainebleau, mas é bem mais perto, bem na periferia de Paris). Penso: "que sorte ter uma casa assim num tal lugar!" [Jeannot está desempregado].

Cena 2: estamos no interior da casa e se inicia uma conversa a respeito da chaminé [um problema que surgiu na casa de meus sogros: eles iam ou não mandar construir uma chaminé?]. Explico a Jeannot que é muito bom ter uma chaminé, que "nós mesmos, em nossa casa de campo, temos uma bem grande, que vai ao menos daqui até ali, e até mesmo ali" ("aqui" designa, à direita, uma pequena porta, "ali" uma outra marca, talvez uma viga, ou uma abertura, e o segundo "ali" uma outra marca, mais afastada).

Cena 3: A conversa morre [*sic*!], começamos a nos despedir; ao virar-me para ir embora, percebo no teto um vago buraco gradeado, algumas vigas de madeira mal desbastadas, tudo preto, coberto de depósitos de fumaça, em resumo, vestígios da existência de uma chaminé, o que me espanta muito, pois Jeannot se queixara de não ter chaminé, fora esse o início de nossa conversa e de minha intervenção. Tenho, então, a sensação de ter sido por ele enrolado, enganado, e essa sensação se confirma quando, baixando os olhos para verificar o que há exatamente embaixo daquele conduto [daquela boca de evacuação], percebo, junto ao solo, uma zona negra, talvez até alguns pedaços de lenha calcinados que, incontestavelmente, provam que ali acenderam fogo. Estou também espantado, pois não é exatamente uma chaminé, mas um fogo (apagado) junto ao solo [da mesma forma que o conduto não é realmente um pano da chaminé]; penso que uma instalação tão pobre não combina com aquela casa opulenta. Disso tudo resulta um certo mal-estar.

Cena 4: minha mulher e eu saímos por trás, não sei por quê..., é assim... com certeza nos indicaram com um gesto aquela saída. E aí... pro-

---

[8] As indicações seguintes dadas entre colchetes corresponderão doravante a tais pensamentos vindos no ato de transcrever.
[9] J. Allouch, *Marguerite, ou l'Aimée de Lacan*, op. cit., p. 155 da versão francesa.

blema. Estamos num alto, sobre uma espécie de muralha bem escarpada. Acontece então, aumentando ainda mais o primeiro mal-estar, uma ligeira inquietude de rodar em círculo, de estar bloqueado e uma discreta sensação de vertigem (estamos num alto, embora seja a parte de trás da casa que está apoiada ao pé de uma colina, entrevejo em meu sonho que essa configuração não se sustenta). À esquerda, há um desnível a pique bem alto [entre duas ou três alturas de homem], e vejo, então, minha mulher saltar. Fico um breve instante inquieto, mas não, ela não se machucou, ei-la no chão, levanta-se, livre de perigo. Prefiro não pular e tento ir a seu encontro passando pelo outro lado, à direita [há aqui duplicação dos dois lados da chaminé, já a questão estava, portanto, colocada na segunda cena, a das duas saídas]; encontro-me agora ainda mais no alto, numa espécie de lugar cume, colado a um torreão de pedras. Dou-me conta então, com inquietude, de que aquelas pedras se sustentam mal umas às outras e que é também o caso daquelas nas quais me pendurei. Compreendo logo que, na verdade, não posso me mexer sem provocar minha queda. Bem embaixo, à direita, próximo do ponto sobre o qual arrisco ir me esborrachar, está Jeannot, que me olha sem nenhuma preocupação, sorrindo-me, dando-me "bom dia" com a mão, sem se dar conta, nem um pouquinho, de minha situação. É então que, tentando mexer um braço, meu braço direito, observo que a pedra à qual minha mão está agarrada está se soltando. Impossível largá-la [é como se fosse minha mão que a segurasse], impossível, portanto, fazer o mínimo movimento. Grito pedindo a Jeannot para intervir, mas ele não ouve e continua a me sorrir. Angustiado, acordo.

Interpretação

Durante o dia, uma interpretação desse pesadelo me aparecera sem dificuldade. A primeira imagem é a de uma fazenda como as que existem no Maciço Central. Aos doze anos, eu havia sido pensionista numa construção semelhante, sozinho, bem longe de meus familiares; havia experimentado, naquelas circunstâncias, aliás, por mim provocadas, pela primeira vez conscientemente, a imensa dor da perda de meu pai. A primeira imagem é exatamente a de uma paisagem de Chambon-sur-Lignon, aquela que podemos encontrar em *La fabrique du pré* [A fábrica do prado] de Francis Ponge[10].

Ponge também freqüentou esse prado, hoje tornado legendário como um dos principais pontos de luta antinazista. O prado, no poema de Ponge, acaba por advir como um "perto"*, o que encontramos no sonho (cf. o "perto" de Paris). Tratava-se, portanto, nesse pesadelo, de minha posição em relação à morte de meu pai, da maneira como essa morte, hoje ainda, me dizia respeito. Por ter tido dela alguns sinais, eu imaginava já há bastante tempo que a morte de meu sogro (com quem a afeição é nítida e partilhada), que sabíamos próxima, entrava em ressonância com a de meu pai, acontecida quando eu tinha cinco anos, logo, há cerca de cinqüenta anos! Minha análise confirmara a que ponto fora para mim nociva a maneira

---

[10] Francis Ponge, *La fabrique du pré*, Genebra, Skira, 1971. Esta fábrica devia inspirar o heterônimo "Francis Dupré" para a assinatura da fábrica do caso das irmãs Papin (cf. Jean Allouch, Erik Porge, Mayette Viltard, *La "solution" du passage à l'acte, le double crime des sœurs Papin*, Toulouse, Érès, 1984).

* *Pré* [prado] e *près* [perto]: mesma pronúncia. (NT)

como me haviam afastado do enterro de meu pai, evidentemente em nome de meu bem, para que, diziam então, eu não ficasse chocado – um traço patognomônico do selvajamento da morte, segundo Ariès. A análise me havia também ensinado a obsessão na qual eu estava de um pai não morto, mas... desaparecido. No sonho, minha mulher escapava, eu não. Daí a angústia, indo até provocar o despertar.

A interpretação limitou-se a isso durante aquele dia; devo apenas acrescentar que tive, ao levantar, a tentação de contar esse sonho a minha mulher, que eu lhe disse, de qualquer modo, "Tive um pesadelo", mas só isso – imaginando que ela já tinha preocupações demais com o estado de saúde do pai para não lhe passar, além disso, as minhas. Aquela abstenção permitiu que as coisas repercutissem de outro jeito[11].

Na noite seguinte, ao longo da qual acordei diversas vezes, veio a iluminação (chamo assim meu achado[12]), no meio de um sono e de um despertar. Dá seu contexto a essa iluminação o fato de que, há vários anos, desde meu estudo do caso *Marguerite*, a questão do vínculo do luto com a relação sexual tornou-se uma de minhas principais preocupações a um só tempo de doutrina e, vemos, pessoal. Pensei, portanto, com aquela noturna maneira vagabunda, em meu sonho da noite anterior e, subitamente, o pequeno torreão ao qual eu estava agarrado na última imagem do pesadelo pareceu-me, evidentemente, ser o que era: um falo! É até, notei logo, claramente um "significante da falta" (Lacan), já que, tomado enquanto conduto de chaminé, ele está associado, na cena três, à discussão relativa à presença/ausência de chaminé[13]. Minha interpretação do dia transcorrido tinha alegremente passado por cima desse pequeno detalhe! Logo se colocava a

---

[11] É notável que a seqüência completa, primeiro pesadelo, primeira gargalhada, novo sonho, nova gargalhada, reproduz, é verdade que em duas noites, aquela sublinhada por Lacan em sua interpretação do sonho dito "da injeção em Irma": Freud não despertou naquele instante de angústia em que percebia o fundo da garganta de Irma, seu sonho prosseguiu, notava ainda Lacan, para além desse ponto de angústia. Acordei, mas, no fim das contas, o segundo sonho ignora esse despertar, explicitando essa dominação em jogo no pesadelo que não tem mais inteiramente o teor de um pesadelo.

[12] Jean Allouch, "Interprétation et illumination", *Littoral* nº 31-32, "La connaissance paranoïaque", Paris, EPEL, março de 1991, pp. 33-64.1

[13] Em Chambon, meu principal rival em todos os terrenos, intelectual, físico, espiritual chamava-se Cheminée [Chaminé]. Ele, aliás, se tornou vulcanólogo!

questão, a um só tempo absurda e importante: o que fazia esse falo nesse pesadelo e o que lá fazia eu, assim agarrado? O falo em questão, seu tamanho mostrava, estava em ereção, e compreendi então, por sua localização lateral e próxima da ponta do torreão, que a pedra que ameaçava se soltar – e que minha mão, realmente, retinha – era um prepúcio. Um riso forte tomou então conta de mim, composto de cômico e de espírito, quando, dali, pensei no salto de minha mulher em meu sonho como um "salto de pulga"! O que confirmava, no plano do significante (salto de pulga = arrancar o prepúcio*), a identificação no plano imaginário da pedra em questão como sendo meu prepúcio.

Em Chambon-sur-Lignon, um de meus exercícios favoritos era precisamente saltar no chão do alto de um terraço elevado, um exercício no qual eu era excelente, ao passo que os outros meninos recuavam diante da altura, para falar a verdade impressionante, que havia a cruzar, como que voando ("duas ou três alturas de homem", dizia a cena quatro do pesadelo). Nunca tive, no entanto, o mínimo machucado, mas o exercício em questão não me impediu de ter, durante os primeiros anos de minha análise, um insistente pesadelo icariano: vôo, vôo, é formidável, percorro grandes distâncias, sobrevôo as colinas, atravesso montanhas, mas inevitavelmente acaba mal quando me dou conta de que não consigo aterrizar. Além de mais atenuado (já que, de qualquer modo, dessa vez estou com os pés no chão!), o presente pesadelo é uma versão deles.

Após aquela gargalhada, adormeci, e aconteceu então um breve sonho: estou na cama com minha mulher (mas ela não está na imagem), talvez nu, vagamente deitado no lado esquerdo, pernas encolhidas; um homem, atrás de mim, passa um braço entre minhas coxas e sua mão vem agarrar meu sexo, mais exatamente seus três componentes [a santa trindade]. Acordo de novo, vagamente, e recomeço a flutuar entre sonho e sono, espantado, incomodado, mas não angustiado. Eu pensava que o homem que intervinha por trás, sei disso desde minha análise, é meu pai que aqui se apossa explicitamente de meu sexo: ele põe a mão em cima. Foi então que

---

* Jogo de palavras: *saut de puce* = salto de pulga e *faire sauter le prépuce* = saltar fora [arrancar] o prepúcio. (NT)

sobreveio nova gargalhada: acabo, com efeito, de realizar que chamo minha mulher de "Puce" [Pulga]*! Evidentemente, na minha idéia, é um diminutivo de "pucelle" [donzela], e também uma pulguinha, esse gênero de nomeação deliciosa ou idiota (conforme o ponto de vista em que nos colocamos) suscitada pelo amor. Mas, até o instante daquela noite, eu nunca havia pensado que, ao nomeá-la assim, eu estava fazendo com que fosse, metonimicamente, meu prepúcio!

Voltando em pensamento ao pesadelo da noite anterior, ficava claro que, ao manter aquela pedra que ameaçava se soltar, eu estava segurando meu prepúcio, eu queria meu prepúcio. Só que, se quisesse, como minha mulher no sonho, por um salto de pulga me desprender da morte do pai, eu teria que renunciar a segurar (a dar importância a) aquele maldito prepúcio. Em outras palavras, ao morrer, meu pai havia levado consigo meu prepúcio! E podemos aqui lembrar Joyce identificando o deus de Abraão, de Isaac e Jacó como sendo o que ele é, um "coletor de prepúcios".

A escolha diante da qual eu me via era do tipo "A bolsa ou a vida", tal como Lacan comentava: quem é, assim, intimado na curva de um caminho, se segurar a bolsa, perderá a bolsa e a vida, se renunciar à bolsa, terá a vida salva, mas uma vida sem a bolsa; de qualquer modo, a bolsa está, portanto, perdida. Da mesma forma aqui: ou me apego ao prepúcio e perco o prepúcio e a vida (que é, com efeito, uma vida em que se fica no ar, agarrado a um prepúcio?), ou renuncio ao prepúcio e eis-me em vida, mas com uma vida sem prepúcio. Esse pesadelo, noto, multiplica as alternativas: cena um, a casa pobre e reparada, o pântano ou o brejo, cena dois, os dois lados, direita e esquerda, da chaminé (em minha casa de campo só o lado direito da chaminé oferece uma saída), cena quatro, partir pela frente ou por trás (o "por trás" que reaparecerá no sonho seguinte), e, de novo, um esquerda direita (a esquerda sendo, para minha mulher, a via para escapar).

Na *Traumdeutung*, Freud notava que, quando há uma alternativa no texto manifesto de um sonho, convém encontrar aquela, inconsciente, à qual ela remete. No caso, melhor que direita/esquerda ou frente/trás, parece que seja sobretudo a alternativa topológica "aqui/ali", ou, mais exata-

---

* *Ma puce* [minha pequena]. (NT)

mente, "perto/longe", que cifra a alternativa inconsciente "o prepúcio ou a vida". Ela já se acha presente desde a cena um: o prado – o valezinho onde, em Chambon, eu tomava conta das vacas, com seu brejo onde, de noite, eu pegava rãs – com, em proximidade textual, como em Ponge, o perto – cf. "perto" de Paris"; ela volta por duas vezes na cena final, ficar ou não junto do prepúcio, mas também no afastamento de Jeannot. Esse duplo de mim mesmo não sabe, em seu "bom dia" (mas não é bem antes um adeus? Sim, já que nos deixamos), ao levantar sua mão direita como a minha também está, ao me remeter, portanto, simplesmente minha imagem, que ele tem de intervir ou não, logo, de se aproximar ou não. Ficar perto do prepúcio correspondia a perder tudo, o prepúcio e a vida, mantendo ao mesmo tempo o domínio absoluto do desaparecido sobre mim, sem ao mesmo tempo livrar-me do luto; afastar-me era renunciar a meu prepúcio, mas tirar-me do luto do pai mediante esse ato de deixar-lhe aquilo a que tanto se apegava.

Assim, algo me apareceu de maneira luminosa, a saber, que se está de luto por alguém que, ao morrer, leva consigo um pequeno pedaço de si. Muito desperto, entendi que havia ali um verdadeiro achado clínico e teórico. Confirmava essa impressão o fato de que permanecia indeterminado a quem pertencia aquele "pedaço de si", que tinha um estatuto "transicional" (Winnicott), quando menos até o ato de cedê-lo ao morto, ato que punha fim ao luto ao regrar o pertencimento.

Lições

Escrevamos esse achado na álgebra lacaniana: o objeto perdido que deixa de luto não é um indivíduo, não um *indivis*, não um 1, é um objeto composto, um (1 + *a*). O parêntese cifra essa solidariedade, que notamos, segundo a qual está excluído perder o 1 sem *ipso facto* perder o pequeno *a*. É essa a versão do luto aqui formulada. Algumas conseqüências podem, desde já, ser tiradas desse ganho de saber? A título conjetural, citemos três.

1. Essa escrita poderia permitir dar conta de um fato a um só tempo simples e permanecido misterioso: não é a perda de todo "ser querido" que deixa um sujeito de luto; o luto, às vezes, surpreende. Não imaginávamos

que a morte de tal ou tal pessoa ia àquele ponto nos deixar de luto; reciprocamente, esperávamos estar de luto após a morte de tal ou tal outra, pois bem, não, nada, sua morte nem fede nem cheira para nós. Como explicar tal fato? Resposta sugerida pelo que acaba de ser revelado: estamos de luto não porque um próximo (termo obscurantista) morreu, mas porque aquele que morreu levou consigo em sua morte um pequeno pedaço de si.

2. Ao nascer, cada um perde um pedaço de si, uma placenta (que Lacan colocava em sua lista dos objetos pequeno a). E é sabido que em certas culturas (entre os Bangouas, por exemplo, a coisa é dita explicitamente[14]) esse objeto "perdido" se constitui em duplo do sujeito: pequeno a tende a metamorfosear-se em 1, a tomar consistência de 1. Segundo essa mesma metamorfose, explicar-se-ia um fato clínico freqüente: a duplicação da morte, a morte do enlutado (suicídio ou outra[15]). O percurso do luto, neste caso, não se fecha com a perda de alguém mais um pequeno pedaço de si: $(1 + a)$; um $(1 + (1 + ...))$ substituindo, num primeiro tempo, esse $(1 + a)$, esse percurso deixa-se escrever (os três pontos indicando que a metamorfose não deixa de constituir um resto):

$$- (1 + (1 + ...)) \Rightarrow - (1 + a)^{16}$$

$(1 + (1 + ...))$: dizemos: "a morte chama a morte", possibilidade aberta, sem dúvida, em cada luto e constituindo o problema maior do *Mourir* [Morrer] de Schnitzler. Só a morte do enlutado parece, então, suscetível de encetar a perda de $(1 + a)$. "Encetar" e não efetuar. Disso teremos a prova no conto de Ôe analisado aqui mesmo no "Estudo *c*": o pai reencontra o filho na morte, $(1 + (1 + ...))$, mas esse próprio ato leva o narrador até aquele ponto em que ele realiza sua perda como $(1 + a)$. Sem remontar aos Kourganes, citemos o rito da sati como um dos rebentos dessas tumbas de chefes enterrados cercados de suas mulheres. A sati ressalta esse mesmo traço de um luto

---

[14] Cf. Charles-Henry Pradelles de Latour, *Ethnopsychanalyse en pays bamiléké*, Paris, EPEL, 1991.
[15] Recentes estatísticas médicas mostram que os enlutados são mais doentes e menos aptos a se defenderem das doenças que uma população testemunha apresentando, por outro lado, as mesmas características.
[16] E não: $- (1 + 1) \Rightarrow - (1 + a)$. Esse jogo dos parênteses será discutido ulteriormente.

que repercute. Tal Siegelinde reencontrando Siegfried, a viúva indiana se imola na fogueira funerária de seu esposo[17]. Entretanto, não sem ter deixado a marca de sua mão na entrada de sua casa. Um pequeno pedaço dela mesma é mantido afastado do fogo. A marca é vermelha, tem a cor com a qual ela, noiva, se untara para seu casamento. Assim, ela deixa essa mesma cor na entrada do domicílio conjugal; sua saída fecha o círculo iniciado com sua entrada. Não é, portanto, só a mulher que reencontra o esposo na morte, é também aquela que tomou esposo. Esse resto que ela deposita na entrada da casa (a marca de sua mão é também isso) também indica, portanto, a espessura de seu comprometimento conjugal. De acordo com uma das funções maiores do resto no ritual[18], ele atuará como um ponto de origem, como um novo começo; para sua progenitura, pode-se supor, esse luto primeiramente realizado como (1 + 1) poderá vir a se completar como perda de (1 + a).

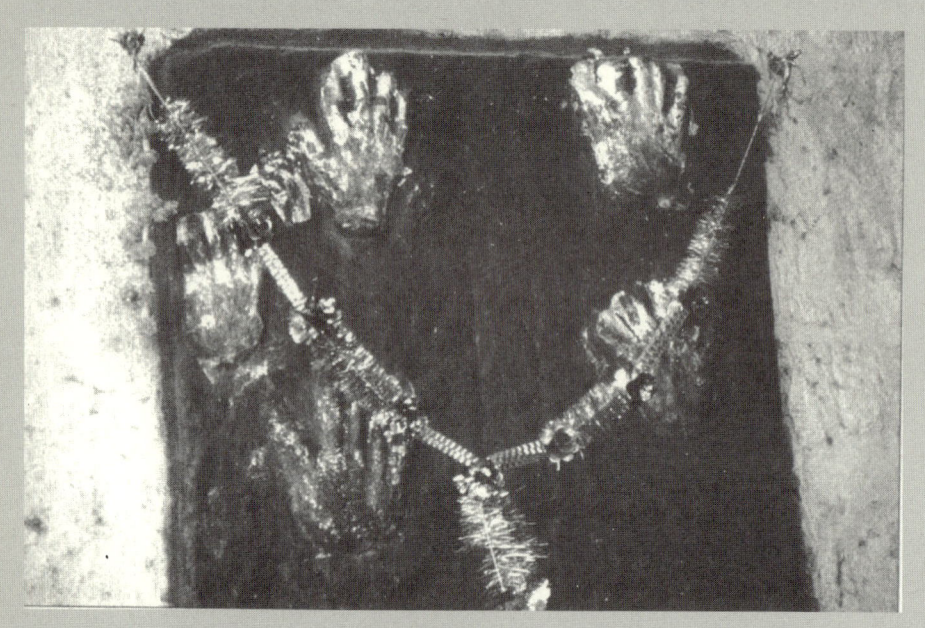

Mãos de sati

---

[17] O rito foi proibido em 1829. Entretanto, no Rajasthan, foi ainda praticado nestes últimos anos.
[18] Cf. "Observations sur la notion de 'reste' dans le brahmanisme", in Charles Malamoud, *Cuire le monde*, Paris, La Découverte, 1989, pp. 13-33.

A fórmula $-(1 + (1 + ...)) ... \Rightarrow -(1 + a)$ deve, além disso, poder ser ampliada a toda uma série de 1, como a isso convidam os suicídios coletivos de certas seitas. Escreveremos então

Pedra tumbal com sati

$$-(1 + (1 + (1 + (...)))) \Rightarrow -(1 + a)$$

3. Com respeito ao estatuto do pesadelo, um único caso basta, já que está bem estabelecido e que não lhe opomos nenhum contra-exemplo, para demonstrar que o cômico dá solução ao pesadelo. Um pesadelo terá sido analisado quando e somente quando tiver sido revelado o nó situacional cômico que ele comporta. Ao sonho, o chiste, ao pesadelo, o cômico.

FTM

Georges Brassens, em seu testamento, dá tudo àquele que o substituir junto à sua mulher, tudo... chinelos inclusive, tudo... ou quase, tudo... mas com esta exceção: que ele jamais toque em seus gatos! Senão, senão, acrescenta o poeta

> [...] embora eu não tenha um átomo,
> uma onça de maldade,
> se ele espancar meus gatos há um fantasma
> que virá assombrá-lo.

O (futuro) morto decide, ou tenta impor, baseando-se em sua fantasia "um gato é chicoteado", qual *objeto pequeno a* ele levará consigo para o túmulo. A análise feita por Lacan da fantasia "uma criança é espancada" demonstra que o *objeto pequeno a* em questão é um olhar. Mas não é tanto pelo que ele oferece como confirmação do $(1 + a)$ que estamos mencionando essa palavra. Importa-nos, sobretudo, a indicação suplementar que ele traz, sobre fundo de perseguição e formulável interrogativamente: ter isolado a função do pequeno *a* no luto nos permitiria enfim, na análise, levar em conta que "fantasia" e "fantasma" são uma única e mesma palavra[19]? FTM* seria, então, sua ossatura consonântica.

Não se tratará, segundo a via clássica, de reduzir a fantasia ao fantasma, vale dizer... (já que é o atual preconceito)... a nada. Muito pelo contrário. Com Lacan e Kenzaburô Ôe, as páginas que se seguem apresentarão uma versão do luto suscetível de dar corpo à tese segundo a qual é o fantasma que, na fantasia, dá à fantasia sua função: permitir ao desejo condescender ao prazer.

---

[19] Estaria aí a razão dos debates bem vivos que agitam os tradutores de Lacan em espanhol? Discutiríamos de modo ainda mais animado que o francês, com suas duas palavras, colocaria em jogo uma distinção que não é verdadeiramente uma. *Cf.* Anthony Sampson "*¿Fantasía o fantasma?*", *Stylus*, nº 3, Cali, junho de 1991, pp. 47-54. [* Observação válida igualmente para o português (NT)].

* Em francês *fantasme* [fantasia] e *fantôme* [fantasma]. (NT)

Estudo a

"Luto e melancolia", luto melancólico

Paradoxo

Lacan não assinou nenhum escrito metapsicológico, nem mesmo quando a recusa da psicologia e da psicogênese não era, nele, tão radical quanto pôde se tornar. Era essa sua razão? O fato é que tal gênero de estudo... desanima. Basta enveredarmos por ele, sobrevém a impressão, persistente, de ter como que jogar bridge, mas com um jogo de cartas incompleto, com certas figuras apagadas a ponto de não poderem mais ser identificadas, certas cartas cortadas em pedaços, outras ainda, atípicas, não entrando no jogo regrado ás, rei, dama, valete, dez, nove..., tal um sete e meio. Não é que não funcione; muitas coisas que, no entanto, suscitam o interesse têm esse estatuto. É que domina a impressão de que, qualquer que seja o modo como joguemos, não há nada a ser tirado dali; não podemos nem, com tal distribuição, avaliar as cartas distribuídas.

Além disso, os textos metapsicológicos nos parecem tanto mais bizarros porquanto estão mais afastados de Freud. Os problemas que eles trazem, ou desviam, os termos que utilizam, as articulações que constroem tornaram-se como que seres de um outro planeta, a nossos olhos. No entanto, não se trata apenas da história da psicanálise, no sentido de coisas doravante ultrapassadas.

Vejamos três breves exemplos.

A fase oral, disseram, desempenha na melancolia o papel da fase anal na neurose obsessiva. Karl Abraham, quando essa analogia lhe vem à mente[1], tem a sensação de estar fazendo uma verdadeira descoberta. Ora, essa idéia, que foi julgada importante (ela permitia, acreditou-se, diferenciar a melancolia da neurose obsessiva), não nos diz praticamente mais nada. Não é um não-senso, ainda menos um contra-senso, nem algo de insensato, antes um sentido obsoleto.

Esse mesmo sentimento sobrevém quando lemos, desta vez em Freud, que a psicose é uma perturbação global da libido, ao passo que a neurose é apenas uma perturbação parcial, dizendo respeito apenas à libido de objeto. É permitido duvidar que uma fórmula tão maciça diga o que quer que seja de pertinente, exceto certos problemas levantados pela leitura de Freud.

Da mesma forma, enfim, uma frase como esta, extraída da *Introdução à psicanálise* (XX[a] conferência):

> O ato que consiste em chupar o seio materno torna-se o ponto de partida de toda a vida sexual, o ideal jamais atingido de toda satisfação sexual ulterior.

Não se pode mais tomar tal asserção ao pé da letra, como se denotasse justamente um real do gozo sexual. Assim recebida, ela é, com efeito, "infalsificável". Em compensação, se a encararmos como elemento de um RIC, de um roteiro de inspiração científica assinado Freud, eis que cortamos a grama sob os pés da crítica popperiana segundo a qual os enunciados psicanalíticos não são falsificáveis, ao passo que a própria frase reencontra um certo relevo (mas ainda sem ter referente imediatamente balizável).

Tal as três mencionadas, numerosas considerações metapsicológicas nos parecem hoje "curiosidades". A fim de ressaltar-lhes a dificuldade de leitura, comparemo-las às matemáticas, quando menos aquelas que se ensinam. Neste campo, uma vez instalada uma axiomática, demonstram-se primeiros teoremas que permitem, por sua vez, demonstrar outros (pensemos, da forma mais simples que seja, nos exercícios de geometria euclidiana do colégio). Uma "edificação" (termo, vemos, algo forçado sob a pena de

---

[1] *Sigmund Freud-Karl Abraham, Correspondance 1907-1926*, tradução de Fernand Cambon e Jean-Pierre Grossein, Paris, Gallimard, 1969, carta de Abraham a Freud de 31 de março de 1915, p. 222.

Freud) se constrói, assim, peça a peça, notadamente graças a isto: não nos encontramos, a cada instante da demonstração de um teorema, na necessidade de voltar à axiomática para discutir-lhe a validade ou precisar-lhe o teor. Ora, nada igual com a metapsicologia. Basta pararmos diante de tal enunciado, ainda que só para entender-lhe o sentido, somos levados, rapidinho, aos axiomas e conceitos mais cruciais. Mas eles são também mais problemáticos ainda! Em "Pulsões e destinos de pulsões", Freud observava que esses conceitos fundamentais não se demarcam facilmente, só podem ser definidos, dizia, tardiamente e de modo que permanecerá revisável[2]. Assim, a leitura dos textos metapsicológicos fica sendo jogada de um enunciado vacilante a outro que, este, além disso, por seu caráter de enunciado fundamental, permanece ainda mais mal definido.

Como vemos, o mal-estar que dizíamos provocado pela metapsicologia poderia bem afigurar-se nela justificado; e a abstenção de Lacan a seu respeito derivar de uma elementar prudência.

Enquanto escrito metapsicológico – o que ele é –, o artigo "Luto e melancolia" se propõe como um paradoxo. Com efeito, nele se verifica o que acaba de ser notado, a obscuridade das teses, aquela, maior ainda, dos axiomas e conceitos de base, o reenvio imediato de umas às outras, o caráter mal estabelecido do conjunto. A que se acrescentam os seguintes traços: uma clínica psiquiátrica e não psicanalítica, uma maneira parcial e não crítica de formular certas idéias relativas ao luto, a colocação em jogo de uma entidade clínica tão abstrata quanto efêmera (a dita "psicose alucinatória de desejo"), a discordância desse artigo com outros escritos de Freud e, *last but not least*, os mal-entendidos de que ele ia ser objeto. Ora – eis o paradoxal do assunto –, nada disso tudo parece suscetível de deter o domínio da versão do luto assim proposta (quem acreditasse por um instante que constituem consenso, numa comunidade, apenas as idéias claras e distintas teria aqui matéria a meditar).

Menos previsível do que se pode hoje imaginar, o sucesso, com efeito, veio de imediato, confirmando-se em seguida em círculos sempre mais am-

---

[2] Sigmund Freud, "Pulsions et destins de pulsions", OCP, XIII, op. cit., p. 163. O caso aqui apresentado por Freud como exemplar de toda ciência é o da física. As matemáticas não sustentariam, com certeza não com tanta facilidade, o empirismo da formulação.

plos, seja qual for o preço – é verdade, mal contabilizado – que um tal sucesso não cessava de reclamar. "Prova de realidade", "trabalho do luto", "objeto substitutivo", os termos-chave dessa versão do luto tornaram-se evidências, que valem normas. Já que tal consenso contribui para a formulação do atual problema levantado por "Luto e melancolia", citemos alguns indícios, primeiramente na psicanálise, depois ali mesmo onde a modernidade, não sem ser a sério, questionou o estatuto do luto e, enfim, no vasto público.

1. Entre os psicanalistas, está por demais marcado para que seja necessário insistir. Assim, num dos últimos indícios que nos chegaram, a monografia "O luto"[3], carimbada pela ortodoxia freudiana, podem-se ler cem formulações tal como a que se encontra colocada já no prefácio:

> Como permitir a esses pacientes – sobre os quais a dificuldade do enfoque terapêutico concebemos [sic!] – iniciar um trabalho do luto?

Não há aqui nenhuma dúvida referente à equação luto = trabalho do luto, isto até o ponto em que o "trabalho do luto", como qualquer antidepressivo, torna-se objeto de uma prescrição. Tal tipo de escorregão no normativo não é um caso isolado; o fato de figurar em tal prefácio mostra bem que ele se tornou de regra. Chegou-se mesmo, em nome dessa dita "necessidade" do trabalho do luto, até a dar como sugestão fazer chorar a criança enlutada. Mas como?

> [...] mostrando-lhe o que ela perdeu, ainda que isso pareça cruel, ainda que ela recuse [...] faça chorar as crianças que querem ignorar que sofrem, é o mais caridoso serviço a lhes prestar[4].

---

[3] *Revue française de psychanalyse*, Paris, PUF, 1994, p. 10.
[4] O Dr. Hanus, signatário dessa pérola embutida em sua obra *La pathologie du deuil*, op. cit., baseia-se numa observação de Anny Duperey, *Le voile noir*, Paris, Seuil, 1992, p. 173. Sua extrapolação despreza duas coisas: que Anny Duperey dá o testemunho de sua experiência de criança, ao passo que ele fala enquanto especialista do luto, o que não é, de qualquer modo, a mesma posição enunciativa, e, sobretudo, que a intervenção que Anny Duperey nos diz ter sido para ela benéfica foi por causa de uma tia sua, ela também emocionada com a morte de seus pais. A extrapolação ignora esse "detalhe", sugerindo que qualquer educador, médico, psicólogo ou próximo poderia obter, com essa mesma intervenção, esse mesmo resultado de alívio. Eis como, em nome de Freud, se acaba por desprezar nada menos que... a transferência.

A fantasia sádica (*cf.* essa "caridade" que se anuncia decidida a não recuar diante de sua própria crueza) está ali mais do que aflorando na norma prescritiva. Mas sobretudo: o que se vai mostrar à criança como sendo o que ela perdeu? Um cadáver? Mas não, não foi isso que ela perdeu! Uma foto do morto? Mas a foto está bem ali! O amor? O ódio? O desprezo[5]? Mas de quem seriam as palavras que diriam esse amor, esse ódio, esse desprezo? De mais a mais, a criança perdeu um amante ou um amado, um odiante ou um odiado, um desprezante ou um desprezado? E, sobretudo: que sabemos disso? Pois o ponto aí está: cremos saber o que a criança perdeu, em todo caso o pretendemos, e essa pretensão, além de causar um curto-circuito no que lhe cabe dizer, continua a ser, de uma ponta à outra, abusiva[6].

Um tal extremo na medicalização[7] mostra sobre que posição de prega a versão freudiana do luto cria consenso. No entanto, esse consenso aparece em toda sua pregnância não só nas teses que ele veicula, mas também (mas sobretudo?) nas questões que ele deixa decididamente de lado, exatamente as mesmas que Freud havia contornado. A lista delas não é tão curta. Preso pela trindade criança / neurótico / selvagem, Freud não levou em conta as variações históricas do luto nem aquelas da relação com a morte: pois bem... não as levamos em conta tampouco. Freud não se pergunta o que aconteceu com o morto (notadamente: se há ou não, num momento dado do luto, mudança de seu estatuto), não nos perguntamos isso tampouco. Freud não fala das aparições, silenciamos quanto a elas. Freud não coloca o problema do segundo funeral, deixamo-lo igualmente de lado. Freud nada diz do tempo do luto, também nada dizemos[8]. Freud pensa o luto sem a

---

[5] Propomos, com o acréscimo do desprezo, ternarizar o que se pensa em geral, na análise, em termos duais amor / ódio. Com efeito, o que toca mais de perto o fim do amor não é o ódio, mas o desprezo (cf. Alberto Moravia / Jean-Luc Godard: *Le mépris*).

[6] Ao se referir aqui a "Literatura cinza I", o anúncio imaginado deveria ter sido algo como: "Acabas de perder, com teu pai, teu prepúcio", fórmula cuja explicitação marca, sozinha, a inconveniência.

[7] Freud, ao não atacar a histeria, queimava seus navios diante de uma prática que consiste em pôr o saber em posição de agente da ação terapêutica (J. Allouch, *Letra a letra – transcrever, traduzir, transliterar*, Rio, Companhia de Freud, 1995, cap. II).

[8] Se o luto tivesse sido pensado como traumatismo (o que faz espontaneamente Ferenczi bem pouco tempo antes de "Luto e melancolia"), sua temporalidade teria sido a do só-depois.

necrofilia, fazemos igual. Freud trata separadamente o problema do luto e o da transmissão, reconduzimos, até sem perceber, essa separação não válida. Freud deixa de lado a função do público no luto, inscrevemo-nos no mesmo impasse. Freud não estuda o que o luto implica de perseguição, deixamos essas duas questões não ligadas. Freud não imagina o luto no horizonte de uma perda seca, não o fazemos tampouco. Freud não aborda verdadeiramente o luto enquanto experiência erótica, disso nos dispensamos também. essa lista não exaustiva sublinha a prorrogação, oitenta anos sustentada, do isolamento (*Isolieren* ou *Isolierung* freudiana) no qual foi mantida a versão freudiana do luto.

Ora, a não-problematização das questões cede lugar a um extremismo que chega ao grotesco. Tomemo-lo como exemplo simplesmente baseados no impasse mantido em relação à erótica do luto. Seja, portanto, *La psychanalyse d'aujourd'hui* [A psicanálise de hoje], que foi obra de referência. Graças ao que se quer um binômio opondo genitais e pré-genitais, ela veiculou a idéia segundo a qual aquele que tivesse tido acesso às sublimes felicidades da genitalidade estaria também, e por isso, ao abrigo do luto. Entre os pré-genitais, lemos:

> [...] a coerência do Eu depende estreitamente da persistência de relações objetais com um objeto significativo [...].
> Os genitais, ao contrário, possuem um Eu que não vê sua força e o exercício de suas funções depender da posse de um objeto significativo. Enquanto que, para os primeiros, a perda de uma pessoa importante subjetivamente falando, para tomar o exemplo mais simples, põe deles em jogo a individualidade, para eles, essa perda, por mais dolorosa que seja, em nada perturba a solidez de sua personalidade. Eles não são dependentes de uma relação objetal[9].

Logo vem, evidentemente, ao espírito Gertrudes, com essa frase de Hamlet, com tanta freqüência citada, à qual deu lugar sua posição que parecia ser aquela de uma inveterada genital, insensível à morte de Hamlet, seu primeiro esposo:

---

[9] Citado em Jacques Lacan, *La relation d'objet*, Paris, Seuil, 1994, p. 20.

Economia, economia, Horácio! Os manjares preparados para a refeição fúnebre
Foram servidos frios nas mesas do casamento.

Isso não impede que tenha sido, portanto, preciso a psicanálise para que fosse promovida, através da concepção de um objeto demarcado como essencialmente substituível, uma versão tão estreita, tão aviltada e, para tudo dizer, tão sórdida do amor. Vamos, portanto, dizer a Hamlet, a Dante, a Kierkegaard, ao esposo de *Gens de Dublin* [Gente de Dublin], a qualquer pessoa apaixonada, como Freud diz ao poeta em "*Passagèreté*"[10] [Sobre a transitoriedade], que o objeto de seu amor é fundamentalmente um objeto substituível! É verdade que, se seu interlocutor ri, então, nas barbas do psicanalista, este sempre terá o recurso de declarar que não tem acesso à genitalidade. Se perco um pai, uma mãe, uma mulher, um homem, um filho, um amigo, vou eu, esse objeto, poder substituí-lo? Meu luto não está precisamente lidando com ele enquanto insubstituível?

Freud, apesar de "Sobre a transitoriedade" e outras anotações da mesma têmpera, havia, no entanto, percebido a dificuldade. Em "Luto e melancolia", ele lhe dá uma solução verdadeiramente soberba, ainda que, para terminar, lá leiamos um golpe de mágica. Qual é, pois, o objeto de amor que seria a um só tempo efetivamente tal e que, no entanto, não excluiria a possibilidade de se ver substituir um objeto outro e equivalente, já que satisfazendo o mesmo amor? Resposta: o noivo! É, aparentemente, de tirar o chapéu, muito muito bem encontrado[11]! Mas nossa questão, apesar de

---

[10] "Que os objetos estejam destruídos ou que estejam perdidos para nós, e nossa capacidade de amor (libido) torna-se novamente livre. Ela pode tomar por substitutos outros objetos ou, então, temporariamente voltar ao eu", S. Freud, "*Passagèreté*, OCP, XIII, op. cit., p. 323.

[11] A tentativa de distinguir duas espécies de objetos libidinais conforme fossem substituíveis ou não foi perfeitamente articulada por Antígona, cujo luto, ao se ater de uma ponta à outra ao caráter não substituível de seu objeto, faz sozinho objeção a "Luto e melancolia". Lacan volta por duas vezes (*A ética da psicanálise*, sessões de 25 de maio e de 8 de junho de 1960) à declaração de Antígona que tanto havia chocado Gœthe, declaração segundo a qual ela teria podido aceitar que recusassem uma sepultura a um marido ou um filho, dois seres que ela podia bem substituir, mas a seu irmão, não. A razão disso é que seus pais, doravante morando no Hades, não podem lhe dar outro irmão? Tratar-

sua astúcia, repercute: que concepção tem-se aqui do noivado[12]? Certamente não aquela do grande especialista em noivados e até em noivados indefinidos, a saber, Kierkegaard, o qual questionava: se os noivados são tão doces quanto se pretende, por que é que tantas pessoas põem neles um termo se casando?

Estando afastada essa encantadora e sintomática brincadeira do noivo, a questão com a qual estamos às voltas deixa-se simplesmente formular: qual é o objeto do luto? Com *A psicanálise de hoje*, vimos que ela simplesmente não se colocava... mais – em todo caso, não mais ao homem psicanaliticamente normalizado, "não dependente de uma relação objetal" (!!!).

Outro indício da pregnância do consenso realizado em relação à versão freudiana do luto: principalmente não tocar nisso. Nós o inferimos a partir de dois dados, imediatos, e primeiramente este: a não-resposta, mantida contra tudo e contra todos ou num soberbo desprezo, pouco importa, às leituras críticas, mas não malevolentes, de que "Luto e melancolia" foi objeto. Quem, no movimento freudiano, desde 1955, discutiu

---

se-ia de um estado de fato? A agudeza do comentário de Lacan não está, no entanto, aí: "[...] a partir do momento em que as palavras, a linguagem e o significante entram em jogo, algo pode ser dito que se diz como isto: '< > meu irmão, ele é tudo o que vocês quiserem, o criminoso, aquele que quis incendiar, arruinar os muros da pátria e levar seus compatriotas à escravidão, [aquele] que fez os inimigos cercarem o território da cidade, mas enfim, ele é o que ele é'. [...] 'Meu irmão é o que ele é, é porque ele é o que ele é e que só há ele que pode sê-lo, isso, é em razão disso que avanço em direção a esse limite fatal...'. [...] 'Esse irmão, uma vez que é o que é, é esse algo de único. É só isso que motiva que eu me oponha a vossos editos'. [...] Em nenhum outro lugar está a posição de Antígona. Ela não evoca nenhum outro direito a não ser esse, que surge na linguagem, do caráter inapagável de que é a partir do momento em que o significante que surge permite pará-lo como uma coisa fixa através de todo fluxo de transformações possíveis". Teremos situado a pesada insistência de Lacan sobre esse "ele é o que ele é". O objeto do luto de Antígona é aquele que o significante leva ao ser, e é enquanto tal, enquanto ser, que ele não pode de modo algum ser substituído. O "Estudo b" ressaltará a maneira como, segundo Lacan, a própria possibilidade do luto se inscreve além desse ponto em que a linguagem se afigura inapta a sustentar qualquer "ele é o que ele é" que seja. O ser não é o mesmo nessas duas ocorrências, não mais que o tostão em "de tostão em tostão vai-se ao milhão".

[12] Mayette Viltard observou-me que seria a concepção dos noivados arranjados pelas famílias, praticados, com efeito, em certas comunidades judias, e em que um noivo valeria tanto quanto um outro. A escolha de Martha por Freud não vinha, no entanto, dessa tradição; ele era moderno, isto é... apaixonado. Ainda que...

"*Pornographie de la mort*" [Pornografia da morte] de Geoffrey Gorer? Ou, mais explícito ainda, seu estudo "*Théories en cours et récentes du deuil, données actuelles*"[13] [Teorias em curso e recentes do luto, dados atuais]? Quem respondeu a Philippe Ariès[14]? Quem, mais recentemente, a Giorgio Agamben[15]? A espécie de enclausuramento no qual a versão freudiana do luto teve que permanecer para se manter tal qual nos parece denotar muito mais que uma espantosa falta de disponibilidade. Pelo menos a pastoral católica soube, ela, adaptar-se, transformando o sacramento da extrema-unção, que se tornara um signo demasiado manifesto da morte próxima, em "sacramento ao enfermo" (Vaticano II), elegendo o vermelho, cor da vitória sobre a morte, como cor do luto.

O outro dado que nos faz ver essa versão como um objeto que adquiriu o estatuto de um tabu é interno ao movimento freudiano. Com efeito, ali onde esse movimento deu lugar a escola, ali, portanto, onde, cedo ou tarde, deviam ser discutidas as teses veiculadas por "Luto e melancolia", os autores se entregaram a essa discussão com uma prudência de Sioux; estão sempre cuidando muito bem de nunca encarar de frente as teses, não deixando de louvar esse trabalho tanto quanto necessário, não o tomando como objeto de observações críticas senão com uma angélica doçura. Evidentemente, esse gênero de prudência volta-se contra quem o usa, tanto que, ao perder seu vigor o debate, ou, melhor, o não-debate com a ortodoxia vira rápido confusão. Nem Melanie Klein, nem Jacques Lacan, nem John Bowlby ousaram, por exemplo, contestar diretamente a noção de "trabalho do luto", isto embora suas próprias formulações implicassem efetivamente seu questionamento. Vemos, assim, esses autores se entregarem a diversas contorções retóricas cujo objetivo é recuperar o que do "trabalho do luto", aos olhos deles, pode sê-lo, mas sem nunca indicar claramente que lhe estão dando, com isso, outra função.

Melanie Klein, por exemplo. Poderemos apreciar em seu justo valor a habilidade do golpe de esgrima a que ela se entrega nas linhas que vamos

---

[13] G. Gorer, *Ni pleurs ni couronnes*, op. cit., anexo I.
[14] Ph. Ariès, *L'homme devant la mort*, op. cit.
[15] G. Agamben, *Stanze*, trad. do italiano por Yves Hersant, Bibliotèque Rivages, Paris, Payot et Rivages, 1992.

citar e que apresentam assim – antes falaciosamente – a história: Karl Abraham baseava-se em Freud e em seus próprios trabalhos, Klein baseia-se em Abraham. "Tudo numa boa", como se diz hoje. Não está aí uma bela "edificação", com Freud, como deve ser, no fundamento[16]? Klein esquece apenas de nos dizer que essa edificação está a ponto de ir parar no chão e em pedaços. Com efeito, a tese que, em sua base, a suporta (aquela, não dita, de Freud: o trabalho do luto desembocando no reconhecimento da inexistência do objeto perdido) está em contradição com aquela que supostamente é suportada (a de Melanie Klein: o trabalho do luto desembocando no restabelecimento em si do objeto perdido). Freud põe no começo do luto essa existência em si do objeto perdido (o trabalho do luto deverá triunfar) que Klein põe no fim (o trabalho do luto deverá constituí-la); isso mostra, por si só, que eles não têm a mesma idéia do trabalho do luto. Mas eis:

> Baseando-se no que Freud e ele mesmo haviam descoberto sobre os processos arcaicos que regem a melancolia, Abraham constatou que esses processos se achavam igualmente em ação no trabalho do luto normal. Concluiu seu estudo dizendo que, no trabalho do luto, o sujeito consegue estabelecer a pessoa amada e perdida em seu eu [*moi*], enquanto que o melancólico não consegue. [...]
> Minha experiência leva-me à seguinte conclusão: se é verdade que [*sic!*] o aspecto característico do luto normal consiste em estabelecer o objeto amado e perdido no interior de si, o sujeito não efetua essa tarefa pela primeira vez; ao contrário, o trabalho do luto lhe permite reinstalar esse objeto, como todos os objetos amados internos, que ele tem a impressão de ter perdido[17].

---

[16] Parece de fato que, historicamente, foi Abraham quem, tratando-se da versão psicanalítica do luto, teve a iniciativa.

[17] Melanie Klein, *Essais de psychanalyse*, trad. por Marguerite Derrida, introd. E. Jones, prefácio à ed. franc. por Nicolas Abraham e Maria Torok, Paris, PUF, 1967, p. 361. Já na página 359, M. Klein havia introduzido sua concepção do trabalho do luto como que se concluindo em "a felicidade de reencontrá-los [os objetos internos] após tê-los perdido", em "uma maior confiança neles" e "um maior amor por eles", e, ainda, página 368, no fim do artigo: o luto é dito permitir reinstalar com toda segurança em si mesmo os objetos amados.

Essa modificação do "trabalho do luto" é vista ainda no fato de que, segundo Klein, esse trabalho ocorre também fora da situação de luto propriamente falando, o que não é o caso em Freud; além disso, essa situação de luto, outra diferença e mesmo outra incompatibilidade com Freud, torna-se em Klein o que ela não é em Freud, uma doença:

> Estar de luto, é, na verdade, estar doente, mas, como esse estado de espírito é habitual e nos parece natural, não chamamos o luto uma doença[18].

Tratando-se de M. Klein, de Lacan ou de Bowlby, não teria sido muito difícil ressaltar aquela mesma pressão exercida pela quase intocável versão freudiana do luto sobre aqueles que estavam em posição de discuti-la, até mesmo de contestá-la. Vamos fazê-lo, quando a ocasião se apresentar.

Geoffrey Gorer foi um dos primeiros a analisar a rejeição e a supressão do luto no Ocidente – Ariès, Vovelle, Bowlby, Thomas lhe reconhecem um lugar pioneiro. Em 1965, ele publica a investigação sociológica que devia confirmar sua própria experiência de enlutado, relatada na "introdução autobiográfica" de sua obra (o luto de seu pai em 1910, portado pelo rito, depois, em 1948, o de uma amiga, que ele descobria deixada socialmente só em sua aflição, enfim, em 1961, aquele provocado pela morte de seu irmão médico, característica de nossa modernidade: inconveniência e medicalização da morte, mentira ao moribundo sobre seu estado, serviço religioso para um público de incrédulos, incineração, *"keep busy"*, recusa do estado de enlutado pelos próximos). Gorer acrescenta a sua investigação um estudo das "teorias em curso e recentes do luto", as quais são essencialmente freudianas. Ele observa de imediato que

> um curto ensaio de Freud – "Luto e melancolia", redigido em 1915 e publicado em 1917 – domina todos os estudos psicanalíticos e a maior parte dos trabalhos em psiquiatria e em sociologia publicados desde então sobre a aflição e o luto. Diversos trabalhos ulteriores são comentários desse texto[19].

---

[18] M. Klein, *Essais...*, op. cit., p. 352. Poderíamos, igualmente, ter mostrado que M. Klein modifica a noção de prova de realidade ou a de objeto substitutivo, sempre sem abertamente debater isso com Freud.

[19] G. Gorer, *Ni pleurs ni couronnes*, op. cit., p. 157.

Gorer não é um feroz oponente da psicanálise. No entanto, é suficientemente capaz, diante de Freud, para notar que, com esse escrito, Freud visava conquistar não o luto, mas a melancolia, que ele é principalmente constituído não de observações, mas de "hipóteses tiradas da evolução em curso das teorias psicanalíticas[20]", que ele não contém uma palavra sobre a função do rito funerário, e que ele inaugurou a

> tendência a escrever como se a pessoa de luto estivesse completamente só, sem outra preocupação na vida que se acomodar com sua aflição e elaborar seu luto[21].

Gorer prossegue:

> [...] essa imagem do enlutado solitário, só com sua dor, parece resultar de uma considerável simplificação. A aflição é, evidentemente, uma experiência psíquica pessoal e o trabalho do luto um assunto psicológico. Mas sustento que o trabalho do luto é favorecido ou entravado e sua evolução facilitada ou tornada perigosa conforme a maneira como a sociedade em geral trata o enlutado [...].

Podemos ler, com essa segunda ocorrência, como Gorer faz sua a noção do "trabalho do luto". Sua pregnância se demonstra tanto mais marcada que, ao notar a ausência de qualquer referência ao rito, que, ao sublinhar a *one body psychology* na qual se relega, desde Freud, o enlutado, Gorer se acha precisamente à beira de descobrir que a noção de "trabalho do luto" é o meio mesmo pelo qual se instala essa ausência que ele denuncia. Ora, ele não leva até ali sua contestação de "Luto e melancolia", crendo, ao contrário, sem mesmo pensar em explicitar essa crença, que os dois modelos do luto, psicológico e sociológico, são possivelmente compatíveis. Com tais incoerências, com tais recuos do questionamento medimos o abuso de influência de uma teoria.

Quase trinta anos mais tarde, teríamos saído disso? Disso podemos duvidar ao reencontrarmos tal qual a mesma "virada brusca" num livro,

---

[20] Ibid., p. 158.
[21] Ibid., p. 168.

publicado em 1994, que, por certo, não fica a dever em qualidade ao de Gorer. Trata-se, desta vez, de história, de uma apresentação, erudita e apaixonante, das aparições na Idade Média[22]. Embora sua disciplina desse precisamente os meios a Jean-Claude Schmitt para deixar em seu lugar histórico a versão freudiana do luto (seu estudo dá explicitamente seqüência aos trabalhos de Ariès), tudo se passa em sua obra como se o "trabalho do luto" fosse uma realidade de todo tempo e todo lugar, operante, em todo caso, na Idade Média. Assim, lemos sob sua pena frases como esta:

> Elas [as aparições medievais] eram os raros mortos que, obstinadamente e durante um breve tempo após o trespasse, impediam o funcionamento regrado da *memoria* cristã, faziam obstáculo ao desenrolar necessário do "trabalho do luto"[23].

Como vemos, Schmitt traz sua caução de historiador ao postulado psicológico freudiano: existiria um luto psicológico, cuja descrição, feita em 1917, seria, entretanto, válida para qualquer homem. "Trabalho do luto" dele seria a palavra mestra. Pode-se imaginar maior sucesso, para uma teoria psicanalítica, do que essa utilização fora de ali onde ela nasceu?

Mas convém afinar ainda mais a análise histórica, o que nos ajudará a entender melhor por que via "Luto e melancolia" criou consenso. Essa morte "invertida" (Ariès), nova figura da morte que se instala no momento mesmo em que Freud escreve "Luto e melancolia" e que dá seu contexto a esse escrito, não veio pronta impor-se sobre um solo virgem. Nova versão daquilo que Ariès chama tão justamente "a morte de ti" (ou seja: o centramento do problema da morte não mais sobre si mesmo, mas sobre outrem), a morte invertida dá seqüência e se impõe a expensas da morte

---

[22] Jean-Claude Schmitt, *Les revenants, les vivants et les morts dans la société médiévale*, Paris, Gallimard, 1994.
[23] Ibid., p. 18. Cf., igualmente, p. 51: "Escritos por monges e clérigos, mas também, a partir do século XIII, por leigos letrados, os relatos autobiográficos nos fazem entrar no fundo do 'trabalho do luto' e da ambivalência dos sentimentos dos homens [...]". A reiteração das aspas enquadrando "trabalho do luto" poderia sugerir uma reserva do autor em relação a essa noção. Entretanto, na página 71, por exemplo, encontramos escrita a idéia segundo a qual separar-se dos mortos seria um trabalho, esta última palavra sem aspas.

romântica que, então, dominava. Que morte, precisamente? Aquela do encontro dos entes queridos na morte, aquela de um além repensado em um *homelike*, aquela que, longe de pôr nisso um termo, eterniza o amor, aquela que é união e não separação, aquela em que o sujeito, preso sob a dominância do sentimento do outro, manifesta uma radical intolerância à sua morte, aquela que esconde a morte fazendo-lhe, mas, sobretudo, fazendo-a a parte... bela.

As pesquisas espíritas, observa Ariès, tomam impulso nesse húmus romântico em que os mortos se comunicam, comungam com os vivos. Praticamente no momento em que Freud está com Charcot em Paris, a *Dialectical Society* (antiga *Ghost Society*) foi rebatizada *Society for Psychical Research*, e o Dr. Charles Richet breve fará dessa ciência (hoje chamada parapsicologia) uma... metapsicologia (!). Freud, equivocadamente, lamentou posteriormente não ter tomado esse caminho. Ele não distingue bem em que o seu é diferente dele, como mostra sua derrapagem "espírita" com Ferenczi, sua afirmação de que "existe transferência de pensamento[24]". Há aí um sinal suplementar, e não o menor, dessa ancoragem da análise freudiana no romantismo com o qual, mais de um século após *Madame Bovary*, é, de qualquer modo, mais que tempo de romper as amarras.

Estudando em detalhe como a morte invertida predominou em relação à bela morte romântica, Ariès escreve:

> É bem notável que o berço do interdito contemporâneo corresponda à zona de extensão do *rural cemetery*, e que, em compensação, o molhe de resistência coincida com os cemitérios urbanizados [...][25].

Ao passo que "Luto e melancolia" – mostraremos por quê – só podia receber um acolhimento favorável nas zonas de persistência do romantismo, o sucesso desse texto se deveu ao fato de que ele ia, precisamente, ser eleito como Bíblia nas zonas da morte invertida, por aqueles mesmos que, notadamente graças a ele, baseando-se nele, em Freud, iam elevar-se, ou

---

[24] Cf. Wladimir Granoff, Jean-Michel Rey, *L'occulte, objet de la pensée freudienne*, Paris, PUF, 1983.
[25] Ph. Ariès, *L'homme devant la mort*, op. cit., p. 588.

tentar elevar-se, contra o interdito da morte e a inconveniência do luto. "Luto e melancolia" achava-se, assim, bem acolhido dos dois lados a um só tempo: ali onde nada havia mudado e ali onde as coisas tinham mudado a ponto de suscitarem um levante contra essa mudança.

Aqui, também, as datas acompanham as do nascimento e do desenvolvimento da psicanálise. Sucessores dos pastores do século XIX e de suas consolações, os *Funeral Directors*, sem esquecer as exigências de seu *business*, fundam sua associação em 1884, adotando um código deontológico no qual se propõem sucessores dos sacerdotes e dos médicos. Graças a "Luto e melancolia", seu estandarte, logo posam de *Doctors of grief*, propõem aos enlutados, ao mesmo tempo que seus serviços funerários, seu *grief therapy*. Há lugar, dizem, para o trabalho do luto, em todo caso no tempo dos funerais, e é ao que convidamos vocês[26].

A confluência dessas duas vias, tradicional e revolucionária, está doravante realizada, tanto que a versão freudiana do luto é agora comum a todos. E sempre na indústria do funerário, tal como atesta a seguinte anedota. O Sr. Pierre Vidallet, dinâmico homem de negócios, está à frente do *stand* de sua empresa no salão bienal dos profissionais do funerário. Ele vende "fornos de cremação" (continua sendo difícil, parece, vender fornos crematórios) que, segundo ele – bem colocado para sabê-lo –, fazem atualmente grande sucesso, na França, junto às municipalidades, as quais os disputam como há vinte anos as piscinas e há dez as ruas de pedestres. Orgulhosamente, seu *stand* se chama: Espaço cremação. Mas como os prefeitos e outros eleitos locais o abordam? É uma questão importante no tempo da morte selvagem. Pois bem, tendo por preocupação que a compra seja feita rápido. Tudo o que fazem questão de dizer é que querem o melhor material e principalmente não querem histórias depois, não querem saber de problemas de disfunção! "Disfunção" é uma palavra bem própria... Estamos aí à beira do macabro, e é provavelmente a razão pela qual o próprio Sr. Vidallet emprega a palavra "horror" e pela qual os eleitos locais fazem questão de deixar claro que desejam, acima de tudo, um excelente material.

---

[26] Ibid., pp. 590-595.

Como, então, o Sr. Vidallet lida com os eleitos locais, seus clientes? Podemos imaginar que ele lida bem, já que, durante estes últimos cinco anos, seu faturamento passou de 7 a 65 milhões de francos. Ele lida bem... mas como? Ele sabe (crê saber, diríamos antes) que o eleito que ele tem diante de si tem medo da morte. Então, ele deixa de lado o assunto quente (se ousamos dizer), a saber, o das possíveis panes do material; fala, explica como funcionam as máquinas, como o caixão é levantado por uma bomba hidráulica, como é criada uma combustão sem chama, como são produzidas cinzas tendo aspecto de poeira. Qual é a função dessas explicações que sabem fazer hora e, assim, conquistar o comprador? O Sr. Vidallet, comercialmente muito forte, nos precisa que seu critério são justamente suas próprias explicações,

> [...] quase parecem com o trabalho do luto feito pelas famílias após um desaparecimento. E, como para funerais, o eleito também vai se decidir quanto a um elemento puramente emocional[27].

Dificilmente saberíamos dizer melhor a que ponto a versão trabalho (do luto) ainda hoje domina os espíritos.

O problema hoje levantado por "Luto e melancolia" pode, assim, ser colocado nos seguintes termos: como uma versão do luto tão pouco problematizada pôde criar consenso até o ponto de se tornar referência comum? O que comporta, pois, esse texto para ter suscitado e obtido tal adesão?

Philippe Ariès respondeu a essa questão, e a receptividade de sua resposta faz hoje a nossa. Ele escrevia:

> Sem querer, os psicólogos fizeram de suas análises do luto um documento histórico, uma prova de relatividade histórica. A tese deles é que a morte de um ser querido é um dilaceramento profundo, mas que cura naturalmente contanto que nada seja feito para retardar a cicatrização. O enlutado deve habituar-se à ausência do outro, anular a libido, ainda obstinadamente fixada no vivo, "interiorizar" o defunto. Os distúrbios

---

[27] *Libération*, quinta-feira, 18 de novembro de 1993, p. 36, artigo: "L'art et la manière d'habiller la mort" [A arte e a maneira de vestir a morte].

do luto sobrevêm quando essa transferência não se faz: "mumificação", ou, ao contrário, inibição da lembrança. Importam pouco aqui esses mecanismos. O que nos interessa é que nossos psicólogos os descrevem como fazendo parte, por toda a eternidade, da natureza humana; como um fato natural, a morte provocaria sempre, nos mais próximos, um traumatismo tal que, sozinha, uma série de etapas permitiria curar. Cabe à sociedade ajudar o enlutado a superar estas etapas, pois ele não tem força para fazê-lo sozinho[28].

Tal como Ariès a apresenta, essa versão "psi" do luto pode, ao especialista interessado, parecer mais sincrética do que eclética. Ele saberá ler nela as diversas proveniências dos temas idêicos juntados ponta a ponta: "anular sua libido" (de origem freudiana), "'interiorizar' o defunto" (Klein), "transferência" (confundida, de modo por certo não totalmente errado, com a substituição de objeto: Freud), "mumificação" (um termo de Gorer e sancionado por seu valor clínico por Bowlby), "traumatismo" (Ferenczi, e justamente o que Freud não reteve), "série de etapas" (Bowlby e certos psiquiatras modernos). Esse sincretismo, no entanto, ainda que não satisfaça os detentores de cada escola, ainda que ignore certas divergências? heuristicamente interessantes, oferece a vantagem de transcrever, talvez com bastante justeza, o que seria a versão psicanalítica do luto para qualquer um, no Ocidente, nos anos oitenta.

Ariès prossegue assim:

> Mas esse modelo que parece natural aos psicólogos não remonta além do século XVIII. É o modelo das belas mortes românticas e das visitas ao cemitério, que chamamos "a morte de ti". O luto do século XIX responde bem, com teatro em demasia, é verdade – mas não é tão grave –, às exigências dos psicólogos. Assim, os La Ferronays[29] tiveram todas as possibilidades de se livrar de sua libido, de interiorizar sua lembrança, e

---

[28] Ph. Ariès, *L'homme devant la mort*, op. cit., pp. 574-575.
[29] Ariès apresentou *Récit d'une sœur*, "túmulo" escrito por Pauline de La Ferronays em memória daqueles que ela amava. A história familiar é uma série de doenças e de mortos em que Ariès ressalta as delícias da morte romântica. Sua análise não ocupa menos de vinte páginas da obra (pp. 405-425), o que não é certamente demais para a felicidade que nos proporciona sua leitura.

tiveram todos os socorros que podiam esperar das pessoas à sua volta. Essas torrentes de luto não podem ser paradas sem risco no século XX. Foi o que bem entenderam os psicólogos. Mas o estado a que se referem não é um estado de natureza: ele data apenas do século XIX.

[...] O luto medieval e moderno era mais social que individual. O socorro ao sobrevivente não era nem seu único objetivo nem seu objetivo primeiro. O luto exprimia a angústia da comunidade visitada pela morte, manchada por sua passagem, enfraquecida pela perda de um de seus membros. Ela vociferava para que a morte não voltasse mais, para que se afastasse... [...] Foi esse luto que foi encarregado, no século XIX, de outra função, sem que nela aparecesse. [...] ele apareceu cada vez mais como o meio de expressão de uma pena imensa, a possibilidade para as pessoas à volta de partilhar essa pena e socorrer o sobrevivente. Essa transformação do luto foi tal que muito rápido se esqueceu o quanto ela era recente: logo se tornou uma natureza, e foi como tal que serviu de referência aos psicólogos do século XX.

[...] Fomos todos, por bem ou por mal, transformados pela grande revolução romântica do sentimento. Ela criou entre nós e os outros vínculos cuja ruptura nos parece impensável e intolerável. Foi, portanto, a primeira geração romântica que primeiro recusou a morte.

[...] E, ao mesmo tempo, por outras razões, a sociedade não suporta mais a visão das coisas da morte e, por conseguinte, nem aquela do corpo do morto nem aquela dos próximos que o choram. O sobrevivente é, pois, esmagado entre o peso de sua pena e aquele do interdito da sociedade.

Tem razão Ariès de situar a versão psicanalítica do luto como um avatar da bela morte romântica? Para além da observação claramente justificada que sublinha a omissão da história, é essa a questão precisa que colocamos a "Luto e melancolia".

Uma analítica do luto, realmente?

A ausência da história em "Luto e melancolia" nos parece tanto mais caracterizada porquanto intervém também, sobretudo, de maneira interna ao texto. Freud não só lá não leva em conta variações históricas da função do luto e da relação com a morte no Ocidente; mas, a nossos olhos, ao escrevê-lo, Freud cogita[30], amplamente fora do campo de sua própria clínica que, como clínica do caso, é, de fato, decididamente histórica. Bastaria que ele se tivesse limitado ainda que a um só caso tratado à sua maneira para não desprezar a história, mesmo que não devesse ser exatamente a de Ariès[31]. Ter-se abstido disso propulsou-o ao pleno sabor da crítica histórica. Assim encontramos, no pano de fundo dessa crítica – que reconhecemos fundada a ponto de suplementá-la com um argumento outro e essencial, um passo ao lado efetuado por Freud, não tanto perante a história quanto perante ele mesmo, perante a clínica freudiana.

Freud não empreendia, então, estudar o luto, mas uma conquista da melancolia. Da maneira mais explícita, ele enuncia desde a segunda linha do artigo e repete posteriormente, em outro lugar, igualmente[32]:

> Depois de o sonho nos ter servido de modelo normal dos distúrbios psíquicos narcísicos, queremos tentar esclarecer a natureza da melancolia, comparando-a ao afeto normal do luto.

O estatuto do luto é claramente o de um paradigma gramatical, de um "modelo normal" a partir do qual poderia ser empreendido o estudo de uma entidade patológica até então deixada na sombra: a melancolia. O procedimento é banal, e a confrontação diz respeito a duas noções que

---

[30] De imediato, Freud escreve: "Nosso material, fora das impressões que estão à disposição de qualquer observador, se limita a um pequeno número de casos..." (p. 3); e mais adiante em seu texto: "Confessei nas frases preliminares desse ensaio que o material empírico sobre o qual está construído este estudo não basta para nossas exigências" (p. 17).

[31] Acreditamos, assim, responder, é verdade que de modo lateral e incompleto, mas de qualquer forma responder à crítica que Jean-Pierre Vernant endereçava à psicanálise, notadamente que ignoraria "a história das funções psicológicas" (cf. J.-P. Vernant, "Histoire et psychologie", in *Religions, histoire, raison*, Paris, Maspéro, 1979, p. 65). Tal história suporia a existência de tais "funções psicológicas", logo, aquela de uma humana natureza psicológica? Seria exagerar ali onde a psicanálise, pelo menos a lacaniana, trouxe sua subversão.

[32] Numa carta de 4 de maio de 1915, Freud informa Abraham de que terminou, há apenas quinze minutos, seu "trabalho sobre a melancolia", *Sigmund Freud-Karl Abraham, Correspondance*, op. cit., p. 225.

Freud não é, decerto, o primeiro a aproximar. Ele vai, por sua vez, jogar com a analogia e as diferenças que a analogia é suscetível de ressaltar ali onde ela não opera mais; a analogia, sabemos, é uma figura de fraco valor probatório.

Além da Grande Guerra, o contexto de seu empreendimento é notadamente constituído pela ruptura definitiva com Jung, o herdeiro que Freud havia nomeado para a conquista das psicoses da mesma forma que ele, Freud, havia conquistado as neuroses. Ora, com o fracasso dessa transmissão da tocha a um filho espiritual, essa conquista volta ao encargo de Freud, não de Freud sozinho, mas de Freud em primeira linha e também de Freud em posição de poder incorporar ou rejeitar, na teoria psicanalítica, o que seus alunos (no caso, principalmente, Abraham, Ferenczi, Rank) podem inventar. Jones chega até a escrever que "Luto e melancolia"

> [...] é a primeira tentativa séria feita por Freud para expor as implicações metapsicológicas de toda psicose[33].

Podemos julgar essa frase, senão falsa, quando menos passavelmente exagerada. Seja como for, ela ao menos constata que não é o luto que deve ser explicado e sim a melancolia. Ora, curiosamente, esse estudo se tornou uma referência para o luto, ao passo que a explicação metapsicológica da melancolia não teve muitas conseqüências nem no plano teórico nem no plano do tratamento dessa afecção. Foi esse, portanto, um primeiro mal-entendido: o que, aos olhos de Freud escrevendo esse texto, estava colocado como já explicado foi tomado como o que ele estava explicando. Ali onde, a partir de um conhecido (o luto) ia se conquistar um desconhecido (a melancolia), fez-se desse conhecido (o luto) o conhecimento de um desconhecido (o luto). Nessas condições em que, de certo modo, o luto tomou o lugar da melancolia[34], ficaremos menos espantados que a versão freudiana do luto tenha sido, de imediato, não-crítica.

---

[33] E. Jones, *La vie et l'œuvre de Sigmund Freud*, T. II, trad. de Anne Berman, Paris, PUF, 1961, p. 349.
[34] Vemos assim, com freqüência, a frase mencionando a famosa "sombra do objeto caindo sobre o eu" ser relacionada ao luto, ao passo que esse fenômeno é, para Freud, do modo mais explícito, um dos traços característicos da melancolia tal como ele elabora sua metapsicologia.

Assim, lendo hoje "Luto e melancolia", temos a desagradável impressão de que uma versão do luto lá se acha fornecida como que contrabandeada. Se se trata de determinar de onde Freud tira sua versão do luto, não é a esse artigo que podemos perguntá-lo. É preciso remontar mais longe nos textos de Freud[35], ler os de Abraham, consultar certas transcrições das *Minutes de la Société de Vienne* [Minutas da Sociedade de Viena], as cartas a Abraham e Ferenczi, certos textos de Rank, para estar diante de outra coisa que uma conclusão, para apreender a iniciativa e o problema cuja conclusão seria essa versão do luto. Não está, no entanto, dito que tal iniciativa problematizante tenha ocorrido; não se pode, com efeito, *a priori* excluir o caso em que a versão freudiana do luto teria sido encontrada sem ter sido procurada, depois admitida sem ter sido discutida.

O fato de Freud estudar a melancolia não é, por certo, uma razão para afirmar que a clínica na qual ele se baseia não é aqui a sua. Não nos erigiremos em conhecedor e juiz de sua experiência para declarar, como se ouve por vezes, que, em certos domínios, essa experiência era limitada[36]. Aliás, saber que apenas um caso basta, justamente na medida em que é abordado segundo as regras do método freudiano, nos proíbe isso. Falando a verdade, é essencialmente o próprio texto que atesta o passo ao lado que observamos.

De que tipo de clínica se suportam as elaborações metapsicológicas de "Luto e melancolia"? Deve-se atribuir o fato a um contágio com o que se trata de conquistar, a psiquiatria? O fato é que essa clínica não foi aquela que se baseia na particularidade do caso, mas aquela do quadro (*Bild*, escreve Freud; há, portanto, uma conotação de *imagem*), e até do quadro comparativo. A unidade de base dessa clínica não é o caso e sim o que Freud designa desde o início como sendo o "pequeno número de casos[37]". É após

---

[35] Certas diferenças notáveis entre a primeira versão de "Luto e melancolia" e aquela que será publicada mais tarde não podem sempre ser situadas: enviada a Abraham, essa primeira versão até hoje não foi publicada.

[36] Não há muito sentido em concluir do fato de que um Gaëtan Gatian de Clérambault viu milhares de doentes que sua experiência da loucura era mais ampla que a de Freud. Os verdadeiros limites da experiência são dados pelo método, o qual constitui essa experiência e seus limites.

[37] S. Freud, "Deuil et mélancolie", op. cit., p. 3.

ter passado na peneira esse pequeno número de casos, mas numa peneira cuja trama é constituída pelas palavras do médico, que este desenha o quadro. Os traços que ele junta têm, portanto, a consistência de um discurso que deve ter desconsiderado a particularidade de cada caso, vale dizer: cada caso em sua particularidade.

Um quadro se... compõe. No caso, ele se compõe de uma série de traços que não são sintomas no sentido psicanalítico do termo (nas palavras de Lacan: como insistência no real de um significante não simbolizado). Encontramos assim, naquilo que Freud nos apresenta como quadro da melancolia, uma boa dose de dados clássicos e até bobos. Ora, são eles que, sozinhos, farão a um só tempo a analogia e a diferença com o luto.

> A melancolia é caracterizada psiquicamente por uma alteração do humor [*die Verstimmung*, um humor desafinado, contrariado, irritado, eco da atrabile dos Antigos – observação do tradutor Transa] profundamente dolorosa, por uma supressão do interesse pelo mundo exterior, pela perda da capacidade de amar, pela inibição de toda realização e pelo rebaixamento do sentimento de si mesmo que se manifesta em reprovações para consigo mesmo e injúrias a si mesmo e que vai até à espera delirante de punição[38].

Consideremos esses traços um por um:

I. Alteração do humor. Como ignorar o fato de que, com esse conceito de humor, trata-se dos restos de uma medicina de qualquer modo obsoleta?

II. Supressão do interesse pelo mundo exterior. Diante de tais constatações, tornamo-nos mais do que desconfiados: não é porque alguém declara não ter mais interesse por esse pretenso "mundo exterior" que o médico é obrigado a segui-lo, ainda menos repetir e, assim, caucionar "cientificamente" sua afirmação.

III. Perda da capacidade de amar. Podemos duvidar de que amar seja uma capacidade, que amar derive da lógica infantil: "És capaz ou não és

---

[38] Ibid., p. 5.

capaz?". Podemos também duvidar de que o melancólico não ame; como dar conta, se é esse o caso, do tão justamente nomeado "suicídio altruísta", aquele que o melancólico se inflige numa preocupação de proteção de seus próximos?

IV. Inibição de toda realização. Eis aqui, particularmente, um traço que nada tem de ingênuo e de pouco valor descritivo; de mais a mais, esse traço é altamente elaborado pelo médico – Abraham, em seu artigo de 1912, havia concluído: "[...] a psicose depressiva é essencialmente uma inibição psíquica generalizada[39]" e, sozinha, a referência a esse trabalho justifica Freud por não incorporar esse ponto IV no ponto II, onde ele poderia, no entanto, perfeitamente se alojar, caso se tratasse apenas de descrição neste ponto IV.

V. Rebaixamento do sentimento de si manifestado por reprovações e injúrias para consigo mesmo. Desta vez, é, ao contrário, a ingenuidade que sidera: não foi ontem, no entanto, que a direção de consciência identificou de que modo injuriar-se a si mesmo ou cobrir-se de reprovações pode valer como pecado de orgulho.

Baseando-se nesse grupo de dados clínicos, a nosso ver antes mal estabelecidos, Freud propõe sua equação: o luto é igual à melancolia menos o ponto aqui numerado V:

> [...] o luto apresenta esses mesmos traços, salvo um: em seu caso, a perturbação do sentimento de si mesmo está ausente. Mas, caso contrário, é a mesma coisa.

Ele o faz, a despeito de certas restrições que vêm sob sua pena, o que torna a equação em questão ainda mais frágil clinicamente. Isso aparece quando ele estabelece ponto a ponto o estudo comparativo dos quadros do luto e da melancolia:

---

[39] Karl Abraham, "Préliminaires à l'investigation et au traitement psychanalytique de la folie maniaco-dépressive et des états voisins", tradução de Ilse Barande e Elisabeth Grin, *Œuvres complètes*, T. I., Paris, Payot, 1965, p. 219.

I'. Freud, aqui, somente (em outras palavras: fora do nível global) menciona uma identidade: "o mesmo humor doloroso".

II'. A perda do interesse pelo mundo exterior difere, já que, no caso do luto, ela seria exceção para tudo o que dissesse respeito a essa parte do mundo que diz respeito ao defunto (se se trata de alguém com quem o enlutado viveu, digamos, o tempo de uma geração, concebemos que essa parte seja importante!).

III'. A perda da capacidade de amar também difere, já que, Freud precisa a esse respeito, no enlutado, amar equivaleria a "substituir aquele cujo luto portamos".

IV'. Quanto à inibição da atividade, ela é objeto da mesma restrição que aquela assinalada no ponto II'.

Como vemos, essa aproximação de dois quadros feitos como uma colcha de retalhos é, em si mesma, bem banal. Será esta, portanto, a base da construção metapsicológica, uma clínica desligada do que, para nós, faz a especificidade e o interesse da clínica analítica, do estudo sustentado do caso em sua singularidade[40].

Já em Abraham, nesse texto que Freud cita em primeiríssimo lugar e no qual se baseia amplamente, não estamos em presença de uma clínica que resolutamente aceita permanecer no caso, referindo tal traço do caso a tal outro, ele também particular, e assim por diante, isto até parecer um romance. Abraham confronta uma observação (de imediato formulada em seus próprios termos) e uma anamnésia tipo. O que já aparece no modo como ele coloca seu problema:

> Esta anamnésia [*aquela do caso que ele acaba de nos contar em uma página*] concorda em todos os pontos com a que nos trazem os obsessivos [*logo, em francês pelo menos: vários obsessivos, uma única anamnésia!*]. Entretan-

---

[40] Em 27 de março de 1915, Freud escreve a Abraham: "Encontrei confirmação de minha análise da melancolia num caso que estudei durante dois meses, sem ter por isso chegado a um sucesso terapêutico visível, que pode, é verdade, manifestar-se só-depois" (*Correspondance*, op. cit., p. 219). Longe de objetar ao que acaba de ser concluído, essa declaração confirma a flutuação metodológica na qual Freud aqui se acha preso: ele não exige mais a cura como caução derradeira da justeza da análise.

to, em nosso paciente, não encontramos manifestações obsessivas, mas variações circulares que se repetiram durante vinte anos[41].

Essa clínica do quadro comparativo não é exatamente aquela, estatística, de Kraepelin, tampouco aquela, freudiana, do caso paradigmático. Aqui, o quadro clínico de uma entidade devidamente repertoriada é tomado como saber de referência para colocar uma questão que permanece bem abstrata, ainda que pareçamos, ou queiramos crer que ela corresponde a uma realidade: como explicar uma diferença entre dois quadros se, por outro lado, são os mesmos quadros?

Concluímos, assim, que a clínica na qual Freud se baseia para escrever "Luto e melancolia" não é aquela que ele mesmo trilhou ao inventar seu método. E a versão do luto, que se acha em contrabando proposta nesse texto, não pode pretender valer como o que era, no entanto, senão exigível, quando menos imaginável: uma analítica do luto.

Em conseqüência uma suspeita nos vem, que é excluído calar. A própria versão do luto, veiculada por "Luto e melancolia" (e não somente a clínica que a suporta), não seria, ela também, "médica", no sentido em que o médico se faz, em sua modernidade, discurso da norma?

Há, em "Luto e melancolia", um esquema narrativo bem simples. Era uma vez um objeto investido libidinalmente. Atingido pela morte, esse objeto adquire o estatuto de objeto perdido na realidade. Cabe, então, ao eu liberar sua libido desse objeto perdido (p. 23). Pois bem, isto é possível! Com efeito, a nova situação em que o eu, como o maníaco, se torna "faminto de novos investimentos de objeto" (p. 27) não podendo ser indefinidamente mantida, a solução acontece graças à colocação dessa libido num novo objeto (o objeto substitutivo), o qual se beneficiaria, assim, exatamente desses investimentos que eram, até a data de sua morte, colocados no objeto doravante inacessível[42].

---

[41] K. Abraham, "Préliminaires...", op. cit., p. 215.
[42] Comparando a melancolia ao luto, Freud escreve que, no caso da melancolia, em seguida ao abalo da relação de objeto, "a conseqüência disso não foi aquela, normal, de retirar a libido desse objeto e deslocá-la para um novo, mas uma outra [...]" (p. 15).

A idéia que preside a essa concepção do luto é claramente a de uma *restitutio ad integrum*; reconheçamos nela aquela, médica, de uma cura ideal. No caso, ela parece, de qualquer modo, bem louca! Após um luto "bem-sucedido", o sujeito se acharia diante do objeto perdido numa relação bem particular e para a qual imaginamos mal uma fórmula. Dirão, então, que tudo se passa, daqui por diante, para o ex-enlutado, como se o objeto não estivesse mais perdido? Num certo sentido, sim! Essa resposta está contida na concepção de uma *restitutio ad integrum*.

Está aí, concentrado, um verdadeiro roteiro. Uma das questões entre as mais decisivas que ele nos coloca é esta: que tipo de objeto o torna possível? Que outro tipo de objeto o tornaria inoperante? Pois, reparemos, não se trata aqui, pelo menos não diretamente, do objeto substitutivo por excelência, do objeto da pulsão, mas, de fato, de um ser querido, de uma "pessoa amada" ("Luto e melancolia", p. 5), ou de algo equivalente, diz Freud de imediato. Será que uma pessoa amada se substitui? Que concepção temos do amor para nem que fosse imaginar como possível tal substituição?

O início de resposta a essa questão sugerido por "Luto e melancolia" é constituído pela única figura um pouco concreta que nos propõe esse texto do objeto amado, a de um noivo:

> Apliquemos agora à melancolia o que aprendemos do luto. Numa série de casos, é evidente que ela pode igualmente ser uma reação à perda de um objeto amado, em outras ocasiões podemos reconhecer que a perda é de uma natureza mais ideal. Não é que o objeto esteja morto realmente, mas está perdido como objeto de amor (por ex. o caso de uma noiva abandonada) (p. 7).

O próprio Freud nos ensinou a ler, naquilo que é apresentado como um exemplo, a coisa mesma de que se trata efetivamente. O objeto de amor enquanto objeto substituível afigura-se assim, segundo ele, um noivo, de mais a mais que abandona a noiva, um noivo que tem, portanto, uma certa parte na perda sofrida por sua noiva – e esse ato, de qualquer modo, dificulta um pouco sua identificação como objeto pulsional. A despeito dessas dificuldades teóricas, o que vem, pois, fazer o noivo? Uma única resposta, cremos, se apresenta, quase trivial: ele vem dar corpo à idéia de uma possível substituição. Se se tratasse, com efeito, de um marido que tivesse vivido quarenta anos de felicidade com sua companheira e lhe deixado uma boa dúzia de bambinos, vemos mal como um novo marido (até sem evocar sua idade) poderia vir usufruir dos mesmos investimentos libidinais que aquele que faleceu. Basta, além disso, lembrar o infeliz marido de *Gens de Dublin*[43] [Gente de Dublin], brutalmente confrontado com o fato de que sua mulher terá sempre amado apenas seu noivo (noivo este que, tendo levado seu amor até nele deixar a vida, se apresenta, para o marido, como encarnando um amor que, de modo algum, ele mesmo pode igualar), por não mais desconhecer que certos noivos, ainda que mortos, duram muito. Com seu noivo, Freud tenta resolver o problema do objeto amado tomado enquanto objeto substitutivo; pouco importa, trata-se de uma trucagem e de um forçamento. Tal seria o viés da *restitutio ad integrum* que, o que quer que ele diga dela, coloca o luto como uma doença, abre a via que será tomada por Melanie Klein e de que esperamos para breve o final sob a forma (até então inoperante) do medicamento antiluto. O que confirma que a versão do luto que ele propõe é do domínio médico. Ora, essa clínica restitutiva não era decididamente a dele. Há discordância entre o pensamento do objeto implicado notadamente em "Luto e melancolia" e aquele que Freud sustentará por outro lado, aquele que sublinhará Lacan, aquele de um objeto fundamentalmente, essencialmente perdido.

---

[43] Filme de John Huston, levando à tela o romance de James Joyce *The Dead* (texto bilíngüe em James Joyce, *Dublinois, Les morts, Contreparties*, introd. Hélène Cixoux, trad. Jean-Noël Vuarnet, Paris, Aubier-Flammarion, 1974).

A realidade pode dar prova *do que quer que seja?*

> [...] quanto mais a realidade é satisfatória, se podemos dizer, menos ela constitui uma prova da realidade.
> LACAN, *As formações do inconsciente*,
> 5 de fevereiro de 1958.

A ancoragem de "Luto e melancolia" na clínica psiquiátrica pode ser ainda mais precisada. Ela tem nome Meynert. Não podemos aqui ignorar Meynert por uma razão ao menos, mas decisiva: de modo bem clássico, sua doutrina da alucinação, retomada por Freud, deriva da mesma moldura teórica que a noção, crucial, de prova, de exame, de comando da realidade (*Realitätsprüfung, Realitätgebotes*). E reciprocamente. Crucial essa noção é, já que, sem ela, a de "trabalho do luto" não teria muito sentido, tal como aparece na citação abaixo:

> [...] o exame da realidade (*die Prüfung der Realität*) mostrou que o objeto amado não existe mais e convida agora a retirar toda a libido de suas nodulações com esse objeto. Um eriçamento compreensível se manifesta contra – é comum observar que o ser humano não deixa de bom grado uma posição libidinal, nem mesmo quando um substituto já se acha em perspectiva. Esse eriçamento, então, pode ser tão intenso a ponto de levar a se desviar da realidade e a manter o objeto por uma psicose alucinatória de desejo (ver o ensaio precedente, "Complemento metapsicológico à doutrina do sonho"). Normalmente, o respeito pela realidade conserva a vitória. Entretanto, sua tarefa não pode ser cumprida imediatamente. Ela é, então, executada no detalhe, com um grande gasto de tempo e de energia de investimento, e enquanto isso a existência do objeto perdido prossegue psiquicamente.

Está bem estabelecido que a realidade possa, assim, mostrar que "o objeto amado não existe mais"? Freud o afirma aqui como algo que seria evidente, mas ganhamos dele em... incerteza (saber que não sabemos, ali mesmo onde acreditávamos saber, é, com efeito, freqüentemente um ganho de saber), tanto que estamos talvez em condição de poder, enfim – segundo um jogo de palavras de Lacan –, "escavar a evidência"*.

---

* Em francês, *évider l'évidence*. (NT)

Uma primeira objeção a essa evidência seria de ordem clínica. Trata-se de uma experiência, bem banal no enlutado, que Freud não menciona, que julgamos, entretanto, essencial e exemplar. O recém-enlutado (da mesma forma que lemos "*Just married*") crê encontrar, num momento e num lugar imprevistos para ele, por exemplo andando numa calçada, ou sentado num carro, ou numa reunião de que participa, exatamente o ser que acaba de morrer. Essa presença, essa vida lhe "salta ao rosto", siderante surpresa que logo provoca nele como que uma extrema felicidade, como que uma felicidade chegando até ao arrebatamento. O clarão dessa presença viva nos levaria até a inventar a palavra "vivência" para dizer essa felicidade. Uma certa semelhança entre a imagem percebida no instante e a imagem, guardada em memória pelo enlutado, daquele ou daquela que ele acaba de perder parece necessária para que aconteça esse encontro; no entanto, notaremos que essa semelhança é reduzida a um ou alguns traços, bem pouco numerosos: o movimento de uma cabeleira, uma silhueta, a curvatura de uma nádega, um tom de voz... Trata-se de uma semelhança gestaltista, não de duas imagens globais que seriam reconhecidas como sendo "a mesma", não verdadeiramente daquela relação imaginária do eu com o semelhante que Lacan escrevia a – a' [ou, outras vezes: m – i(a)]. É, ao contrário, muito notável que não seja preciso muito, questão de traço (ou traços?) para que uma batida mais rápida do coração se apodere do enlutado diante da abertura repentina e inesperada dessa possibilidade de um reencontro, de um iminente abraço. "Mas ele estaria vivo então!", diz aquele entusiasmo súbito. As obras de terror, ao inverterem o valor afetivo, deixam-nos, por vezes, entrever o que acontece numa experiência como essa.

Certo, isso não dura, não mais que um breve lapso de tempo, não mais que o tempo de uma alucinação. Aliás, essa experiência sobrevém de modo tão exterior ao sujeito quanto a alucinação, ou o automatismo mental, ou até a excitação sexual (cf. a primeira ereção do pequeno Hans). Essa exterioridade seria um sinal patognomônico de que se trata exatamente, como na alucinação, de uma experiência real, de um acontecimento do tipo "retorno no real"? Não discutiremos imediatamente esse ponto delicado. Que nos baste notar que, se a questão da inexistência do objeto na realidade fosse tão claramente resolvida quanto supõe a versão freudiana do luto, tal experiência não poderia ocorrer. Acrescentemos que a realidade (que, com Lacan, distinguimos do real) lá aparece, quanto a ela, em sua verdade, isto é, eminentemente problemática.

Do ponto de vista da realidade, o morto, longe de ter esse estatuto de um inexistente cuja inexistência mesma seria adquirida até permitir basear-se nela para lá fundar decisivamente seu luto, o morto é, como, aliás, é nomeado, um desaparecido. É o que a realidade, se ousamos dizer, pode propor de melhor a seu respeito; de melhor e... de pior. Ora, um desaparecido, por definição, é algo que pode reaparecer, reaparecer em qualquer lugar, a qualquer hora, na próxima esquina. Somos, assim, levados a conceber que não haveria precisamente prova da realidade para o enlutado. Se há, para ele, uma realidade, longe de ser o lugar de uma prova possível, no sentido em que uma prova se conclui, seria essa fatia da experiência subjetiva onde, justamente, não é possível fazer a prova da morte daquele que perdemos. A verdadeira prova da realidade, o que a torna assim tão assustadora e tão rica de experiência * é quando percebemos que ela não permite nenhuma prova. O luto põe o enlutado ao pé do muro desse estatuto da realidade.

Objetarão que, na experiência em que ele acaba de estar em questão, o sujeito, após um primeiro tempo de alegria, dá-se conta, não sem pavor, de que aquilo não "bate", de que há de fato ali, portanto, uma intervenção da realidade. Mas por que falar da realidade? Por que usar esse palavrão, já que, se ficarmos muito próximos da experiência, de fato teremos que admitir que se trata de um jogo de signos no sentido que Lacan deu a esse termo: o (ou os) traço(s) terá (terão) representado a vivência do ser amado para o enlutado? Dizemos "jogo de signos" como se fala de "jogo de pista" pelo fato de que intervém um problema mais do que clássico que trata da assinatura das coisas (*signatura rerum*), um problema de pertinência. Num primeiro tempo, um signo é lido como pertinente, isto é, como representando pertinentemente a presença do ser amado; ele é em seguida destituído dessa pertinência, ou porque esse signo parece não ser exatamente aquele, ou por causa da intervenção de um outro signo, recebido como não poden-

---

* Trocadilho em francês: *ép(r)ouvante*: que assusta [*épouvante*] e que experimenta [*éprouvante*]. (NT)

do de modo algum figurar no universo dos signos característicos do ser amado. Essa experiência, incontestavelmente, implica a dimensão de uma linguagem. Como, aliás, sem a linguagem, Freud poderia falar de um "mandamento" da realidade? Um mandamento é algo articulado! Essa experiência resulta também do imaginário (no sentido de Lacan), na medida em que o que significa tem o valor de um traço da imagem do outro, i(a). O conceito de signo comporta justamente essas duas dimensões, precisamente enquanto não distintas. Esta indistinção foi, aliás, a razão maior para não identificar, de imediato, a experiência encarada como sendo uma experiência pura e simplesmente alucinatória (retorno no real de um significante – tomado como tal – foracluído do simbólico).

Quanto à realidade, o assunto é bem diferente. Notemo-lo, ter percebido que "não é ele (ou ela)" não modifica verdadeiramente, na realidade, o estatuto do desaparecido. Apesar de si mesmo, o enlutado por certo terá feito a experiência de que o objeto perdido não estava ali. Mas alhures? Para falar de uma "prova" da realidade seria preciso que ela fosse conclusiva também a propósito desse alhures, única maneira de subverter o estatuto de desaparecido. Ora, isso não acontece.

A "prova da realidade" apresenta esse inconveniente de expulsar, sem dar na vista, um certo número de determinações efetivamente presentes na experiência do luto. Acabamos de vê-lo a propósito da linguagem e do imaginário do corpo. Outra escamoteação é realizada pela própria noção de realidade, já que ela vem no lugar da... verdade. Não fazemos, assim, muita questão de tirar de nossas gavetas uma palavra não menos grosseira que a de realidade e não menos carregada filosoficamente. Preferimos ficar mais próximos da experiência tal como ela se formula. Com efeito, a primeira palavra que vem à mente, até mesmo aos lábios do enlutado, ao ficar sabendo da terrível notícia, é quase uma interjeição:

Não é verdade!

Caso seja necessária uma prova de que, ao apresentarmos isso como um fato clínico, não cedemos a sabe-se lá que pendor "lacaniano" pela verdade, citemos um autor não suspeito de ter algo a ver com isso, a Dra.

Elisabeth Kübler-Ross, que, relatando sua experiência de um diálogo com moribundos em Chicago, escreve:

> [...] a maioria teve como primeira reação, ao tomar consciência do desfecho fatal de sua doença, dizer: "Não, eu não, não pode ser verdade!"[44].

O luto abre por inteiro a porta a uma questão que, de imediato, não é de realidade, mas de verdade. O que faz o grito do coração que chega primeiro? A interjeição vem bater, marcar o que se passa de modo a lhe retirar toda verdade.

O que quer que diga disso E. Kübler-Ross, não se trata aí de uma denegação, em todo caso não no sentido freudiano desse termo: não há aí nenhuma suposição explícita segundo a qual o outro pensaria que é verdade. Trata-se de um julgamento que opera uma permutação dos termos que são aqueles do realista ingênuo: o "Não é verdade!" coloca a realidade como devendo ser adequada ao julgamento. Esse grito indica que a realidade poderia bem vir se dobrar às determinações do julgamento. E isso não é tão incongruente; posso, após ter julgado pertinente morar em Paris, ter feito o que era preciso para, e, assim, me achar, na realidade, habitante de Paris. Pelo "Não é verdade!", a realidade cessa de poder ser acolhida como dada; ela está, ao contrário, despojada de sua evidência de dada. Não se pode mais, por conseguinte, contar com ela para garantir a verdade do julgamento, já que ela se tornou, ao contrário, o que deve vir (mas a isso se conformando e não mais como uma aquisição prévia) assegurar a verdade do julgamento. O "Não é verdade!" tem o alcance de uma marca inaugural que introduz o sujeito em seu estatuto de enlutado. Ele nos indica que a realidade, no enlutado, justamente, não pode mais fazer prova. Doravante, em conformidade com sua natureza, ela faz questão. Se há uma "prova da realidade" no luto, nunca pode ser senão no sentido em que, no luto, a realidade como tal se acha posta à prova. Em outras palavras: o luto deixa-se alinhar como sendo uma das experiências possíveis da perda da realida-

---

[44] Elisabeth Kübler-Ross, *On Death and Dying,* New York, The Macmillan Company, 1969, trad. de Cosette Jubert e Étienne de Peyer, Genebra, Labor et Fides, 1975, p. 47.

de. Em outras palavras ainda: na experiência do luto, a realidade não serve mais de biombo para um real.

Levar em conta a experiência do luto como colocação em causa da realidade poderia permitir aos clínicos se desprenderem um pouco dessa incongruidade que consiste em ignorar a diferença entre suas idéias e as questões que habitam seus doentes. A noção de realidade é particularmente propícia a tal derrapagem. Eis aqui um breve exemplo, entre mil outros possíveis naqueles que crêem, ou querem crer, ou visam nos fazer crer numa natureza psicológica do homem; após nos ter dado *in extenso* a transcrição de uma entrevista com uma moribunda hospitalizada, E. Kübler-Ross retoma o que, segundo ela, foi dito de importante nos termos e com os preconceitos da psicologia freudiana[45]; lemos assim (caso irmã I):

> Ela só conseguia compensar aquela solidão crescente visitando outros doentes e apresentando exigências em favor deles, satisfazendo, assim, as necessidades deles (que eram *na realidade* as suas) e exprimindo, na mesma oportunidade, seu desprazer e suas críticas em relação à ausência de cuidados de que era objeto[46].

Este impagável "na realidade", cremos, dispensa qualquer outro comentário.

---

[45] E. Kübler-Ross acredita que "[...] o homem não mudou profundamente. A morte continua sendo para ele um acontecimento terrível, assustador, e o medo da morte é universal [...]. O que mudou foi nossa maneira de encarar e de abordar a morte e a agonia [...]" (*On Death and Dying*, op. cit., p. 13). Não se pode dizer melhor o preconceito psicológico de que essa autora nos oferece uma versão freudiana nos apresentando como um invariante da natureza humana "[...] a noção fundamental de que, em nosso inconsciente, a morte nunca nos aparece como possível no que nos concerne pessoalmente" (p. 10). Que essa psicologia freudiana sirva para confortar a promessa de um pacífico fim de vida (deixaríamos a vida como deixamos o banheiro, sem saudades, após lá termos feito e satisfeito nossas necessidades), um fim que nos asseguram estar ao alcance de cada um, confirma a observação de Ariès segundo a qual esse luto freudiano tem origens românticas. Correlativamente, poderemos também notar a que ponto os diálogos dessa psiquiatra freudiana com seus doentes (ela nos propõe alguns em transcrição integral) desconhecem o inconsciente: não há a mínima análise de sonho ou de lapso, não há o mínimo chiste, a troca é de um lado ao outro egóica, sua operação, uma sugestão.

[46] E. Kübler-Ross, *On Death and Dying*, op. cit., p. 88.

Bastaria à ortodoxia psicanalítica descolar um pouco da idéia (religiosa) de um mundo[47], de um mundo tomado como "vontade e representação", desprender-se por um instante do domínio que exerce sobre ela o romantismo magoado (que se porta tão bem no... mundo) de um Schopenhauer, para não mais ignorar que a filosofia, não mais que o budismo (para só citar ele), não esperou a psicanálise para contestar a pertinência da noção de realidade. Lá tomamos, de qualquer modo, conforme múltiplos vieses, com alguma prudência, a noção de um conhecimento empírico do existente, sublinhado

> a obscuridade que reina sobre a possibilidade, para um espírito, de estabelecer uma comparação com a realidade[48].

Desde a primeira frase do *Tractatus*, Wittgenstein procede a um tal decapeamento:

> O mundo é o conjunto dos fatos, não das coisas.

Os "fatos" são aqui estritamente determinados pelas proposições afirmadas. Acompanhando essa frase inaugural, encontramos algo como um *bon mot*. Contam, com efeito, que houve publicamente um amigável e rude enfrentamento entre Russell e Wittgenstein no momento em que este se tornava aluno daquele; com muito vigor, Wittgenstein recusava a seu mestre o direito de admitir como certo "que não havia rinoceronte[49] na

---

[47] A de um "universo do discurso" (Lacan) tem, de qualquer modo, uma melhor sustentação, como prova que possamos acrescentar que ele não existe.
[48] Brian Mc. Guiness, *Wittgenstein*, T. I, Paris, Seuil, 1991, p. 123.
[49] Cf. Ray Monk, *Wittgenstein, Le devoir d'un génie*, trad. Abel Gerschenfeld, Paris, ed. Odile Jacob, 1993, p. 50. O rinoceronte é singularmente propício a pôr em questão a evidência da realidade? Podemos pensar assim se aproximarmos o *bon mot* acima relatado da aventura que nos narra Salvador Dali: "[...] minha preocupação constante por Vermeer e, sobretudo, por sua *Dentellière* chegou a uma decisão capital. Pedi ao Museu do Louvre a permissão para pintar uma cópia desse quadro. Certa manhã, cheguei ao Louvre pensando nos chifres de rinoceronte. Para grande surpresa de meus amigos e do Conservador Chefe, viu-se desenhar-se, em minha tela, chifres de rinoceronte. O ofegar da assistência transformou-se num riso enorme logo abafado pelos aplausos. Deve-se dizer, concluí, que eu estava um pouco esperando por aquilo. Então, projetaram

peça" (em que Russell ensinava). Russell, primeiramente espantado, logo descontente, acabou, fora de si, por desaparecer debaixo da carteira para dela sair de novo, pouco depois, declarando que não, decididamente; agora que tinha olhado tudo muito bem (tal como a polícia de "A carta roubada"), era testemunha de que não havia rinoceronte na peça. Embora vindo após esse simulacro de inspeção, esse testemunho, imaginamos, não convenceu muito Wittgenstein nem o fez mudar de opinião. Seguindo esse fio, diremos que está excluído poder afirmar que aquele que acaba de morrer, tal como o rinoceronte wittgensteiniano, não está na peça. De que se trata? Da impossibilidade de afirmar a inexistência do outro; ou, pelo menos, de colocar a questão das condições de possibilidade de uma tal afirmação. O que é que a faria verdadeira – já que é bem a palavra?

Sem pretender dissertar sobre essa questão logicamente constituída (trata-se do estatuto das ditas "proposições existenciais"), consideremos o que pode ser encarado como mais imediatamente acessível, a noção de desaparecido. Certas condições devem ser cumpridas para que a realidade designe alguém enquanto desaparecido.

Segundo "Luto e melancolia", o enlutado reage à perda do objeto amado pelo que é chamado um "eriçamento", *Straüben*. Daí nossa questão: essa reação de eriçamento é suscetível de esclarecer o estatuto de desaparecido na realidade? O eriçamento, notemos, não é recebido como um conceito psicanalítico, embora se encontre efetivamente em função de conceito nesse texto. Ele merecia isso, no entanto, de que é prova o homem dos lobos, de quem se diz ter se "eriçado" contra a ameaça de castração, da mesma forma que, no sonho "da injeção em Irma", esta se "eriça" (*straüben*)

---

numa tela uma reprodução da *Dentellière* e pude mostrar o que mais me transtorna nesse quadro: tudo converge exatamente para uma agulha que não está desenhada, mas que está justo sugerida. [...] Em seguida, pedi ao operador para projetar na tela a reprodução de minha cópia. Todos se levantaram, aplaudindo e gritando: 'É melhor! É evidente!'. Expliquei que até essa cópia eu não entendia quase nada da *Dentellière* [...]" (Salvador Dali, *Journal d'un génie*, Paris, La Table ronde, 1964, pp. 145-146). Plagiando uma fórmula célebre, mas aqui apropriada (como prova a reação do público de Dali, contrastando com o silêncio dos estudantes que assistiam ao conflito Russel Wittgenstein), diremos que Dali tem êxito ali onde Wittgenstein fracassava. Lacan assistia à conferência na Sorbonne em que Dali fez esse relato.

quando Freud se põe a olhar o fundo de sua garganta⁵⁰. Essa posição teoricamente ambígua do eriçamento recobre uma dificuldade, que o fato de que Freud o qualifique de "compreensível" (*begreiflich*)⁵¹ não esclarece muito, ao contrário. *Straüben* poderia se traduzir por "resistência", o que a justo título não fazem aqui nem a *Transa* nem a equipe que traduz as ditas *Œuvres complètes* [Obras completas] que, esta, escreve "rebelião"; o dicionário dá também: "erguer-se, coicear, debater-se contra algo, recusar-se". "Resistência" é um conceito da psicanálise, "eriçamento" não. No entanto, a reação assim designada é crucial na análise metapsicológica do luto. Então? O que acontece? Como esclarecer esse "exame da realidade" a partir do eriçamento ao qual ele dá lugar?

Aquilo contra o que nos erguemos, tal como o ouriço, não pode ser reduzível, em sua essência, a uma realidade perceptiva. Basta considerar o caso de uma injustiça para logo entender que a "realidade" em questão é eminentemente construída. Primeiramente, os mesmos fatos (mas trata-se, por conseguinte, dos mesmos?) podem não ser vistos como uma injustiça por tal outro. Mas também tal outro, ainda, que nisso veria uma injustiça (mas trata-se, por conseguinte, da mesma?), nem por isso se erguerá aí con-

---

⁵⁰ Cf. tradução do capítulo II da *Traumdeutung*, Bulletin *Transa*, nº 1, janeiro de 1983, p. 34. Lacan canta alto e forte a incidência desse eriçamento: "Freud encontra mulheres ideais que lhe respondem pelo modo físico do ouriço. *Sie streben dagegen* (como escreve Freud no sonho de Irma, no qual as alusões à sua própria mulher não são evidentes, nem confessadas), elas estão sempre a contrapelo". *A transferência em sua disparidade subjetiva, sua pretendida situação, suas excursões técnicas*, sessão de 16 de novembro de 1960, *Stécriture*, Bulletin nº 1, p. 6). Cf., igualmente, a sessão de 21 de junho de 1960, amplamente dedicada ao luto e encerrada com as dificuldades do ouriço de fazer amor *a tergo* ou para se livrar de seus vermes.

⁵¹ Em muitos textos psicanalíticos, inclusive nos mais metapsicológicos, embora até a trama conceitual pretenda ser apertada, embora cada conceito possa parecer bem definido, da mesma forma que aqui em "Luto e melancolia", é impressionante encontrar assim, de aspecto insignificante, um termo que não é nem apresentado nem recebido como um conceito, mas que intervém como um conceito decisivo no texto em questão. Acabamos por nos perguntar se a elaboração teórica por certo não consiste em fazer a arrumação tão bem quanto possível, mas levando o monte de poeira e de imundícies (a cada vez, nem inteiramente o mesmo nem inteiramente um outro) de uma parte à outra da casa. Em defesa (se podemos dizer) da análise, podemos também duvidar de que essa "prática teórica", como dizia Louis Althusser, lhe seja específica.

tra – o que parece indicar que ele não está exatamente às voltas com a mesma realidade, embora até lá encontrasse a mesma injustiça.

Isso conflui com uma observação a propósito da inexistência do objeto. *Bestehen* autoriza a traduzir "não subsiste mais", ou "não persiste mais" e até "não consiste mais" – o que não deixa de ter ressonância para nós[52]; percebemos, assim, de novo, que com essas diferentes palavras a realidade em questão muda. Entretanto, algumas linhas mais adiante Freud fala da existência (*Existenz*) do objeto, tanto que as traduções por "não existe mais" parecem justificadas. Mas a questão que colocamos não é senão mais viva! Como se situa esse "mais existência"? Ainda mais que se trata de um "desaparecido"! Um "exame da realidade" supostamente seria, numa espécie de imediatismo (que, no fundo, é aquela que a psicologia clássica supõe caracterizar a relação do sujeito com o objeto na percepção), capaz de ressaltar como certo esse "mais existência". Confessemos que não basta.

Por exemplo, a morte de Panisse * tal como a imortalizou o cinema; só após o enterro, e uma vez "realizada" (sim!) a recomposição do quarteto do jogo de cartas, é que César, vendo a cadeira vazia de Panisse, toma ciência de que seu amigo não existe mais. O que pede várias observações, digamos... de bom senso. A formulação segundo a qual César teria "tomado ciência" [*pris acte*] nos veio espontaneamente. Tomar ciência [*prendre acte*], parece, diz melhor que "exame da realidade" aquilo de que se trata, a saber, uma subjetivação daquele "mais existência" ali onde estaríamos lidando com um desaparecimento. Ora, o que é tomar ciência efetivamente? Como um sujeito se subjetiva nesse tomar ciência? É possível, fora de um ato, de um re-ato? Fica claro que a evidência das noções de "eriçamento", de "realidade" e de "exame da realidade" permite que se evitem tais questões, realizando, em relação a elas, uma espécie de curto-circuito. Este, além disso, reduz e principalmente torna insípidos os dados do problema. César toma ciência da morte de Panisse naquele momento, aquele do novo jogo de cartas. Logo, não antes. Ora, é preciso, para isso, que ele tivesse, com outros, de-

---

[52] Alusão ao ternário lacaniano existência / consistência / furo.

* Personagem da trilogia teatral e adaptação cinematográfica de grande sucesso de Marcel Pagnol: *Marius, Fanny* e *César*. Panisse, um dos quatro parceiros de jogo, de muitos anos, acaba de morrer. (NT)

cidido jogar mais uma vez! Nada prova que, se eles tivessem decidido não jogar mais dali por diante (um tipo de decisão bem comum durante um luto), César teria um dia se dado conta daquele "mais existência" de seu amigo. O "tomar ciência" tem, portanto, o estatuto de um acontecimento, localizável como tal. Quando tal acontecimento ocorre? Quais são as condições? Está claro que "a prova da realidade", ao sugerir que o assunto está de cara resolvido, impede que essa questão seja colocada. Assim, nos espantamos menos que Freud nada tenha dito sobre a prática, usual, do segundo funeral[53], nem sobre as variações do estatuto do morto para além de sua morte.

Para que assim fale a "realidade" (pois ela é falante, como prova nossa emoção quando, espectador, fazemos nosso o olhar de César para a cadeira vazia de Panisse), foi preciso toda uma montagem e, primeiramente, que Panisse tivesse tido *sua* cadeira. Esta vale dêitico de um lugar intitulado e reconhecido como seu por todos os parceiros do jogo de cartas e por nós, espectadores, com eles. Vai-se mesmo até fazer jogar o morto, perfeita prova de que essa montagem permitiu compor sua ausência. Uma certa fixidez das relações entre os quatro faz, portanto, parte da realidade, a qual se revela, portanto, bem como sendo não um dado, mas uma montagem na qual cada um toma sua parte.

A partir do momento em que Freud encara a realidade como um conceito (*Realität*, e não *Wirklichkeit*), um conceito ligado a outros, definido por eles, ela passa a ter, aliás, necessariamente, nele, esse estatuto – ainda que se trate *in fine* de apoiar a suposição de uma possível relação imediata do eu com o objeto e com sua (in)existência. Mas qual montagem? Estamos nos encontrando aqui com o apoio que Freud tomou em Meynert não só para suas cogitações sobre "Luto e melancolia" mas, já, para a doutrina da *Traumdeutung*.

---

[53] Uma forma menor disso seria a missa de saída de luto; uma forma maior disso seria a *famadiahana* ("retorno dos mortos"), prática ritual malgache que consistia em tirar os mortos de seus túmulos para novo funeral.

*Uma estranha e efêmera
entidade "clínica":
a psicose alucinatória de desejo (PAD)*

Incentivado por Abraham, que já avançou alguns peões a esse respeito, sabendo seu material clínico insuficiente, Freud aborda metapsicologicamente a melancolia. Outros dados do contexto que produziu, como *en passant*, a versão freudiana do luto: o fracasso com Jung e a ruptura com Bleuler, os quais constituíam, para Freud, à época, a referência psiquiátrica essencial (ele não tinha Kraepelin em grande estima). Assim, em 1915, essa volta a Meynert e sua *amentia* nos parece ter também o estatuto de um recurso. Freud vai dedicar-se à melancolia com o que tem à mão em Viena, isto é, Meynert. Talvez o faça tanto mais "inocente" ou "espontaneamente" porquanto a doutrina meynertiana das psicoses lhe teria anteriormente servido de maneira crucial em *Die Traumdeutung*, tal como Jones observa:

> [...] É, entretanto, o estudo do distúrbio chamado *Amentia de Meynert* (psicose alucinatória aguda) que lhe fornece a nítida intuição do mecanismo da realização de desejo, [...][54].

Freud fez com Meynert seu único estágio em psiquiatria, durante cinco meses, de junho a outubro de 1883; por Meynert ele foi orientado sobre Esquirol (o pai não da alucinação, mas de sua inaugural e talvez inextirpável definição psiquiátrica). O mestre da psiquiatria vienense foi também um daqueles que devia reagir com muita violência quando Freud, voltando do período com Charcot, apresentou (em 15 de outubro de 1886) aos médicos de sua cidade a inconcebível histeria masculina. Desde o acontecimento dessa recusa, Freud tinha como considerar que Meynert estava, dali por diante, em dívida com ele, uma dívida que, a se crer na história (ou, então, na lenda), não será verdadeiramente paga quando, em seu leito de morte, Meynert[55] achou por bem (era em 1892, nove anos mais tarde) fazer saber a Freud que ele mesmo se considerava "um dos mais belos casos

---

[54] E. Jones, *La vie et l'œuvre de Sigmund Freud*, op. cit., T. II, p. 73.
[55] Cf. E. Jones, *La vie et l'œuvre de Sigmund Freud*, op. cit., T. I, p. 254.

de histeria masculina⁵⁶" e que, assim, se explicava a violência de sua repulsa à época. Entretanto – e o ponto opaco e essencial é este –, tudo isso não impedia Freud de considerar Meynert "o gênio mais brilhante que ele jamais encontrara⁵⁷".

O recurso a Meynert em "Luto e melancolia" oferece como que uma contraprova da inexistência do objeto. É, portanto, suscetível de, por tabela, nos permitir precisar como Freud concebia a existência do objeto na realidade. Mas, em 1915, e visto com os olhos de Freud, de que maneira, por que razão e com que "proveito" "Luto e melancolia" recorreu a Meynert?

Não se trata tanto, para Freud, de problematizar a inexistência do objeto; vimos, ao contrário, seu pendor a admitir essa inexistência como um dado. Trata-se, em compensação, de dar conta da "existência psíquica" do objeto, principalmente na melancolia. O fato de esta se diferenciar do luto reclama que sejam distinguidos diferentes modos de "eriçamento" diante da perda do objeto. Esperaríamos, portanto, dois modos, um para o luto, outro para a melancolia; "Luto e melancolia", a despeito de seu título, oferece três. Esse terceiro e inesperado ladrão, a dita "psicose alucinatória de desejo" (daqui por diante PAD), encarna a contraprova meynertiana de que falávamos.

"Luto e melancolia" distingue dois modos diferenciados de existência do objeto perdido – o segundo estando ele mesmo (mas secundariamente) dividido em duas maneiras características de manter o objeto. Esquematizemos em um "ou bem, ou bem" os dois modos principais do "eriçamento" (*Sträuben*) diante da perda:

Ou bem desviar-se da realidade
    eine Abwendung von der Realität
    e manter o objeto por uma ⟶ PSICOSE ALUCINATÓRIA DE DESEJO
    ein festhalten des Objekts durch eine halluzinatorische Wunchpsychose
Ou bem respeitar a realidade
    seja segundo o modo do ⟶ LUTO NORMAL
    seja sob o modo da ⟶ DEPRESSÃO NEURÓTICA OBSESSIVA.

---

⁵⁶ Christine Lévy-Friesacher, *Meynert-Freud "L'Amentia"*, Paris, PUF, 1983, p. 25.
⁵⁷ Cf. Jones, citado por Lévy-Friesacher, *Meynert-Freud "L'Amentia"*, op. cit., p. 25.

Parece bem que estamos aqui às voltas com uma oposição binária, sem terceira escolha possível: respeitar / desviar-se, isto é, não respeitar. Mas "Luto e melancolia" quer constituir uma metapsicologia da melancolia; ora, esta não está presente entre as três possibilidades oferecidas; ela seria, no entanto, ela também, uma reação à perda do objeto. Então?

A hipótese segundo a qual essa PAD seria outro nome para a melancolia não deve ser considerada, nem que fosse por Freud não ter evocado a alucinação em seu quadro da melancolia. Sua descrição, depois sua elucidação metapsicológica do "delírio de pequenez" (*Kleinheitwahn*) da melancolia, com a conjetura segundo a qual a escolha de objeto melancólico teria sido feita "sobre um fundo narcísico", indicam que a alternativa aqui acima inscrita estava por inteiro situada no registro da libido de objeto, ao passo que, constituindo-se baseada numa identificação com o objeto, uma incorporação do objeto, a melancolia comprovaria a incidência de outra libido, a libido narcísica. Assim, devemos, a montante do esquema acima, fazer intervir outra alternativa, aquela que distingue libido narcísica e libido de objeto (com uma passagem reconhecida possível de uma à outra e a hipótese de um bem estranho, mas teoricamente necessário, "reservatório da libido" de que disporia o eu). A árvore completa das possibilidades deixa-se, portanto, escrever:

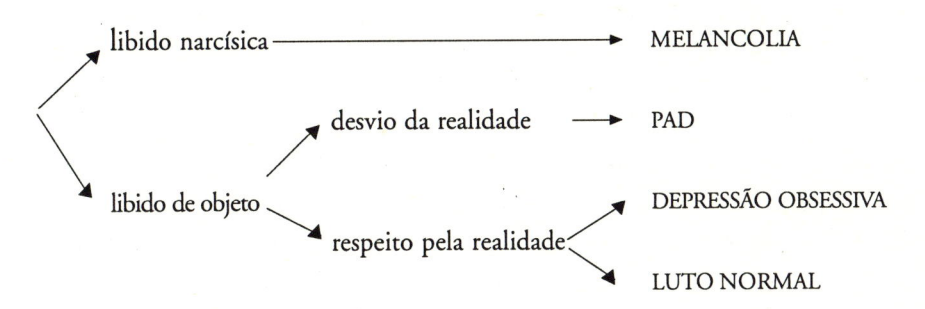

```
                libido narcísica ───────────────▶ MELANCOLIA
               ╱
              ╱            desvio da realidade ──▶ PAD
             ╱           ╱
              libido de objeto                      ▶ DEPRESSÃO OBSESSIVA
                         ╲                        ╱
                          respeito pela realidade
                                                  ╲
                                                   ▶ LUTO NORMAL
```

Dessa árvore, o traço mais problemático é o mais inesperado; trata-se dessa PAD, de que Freud, exceto sua menção, nada diz a mais em "Luto e melancolia", contentando-se em remeter ao artigo contemporâneo: "Complemento metapsicológico à doutrina do sonho". Se quisermos ver mais de perto como ele concebe essa "prova da realidade" tão crucial, na sua opinião, no luto normal ou patológico, se quisermos apreender o que ele entende por "inexistência do objeto", é forçoso, portanto, reportar-se a essa PAD que representa, ela e não a melancolia, sua extrema não-realização.

A PAD só teve existência, em Freud, em "Luto e melancolia" e em "Complemento...". Esse aspecto meteorito, esse quase hápax coloca uma questão. A PAD não passaria de uma peça que Freud deverá ter forjado numa problematização altamente metapsicológica e historicamente localizada em seu trilhamento?

Em "Complemento...", Freud subsume, sob esse termo PAD, três coisas bem diferentes:

– A *amentia* de Meynert,
– a fase alucinatória da esquizofrenia,
– o sonho.

Tal reunião parece bem heteróclita: trata-se, no primeiro item, de uma doença, no segundo, de uma síndrome, no terceiro, de um desses fenômenos que a psicanálise leva em conta, mas que não é geralmente recebido como patológico. O que nos convida, a despeito desse nome "psicose alucinatória de desejo", a não considerar a entidade em questão como uma psicose a ser alinhada ao lado de outras psicoses, como, por exemplo, a psicose alucinatória crônica (PAC, nascida em 1911) que seu nome evoca, bem entendido, em primeiríssimo lugar. Aliás, a *amentia* de Meynert tampouco conquistou esse estatuto de uma doença reconhecida; foi antes recusada logo que proposta, seja por Kraepelin, na Alemanha (com a construção da demência precoce), ou na Suíça, com Bleuler (e o sucesso da esquizofrenia[58]).

Tomemos antes, portanto, essa PAD como um objeto curioso, não situado num registro epistêmico estabelecido (exceto a própria metapsicologia), um objeto de Freud, evanescente além disso.

Como Freud o construiu? Por que o abandonou? Vamos mostrar que sua formulação, em 1915, resulta de uma iluminação, que veio impressionar Freud num contexto bem particular. À prova, o traço não fez a prova nem de seu valor nem de sua fecundidade. Em que consistiu? Tudo repousa

---

[58] Cf. Jean Garrabé, *Histoire de la schizophrénie*, Paris, Seghers, 1992.

num fato clínico antes pequeno, no qual por certo discerniremos o malentendido, mas que não deixou de atingir Freud como uma evidência. Ora, esse fato clínico combina com outro fato, um fato de escrita com que nos deparamos, evidentemente sem tê-lo buscado, simplesmente confrontando o texto de Freud e o de Meynert. Freud, com efeito, escrevendo "Complemento...", esquece, num certo lugar, as aspas; esquece de citar Meynert, tanto que o que cremos ser dele é, de fato, uma observação de Meynert, que ele retoma por sua conta sem assinalar. Ficamos, assim, leitores de Freud, desnorteados com essa ausência de aspas, conduzidos a dar a essa iluminação um valor que ela não tem, a nos confundirmos a seu respeito.

Antes do material clínico, consideremos o fato de escrita, a não-citação. Construindo sua PAD a partir das três experiências não homogêneas acima lembradas, Freud escreve, para apoiar, senão justificar, essa aproximação que ele nos propõe entre o sonho e a *amentia* (ambos apresentados por ele como decorrendo de uma *regressão tópica à alucinação*):

> O delírio alucinatório da *amentia* é uma fantasia de desejo claramente reconhecível, freqüentemente organizada por completo como um belo devaneio diurno[59].

Mediante o que, logo após, eis a PAD:

> Poderíamos falar, de modo inteiramente geral, de uma psicose alucinatória de desejo, e reencontrá-la igualmente no sonho e na *amentia*.

Logo após, entretanto, uma frase demonstra um certo constrangimento, uma certa restrição quanto à aproximação que acaba de ser formulada, quanto à tomada em feixe dos termos assim ligados nessa PAD:

> Encontramos também sonhos que são feitos tão-somente de fantasias [*fantasmes*] de desejo [*désir*] muito ricos e não deformados.
> *Es kommen auch Träume vor, welche aus nichts anderem als aus sehr reichhaltigen, unentstellten Wunschphantasien bestehen.*

---

[59] S. Freud, "Complément métapsichologique à la théorie du rêve", in *Métapsychologie*, Trad. J. Laplanche e J.-B. Pontalis, Paris, Gallimard, 1968, p. 137.

Lendo isso, não ficamos espantados por Freud não ter dado muita importância, posteriormente, a essa PAD. Ele avança aqui em terreno escorregadio, aproximando por certo o sonho e a *amentia*, mas só podendo apoiar essa aproximação com certos sonhos e certos ordenamentos (eles, é verdade, ditos "freqüentes") da *amentia*. Quanto à fase alucinatória da esquizofrenia, ele fala dela no condicional, sem nenhum argumento clínico e com todas as restrições. A noção de PAD deve-se bem essencialmente à aproximação do sonho e da *amentia*.

Ora, essa aproximação é um dado a um só tempo clínico e doutrinal característico da *amentia*. Ele não é de Freud, mas de Meynert, por isso é que a ausência de aspas, durante um tempo, nos fez perder o rumo. Em suas *Leçons cliniques de psychiatrie* [Lições clínicas de psiquiatria], publicadas em 1890, o próprio Meynert havia escrito, a propósito do primeiro caso de *amentia* que ele nos apresenta e que é também o mais desenvolvido:

> [...] as evocações figuradas [*Darstellung*] da jovem que acabo de descrever parecem com relatos de sonhos [...][60].

Essa aproximação está eminentemente ligada à doutrina psiquiátrica de Meynert. Segundo esta doutrina, com efeito, o sonho é uma *amentia* transitória, ligada ao estado de sono. Como isso? Há, em Meynert, toda uma descrição (derivando antes do postulado do que de uma coletânea de dados empíricos) do funcionamento mental, isto é, cerebral, que se pode figurar num esquema afinal bem simples, mas, sobretudo, que combina com certa teoria da fala (ou, para melhor dizer, do pensamento) e da linguagem.

A linguagem, cuja unidade elementar é, para Meynert, a sílaba e não a letra[61], é, segundo ele, feita, de uma inextricável rede de associações, notadamente de "associações acessórias"[62] apensas a cada palavra e localizadas, elas também, na zona cortical do cérebro. Considerando esse estado de coisas linguageiras, só podemos pensar ou falar de modo ordenado (mas essa precisão vale pleonasmo), deixando, em permanência, bem amplamente

---

[60] In C. Lévy-Friesacher, *Meynert-Freud "L'Amentia"*, op. cit., p. 66.
[61] Ibid., p. 107.
[62] Ibid., pp. 73-74.

de lado essas associações acessórias, notadamente as que derivam da assonância. Como chegamos a isso? Como conseguimos, nessa rede topológica (já que constituída de vizinhanças de "significantes" no sentido saussureano desse termo), trilhar um percurso de pensamento sensato? Meynert responde supondo que pensar corresponde a eleger uma "representação de objetivo" e reencontrá-la a partir de uma "representação de ataque". Assim se opera a inibição das associações acessórias, uma inibição, como vemos, constituinte de todo pensamento ordenado[63].

Reencontraremos o problema da realidade completando o esquema do funcionamento mental proposto por Meynert. Não há apenas os "fachos de associações", deve haver também "fachos de projeção", localizados, eles, nas zonas subcorticais (onde desembocam os nervos sensitivos). É preciso, com efeito, admitir a existência desses fachos de projeção, caso contrário a ativação das associações produziria sempre apenas puros pensamentos sem relação alguma com as percepções, o que, notadamente, tornaria inconcebível uma motricidade inscrita nas coordenadas comuns do tempo e do espaço[64]. No funcionamento normal do pensamento, segundo Meynert, essa atividade subcortical dos fachos de projeção está amplamente inibida pela atividade da zona cortical. Chegamos, então, ao seguinte esquema:

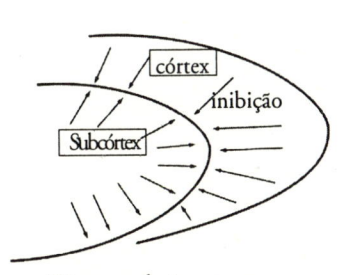

A: representação de ataque
B: representação de objetivo

Córtex e subcórtex

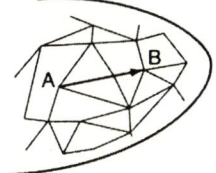

A linguagem cortical

---

[63] A regra de "livre associação" enuncia-se, por vezes, em termos meynertianos: "Renunciem às representações de objetivo!"; em outras palavras: "Deixem-se habitar pelas representações acessórias, pela *amentia*". É preciso, à prática que esse enunciado impõe, sessões de duração suficiente (senão fixa) para que o analisando caia, em sessão, regressivamente, como num sono hipnótico (os trabalhos de Conrad Stein desenvolvem de modo mais preciso e rigoroso as implicações dessa posição).

[64] Meynert toma emprestado essa diferenciação entre "fachos de associação" e "fachos de projeção" de alguém que, para nós, não é qualquer um, de... Flechsig, em quem ela tinha o sentido anatômico que ela guarda em Meynert (cf. G. Lanteri-Laura, *Les hallucinations*, Paris, Masson, 1991, p. 59).

Partindo daí, o que acontece no sonho bem como na *amentia* que justifique seu parentesco? Num e noutro caso, ainda que as causas sejam diferentes, as duas inibições (aquela, interna ao córtex, das associações acessórias e aquela que o córtex exerce sobre os fachos de projeção subcorticais) cessam de ser ativas, mediante o que lidamos com dois gêneros de fenômenos que prevalecem, cada um, em razão de sua atividade própria: a emergência das associações acessórias (um falar por assonâncias) e aquela das alucinações, as quais provêm dos fachos de projeção subcorticais não inibidos. Meynert mostra-se bem, aqui, aluno de Esquirol: a alucinação para ele permanece sendo "uma percepção sem objeto". Não há, portanto, segundo Meynert, diferença essencial entre o sonho e a *amentia*, ambos derivam do mesmo mecanismo; diremos que a *amentia* merece seu nome de *amência*, pois não se trata, como na *demência*, de um enfraquecimento da atividade cerebral tomada em sua globalidade, mas de uma privação, de uma atividade cerebral privada de espírito, "acéfala", nesse sentido[65].

Ora, em "Complemento...", não levando em conta o fato de que essa aproximação do sonho e da *amentia* está assinada Meynert, Freud pode dispensar-se de observar a que ponto se trata, em Meynert, essencialmente de um fato de doutrina. Além disso, essa negligência vai retornar em Freud, em sua teoria da alucinação, logo, de um certo modo de relação com o objeto que é nossa presente questão. Freud toma essa aproximação, de certo modo, como um puro fato clínico, um fato diante do qual temos agora, portanto, que nos deter. No plano clínico também, imaginamos, essa aproximação foi primeiramente de Meynert antes de ser de Freud. Em que consistia, em Meynert? Essencialmente numa impressão de semelhança. Trata-se de Juliana C., um caso de *amentia*, o mais desenvolvido das *Lições clínicas*, igualmente o primeiro pelo qual Meynert introduz a *amentia* por diferenciação com (aqui, um traço que nos importa)... a melancolia. Meynert escreve, logo após ter apresentado sua doente em três densas páginas:

> [Na melancolia] trata-se de doentes despertos e inteligíveis, embora freqüentemente pobres em suas manifestações. Por outro lado, as evocações

---

[65] Vemos, Meynert construía, como Freud tentava, uma "psicologia para uso dos neurologistas".

figuradas [*Darstellungen*] da jovem que acabo de descrever parecem com relatos de sonhos, tal como aquele dos dois soldados dos quais um era Deus, o outro, o Cristo. A concepção de seus cabelos vividos como diabos, o episódio cheio de angústia e de agitação por causa de uma rã aos prantos, o fato de ela se enfiar de modo insensato nas cavernas de colchões de onde surge para atacar outrem com raiva, as vozes que lhe dão ordens, tudo isso corresponde a estados sem consciência clara. Na distinção entre percepções *reais* e *irreais*, não é somente a interpretação, mas a própria percepção que freqüentemente é falsa[66].

Eis o que Meynert retém da observação relativa a esses soldados e que justificaria sua aproximação do sonho e da *amentia*:

> Há três dias, ela teria sido convidada por dois soldados que, quando ela recusou acompanhá-los, a teriam ameaçado com uma faca e lhe teriam pedido dinheiro. Um se dizia Deus, o outro, Jesus. Eles lhe teriam dito que seus cabelos eram diabos, e é bem o diabo que está nos seus cabelos. Depois, esses soldados continuaram a assustá-la tanto em sonho quanto em estado de vigília[67].

Que Meynert mencione especialmente esses soldados para apoiar sua aproximação do sonho e da *amentia* deveu-se ao fato de que esses soldados assustam sua doente "tanto em sonho quanto em estado de vigília", como se a *amentia* abolisse essa diferença. Já notamos que, no plano teórico, essa aproximação era mais que uma aproximação: o sonho tendo, em Meynert, o estatuto de uma *amentia* tornada possível pelo estado de sono, a *amentia* tendo plenamente, quanto a ela, o estatuto de um sonho acordado.

Ora, para Freud, as coisas se apresentam a um só tempo do mesmo modo e de modo bem diferente – o que não nos simplifica a tarefa. A diferença essencial é esta, que sem dúvida motiva a ausência das aspas, mas nem a justifica nem poupa Freud de suas conseqüências. Para Meynert, a

---

[66] C. Lévy-Friesacher, *Meynert-Freud "L'Amentia"*, op. cit., p. 66.
[67] Ibid., p. 63.

confusão da *amentia*, como o sonho, é essencialmente um "defeito de associação", notadamente uma "ausência de ligação dos sintomas entre si[68]". Nele, a idéia de um *trabalho do sonho* é impensável, sendo o sonho precisamente o que acontece de excitação quando o espírito[69] não trabalha mais, uma a-mência. Da mesma forma, os sintomas da *amentia*: não lhe viria tampouco à idéia associar, seria em suas coordenadas uma incongruência completa pôr em relação semanticamente, por exemplo, o que os dois soldados diziam a Juliana C. com respeito a seus cabelos, a saber, que eram diabos, e o fato de que ela se arranque os cabelos; sua doutrina exclui acolher esse gesto como uma escrita, como a escrita da frase: "É de arrancar os cabelos!". Em compensação, para Freud, é bem disso que se trata, de *Deutung*, quando ele vê na *amentia* "um *belo* sonho diurno".

Assim, no lugar mesmo dessa aproximação do sonho e da *amentia* onde se encontrariam Freud e Meynert, o mal-entendido é grande e Freud, nesse sentido, tem bem razão de não citar muito mais Meynert a esse respeito. Entretanto, para nossa discussão do estatuto do objeto e da realidade, o importante não está exatamente aí, mas no lugar para onde eles convergem, a saber, a alucinação, sendo a *amentia*, essencialmente, uma psicose *alucinatória* transitória. Ora, é aqui, sobretudo, que o gesto de não ter citado Meynert volta-se contra Freud. Já entrevemos que deve bem haver dente de coelho nessa não-atribuição a Meynert da aproximação sonho/*amentia*, quando menos por esta razão, que seria, de qualquer modo, mais que espantoso que uma diferença essencial separe Freud de Meynert a respeito dos fachos de associação, do córtex, ao passo que não haveria mais nenhuma diferença entre eles a respeito dos fachos de projeção, do subcórtex! Uma frase indica, no entanto, que essa diferenciação não é absolutamente despercebida por Freud, aquela em que ele é como que levado a ceder terreno a Meynert, aquela em que ele justifica a aproximação do sonho e da *amentia*, dando primazia a uma certa categoria de sonhos, os sonhos que se apresentam como:

> [...] devaneios [*fantaisies*] de desejo [*souhait*] muito ricos, *não deformados* [sublinho].

---

[68] Ibid., p. 67.
[69] Dizemos "o espírito" na medida em que o mental, no trabalho do sonho, joga com o chiste, e sem recusar o que esse espiritual comporta de espiritualidade.

Da mesma forma, Freud cede terreno (o dele!) quando situa a *amentia* como um "belo sonho *diurno*". Tal sonho, ele igualmente pouco deformado, mostrar-se-ia por si mesmo como um devaneio de desejo.

Desembocamos, assim, em algo curioso. A exemplo de Meynert e após ele, Freud aproxima o sonho e a *amentia* (apresentando-os como os dois modos maiores de sua PAD); mas, enquanto que, em Meynert, essa aproximação corresponde a uma privação de espírito, ao contrário, em Freud, há, de fato, uma lei ordenadora do conjunto do material presentificado sob um modo pensado como essencialmente alucinatório, e esta lei se chama *Wunsch*, o desejo [*désir*] (ou o anseio [*souhait*]). De mais a mais, há também uma ausência em Freud. Uma ausência de quê? A resposta interessa, em primeiro lugar, a nosso estudo do luto: a ausência em questão, manifestada pela não-deformação do material tanto na *amentia* quanto no sonho diurno, é uma ausência de trabalho!

A *Traumdeutung* havia estabelecido uma correspondência entre trabalho do sonho e trabalho de interpretação. Em compensação, nessa PAD, não haveria necessidade alguma de trabalho de interpretação: como em certos sonhos, a fantasia de desejo [*fantasme de désir*] seria legível diretamente. Podemos, daí, legitimamente conjeturar que não haveria, tampouco, na PAD, equivalente do trabalho do sonho ao qual Freud impute as deformações. Nesses sonhos imediatamente legíveis, como na PAD, essa ausência de trabalho combina, no entanto, com uma realização, uma realização de desejo. Meynert supunha uma ausência de trabalho de pensamento e, portanto, uma ausência de realização do que quer que seja; Freud, este, via uma ausência de trabalho, mas cedendo lugar a uma realização. Uma realização sem trabalho, eis o que estaria em questão, segundo ele.

Onde vemos Freud passar bem ao lado de um encontro da história

A que se deveria a possibilidade de tal realização? À alucinação, mais exatamente ao estatuto que Freud lhe concede. Ora, é precisamente aí que estaremos às voltas mais diretamente, mais imediatamente, com a existência do objeto perdido. Temos, portanto, que estudar a teoria freudiana da alucinação que suporta e informa as teses de "Complemento...". Vamos fazê-lo tendo em mente esta observação de Paul Guiraud que fazemos nossa a ponto de estender sua validade à psicanálise:

> [...] o problema das alucinações é o problema central da psiquiatria. É o campo de batalha onde se afrontam as teorias. Considero que ele não deve ser colocado de modo restrito demais[70].

Lanteri-Laura considera que Freud não esconde o jogo ao retomar por sua conta, na *Traumdeutung*, a palavra de Kant segundo a qual "o louco é um sonhador que passeia[71]". É verdade que o trabalho de E. Régis sobre o onirismo é exatamente contemporâneo da escrita da *Traumdeutung* e que Freud podia, portanto, não ter tomado conhecimento da essencial distinção onirismo / alucinação[72]. Freud, entretanto, adota essa palavra de Kant depois de a afasia, tomada como modelo, ter permitido a Seglas distinguir as alucinações verbais das alucinações psicossensoriais. Ora, esta distinção clínica tão importante – Lacan vai fazê-la sua, até nos deixar crer, ainda que pela ausência nele de uma menção explícita de Seglas, que ela seria dele[73]! – não operava nada menos do que uma desconstrução dos postulados meynertianos, aqueles mesmos que Freud adotava para pensar a "realização alucinatória do desejo" no sonho.

Vimos que, em Meynert, intervinha de modo determinante a oposição córtex / subcórtex. Inscrevendo sua clínica das alucinações no quadro da abordagem moderna do cérebro, que distingue áreas às quais funções específicas podem ser atribuídas (a doutrina das localizações cerebrais), Seglas se baseará nessas referências neurológicas novas, mas sobretudo não globais. Primeiras dentre elas, as áreas da linguagem (cf. os trabalhos de Broca e Wernicke):

---

[70] Citado por G. Lanteri-Laura, *Les hallucinations*, op. cit., p. 84.
[71] Ibid., p. 71.
[72] E. Régis, *Le délire onirique des intoxications et des infections*, G. Gounouilhou, Bordeaux, 1900 (citado por G. Lanteri-Laura, op. cit., p. 67).
[73] J. Lacan, "De uma questão preliminar a todo tratamento possível da psicose", *Écrits*, op. cit., p. 533: "Os clínicos deram um passo melhor ao descobrirem a alucinação motora verbal por detecção de movimentos fonatórios esboçados".

Pela primeira vez – nota Lanteri-Laura ao nos apresentar esse envasamento –, uma função precisa, a linguagem (emitida ou recebida), se achava localizada em dois territórios bem determinados do córtex cerebral no homem[74].

Um pouco mais adiante[75], Lanteri-Laura escreve:

> [...] essas alucinações verbais são alucinações de falas. J. Seglas encara primeiramente as teorias que se propõem dar conta de tais fenômenos e recusa as três primeiras, tanto aquela que faz deles uma determinação puramente periférica e sensorial quanto aquela que neles encontra, com Esquirol, depois com J.-P. Falret, "um fenômeno puramente intelectual, um simples fato de ideação", e tanto quanto aquela que, segundo J. Baillarger, mistura um pouco os dois, órgãos dos sentidos e encéfalo.

Teremos reconhecido, no que se acha assim recusado, a doutrina de Meynert: as "determinações puramente periféricas" correspondem à alucinação segundo Meynert, o "simples fato de ideação" corresponde ao funcionamento do córtex, já que ele não está mais inibido pelo jogo regrado *representação de objetivo* → *representação de ataque*. Lanteri-Laura conclui assim sua leitura de Seglas[76]:

> [...] o modelo das afasias suplantou os outros (periférico, central, misto) e fez das alucinações um grupo de fenômenos medicamente pensável por referência a uma importante aquisição da neurologia, as alucinações verbais assumiram um lugar preeminente; tratava-se bem menos de uma percepção sem objeto que da irrupção inegável da linguagem vinda de outra parte.

Para a teorização da realização do desejo pelo sonho na *Traumdeutung*, depois para "Complemento..." e "Luto e melancolia", foi, a nosso ver, uma grande perda, uma verdadeira catástrofe que Freud tivesse se limitado a uma neurologia que estava ficando superada, que não tivesse lido, desde

---

[74] G. Lanteri-Laura, *Les hallucinations*, op. cit., p. 58.
[75] Ibid., p. 60.
[76] Ibid., p. 64.

1892, as trezentas páginas de Seglas, no entanto enunciadas sob um título que poderia ter chamado sua atenção: *Des troubles du langage chez l'aliéné* [Dos distúrbios da linguagem no alienado]. Era todo o esquema do capítulo VII da *Traumdeutung*, com sua extremidade perceptiva, toda a teoria da realização "alucinatória", que estava, de modo antecipado, sendo questionado pelo achado fundamental de Seglas. Mas não, não há uma única citação de Seglas na obra de Freud[77].

Assim, só podemos concordar com a justeza da observação de Lanteri-Laura segundo a qual Freud, ao assimilar sonho e loucura, assume por sua conta uma posição "um pouco rudimentar". Ele a prolonga notando que Freud devia, posteriormente, retificar sua posição. Quando e onde? Precisamente em "Complemento...", em 1915. Deste texto, Lanteri-Laura retém que, dali por diante, para Freud, o modelo do sonho não é mais pertinente para todo o campo da patologia mental. Mas se a *amentia* for de fato, como afirma Lanteri-Laura, um outro nome para o onirismo de Régis, se, portanto, em lugar da PAD pudermos, com efeito, aproximar o sonho e a alucinação, será preciso distinguir uma outra espécie de alucinação para falar daquelas encontradas nos delírios crônicos e que, elas, nada têm a fazer com o onirismo, mas são doravante qualificadas de "verbais". Ora, isto, que não cria nenhum problema em Lanteri-Laura (já que ele formula, em seu livro, a tese de um plural das alucinações), coloca, em compensação, problemas em Freud. Freud não admite a existência de duas espécies de alucinações com dois mecanismos diferentes.

Em "Complemento...", Freud desvia o problema, transporta-o para um lugar preciso, em sua noção de "representação de coisa", a qual comporta, de modo (sempre) mal dissociado, um elemento perceptivo e um elemento da língua (dois elementos representativos, de certo modo, dos dois tipos de alucinações que, justamente, não distinguimos, confirmando, assim, a confusão acima indicada). Esse transporte resolve o problema? Permite ele dar um justo estatuto do objeto que existiria na medida em que satisfaria o desejo?

---

[77] Precisemos: o nome de Seglas não aparece na *Corcondance to the Psychological Works of Sigmund Freud*, que nos oferece, tratando-se dos nomes próprios, um teste amplamente válido.

Digamos imediatamente nossa conclusão. Estudar a relação de objeto pela luneta dessa PAD nos leva a notar que Freud coloca a existência do que chamaremos *um ponto de mimese* na relação com o objeto suscetível de trazer a satisfação, de permitir o cumprimento do desejo. Embora não explícita, a incidência dessa *mimese* é, no entanto, em Freud, admitida como essencial à obtenção da satisfação: a percepção da imagem do objeto, de sua impressão vale pelo objeto. Essa relação mimética com o objeto, e até (veremos) do objeto com ele mesmo, afigurar-se-á, em Freud, ineliminável: se a retirarmos, o esquema do aparelho psíquico do capítulo VII da *Traumdeutung* não se sustenta mais.

Situamos hoje com bastante facilidade esse ponto de *mimese*, pois foi precisamente tal eliminação que a intervenção do ternário simbólico imaginário real de Lacan realizou[78]. Dito de outra maneira: Freud coloca um ponto de identificação da forma na relação de objeto, ao passo que Lacan disso não tem nenhuma necessidade, mas, em compensação, transfere essa identificação formal, gestaltista, para o nível da constituição do eu [*moi*]. A invenção de S.I.R. em 1953 não fará senão dar suas coordenadas a esse

---

[78] Essa observação responde à constatação, feita em 1954, por Michel Foucault: "A distância entre a significação e a imagem nunca é preenchida na interpretação analítica a não ser por um excedente de sentido; a imagem em sua plenitude é determinada por sobredeterminação. A dimensão propriamente imaginária da expressão significativa está inteiramente omitida" (in *Dits et écrits*, T. I, Paris, Gallimard, 1994, p. 70). Essa distância, com efeito, nunca é preenchida porque o próprio problema desse preenchimento não se coloca, porque a noção de representação serve a essa escamoteação. A ficção desse ponto mimético que introduzimos aqui teria precisamente por função realizar esse preenchimento. É para ela, dizemos, que se dirige esse sempre mais sentido que, com efeito, tem o valor de um excedente. Ela seria apenas o sonho do pensamento da representação, apenas sua ilusão fundadora. Mas nós a pudemos conceber justamente porque a sabíamos de imediato inconveniente, isto graças ao ternário simbólico imaginário real. De modo bem explícito, Michel Foucault, nesse texto, desconhece a incidência desse ternário, o que o conduz a repartir Klein e Lacan, respectivamente, lado imagem e lado texto, repartição em que ele encontra confirmada sua observação de um não-preenchimento entre estas duas dimensões (cf. *Dits et écrits*, op. cit., pp. 73-74). Ele não vê que se trata, muito antes, de distingui-las. Aqui se mede o preço pago por Lacan ao primado do simbólico: nos anos cinqüenta, alguém tão agudo como leitor quanto era Michel Foucault não pode observar a que ponto era importante, em Lacan, a dimensão imaginária.

transporte já iniciado, em 1936, com a descoberta do estádio do espelho em sua função formadora do eu.

Eis uma confirmação inesperada, mas a nosso ver efetiva, de uma formulação da articulação Lacan / Freud que fomos levados a propor sob o título "Freud deslocado"[79]. Que essa confirmação valha, podemos começar a nos dar conta disso notando que o conceito lacaniano de pequeno outro (por seu estatuto bífido: trata-se de um objeto, mas tomado, na constituição do eu, não como objeto de satisfação, mas de identificação) se afigura suscetível de desempenhar o papel de placa giratória para tal deslocamento. Em suma, Freud não colocou o narcisismo (mas no sentido lacaniano desse termo) no mesmo lugar que Lacan. Curiosamente, ele não o teria colocado no eu, mas no objeto, o que é, de qualquer modo, enorme, mas que se acha, entretanto, indicado, nele, pela espécie de colocação em abismo pela qual ele faz passar o objeto: se o objeto está fundamentalmente perdido, tal como está dito em seu *Esboço de uma psicologia para uso dos neurologistas*, seu reencontro, condição da obtenção da satisfação, só pode ser aquele de suas marcas perceptivas, as quais sempre são já marcas perceptivas de outras marcas perceptivas, depósitos vindos de experiências anteriores de satisfação; assim, o objeto suscetível de trazer satisfação acha-se, em Freud, como que preso entre dois espelhos planos paralelos que, indefinidamente, o duplicam em relação a "ele mesmo" (na verdade, ele já é sempre imagem dele mesmo), conservando ao mesmo tempo um mínimo de suas propriedades gestaltistas (elas permitem seu reconhecimento).

Em *Esboço*, o funcionamento do aparelho psíquico construído por Freud para descrever a experiência de satisfação toma por base uma fundamental indiferenciação da satisfação alucinatória e real. Lemos, capítulo XV:

> Se o objeto de voto [*voeu*] for investido abundantemente, a ponto de ser animado alucinatoriamente, disso decorre igualmente o mesmo signo de expulsão ou de realidade que para a percepção externa.

---

[79] Jean Allouch, "Freud déplacé", *Littoral*, nº 14, Toulouse, Érès, 1984. Esse artigo foi, desde então, ampliado sob forma de uma pequena obra intitulada *Freud, et puis Lacan*, Paris, EPEL, 1993.

Reciprocamente, desde o capítulo seguinte, Freud descreve os diferentes casos em que a satisfação acaba por ser obtida desde o momento em que há coincidência entre "o investimento de voto de uma lembrança e um investimento de percepção que a ele se assemelha":

> Podemos tomar como ponto de partida que a coincidência entre os dois investimentos torna-se o sinal biológico segundo o qual é preciso pôr um termo no ato de pensamento e deixar acontecer a expulsão.

Entre percepção (isto é: realidade) e alucinação, fica-se andando em círculos; daí os esforços de Freud, através da função inibidora do eu, para tentar constituir, *apesar disso*, uma diferença. A base da problemática que Freud tomou permanece a definição da alucinação como percepção sem objeto, até mesmo a da percepção como alucinação com objeto (já que a alucinação também produz um signo de realidade – cf. citação acima). O nervo do desencadeamento da satisfação continua sendo a coincidência de duas imagens. Se essa coincidência não é o narcisismo no sentido de Lacan, mais exatamente o narcisismo lacaniano sem a identificação narcísica, que nos digam, então, o que poderia ser[80]!

Estaríamos, então, às voltas com uma curiosa troca de lugares entre Freud e Lacan; se, com efeito, decidirmos definir lacanianamente o narcisismo como a incidência da forma como tal na experiência subjetivada da satisfação, ele então se acha, em Lacan, do lado do sujeito e, em Freud, do lado do objeto. Vale dizer que uma justa diferenciação do narcisismo em Lacan e em Freud torna não-pertinente o confronto deles – já que o narcisismo segundo Lacan se acha, em Freud, em outro lugar que não ali onde Freud nos fala do narcisismo. A coisa, que saibamos, não foi até agora verdadeiramente percebida, um cegamento que pode, provavelmente, ser posto na conta do freudo-lacanismo ambiente. Responsabilizamo-lo aqui por

---

[80] Só podemos, a esse respeito, pensar na foto principal da série das Greta Garbo publicada por Joë Bousquet – cf. Danielle Arnoux, "Aimée par Joë Bousquet", *Littoral*, nº 33, Paris, EPEL, novembro de 1991.

não termos até agora tomado ciência de que Lacan está após Seglas[81], Freud antes.

Tendo assim localizado a "representação de ataque" que vectoriza nossa leitura de "Complemento...", como acolher, dali, o que esse texto diz do estatuto do objeto na PAD? Esse estatuto só pode ser plenamente levado em conta se, primeiramente, suprimirmos a hipoteca que Freud parecia introduzir, se mostrarmos que se trata efetivamente do sonho como tal, do sonho daquele que dorme e não do dito "sonho diurno", quando, em "Complemento...", Freud associa sonho e *amentia*. Se pudemos hesitar um instante quanto a esse ponto, isso é devido, acreditamos, ao fato de que, de uma maneira que pode surpreender um leitor da *Traumdeutung*, Freud, nesse texto "complementar" à obra inaugural, situa no pré-consciente a formação do voto de sonhar (logo, em ligação com os restos diurnos). Ele precisa, no entanto, que esses pensamentos pré-conscientes, ou, mais tecnicamente, estas "representações de palavra" pré-conscientes devem ser "reduzidas às representações de coisa[82]" para serem tratadas, no trabalho do sonho, da mesma maneira que as representações de coisa inconscientes. Freud, nesse texto, faz da "regressão tópica" uma condição prévia à colocação em movimento das intervenções do processo primário, condensação e deslocamento. Essas operações intervêm, segundo ele, apenas uma vez que todo o material vindo do pré-consciente foi transformado em representações de coisa – no que diz respeito ao inconsciente, já é o caso. Freud põe, inclusive, os pingos nos is: se, por vezes, aparecem no sonho representações de palavra, é porque estas são então consideradas como "restos de percepções frescos e atuais[83]" e são, portanto, assim tratadas como representações de coisa; simplesmente, neste caso, as coisas são palavras.

Mas a regressão tópica não tem apenas esse estatuto de condição de possibilidade do processo primário. Devemos também notar que ela vectoriza

---

[81] Acreditamos, errado evidentemente, ler Lacan quando Seglas analisa as alucinações verbais motoras (cf. G. Lanteri-Laura, *Les hallucinations*, op. cit., p. 61). Como, com efeito, assim fazendo, não se lembrar dessa observação clínica de Lacan segundo a qual a doente alucinada, com um movimento de lábios, murmura a palavra de sua alucinação?

[82] S. Freud, "Complément...", OCP, XIII, p. 251.

[83] Ibid.

a formação do sonho, que ela o orienta não para um certo objetivo, pois esta é a função reservada ao voto, mas para uma certa forma plástica. A formação do sonho está constantemente lidando com um "levar em consideração a presentabilidade" (*eine Rücksicht auf Darstellbarkeit – Gesammelte Werke*, X, p. 418). Para nossa discussão, isso não é algo sem importância:

> É muito notável que o trabalho do sonho se atenha tão pouco às representações de palavras; ele está a cada instante pronto para trocar as palavras entre si, até encontrar a expressão mesma que [não "que ele", pois a frase é, então, agramatical] oferece à apresentação plástica (*plastichen Darstellung*) o manejo mais favorável[84].

Em "Complemento", do que a "apresentação plástica[85]" é a apresentação? A resposta deve comportar, sob uma forma ou outra, a coisa como tal:

> [...] todas as operações sobre as palavras são para o sonho apenas preparação para a regressão à coisa (*Sacheregression*)[86].

Essa noção de "regressão à coisa", apresentada como equivalente à regressão tópica, parece, de qualquer modo, contanto que meditemos so-

---

[84] Ibid., p. 251.
[85] Em *Littoral*, nº 2, "A mão do sonho", que tem agora mais de dez anos, podemos notadamente ler três artigos que tratam da figurabilidade, assinados por M. Viltard, M. Safouan, D. Arnoux. Esses artigos continuam sendo hoje ainda, a nosso ver, o que de melhor podemos fazer para, desde Lacan, levar em conta a figurabilidade, desdobrar-lhe a problemática, ressaltar-lhe a incidência. O que não impede que os três continuem sendo de uma discrição quase total quanto à questão da percepção, da relação da imagem com o objeto. Fato notável dessa aplicação do ponto de vista lacaniano, nenhum desses artigos discute a noção de "representação de coisa"; aliás, não mais que a de "regressão tópica", nem a de "alucinação", embora até todas as três sejam constitutivas do debate sobre a figurabilidade tal como Freud a concebe. Acreditamos que tal abstenção é perfeitamente justa. Em outras palavras: o deslocamento de Freud por Lacan passou por aí. Esses artigos devem, portanto, ser lidos como o que são, a saber, posteriores ao passo ao lado lacaniano. Longe de nos dissuadir, isso, ao contrário, nos solicita aqui a melhor delimitar o que, presente em Freud, é ativamente desprezado por essa leitura lacaniana de Freud.
[86] S. Freud, "Complément...", op. cit., p. 252, *Gesammelte Werke*, p. 420.

bre ela, muito ousada! Entretanto, logo depois, Freud escreve que, sempre no sonho, o conteúdo de pensamento torna-se consciente como "percepção sensorial" (*sinnliche Wahrnehmung*). Então? Tratar-se-ia de uma regressão à coisa nela mesma ou a uma percepção da coisa? Não é a mesma asserção. Ora, Freud vai escamotear o problema recorrendo à palavra que, em psiquiatria de antes de Seglas e Régis, permite, com efeito, tal escamoteação, a saber, a palavra alucinação. Ele prossegue, com efeito:

> Dizemos que o desejo [*souhait*] do sonho (*Traumwunsch*) é alucinado e encontra como alucinação a crença na realidade de seu cumprimento (*den Glauben an die Realität seiner Erfüllung*).

Finalmente, a noção de "regressão à alucinação" (em duas palavras em alemão: *Regression zur Halluzination*) vai provisoriamente encerrar o debate e, logo após, a um só tempo introduzir e já justificar a aproximação do sonho e da *amentia*.

Essas citações manifestam, nesse lugar preciso em Freud, uma ambigüidade. A regressão tópica reencontra a coisa ou sua percepção sensorial tal como ela pôde inscrever-se numa lembrança? É evidente que responder de uma ou outra maneira mudaria muitas coisas, notadamente tudo o que concerne ao estatuto da realização do desejo no sonho. Ora, justamente, Freud se coloca o problema, mas não consegue verdadeiramente resolvê-lo, o que é confirmado pela noção de regressão à alucinação.

A alucinação, com efeito, tal como ele a pensa, aquela de antes de Seglas e Régis, prolonga pura e simplesmente o problema. Sua definição esquiroliana como "percepção sem objeto", em razão de sua referência mantida ao objeto perceptivo, transporta ela mesma essa ambigüidade que acabamos de notar. Freud, lógico no pensamento da re-presentação, não distingue a alucinação verbal e o onirismo. Contra o onirismo, toda a *Traumdeutung* comprova a experiência do sonho como fato de escrita; mas no final de toda essa experiência de escrita, mas de escritas em escritas, quando o desejo enfim se realiza, a regressão à alucinação, a um só tempo regressão à coisa e à sua imagem, reintroduz isso mesmo que a escrita afasta⁸⁷, a re-presentação como presença da coisa em sua imagem. Há aí uma antinomia não percebida por Freud, pois o pensamento da representação é fundado em seu desconhecimento.

Lanteri-Laura diz claramente essa antinomia, bem como o momento (em 1900!) em que a psiquiatria soube, com Régis e o *Délire onirique des intoxications et des infections* [Delírio onírico das intoxicações e das infecções], reconhecê-la. Assim escreve ele:

> [...] não se pode mais pôr, com o devido respeito, no mesmo saco essa alteração da experiência vivida representada pela intrusão da linguagem proferida alhures e esta outra alteração da experiência vivida constituída por essa convulsão global da relação perceptiva com o mundo, convulsão quase sempre conjunta a um certo grau de confusão mental.
> [...] todos admitiam de bom grado, salvo os exigentes como J.-P. Falret, que o sonho equivalia às alucinações, e inversamente, e essa assimilação perpetuou-se até o fim do século XIX.
> [...] A obra de E. Régis não permite mais assimilar o sonho às alucinações, na medida em que proíbe confundir as alucinações com o onirismo, ainda que o onirismo comporte alucinações⁸⁸.

Concluímos, assim, que foi de modo psiquiatricamente clássico e ultrapassado que Freud acabou por conceber um dispositivo de "exame da realidade", tal o psiquiatra se diferenciando do doente alucinado porque disporia, ele, e não mais seu paciente, de tal dispositivo que lhe permite objetar ao doente que não há objeto ali onde o doente o vê. Colocado nestes termos, o assunto da existência do objeto na realidade sai vencido de um confronto com as psicoses. Acreditamos tê-lo mostrado teoricamente. Uma breve visão clínica dará mais corpo a essa demonstração.

Encontramos, com efeito, tratando-se da realidade, exatamente a mesma iniciativa em e fora da psicose. Mencionemos aqui aquele delirante que, depois de ter sido erotomaniacamente iluminado pelo fato de que a

---

⁸⁷ Mostramos em outra obra (*Letra a letra*, op. cit., cap. VII, "A 'conjectura de Lacan' sobre a origem da escrita") como a escrita acaba por abandonar a figuração do objeto, como cai uma pele morta, justamente realizando-se como escrita pelo viés do rébus de transferência.
⁸⁸ G. Lanteri-Laura, *Les hallucinations*, op. cit., pp. 68-69.

cantora o olhava sorrindo enquanto cantava tal verso de amor, "tomou para si", como se diz, a declaração de amor. Porém, longe de ser de imediato conquistado pela crença na realidade daquilo que observava, como se tem por demais tendência a supor, ele nos mostra um sério bem mais acentuado: veio várias vezes assistir à representação, escolhendo cuidadosamente diferentes lugares na sala (muito à esquerda, muito à direita, bem em cima, etc), observando, então, que, visto que a cantora a cada vez o olhava bem, ele, no instante preciso em que cantava aquele verso, essa direção de seu olhar não era devida à encenação e, sim, a uma intenção, por conseguinte bem caracterizada, da cantora a seu respeito. Há aí uma verdadeira experimentação científica, que faz integralmente parte da psicose, mas que corresponde exatamente ao que Freud chama experiência da realidade: fazemos variar as condições da observação de modo a nos assegurarmos da permanência do objeto.

As condições experimentais da determinação da realidade no *Esboço* (cap. XVI) são exatamente essas aplicadas por esse psicótico:

> Por exemplo, suponhamos que a imagem de lembrança em causa no voto seja a integralidade da imagem do seio materno e de seu mamilo, mas que a primeira percepção dada seja uma visão de perfil do mesmo objeto sem o mamilo. Na memória da criança, há uma experiência, feita fortuitamente durante a mamada, segundo a qual, com um movimento determinado da cabeça, a imagem apreendida em sua integralidade se descompleta em imagem de perfil. A imagem de perfil que é vista agora induz o movimento da cabeça, um ensaio mostra que é o movimento inverso que deve necessariamente ser cumprido, e a percepção do aspecto global está, então, adquirida. Neste caso, o julgamento tem ainda pouco a ver com isso, mas é um exemplo da possibilidade de chegar, pela reprodução de investimentos, a uma ação que já deriva do lado acidental da ação específica.

O lactente vai, portanto, se mexer até fazer com que a imagem perceptiva coincida exatamente, em toda a sua complexidade, com a imagem lembrança ligada à anterior experiência de satisfação. Da mesma forma, esse psicótico só se assegura da realidade do que percebeu (a cantora está olhando para ele) ao ter se deslocado até que a realidade de sua percepção atual coincida exatamente com a percepção primeira (já que ela olha em sua direção, embora ele não esteja mais no mesmo lugar, é de fato ele que o olhar dela está visando). Ora, se não há nem mais nem menos realidade na experiência do lactente freudiano do que na do psicótico a construir seu delírio, como persistir em definir a psicose pela perda da realidade?

Se interrogarmos agora, por um instante, o capítulo VII da *Traumdeutung*, perceberemos que essa "identidade de percepção" para a qual se dirigiria o processo primário encerra a mesma ambigüidade e, logo, o mesmo abismo entre a coisa e sua imagem. Pois é uma verdade lacaniana um pouco curiosa, até mesmo chocante para o bom senso, que não pode haver duas imagens idênticas, cuja identidade seria um dado. No máximo aparentam ser iguais, mas do igual ao mesmo, como observava Pierre Soury, há uma distância. A dita "relação de identidade entre duas imagens[89]" só encontra sentido se a situarmos como uma relação não de identidade, mas de identificação.

Esse ponto de *mimese* aparece, portanto, para nós, como um ponto ambíguo onde a coisa já seria sempre imagem e a imagem sempre ainda coisa. De modo bem clássico – e não espanta quem sabe que Schopenhauer era a leitura filosófica favorita de Freud, bem como da enorme maioria dos intelectuais germanófonos de sua geração –, a imagem porta, comporta uma presença da coisa, torna-a presente.

Giorgio Agamben mostrava recentemente que Freud, quanto a isso, parece ser o herdeiro direto da fantasmologia medieval. Segundo esta fantasmologia:

> a imaginação (φανταστικον πνευμα, *spiritus phantasticus*) é concebida como uma espécie de corpo sutil que, situado na ponta extrema da alma sensitiva, recebe as imagens dos objetos, forma as fantasias dos sonhos e, em certas circunstâncias bem determinadas, pode desligar-se do corpo para estabelecer contatos e visões sobrenaturais[90].

Tal teoria,

> [...] enquanto *quid medium* entre corpóreo e incorpóreo, permite dar

---

[89] J. Laplanche, J.-B. Pontalis, *Vocabulaire de la psychanalyse*, Paris, PUF, 1967, p. 194.
[90] G. Agamben, *Stanze*, op. cit., p. 54.

conta de toda uma série de fenômenos inexplicáveis de outro modo, como a ação dos desejos da mãe sobre a "matéria mole" do feto, a aparição dos demônios e o efeito das fantasias de acasalamento sobre o membro viril. A mesma teoria também permitia explicar a gênese do amor[91].

Não há, com efeito, nada mais próximo dessas primeiras "marcas mnésicas" do objeto, elas também colocadas por Freud "na ponta extrema", perceptiva, do aparelho psíquico, que esse "corpo sutil" da imaginação. Ora, a doutrina psicanalítica não pode, como a fantasmologia medieval, pôr num lugar encruzilhada de sua edificação uma noção tão problemática quanto a de "corpo sutil".

Se não tivesse havido a intervenção do RSI de Lacan, tudo teria acontecido na psicanálise como na pintura contemporânea, quando menos aquela ressaltada no seguinte diálogo. Nos anos sessenta, fazendo referência à abstração, o crítico Clément Greenberg declarava: "Não é mais possível, para um artista de vanguarda, fazer um retrato". Greenberg atraiu, assim, a resposta de um pintor, Willen de Kooning, devolvendo-lhe lacanianamente sua mensagem sob forma invertida: "Não é possível não fazer retratos" – "o que", acrescenta David Hockney que conta a anedota[92], "me parece ser, de longe, a observação mais sábia das duas". Mas, como mostra a inversão da resposta, as duas observações estão ligadas, ambas delimitando as raias do campo da representação onde, como o objeto, o eu não está em lugar algum porque está em toda parte, está em toda parte porque não está em lugar algum.

Esse preconceito da representação remonta bem longe no Ocidente, na origem mesma do conceito de *logos*. *Logos* quis primeiramente dizer "apresentação em prosa", não uma apresentação imaginada, mas verdadeira; o logógrafo é, em Tulcídides, o que chamamos um historiador. Aristóteles, nota Karl Otto Apel, que aqui seguimos[93],

pressupõe [...] que os conteúdos de significação estão presentes na alma e

---

[91] Ibid.
[92] Cf. "Dessiner l'arc-en-ciel", *Connaissance des arts*, nº 509, setembro de 1994.
[93] Karl Otto Apel, *Le logos propre au langage humain*, trad. do alemão por M. Charrière e J.-P. Cometti, Combas, L'éclat, 1994, pp. 12 e segs.

que basta designá-los, como se se tratasse de cópias de coisas ou de estados de coisas que seriam, num nível pré-lingüístico, idênticas em todos os seres humanos. A passagem clássica diz: "Os sons falados, em vista dos quais é formada a voz, são signos das representações suscitadas na alma, e a escrita é, por sua vez, um signo dos sons falados. E da mesma forma que nem todos têm a mesma escrita, nem todos os sons são os mesmos em todas as pessoas. Mas o que nos mostram, antes de tudo, os dois são as representações simples da alma. Elas são as mesmas em todos os seres humanos e o mesmo é válido para as coisas cujas representações são cópias (*De Interpretatione*, I, 16ª, 1)".

Bem cedo também foi sentida a antinomia de que era portadora essa concepção, sob muitos aspectos "freudiana" (a extremidade perceptiva do aparelho psíquico corresponde às "representações simples", as "traduções" sucessivas correspondendo aos estados diversos das representações, os sons primeiramente, mas já se trata, como em Freud, de escrita, depois as escritas propriamente ditas). Apel cita a notável passagem de um discípulo de Aristóteles, Teofrasto, na qual se indica essa clivagem da representação (que ele chama "demarcação"):

> O discurso (*logos*), por ter uma relação dupla [...], uma com os ouvintes, para quem ele tem uma significação, outra com as coisas a respeito das quais o orador quer trazer alguma convicção, alguma persuasão, dá origem, no que diz respeito à relação com os ouvintes, à poética e à retórica. Mas, quanto à relação do discurso com as coisas, o filósofo será o primeiro habilitado a cuidar de refutar o que é falso e provar o que é verdadeiro.

Saímos dessa dupla orientação do *logos*? Disso podemos duvidar se lermos o resumo que nos propõe Apel do conflito entre a pragmática (o *logos*, mas voltado para o ouvinte) e a semântica lógica (o *logos* ainda, mas voltado para as coisas que são supostamente capazes de poder resolver a questão de sua verdade), um conflito bem vivo na filosofia anglo-saxã, mas também um conflito que, não faz muito tempo, atravessava e até cortava em dois um Wittgenstein. O conceito de "representação", com o qual rompe Lacan, traz essa antinomia de um modo a um só tempo confuso e insolúvel.

O preconceito da re-presentação (ouvir: ... presença, acrescentar ... coisa) tem, evidentemente, seu equivalente no que concerne à problematização da perda da coisa. Esta se acha, por isso, ligada à lembrança –, ao passo que essa promoção da lembrança se acompanha da imaginação correlativa desse objeto que será conceitualizado com a fantasia da "coisa em si" (*en Sich*). A coisa, que ainda continua ali, já continua também perdida e, logo, nunca perdida, pois assim tornada imperdível – uma luz bem curiosa é, assim, lançada sobre o luto. Freud transcreve perfeitamente essa ambigüidade quando nos dá uma definição da "representação de coisa" (*Sachvorstellung*, mas também *Dingvorstellung* na *Traumdeutung*, ou ainda *Objektvorstellung* em seu estudo da afasia):

> O que estávamos no direito de chamar representação de objeto consciente se decompõe, portanto, para nós em *representação de palavra* e *representação de coisa*, a qual consiste no investimento [...]

vem então imediatamente a hesitação característica a assinalar a incidência desse ponto mimético que nos interessa,

> [...] senão imagens diretas de lembrança de coisa, pelo menos marcas de lembrança, mais afastadas e derivadas delas[94].

Notável suspense da pena de Freud! Na doutrina da representação de coisa, com efeito, e aqui Freud enuncia-lhe um dos dados fundamentais que, no entanto, passou despercebido: não há imagem direta da coisa. A imagem direta está como que excluída pelo fato de que a imagem é sempre imagem de imagem, é sempre uma imagem "derivada", como diz tão bem Freud. Mas é preciso dizer também que, como excluída, ela é. Seu nome é

---

[94] S. Freud, "L'inconscient", trad. Éric Legroux, Christine Toutin-Thélier, Mayette Viltard, suplemento gratuito a *l'Unebévue*, n° 1, Paris, EPEL, outubro de 1992, p. 39.

"impressão⁹⁵", "verônica" em pintura (a *vera icona*!); vamos encontrá-la também em etologia, nos fenômenos justamente ditos de *imprinting*.

A regressão à alucinação, conceito verdadeiramente constitutivo da entidade PAD, situamo-lo agora, vai na frente dessa impressão ausente, desse ponto mimético que distinguimos, lugar mítico de re-presença do objeto suscetível de trazer a satisfação. A alucinação, em sua definição esquiroliana, diz bem essa *mimese* e, nesse sentido, acha-se bem em seu lugar quando Freud a chama àquele ponto. A alucinação assim definida parece ser a verdade da representação mimética clássica, já que, com Freud, se trata do objeto do desejo. "Percepção sem objeto", isso é verdade, nesse pensamento clássico, de toda representação do objeto do desejo. "Sem objeto" quer dizer que o objeto lá está sempre apenas mimeticamente representado; ele lá não está e, nesse sentido, já se acha sempre perdido; mas lá está como lá não estando e, nesse sentido, lá está efetivamente. Como? Sob que forma? Na marca gestaltista que permanece e atravessa o jogo espelhante das imagens e imagens de imagens (imagens lembranças, imagens lembranças de imagens lembranças, imagens de outras lembranças vizinhas, etc).

A PAD é supostamente capaz de encontrar, por sua operação específica e para além da linguagem, essa re-presentação do objeto. Seria esse o modo de existência do objeto na PAD. A alucinação do objeto leva o sujeito ao limite extremo, ao limite último antes da experiência de satisfação que ela desencadeia quase que automaticamente. Ela constitui, sem paradoxo algum, contrariamente ao que se poderia pensar, a realidade do objeto, como nos confirma o fato de que, em "Complemento... ", a regressão tópica, a regressão à coisa e a regressão à alucinação são tomadas como equivalentes. Essa alucinação é o acesso ao narcisismo do objeto. Mas ainda é preciso acrescentar que esse narcisismo do objeto (conceito não menos

---

⁹⁵ Ao sublinharmos aqui essa função da suposta impressão, fazemos valer a contrapartida imaginária de uma observação proposta em *Lettre pour lettre* (op. cit., pp. 221-223), segundo a qual Frege, não menos atravessado que Wittgenstein pela antinomia da representação, só constrói sua ideografia ao preço de excluir o significante no sentido de Lacan, ou seja: a poesia. Para nossa surpresa, o trabalho de Apel acima citado nos ensina a que ponto essa observação punha o dedo na ferida da representação.

paradoxal nem menos essencial em Freud do que o de "intrusão narcísica" em Lacan) é o objeto.

Duas vias da realização do desejo

A representação seria, no sonho, objeto de toda uma série de operações que Freud não identifica verdadeiramente como de escrita, mas que, no entanto, indica e trafica como sendo tais (cf. as passagens da "excitação" de um a outro dos sistemas S no aparelho psíquico da *Traumdeutung*). Do ponto de vista dessas operações, o termo "representação" tem o valor – algo confusional – de um armário de entulho (como, aliás, o de tradução, supostamente capaz de subsumi-las), e a história da escrita como o exercício do rébus oferecem uma série de termos bem mais precisos – nem que fosse apenas a sílaba tão cara a Meynert. Essas operações são ordenadas pela regressão tópica; esta conduziria a representação, através do jogo desejo/censura, até ali onde a representação acabaria, enfim, por aparecer como a impressão do objeto. Ali mesmo, a representação, enfim bem nomeada, desencadearia a experiência de satisfação. Essa seria, segundo Freud, a via da realização do desejo.

Michel Foucault notava que havia aí uma dificuldade:

> O incêndio que significa o abrasamento sexual, pode-se dizer que ele ali está apenas para designá-lo, ou que o atenua, o esconde e o obscurece com um novo brilho[96]?

Esse "incêndio" não é símbolo no sentido junguiano, como comprova a seqüência em que está efetivamente colocado o problema do significante:

> O fogo onírico é a ardente satisfação do desejo sexual, mas o que faz com que o desejo tome forma na substância sutil do fogo é tudo o que recusa esse desejo e sem cessar busca apagá-lo.

---

[96] M. Foucault, *Dits et écrits*, op. cit., pp. 69-72.

Em termos menos metafóricos, em todo caso menos belos, esse questionamento foucaultiano de Freud se formula assim:

> Por que a significação psicológica toma corpo numa imagem em vez de permanecer sentido implícito, ou de traduzir-se na limpidez de uma formulação verbal? Através do que o sentido se insere no destino plástico da imagem? A essa questão, Freud dá uma dupla resposta. O sentido, em conseqüência do recalque, não pode ter acesso a uma formulação clara e encontra, na densidade da imagem, com o que se exprimir de maneira alusiva. A imagem é uma linguagem que exprime sem formular, ela é uma fala menos transparente ao sentido que o próprio verbo. E, por outro lado, Freud supõe o caráter primitivamente imaginário da satisfação do desejo. Na consciência primitiva, arcaica ou infantil, o desejo se satisfaria primeiramente sob o modo narcísico e irreal da fantasia; e, na regressão onírica, essa forma originária de cumprimento seria novamente revelada.

Dito em termos gramatológicos, tudo se passaria como se as passagens de escritas em escritas[97] transportassem o texto até produzi-lo enfim numa escrita figurativa de modo que, nesse instante, e jogando com a ambigüidade própria a essa escrita, a imagem predominasse sobre o texto, representasse o objeto, mas dessa vez num sentido preciso e apropriado do termo re-presentação, no sentido da impressão. Por que alquimia a "representação" (os elementos de escrita por rébus) se realizaria como representação-impressão? Freud não o diz. E com razão: todo o pensamento da representação, ao deixar indistintos o imaginário e o simbólico, está construído sobre a omissão quanto a essa questão. Por que alquimia, ainda, o aparelho psíquico tomaria a impressão do objeto pela presença do objeto, isto até o ponto de desencadear a experiência de satisfação? Freud não o diz. Mas, ao formular assim essa via da realização do desejo, torna-se manifesto que ela consiste em comer gato por lebre. Certo, a impressão não implica necessariamente a presença de (aquilo) que a depositou sobre a superfície em que

---

[97] Como Serge Lama cantava: "E le aventuras em aventuras [...]". A continuação vale, aliás, que aqui paremos nela: "de trens em trens, de portos em portos, jamais ainda te juro pude esquecer teu corpo". O esquema freudiano é o mesmo: de traduções em traduções, jamais a representação esquece a imagem da primeira satisfação.

se acha inscrita: é preciso que a pata tenha deixado a areia para que nela seja situável a impressão que ela terá deixado. É, no entanto, o que supõe esse acolhimento da impressão como presença do objeto que é, verdadeiramente, a re-presentação. Tal confusão resulta da ilusão? Ou da crença? Ou de um engano, o da impressão suposta objeto?

Seja como for, o ternário RSI logo interrompe esse esquema. Por isso, há, em Lacan, um outro enfoque da realização do desejo no sonho, notadamente sobre os pontos decisivos que estudamos: regressão tópica, percepção, alucinação. Precisar esse outro enfoque virá confirmar e, de certo modo, completar o itinerário que acabamos de percorrer.

Realizar o desejo pelo sonho não é explicitamente mais, em Lacan, produzir o objeto alucinado com o qual o desejo se satisfaria.

> O fato de que ele [Freud] chame isso "alucinação" está ligado ao fato de que é preciso que ele ponha alhures a percepção autêntica, válida, real. Essa "alucinação" é simplesmente, segundo a definição então reinante na ciência, uma falsa percepção – da mesma forma que pudemos, na mesma época, definir a percepção como uma alucinação verdadeira[98].

Como, segundo Lacan, o desejo se satisfaz no sonho? Seguindo o método freudiano, somos conduzidos a procurar a resposta não na doutrina, mas na análise de um sonho, o qual só pode ser aquele dito "da injeção em Irma". Por que especialmente este? Não só por seu caráter inaugural em Freud. Igualmente porque a leitura dele feita por Lacan (em 9 e 16 de março de 1955) tem explicitamente por efeito recusar a regressão tópica, bem como o lugar e a função dados à percepção nos esquemas do aparelho psíquico de Freud. A sessão de 2 de março de 1955 do seminário concluiu sobre a regressão:

> [...] no fim das contas, a regressão é para ele [Freud] de fato um estorvo, algo difícil de engolir. É algo realmente problemático[99].

---

[98] J. Lacan, *Le moi...*, sessão de 2 de março de 1955, estenotipia, p. 28.
[99] Ibid., p. 31.

Depois, na entrada da sessão seguinte:

> [...] essa dissociação da percepção e da consciência que obriga, em suma, a introduzir a hipótese de uma regressão a respeito do caráter figurativo (imaginário, como dizemos) daquilo que acontece no sonho. Evidentemente, se o termo imaginário tivesse podido ser empregado naquele momento, isso teria suprimido muitas dificuldades e contradições. Mas esse caráter figurativo sendo concebido como participando do perceptivo [...][100].

Nota-se a intervenção de SIR. Além disso, Lacan faz nominalmente referência à sua "conferência inaugural"[101] de 8 de julho de 1953, quando, para prosseguir sua discussão, sua contestação dessa incidência, em Freud, do figurativo, ele começa a dar um alcance até ali sem igual (queremos dizer: inclusive no próprio Freud) à descoberta freudiana do sonho como realizando o desejo. Temos razão de ser, nesse julgamento, tão afirmativos? Sim, se é verdade que foi somente com Lacan que a via da realização do desejo no sonho adveio como sendo aquela de uma realização efetiva, no sentido em que o sujeito lá não estaria tomando a representação-impressão por uma nova presença do objeto. Aqui, ao oposto de Freud, em Lacan o objeto que produz essa realização do desejo não é aquele cuja impressão marcaria a presença, mas aquele cuja ausência ela permite delimitar justamente perdendo seu valor representativo, seu estatuto de impressão, tendo se tornado apenas escrita, tendo, por esse devir mesmo, descurado, perdido (e não adquirido ou re-adquirido) seu valor figurativo[102].

---

[100] Ibid., p. 2.
[101] J. Lacan, *Le moi...*, Paris, Seuil, 1978, p. 183.
[102] Aqui, uma pequena observação metodológica. Entre as poucas possíveis maneiras de ler Freud a partir de Lacan, uma delas poderia se dizer: valorizar [*surenchérir*] a oferta. Isto no sentido bancário, mas também podemos entender: valorizar [*chérir*=gostar de] Freud mais ainda. Valorizar ainda mais [*fig. surenchérir sur*=valorizar demais alguém], portanto, a leitura de Freud por Lacan. Lacan disse que isso estava em Freud (a foraclusão como operação característica da psicose, o significante como *Vorstellungsrepräsent*~ ⟨z⟩, um traço simbólico como constitutivo do Ideal do Eu, etc). Vamos primeiramente dizer "sim" a esse balizamento, depois acrescentar, por exemplo, que em outra parte,

Em 2 de fevereiro de 1955, numa discussão com J.-P. Valabrega sobre o aparelho psíquico do *Esboço*, Lacan é levado a dizer, como que *en passant*, que há, no homem como no animal (que Freud não faz intervir, observa ele, e essa observação assinala uma diferença nada desconsiderável entre eles), uma certa consciência receptivamente neutra do mundo sensorial. Estamos, aqui, exatamente no nível que situamos como mimético, o da relação com o objeto na representação freudiana. Ora, segundo Lacan, no homem esse conhecimento está menos assegurado do que no animal. Mas, sobretudo, Lacan precisa que esse aparelho de registro neutro, no homem:

> [...] se apresenta com esse relevo particular que chamamos consciência justamente na medida em que entra em jogo a função imaginária do eu,

---

em Freud, ele também se confirma, ou que se aplica perfeitamente à leitura de tal casode Freud, ou, ainda, que é coerente com tal outro dado teórico freudiano. Em suma, o melhor para valorizar ainda é enriquecer mais [* Jogo: *surenchérir* [valorizar] e *sur-enrichir* [enriquecer mais] (NT)]. Há trabalhos importantes e úteis cujo tempo, com certeza, está longe de ter passado. Entretanto, o ponto fraco deles só é aparente demais. É que podemos lhes responder, no melhor dos casos: "Sim, mas...", como fizemos com o significante, "Sim, mas o que você faz com o afeto?". O debate que se inicia, assim construído, vai direto à insolubilidade.

Ora, existe outro modo de se dirigir a Freud e, no mesmo ritmo, a Lacan, uma outra leitura de Freud, inclassificável na rubrica valorizar (a não ser de uma maneira que se deverá bem dizer sofisticada). A explicitação dessa outra leitura é facilitada por se tratar, no que vamos aqui estudar, de sessões de seminário em que a iniciativa de Lacan a respeito de Freud é mais sutil que aquela que consiste em dizer: "Vejam como o que eu digo que há em Freud lá está, com efeito!". Nessas sessões do início de 1955, Lacan corta em Freud, não sem efeito de perda: certas coisas de Freud tornam-se caducas. Por exemplo, a regressão tópica, a percepção (no lugar onde Freud a põe em seu aparelho psíquico), a alucinação (em Lacan ela será verbal ou não será). Ora, como procedemos hoje ao lermos o que diz disso Freud? Justamente, não procedemos como Lacan nem valorizamos em demasia sua leitura de Freud.

Como não estamos em seu lugar, como seu problema de 1955 não é o nosso hoje, lemos Freud mostrando toda a importância, em Freud, daquilo que Lacan nele recusava! Estamos nos deixando ludibriar pelo recorte lacaniano operado em Freud, mas para acentuar de outro modo o recusado, para levar o que era recusado à dignidade do que deve ser ressaltado. O mais notável é, então, um curioso e inesperado resultado: isso nos permite ler Lacan! Vamos breve experimentá-lo: a distância que instauramos em relação à leitura lacaniana de Freud ao lermos Freud diferentemente de Lacan repercute numa outra distância que nos faz, então, ler Lacan de outro modo que como ele sugeria fazer a seu público da época.

isto é, [na medida] em que o homem tem a visão desse domínio do reflexo do ponto de vista do outro[103].

No ponto em que chegamos, medimos a enormidade de tal formulação, tanto do ponto de vista da filosofia clássica da representação quanto em relação a Freud, na exata medida em que Freud teoriza sua experiência permanecendo preso nessa *episteme*. Lacan, aqui, nomeia "domínio do reflexo" nada menos que a realidade! Aliás, ele diz, aí ainda *en passant*, algumas linhas mais acima:

> [o homem] tem um certo balizamento, um certo conhecimento – no sentido de Claudel: co-nascimento * – da realidade, que não é outra coisa senão essas *Gestalten*, essas imagens pré-formadas... [...]

Há equívoco gramatical[104]: a relativa se aplica à realidade ou a seu conhecimento? Justamente, esse próprio equívoco é a tese de Lacan: no homem, é da essência da realidade (não do real, cujo regime é aqui precisamente contrário) não poder diferenciar-se de seu conhecimento por "esse relevo particular" que é a consciência.

Se, portanto, graças à intervenção do imaginário, a realidade adquire assim esse estatuto de um reflexo (de mais a mais, visto do ponto de vista do outro), está claro que a noção de uma prova da realidade encontra-se mais que abalada: não é da natureza do reflexo destruir a si mesmo como reflexo. É, portanto, todo o assunto do luto segundo Freud que deverá ser reconsiderado em razão de SIR (cf., aqui mesmo, "Estudo b").

Não ficaremos espantados, por conseguinte, que com Lacan o sonho se complete em bem outra coisa que uma tal *Gestalt* supostamente capaz de satisfazer o desejo, segundo um esquema que evoca não o ato sexual e sim o orgasmo tal como pode, por vezes, provocá-lo um sonho. Pois é bem essa experiência, de qualquer modo particular, que funciona como paradigma

---

[103] Página 31 dessa sessão de 2 de fevereiro de 1955 na versão estenotipia.

* *Connaissance* [conhecimento] e *co-naissance* [co-nascimento]. (NT)

[104] Essa ambigüidade desaparece na versão do seminário publicada nas edições Seuil, que, univocamente, sugere que essas *Gestalten* definem a realidade – o que não é inexato, mas não alcança a sutileza do assunto.

clínico da satisfação na metapsicologia freudiana. Tudo se passa nessa metapsicologia como se o ato sexual nunca fosse realizável a não ser sob esse modo, o do objeto "alucinado", o que, logo mostraremos, constitui uma generalização errônea[105].

Em que, segundo Lacan, o sonho realiza o desejo? O da injeção em Irma, mas tal como o lê Lacan, lhe parece, a esse respeito, exemplar. Faremos apenas algumas observações, sem entrar no detalhe de sua demonstração, já que todos podem facilmente ter acesso, com respeito a esse sonho e sua interpretação, aos textos de Freud, de Lacan e de um certo número de outros autores que por ele se interessaram. Lacan não lê esse sonho da mesma maneira que Freud.

Primeira observação: Lacan toma em conjunto, num mesmo pacote, o texto do sonho e o das associações. É uma metonímia, exatamente uma sinédoque: o todo pela parte.

> Ao interromper suas associações, Freud tem suas razões para isso. [...] Não se trata de exegetar, de extrapolar ali onde o próprio Freud se interrompe, mas de tomar, nós, esse conjunto no qual estamos numa posição diferente de Freud[106].

Ou, ainda, na sessão seguinte:

> Com efeito, o que quero sublinhar na maneira como retomei as coisas na última vez, considerando não só o próprio sonho, isto é, retomando a interpretação feita por Freud, mas considerando o conjunto desse sonho e a interpretação dele feita por Freud e, mais ainda, a função particular da interpretação desse sonho nesse algo que é, em suma, o diálogo de Freud conosco[107].

---

[105] Ficará entendido que admitimos que há uma diferença clinicamente notável entre duas modalidades daquilo que está daqui por diante decidido chamar com uma palavra, aliás, engraçada, a trepada [*la baise*]. Chegar ao orgasmo pelo viés de uma calcinha ou de algum objeto equivalente (um seio, um falo ereto, uma mulher, possivelmente) oferece de distinto de um ato sexual que a calcinha não goza e mesmo supostamente não deve gozar.

[106] J. Lacan, *Le moi...*, sessão de 9 de março de 1955, pp. 13-14.

[107] Ibid., sessão de 16 de março de 1955, pp. 6-17.

Segunda observação (apoiada também pelas citações acima): Lacan toma esse conjunto numa transferência, uma transferência de Freud a nosso respeito. Freud se dirige a nós, se dirige a quem o toma; no caso, a Lacan. Esse ponto é crucial para a interpretação do sonho por constituir o argumento maior para algo que não é evidente, mas que Lacan leva em conta sem pechinchar, sem lá olhar duas vezes, e que notamos numa terceira observação.

Terceira observação: esse sonho é recebido como inaugural da interpretação freudiana dos sonhos. Inaugural como? Considerando que a tese é que o sonho realiza um desejo, esse sonho inaugura ao se apresentar ele mesmo como sendo uma realização de desejo particularmente nítida, bem caracterizada. Lacan baseia-se decisivamente nesse traço para fundar sua interpretação e, portanto, também, para afastar a de Freud, ou seja: o sonho realizaria seu desejo de ser inocente ou inocentado no que diz respeito à persistente doença de Irma, o que Lacan não tem nenhuma dificuldade em reduzir ao desejo pré-consciente, até mesmo consciente.

Quarta observação: no conjunto que ele próprio acaba, assim, de recortar, Lacan lança uma rede, algo como uma sinopse de filme, uma ossatura de roteiro. Se há "respeito aos meios da encenação" (*Die Rücksicht auf Darstellbarkeit*), é, pois, também ao intérprete, a Lacan nessa função, que se deve aqui atribuir essa preocupação! Assim, apresenta ele como essencial

> [...] o caráter *dramático* [sublinho] da descoberta do sentido do sonho no momento vivido por Freud, entre 1895 e 1900, isto é, durante o momento em que ele está elaborando esta *Traumdeutung*[108].

Conhecemos esse roteiro: o primeiro tempo egóico até o acme da visão do fundo de garganta de Irma, depois a "imissão dos sujeitos", introduzindo um registro bem diferente, enfim o acme dessa nova aventura, a escrita da fórmula da trimetilamina (que não está na *Traumdeutung*, mas que Lacan, este, escreve – e ele não está certo de que ela se apresentava conforme esse mesmo grafismo na imagem onírica vista por Freud sonhan-

---

[108] Ibid., sessão de 16 de março de 1955, p. 4.

do). Com bastante pertinência, John Forrester observava recentemente que era um exercício usual, em Lacan, refazer o relato, redizer o material de modo a interpretá-lo. Seja como for, com essa encenação realizada por Lacan, eis um belo círculo fechado!

O primeiro ponto de acme (imaginário) é aquele em que Lacan toma suas distâncias da regressão:

> Nesse momento o que acontece? [...] Será que podemos falar de processo de regressão para explicar a profunda desestruturação que acontece nesse nível no vivido do sonhador [...][109].

Mas a beleza desse círculo não nos impedirá de notar a intervenção decisiva do ternário SIR para a interpretação, a referência feita na conferência de 8 de julho de 1953[110]. Daí se instala um viés de interpretação dos sonhos diferente daquele praticado por Freud na *Traumdeutung*. Numa palavra, Lacan diz, ele consiste em distinguir, no sonho, o que deriva do eu e o que concerne ao inconsciente:

> É preciso sempre, no sonho – é sempre assim que ensino [isso] a vocês nos exercícios, pelo menos para certos sonhos –, aprender a reconhecer onde está o eu [*moi*] do sujeito[111].

O que acontece quando se põe em jogo essa distinção? Pois bem, a realização do desejo no sonho perde seu estatuto alucinatório para aparecer, daí por diante, como uma realização simbólica, como um fato de escrita.

A fórmula da trimetilamina, vou escrever essa fórmula[112] para vocês:

---

[109] Ibid., sessão de 16 de março de 1955, op. cit., p. 10.
[110] Precisemos, em atenção àqueles que terão lido essa conferência, que Lacan introduz, então, como que um novo andar em sua lista: entre iS, imaginar o símbolo, isto é, fomentar figurativamente o sonho, e simbolizar a imagem, sI, isto é, interpretar o sonho, ele situa algo como simbolizar o símbolo, sS, uma operação, com efeito, isolável e que pode ser recebida como sendo uma transliteração.
[111] J. Lacan, *Le moi...*, sessão de 16 de março de 1955, p. 16.
[112] Ibid., sessão de 9 de março de 1955, p. 26.

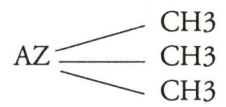

$$AZ \begin{array}{c} -\text{CH3} \\ -\text{CH3} \\ -\text{CH3} \end{array}$$

O escrito como tal faz solução, é por seu viés que se realiza o desejo. Freud é realmente inocentado de sua descoberta, já que

> [...] a entrada em função do sistema simbólico, se podemos dizer, em seu uso mais radical, naquele em que esse não sei quê de absoluto que ele representa acaba, em suma, por eliminar, por abolir tanto a ação do indivíduo que elimina, no mesmo golpe, sua relação trágica com o mundo[113].

Assim, pois, Lacan acaba por situar um termo puramente simbólico ali onde Freud alojava a alucinação.

O que não quer dizer que o assunto esteja doravante entendido. Com efeito – e concordaremos com Lacan que, longe de escamotear uma dificuldade, a sublinha –, esse termo participa do delírio:

> É bem certo que isso, que tem um caráter quase delirante, o é, com efeito. [...] mas não esqueçamos isso [...] Freud não está só [...] Freud, nesse sonho, já está se dirigindo a nós. [...] e, ao interpretar esse sonho, é a nós que ele está se dirigindo, e é por isso que essa última palavra absurda do sonho, o fato de ver nele a palavra não é ver nele algo que participa, de certo modo, de um delírio, já que Freud, por intermédio desse sonho, faz-se ouvir a nós e efetivamente nos põe na via daquilo que é seu objeto, isto é, a compreensão do sonho. Não é simplesmente para si que ele acha o *Nemo*, o alfa e o ômega do sujeito acéfalo [...][114].

O delírio a dois poderia ser introduzido como uma objeção ao argumento do "Freud não está só", e essa objeção diminuiria, de certo modo, a pretensão que seria aqui a do simbólico. Levar em conta essa objeção nos levaria, portanto, a concluir que, ali onde Freud punha a alucinação, Lacan responde não tanto pelo símbolo quanto pelo delírio.

---

[113] Ibid., sessão de 16 de março de 1955, p. 20.
[114] Ibid., sessão de 16 de março de 1955, pp. 24-25.

Não podemos, com efeito, negar que esse AZ, que encontramos na fórmula escrita por Lacan, deva ser entendido como um "de A a Z". Como mostra a menção, logo após, desse alfa e ômega ("o alfa e o ômega" equivale semanticamente a "de A a Z", as duas expressões significam "é tudo" em dois alfabetos diferentes[115]). Não é esse o ponto em que a leitura feita por Lacan repercute, para além de seu círculo completado? Há razões para achá-lo, não fosse por essa totalização imaginária vir gravar de imaginário e, logo, "manchar" (o termo é justificado no contexto da época, o do primado do simbólico) o elemento puramente simbólico.

Por um lado, Freud não punha preto no branco essa fórmula em seu texto, ele dizia simplesmente tê-la visto em seu sonho "impressa em negrito", e isto sugeria um certo forçamento de Lacan, uma vez que ele teria, então, pretendido escrever o que Freud teria visto – e que se ignora. Ora, há uma assinatura, um indício desse forçamento no fato de que Lacan escreve essa fórmula de duas maneiras diferentes, uma primeira maneira mais condensada, uma segunda mais desenvolvida. Mas também é possível escrevê-la de maneira mais desenvolvida ainda (cf. página seguinte), ou, ainda, não mais achatada, mas em relevo; além disso, se considerarmos apenas essas duas apresentações dadas por Lacan, não saberemos determinar qual Freud teria visto em sonho e, sobre um ponto tão determinante, essa imprecisão é mais que constrangedora.

Por outro lado, suspeitávamos que o "AZ" não fosse aquele elemento puramente simbólico que Lacan dizia ser. Ele mesmo declara, a propósito de sua escrita da fórmula, que

[...] é fácil se divertir com o que é o alfa e o ômega da coisa[116].

Essa discreta maneira de recusar um divertimento não basta para afastar nossa suspeita. Esta se refere à radicalidade da exclusão do eu por causa da intervenção da fórmula escrita, da radicalidade de sua diferenciação em relação a essa "outra voz" que, então, segundo Lacan, "toma a palavra" e que

---

[115] De mais a mais, já encontramos em Lacan esse "de A a Z" em nosso estudo do caso Aimée (cf. J. Allouch, *Marguerite, ou "A Aimée" de Lacan*, op. cit.).
[116] J. Lacan, *Le moi....*, sessão de 9 de março de 1955, p. 28.

não seria mais a voz de ninguém[117] – mediante o que Freud estaria absolutamente sem culpa. Essa radicalidade é essencial à leitura de Lacan e ele sente bem que o "de A a Z" vem apoiá-lo intempestivamente, segundo a lógica do "quem muito abarca pouco aperta", mediante o que ele tem que discretamente expulsá-lo – o que ele faz na proposição acima.

Mas há mais. Com efeito, o azoto, nesse discurso dos sábios que não é o discurso de ninguém (*Nemo*: ninguém, *nobody*), não se escreve AZ, mas N (acrofonia para "nitrogênio", símbolo, este, efetivamente sábio do azoto[118]! Desdobrada, a fórmula que comporta 3 CH3 (radical metil) se escreve, portanto, assim:

$$\begin{array}{c} H \diagdown \quad \diagup H \\ H - C - N - C - H \\ H \diagup \quad | \quad \diagdown H \\ \diagup C \diagdown \\ | \\ H \quad H \quad H \end{array} \qquad \begin{array}{l} \text{com N valência 3} \\ \text{C valência 4} \\ \text{H valência 1} \end{array}$$

E, aí, surpresa: Lacan não ignora essa escrita, já que declara:

---

[117] Embora ela tome a via poética de Valéry em "A PÍTIA":

N'allez donc, mains universelles,	Não vão, então, mãos universais,
Tirer de mon front orageux	Tirar de minha fronte tempestuosa
Quelques suprêmes étincelles!	Algumas supremas fagulhas!
Honneur des Hommes, Saint LANGAGE,	Honra dos Homens, Santa Linguagem
Discours prophétique et paré,	Discurso profético e paramentado,
Belles chaînes en qui s'engage	Belas cadeias em que penetra
Le dieu dans la chair égaré,	O deus na carne perdido,
Illumination, largesse!	Iluminação, largueza!
Voici parler une Sagesse	Eis falar uma Sabedoria
Et sonner cette auguste Voix	E soar essa augusta Voz
Qui se connaît quand elle sonne	Que se conhece quando soa
N'être plus la voix de personne	Não ser mais a voz de ninguém
Tant que des ondes et des bois!	Tanto quanto ondas e bosques!

[118] O azoto, em alemão: *Stickstoff*, *sticksig*, sufocante; *Stoff*, a substância, mas também o sujeito!

[...] é fácil se divertir com o que é o alfa e o ômega da coisa. Mas, ainda que chamássemos o azoto[119] N, o *Nemo* nos serviria, de qualquer modo, a mesma lorota para designar esse sujeito fora do sujeito.

Só podemos ficar surpresos com a ocorrência de AZ no lugar de N, substituição tanto mais notável porquanto Lacan não ignorava a escrita padrão[120]. Ora, é precisamente enquanto padrão que essa escrita lhe importa (enquanto escrita de *Nemo*); e eis que, justamente, a escrita que ele comete é, esta, não-padrão! Há, pois, de fato, aí, patente, um forçamento imaginário supostamente capaz de ressaltar puro simbólico, simbólico que se acha, portanto, enquanto tal, manchado por esse próprio forçamento[121].

Esse suplemento imaginário, fechando a interpretação, aparece como sendo a parte de Lacan. Esta parte indica que sua interpretação do sonho da injeção em Irma se sustenta, mas contanto que nela ele, Lacan, se inscreva lendo Freud. A realização do desejo será simbólica, mas não sem essa condição. O que não impede que, por levar em conta o simbólico, essa via da realização do desejo esteja a contrapelo da via alucinatória elaborada por Freud: ela passa pela letra tomada fora de sentido e desligada do objeto e não pela letra-imagem do objeto. Assim, o enfraquecimento da teoria alucinatória está em outro lugar que não ali onde enfraquece a interpretação lacaniana; ele está, precisamente, nesse ponto mimético da relação com o objeto em que se afigura excluído, ao termo da regressão, poder determinar se o sonhador se satisfaz com um objeto ou com sua imagem.

Trabalho? Traumatismo?

Freud felizmente inventou a PAD e a pôs no âmago de "Luto e melancolia". Com efeito, o estudo do posicionamento do objeto através da

---

[119] Esse "azoto", sabe lá Deus por quê, desapareceu na transcrição Miller.

[120] Esse jogo das três letras A Z N estava presente na tese de 1932. Ele remete ao nome de ANZieu. Didier Anzieu devia, por sua vez, estudar bem de perto o sonho da injeção em Irma, o que deu margem a uma violentíssima diatribe de Lacan a seu respeito.

[121] Foi a tais petelecos que se deveu a tese do primado do simbólico, e entendemos também como os últimos seminários que interrogavam a equivalência das três dimensões R S I, que subvertiam a primazia de uma delas, eram como que chamados por tais impasses quanto a problemas que, no entanto, não passavam absolutamente despercebidos.

PAD (e igualmente no sonho) nos permite concluir pela profunda inconsistência da oposição – crucial nesse texto – entre "desviar-se da realidade" e "respeitar a realidade". A teoria da representação, vimos, ao se condenar, em sua feitura mesma, a lidar para sempre apenas com um objeto-imagem, demarca a realidade de tal maneira que não permite que tal oposição funcione. Por mais longe que o luto possa tomar apoio na realidade, ela é aquilo cujo enfraquecimento o luto revela, dando ao morto o estatuto não de um inexistente, mas de um desaparecido.

Os traços específicos da versão freudiana do luto tal como se encontra em "Luto e melancolia" são, por certo, solidários entre si; essa versão é articulada; ela não é inconsistente – é inclusive isto que nos autoriza a acolhê-la como sendo uma versão. Assim, contestar a pertinência de um de seus traços, como acabamos de fazer para "a prova de realidade", não pode deixar de atingir os outros também. É, para falar a verdade, o conjunto dessa versão que se acha necessariamente contestado.

Se, notadamente, a realidade não é mais recebida como aquilo em que o enlutado quebra a cara (para dizê-lo assim, metaforicamente – mas é mesmo uma metáfora? Não seria bem mais uma metonímia?), não vemos mais muito bem o que quer dizer "trabalho do luto". Este, com efeito, é pensado por Freud como submetido ao "respeito pela realidade" (*Respekt vor der Realität*), isto de uma maneira tanto mais nítida porquanto o dito respeito suscitaria primeiramente essa reação que Freud qualifica de "eriçamento". Já que subtraímos a própria possibilidade de tal respeito, como fica esse trabalho?

Tratando-se do "trabalho do luto", uma primeira surpresa nos espera, uma vez que aceitamos observar que não é nem um pouco evidente que seja, em Freud, uma noção. Certo, ele não está em questão nos textos que precedem "Luto e melancolia"; mas, estranhamente, o termo não aparece quase nunca naqueles que se seguem[122]. *Trauerarbeit* está presente em "Luto e melancolia" de modo integrado à escrita desse texto; esse termo lá surge

---

[122] O "suplemento C" de *Inibição, sintoma e angústia* se intitula "Angústia, dor e luto". Nele não se encontra o termo "trabalho do luto".

ao fio da pena, conforme o processo de aglutinação de nomes que o alemão permite. A própria idéia estava presente antes do termo, e numa frase muito natural, na questão[123]:

> Em que consiste, pois, o trabalho realizado pelo luto?
> *Worin besteht nun die Arbeit, welche die Trauer leistet?*

Foram, principalmente, certos alunos de Freud que, levando adiante o termo *Trauerarbeit*, o promoveram como noção. Num texto de 1924, Abraham escreve "trabalho do luto[124]" entre aspas, modo de atribuí-lo nomeadamente a Freud, mas também marca que essa expressão não estava, na época, integrada ao vocabulário dos psicanalistas[125], que ainda não tinha, portanto, o estatuto de uma noção. Que *Trauerarbeit* seja, em primeiro lugar em Freud, uma natural aglutinação, disso só queremos por prova suplementar o pequeno fato de escrita a seguir. A primeira ocorrência dessa expressão aparece na página 9 da tradução Transa, na seguinte frase:

> No luto, achávamos que inibição e ausência de interesse estavam integralmente explicadas pelo trabalho do luto [*Trauerarbeit*] que absorvia o eu.

Ora, na página 29, Freud escreve:

> É tentador procurar, a partir da suposição sobre o trabalho do luto [*die Arbeit der Trauer*], a via para uma apresentação do trabalho melancólico [*der melancholischen Arbeit*].

Lemos bem: *die Arbeit der Trauer*; já seria dizer demais afirmar que Freud "decompõe" a palavra que ele teria composto. Essa escrita e essa simetria com o "trabalho da melancolia" (que, este, por certo não teve o

---

[123] S. Freud, "Deuil et mélancolie", op. cit., p. 7.
[124] Karl Abraham, *Œuvres complètes*, Paris, PUF, T. II, p. 267.
[125] Laplanche e Pontalis fazem dele uma palavra de seu *Vocabulário* como se se tratasse, com toda evidência, de um conceito de Freud.

mesmo sucesso[126]) não seriam imagináveis se o trabalho do luto tivesse então, para Freud, o estatuto de uma noção.

Mas atentemos também para a retórica utilizada por Freud quando, pela primeira vez, estará nele em questão o trabalho do luto. Logo após ter dado seu quadro clínico do luto, tê-lo confrontado com o da melancolia, Freud ataca, com determinação:

> Em que consiste, portanto, o trabalho realizado pelo luto? Creio que não há nada de forçado em apresentá-lo da seguinte maneira: [...].

Ao nos anunciar que a descrição que ele vai fazer do trabalho do luto não tem "nada de forçado", Freud tenta neutralizar o espírito crítico de seu leitor, tenta colocar esse leitor do seu lado: "*Creio* que não há nada de forçado [...]". A esse leitor, Freud pede que tenha fé naquilo em que ele mesmo teria fé. Trata-se de uma modalidade do argumento de autoridade (aquele que nunca cometeu esse pecado que jogue em Freud a primeira pedra!). Mas, sobretudo, um primeiro forçamento já está aí efetuado, logo antes que Freud inscreva essa possibilidade de forçamento. Com efeito, ele não colocou qualquer questão ao escrever:

> Em que consiste, portanto, o trabalho realizado pelo luto?

Ao questionar, sob a aparência da pergunta e na própria pergunta, Freud, de fato, afirma. Sua asserção afirma que o luto realiza um trabalho. Ora, só podemos ficar impressionados pela discordância entre a novidade e a enormidade dessa asserção e a maneira como ela é por Freud conduzida, a saber, como se a coisa fosse evidente, evidente e de fé*. Do ponto de vista da relação de Freud com seus leitores, essa retórica se assemelha à história do purê de batatas ou então de cenouras proposto à criança anoréxica: o adulto, evidentemente benfeitor, ao convidar a criança para escolher entre

---

[126] Por que não, já que estamos lá, "trabalho da histeria", "... da paranóia", *and so on*, ou, ainda, "trabalho do lapso", "... do chiste", *and so on*? (Adendo de janeiro de 1995: eis que o Instituto de Psicanálise Familiar e Grupal propõe um colóquio intitulado "O trabalho dos segredos de família". "Trabalho do segredo", título de duas comunicações, eu não havia ousado imaginá-lo!).

* No original: *de soi* [evidente] e *de foi* [de fé]. (NT)

um e outro purê, finge crer que, seja como for, ela estaria disposta a comer. Da mesma forma, Freud (se) pergunta em que consiste esse trabalho do luto, mas, ao fazê-lo, introduz como que uma evidência recebida, já comum, a de que o luto seja um trabalho. Ora, isso está longe, estava longe de ser evidente! Posteriormente, tudo, no entanto, se passou como indicado e comprometido por essa retórica, e foi mantida a omissão quanto ao forçamento que ele, no entanto, absolutamente não mascarava.

É preciso uma prova de que essa noção não era evidente, embora, justamente, fosse logo ser recebida como assim sendo, uma prova de seu caráter não-trivial? Não encontramos mais clara que aquela dada por Ferenczi menos de três anos antes de "Luto e melancolia". Ferenczi acaba de perder um irmão que passou muito tempo gravemente enfermo; ele escreve então a Freud, nove dias depois de lhe ter laconicamente anunciado a notícia desse falecimento e em resposta a não menos lacônicas condolências:

> Caro Sr. Professor
> Eu *ab-reagi* [sublinho] o luto de meu irmão, completamente, durante a evolução de sua doença, rica em esperanças frustradas [...][127].

Essa menção, a esse respeito, da ab-reação, igual a uma porta monumental, abre uma larga avenida. Temos que constatar, graças a essa palavra, que havia um lugar como que bem indicado, no rastro freudiano, para o luto. E esse lugar já tinha seu nome, ao qual remete o termo ab-reação: traumatismo. Ferenczi, aliás, não inovou aqui nem um pouco, já que ele pudera ler na "comunicação preliminar" dos *Estudos sobre a histeria*, isto (trata-se de explicar por que as lembranças que correspondiam a traumatismos não foram ab-reagidas):

> Se estudarmos mais de perto os motivos que impediram essa ab-reação de se efetuar, descobriremos duas séries, pelo menos, de condições capazes de entravar a reação ao traumatismo.

---

[127] Sigmund Freud, Sándor Ferenczi, *Correspondance 1908-1914*, trad. pelo grupo do Coq-Héron, Paris, Calmann-Lévy, 1992, p. 365.

Num primeiro grupo, alinhamos os casos em que os doentes não reagiram ao traumatismo psíquico porque a própria natureza deste último excluía qualquer reação, por exemplo durante a perda de um ser amado que se mostrava insubstituível [...][128].

Por que Freud não pensou, diferentemente de Ferenczi em 1912, o luto como traumatismo? Mesmo sem ouvir, neste termo, o "*troumatisme*" de Lacan, que ressoa tão justamente tratando-se da morte de um ser querido, as conseqüências dessa determinação com certeza teriam sido importantes. Teríamos assim podido situar a temporalidade do luto graças àquela do só-depois[129] (consubstancial à noção de traumatismo), embora a maior imprecisão persista, na versão freudiana, com respeito ao tempo do luto. Poderíamos também ter estudado bem mais de perto do que o foi a incidência do erotismo no luto; dito nos termos metapsicológicos de 1915, poderíamos ter estudado o luto muito mais em função da libido de objeto, um pouco menos em função da libido narcísica, que ocupa quase toda a cena, já que se faz do luto um trabalho sobre fundo de identificação com o objeto perdido.

Por que Freud "espontaneamente" pensou o luto em função do trabalho e não do trauma? Acho que podemos entender. Evidentemente, há a incidência possível da homofonia *Traumarbeit / Trauerarbeit*. Mas há também, de um ponto de vista conceitual e não mais significante, o fato de que estamos em 1915, e já lá se vão anos que o método catártico foi criticado e mais que sensivelmente modificado. Precisamente, uma dessas modifica-

---

[128] S. Freud e J. Breuer, *Études sur l'hystérie*, trad. A. Berman, Paris, PUF, 1956, p. 7. Mas por que, então, a perda de um ser insubstituível excluiria *qualquer* reação? Trata-se de um preconceito. Os co-signatários dessas linhas abordam o problema desse traumatismo do ponto de vista do recente enlutado, que está siderado pelo acontecimento. Freud, por sua vez, nunca estabelecerá uma ponte entre "Luto e melancolia" e seu trabalho, no entanto, anterior, sobre o chiste. Esse trabalho lhe teria, no entanto, fornecido muitas coisas, notadamente a sideração.

[129] Desde o *Esboço*, Freud nota que o recalque comporta duas cenas; ele logo notará que a segunda cena dá à primeira seu valor patogênico. O só-depois freudiano foi distinguido por Lacan. Pouco importa, os psicanalistas da IPA, que dizem hoje em inglês "*après-coup*", manifestam, assim, que esse termo, a seus olhos, tem a marca, todos os grupos confundidos, da escola francesa.

ções, uma vez atualizada a sobredeterminação do sintoma, consistiu em promover o trabalho, sempre mais trabalho, de modo a extrair o conjunto das determinações presas ao sintoma. No entanto, esse último argumento não explica muita coisa. Não se pode a isso, com efeito, objetar, ao oposto, que a guerra de 1914-1918 recolocou em primeiro plano a neurose traumática? Será preciso tempo, será preciso esperar a elaboração da segunda tópica, para que o traumatismo intervenha novamente do modo decisivo que conhecemos na doutrina (introdução do *Além do princípio do prazer* e da pulsão de morte), para que seja explicitada outra relação, trágica, com a morte. Ora, notemos, Freud não escreveu a nova versão do luto que estas mudanças capitais pediam. "Luto e melancolia" nos aparece, assim, produzido num momento bem particular do trilhamento freudiano, um momento de depois e de antes do traumatismo.

Vocês subsistem, objetos substituídos?

Uma existência... além

O objeto substituído constitui outro traço essencial da versão freudiana do luto. Ele também vai – é nossa expectativa – ser questionado, já que "a prova de realidade" e o "trabalho do luto" (supostamente capaz de produzir senão essa substituição quando menos sua possibilidade) não são mais, para nós, evidência.

Se houver luto, conforme certa operação *x*, o enlutado passará da experiência do desaparecimento de um ser querido (e da fraqueza da realidade em resolver a questão aberta por esse desaparecimento) ao reconhecimento de sua inexistência. Essa inexistência não pode, como tal, estar no começo do luto, ela só pode ser admitida, se tiver que sê-lo, se o for, no final do luto – o que indicam todos os estudos que pudemos consultar relativos ao modo como o luto trata o aniquilamento (e não somente a morte) de quem faleceu. Se bastasse ser um cadáver, depois ser enterrado ou queimado para ser inexistente na realidade, não compreenderíamos, por exemplo, o furor de Aquiles diante do cadáver de Heitor, nem que Aquiles, contra toda a tradição, tivesse, do modo mais excessivo, sacrificado doze jovens troianos pela morte de Pátrocles; e não mais, entre mil traços que teriam aqui seu lugar, que a Índia bramanista tivesse praticado esse ritual do enxugamento por meio da planta *apamarga*, um ritual que visa a que o morto não venha mais habitar, em seus pesadelos, seus sobreviventes[130].

Embora fale da inexistência do objeto, Freud nem por isso identifica (a não ser na realidade, o que mostra o caráter mal-ajambrado dessa noção) a morte do(a) amado(a) à sua inexistência. Ele também delimita um lugar para o objeto perdido; ele também tem seu além. O qual é... psíquico. No enlutado, escreve ele,

> a existência do objeto perdido prossegue psiquicamente
> *die Existenz des verlorenen Objekts psychisch fortgesetzt.*

Exceto o termo existência, a observação é a mais clássica possível: Freud não inventa o anseio, ocidental e amplamente vão, de sobreviver na lembrança daqueles que ficam. Ele nada diz, no entanto, do papel do morto na realização desse anseio e essa abstenção, basta nela nos determos um pouco, aparece enorme. Ela se inscreve, com efeito, num impasse mais global, aquele operado por "Luto e melancolia" ao forjar uma versão do luto que não leva nem um pouco em conta, para o luto e no luto, a incidência da relação do morto com sua própria morte, tal como, pelo menos, ele o terá feito saber ao enlutado. Essa é uma daquelas peças que a noção de *objeto* perdido prega, baixinho.

Outra característica dessa sobrevivência do morto no psiquismo do enlutado tampouco é notada, embora seja até decisiva. Essa sobrevivência na lembrança não tem o mesmo estatuto em todos os casos. Se, com efeito, o contexto for o de uma família cristã, o enlutado pode crer que o ser que ele acaba de perder está, dali por diante, no paraíso, ou no purgatório, ou até no inferno; aqui, pouco nos importa o que será o julgamento de Deus, já que evocamos esse caso para observar que existe então, para esse enlutado, um certo além que não é de essência psíquica (cf. o corpo glorioso,

---

[130] Cf. a obra capital *La mort, les morts dans les sociétés anciennes*, sob a direção de G. Gnoli e J.-P. Vernant, Cambridge University Press e Éditions de la Maison des sciences de l'homme, 1982, nova impressão, 1990.

jazendo à espera do julgamento, ou eternamente queimado), um além onde seu morto tem seu lugar. Além disso, em ampla medida (e, se o enlutador crê na absoluta liberdade de Deus a esse respeito, essa medida será absoluta), esse lugar não depende do enlutado. Assim, vemos que ao reduzir esse além ao mero psiquismo do enlutado, ainda mais isolando o enlutado em seus meros vínculos com o desaparecido, Freud, de certo modo, o encarrega de uma santa (é a palavra!) responsabilidade. Esta é ainda acrescida pelo fato de que Freud não leva nem um pouco em conta – fiquemos no vocabulário cristão – as obras do morto[131]. O fato de o morto ter realizado algo ou de sua vida ter sido um lamentável fiasco não intervém em sua maneira de colocar o problema do luto. Em suma, Freud pensa o luto como sendo a única barreira, a única nesga separando o morto de seu aniquilamento. É muita coisa sobre os ombros do enlutado. E nos espantamos, entre os freudianos, que os lutos sejam intermináveis... como se não tivéssemos contribuído muito para isso[132].

A não ser que... Freud, ao encarregar assim o enlutado, tivesse tomado ciência, mas *sem sabê-lo*, dessa morte de Deus de que Nietzsche se fizera, não havia tanto tempo assim, o arauto. No qual caso (demonstrável?) aquela maneira de encarregar o enlutado encontraria sua razão. Restaria, no entanto, que a invenção daquele além psíquico seria como que a contrapartida daquele insabido (conhecemos o eriçamento de Freud em relação a Nietzsche). Singular coincidência, colocávamos em questão a versão freudiana do luto no momento mesmo em que Jean-Christophe Bailly publicava seu *Adieu, essai sur la mort des dieux* [Adeus, ensaio sobre a morte dos deuses]. Com seu *Adieu*, Bailly, em 1993, tomava ciência do fato de que, tendo sido proclamada a morte de Deus, nem por isso havíamos nós vencido a sombra.

> [...] o homem, escreve Bailly, não se mostrou digno da destituição do divino que ele operou, ficou com medo da extensão que diante dele se abriu e logo a preencheu com tudo o que encontrou a seu alcance, à mão,

---

[131] Esse problema será mais amplamente discutido aqui mesmo, "Estudo c".
[132] Jean-Christophe Bailly, *Adieu, essai sur la mort des dieux*, La Tour d'Aigues, ed. de l'Aube, 1993.

ainda que com os restos de crenças que ainda podiam tranqüilizá-lo. Em outros termos, o homem ocidental moderno de fato não quis a morte de Deus, ele simplesmente perdeu Deus no caminho, e de modo tão bobo que ainda não se deu conta disso (p. 32).

Parece-nos difícil persistir desconhecendo, na psicanálise, que o além psíquico de Freud deve ser guardado junto com esses restos. Não é, com efeito, apenas outorgando ao morto um psíquico lugar de existência que Freud oferece uma nova segurança ao homem ocidental. Em "Luto e melancolia" e em certos escritos conexos como "Sobre a transitoriedade", ele leva bem mais adiante essa nova segurança em relação à morte e ao que ela comporta de perda seca, de aniquilamento, de "segunda morte", dirá Lacan. Sua versão do luto não se limita a outorgar uma existência ao objeto perdido, ela vai até indicar que, ali mesmo onde essa existência encontraria seu termo, ali mesmo intervém o objeto substitutivo. Ora, este nos é dado como sendo o mesmo objeto que o objeto perdido, em todo caso na medida em que traria ao enlutado os mesmos gozos que aqueles que ele obtinha do objeto perdido.

Em "Luto e melancolia", o "novo objeto de amor" é colocado como "substituindo aquele cujo luto portamos" (p. 5), e a normalidade como consistindo em "retirar a libido desse objeto [perdido] e em deslocá-la para um novo" (p. 15). O fato, honestamente relatado por Freud, de a obtenção do objeto de substituição não proporcionar a fase de triunfo prevista por sua teoria (cf. p. 27) não o leva, no entanto, a revisá-la. Assim, o fim do texto "Sobre a transitoriedade", de concerto com "Luto e melancolia", apresenta o novo objeto como "tão precioso quanto" e mesmo, o que é, a nossos olhos, propriamente falando, o cúmulo, "mais precioso" ainda que o objeto perdido.

Não fossem certas reservas de Freud, poderíamos rotular essa tese como "delírio da substituição".

> Quando ele [ele = luto, aqui personificado!] renunciou a tudo o que estava perdido, ele próprio igualmente se consumiu, e eis que nossa libido torna-se novamente livre para, na medida em que ainda somos jovens

e cheios de força vital, substituir [*ersetzen*] os objetos perdidos por objetos novos, se possível tão preciosos quanto ou mais preciosos[133].

Entretanto, seja qual for a importância do que designam essas restrições (aqui o luto não pode vir atingir quem tivesse por muito tempo investido um objeto e tivesse se tornado velho!), tudo se passa como se Freud não levasse isso em conta. Como para o problema do triunfo evocado há pouco, Freud responde por um "Bem sei, mas mesmo assim": é mesmo assim a perspectiva da substituição que, ao lhe dar um objetivo, orientaria o percurso do luto.

Como em oco, fica claro que, já que estava se propondo construir uma versão psicanalítica do luto, Freud achava que devia questionar sua doutrina do objeto substitutivo e que não pôde tomar essa decisão, tanto o assunto era importante; e é possível conjeturar que essa maneira que ele encontrou para produzir sua versão do luto sem realmente interrogar-se sobre o luto (visando não o luto e sim a melancolia) fosse devida, em grande parte, à antevisão da enormidade do questionamento que o luto reclamava.

A invenção do objeto substituível

A concepção de um objeto substituível tal como se encontra em "Luto e melancolia" provém em linha reta dos *Três ensaios sobre a teoria do sexual*. Provém, precisamente, de uma operação à qual Freud se entrega quase que em silêncio nessa obra. Trata-se de uma frase que acabou por não ter jeito de nada, tanto se tornou usual. Citemos (trad. Transa, p. 15):

> Introduzamos dois termos: chamemos a pessoa da qual provém a atração sexual *o objeto sexual*, a ação à qual leva a pulsão, *o alvo sexual*, [...].

Esse "introduzamos dois termos" parece técnico, ou simplesmente cômodo, não parece muita coisa; está em menor, musicalmente falando,

---

[133] S. Freud, "Sobre a transitoriedade", OCP, XIII, p. 324. Corrigimos "seus" [*ses*] em "os" [*les*].

mas notemos, de qualquer modo, que, no texto, isso não é discutido. Ora, evidentemente há um mundo a separar "a pessoa da qual provém a atração sexual" (*die geschlechtliche Anziehung*) e "o objeto sexual" (*das Sexualobjekt*)[134]. Notadamente cai em esquecimento, nesse salto, o primeiro sentido de *Geschlecht*: família, raça, linhagem, descendência, geração. É, pois, um verdadeiro golpe de força que Freud opera. A partir daí, o resto dos *Três ensaios* segue, como mostra o fato dessa dupla nomeação intervir como primeiro termo de uma implicação:

> Introduzamos [...], então a experiência encarada de um ponto de vista científico nos demonstra [...].

Na passagem de um a outro desses dois mundos, algo salta, algo que faz bascular toda a problemática (que reencontraremos em "Luto e melancolia") numa *one body psychology*[135]. Nada garante, com efeito, que essa "pessoa da qual provém a atração sexual-familiar" não seja ativa nesse assunto. Ora, basta nomeá-la "objeto" para que essa suscitação não seja mais levada em conta – a não ser levando a experiência tão longe quanto pôde fazê-lo a escola do *Nouveau Roman* que, justamente, por ter resolutamente se apegado ao objeto, ressaltou ainda melhor sua função de suscitação do desejo[136].

---

[134] A tradução francesa escamoteia um pouco essa diferença, ressaltando uma única palavra, "sexual", ali onde o alemão de Freud emprega duas. Ora, "*sexuell*" existe como adjetivo em alemão e entra em muitas palavras compostas, "ética sexual", "hormônio sexual", "higiene sexual", etc. Da mesma forma, essa distância é sublinhada pelo fato de que, em alemão, passamos de duas palavras (*geschlechtliche Anziehung*) a uma única palavra (*Sexualobjekt*), embora, nessa mesma passagem, fiquemos com duas palavras em francês: o objeto / sexual. Assim, encontramos em francês duas vezes a mesma palavra reiterada, ao passo que o alemão manifesta claramente a mudança de registro.

[135] G. Gorer será um dos primeiros a manifestar sua insatisfação com relação a essa maneira individual de colocar o problema do luto, numa espécie de colóquio singular entre o enlutado e seu morto. O luto, por sua dimensão social, senão ritual, é singularmente inapto a sofrer tal tratamento.

[136] Notava-se recentemente, isto é, bem após a onda, que nada era mais "subjetivo" do que essa escrita que se queria dessubjetivada.

Nos *Três ensaios*, essa suscitação do objeto é explicitamente posta de lado:

> A pulsão sexual é verossimilmente, em primeiro lugar, independente de seu objeto e, provavelmente, tampouco deve sua gênese aos atrativos deste[137].

Ou, ainda, desta vez sem as restrições adverbiais da frase acima:

> Entretanto, poderíamos guardar como resultado mais geral dessas discussões a idéia de que, num grande número de condições e num número surpreendente de indivíduos, a natureza e o valor do objeto sexual passam para segundo plano. Algo diferente na pulsão sexual é o essencial e o constante[138].

Assim, o objeto perdido e substituível de "Luto e melancolia" é esse objeto despojado de qualquer função de suscitação do desejo. Uma vez que ele suscita o desejo, o objeto não pode ser dito, em sua essência, substituível[139]. Não nos parece mais espantoso, então, ver Freud não estudar em lugar algum nesse texto a importância que não deixa de ter, no luto, a posição daquele que vai morrer em relação a sua própria morte, nem a relação, essencial, do luto com a transmissão.

O objeto substituído freudiano não tem nem mais nem menos realidade do que aquilo que Freud chamava, num texto precoce, no momento mesmo em que inventava o conceito de defesa, o projeto. Ele escrevia, então:

> A questão "que fim levam os projetos inibidos?" parece não ter sentido para a vida representativa normal. Gostaríamos de responder a ela que eles justamente não se formam. O estudo da histeria mostra que eles, no

---

[137] Trad. Transa, pp. 48-49.
[138] Ibid., p. 55.
[139] A obra *La psychanalyse d'aujourd'hui* [A psicanálise de hoje] não desconhecia absolutamente essa dificuldade ao falar de um "objeto significativo". Entretanto, essa nomeação não afronta a dificuldade; ela a resolve à maneira do compromisso sintomático: "objeto" é a substituição, "significativo" não!

entanto, se formam, isto é, que a modificação material que lhes corresponde é mantida e que eles são conservados, levando numa espécie de império das sombras uma existência precária e insuspeita, até o momento em que avançam para o primeiro plano feito um fantasma e se apoderam do corpo que até então havia servido à dominação da consciência do eu[140].

De uma pretensa inexistência do suicídio

O estudo da noção de objeto substituído não pode ser encerrado sem que seja também questionada uma consideração conexa e que constitui um prolongamento dele. Trata-se de uma substituição de objeto que, embora resulte da mesma lógica substitutiva, é um pouco diferente das outras, já que, desta vez, se supõe que o próprio eu pode vir tomar o lugar do objeto. Freud evoca primeiramente esse mecanismo a propósito da melancolia, no qual:

> [...] a libido livre não foi, entretanto, deslocada para outro objeto, e sim reprimida no eu. Só que lá não encontrou emprego algum, serviu, ao contrário, para estabelecer uma identificação do eu com o objeto abandonado. A sombra do objeto caiu então sobre o eu que pôde, por conseguinte, ser julgado por uma instância particular, como um objeto, como o objeto posto de lado[141].

Freud explica assim as queixas do melancólico contra si mesmo, associando K. Landauer ao achado segundo o qual a identificação substituiria o amor. Quando é global, esse mecanismo seria característico das psicoses (das "afecções narcísicas"); parcial, daria conta da formação do sintoma histérico.

Não conseguimos esclarecer bem como Freud concebe esse mecanismo. Há substituição de objeto (o eu como objeto tomando o lugar do objeto), mas também identificação ao objeto. Assim, no suicídio melancólico:

---

[140] S. Freud, "Un cas de guérison hypnotique avec des remarques sur l'apparition de symptômes hystériques par la 'contre-volonté'", in *Résultats, idées, problèmes*, T. I, Paris, PUF, 1984. Devo essa citação a minha leitura do livro de Claude Guillon, *L'invention freudienne, Logique et méthodes d'une découverte*, Rennes, PUR, 1994.
[141] S. Freud, "Deuil et mélancolie", op.cit., p.15.

> O eu só pode se matar quando pode, pelo retorno do investimento de objeto, tratar a si mesmo como um objeto, quando lhe é permitido dirigir contra si a hostilidade que é endereçada a um objeto (p. 21).

Essa interpretação do suicídio melancólico implica que, de certo modo, o melancólico não se suicida e, sim, mata o objeto, ao se matar. Ela está nos antípodas do balizamento do "suicídio altruísta". Ele, o enlutado, tampouco se suicida e Freud até faz de seu não-suicídio o motor principal do luto:

> [...] a cada uma das lembranças e das situações de espera tomadas uma por uma que mostram a libido ligada ao objeto perdido, a realidade traz seu veredicto, a saber, que o objeto não existe mais, e o eu, quase colocado diante da questão de saber se quer partilhar esse destino, deixa-se determinar, pela soma das satisfações narcísicas, a estar em vida, a desatar seu vínculo com o objeto aniquilado (p. 27).

Ninguém se suicida em "Luto e melancolia"! – o que nos parece, clinicamente, um pouco excessivo. A coisa se deduz, no entanto, logicamente do ponto de partida que se dá Freud (que Lacan certamente não admitirá) e que ele formula nos seguintes termos:

> Reconhecemos como o estado originário de onde parte a vida pulsional um amor de si mesmo tão considerável do eu, vemos liberar-se na angústia que aparece quando a vida está ameaçada um montante tão enorme da libido narcísica que não compreendemos como esse eu pode consentir na destruição de si mesmo (p. 21).

Freud diz, portanto, explicitamente: a hipótese de um narcisismo originário o proíbe de admitir que alguém possa se suicidar. Mas essa hipótese basal não o proíbe também de pensar que jamais o eu possa tomar o lugar de um objeto, ainda menos identificar-se com um objeto? De fato, esse mecanismo permanece obscuro. Como permanece igualmente obscura a maneira como, no luto normal, se cumpre em detalhe o desligamento da libido (o que acontece com a libido depois que a lembrança tiver sido superinvestida?), acabamos facilmente por colocar na conta do luto normal a identificação com o objeto que Freud reservava para o melancólico. Ora, isso parece corresponder à experiência. Não se vê o enlutado enfarpelar-se de tal ou tal traço até então situado como característico de seu objeto perdido? Assim, não é de modo tão errado que se acaba por aplicar ao luto a poética fórmula "a sombra do objeto cai sobre o eu". A esse respeito, ter aqui afastado a tese da substituição de objeto não deixa de ter conseqüência. Pode-se falar de uma identificação com o objeto quando o enlutado parece fazer seu tal traço do objeto? Se não se mantém a substituição de objeto, não vemos em que poderia consistir a substituição identificatória. Mas então, como explicar tais fatos?

Crítica da identificação com o objeto perdido

Mais uma vez, a literatura nos oferece uma notável solução. O narrador de *La Toussaint*[142] [Dia de Todos os Santos] perdeu seu avô materno quando tinha sete anos, avô que era o único membro de sua família de quem ele acreditava poder ter obtido os esclarecimentos que lhe teriam permitido levar até o fim o que as gerações precedentes haviam deixado definitivamente inacabado. Ei-lo com vinte anos, pescando com o pai como o avô fazia. Os dois homens, com efeito, ele havia notado há muito tempo, tinham apenas um único terreno comum, ao menos de entendimento: a pesca de linha. Há pressa nessa decisão de ir logo pescar por sua vez, já que o pai também, sem que ele ainda tenha percebido, está se preparando para abandonar esse exercício. Que mais bela prova, dirá o psicólogo, de que ele assim se identifica com o avô? Se o caso é típico, seria antes pelo fato de que, acreditando conhecer o mecanismo, fracassamos. Foi preciso muito esforço para que o narrador conseguisse fazer com que o pai o levasse, de barco, à virada do rio. O pai arrasta os pés, depois o remo. Mas, diz o narrador, "Eu não largava. Eu queria. Eu estava seguro". Sua pesca será frutuosa, mas, após três segundos de felicidade enorme no momento de tirar da água o primeiro peixe, a desilusão não foi menor ao ver que o pai se entediava. Acabou aceitando a proposta daquele melancólico pai e voltaram para casa. No entanto, naquele instante mesmo, lhe veio uma lembrança. O pai e o avô estão voltando, de moto, de um dia de pesca. Criança

---

[142] Pierre Bergounioux, *La Toussaint*, Paris, Gallimard, 1994.

febril, ele os espera, todo feliz por vê-los juntos, excitado com a idéia do que iam trazer. Interrogado sobre esse ponto, seu pai lhe respondeu algo como: "Bulhufas". O menino quer "examinar o bicho". Procura-o em vão no cesto de vime do avô, depois no embornal do pai, recebendo da resposta dos dois continentes uma "desilusão irreparável".

> Meu pai [...] não trouxe nada. É pior que isso. Ele trouxe uma palavra que tem jeito de algo esverdeado, "gaguejante" de boca larga e parece, à prova, não designar absolutamente nada.
> [...] meu avô e meu pai, postos juntos, não têm mais a faculdade de obter o que querem e que desejo com eles, pouco importa o que queiram (p. 64).

O ato de ir pescar toma seu alcance no só-depois do surgimento dessa lembrança, surgimento que ele provocou. A identificação não é sua palavra final. Tratava-se, justamente, de não fazer como o avô ou o pai, tratava-se de não voltar trazendo bulhufas, escreveríamos quase: de não se tornar bulhufas *. O que parece à primeira vista um "fazer como" afigura-se um fazer de outro jeito; ora, para isso, ainda é preciso fazer a mesma coisa. Trata-se de finalmente acabar o que ficou inacabado. A lição de Bergounioux é que tal ato não pode ocorrer estando vivos aqueles que deixaram as coisas assim inacabadas, aqueles que se limitaram a recolher seu lote e a carregá-lo, sem nele tocar, tanto que esse lote chega intacto à próxima geração. A identificação está a serviço do ato; não se trata, essencialmente, de um ato de identificação.

Romântica père-version

Ao empreendermos a leitura de "Luto e melancolia", fizemos nossa uma questão à qual dava lugar uma leitura histórica desse texto: como sustenta Ariès, a versão do luto que lá se acha presentificada tem, de fato, a ver

---

* Jogo de palavras: *revenir bredouille* [voltar de mãos abanando] e *devenir* [tornar-se] *bredouille*. (NT)

com o romantismo? Tornou-se possível responder que sim, mas não sem esta precisão suplementar: trata-se de uma romântica versão de pai. Estabeleçamos, pois, os dois traços dessa resposta.

O romantismo de "Luto e melancolia"

Depois do que acaba de ser notado quanto à tese da existência do objeto perdido, seu lugar psíquico no luto, depois seu reencontro na realidade uma vez cumprido o luto, o traço romântico maior não será muito difícil de discernir, já que cabe essencialmente nesta própria tese. Não é somente o que ela comporta de esperança, de louca esperança que aqui conta; será, sobretudo – marca, por excelência, de uma fábrica romântica –, essa esperança colocada na morte[143]. Assim, o objeto substitutivo terá dado um formidável sopro de vida ao luto romântico, isto ainda mais que o romantismo nele avançava mascarado, paramentado com os ouropéis da ciência, de sua autoridade.

A psicanálise nunca pára de acertar suas contas com o romantismo[144]. Por isso conjeturamos que admitir a justeza de Ariès a respeito de "Luto e melancolia" possa chocar. Em particular, não parecerá ser evidente senão a identidade pelo menos a congruência entre a relação com a morte e o luto tal como Freud os apresenta e esses mesmos traços no romantismo. À primeira vista, o reconhecimento da dura realidade, a submissão a seus cons-

---

[143] Essa esperança é, evidentemente, mais que sensível em "Sobre a transitoriedade", onde Freud, contrariamente à imagem que dele se tem (e que ele também quis que se tivesse dele), combate o ceticismo e o pessimismo do poeta; mas também é encontrada nesse impagável tom de promessa presente nos textos psicanalíticos que seguiram o rastro de "Luto e melancolia". Que nosso leitor experimente ir ao setor "morte" de sua livraria preferida, que folheie por um instante o que lá se encontra. Está cheio de promessa e de esperança, evidentemente em nome da psicologia. Uma obra, assinada por um doutor como se deve, intitula-se *La mort, dernière étape de la croissance* [A morte, última etapa do crescimento]! Um professor de psicologia social nos assegura, em posfácio, que uma força invisível (*sic*!) permite ao ser humano fazer frente ao impossível. Seria do pior gosto fazer saber que a dita força não passa de uma figura, mal velada... do falo. Decididamente sim, o grito de Canguilhem contra a psicologia permanece atual.
[144] Cf. Albert Béguin, *L'âme romantique et le rêve*, Paris, Librairie José Corti, 1991.

trangimentos (entre os quais a morte não é o mínimo) a que convida a psicanálise, a elevação por Freud da *anankê* ao nível de deus supremo dos psicanalisandos e dos psicanalistas, a admirável maneira que teve Freud de afrontar sem *pathos* sua própria doença, depois sua morte, são alguns dos traços afastados do romantismo. No entanto, essa maneira de ostentar uma submissão à realidade (pois ela se ostenta, não se contenta em ser o que é, se é que é o que pretende ser) comporta uma suficiente dose de semblante e até de... afetação, suscetível de pôr a pulga atrás das orelhas mais endurecidas pelo freudismo.

Freud, nos responderão não sem justeza, de qualquer modo não soltou o grande grito romântico de Emily Brontë:

Dead, dead is my joy.

E tampouco o de Lamartine:

Saúdo-te, ó morte! libertador celeste
tu não aniquilas, tu libertas [...]

E não se pode tampouco pôr em sua boca essa frase de Alexandrine de la Ferronays, proferida no instante mesmo em que seu marido morria:

Seus olhos já fixos tinham se voltado para mim [...] e eu, sua mulher!, senti o que nunca teria imaginado, senti que a morte era a felicidade[145].

Ainda que os psicólogos freudianos, a exemplo dos românticos, prometam a seus pacientes a felicidade na morte (o que nota a derradeira página do tijolo de Ariès, cuja última palavra é: angústia), tem-se o sentimento de que, de qualquer modo, eles nem por isso são românticos no sentido ou no ponto acima indicado.

Mallarmé sem dúvida estuda um pouco mais de perto que essas citações o lugar, como que catastrófico, sobre o qual se edifica a conivência romântica da felicidade e da morte. Sabemos da morte de seu filho Anatole.

---

[145] Todos testemunhos recolhidos por Ariès (respectivamente nas páginas 431, 405 e 412 de *L'homme devant la mort*).

Mallarmé não conseguia entender que Victor Hugo tivesse podido inscrever, como poeta, embora não tenha sido logo depois, a morte de sua filha. De Mallarmé, temos apenas folhas soltas e, numa delas, isto que continua sendo, hoje talvez mais do que nunca, o ponto vivido como o mais insuportável tratando-se do luto (foi escrito pouco antes da morte de Anatole, mas quando o pai, de qualquer modo, o sabia condenado):

> Nesse combate entre a vida e a morte,
> que sustenta nosso pobre pequeno adorado...
> o horrível
> é a infelicidade em si que esse pequeno ser não seja mais,
> tão igual sorte é a dele! ["é", não: deve-ser!]
> Confesso aqui que falhei
> e não posso enfrentar essa idéia[146].

Que um ser não seja mais, pior quando esse ser se acha desde a infância (cf. o "pequeno"[147]) chamado a cair no *não ser mais*, eis onde Mallarmé desfalece. Não nos precipitemos a inserir esse enfraquecimento numa generalidade, afirmando, por exemplo, que por toda parte e sempre a grande questão foi não só a da morte, mas o aniquilamento (e ouve-se silenciosamente ressoar a extraordinariamente pertinente homofonia do *não ser mais*) *. A falha de Mallarmé na morte de Anatole tem seu lugar num colóquio singular entre o filho e ele, um traço romântico que encontraremos – ali também impensado – em "Luto e melancolia". Freud fomenta um luto sem referência alguma ao que poderia intervir como terceiro entre o morto

---

[146] Paul Auster não deixa de citar estas duas frases em seu grande livro sobre *L'invention de la solitude* [A invenção da solidão], texto no qual se acha confirmado o que encontraremos breve aqui, a saber, que em nossa modernidade não há mais senão os filhos que morrem. Auster ressalta que a solidão, se se inventasse, se pudesse ser inventada, seria o exato contraponto do filho morto (Paul Auster, *L'invention de la solitude*, Aix-en-Provence, Actes Sud, 1988, p. 139). Esse verso fez com que Auster traduzisse Mallarmé. Por ocasião da tradução em espanhol da presente obra, a citação acima de Mallarmé colocou um problema que encontraremos exposto aqui mesmo nas p172-I a 172XII.

[147] Quem, pois, teria o mau gosto, em tal circunstância, de entrever o falo justo por trás desse "pequeno ser"? Não é, no entanto, a esse inconveniente, a esse absurdo, que devemos o melhor do que trouxe Freud?

* Homofonia: *N'être plus* [não ser mais] e *naître plus* [nascer mais]. (NT)

e o enlutado. Nele encontramos essa incidência do romantismo no fato de que ele não estabelece vínculo algum entre sua problematização do luto e seu estudo do chiste; ele soubera, no entanto, extrair a função de diferentes públicos, notadamente a da *dritte Person*. Ela intervém no luto: foi, na Idade Média, não só enquanto testemunha do luto, mas também na medida em que punha um termo ao luto. Assim, Geoffroy d'Anjou após ter deixado, por um tempo, Carlos Magno abraçar nos mais violentos transportes de tristeza o cadáver de seu sobrinho em Roncevaux, lhe dizia:

Senhor imperador, não vos entregueis tão inteiramente à dor.

Nossa modernidade perdeu o sentido de tal intervenção. A função do público nela se tornou a de proibir qualquer manifestação pública de luto; mas sua absorção numa injunção superegóica não é razão para se deixar de estudar a função do público no luto. Tudo se passa como se o autor de "Luto e melancolia" nunca tivesse escrito *O chiste e sua relação com o inconsciente*. Geoffrey Gorer e muitos outros após ele censurarão à versão psicanalítica do luto a omissão do social, da função do ritual de luto, do papel dos próximos do enlutado na efetuação do luto. Na linha do trilhamento de Freud, essa reprovação nos parece mais bem formulada com os termos que acabamos de empregar, como uma omissão da função do público no luto. Romanticamente, o luto permanece em Freud um assunto "de mim para você", "de você para mim", a tal ponto que o próprio complexo de Édipo não encontra lugar em "Luto e melancolia".

Três outros traços também são comuns aos lutos romântico e freudiano. Antes de mais nada, o acento dado à morte do outro – e não à sua própria, como quando cada cristão devia, em primeiro lugar, cuidar de sua própria salvação, ainda que tivesse que obter a colaboração das pessoas à sua volta em tal aventura. Esse privilégio dado a "ti"[148] – e esse outro, com efeito, é um "ti" – acha-se claramente posto a céu aberto em "Luto e melancolia" quando Freud sustenta que o enlutado redobra sobre seu eu os investimentos libidinais que haviam sido colocados no objeto e que o luto ter-

---

[148] O que Ariès chama: "a morte de ti".

mina num enamoramento em que, de novo, o outro terá precedência sobre o eu. A "teoria do tubo em U", como belamente se chamou essa equivalência segundo a qual o investimento volta-se ou para si ou, então, para o objeto (quando não é um..., é o outro), essa teoria é, de uma ponta à outra, bipolar, assunto de ti/mim; ela é romantismo feito ciência[149].

A familiarização do luto é outro traço comum aos mortos romântico e freudiano. É patente quando Freud escreve, na *Traumdeutung*, que a perda mais terrível que seja é a de um pai. Ele tomava, assim, a via aberta já há algum tempo. Segundo Ariès, o sentido do outro assumiu, no século XIX, um lugar preponderante. Mas preponderante sobre o quê? Sobre duas coisas: sobre o "todos" comunitário, que se desfaz como se rompe a cadeia de um tecido até torná-lo um suporte inoperante da tecedura, mas também sobre o cuidado, em cada um, com seu próprio destino, ainda sensível no grande medo do século XVII de ser enterrado vivo[150]. Esse sentido do outro, fruto da desagregação das relações múltiplas comunitárias, concentra-se num pequeno número de indivíduos, especialmente na família[151]. Ariès fala de "inflação sentimental no interior da família[152]", a qual se torna,

---

[149] Entenda-se que não fazemos nossa a idéia sumária segundo a qual o apaixonado empobrece seu eu em proveito de seu objeto.

[150] Seriíssimos estudos científicos nos garantem que o leitor destas linhas tem boas chances de ser enterrado vivo (cf. Jean Fallot, *Cette mort qui n'en est pas une*, Lille, PUL, 1993). Fallot nos conta (p. 16) como, na Idade Média, aquele que era enterrado vivo era responsável pelo que lhe acontecia, considerado uma criatura infernal: "o temporal abria o túmulo e cortava a cabeça desse *nekros* infernal e o espiritual dava sua benção".

[151] Com o acento colocado por Lacan na alteridade, a psicanálise fica próxima da grande revolução aqui descrita por Ariès; ela está mais em conformidade com essa revolução do que a tese freudiana segundo a qual a escolha de objeto ocorre sobre fundo narcísico ("Luto e melancolia", p. 17). A sutileza não é mais tanto a familiarização das relações sociais quanto sua báscula no "sentido do outro". Não fosse a escrita da barra sobre A maiúsculo, deveríamos, portanto, qualificar como "romântica" a psicanálise lacaniana. Não há nada até a relação sublinhada por Lacan entre beleza e morte que não se deixaria inscrever neste romantismo (a bela morte é a morte romântica); mas aqui, ainda, encontramos em Lacan um corretivo: a referência à segunda morte, a função de barreira atribuída à beleza.

[152] Ph. Ariès, *L'homme devant la mort*, op. cit., p. 463. Não se pode dizer que a descoberta do complexo de Édipo o desminta; seria ainda preciso verdadeiramente tomar ciência de que ele resulta dessa inflação e não ela dele.

assim, o lugar privilegiado do que se pode chamar uma grande doença moderna, a saber, o altruísmo. Exemplo concreto dessa inflação: do século XVII ao século XIX, a prece pela alma do purgatório torna-se, e de muito longe, a devoção mais amplamente difundida[153]. Ora, o purgatório muda de sentido, não é mais, a partir dali, uma possibilidade para si e sim um viés oferecido para prolongar, além da morte, a solicitude dos enlutados pelo outro, por seu ente querido desaparecido[154]. Outra manifestação exemplar desse pendor pelo outro é constituída pela invenção do espiritismo, a respeito do qual Ariès nota que ele é, também, uma relação com as almas do além, mas uma relação que não tem a paciência exigida pela crença no purgatório, uma relação que exige que se realize imediatamente o encontro com o ser que se perdeu[155]. A teoria do objeto substitutivo, encontro aqui embaixo com o objeto perdido, está nessa linha de pensamento, o que confirma o parentesco da psicanálise com o espiritismo que Freud e Ferenczi, ao se entregarem com afinco à transmissão de pensamento, souberam nos assinalar.

Derradeiro traço comum com o romantismo, a psicanálise também se baseia naquilo que tornou possível a versão romântica da morte e do luto, isto é, a dissociação da morte e do mal. É o fim da crença no inferno, o fim do inferno como coisa temida[156]. Paraíso, inferno, purgatório, estes dois, depois três lugares delimitavam o campo, para além, de um possível reencontro (na comunidade dos santos) ou de uma possível e definitiva separação. A morte não resolvia, portanto, o problema da separação, ela não fazia, ela mesma, separação. Vai ser diferente quando o inferno se tornar caduco. A morte advém então, ela e não mais o inferno, como momento e lugar da separação. A tal ponto que não será mais apenas a morte que será dolorosa, para quem vai morrer ou para quem fica, mas, na morte, a separação. Foi Melanie Klein, na análise, quem levou mais longe essa sobredeterminação: se a morte é separação, toda separação será, também,

---

[153] Ph. Ariès, *L'homme devant la mort*, op. cit., p. 458.
[154] Ibid., p. 455.
[155] "O ser" é inteiro, corpo e alma, caso contrário deveríamos ter dito algo como *soulism* e não *spiritism*.
[156] Ph. Ariès, *L'homme devant la mort*, op. cit., p. 466.

uma morte. A via estava assim aberta para uma generalização do luto (há luto não só na separação dos apaixonados, ainda que nenhum morra, mas também do seio, das fezes, do falo) pela qual se guiam, ainda hoje, muitos psicanalistas; não levam em conta, assim, um certo número de diferenças tal como esta: posso assassinar quem se separou de mim ou quem deixei, ele também, aliás, pode me despachar; matar quem está desaparecido é outro assunto[157].

O romantismo desfaz essa confluência da morte e da separação. Invertendo a situação, faz da morte o lugar por excelência da comunhão, exalta a morte como possibilidade do encontro com o outro, até mesmo como constituindo esse encontro:

A verdadeira felicidade do paraíso é a união dos que se querem[158].

Um erro de perspectiva histórica poderia levar a pensar que isso diz respeito apenas aos cristãos. Ora, Ariès mostra perfeitamente que o culto aos mortos, de origem positivista, não foi muito apreciado pelo clero católico antes de este, mudando de tática diante do sucesso de um culto que acabou por lhe parecer inevitável, escolher integrá-lo, e ainda proclamando desavergonhadamente que desde sempre havia preconizado o cuidado dispensado aos mortos. Não foi de modo algum a cristandade, como por vezes se pensa, que fez o além *homelike*, que produziu o cemitério como uma cidade dos mortos onde a função privada prevalece sobre a função pública (a família se desloca, ritualmente, para ali onde ela goza de uma "concessão perpétua" – sim, ousa-se chamar isto assim, e inclusive levá-lo até o direito)[159].

---

[157] Uma das implicações dessa generalização do luto é a afirmação segundo a qual a depressão seria primária, ao passo que a mania teria o estatuto de uma defesa em face da depressão. M. Klein falava claramente de "defesa maníaca" (M. Klein, *Essais de psychanalyse*, Paris, Payot, p. 346). Essa tese entrou amplamente na *doxa* psicanalítica e até nos analisandos; disso tivemos recente testemunho na autobiografia de Louis Althusser. Mas ela é exata? Não se deve, ao contrário, admitir que a depressão ocorre como um certo avatar de uma mania pensada, esta, como primária, pois isomorfa à própria estrutura da linguagem (cf. o famoso disparate)?

[158] Ph. Ariès, *L'homme devant la mort*, op. cit., p. 422.

[159] Ibid., p. 503.

Mas não fica claro que, com essa relação com os mortos mantida na ou para além da morte deles, estamos bem longe de "Luto e melancolia"? À prova, esse texto ignora totalmente o culto aos mortos (diremos por quê). Não diz ele antes, como o clero católico, em sua primeira reação diante desse positivismo que questionava, com seu culto aos mortos, nada menos que o juízo final, que é preciso, de fato, acabar por abandonar os mortos, por "deixar os mortos enterrarem os mortos"? Não é essa a tese da substituição do objeto?

Freud não propõe seu além psíquico como lugar de um definitivo reencontro do objeto perdido. O psiquismo está primeiramente colocado por ele como sendo o lugar onde o objeto pode não estar perdido, onde até continue a "existir", a lá existir por um tempo no luto normal, indefinidamente no luto patológico (caso do luto obsessivo e da melancolia); mas o psíquico é também o lugar onde o objeto pode ser reconhecido como perdido, e a diferença de Freud com o romantismo aparece aqui resolvida. Ela assim estaria, com efeito, se... se Freud concebesse essa perda como uma perda seca. Ora, ele não o faz, isto em razão de sua noção de objeto substitutivo.

O caráter decisivo, para o luto freudiano, do objeto substitutivo é devido, a nosso ver, a isto que resolve a presente discussão: só o reinvestimento de tal objeto (é, com efeito, um único objeto na medida em que é libidinalmente o mesmo) prova, em Freud, que o luto está cumprido. Enquanto assim não for, o objeto existe no psíquico; quando o for, o objeto re-existe na realidade (naquela realidade que, como vimos, se diferenciava mal do psíquico).

É verdade que entre esses dois (mais justamente: "esses... não exatamente dois") modos de existência do objeto Freud introduz uma espécie de possibilidade, aquela que ele chama "reservatório da libido". Ela corresponderia a um momento em que o eu já teria retirado os investimentos do objeto perdido e ainda não teria trazido esses mesmos investimentos para o novo objeto. Entretanto, nada nos é dito sobre a maneira como essa carga libidinal em reserva age sobre quem a traz e a transporta. O mistério dessa posição de grande portador não se esclarece muito se nos endereçarmos, para disso dar conta, ao célebre "Tive êxito ali onde o paranóico fracassa"[160], que deriva da mesma economia do reservatório. Veremos como Freud, ao tentar elevar essa fantasia de gravidez até o mito, visa dar corpo à sua posição de exceção enquanto devendo ser reconhecida como tal por seus alunos[161]. Resta que a regra é dada pela teoria do objeto substitutivo: já que não há prova[162] alguma da existência dessa libido em reserva (a não ser a autoridade de Freud que apresenta sua possibilidade ao aplicá-la a si mesmo), a única prova do luto cumprido permanece a do reinvestimento de um "novo" objeto.

É possível reencontrar o objeto, nos diz Freud, não na morte, mas, o que é o cúmulo, o que jamais fora ousado antes dele, claramente na terra, na realidade a um só tempo material e psíquica. A tese freudiana da substituição de objeto é a mais abracadabrante que jamais foi proposta a esse respeito; ela é o cúmulo da versão romântica do luto, pois, apesar da morte, para além da morte e, logo, na morte, ela promete a qualquer um a felicidade de um novo encontro com seu objeto, isto não no vazio de sabe-se lá que lugar extraterrestre mais ou menos espiritualizado, e sim no mais concreto da satisfação pulsional carnal!

Vem à mente um aforismo de Tertuliano, suscetível de dizer a modalidade do sucesso de "Luto e melancolia": "Isso [essa versão do luto] é inteiramente crível, porque é absurdo". E, já que acabamos de concordar com Ariès quanto à justeza de sua observação sobre o caráter romântico dessa

---

[160] Cf. Chawki Azouri, *"J'ai réussi là où le paranoïaque échoue", La théorie a-t-elle un père?*, Paris, Denoël, 1991.
[161] Freud não nos diz que foi habitado por um sentimento de triunfo por ter tido êxito ali onde o paranóico fracassa, nem que essa recuperação do investimento homossexual sobre Fliess veio alimentar nele sabe-se lá que delírio de grandeza ou até sublimação. O que fez ele dessa libido? Mistério. Para falar a verdade, basta a seus sucessores colocarem-se a questão para passar ao lado da resposta. Eles colocam, de fato, a questão aceitando-lhe os termos, que são os de Freud. Ora, o que fez Freud foi justamente declarar-lhes esse pretenso "êxito" (por que, então, não o guardou em seu jardim secreto?), e que ele tenha permanecido opaco, sem muito conteúdo, mostra que é, sobretudo, essa declaração que importa. Como Joyce dando trabalho por um bom momento à universidade, Freud põe essa declaração nas mãos de seus alunos: enquanto eles escreverem livros sobre isso, sua posição de exceção será mantida; aliás, não sem boas razões.
[162] Entendemos esse termo no sentido em que o retorno do recalcado é a prova do recalque, em que o surgimento de um significante no real é a prova de sua foraclusão do simbólico.

versão, sigamo-lo agora um passo mais adiante, para dar conta de seu extraordinário e, de qualquer modo, estranho êxito[163] (a grade de Ariès, até o presente, continua sendo admitida pelos historiadores que levaram mais adiante a investigação da relação com a morte no Ocidente, isto embora até a discussão tenha sido, por vezes, viva quanto a certos problemas metodológicos[164]).

"Luto e melancolia" em seu lugar na história

"Luto e melancolia" foi escrito e publicado numa das raras e decisivas viradas da história da morte, no momento em que o Ocidente desliza da exaltação romântica da morte para sua exclusão pura e simples. Ariès chama este último momento (que estamos vivendo) "a morte selvagem", ou "a morte excluída", ou, ainda, por referência às anteriores figuras da morte, "a morte invertida". Quais são os traços desta derradeira figura da morte?

---

[163] O método histórico de Ariès, tão singular, merece que nele nos detenhamos. Sob muitos aspectos, lendo Ariès, pensamos não num relato de historiador clássico, mas bem antes na escrita da história tal como a encontramos na *Phénoménologie de l'esprit* [Fenomenologia do espírito]. Ariès procede "por sondagem e nomeações" de grandes figuras da relação do homem ocidental com a morte. Tratando-se da morte romântica, ele vai, por exemplo, dela extrair os traços essenciais não percorrendo todos os documentos, nem mesmo os mais conhecidos (ao eleger Lamartine, deixa Hugo de lado); escolherá, assim, dois ou três casos, estudando-os de maneira monográfica, verificando na oportunidade a justeza das conclusões que daquilo tirava. Eis para as sondagens. Quanto às nomeações, são as de figuras que ele acaba, mas só ao termo de seu percurso (uma diferença maior em relação a Hegel, em quem todo o devir do Espírito está contido na primeira frase da *Phénoménologie*), encadeando umas às outras conforme um certo número de fios (seus quatro parâmetros – estamos aqui mais próximos da formalização do caso histórico em *Marguerite, ou "A Aimée" de Lacan*). Uma vez nomeada cada figura, os elementos que sugeriram a nomeação (as minimonografias) tornam-se argumentos a apoiarem sua pertinência. A singularidade do método de Ariès parece-nos, assim, consistir nessa maneira, graças às sucessivas nomeações, de não se ater a cada instante à exigência de representatividade do relato, o qual é, então, supostamente capaz de refletir exatamente a realidade dos acontecimentos. Mediante o que, ao termo do percurso, Ariès obtém esse benefício espantoso, essa própria representatividade que ele não procurou e que parece então, como a cura em psicanálise, vir-lhe em acréscimo.

[164] Cf. Michel Vovelle, *La mort et l'Occident de 1300 à nos jours*, Paris, Gallimard, 1983.

1. – Não há mais morte no nível do grupo, a morte de cada um não é mais um fato social. Ela não tem, portanto, praticamente mais nada de público (não há mais público na morte invertida do que em "Luto e melancolia"): não há mais sinal algum da morte nas cidades, nem panos pretos nas casas, nem crepes nas lapelas, nem cortejos fúnebres. Pensamos em Brassens:

> Mas onde andam os funerais de outrora?
> Passaram, penduraram as chuteiras,
> as belas pom, pom pom pompas fúnebres,
> nunca mais vamos vê-las, e é muito triste,
> as pompas fúnebres dos nossos vinte anos.

A ausência de morte no grupo se manifesta também, de maneira particularmente nítida, no fato de que o enlutado que, em sociedade, se apresenta como tal tornou-se um pária, até mesmo um doente (uma decisão que Freud não tomou, mas que "Luto e melancolia" permitiu a Melanie Klein tomar). Assim, Gorer relata a seguinte experiência, uma das que o fizeram escrever essa obra, pioneira, que viria a fornecer a Ariès nada menos que seu conceito de "morte invertida[165]":

> Duas ou três vezes, recusei convites para um coquetel explicando que estava de luto; como se eu tivesse emitido alguma espantosa obscenidade, as pessoas que me convidavam ficaram chocadas e constrangidas com minha desistência. De fato, eu tinha a impressão de que, se tivesse declinado o convite pretextando que coincidia com uma misteriosa noite de orgia que eu estava organizando, teria me beneficiado da compreensão delas e de um apoio jovial. Seja como for, as pessoas cujo convite eu recusava, no entanto todas cultas e distintas, resmungaram entre os dentes e sumiram depressa. Nitidamente, essas pessoas não tinham mais idéia alguma de como se comportar com uma pessoa que se diz de luto. Além disso, temiam, suponho, que eu me deixasse levar por minha aflição e as submergisse com uma desagradável onda de sentimentalismo[166].

---

[165] Ph. Ariès, *Essais sur l'histoire de la mort en Occident du Moyen Age à nos jours*, Paris, Seuil, 1975, p. 11.
[166] G. Gorer, *Ni pleurs ni couronnes*, op. cit., p. 45.

Podemos ver nesse último temor, o romantismo não está longe, por trás da exclusão da morte. Ariès resume com uma fórmula particularmente chocante a mudança da relação com o enlutado, a obrigação que lhe é feita de sofrer às escondidas: "O que era outrora exigido", escreve, "é doravante proibido[167]".

2.– Não há mais sujeito algum que morre. A coisa mais pode surpreender, embora não desprezar a função do público no luto baste para permitir conceber que esse segundo traço não pode deixar de acompanhar o primeiro: já que não é mais um acontecimento social, a morte não é mais tampouco subjetivável, ainda que no sentido de um choque da subjetivação. Eis os indícios privilegiados por Ariès para apoiar esta última observação.

– A advertência (tão característica da primeira Idade Média) desapareceu. Isto se deve ao fato de que a questão da morte basculou numa problematização da morte do outro, de que, portanto, doravante, se trata de proteger este outro, que ele guarde a ilusão, sobretudo que não lhe façam mal.

– O "não mais sentir-se morrer" (no lugar do "sentindo sua morte próxima" do rico lavrador[168]) tornou-se a modalidade da morte ideal (ao passo que essa morte imprevista era julgada a mais horrível na Idade Média). É o sonho de uma morte por infarto, e a realidade da morte... hospitalar (*sic*! eis aqui de novo aflorando, com essa hospitalidade da morte, o romantismo); é a derradeira morfina que põe fim ao derradeiro sofrimento daquele que morre sem o saber, mas também, benefício não desprezível, sem incomodar o pessoal. É o ideal de alguns, preocupados em "partir sem dar trabalho", na ponta dos pés. Acabamos por admirar-lhes o estoicismo... Aqui, o não saber da morte bascula no lugar do outro, aquele que não queremos incomodar. Segue-se então, por vezes, a célebre fórmula do lamento:

"Ele não nos disse 'Adeus'".

– Entre os dispositivos que permitem desconhecer que é bem um sujeito que morre, e não dos mínimos, encontra-se a medicalização da morte.

---

[167] Ph. Ariès, *Essais sur l'histoire de la mort...*, op. cit., p. 65.
[168] Ph. Ariès, *L'homme devant la mort*, op. cit., p. 556.

É a morte tubular do perfusado oxigenado alimentado por sonda e dopado de analgésicos, a do NTBR[169]. A família não está ali (é preciso trabalhar..., continuar a cuidar dos filhos..., distrair-se..., em suma... viver), tampouco os médicos, que se esquivam no derradeiro instante, o que conhecem muito bem os enfermeiros, os quais disso se queixam sem saber que essa ausência remete a uma antiga tradição, em que a presença do médico era, não sem lógica, julgada inconveniente ali onde se passava o acontecimento que assinalava seu fracasso. A morte no hospital, nem o próprio hospital quer saber dela: dura, custa, o moribundo toma o lugar de outro que pode ser salvo. Daí a idéia de morredores, mais ou menos por toda parte realizada. A morte medicalizada não é mais a de alguém que está às voltas com "o ato formidável e solene de sua morte[170]"; é aquela de um assistido, que é tratado como uma criança. Pois eis o paradoxo ao qual voltaremos breve: no momento mesmo em que a morte deles se tornou mais assustadora, não há mais senão os filhos, seja qual for a idade, que morrem[171]. Mente-se ao doente sobre seu estado como se mente às crianças doentes, a fim de protegê-las. Resultado: esse grito de um moribundo em tal postura: "Estão me frustrando de minha morte[172]". Houve até um filósofo contemporâneo para elevar a mentira contada ao moribundo sobre seu estado ao nível de virtude suprema.

> "O mentiroso – *declarava esse abominável personagem no dizer do qual a sociedade francesa em seu conjunto, e não apenas a universidade, devia dar uma autoridade moral das mais suspeitas que fossem* – é aquele que diz a verdade [...] Sou contra a verdade, apaixonadamente contra a verdade [...] Para mim, há uma lei mais importante que todas, é a do amor e da caridade".
> "Que teria, então, sido infringida até o século XX – *retorquia finamente Ariès* –, pois até então a moral obrigou a informar o doente[173]?".

---

[169] Ibid., p. 580: *Not To Be Reanimated*.
[170] Ibid., p. 561.
[171] Ibid., p. 559.
[172] Ibid., p. 561.
[173] Ph. Ariès, *Essais sur l'histoire de la mort...*, op. cit., p. 170.

— Enfim, outro signo desse desvio da morte, o que Ariès chama "a morte suja", inconveniente, indecente. Não se morre, "caga-se nas calças". O macabro reaparece, mas deslocado, antes e não mais depois da morte. Assim, a morte também se acha, como a sexualidade, marcada de pudor. É que ela está sexualizada; mas silêncio! A psicanálise não vai colocar isso de novo!

3. – Não há mais luto, não só em relação ao grupo, mas também e por isso, em si. Tornado indecente, o luto vai mesmo até declarar-se como não sendo mais. Assim, a fórmula dos pequenos cartões "A família não está recebendo", ou, mais franca ainda: "A família não está guardando luto". Não é só que não existam mais códigos sociais para o luto, é que a sociedade veicula a ordem: "*keep busy!*". Em outras palavras, Ariès escreve tal qual, "o luto é uma doença[174]", o luto é patológico e suas lágrimas são acolhidas como secreções tão nauseabundas quanto as outras secreções do corpo (um traço confortado pela ecológica luta antipoluição).

Como, num tal contexto de ausência de morte no grupo, de ausência de morte de si e de ausência de luto, interveio, pois, "Luto e melancolia"? Para entendê-lo, temos primeiramente que situar como essa tripla exclusão da morte, justamente em razão da medida extrema em que foi e permanece jogada, encontrava entretanto um real limite. Eis dois indícios desse limite.

Segundo a lógica dessa exclusão, o corpo morto deveria ser tratado como um dejeto qualquer, isto é, ser entregue à limpeza urbana. Ora, nenhum grupo humano, no Ocidente de hoje, levou, de modo regrado e para seus próprios membros, as coisas até esse ponto[175] (pensamos, decerto, nos corpos mortos descarnados de *Nuit et brouillard* [Noite e nevoeiro], de A. Resnais, transportados por pás mecânicas). É verdade que, no Ocidente, a incineração vem hoje ganhando terreno. Mas (será nosso segundo indício), se admitirmos, com Ariès, que a incineração corresponde a uma recusa do

---

[174] Ph. Ariès, *L'homme devant la mort*, op. cit., p. 574.
[175] Tratar-se-ia de exceção confirmando essa regra? Certos grupos de piratas tratavam seus mortos como simples dejetos.

túmulo, notaremos também, sempre com Ariès, que essa recusa não é levada até o fim; é, então, quase sempre um lugar da casa que o morto habitava particularmente que é mantido tal qual após seu falecimento: esse lugar vale de túmulo. Fica claro que, sem túmulo, não podemos ficar totalmente. Na Índia (exceto o caso especial dos renunciantes), os mortos são colocados juntos, são assim tornados indistintos; cada um tem, no entanto, seu túmulo, na medida em que cada um é identificado no lugar mesmo onde suas cinzas são depositadas, no rio sagrado que, de modo algum, pode ser confundido com a limpeza urbana.

A impossibilidade de radicalmente se livrar dos corpos mortos (uma radicalidade que sua colocação na limpeza urbana figuraria) denota a persistência de uma questão que também poderia ser ineliminável. Refere-se ao que os mortos se tornaram. O que pode chegar à alucinação, tal como a mãe que perdeu o filho na *Royal Air Force*:

> Um dia, no leito onde pensava nele, e se preocupava com ele, uma voz lhe respondeu: *"It is all right, Mum"* [...][176].

Assim, tomando apoio nesse ineliminável e em nome de Freud, sobretudo nos países de língua inglesa, psicólogos, sociólogos depois médicos (seguiram com certo atraso) reagiram à erradicação da morte e das práticas do luto. Ariès o nota[177]: o *Funeral Home* é uma instituição freudiana, não apenas um *business*, mas o lugar eleito de uma missão moral. Como o luto não é mais possível em sociedade, o tempo dos funerais (ar condicionado ajudando, vamos prolongá-lo um pouco) será aquele que esses comerciais de gênero um pouco particular oferecerão aos enlutados modernos para que possam fazer seu luto. Os *Funeral Directors* são os herdeiros diretos de "Luto e melancolia", os novos chantres do trabalho do luto[178].

Tanto que o problema do luto, tal como se apresenta a nossos contemporâneos, parece, daqui por diante, por inteiro contido numa alter-

---

[176] Ph. Ariès, *L'homme devant la mort*, op. cit., p. 570.
[177] Ibid., p. 592.
[178] Nisso diferindo dos psicanalistas franceses, eles souberam constituir-se em conselho da ordem. Oferecemos essa nota à meditação daqueles que, na França, militam por tal instituição.

nativa entre exclusão da morte e prescrição superegóica do trabalho do luto. Essa claudicante alternativa basta para nos indicar que tal problema deve ser reconsiderado não em tal ou tal de seus detalhes, mas em sua própria formulação. O que fez então Freud, ao escrever "Luto e melancolia" por não ter barrado a via a tal seqüência?

Aqui, Ariès nos é muito precioso. Ele nos permite pôr "Luto e melancolia", de certo modo, em seu lugar na história. É, justamente, por uma referência ao momento exato desse artigo que Ariès enceta seu capítulo sobre a morte invertida:

> Ainda no início do século XX, digamos, até a guerra de 1914, em todo o Ocidente de cultura latina, católica ou protestante, a morte de um homem modificava solenemente o espaço e o tempo de um grupo social que se podia estender à comunidade inteira, por exemplo à aldeia[179].

Eis, pois, o fato tal como pode ser enunciado: "Luto e melancolia" é um texto escrito nesse momento capital e único em que o que existia há vinte e cinco séculos brutalmente não existe mais dali por diante, momento em que, no Ocidente, a comunidade social abandona todo ritual do luto. Deve bem haver uma relação entre o sucesso de "Luto e melancolia" e esse mesmo abandono.

Mais finamente analisada, a passagem da bela morte romântica, da morte exaltada, à morte invertida interveio, segundo Ariès, em três passos sucessivos, que são todos inversões: 1. não há mais morte de si, 2. não há mais luto, 3. não há mais momento da morte. Primeiro passo: depois que a morte foi pensada, vivida e institucionalmente instalada como "morte de ti", o cuidado com o outro, assim promovido dominando o cuidado de si, virou uma espécie de proteção do outro que era preciso acima de tudo poupar. É, exemplarmente, a morte de Ivan Illitch[180].

---

[179] Ph. Ariès, *L'homme devant la mort*, op. cit., p. 553.
[180] Léon Tolstoï, *La mort d'Ivan Illitch*, trad. de Michel-R. Hofmann, Paris, Le Livre de Poche, 1976.

Ariès data o segundo passo da inversão, o "não há mais luto", de 1914, o que confirmam todos os estudos ulteriores, a literatura igualmente (Bergounioux):

> Houve, em seguida, no século XX, a partir da guerra de 1914, a interdição do luto e de tudo o que na vida pública lembrasse a morte, quando menos a morte considerada normal, isto é, não violenta. A imagem da morte se contrai como o diafragma de uma objetiva fotográfica que se fecha[181].

Não há mais acontecimento da morte: esse terceiro passo da inversão será efetivo notadamente graças à medicalização da morte e ao "corpo fora" da igreja católica. Ele é posterior a "Luto e melancolia", mas o domínio sempre maior desse texto foi paralelo ao, sempre mais nítido, da erradicação da morte como acontecimento.

"Luto e melancolia" é, portanto, um texto precisamente escrito no instante mesmo em que, a morte social não tendo mais lugar, o luto acaba sendo socialmente marcado de interdito. Esse interdito não deixará de ter conseqüências "médicas", já que, daí por diante, o luto "normal" vai ser recebido como patológico. Ora, é sobre esse ponto mesmo que "Luto e melancolia" parece, de fato, ser uma resposta. Há, afirma esse texto (mas indiretamente, mas bem amplamente à sua revelia), um luto normal, a prova é que ele se diferencia do luto patológico e também desse outro luto patológico que é a melancolia. Certo, prossegue, não há mais luto social; mas isso não deixa o enlutado absolutamente desmunido, pois resta-lhe o luto psíquico, e até intrapsíquico. Freud, de certo modo, cede terreno a seu adversário (a erradicação radical do luto), mas como que para melhor reconquistar-lhe ao menos uma parte.

Considerando que estamos assim ressaltando o que comporta de implícito um texto, a pertinência desse implícito deve ser, senão fundada, pelo menos escorada. Ela nos parecerá sê-lo pelas três seguintes observações.

Só essa leitura de "Luto e melancolia" dá conta da omissão por Freud da função do público no luto. Em relação à erradicação social do luto, tal

---

[181] Ph. Ariès, *L'homme devant la mort*, op. cit., p. 577.

omissão se mostra, com efeito, extraordinariamente justa e, considerando a época (em 1915-1917 a erradicação do luto só faz começar), quase visionária – a tal ponto que seríamos quase tentados a usar a seu respeito o termo "conhecimento paranóico". O que não impede que ao largar o público Freud largue seu próprio fio, descambe, sem saber e através da psicologia, no romantismo.

Da mesma forma, essa leitura dá conta da espécie de virada que se operou em relação a "Luto e melancolia", virada conforme a qual de metapsicológico esse texto se tornou essencialmente prescritivo. Era preciso, com efeito, nada menos que uma prescrição, e não uma descrição, para responder, em ato, ao fim do luto social. A valorização, sempre mais incentivada, do "trabalho do luto" deriva da mesma veia: o que prescrever, para o luto psíquico, senão um trabalho, mesmo com o risco de jogar com o imbecil provérbio "o trabalho é a saúde"?

Esse conflito entre luto social, a ponto de ser reduzido a nada, e luto psíquico dá conta, enfim, a um só tempo do caráter primeiramente recebido como fora de norma do luto psíquico, de seu valor entendido como "revolucionário", das dificuldades de seu reconhecimento, depois, ao oposto, de sua admissão como sendo a norma, a nossa, hoje.

À la Wittgenstein, em outras palavras, sem nos deixarmos tapear por seu aspecto contra a corrente, percebemos agora que essa norma era portadora de certo número de ornamentos suscetíveis de seduzir: além do "Ao trabalho!", o apelo ao masoquismo no enlutado conseguindo sempre encontrar bem mais eco do que imaginamos, ainda que esse eco não seja sem limite[182], a versão freudiana do luto vem lhe oferecer, romanticamente, um lugar de existência para o objeto desaparecido, depois um possível reencontro desse objeto na realidade. Reconheçamos que ela passou da conta!

Uma (não inédita) fetichização do objeto do luto

Mas perderíamos, acreditamos, seu vector maior (já que transferencial) se não déssemos importância ao fato de que esse retorno velado ao roman-

---

[182] O que é que decide a vitória de um exército em vez de outro? Interrogava Aristóteles. A que Lacan respondia: o masoquismo superior de seus combatentes.

tismo se apresentava como uma *père-version*, como a versão do luto do pai Freud. Ora, essa versão nos propõe uma abordagem do objeto do luto tomado enquanto objeto fetiche.

Estamos primeiramente às voltas com a perversão, no próprio cerne de "Luto e melancolia", com a idéia de objeto substituído. Situá-lo já constitui, aliás, um truísmo. A substituição de objeto é uma perversão pela razão elementar de que ela provém em linha direta da perversão.

Freud, notemo-lo agora, desde seus *Três ensaios sobre a teoria do sexual*, dissociava a pulsão sexual de seu objeto (o que constitui uma condição necessária à tese da substituição de objeto), não a partir de sua experiência clínica, a qual pregaria bem mais em favor da fixidez (!), mas tomando apoio no que acabava de ser estabelecido naquela época, a saber, o catálogo "científico" das perversões. Tratava-se de outra clínica que a sua, digamos, de uma "clínica da perversão", não tanto no sentido em que ela tomaria por objeto a perversão, mas no sentido em que ela dali provém em linha direta, forjada que foi pela perversão sem praticamente nenhuma distância crítica. Um grande número de perversos, sabemos, se deram um prazer danado, ou, antes, um verdadeiro gozo, enviando aos "cientistas" da época o relato detalhado de seus jogos sexuais. Assim se compuseram esses catálogos onde, como se notou, o onanista pode, com efeito, encontrar com o que se excitar, ao passo que não sabemos de alguém que se tenha masturbado lendo o caso Dora ou o do homem dos lobos. É a esses perversos mesmos, e praticamente sem mediação alguma, que devemos nossa clínica das perversões. Freud se apropria desse catálogo das perversões nas primeiras páginas de seus *Três ensaios* e logo conclui, estando notadamente preso sob essa sugestão perversa, que "[...] a natureza e o valor do objeto sexual passam para segundo plano", que "algo de diferente na pulsão sexual é o essencial e o constante[183]".

Há, aí, em relação ao objeto, à sua recusa na medida em que suscita o desejo, um passo enorme, aliás ligado ao abandono da teoria da sedução. Mas o fato de esse abandono nunca ter cessado de trazer problema não indica a que ponto esse passo foi abusivo? Notemos que, ao construir seu

---

[183] S. Freud, *Trois essais sur la théorie du sexuel*, T. I, op. cit., p. 55.

"objeto causa", Lacan, quanto a esse ponto, está virando o freudismo de cabeça para baixo, está voltando a subir a vertente que intempestivamente rolara abaixo com os *Três ensaios*.

Um casaco de peles vale outro, um chicote é facilmente substituído, um sapato, uma calcinha, uma roupa de couro igualmente. Será uma razão para propor que um amigo, um homem, uma mulher, um pai, uma mãe, um filho também se substituam – ainda que acrescentemos que tal substituição de objeto exige certo trabalho?

Lembremos do "Bem sei, mas mesmo assim" usado por Freud a esse respeito (cf. a citação acima de "Sobre a transitoriedade"). Ele bem sabe que sua versão do luto, enquanto vectorizada pela substituição de objeto, não funciona nos casos que, justamente, nos deixam de luto, aqueles em que o objeto perdido não é identificável como uma calcinha, ele bem sabe... mas, mesmo assim, é essa versão que ele nos propõe. Assim, se nos referirmos ao trabalho de Octave Mannoni que ressaltava esse "Bem sei, mas mesmo assim" como a desdobrar a *Verleugnung* perversa[184], podemos encontrar, nessa posição de Freud, uma segunda marca de fábrica perversa bem identificada. Não é mais apenas a tese que é perversamente orientada (a da substituição de objeto), é também a maneira como ela nos é apresentada.

Mas há mais, até mesmo mais espantoso, tratando-se dessa orientação perversa do luto que nos é assim *père-versamente* proposta, e, aqui, é ainda Ariès que nos terá permitido situá-lo. O que diz, a respeito do luto, a tese do objeto substitutivo? Ela oferece ao desejo uma nova chance; já que ele acaba de perder seu objeto, ela lhe declara algo como: "Tens uma segunda vida diante de ti". Ora, foi esse o axioma fundador de nosso moderno culto aos mortos, de origem leiga, positivista e anticlerical. Eis o texto que Ariès considera que melhor transcreve aquilo sobre o que repousa esse culto aos mortos[185] (é de 1869, assinado por um certo Dr. Robinet):

> O homem prolonga para além da morte aqueles que sucumbiram antes dele [...], continua a amá-los, a concebê-los, a entretê-los depois que cessaram de viver, e institui para a memória deles um culto em que seu

---

[184] Octave Mannoni, *Clefs pour l'imaginaire ou L'autre scène*, Paris, Seuil, 1969.
[185] Ph. Ariès, *L'homme devant la mort*, op. cit., p. 535.

coração e sua inteligência se esforçam por lhes assegurar a perpetuidade. Essa propriedade da natureza humana [...] faz com que sejamos afetuosos e inteligentes o suficiente para amar seres que não são mais, para arrancá-los ao nada e para criar-lhes em nós mesmos essa segunda existência que é, talvez, a única verdadeira imortalidade.

Entende-se, ao ler estas últimas palavras, que a Igreja tenha, num primeiro momento, sido contra tal culto. Mas o importante agora, para nós, é a teoria que os positivistas tiveram que inventar para dar conta desse sentimento em relação aos mortos (segundo eles, ele separa o homem do animal) e para justificar sua promoção de um culto aos mortos socializado. Ora, essa teoria é essencialmente um fetichismo.

Há um fetichismo espontâneo, observa um certo Laffitte após A. Comte[186], ligado aos objetos que nos lembram as pessoas amadas, cabelos, jóias, roupas, móveis... Esse fetichismo, nota-se, foi combatido pelas Igrejas, que tratavam os mortos como menos que nada, reservando-lhes a sorte de objetos abandonados (observação que tem seu peso de verdade, pelo menos na primeira Idade Média). É tempo, prosseguimos, para além do momento religioso hoje passado, de dar novamente vida a esse fetichismo, de fazer com que reencontre a dimensão social que nunca deveria ter perdido ("a época teológica marca um recuo na espontaneidade fetichista[187]"). Somos forçados a admitir que esse empreendimento positivista ficou longe de fracassar, é a ele que devemos nossos cemitérios "modernos" – tipo Père Lachaise – e as práticas que a isso se ligam.

O fetiche, signo material, é a um só tempo um signo e "animação do próprio signo". Por contigüidade metonímica, os objetos do defunto, a começar por seu corpo e seu túmulo, são o defunto, ou, mais exatamente, são sua segunda vida, a morte não sendo então pensada senão como passa-

---

[186] Cf. Georges Canguilhem, "Histoire des religions et histoire des sciences dans la théorie du fétichisme chez Auguste Comte", 1964, reimpresso em *Études d'histoire et de philosophie des sciences*, Paris, Vrin, 1968; assim como Alfonso M. Iacono, "Georges Canguilhem et l'histoire du concept de fétichisme", em *Georges Canguilhem philosophe, historien des sciences,* Paris, Albin Michel, 1993. Assinado Paul-Laurent Assoun, o *Que sais-je?* sobre o fetichismo (Paris, PUF, 1994) deve ser particularmente assinalado.
[187] Ph. Ariès, *L'homme devant la mort*, op. cit., p. 536.

gem de um estado móvel a um estado imóvel. Dar vida a esses signos é entreter a segunda vida do defunto. Esta reside, por certo, em nós mesmos, mas não apenas em nós mesmos, já que ela está nesses objetos fetiches animados.

Vê-se, a um só tempo, a diferença e a identidade em relação à doutrina do trabalho do luto. Ali onde os positivistas jogam a manutenção do vínculo pelo viés desses signos fetiches, Freud prescreve a separação signo após signo[188]. Como o positivismo, a versão freudiana do luto afirma que uma segunda vida permanece possível; diferentemente do positivismo, chegar a ela passa, em Freud, não pela manutenção da relação fetichista com o objeto perdido, com os objetos (Freud diz: lembranças) deste objeto, mas por uma separação de tudo isso. A nova vida assume, em Freud, a forma do objeto substitutivo. Trata-se, aí, de uma diferença essencial? Não, porquanto o conceito desse objeto substitutivo não pode ser outro senão aquele de um objeto fetiche. Por quê? Porque, usufruindo, ao termo do trabalho do luto, exatamente dos mesmos investimentos que aqueles que estavam agarrados ao objeto perdido, ele mesmo se torna, libidinalmente falando, esse mesmo objeto; ora, essa "mesmidade" de um objeto a si mesmo é, precisamente, o que faz dele um objeto fetiche, como tal substituível, um "ersatz" fálico[189].

Mas, dirão, não são incompatíveis os dois traços que acabamos de discernir como constitutivos do objeto fetiche? Que o objeto deva ser mantido, conservado idêntico a si mesmo, não é isso que faz dele um objeto não-substituível? Quem detém um pedaço da verdadeira cruz se deixaria antes estripar que aceitar, em seu lugar, um pedaço de madeira. Um pedaço de madeira, sim, mas um pedaço da verdadeira cruz? Ora, é tal substituição que estaria precisamente em jogo quando um objeto *libidinal* fosse recebido como substituindo um outro, e entretanto mesmo, objeto libidinal. A verdadeira disparidade não está delimitada pela alternativa identidade a si

---

[188] Será tão seguro, como subentende Freud, que o culto fetichista aos mortos impeça viver, investir um objeto? Os positivistas sustentam, ao contrário, que o culto aos mortos é um verdadeiro fundamento da vida social, pois ele desenvolve o sentimento da continuidade das gerações.

[189] Cf. P.-L. Assoun, *Le fétichisme*, op. cit.

mesmo / substituição; os dois termos dessa alternativa combinam muito bem, entendem-se bem, uma vez que o campo de suas brincadeiras continua a ser a "mesmidade". Uma efetiva disparidade só entra em jogo quando se trata dessa substituição (que, por conseguinte, não é mais inteiramente uma) em que uma coisa, admitida como outra e não como "a mesma", intervém, pretendendo avançar no terreno libidinalmente orientado pela coisa que, até ali, proporcionava a satisfação. Caso típico: o incoercível pânico que se apossa do fetichista quando, tendo por distração se casado, se acha, um belo dia, encostado na parede do leito conjugal.

A convergência de Freud com o positivismo tipo A. Comte quanto ao fetichismo não é, aliás, um fato inesperado nem imprevisível. Georges Canguilhem ressaltou que o fetichismo de Comte, por se basear em David Hume e Adam Smith, derivava de um movimento segundo o qual a história filosófica das religiões e das ciências acolhia o maravilhoso não mais como o que suscitava o temor (bom para ser confundido com a religião), mas o espanto (propício à ciência). Freud, no mesmo nível, participa desse movimento pró-científico, foi até censurado por isso; pouco importa, "Luto e melancolia" deixa-se situar como um dos momentos fortes (ainda que, para acabar, a tentativa permaneça abortada) em que a ciência vem abalar o que a religião veicula de idéias recebidas quanto à relação com a morte. Ariès descreve essa tensão em termos em que encontramos não só a subversão pela ciência, mas também a virada repentina da versão freudiana do luto:

> Até a idade do progresso científico, os homens admitiram uma continuação após a morte. O que constatamos desde as primeiras sepulturas de oferendas do período neandertalense, e, ainda hoje, em pleno período de ceticismo científico, é que aparecem modos mais fracos de continuidade, ou recusas teimosas de aniquilamento imediato. As idéias de continuação constituem um fundo comum a todas as religiões antigas e ao cristianismo[190].

Freud, o cientificista, escreve "Luto e melancolia", eis um fato que não pode ser ignorado. Esse texto é escrito por alguém que não é qualquer

---

[190] Ph. Ariès, *L'homme devant la mort,* op. cit., p. 99.

um, que trilhou uma certa experiência, mas baseado no discurso da ciência, o qual, certo ou errado, de modo fundado ou infundado, aqui pouco importa, tende a interromper de imediato a concepção de uma seqüência, de um além, de uma continuidade após a morte. O fato de em parte alguma estar em questão, em seu texto, o estatuto do morto para além de sua morte, mas apenas do morto no enlutado, é traço partilhado por Freud com A. Comte. Diante deste, sua proposição consiste em substituir o fetichismo comtiano do culto aos mortos em suas lembranças pelo do objeto substitutivo.

Resta-nos mostrar que essa versão do luto perversamente orientada é bem a de um pai. Vamos fazê-lo como conclusão deste estudo. Antes disso, retiremos uma objeção que lhe poderia ser feita, que foi, aliás, formulada quando se apresentava em estado de seminário. Freud, replicaram, não se ateve a "Luto e melancolia", sua versão do luto variou; está, portanto, excluído ler esse texto como portador maior da teoria freudiana do luto. O que acontece então, uma variação ou uma ausência de variação de Freud em relação ao luto?

Onde Freud agüenta firme

Freud soube, quando necessário, não se ater à sua fórmula do luto quando esta lhe pareceu desmentida pela experiência? Uma das experiências que podem ser aqui evocadas, talvez a mais importante, foi a que nele suscitou a morte de sua filha Sofia. Dessa vez, não há mais novo encontro romântico com o objeto, dessa vez Freud parece admitir que o luto não desemboca no acesso a um objeto substitutivo. Embora não o diga publicamente; ele o teria admitido numa carta a Binswanger (de 11 de abril de 1929), isto é, é verdade, num escrito semiconfidencial. Freud nunca se decidiu a levar essa observação à sua teoria do luto, nunca chegou a fazer dessa observação um traço de contestação efetiva dessa teoria (ele não devia, tampouco, reconsiderar o problema do luto em função de sua segunda tópica).

Nessa carta a Binswanger, Freud começa mencionando uma formidável mancada que ele teria dado não fosse a intervenção de sua cunhada,

Minna. Um pouco irritado com Binswanger, ele estava se preparando para recusar a carta que acabava de receber dele, porque a letra era difícil de ser decifrada; ora, a mão de Binswanger tinha alguma razão para tremer: ele estava anunciando a Freud a morte de seu filho. Sem a intervenção de Minna, e sem ter lido a terrível notícia, Freud teria devolvido a carta a seu autor rogando-lhe recopiá-la! Ora, essa abominável mancada se esclarece assim que notamos que ela teria acontecido no dia mesmo em que Sofia Halberstadt teria completado 36 anos. Sofia tinha morrido, grávida de seu terceiro filho, em janeiro de 1920, logo após o suicídio de Viktor Tausk e a morte de Anton von Freund. Não parece abusivo concluir que, ao mandar de volta Binswanger à sua cópia, Freud rechaça, nove anos após o acontecido, o anúncio da morte de sua filha. Esta morte, alguns anos depois, o incitaria a corrigir "Luto e melancolia"? Ele toma, com efeito, esse caminho. Após ter anunciado a Binswanger o não-aniversário de Sofia, ter, em seguida, contado seu fora não ocorrido, ele assim prossegue sua carta (hoje publicada, mas Freud não ignorava que ela um dia o seria):

> É sabido que o luto agudo causado por tal perda encontrará um fim, mas que ficaremos inconsoláveis, sem jamais encontrar um substituto.

O problema do substituto parece aqui resolvido. Dizemos "parece", pois o fato de afirmar que não se encontrará nunca substituto não impede, longe disso, pensar esse reencontro como termo do luto. De mais a mais, Freud não se limitou a isso nessa correspondência, e o objeto substitutivo logo volta lá à superfície, simplesmente marcado por um sinal negativo: a afirmação de que não há objeto suscetível de tomar o lugar do objeto perdido faz apenas indicar em oco a manutenção do pressuposto segundo o qual o dito lugar continuaria sendo tomável. A seqüência imediata diz isto:

> Tudo o que assumir esse lugar, ainda que o ocupe inteiramente, permanecerá sempre algo de outro.

Em seguida, a derrapagem (é uma a nosso ver) logo se agrava, como é o próprio de toda derrapagem que se respeita, Freud prossegue representando o velho sábio, na verdade, retomando o equilíbrio, o do romantismo de "Luto e melancolia":

E, para falar a verdade, é, de fato, assim. É o único meio que temos para perpetuar um amor ao qual não queremos renunciar[191].

Podemos duvidar de que seja "o único meio". Com efeito, essas duas últimas frases assinalam, ambas, o amor conforme o relembrar, o amor na morte, o amor romântico. Tal amor se acomoda bem, antes, com a idéia de ser inconsolável, com essa noção de uma cicatriz inapagável que, na medida em que se mostra, toma inevitavelmente o estatuto de um semblante[192]. Que "o-homem-da-cicatriz" possa ser, para alguns (e algumas), uma figura muito atraente, isso nos prova uma marca de perfume que usava, não faz muito tempo, esse meio. O perfume se chamava *"Balafre"* [Talho]. Há, com efeito, nessa maneira de apresentar como indefectivelmente mais que marcado, machucado, mas dominando, seja como for, seu machucado, uma certa afetação, bem feita para suscitar, em alguns outros, um gesto de afeição compassiva, digamos um "eu pego", repousando numa identificação simbólica à cicatriz como *einziger Zug*, traço unário. Essa colocação em jogo de um semblante foi certamente balizada na análise do masoquismo. É, evidentemente, cômico; o cômico, aqui ainda[193], parece caminhar junto com a mais sincera das dores: *dol, doel*, velha palavra da *douleur* [dor], mas com o sentido restrito que atribuímos ao *deuil* [luto]. Mas, sobretudo, o despercebido desse cômico não tira o amor de sua ancoragem na reminiscência enquanto oposta à repetição.

A posição manifesta de Freud a respeito da morte de sua filha é das mais claudicantes, o que ninguém, por certo, pode censurar-lhe ("Claudicar, ele gos-

---

[191] S. Freud, *Correspondance 1873-1939*, Paris, Gallimard, 1966, pp. 421-422. Agradeço a José Attal por ter-me indicado essa referência.

[192] Pensemos apenas no ato II de *A Traviata* para tomar a medida de tal enrolo, em seguida o ato III para apreender a medida de suas consequências. No ato II, o pai de Alfredo, soberbo duo com Violetta, ressalta sua *père-version*, tomando apoio e argumento em sua infelicidade e na de sua família. Ele obtém, assim, de Violetta que ela renuncie a Alfredo (cf. Jean Allouch, "Une femme a dû le taire", *Littoral*, nº 11/12, "Du père", Toulouse, Érès, fevereiro de 1984).

[193] "A morte antigamente era uma tragédia – freqüentemente cômica – em que se representava aquele que vai morrer. A morte de hoje é uma comédia – sempre dramática – em que se representa aquele que não sabe que vai morrer" (Ph. Ariès, *Essais sur l'histoire de la mort...*, op. cit., p. 172).

tava de dizer, não é um pecado"). Devemos, entretanto, estudar como ela claudica, pois não se trata aqui apenas de um pai e sim de um teórico do luto.

Essa posição, novamente, parece derivar de um "Bem sei..., mas mesmo assim" típico: o objeto substitutivo não "cola", mas, mesmo assim, é em relação a ele que o luto é concebido, até mesmo vivido. Freud, aliás, escreve esse "Bem sei..., mas mesmo assim" numerosas vezes[194]:

> [a morte de Anton von Freund é], para nossa causa, uma dura perda, e para mim um vivo desgosto, *mas* um desgosto ao qual pude me habituar nestes últimos meses (Carta a Ferenczi)

> [a respeito da morte de Sofia] uma amarga dor para os pais, *mas*, para nós outros, não há muito a dizer, pois, *afinal, sabemos* que a morte pertence à vida [...] (Carta ao psicanalista Lajos Lévy)

> *Você sabe* a infelicidade que me atinge [é claro que Jones não sabe esta infelicidade, não mais que quem quer que seja]; para mim, a desolação, e uma perda que nunca poderá ser esquecida. *Mas* deixemos isso de lado um instante; enquanto estivermos de pé temos que viver e trabalhar (Carta a Jones).

Quem pode, pois, avançar na cena do mundo pretendendo *saber* que a morte pertence à vida? Estamos seguros de que um mortal possa sabê-lo?

Não se notou, a nosso conhecimento, que a fórmula de Octave Mannoni comporta um "bem" inteiramente intempestivo. Trata-se do mesmo "bem" que foi proferido por aquele pobre coitado que declarava a uma mulher que ele estava cortejando "Eu bem faria amor com você!" e que recebeu uma resposta de "verdadeira mulher" (diria talvez Lacan, como fez para Madeleine Gide[195]), a saber, um tapa perfeitamente justificado, pois: "Como sabia ele se faria *bem* o amor? E se, por acaso, ele se comportasse na cama feito um imbecil!". Assim, para ser corretamente acolhido, o "bem sei" de Octave Mannoni deveria ser objeto de uma sessão ultracurta, interrompida antes mesmo que fosse pronunciado o "... mas, mesmo as-

---

[194] Cf. Peter Gay, *Freud, A Life for Our Time*, Norton, 1988, *Freud, une vie*, trad. Tina Jolas, introd. à ed. franc. por Catherine David, Paris, Hachette, 1991, pp. 449-450.
[195] Jacques Lacan, "Jeunesse de Gide, ou la lettre et le désir", *Écrits*, Paris, Seuil, 1966, p. 761.

sim", o corte ressaltando, assim, algo como isto (em segunda pessoa, pois é a "verdadeira mulher" que assim intervém): "Mas não, tu não sabes 'bem', e que o pretendas não resolve, por certo, teus assuntos". Vê-se, assim, que é esse intempestivo "bem" suplementar, adjunto ao saber, que traz o "... mas, mesmo assim"; não haveria "... mas, mesmo assim" sem o forçamento constituído por esse suplemento.

Freud desmente o que a morte de Sofia suscita nele. Vai mesmo até escrever a Ferenczi: "não se preocupe comigo, continuo o mesmo". Mas, já que não é o caso, já que, saiba ele ou não, decida-se a isso ou não, Freud está mudado pela morte de Sofia, haverá uma outra vertente para o assunto. Freud, com efeito, escreve então seu *Além do princípio do prazer* e inventa a compulsão de repetição sem deixar de negar, simultaneamente, que a morte de Sofia tenha podido ter algo a ver com a resolução assim tomada[196]. Caberá, assim, a Lacan situar essa compulsão de repetição em seu justo lugar, a saber, ligada ao simbólico e à morte; em outras palavras, identificada à repetição segundo Kierkegaard, logo, dissociada de qualquer exigência tipo relembrar.

Fica claro que a disparidade, em relação ao luto, entre Freud e Lacan corresponde àquela, kierkegaardiana, da reminiscência e da repetição, logo, a duas formas de amor bem diferenciadas. A nossos olhos espantados, o estatuto simbólico dado por Lacan à repetição fecha definitivamente a incidência da morte de Sofia sobre Freud! Com efeito, não há objeto substitutivo por esta razão essencial, que o objeto de amor é situado não pelo relembrar, mas pela repetição, e que o que conta na repetição é justamente a conta, a impossibilidade para a segunda vez de ser a primeira – ainda que a queiramos em todo ponto idêntica à primeira. A conta, sozinha, inscreve como essencial o caráter não substituível do objeto.

Uma versão de pai

Freud propõe uma versão do luto que não comporta uma única palavra relativa à transmissão, uma única questão quanto à função da transmis-

---

[196] Freud luta para que não pensem que *Além do princípio de prazer* se deve a essa morte (cf. Peter Gay, *Freud, une vie,* op. cit., pp. 448-454).

são no luto. Vamos tentar mostrar que essa omissão assinala que é enquanto pai que Freud escreve "Luto e melancolia".

Seguindo-o na análise, persiste-se em tratar separadamente o problema do luto e o da transmissão, tanto que esse isolamento acabou por ser um grave erro, um erro que dá matéria à crítica quanto à problematização do luto, quanto à da transmissão, mas também um erro que é aplicado não sem selvageria nos modos eleitos de transmissão da psicanálise, notadamente sua familiarização. Quando há morte e luto, há transmissão (ainda que se trate de um filho morto, cf. "Estudo c"). Essa transmissão vai bem além do fato de que o historiador da morte não pode deixar de se debruçar sobre os testamentos. Ela está essencialmente ligada ao fato de que todos deixam, ao morrer, aquelas "milhões de marcas" de que fala Foucault em "*Qu'est-ce qu'un auteur?*"[197] [O que é um autor] e com as quais o enlutado deve bem fazer algo, ainda que seja nelas não tocar. Essas marcas não estão todas, longe disso, nas simples lembranças do enlutado, tal como quer "Luto e melancolia".

Que "Luto e melancolia" não diga uma palavra sobre a transmissão parece só ter uma explicação possível. Se Freud disso se dispensa sem mesmo dar-se conta (pelo menos não nos dá nenhum testemunho disso), só pode ser porque a transmissão está presente alhures, nesse texto, sob uma forma outra que aquela de seus enunciados. A transmissão não estaria em questão em "Luto e melancolia" porquanto esse texto faz parte de uma transmissão, dela constitui uma peça maior.

Pelo menos até a inscrição de Anna Freud no movimento psicanalítico enquanto porta-voz de seu pai (essa inscrição marca a virada de uma familiarização doravante patente da transmissão, mas, sobretudo, o surgimento de uma transmissão familiar *pela filha*), Freud, imediatamente após sua ruptura com Wilhelm Fliess, tentava instaurar um certo tipo de transmissão de sua psicanálise. Qual tipo de transmissão? O fato é conhecido, e bem estabelecido: Freud desejava ainda vivo que um filho-aluno dirigisse o movimento, enquanto ele, velho pai declinante, assistiria vivo ao acontecimento de sua própria substituição. Se um tal filho-aluno-herdeiro-

---

[197] Michel Foucault, "Qu'est-ce qu'un auteur?", *Littoral* nº 9, "La discursivité", Toulouse, Érès, 1983.

sucessor-substituto-mestre tivesse advindo, Freud poderia, então, ter morrido daquela morte pacífica tão característica da primeira Idade Média, a morte daquele que está seguro do dever cumprido. Trata-se de uma fantasia, e até bem típica, a de assistir à própria morte. É, logo, também uma fantasia de imortalidade, pois, se assisto a cada vez à minha própria morte, não vemos quando as coisas poderiam parar!

Ferenczi, quanto a esse ponto (mas inteiramente em vão, tanto é verdade que jamais um conselho amigo abala uma fantasia), não cessa de chamar Freud à ordem, a uma ordem que é a contrapartida real dessa fantasia e cuja fórmula é bem simples, já que corresponde a dizer a Freud que ele, Freud, é... insubstituível. E que, portanto, se transmissão há, ela de modo algum pode passar pelo que Ferenczi chama, com bastante justeza, um "sucessor imediato[198]". Muito pelo contrário, trata-se de passar sem isso mesmo. Poderíamos mencionar dezenas de passagens de teor idêntico àquela que vamos citar, na qual aparece essa expressão "sucessor imediato"; no momento em que Ferenczi escreve isso a Freud, já se sente o cheiro de enxofre entre Freud e Jung, e o próprio Freud acaba de escrever a Ferenczi:

> A perspectiva de fazer tudo sozinho, enquanto eu viver, e não deixar um sucessor plenamente válido não é muito consoladora. Por isso confesso que estou longe de estar sereno e que estas ninharias pesam-me muito. Apóio-me agora de novo em você e espero, com toda confiança, que você não me decepcionará[199].

---

[198] A problemática propriamente sucessoral foi singularmente bem estudada por Pierre Bergounioux em seu romance *L'Orphelin* (Paris, Gallimard, 1992): ser filho é ser o segundo, pelo menos até a Segunda Guerra Mundial, feita por aqueles que foram os primeiros a não serem os segundos, já que seus pais tinham, durante a Primeira, "voltado ao seio equânime da argila para permitir a inocentes serem os primeiros a não serem primeiro os segundos [...]" (p. 18). Aqueles souberam apenas realizar o eco amplificado do primeiro desastre, tanto que cabe a seus filhos, a nossa geração, ter êxito ali onde eles fracassaram. Se nos reportarmos ao escrito de Bergounioux, apreenderemos em cada uma de suas linhas como sua análise dá suas coordenadas ao que dizíamos, com Ariès, quanto à importância da virada de 1914-1918.

[199] S. Freud, S. Ferenczi, *Correspondance 1908-1914,* op. cit., p. 353.

Quatro dias mais tarde, a resposta de Ferenczi é uma verdadeira jóia de humor, precaução de re-asseguramento e, ao mesmo tempo, de firmeza na posição:

> Penso que, quanto à questão do sucessor, você deveria também continuar fiel a seu princípio de base da "Ανάγκη" e – se necessário – a ele se submeter. Seja qual for a importância de um movimento intelectual, ele é freqüentemente interrompido por uma estagnação temporária. O que você realizou até agora, e o que ainda esperamos de você, não pode ser suprimido, mesmo sem sucessor imediato. Numa cidade de média importância, como Budapeste, com mais facilidade tem-se a oportunidade de observar como a sociedade se satura de idéias novas. Essas idéias abrem via por seu próprio peso específico – basta que tenham sido, *uma única vez*, expressas de modo comumente inteligível[200].

A transmissão da psicanálise, segundo Ferenczi, seria, quanto ao lugar e à função de Freud, que Freud renunciasse ao sucessor imediato, que disso não se ocupasse, a não ser perseverando ainda em ser o trilhador que foi, a não ser persistindo em sua via sem mais se preocupar em buscar outra(s) garantia(s) suplementar(es)[201].

Freud não pode adotar a posição que Ferenczi lhe designa. Não pode cessar de pensar e querer a transmissão em termos familiares, sua obra sendo um imóvel familiar, um *kleros*, que deve, portanto, caber a um filho[202]. Freud bem faz um pequeno esforço para se pôr no mesmo diapasão de Ferenczi, mas sua posição se restabelece, logo depois, quando transfere de Jung a Ferenczi sua designação de filho-herdeiro, embora saiba que Ferenczi, diferentemente de Jung, não convém verdadeiramente do ponto de vista de sua inserção social. Eis esta resposta de Freud:

---

[200] Ibid., p. 355.
[201] O que não deixa de ressoar entre certos ex-membros da École freudienne de Paris que recusaram inscrever-se na École de la cause freudienne, aquela mesma em que se encontrava designado, por Lacan, um "sucessor imediato".
[202] Estudamos a maneira como Lacan terá enfeixado esse mesmo problema em "Gel", in *Le transfert dans tous ses errata, suivi de Pour une transcription critique des séminaires de Jacques Lacan*, Paris, EPEL, 1991, pp. 189-210.

Tento reconciliar-me com a idéia de que é preciso também abandonar esse filho à "Ανάγκη"; retomo uma parte da libido que comprometi e vou pôr fim às tentativas furiosas de levá-lo adiante. [...] Será realmente preciso que seja sempre eu quem tenha razão, e devo sempre ser o melhor? Com o tempo, isso se torna, de fato, inverossímil²⁰³.

Situamos claramente como a transmissão da análise passa, daí por diante, por "abandonar esse filho", como escreve Freud, esse "sucessor imediato" de que lhe fala Ferenczi. A transmissão da psicanálise, entre aqueles que sabem ter trilhado sua via e que são reconhecidos como tais, só pode ser largar esse trilhamento, sem garantia alguma de que um outro dele se apossará. De fato, esse "sem garantia" parece-nos ser a única garantia verdadeira.

Assim colocada a transmissão da psicanálise, como fica o estatuto de "Luto e melancolia", a função desse texto nessa transmissão? O que nele se distingue como ausência de uma articulação do luto e da transmissão se explica pelo fato de que Freud, com esse texto, exagera quanto ao modo de transmissão que sua fantasia exige. Como "Sobre a transitoriedade", "Luto e melancolia" é um manifesto em favor da intercambialidade do objeto. Mas, encarada do ponto de vista da transmissão, essa intercambialidade parece ir até implicar um não-desaparecimento do objeto. Se as coisas tivessem e, sobretudo, pudessem ter ocorrido como ordenava a fantasia de Freud, Jung teria substituído Freud ainda vivo Freud, enquanto que este, feito um velho pai judeu, teria sido gentilmente "colocado no banco de reservas" pelo filho ao qual confiou sua confecção²⁰⁴; poderia, assim, tranqüilamente assistir à seqüência, sem intervir em nada. O ponto de real sobre o qual se constrói tal fantasia é balizado se notarmos que essa fantasia despreza o fato de que a mera presença de Freud vivo (tal o físico moderno intervindo sob o aspecto de fótons em sua experiência) modifica essa seqüência, dela faz parte, queira ele ou não. Assim, o real da fantasia em questão parece decorrer da impossibilidade de estar a um só tempo morto e vivo.

No entanto, essa fantasia de assistir ao que virá após a própria morte apresenta fora desse real seu ápice mais notável. No âmago dessa fantasia,

---

²⁰³ S Freud, S. Ferenczi, *Correspondance*, op. cit., p. 360.
²⁰⁴ Alusão à piada, célebre na Argentina: "Que diferença existe entre um psicanalista e um alfaiate judeu?". Resposta: "Uma geração".

vimos, furtivamente aparecida, a figura de uma criança "abandonada" cujo luto não foi feito, um luto bem particular, já que não é exatamente o de um filho morto. Esse filho que não cessa de não ser abandonado (uma menina "dará certo" ali onde o menino se recusava) apresenta-se, portanto, como sendo, em Freud, o "ao-menos-um" (Lacan) que objeta à função substitutiva.

Assim, ao se ler "Luto e melancolia" sem desconsiderar o problema da transmissão, fica claro que se trata não, nessa problematização do luto, de uma aceitação pura e simples da realidade da morte do outro e sim de fundar essa aceitação na exceção de um luto indefinido (não se pode abandonar o filho abandonado) associado a uma fantasia de imortalidade (já que mudar de objeto equivale a assistir à própria morte).

O mais estranho é que, aqui, não somos conduzidos a nada de muito novo, já que não fazemos, em suma, senão objetar a "Luto e melancolia" como Ferenczi objetava à fantasia de Freud a respeito da transmissão. Da mesma forma que Ferenczi tentava convencer Freud de que este era insubstituível, de que, enquanto inventor da psicanálise, seu lugar estava definitivamente conquistado em sua singularidade e de que ninguém jamais poderia ocupá-lo, da mesma forma dizemos que o luto deve ser problematizado não a partir da substituição de objeto, mas, ao contrário, em função do caráter absolutamente único, insubstituível de todo objeto – era verdade para o Freud trilhador da via analítica, mas também é verdade para qualquer um –, cada um, cada ser falante é tão único e, logo, insubstituível quanto qualquer outro; neste plano, não há injustiça.

Luto melancólico

Sim, Freud decididamente escreveu "Luto e melancolia" não só no sentido em que seu texto distingue o luto e a melancolia, mas também, mas sobretudo no sentido em que ele os aproxima, em que os torna primos, em que os põe sob uma mesma luz romântica.

O luto freudiano é melancólico. Já em 1932, enquanto Lacan escrevia sua tese, Paul Morand notava essa participação de Freud (único sábio de uma lista de literatos) na grande onda romântica:

O coração do romantismo bate, com efeito, tão forte e com tanto perigo quanto outrora; a grande onda sentimental que nos vem do fundo do século XVIII inglês e alemão, o fluxo que submergiu a França a um só tempo por Calais e pelo lago de Genebra não se retirou de nós. Rio verbal, tumultuoso, excessivo, arrasta consigo o belo e o feio, cataratas dominadas pelo castelo em ruínas do Sublime, todo o romantismo, o de Chateaubriand, o de Baudelaire, o de Lautréamont, o de Freud, vai se perder, como há cem anos, nos pântanos do tédio e do "suicídio belo". "Igual à peste asiática..., escreve Musset, a assustadora desesperança caminhava a passos largos sobre a terra[205]...".

Orientado para a lembrança, o luto freudiano oferece ao enlutado a louca esperança de um reencontro do objeto perdido, uma calamitosa esperança, já que ele fixa o enlutado nessa orientação que vira as costas à repetição, isto é, ao ato. Mudar tal orientação cria um certo número de problemas no freudismo, problemas que não estão entre aqueles de segunda importância; eles têm nome: objeto substituído, representação, realidade, alucinação, realização do desejo, transmissão. Em relação a eles acaba de ser efetuado um certo percurso que, é verdade, não fez a volta completa. Mas o abalo aí está, e é impossível prever suas conseqüências. Já se pode, no entanto, entrever que esse percurso realiza um certo corte em Freud, recusa como não pertinentes, em relação mesmo à clínica analítica e ao método freudiano, certas teses de Freud. Ver-se-á também que essa poda deve a Lacan nada menos que suas condições de possibilidade. Ele as nomeou real, simbólico, imaginário.

No campo freudiano, nossa iniciativa não inova radicalmente. Já há muito tempo psicanalistas vêm lendo de modo crítico "Luto e melancolia". Sem pretender, evidentemente, fazer-lhe uma recensão[206] exaustiva, mencionemos duas críticas, escolhidas por sua proximidade, apesar de que nada as destinasse a estarem tão próximas. Temos, com efeito, duas observações, uma de Melanie Klein, outra de Lacan, que objetam a "Luto e melancolia" de modo idêntico na forma e convergente quanto ao conteúdo. Há razão

---

[205] Paul Morand, *L'art de mourir*, 2ª ed., L'esprit du temps, 1992, p. 20.
[206] Nada diremos, portanto, da derrapagem realizada por John Bowlby, nem de seus prolongamentos em seu debate com A. Freud, M. Schur, etc.

para se ficar impressionado com tal repetição que, por outro lado, nada praticamente preparava, a não ser, justamente, certos impasses criados, trazidos por "Luto e melancolia". Melanie Klein:

> A perda do objeto não pode ser sentida *como uma perda total* antes que este seja amado como um objeto total[207].

Em outras palavras: há uma condição prévia para que funcione o roteiro do luto tal como o descreve "Luto e melancolia". Lacan não dirá nada muito diferente[208]:

> A questão da identificação [no luto] deve ser esclarecida pelas categorias que são aquelas que, aqui, diante de vocês venho há anos promovendo, isto é, as do simbólico, do imaginário e do real.
> O que é essa incorporação do objeto perdido? Em que consiste o trabalho do luto? Permanece-se vago, o que explica a parada de qualquer especulação em torno dessa via, no entanto aberta por Freud, em torno do luto e da melancolia, pelo fato de que a questão não está convenientemente articulada.

Para articulá-la convenientemente, Lacan, convergindo aqui com Melanie Klein, vai

> [...] dar uma articulação a mais ao que nos é trazido em *Trauer und Melancolie*, isto é, que, se o luto ocorre – e nos dizem que é em razão de uma introjeção do objeto perdido –, para que seja introjetado, talvez exista *uma condição prévia* [sublinho], isto é, que ele seja constituído enquanto objeto [...].

Essa questão da constituição do objeto, verdadeira condição prévia, limita-se a ser apenas o que Lacan diz, apenas uma articulação a mais? É permitido duvidar disso.

---

[207] Melanie Klein, "Contribution à l'étude de la psychogénèse des états maniaco-dépressifs", in *Essais de psychanalyse*, trad. Marguerite Derrida, Paris, PUF, 1968, p. 313.
[208] Jacques Lacan, *Le désir et son interprétation*, seminário inédito, sessão de 18 de março de 1959.

Quanto à melancolia, se é verdade que Freud nela reconhece uma entidade clínica essencialmente constituída como um luto, mas um luto atípico, um luto não previsto no programa, é também permitido duvidar de que ela seja a única entidade dessa ordem a ter esse estatuto.

Com certeza o vínculo da clínica com o luto deve ser reconsiderado. A grande lição da melancolia freudiana, da melancolia demarcada como um luto particular bem parece, com efeito, poder ser desdobrada, reconhecida como um caso entre outros em que uma dita "doença mental" tem valor de luto, tem função de luto.

Assim, tomamos ciência de que essa identificação da clínica e do luto, caso fosse confirmada, faria com que nos perguntássemos se uma versão analítica do luto tem razão de ser. O luto estando "por toda parte", há razão para que esteja também em algum lugar? Fica claro que ter admitido o caráter romântico do luto segundo Freud nos oferece também, como que além disso, o benefício não desconsiderável de nos incitar a problematizar como luto cada caso. Para isso, conviria primeiramente admitir que não sabemos o que é um luto, tampouco se há um ou vários. O problema do luto seria então colocado como uma incógnita, como um *x*, de que se esperaria de cada caso que ele lhe desse seu valor. Com certeza, heuristicamente, tal política analítica em relação ao luto como clínica seria a mais pertinente. Colocar em jogo um não saber, mais exatamente um "saber – no sentido do 'saber fazer' – não saber" –, não é esse o ponto vivo do método freudiano, aquele que se regra na histeria ao lhe dar a fala?

Não nos terá sido possível, no entanto, concluir nosso questionamento do luto com tal radical abstenção. Será um erro? Não podemos prejulgá-lo. O fato é que por diversos vieses, no vazio deixado por nosso estudo crítico de "Luto e melancolia", outra versão do luto se indicava.

Em proveniência de uma tradução

Em 2 de outubro de 1995, enquanto acabava de revisar sua tradução em espanhol da *Erótica do luto no tempo da morte seca*, Silvio Mattoni escreveu-me uma carta na qual estava excluído que a presente segunda edição francesa fosse considerada[209]. Com efeito, Silvio Mattoni observava, com muita razão, isto (traduzo):

> Nas páginas 123-124, seu livro comporta uma citação de Mallarmé, depois um breve comentário do projeto não concluído: *Por um túmulo de Anatole*. Como não havia referência a essa citação, acreditei que se tratava de um dos fragmentos do livro póstumo; mais adiante (nota 146 da página 124), entendi que você estava falando de "verso" com uma alusão a Paul Auster. Só que as duas frases citadas por Auster não estão no incompleto *Túmulo de Anatole*, não há nada que se assemelhe a elas naqueles 202 *pedaços de papel*, como você mesmo os chama. Essas frases são de uma carta de Mallarmé a seu amigo Henri Roujon e estão reproduzidas nas páginas 22 e 23 da introdução de Jean-Pierre Richard a *Por um túmulo*.

Mas havia mais, até mesmo mais grave. A carta continuava, com efeito, assim:

> Por conseguinte, o problema nos propõe a seguinte alternativa: ou se estabelece a citação indicando as partes deixadas de lado, pois o início e o fim de sua citação estão muito distantes na carta de Mallarmé a seu amigo, e dando-lhe novamente, a mais, sua forma de prosa (a disposição tipográfica não é inocente, quando falamos de Mallarmé), ou, então, se explica claramente que a interpretação que se segue à citação se refere a *Por um túmulo* e que a versificação desse pedaço de carta não é de Mallarmé. Inútil dizer (embora eu o diga, como um verdadeiro fanático) que não é preciso estar muito familiarizado com Mallarmé para descobrir que essas frases transcritas como versos não se assemelham em nada a um projeto de verso mallarmeano, há aí excessivo bom senso. Por outro lado, o enfraquecimento (*falhei*, diz o fragmento) do expedidor não acontece num colóquio com o filho, mas como uma confissão (*confeso*) e uma apresentação do assunto a um amigo. Em todo caso, se mantivermos a citação, deveríamos dizer a quem é devida a disposição tipográfica em forma de verso (a você mesmo ou a Paul Auster, de forma alguma a Mallarmé).
> É possível que o ponto que lhe indico não seja decisivo, tomado como está na muito ampla e profunda pesquisa de seu livro, mas, se afirmar-

---

[209] Jean Allouch, *Erotica del duelo en el tiempo de la muerte seca*, Buenos Aires, Edelp, 1996, tradução de Silvio Mattoni.

mos que Mallarmé é romântico (o que não é algo comumente admitido), logo se torna gritante a rara simplicidade da citação. Por outro lado, abrindo ao acaso *Por um túmulo de Anatole*, com freqüência nos deparamos com textos que têm pouco a ver com um colóquio singular com o filho morto (cf. páginas 57, 58, 157, 164, 167, 193), ou então, quando se trata de tal colóquio, outros dele também participam (*mãe, filha, irmã, a morte*); não faltam nem as alusões ao sacrifício (*"já que eu lhe / sacrificava minha / vida"* [folha 15], a quem ele diz isso?), pelo que Mallarmé, embora ainda seja romântico por outros aspectos (a não-publicação desse *Túmulo*, por exemplo), poderia bem vir em apoio à tese de seu livro.

Para além de todo problema de interpretação, a questão principal continua sendo a de citar como verso o fragmento da carta. Que na tradução espanhola ele apareça bilíngüe, como se fosse um texto poético (sem que o seja). Se você voluntariamente versificou a carta (como fez com a frase de Lacan sobre Gide), o que não creio, pois você o teria igualmente indicado, você deveria explicitamente dizer que essa disposição gráfica é sua. [...]

Que sorte ter um tradutor tão incisivo! Em 16 de outubro, eu lhe respondia notadamente isto:

Fui, portanto, nesse lugar que você assinala, impreciso, e até o ponto em que seria imaginável falar de erros: 1. o texto citado não faz parte dos 202 pedaços de papel e sim, com efeito, de uma carta (o que cria confusão, até mesmo constitui a confusão, até mesmo compromete um possível reconhecimento da verdade e da legitimidade de tal confusão, é, evidentemente, por causa de Jean-Pierre Richard, a publicação dessa carta em *Para um túmulo de Anatole*), 2. não se trata de "versos" como tais produzidos por Mallarmé, e enfim 3. copio "*faillis*" [falhei] em lugar de "*faiblis*" [enfraqueci]. Logo, convém por certo, já que você está colocando a questão, explicitar as coisas.

Eu havia retomado, como sugerido em nota, essa citação de Auster (o primeiro corte, logo, essa "montagem" do texto é dele); ora, voltando à página 139 de sua *Invention de la solitude* [Invenção da solidão], pode-se ver que ele também teria cometido erros: 1. ele faz um corte que não está indicado (a carta dizia: "[...] o horrível é, *toda abstração feita de nós*, a infelicidade em si [...]") e 2. ele acrescenta um "!" após "seu".

A versificação, ou, se preferirmos, a pontuação em forma de versos é, de

fato, portanto, obra minha. Note que ela sublinha o corte após "o horrível", que ela prolonga, logo, que ela acentua a leitura de Auster dessas linhas. Ela valoriza também o *"faillis"* [falhei], intempestivamente introduzido, mas não necessariamente de modo inoportuno. O "verso" seguinte, com efeito, não permite ler o "faiblis" [enfraqueci] como um *"faillis"* [falhei], como um enfraquecimento radical e não apenas como uma fraqueza sempre suposta modulável senão provisória?
[...]
O que concluir disso no que diz respeito à *Erótica do luto* em espanhol? Várias soluções se apresentam. Corrigir os "erros" no sentido de suprimir-lhes as marcas não funciona. Passar por cima como se você não os tivesse assinalado tampouco funciona. Em compensação, podemos pensar numa N.T. que pode ser longa, pouco importa, onde você retomaria as observações e questões de sua carta assim como os elementos da presente carta que você julgasse úteis à formulação da resposta. Assim, o livro seria traduzido com seus "furos" (chamemos isso desse jeito, ainda que não se trate exatamente de "furos"), estes sendo, além disso, assinalados graças à nota.
Outra solução possível, mas guardando esse mesmo princípio de não mascarar as coisas que estão tortas: remeter à página 124, no final da nota 146, a um anexo mais longo, e no qual, além dos elementos supracitados, você discutiria a questão de saber se esse luto de Mallarmé comporta traços que nos convidam a situá-lo não no quadro do romantismo, mas como um luto suscetível de vir confirmar aquele que tento indicar (não estou nem um pouco seguro de que o sacrifício dele seja daqueles que com Lacan tento distinguir). Seja qual for a solução que você escolher, ela seria retomada, com seu acordo, numa segunda edição francesa da obra, se segunda edição tiver de haver. Cabe a você, portanto, decidir. Tem, é claro, carta branca (a qual implica a angústia!).

Assim, para a edição espanhola, Silvio Mattoni foi levado a prolongar a nota 146 da página 124 nela acrescentando as observações resultantes de nossa discussão. Mas sua intervenção devia ir além da simples correção (nos dois sentidos dessa expressão). Ele escreveu um texto, *El fracaso del pudor*, que foi publicado em *Erotica del duelo...*, ao fim do estudo "a". Eis, pois, esse escrito, neste mesmo lugar.

O fracasso do pudor

Silvio Mattoni

Ao lermos as 202 folhas de Mallarmé que terão sido intituladas *Por um túmulo de Anatole*[1], colocando assim o acento sobre o caráter de esboço e de intrínseca incompletude do projeto, surgem algumas questões imediatas: por que Mallarmé projetou para seu filho morto uma composição, um *túmulo*, à maneira daquele que havia escrito em homenagem a Edgar Poe? Teria ele visto em Anatole um artista potencial prematuramente arrancado a um destino que se assemelhava por demais ao seu? A identificação de Mallarmé com o filho morto, que contém uma espécie de "absorção" imaginária da vida potencial do filho pelo pai enquanto escritor, é certamente o dispositivo mais notável em ação nesses textos. Não é necessário multiplicar as citações que demonstrariam, no pai, essa interiorização do filho perdido sob a forma de um "ideal" artístico depurado. Desde o início – embora não seja possível fundar aqui uma certeza cronológica ou argumentativa – lemos:

> *filho*
> *absorvido*
> *não partiu*
> *é ele*
> *– ou seu irmão*
> *eu [...]*[2]

e até nos últimos fragmentos,

---

[1] Jean-Pierre Richard, *Pour un tombeau d'Anatole* [Por um túmulo de Anatole], Paris, Seuil, 1961. Considerando as características do texto exumado, os buracos, para não dizer as crateras de seu fio narrativo – que Jean-Pierre Richard tenta preencher com sua interpretação –, pretendemos apenas uma simples leitura, senão arbitrária, ao menos descentrada, e que dá importância maior aos elementos aparentemente marginais, não suficientemente retomados nestas notas, onde podemos ver as marcas do impossível que parou Mallarmé num balbucio descontínuo.

[2] J.-P. Richard, op. cit., folha 4, p. 102.

> *[...] que meu pensamento*
> *lhe faça uma*
> *vida mais bela*
> *mais pura³. [...]*

Podemos ver aqui as marcas dessa identificação, representada, por vezes, como um diálogo, às vezes como uma simples assimilação da dor da perda, à qual, de modo ligeiramente intempestivo, senão falacioso, se acrescenta um valor de purificação ou de purgação para aquele que escreve. Catarse literária cuja utilização não é apenas uma herança das lamentações românticas, mas também uma leitura, deformada pelo cristianismo, da antiga teoria dos humores – uma religiosidade leiga, em que a literatura assume os emblemas típicos do céu e da graça, a eternidade e a pureza.

Entretanto, não cessamos de notar que as cartas produzem menos fervor que a religião e que as pretensões literárias à eternidade são rebaixadas pela própria literatura, por seu próprio naufrágio histórico, à categoria de uma ficção. Por isso é que à interiorização eterna do morto sucede sua redução à caducidade da memória:

> *não — não*
> *misturado aos grandes*
> *mortos — etc.*
> *— enquanto nós*
> *mesmos vivermos, ele*
> *vive — em nós*
> *—*
>
> *é só após nossa*
> *morte que ele estará*
> *— e que os sinos*
> *dos Mortos soarão por*
> *ele⁴*

Da história só se pode esperar uma eternidade reduzida, a do monumento, do *túmulo*, da obra literária enquanto memorial (lembremos a pro-

---

³ Ibid., folha 191, p. 289.
⁴ Ibid., folha 46, p. 144.

posição de Mallarmé sobre o trabalho do poeta: erigir durante toda a vida seu próprio túmulo). Assim, a identificação, forma menor dos reencontros no além, deveria, para ter êxito, deixar uma marca, uma impressão monumental, um escrito público. Por que Mallarmé fracassou em esculpir o túmulo de seu filho que deveria ter sido, a partir dali, o seu também? Esta questão mascara uma segunda curiosidade impertinente, surgida da leitura do esboço mallarmeano: se Mallarmé projetou escrever e em parte escreveu o *túmulo de Anatole*, por que nunca o publicou, nem mesmo sob a forma abreviada de um poema ordinário? (projeto que aparece na folha 80 sob a forma de um diálogo agonal[5] com a morte).

A resposta a essa segunda questão não pode ser tão imediata quanto a elucidação das causas metafóricas ou sublimadas da escrita catártica. O nome do enfraquecimento mallarmeano, dessa impossibilidade de acabar o *túmulo* é "fracasso" nas margens do texto. Mas, em seu próprio centro, como um turbilhão centrípeto e vazio, esse nome é simplesmente "segredo". Quanto ao fracasso, ele não é uma falha e sim um excesso de sentido:

> *Como, o que digo*
> *é verdade – não é*
> *somente*
> *música –*
> *etc*[6].

Verdade, eternidade, brilho são a um só tempo buracos negros que atraem as partículas prismáticas da idéia de escrever e dos pontos cegos em que se anula o próprio ato da escrita.

Entretanto, como eu já disse, o fracasso está sempre à margem do texto, refere-se ao que o texto não conseguiu ser, não explica o que é o texto; em outras palavras, ele não esclarece a não-publicação (entendo igualmente por publicação o que está implicado pelo ato de corrigir, que pode igualmente desembocar na aniquilação do texto). *Por um túmulo de Anatole*

---

[5] Du grego *agôn*, jogo, luta, combate e, por ext., debate.
[6] J.-P. Richard, op. cit., folha 192, p. 290.

foi um segredo de que agora nos regozijamos em razão da esgotante miséria do póstumo.

Podemos pensar que guardar os papéis tumbais como um segredo foi uma maneira de perpetuar o acompanhamento da escrita paterna pelo espectro filial, ao mesmo tempo que permanecia dissimulada uma certa profanação do olhar doloroso da mãe.

>   [...]
> *escrevo* — *ele*
>   (*sob a terra*)
>   *decomposição*
> *mãe vê* —
>   *o que deveria*
>   *ignorar* [...][7]

Pois a mãe tem suas próprias ficções desse lado do paraíso literário, que não cessam de ser registradas, ouvidas pelo arquiteto para seu grande friso sepulcral.

>   (1
> *ficção*
>   *da ausência*
>   *guardada por mãe*
>   —   *apartamento*
> <não> "*não sei*
>   *o que eles disso*
>   *fizeram* — <*não tenho*> *na*
>   *perturbação e nos*
>   *choros de então*
>   — *sei só-*
>
>   (2
> *mente que ele não mais está*
> *aqui* [...][8]

---

[7] Ibid., folha 180, p. 278.
[8] Ibid., folhas 186-87, pp. 284-85.

O que queria dizer aqui essa negação dubitativa, esse <não> que precede a transcrição? Talvez ela negue que a morte do filho tenha sido apenas um acontecimento para a mãe, conforme o que diz o personagem? Antes de mais nada, parece que, como seu projeto implica, o pai continua tentando negar a própria morte ("*e se dela ele estiver – ausente –*"), fazendo da ausência do corpo uma nova presença, a presença das marcas na memória, a intensidade da lembrança, onde a alucinação substitui a perenidade cristã da alma. Persistência em dois templos separados, pai e mãe, que é, entretanto, simplesmente, uma extensão provisória. Só o livro teria conseguido ser o verdadeiro sucedâneo da imortalidade, condição que o torna logicamente impossível, interminável.

É, portanto, após esse fracasso do *túmulo*, implícito nas premissas ideais da tarefa que Mallarmé se impôs, que se abre a via, ou, talvez, o subterfúgio do segredo. De quem escondem esses fragmentos? O morto, a morte, a irmã do morto são explicitamente invocados e a participação deles é necessária para guardar o segredo. Em primeiro lugar, o morto e a morte não podem falar, eles não poderiam revelar o segredo. Resta apenas a filha, única herdeira potencial do resto dessas marcas mallarmeanas. Aqueles a quem a leitura é proibida seriam, no interior do texto, a mãe (já vimos que ela se constitui numa capela ardente dedicada à memória do morto conforme diversos rituais domésticos) e, fora do texto, é claro, o público que, se o túmulo tivesse sido terminado, teria sido o depositário anônimo de sua transmissão perpétua. Essa possibilidade, na realidade, esvazia o público de qualquer função, já que o coloca indefinidamente como um "telos" sempre situado para além do ato de publicação. Resta, então, a mãe, isolada na arrumação de sua dor. Mas uma outra volta de chave fechou esse cofre secreto como os parafusos soldados de um pequeno caixão. O sacrificador (veremos o que ele sacrifica, embora, como a escultura da laje literária, fosse um ritual fracassado) e o altar da memória, isto é, o pai e a mãe, se unem num ponto, convergem escatologicamente para o mesmo túmulo de Anatole. O instaurador do segredo e aquela que devia ignorá-lo acabarão ali onde jaz aquele que ignora tudo e sabe tudo, o jovem deus vestido com roupa de marinheiro.

ele cavou nossa
tumba
    ao morrer
concessão[9]

O que bem poderia ser tomado como uma simples metáfora grandiloqüente. E não esta estranha premonição:

[...]
— (esse abismo aberto
desde sua morte e
que nos seguirá
até a nossa —
quando lá
tivermos descido
tua mãe e eu) [...][10]

Nesse parêntese, no interior de um diálogo com a irmã do morto – não mais a filha de seu pai, mas a receptora de um legado que, única, ela deverá assumir – revela-se o que acontece efetivamente com o texto e não com seu projeto frustrado. Alguém guardará os textos mortais e disporá do segredo, de seu peso imenso. O fracasso do pai recairá sobre a filha:

(1
e tu sua irmã
tu que um dia
[...]
deves um dia
(2
nos reunir todos
três em teu pensamento,
tua memória — — —
— da mesma forma que

---

[9] Ibid., folha 105, p. 203.
[10] Ibid., folha 57, p. 155.

> *numa única tumba*
> *tu que, conforme*
> *a ordem, virás*
> *sobre essa tumba, não*
> *feita para ti —*[11]

Se Mallarmé tivesse concluído e publicado o *Túmulo* (ou manchado, riscado, decomposto sua infinitude), ele teria transformado o "assim foi" (escrito) por um "eu assim quis" (escrevê-lo), ao passo que pela via do segredo seu legado foi um "não acabei" (de escrever), como sempre acontece toda vez que há legado. Quando a santa família, pai, mãe e filho, repousar na mesma cova, o três, que havia introduzido uma ruptura na simetria familiar, se fará número mágico e marcará o pensamento da quarta, da filha, única então vivendo e que poderá começar de novo. De que maneira? Como a figura da noiva que o morto poderia ter tido caso tivesse vivido (o que não é um modo muito tranqüilo de renascimento das gerações e impede, além disso, que o círculo se feche):

> *pequena*
> *virgem*
> *noiva vida*
> *que teria sido*
> *uma mulher [...]*[12]

Figura que atribuímos, não de modo inteiramente arbitrário, à irmã, como um modo paralelo, e que ela reproduz, de prolongar e repetir esta

> *família perfeita*
> *equilíbrio*
> *pai filho*
> *mãe filha*

---

[11] Ibid., folhas 57-58, pp. 155-156.
[12] Ibid., folha 47, p. 145.

> *rompido —*
> *três, um vazio*
> *entre nós,*
>   *buscando...*[13]

A criatura de uma noite de Iduméia baterá suas asas desprovidas de plumas nesse vazio deixado por Anatole e que seu pai, tendo talvez idéias demais para poder descrevê-lo[14], teria deixado nos espaços em branco desses restos balbuciantes.

Mallarmé poderia ter feito de outro modo? Essa questão não deveria ser tomada no figurado, eu gostaria, antes, de me informar sobre as variações festivas da possibilidade. Festa dos mortos, daqueles que provavelmente poderiam ter vivido, esperanças apagadas dos vivos:

> *   (1*
> *   Pref.*
> *querido*
>
> *— grande coração*
> *<bem> bem filho de <quem>*
> *   pai cujo*
> *coração*
> *bateu por projetos*
> *   grandes demais*
> *   — e vindos aí*
> *   fracassar*
> *   era preciso —*
> *herdando essa*
> *maravilhosa inteli-*
> *gência filial,*

---

[13] Ibid., folha 76, p. 174.
[14] Anedota provavelmente apócrifa. Mallarmé pergunta a um amigo se ele estava escrevendo algo. Este lhe diz que tem algumas idéias para fazer um romance. Réplica de Mallarmé: "É uma pena que romances não se façam com idéias e sim com palavras".

(2
fazendo-a reviver
— construir
com sua <nítida>
lucidez — esta
obra — demasiado
  vasta para mim
e assim,
(privando-me da
vida, sacrifi-
cando-a, se

(3
não for pelo o
— ser ele grande,
<privado> de — e
fazer isso sem
temer <u>brincar</u>
com sua morte —
já que eu lhe
sacrificava minha
vida —, já que
eu aceitava quanto a
  mim esta morte
    (enclausuramento)[15]

Transformado em claustro do fracasso secreto, Mallarmé poderia ter sacrificado algo de si mesmo sem nada obter em troca? Não inverte ele as coisas quando faz da morte de seu filho uma incompletude fantasmática de sua obra? Se ele tivesse *brincado* com sua morte, aceitado as regras de uma ficção que pararia a continuidade dos acontecimentos para poder medir somente isto: o isolamento de uma vida que se corta, não para o morto, mas para aqueles que se dão conta do corte abrupto; se Mallarmé tivesse publicado o *Túmulo*, em seu estado atual, em sua essencial gagueira, ele teria então realizado um verdadeiro sacrifício "gracioso". O que teria ele

---

[15] J.-P. Richard, op. cit., folhas 13, 14 e 15, pp. 111-113.

sacrificado? Uma parte de si mesmo, para ele ao menos, que mostraria ali, no livro, os restos que os deuses, por assim dizer, deixam ao partir aos mortais; Mallarmé teria sacrificado sua musicalidade, suas velas, na dilaceração e na dobra da cortina do templo que presidem a todos os funestos lances de dados.

E por que ele não destruiu aqueles pedacinhos de papel? Todo resto é literatura? Fragmentos que falam muito ou não sugerem o bastante, legíveis num nível referencial (isto é, na reconstrução hermenêutica de uma totalidade única), que, ao mesmo tempo, escondem o nome de Anatole – o qual figura somente no título escolhido pelo compilador –, o que atesta a preeminência de um certo realismo que reuniria do exterior os fragmentos do esboço. Este não chegou a um resultado enquanto símbolo de uma redenção ou de uma ressurreição literária, de fato impossíveis, mas perdura como um sucesso tanatográfico que começa a fazer suspeitar algo de diferente. Daí seu aspecto de túmulo interminável, breve ruína dos poderes teúrgicos do poeta romântico.

Em seguida, em 1897, o lance de dados que faz a felicidade de um verso ou de um poema não poderá mais abolir o incerto definitivo naufrágio.

Traduzido do espanhol por
Mercedes Carrasco-Toscano,
Anne-Marie Vindras
e Xavier Leconte.

Literatura cinza 11

> Nasci sem saber por quê,
> vivi sem saber como,
> morro sem saber por que nem como.
>
> GASSENDI

Fui atirado no estudo do luto pela dedicatória de *Marguerite, ou "A Aimée" de Lacan*. Ei-la, com sua apresentação:

> *Com Marguerite,*
> *dedico esse estudo*
> *de clínica psicanalítica*
> *aos habitados*
> *pela terrível experiência*
> *erótica de filho morto.*

Esta frase não deixou alguns de seus leitores indiferentes. Eu não sabia então que ela continha (no duplo sentido desse termo: "ter em si" e "reter") a presente obra. Com ela, de fato, o fim de *Marguerite, ou "A Aimée" de Lacan* parece só-depois não ser inteiramente um – e precisamente no que concerne a essa experiência erótica do filho morto que a loucura de Marguerite mostrava, mas que só dizia sob esse modo claro-obscuro da mostração. Permaneci tão discreto quanto ela. Não era nesse justo semidizer que, secretário[1] dessa loucura que se afigurava a vários, eu devia me regrar? Ou, mais exatamente, no que esse semidizer comportava de justo, no sentido da justeza, mas também no sentido de "justo o que é preciso, e nada mais"?

Não pude, entretanto, ater-me a isso. Ao me mostrar que sua loucura era seu luto, Marguerite me impelia a estudar o luto nele mesmo. E ali, Freud... me aguardava. Após Jacques Lacan e Didier Anzieu, eis que, eu também, ela me enviava aos braços de Freud! Mas o que tinha, então, essa mulher, que nunca o encontrara, provavelmente tampouco o lera, para assim indicar, até mesmo "prescrever" Freud? Marguerite seria como que o perfeito contra-exemplo desses freudianos que, em três frases de comentário de seu mestre, afastam definitivamente o sujeito mais suscetível de ser interessado por ele.

Marguerite havia feito de modo a que esse encontro com Freud não fosse um abraço terno. Entre ela e Freud, as coisas não funcionavam tão bem assim. Que o luto dela, o da irmã morta, fosse sua loucura, isso me parecia bastar para ressaltar que a patologia é o luto e não, como queria o freudismo, sua ausência. O que já criava uma primeira disparidade. O luto dela, outra disparidade, era bem diferente de um colóquio singular entre o enlutado e seu morto. Era também o de sua mãe, enlutada, de luto por essa filha morta, Marguerite a primogênita, que em sua loucura essa mãe tentava substituir, que só substituía ao preço dessa loucura. Terceira disparidade: o problema do objeto substitutivo, desta vez através da psicose, isto é, seu sério (Lacan), estava de fato colocado em toda a sua aridez. Era possível de modo mais nítido que nessa loucura a vários indicar a essencial inconveniência de qualquer idéia de substituição?

Assim habitado pelo temor de ter que lutar contra a coorte dos crentes e apaixonados pelo freudismo[2], sabendo, além disso, que Freud se tornara tabu no momento mesmo em que Lacan era promovido totem (na

---

[1] Cf. *Littoral*, nº 34-35, "La part du secrétaire", Paris, EPEL, 1992, tal como essa maravilha de livro, bem pequeno, e que não tem cara de nada, *La main du prince* [A mão do príncipe], de Michele Benvenga e Tomaso Costo, Paris, EPEL, 1992, irmão quase gêmeo desse outro que não fica nada a lhe dever: *De l'honnête dissimulation* [Da honesta dissimulação] (Paris, Verdier, 1990), assinado Torquato Accetto.

[2] Dois termos de Lacan, e singularmente falantes (cf. Jean Allouch, "Perturbation dans pernépsy", *Littoral*, nº 26, Toulouse, Érès, novembro de 1988).

França, início da década de noventa), escolhi propor, excepcionalmente, não sem precaução, um seminário fechado, reservado apenas aos membros da escola a que pertenço (mais, evidentemente, "ao-menos-um" outro, senão... aonde chegaríamos?). O estudo "a", "'Luto e melancolia', luto melancólico", mostra a que decapagem da versão freudiana do luto tivemos assim, um pouco em segredo, que nos dedicar. Disso não saíamos incólumes; Freud tampouco. O terreno sobre o qual acampávamos, o de nossas crenças psicanalíticas relativas ao luto, estava, dali por diante, razoavelmente devastado.

Essa devastação era ainda agravada pelo que parecia, então, ser evidente, isto é, que não estava muito em questão agarrar-se, neste ponto, aos galhos de Lacan, praticar com ele o que ele chamava autor-carona*. Lacan nunca estudou o luto de modo sistemático. Graças à feliz iniciativa tomada por Denis Lécuru em relação à sua obra escrita[3], tornou-se possível, inclusive, ser mais preciso. Nos quase setenta textos que Lacan escreveu e publicou ele mesmo ainda vivo (exceto a tese de 1932, mas considerá-la não mudaria fundamentalmente os resultados dessa vistoria[4]), a palavra "luto" aparece... sete vezes, nem uma a mais. E nunca de maneira tal que a menção valesse definição. Quanto às ocorrências da palavra "melancolia", o número é ainda mais reduzido, é exatamente igual a três. Nem uma única palavra sobre o luto nem sobre a melancolia em *Os complexos familiares*, o texto mais amplo que Lacan jamais escreveu; nem uma palavra tampouco no "Relatório de Roma", esse texto apresentado quase como fundador.

Assim, ao sairmos de um ano de estudo de "Luto e melancolia", nós nos encontrávamos como que num entre-dois: Freud não podia mais ser tomado como um saber de referência, e Lacan parecia ter faltado ao encontro.

Eu não duvidava de que um outro e até ali não verdadeiramente repertoriado instrumento da orquestra (mas há um maestro? Mas há mesmo uma orquestra?) ia breve fazer-se ouvir, ia intempestivamente intervir

---

* Jogo de palavras: *auto-stop* [carona] e *auteur-stop* [autor-carona]. (NT)
[3] Denis Lécuru, Thésaurus Lacan, vol. I, *Citations d'auteurs et de publications dans l'ensemble de l'œuvre écrite*, Paris, EPEL, 1994.
[4] Desde o momento dessa consulta, a tese foi acrescentada ao *corpus* da obra.

até marcar com sua cor toda a seqüência do pedaço. Um pesadelo aconteceu[5], enquanto eu estava ativamente preparando aquela sempre decisiva primeira sessão de seminário. Era um mês antes. Decerto não ficou claro para mim imediatamente que eu não conseguiria deixar de mencioná-lo. Desde o fim de minha análise, mais exatamente desde aquele momento de (relativa) publicidade dada àquele fim que, na École freudienne de Paris, se chamava passe, eu estava prevenido de que a menos ruim das políticas em relação a esses sonhos, pesadelos, atos falhos, sintomas, etc era usá-los eu mesmo não em meu proveito, mas para minha perda. Essas manifestações trazem-me de volta à ordem dessa perda, indicam-me seu lugar. E acontecia com freqüência, não sempre, que as coisas se passassem desse jeito. Dessa vez ainda, por que não teria eu guardado num certo privado o ensino assim recebido desse pesadelo, depois do sonho que se seguiu? Por que não se entregar mais uma vez a esse exercício de transmutação dos valores ao qual é forçado o psicanalista, tanto em relação a si mesmo quanto a seus analisandos: ficar de bico calado, ser um verdadeiro túmulo sobre o que, na análise, se desvela de privado, e só apresentar os ensinamentos que esse privado comporta, de modo tal que esse privado permaneça, para todo terceiro, radicalmente insabido[6]?

Provavelmente terá agido o que eu dizia há pouco, o refluxo de Freud, a ausência de Lacan. Terá sido preciso, nessa desolação, que eu colocasse do meu. Porém eu não o soube de imediato, e a primeira sessão desse ano de seminário terá talvez desempenhado, para esse achatamento de meu pesadelo durante a segunda sessão quinze dias mais tarde, um papel decisivo. Além do espaço entre Freud e Lacan assim desertificado, eu me achava, como qualquer pessoa no Ocidente, às voltas com o selvajamento da morte, com o silêncio que sobre ela... pesa. Era também esse silêncio que após outros, fora do campo freudiano (uma certa literatura, Gorer, Ariès), era preciso, em nosso cantinho, romper. Romper esse silêncio, a coisa foi talvez tornada possível pelo fato de que um certo dizer-que-não a isso me impelia. Com outros, eu dizia não à incolor morte moderna, à ausência de luto que a ela está ligada, mas mais precisamente ao que eu entrevia e de que essa

---

5   O qual poderá ser lido em "Literatura cinza I".
6   O leitor do seminário *Mais, ainda* saberá aqui ler as duas fórmulas: $\forall x \Phi$ e $\overline{\forall} x \Phi x$.

morte moderna mostrava ser apenas uma versão, a esse encanto da morte cuja fórmula, tornada acessível, parecia ser: a morte chama a morte. Eu não via como uma versão analítica do luto podia, no tempo da morte seca dali por diante reconhecida, dispensar-se a um só tempo de dar lugar a essa possibilidade e de só ressaltá-la como uma possibilidade; em outras palavras, indicar que o luto podia ser outra coisa, podia ser de outro jeito, podia ser outro.

"Literatura cinza I" inscrevia a solução formalizada desse problema. Mas, antes que pudesse ser assim escrita, a literatura interviera como que para indicar que encarar outra concepção do luto não decorria da mais idiota das incongruências.

Maurice Blanchot escreveu seu primeiro livro, *Thomas l'obscur* [Thomas, o obscuro], em 1941. À Primeira Guerra Mundial terá correspondido uma proposta de luto, o luto psíquico; à Segunda terá correspondido outra proposta que, enquanto tal, terá fracassado. *Thomas l'obscur* não terá conseguido impor ao corpo social a relação com a morte que ele presentificava. Porém acreditamos não encontrar em nenhum outro lugar mais bem desenhada do que em suas linhas a análise desse abismo onde a morte chama a morte (a morte de Thomas solicitando a de Anne), desse ponto mesmo de onde surde a loucura. Pois o problema do luto se manifesta primeiramente aí, nessa repetição, nessa possibilidade – largamente aberta com a escavação de cada tumba ou a cremação de cada corpo – segundo a qual a morte chama a morte. Ela nos foi, por certo, manifestada de mil maneiras; estamos pensando na encenação do duplo suicídio de Kleist com sua amante, no das *Crianças terríveis* de Cocteau, mas também, já que a repetição abre, por vezes, mais largamente ainda a brecha, na epidemia de suicídios após o *Werther* de Gœthe; estamos pensando naqueles trezentos jovens japoneses que se suicidaram após terem ouvido uma conferência em que, contam-nos, a impossibilidade de qualquer certeza era proclamada, e ainda naquela impressionante imagem daqueles casais japoneses amarrados num mesmo cinto e se jogando do alto da cascata de Chuchenji – a tal ponto que a polícia japonesa resolveu guardá-la militarmente.

A esse abismo da morte só responde de modo pertinente, parece-me, aquilo que já existiu socialmente durante um tempo no Ocidente e que se chama o macabro. *Thomas l'obscur* participa do macabro. O macabro não é, aliás, em nossos dias por toda parte desconsiderado. Existe pelo menos um país ocidental, o México, onde um certo lugar lhe é dado. Eis dois testemunhos disso:

No México, estatuetas como esta estão à venda em quase todas as esquinas, sem falar das lojas *free tax* dos aeroportos. Tal comércio é inimaginável entre nós. Os mexicanos não vêem essas estatuetas com o mesmo constrangimento, com o mesmo recuo horrorizado que nós, elas não dizem a eles o que dizem a nós. Da mesma forma, sua *arte ritual de la muerte niña*[7]. A morte de uma criança dá lugar, no México, a uma produção de pinturas e, hoje, de fotos da criança morta, mais exatamente da criança morta tomada como *angelito*, como anjinho; essas fotos servem num ritual de não-luto, de regozijo provocado pela morte da criança; essa criança, com efeito, batizada, mas não tendo ainda chegado à idade da razão, não é uma pecadora (ignora-se alegremente o pecado original!), ela irá, portanto, diretamente ao paraíso, o que só pode regozijar seus familiares.

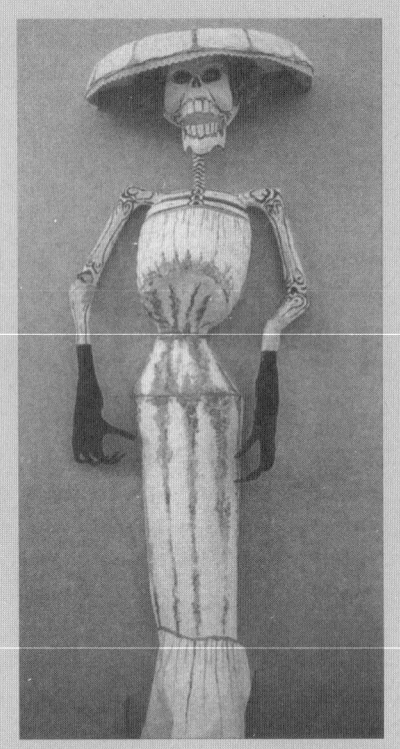

Esqueleto de mulher

Para minha grande surpresa, só pude ler *Thomas l'obscur*, uma vez o livro nas mãos, em voz alta, o que, aliás, realizei com as poucas pessoas que então se achavam perto de mim, depois durante aquela primeira sessão de seminário em que eu ainda acreditava poder deixar de mencionar minha experiência pessoal na questão que lá estava comprometida. Era, sem levar em conta a emoção que se apoderou de mim ao ler publicamente duas páginas daquele texto, uma emoção que consegui então com dificuldade manter numa incidência tal que não impedisse o prosseguimento da leitu-

---

[7] *El arte ritual de la muerte niña*, *Artes de Mexico*, nº 15, primavera de 1992.

Arte ritual de la muerte niña

ra. Eis essas duas páginas (pp. 86 e seg.), que seria pertinente o leitor destas linhas, por sua vez, ler em voz alta. Anne está em seu quarto, à morte:

> Ela abria às vezes os olhos e olhava com surpresa: além das coisas, mudavam também os seres a que ela mais tinha apego; como duvidar daquilo? Havia para ela uma trágica diminuição de ternura. Dali por diante, sua mãe, afundada durante horas numa poltrona sem dizer uma palavra, o rosto lívido, cuidadosamente privada de tudo aquilo que poderia tê-la tornado amável, só lhe permitia ver de sua afeição um sentimento que a deixava feia, no momento mesmo em que ela própria precisava, como nunca em sua vida, de coisas jovens e belas. O que ela havia outrora amado na mãe, a alegria e o riso e as lágrimas, todas as expressões da infância retomadas por uma pessoa grande, havia desaparecido daquele rosto que exprimia apenas cansaço, e era somente longe daqui que ela a imaginava de novo capaz de chorar, de rir – rir, que maravilha! ninguém nunca mais ria aqui –, mãe de todos, exceto da filha. Anne levantou a voz e lhe perguntou se tinha tomado banho. "Cale-se, disse-lhe a mãe. Não fale, senão vai se cansar". Evidentemente, não havia confidências a serem feitas a uma moribunda, não havia relações possíveis entre ela e aqueles que se divertem, aqueles que vivem. [...] Apesar de tudo o que fazia a vida para se fazer detestar, ela continuava a amar a vida. Estava prestes a mor-

rer, mas morria amando as flores, até as artificiais[8], sentindo-se assustadoramente órfã na morte, lamentando apaixonadamente aquela Anne feia e impotente que ela jamais seria. Tudo o que lhe era insidiosamente proposto para que não percebesse que perdia muito deixando o mundo, aquela cumplicidade dos moralistas e dos médicos, as trapaças tradicionais do sol, dos homens, que oferecem o último dia, como último espetáculo, as imagens e as figuras mais feias em redutos obscuros onde está bem claro que se morre contente de morrer, todas as artimanhas fracassavam. Era bem viva que Anne entendia passar à morte, esquivando-se dos estados intermediários que são o desgosto e a recusa de viver. Porém, cercada pela dureza, vigiada pelos amigos que, com ar inocente, a experimentavam dizendo "Não podemos vir amanhã, desculpe-nos" e que, em seguida, como ela respondia, feito uma verdadeira amiga, "Não tem importância, não se incomodem", pensavam "Como ela está ficando insensível, não se interessa mais por nada", diante daquela triste conjuração, para reduzi-la aos sentimentos que, antes de morrer, deviam degradá-la e tornar os lamentos supérfluos, veio a hora em que se viu traída por seu pudor, sua discrição, justamente o que ela guardava de suas maneiras habituais de ser. Logo diriam "Não é ela mais, é melhor que morra", depois, "Que libertação para ela se morresse!". Doce, irresistível pressão, como defender-se dela? Que lhe restava para fazer com que soubessem que não havia mudado?

Duas relações diferentes com a morte são aqui apresentadas. Anne, moribunda, faz questão de morrer como viva, quer, como o *Ivan Illitch* de Tolstoi, não ser frustrada do ato de sua morte. Em compensação, todos os familiares e amigos à sua volta, participando daquela "cumplicidade dos moralistas e dos médicos" cujos estragos não podem ser subestimados, querem reduzir "para ela" a distância a separar a vida da morte. Blanchot, tão discreto quanto Anne, não menos que ela, nessas linhas, berrava perante aquela maneira de querer que a morte tomasse a dianteira, de fazê-la preceder-se a si mesma. Ela está próxima do suicídio de um dos primeiros dada, Jacques Vaché, que, antes de se eliminar em 1918 (nova confirmação desse momento decisivo da relação com a morte), declarava ironicamente:

---

[8] Um tema macabro que encontramos em Ionesco, no diálogo do rei que agoniza com sua serva. Ela se queixa a ele da dureza da vida, ao passo que ele, a cada queixa, responde dizendo o quanto é belo e bom estar, assim, às voltas com essa dureza e dela poder se queixar.

Que tal nos matarmos antes de ir embora?

Simplesmente, justo no momento do suicídio de Vaché, essa relação com a morte, como atestam essas páginas de Blanchot, passou para o lado do outro que, dali por diante, mata o moribundo antes que ele vá embora, em nome de lhe evitar a infelicidade de sua morte. No hospital, isso tem até um nome, recolhido por Ariès[9], figura antecipadora (primeira?) da *political correctness*; isto se chama um *acceptable style of facing death* e se opõe ao *embarrassingly graceless dying*.

Com Blanchot, com alguns outros, eu só podia dizer-que-não àquele estado de coisas para o qual eu percebia, além disso, que a versão freudiana do luto, dali por diante, contribuía. Minha responsabilidade estava comprometida. Por não poder escrever, o que chamamos escrever e no que acabamos de pôr o dedo, só me restava, então, confiar em minha idiotice, no sentido daquilo que me seria próprio, mas que compromete também alguns próximos e menos próximos. Não o fiz sem o acordo dos primeiros; em outras palavras, utilizei seus serviços.

Porém, olhando hoje, parece-me claro que não bastava só ele para que fosse encerrado o assunto iniciado com a dedicatória de *Marguerite, ou "A Aimée" de Lacan*. Curiosamente (ainda que as circunstâncias pareçam explicá-lo), aquele pesadelo limitava-se à morte do pai, ao passo que eu havia perdido a minha filha seis anos antes. Há, assim, zonas no inconsciente, tão estanques umas em relação às outras quanto o são, numa mesma cidade, os bairros populares e burgueses. Não há barreiras, não, não é preciso; não há posto de duanas; ninguém a quem mostrar, para passar, um contracheque ou um comprovante de renda. Não. As estradas ali estão abertas, livres e, no entanto... cada um em sua casa, raramente passam. A dedicatória com Marguerite, anunciando que o luto devia ser reconsiderado essencialmente a partir da morte do filho, havia visto mais longe que o pesadelo. Precisarei ainda de tempo, alguns outros sonhos e pesadelos, alguns deslocamentos, alguns trilhamentos também, notadamente o da versão lacaniana do luto, para chegar à morte enigmática, à morte do filho.

---

[9] Ph. Ariès, *Essais sur l'histoire de la mort en Occident*, op. cit., p. 174.

Delacroix, 1843, combate de Hamlet e Laertes no túmulo,
in Arlette Sérullaz, Yves Bonnefoy, *Delacroix & Hamlet*,
Paris, Éditions de la Réunion des musées nationaux, 1993, col. "Musarde".

Estudo b

O luto segundo Lacan intérprete de *Hamlet*

> [...] e ninguém jamais falou de relação de objeto a respeito
> de *Hamlet*; continuamos confusos.
> J. LACAN, *O desejo e sua interpretação*
> Sessão de 18 de março de 1959.

Jan Kott observava que a questão, para cada época, era saber, o que estava lendo aquele "pobre rapaz de livro na mão", isto é, Hamlet. O de Shakespeare lia Montaigne, o de Cracóvia, em pleno período de Guerra Fria, lia os românticos poloneses e Nietzsche, o de Brecht lia Kafka. O de Lacan lê Blanchot.

Uma ausência?

Do mesmo modo que não dedicou a mínima conferência a esse respeito, Lacan tampouco escreveu texto algum, por menos desdobrado que fosse, que, explicitamente, tratasse do luto. Mesma observação a respeito da melancolia. Ora, se é exato, como sustentamos, que Lacan introduziu no campo freudiano uma nova matriz paradigmática (o ternário simbólico, imaginário, real) a partir da qual ele podia encarar de outra maneira *o conjunto* dos problemas colocados, a observação precedente localiza um ponto de exceção. Lacan teria recolocado em estudo esses problemas já distinguidos, em quase trinta anos de seminários, teria quase que retomado tudo de outra maneira, tudo, exceto... o luto e a melancolia[1]. Mas deve-se concluir chamando esse excepcional tratamento (ou não-tratamento) reservado ao luto e à melancolia um "defeito", uma "ausência"? Consideremos essa exceção antes como um problema; em outras palavras, explicitemos algumas das soluções que podem lhe ser trazidas.

Uma primeira solução foi desde agora proposta; recusamo-la como sendo um semblante de solução, uma mascarada. Consiste em pretender que há, em Lacan, uma teoria da melancolia. Éric Laurent, em 1988, formulava esta idéia. Não vamos discutir, ponto a ponto, um artigo[2] confuso demais para permitir que se exerça com algum proveito tal esforço. Só ao percorrê-lo verificamos facilmente o quanto é preciso forçar as coisas para pretender que

> [...] há, de fato, uma teoria da melancolia no ensino de Jacques Lacan, estabelecida desde 1938, evoluindo em seguida, solidária com a evolução global de seu ensino[3].

Pode-se duvidar de que o ensino de Lacan se deixe darwinianamente identificar, em suas variações e mudanças, como um fenômeno evolutivo; e imaginá-lo globalmente por certo não é a melhor maneira de abordá-lo. Não é raro essas mudanças intervirem como verdadeiros cortes com enucleação de objetos teóricos dali por diante tornados caducos (citemos as noções de "personalidade" ou de "complexo", a "fala plena", ou ainda "a intersubjetividade")[4]. Além disso, de qualquer modo parece difícil chamar "teoria da melancolia" a observação feita no texto de 1938 sobre *Os complexos familiares* que enuncia, aliás não sem alguma reserva, isto:

---

[1] A única exceção da mesma ordem diria respeito à esquizofrenia. Mas sabemos que Freud não admitia esse termo.
[2] Éric Laurent, "Mélancolie, douleur d'exister, lâcheté morale", *Ornicar?*, nº 47, Paris, Navarin, 1988.
[3] Ibid., p. 8.
[4] Da mesma forma, desconhece a efetividade de tais perdas a apresentação do ensino de Lacan que tenta aproximá-lo de um processo constituinte, tipo *Fenomenologia do espírito*, em que nada se perde verdadeiramente no movimento da *Aufhebung*, da suspensão.

Assim, um ritmo biológico regra provavelmente certos distúrbios afetivos ditos ciclotímicos, sem que sua manifestação seja separável de uma inerente expressividade de derrota e triunfo[5].

Essa teoria do ritmo biológico evoluiria até desembocar em algo de outra ordem, a saber, a melancolia como fraqueza moral. Tal tentativa de construir uma teoria lacaniana da melancolia a partir de três ou quatro frases de Lacan, ditas a várias décadas de distância e em registros heterogêneos, é um falso semblante. O que pode bem querer dizer, por exemplo, distinguir entre a clínica da fraqueza moral e a da rejeição do inconsciente? A resposta nada tira da obscuridade:

> Trata-se, no primeiro caso, de um sujeito definido a partir da estrutura da linguagem, a chave disso é o desejo. No segundo caso, a rejeição do inconsciente nos remete a outro registro, aquele em que o gozo mortífero se nodula ao nascimento do símbolo[6].

Deve-se acrescentar que uma expressão como "clínica da fraqueza moral" não tem sentido algum nem referente algum que valham? Que essa distinção do desejo e do gozo não pode ser assim repartida em dois "registros"?

Uma outra solução consistiria em ressaltar que, se Lacan não construiu uma teoria do luto, da melancolia, da mania, ou da psicose maníaco-depressiva (mas qual termo aqui eleger, já que há ausência de teoria?), é porque considerava como não pertinente tal empreendimento. O que pode ser entendido de várias maneiras: ou ele a considerava como não estando a seu alcance (como foi, talvez, o caso para a esquizofrenia), e essa não-realização seria, então, um fato contingente, que eventualmente poderíamos remediar – mas seria preciso dizer a partir de que mudança de ponto de vista acabamos por poder fazer o que ele teria sido impotente em fazer; ou, então, Lacan considerava que esse empreendimento não tinha em si mesmo pertinência e, por essa razão, não enveredou por essa via – no qual caso

---

[5] Jacques Lacan, *Les complexes familiaux*, 2ª ed., Paris, Navarin, 1984, p. 106.
[6] É. Laurent, "Mélancolie, douleur d'exister, lâcheté morale", op. cit., p. 15.

aquele que nela enveredasse deveria dizer por que seria suprimida a hipoteca da não-pertinência.

Essa segunda solução relaciona uma "ausência" a um ato de abstenção, seja esta contingente ou julgada necessária. Tal maneira de se abster *sem dizer palavra* estava bem na maneira de Lacan. Seria uma daquelas finezas, daquelas sutilezas lacanianas cujos traços, numerosos, encontramos nas histórias que circulam a seu respeito.

Terceira solução: Lacan nos teria dado os meios para ressaltar a incidência do paradigma R.S.I. sobre a teoria do luto e da melancolia (se é que seja preciso ainda e sempre associá-los). A ausência nele dessa solução seria, ainda desta vez, contingente, mas de modo diferente. Não é tanto o fato de que ele teria sido incapaz de produzi-la, ou que se teria julgado tal; tratar-se-ia, antes, de um acaso, de uma ocasião que não se teria apresentado. A contingência, então, resultaria do fato de que os pontos de interesse de Lacan teriam ido para outro lugar, que ele não considerava nem um pouco necessário dever tudo fazer por si mesmo (não fundou ele uma escola?), que deixava a outros o cuidado de tratar certas questões no momento em que estas questões os solicitassem.

Exceto a pseudo-solução primeiramente afastada, as três possibilidades que acabamos de dizer permanecem abertas e isto nos põe num certo embaraço[7]. Esperando estar em condição de resolver, inclusive de modo ainda diferente daqueles entrevistos no início, talvez seja melhor atacar os problemas de modo mais concreto, estudar se, aqui ou ali, num tal pedaço

---

[7] Acabemos com uma ambigüidade. Sobre o fundo de que grade se poderia sustentar que há, em Lacan, a ausência de uma versão do luto e da melancolia? Note-se que a grade acima eleita se indexa com o nome de Freud. Seria a articulação de Lacan a Freud que, eventualmente, fundaria essa ausência, seu lugar seria, portanto, o campo freudiano. Mas essa localização, de fato, corresponde a afastar a outra possível grade de referência; antes dominante, ela não se indexa com nenhum nome próprio, já que se apresenta como uma disciplina constituída, a saber, a dita "psicopatologia". Exemplar nos parece, a esse respeito, o livro de Marie-Claude Lambotte, *O discurso melancólico* (Rio, Companhia de Freud, 1997). Ele mostra como a psicanálise se perde no próprio gesto em que ela vem alimentar com suas teses o discurso psicopatológico. Assim, não há, nessa obra de título "lacaniano" (o "discurso") e oriunda de uma tese pilotada por um discípulo de Lacan, dúvida alguma quanto à harmonia (que se supõe) entre a representação e o representado, uma harmonia seriamente abalada, no entanto, pela própria obra. Com efeito, caso fosse tão evidente, não vemos por que a autora precisaria de 650

de seu ensino, e ainda que de maneira indireta, Lacan não trouxe, com respeito ao luto, indicações que poderiam ser importantes.

Podem ser repertoriados quatro casos em que a problemática do luto se afigura notória e admitida por Lacan como tal. Gide primeiramente, mais precisamente *Et nunc manet in te*, escrito por Gide após a morte de sua mulher. Esse título nos vale uma interpretação tipicamente lacaniana (um acréscimo textual, que ressalta o desejo de que o dizer era surdamente portador):

> *Poenaque respectus et nunc manet, Orpheus in te*
> Que permaneça em ti, Orfeu, o desgosto de teres retornado[8].

Ele nos vale, também, uma das frases de Lacan suscetível de ser recebida como um poema:

> Ela parece nos cravar
> a queixa do amante
> na praça deixada deserta
> no âmago do ser amado[9].

O luto é também objeto de observações não desprezíveis na leitura que Lacan propunha de um caso de Margaret Little (cf. o seminário intitulado *L'Angoisse* [A angústia]). Prolongando uma vereda kleiniana, ele em seguida estará em questão na problematização do "fim de partida", termo designando metaforicamente, em Lacan, o fechamento de uma psicanálise. Não trataremos aqui desse "luto"; ele sozinho exige um estudo cuja amplitude não pode ser menor do que aquela dedicada ao luto na interpretação lacaniana de *Hamlet*.

---

páginas para fazer equivaler sua representação da melancolia à melancolia representada. É em seu nome, no entanto, que é decretada patológica a relação do melancólico com a linguagem e que logo se acaba – traço patognomônico do discurso empsicopatologizando o sujeito – por afirmar que este está errado, que não é como deveria ser, isto é, semelhante ao psicopatologista, adaptado à realidade.

[8] Jacques Lacan, *Écrits*, Paris, Seuil, 1966, p. 758.
[9] Ibid., p. 762.

Um jogo sutil com Freud

Ao estudar *Hamlet*, Lacan, explicitamente, declara inovar quanto ao que ele chama "a função do luto". Mas "inovar" em relação a quê? Em relação a Freud e à versão psicanalítica do luto.

Um primeiro desnível aparece, aliás, imediatamente: enquanto Freud empreendia a conquista da melancolia a partir do afeto normal do luto, Lacan vai tentar, a partir de uma versão renovada do luto, esclarecer a relação de objeto:

> [...] se, de fato, é de um problema de luto que se trata, eis que vemos entrar, por intermédio e ligado ao problema do luto, o problema do objeto[10].

Se Lacan, como é preciso, cita de imediato "Luto e melancolia", não é menos verdade que sua relação com Freud e os freudianos está tricotada de modo bem sutil. No seminário *O desejo e sua interpretação*, durante o qual se desdobra a interpretação de *Hamlet*, tratando-se do luto, Lacan não joga, uma vez não são vezes (encontramos a exceção que estava em questão mais acima), Freud contra os freudianos; ele inscreve bem mais seu próprio trilhamento naquilo que ele chama então "a articulação moderna da análise", aquela que busca "articular o objeto e a relação de objeto[11]"; ele declara que "há algo de justo nessa procura", pois ela sublinha que a relação de objeto "estrutura fundamentalmente o modo de apreensão do mundo" – ainda que, acrescenta ele, ela tome "a dialética do objeto pela dialética da demanda" (uma confusão que ele explica observando que, nos dois casos, o sujeito está em *fading* – primeira ocorrência desse termo em Lacan). Em 22 de abril de 1959, Lacan ainda se pergunta:

> Que relação existe entre o que trouxemos sob a forma de $ \$ \lozenge a $, referente à constituição do objeto no desejo, e o luto?[12]

---

[10] Jacques Lacan, *Le désir et son interprétation*, sessão de 18 de março de 1959, estenografia, p. 29.
[11] Jacques Lacan, *Le désir et son interprétation*, sessão de 15 de abril de 1959, p. 7.
[12] Ibid., sessão de 22 de abril de 1959, p. 20.

Depois, logo um pouco mais adiante, enquanto se interroga: qual é a função do luto?

> Se nos aventurarmos nesta via, vamos ver, e unicamente em função dos aparelhos simbólicos que empregamos nessa exploração[13], aparecer da função do luto conseqüências que creio novas e para vocês eminentemente sugestivas, quero dizer, destinadas a abrir-lhes percepções eficazes e fecundas às quais vocês não podiam ter acesso por outra via.
> A questão da identificação [*no luto*] deve ser esclarecida pelas categorias que são aquelas que, aqui, diante de vocês, venho há anos promovendo, isto é, as do simbólico, do imaginário e do real.
> O que é essa incorporação do objeto perdido? Em que consiste o trabalho do luto? Permanece-se vago, o que explica a parada de qualquer especulação em torno dessa via, no entanto aberta por Freud, em torno do luto e da melancolia, pelo fato de que a questão não está convenientemente articulada[14].

O anúncio de uma nova teoria do luto, forjada a partir do ternário R.I.S. e da álgebra lacaniana, é aqui patente. Mas por que, justamente a esse respeito, esse jogo tão particular com Freud e os freudianos? Por que, desta vez, não funciona mais o esquema clássico – por vezes levado até à caricatura – segundo o qual os sucessores de Freud servem de repelente e Freud de (pré)caução? Tratando-se do luto, está excluído passar por cima de Karl Abraham e da escola kleiniana, mais excluído ainda fazê-los intervir meramente a título de exemplos do que não se deve fazer. Abraham notadamente, com "seu amor parcial pelo objeto", intervirá de modo decisivo na versão lacaniana do luto.

Nas sessões de seminário que vão nos ocupar, Lacan nunca ataca Freud diretamente, nunca diz "Freud se enganou", ou: "Freud não coloca bem o problema". No entanto, desde a primeira vez em que faz intervir Freud em suas observações sobre o luto, Lacan se propõe:

---

[13] Com esse "unicamente", *exit* Freud, Lacan convive com seus escritos, com sua álgebra, com seu grama que então agrupa a maioria de seus próprios termos.
[14] Jacques Lacan, *Le désir et son interprétation*, sessão de 18 março de 1959, estenografia, p. 22.

[...] dar uma articulação a mais ao que nos é trazido em *Trauer und Melancholie*, isto é, que, se o luto acontece – e nos dizem que é em razão de uma introjeção do objeto perdido –, para que seja introjetado, talvez exista uma condição prévia, isto é, que ele seja constituído enquanto objeto [...][15].

A frase seguinte também merece ser citada uma segunda vez:

A perda do objeto não pode ser sentida *como uma perda total* <u>antes</u> [sublinho, os itálicos são de M. Klein] que este seja amado como um objeto total[16].

A versão do luto trazida por "Luto e melancolia" considerava o objeto como constituído. Mas a psicanálise não se distingue, justamente, na medida em que coloca como problemática a própria constituição do objeto libidinal? Não cabe a ela, a ela especialmente, problematizar o que seria o luto de um objeto libidinal não verdadeiramente constituído? Em outras palavras, desdobrar o leque de uma pluralidade de lutos?

Vemos, assim, Lacan, na seqüência da frase citada acima, embora continue bem vago, tomar alguma distância da idéia de que o objeto se constituiria por uma série de etapas que ele nomeia então "co-instintuais". Podemos pensar que se trata dos estádios do desenvolvimento da libido (logo, da constituição do objeto) descritos por Abraham, mas também, por causa deste termo bizarro, "co-instintual", que se trata da retomada que Lacan disso fazia em 1938, em *Os complexos familiares*, que ele estaria aqui, por conseguinte, discretamente criticando; com efeito, em *Os complexos familiares*, o desenvolvimento instintual é constantemente posto em relação com transformações da alteridade, e encontraríamos essa relação então indexada com o "co".

A pequena observação "Mas ainda é preciso que o objeto seja constituído" parece não valer muito, mas é uma verdadeira bomba de efeito retardado. Ela conduz notadamente a pôr preto no branco uma antinomia. Se o

---

[15] Jacques Lacan, *Le désir et son interprétation*, sessão de 18 de março de 1959, p. 29.
[16] Melanie Klein, "Contribution à l'étude de la psychogénèse des états maniaco-dépressifs", in *Essais de psychanalyse*, trad. Marguerite Derrida, Paris, Payot, 1968, p. 313.

objeto está constituído como tal somente no nível genital (tese dos *Complexos familiares*, e conforme ao "genetismo" de Anna Freud então adotado por Lacan), deveríamos concluir, dessa observação, que só esse objeto genital é suscetível de ser introjetado enquanto objeto de luto; ele seria, portanto, o único suscetível de ser objeto de um luto. A clínica propõe certos dados que incitam a tomar essa via: quando o objeto perdido não é um parceiro de cama, o luto o faz tal ou quase, já que vai até despertar (redespertar?) as excitações libidinais, até mesmo incestuosas, que a ele estavam ligadas. No entanto, levada até o fim, essa tese cria dificuldades. Não se acreditou situar, na psicanálise, exatamente o inverso? Quem tiver tido acesso às genitais volúpias, escreveu-se, quase não conhece o luto, vê-se mesmo ao abrigo de qualquer luto? A obra *La psychanalyse d'aujourd'hui* [A psicanálise de hoje], graças ao que se quer um binômio opondo genitais e pré-genitais, veiculava essa idéia. Entre os pré-genitais:

> [...] a coerência do Eu depende estreitamente da persistência de relações objetais com um objeto significativo [...]
> Os genitais, ao contrário, possuem um Eu que não vê sua força e o exercício de suas funções depender da posse de um objeto significativo. Enquanto que, para os primeiros, a perda de uma pessoa importante subjetivamente falando, para tomar o exemplo mais simples, põe deles em jogo a individualidade, para eles, essa perda, por mais dolorosa que seja, em nada perturba a solidez de sua personalidade. Eles não são dependentes de uma relação objetal[17].

Eis, pois, a antinomia indicada: 1. – não há luto possível ali onde o objeto não está constituído; e 2. – não haveria luto a fazer ali onde o luto seria efetivamente possível, já que o objeto teria sido constituído! O que equivale a dizer que não há luto algum, ou, então, que é preciso, com efeito, reconsiderar "Luto e melancolia", quando menos a tese da introjeção do objeto, que é crucial na versão do luto formulada nesse artigo.

É possível imaginar que essa "condição prévia" kleiniana e lacaniana acabe recolocando em questão numerosas "aquisições" da teoria psicanalítica do luto. E quando Lacan declara, como acima, que nos "dizem" que o

---

[17] Citado por Jacques Lacan, *La relation d'objet*, Paris, Seuil, 1994, p. 20.

luto se opera pela introjeção, é fácil ler, neste "dizem", todo o movimento de uma distância tomada, por certo de modo não apoiado, em relação a Freud. Da mesma forma, quando ele nota que, no que concerne à identificação do luto "permanece-se vago", é difícil não notar que Freud faz também parte desse "se" indeterminado. Está-se, aí, recusando Freud, de modo discreto mas preciso e, para falar a verdade, de modo indispensável, já que isso vai permitir deixar limpo o lugar onde Lacan inscreverá suas próprias observações sobre o luto. O que não o impede, aliás, de prestar uma franca homenagem a Freud; ele o faz nos seguintes termos:

> O luto é algo que nossa teoria, que nossa tradição, que as fórmulas freudianas [*como vemos, tudo é colocado junto*] já nos ensinaram a formular em termos de relação de objeto. Será que, por um certo lado [*aqui Freud vai ser isolado*], não podemos ficar impressionados com o fato de que o objeto do luto, foi Freud quem o valorizou pela primeira vez desde que existem psicólogos, e que pensam?
> [...] Será, então, que não podemos tentar, nós, rearticular mais de perto, no vocabulário que aprendemos aqui a manejar, o que é essa identificação do luto? Qual é a função do luto[18]?

"Re-articular mais de perto", como o "dizem" de há pouco, é suficientemente vago para não contrariar – ainda que o rearticular, tomado ao pé da letra, inscreva bem o empreendimento de uma nova articulação.

Lacan vai abordar e tratar "Luto e melancolia" não frontalmente, mas de viés, lendo a tragédia de *Hamlet*. Não tratará a última questão que o vimos formular, "Qual é a função do luto?", colocando-a a Freud, no qual, no entanto, não falta(m) resposta(s) sobretudo esta: a função do luto é assegurar a substituição de objeto. Deixando de lado estas respostas, Lacan vai se lançar em sua questão estudando um caso, o de Hamlet, mesmo com o risco de fazer intervir, em sua leitura de *Hamlet*, tal ou tal elemento tomado de Freud e dos freudianos, mesmo com o risco de silenciosamente afastar outros.

Tratando-se do luto, *Hamlet* representa, em Lacan, o caso maior, senão *princeps*, o caso paradigmático. Com Hamlet, Lacan vai ressaltar, aliás,

---

[18] Jacques Lacan, *Le désir et son interprétation*, sessão de 22 de abril de 1959, p. 21.

sem fazer muito alarde disso, sua inédita versão do luto. Quanto ao fato de ela diferir da de Freud, não há muita dúvida: em Freud, o luto é, no fim das contas, uma operação branca, em Lacan não. Mais exatamente, a seqüência freudiana

[perda do objeto + trabalho do luto]

teria por visada e até por resultado uma volta ao *statu quo ante* (o que viria sancionar o restabelecimento da antiga relação com o objeto substituído), e isso legitima nossa noção de operação branca, ao passo que, em Lacan, há disparidade profunda entre a situação de antes e a de depois do luto. Assim, o problema da "função do luto" nos parece ser o desta disparidade:

FREUD: perda do objeto + trabalho do luto *igual* a 0
LACAN: perda do objeto + [? de] luto *diferente de* 0

Há várias outras maneiras de manifestar essa disparidade. Pode-se notar (cf. *estudo a*) que ela corresponde à oposição kierkegaardiana da reminiscência e da repetição, logo, a duas formas de amor bem diferenciadas[19]. O estatuto simbólico que Lacan dá à repetição tem por conseqüência que não há objeto substitutivo por essa razão essencial, que, na repetição, a conta... conta; ora, ele sozinho inscreve a essencial não-substituição do objeto (já que, por mais sustentado que seja o esforço de fazer de um novo objeto um objeto de substituição, restará o fato mesmo da substituição como diferença ineliminável: a segunda vez não será nunca a primeira).

Outra maneira de dizer essa disparidade: o luto, em Lacan, afigurar-se-á ter um alcance que, provisória e desajeitadamente, pode ser qualificado de criador, de instaurador de uma posição subjetiva até então não efetuada. Não se trata de reencontrar um objeto, ou uma relação com um objeto, não se trata de restaurar o gozar de um objeto em sua feitura particular,

---

[19] Søren Kierkegaard, "La répétition" [A repetição], trad. P.-H. Tisseau et E.-M. Jacquet-Tisseau. Uma outra versão traduz: "La reprise" [A retomada], *Œuvres complètes*, T. 5, Paris, ed. de l'Orante, 1972). Lembremos que, se devesse ser traduzido, o nome próprio do autor desse texto acontecimento seria "jardim de igreja" e logo, com mais exatidão: "cemitério".

trata-se de uma mudança brutal na relação de objeto, da produção de uma nova figura da relação de objeto.

Assim, Lacan acabará por não mais admitir que a identificação com os traços do objeto perdido, tomados um a um, tenha uma função separadora desse objeto; ele nota que, ao contrário, essas identificações simbólicas (rotuladas como tais, já que concernem sempre a um traço do objeto perdido) visam manter uma relação com o objeto.

> Freud nos chama a atenção para o fato de que o sujeito do luto está diante de uma tarefa que seria, de certo modo, consumir uma segunda vez a perda [...] Será que o trabalho do luto não nos aparece numa luz a um só tempo idêntica e contrária, como o trabalho que é feito para manter, para sustentar todos esses vínculos de detalhe – e Deus sabe o quanto Freud insiste a justo título no lado minucioso, detalhado, da rememoração do luto com respeito a tudo o que foi vivido do vínculo com o objeto amado[20]?

Outro indício capital dessa disparidade Lacan / Freud relativa ao luto, o sadismo ocupa no luto, segundo Lacan, um lugar eminente: longe de depositar sua ação na conta do psicopatológico, como fazia Freud em sua descrição do luto patológico, Lacan fará do sadismo o próprio eixo do questionamento como tal do objeto, isto é, da relação de objeto.

> A seqüência e o horizonte da relação com o objeto, se não é antes de tudo uma relação conservativa, é, se posso dizer, interrogá-lo sobre o que ele tem no ventre, ou que prossegue na linha onde tentamos isolar a função de pequeno *a*, isto é, a linha propriamente sadeana, por onde o objeto é interrogado até as profundezas de seu ser [...] O que é perguntado ao objeto é até onde ele pode suportar essa questão. E, afinal, ele só pode suportá-la bem até o ponto onde a última falta-em-ser é revelada, até o ponto em que a questão se confunde com a destruição do objeto[21].

---

[20] J. Lacan, *L'angoisse*, sessão de 3 de julho de 1963, estenografia, p. 23. A solução lacaniana, a ela chegaremos, consistirá, ali onde Freud só via um, em diferenciar dois tipos de identificação, a identificação simbólica com os traços do ideal-do-eu (com aquela função de manutenção do vínculo) e a identificação com o objeto como tal, separadora.

[21] J. Lacan, *Le transfert...*, sessão de 28 de junho de 1961, p. 8.

Entendemos, Lacan dizia às vezes coisas enormes. O fato de ele ter aqui podido atribuir tal função propriamente "heurística" ao sadismo e à destruição do objeto (o objeto colocado em questão é também o objeto colocado à questão), acha-se, por certo, confortado pela experiência analítica, quando menos aquela na qual ele situava que o psicanalista ocupa uma posição prima do masoquismo; mas encontramos de novo, também, a incidência do ponto de apoio tomado desde os primeiros passos do trilhamento lacaniano na paranóia. A perseguição, diremos numa fórmula, regula a relação do sujeito com a morte. Modulada de uma certa maneira, ela pode civilizá-lo (para tomar aqui o termo antinômico ao de "morte selvagem" posto em uso por Ariès). É ela e só ela que faz ver claramente que "só há angústia de vida". Essa anotação clínica de Lacan nos parece ser claramente a de alguém que não desconsiderou a paranóia; ela está na linha direta de sua tese.

A incidência da perseguição no luto, a possível função civilizadora da perseguição a respeito da relação de cada um com a morte não são aqui produzidas como fruto de um abstrato pensamento de um teórico. Existe notadamente um país, o México, onde essa perseguição, com a função que acabamos de dizer, não é desconsiderada. Evoquemos a *Arte ritual de la muerte niña*. As análises que em geral nos são propostas daquilo que, a nosso olhar bitolado, aparece como um não-luto, porém escritas por mexicanos, tomam por grade de leitura a problematização cristã desse ritual. Pouco importa que uma de suas origens, e não a menor, date de antes da conquista de Cortez. Ora, se nos interessarmos mais de perto por esse antes, uma surpresa nos espera, já que lá vamos reencontrar... Lacan.

Como para certas grandes descobertas científicas, com freqüência são pessoas um pouco de fora do meio, no caso, estrangeiros no México, que, chocados, situam as coisas. *La calavera*, um livro de Paul Westheim (alemão, historiador da arte, morto em 1963) confirma essa observação. A relação do mexicano com os mortos nos choca, e Westheim vai mesmo até falar de um "traumatismo" sofrido pelos visitantes da exposição de arte mexicana em Paris, quando, por exemplo, ficaram sabendo *de visu* (pois o objeto lhes era mostrado!) que certos pais mexicanos, no dia 2 de novembro, dão para comer a seus filhos caveiras feitas de açúcar e chocolate onde figuram, escritos, os nomes dos mortos da família. As crianças se regalam como se comer aquilo fosse a coisa mais natural do mundo. Eis um mundo onde parece não reinar nenhuma angústia de morte, que brinca com a morte e se ri dela, nota Westheim. Ele acrescenta:

> *La carga psíquica que da un tinte trágico a la existencia del Mexicano, hoy como hace dos o tres mil años, no es el temor a la muerte, sino la angustia ante la vida, la conciencia de estar expuesto, y com insuficientes medios de defensa, a uma vida llena de peligros, llena de esencia demoniaca*[22].
> A carga psíquica que dá uma cor trágica à existência do mexicano, hoje como há dois ou três mil anos, não é o temor da morte, mas a angústia diante da vida, a consciência de estar entregue, com insuficientes meios de defesa, a uma vida cheia de perigos, cheia de uma essência demoníaca.

A oração principal corresponde palavra por palavra a uma frase de Lacan! Lacan notava que não há angústia de morte, contrariamente ao que nos quer fazer crer o psicólogo, mas somente uma angústia de vida, isto é, uma angústia diante da vida, diante de uma vida que seria uma vida desejante. O desejo expõe, o desejo combina com uma insuficiência dos meios de defesa, o desejo comporta a angústia.

Entre os índios pré-hispânicos, a angústia de vida era focalizada numa certa figura, a de Tezcatlipoca, seu deus perseguidor. A leitura de *La calavera* sugere que seria essencialmente sobre esse deus que teria sido operado o enxerto do cristianismo, ou, mais exatamente, a adoção de um cristianismo que não é tanto aquele do Ressuscitado, digamos, aquele de São Paulo, quanto o de Jesus crucificado. O ponto de enxerto teria sido o seguinte: "Tezcatlipoca, o perseguidor, me faz viver uma vida de crucificado. Eis-me tratado como o foi Cristo". O crucificado é aquele sujeito cuja vida depende, ao invés do Outro, da imprevisível, pois absolutamente arbitrária, ação do deus perseguidor Tezcatlipoca – um deus sempre suscetível de gozar de minhas infelicidades. E observamos que Cristo, na cruz, permanece moderado, não vai até se perguntar publicamente: "Deus, meu pai, goza de minha crucificação?". Evita bem isso, encontrando até, na oportunidade, o meio de deixar cair essa questão no esquecimento graças a sua abandônica queixa neurótica *Eli Eli lama sabactani* – dando assim, a cada um de seus

---

[22] Paul Westheim, "La calavera", *Lecturas mexicanas*, nº 91, 1ª ed. 1953, México, 1985.

discípulos, o meio de crer, por sua vez, esquivá-la. Como vemos, é preciso escrever "cruci-ficção" e ficar ciente de que a paranóia parece ser a verdadeira objeção feita ao cristianismo. Testemunha Schreber.

Os índios mexicanos são mais sérios. Um dos nomes que dão a seu deus perseguidor é "aquele de quem somos todos escravos". Assim nos ensinam eles que essa familiaridade de qualquer um com a morte (que tanto espanta os estrangeiros), constitutiva de uma vida, de uma vida desejante, se obtém ao preço de ter sabido situar o que, em cada um, o persegue. A perseguição, dizíamos, regula a relação com a morte.

Entendemos, por conseguinte, o que pode ser chamado o falso ponto de partida de Freud quanto à função do luto. Freud tentava abordar a melancolia a partir do luto, ali onde convém abordar o luto a partir da perseguição.

$$\text{FREUD:} \longrightarrow \text{luto} \longrightarrow \text{melancolia}$$
$$\text{LACAN:} \longrightarrow \text{Paranóia} \longrightarrow \text{luto...} \longrightarrow \text{... melancolia}$$

A paranóia dá seu solo à "condição prévia" que Lacan desliza sob "Luto e melancolia".

Estamos, por enquanto, apenas evocando esses pontos, como se baliza um terreno antes de começar os trabalhos, mas sem deixar de saber que eles se acham, assim, realmente encetados. Marcar assim essa disparidade entre as abordagens freudianas e lacanianas do luto deixa limpo o lugar onde ocorrerão a interpretação lacaniana de *Hamlet* e a versão do luto que ela comporta.

Ao ressaltar a função subjetivante do luto, Lacan antecipava o que devia formular não sei bem que poeta ou romancista (será Michel Tournier? Provavelmente! Em todo caso, ele merece amplamente que lhe atribuamos isso aqui!) ao dizer que não via outra definição do adulto que esta: é adulto aquele que, seja qual fora a sua idade, perdeu alguém.

O que o teatro suscita,
que o teatro resolva!

Com certeza uma das melhores entradas possíveis numa interpretação consiste em lê-la a partir daquilo que, nela, surpreende seu leitor, que, a seu ver, destoa. Pode ser um pequeno detalhe, uma coisinha de nada, dessas coisas quase acontecidas como refugos, desses traços sobre os quais passamos tanto parecem desprovidos de sentido, mas que Freud, com Morelli, Holmes e outros, soube elevar ao estatuto de uma chave que abre inéditas pistas – na moldura daquilo que Carlo Ginzburg chamou "o paradigma do indício[23]".

A leitura de *Hamlet* formulada por Lacan comporta tal pequeno detalhe que, a nosso ver, destoa. Enquanto ele comenta a dita "cena do cemitério", nós o surpreendemos, com efeito, em pleno período de primado do simbólico sobre o imaginário, declarando a seus ouvintes que desejaria poder não simbolizar os significantes que dariam seu alcance a essa cena, mas... desenhar essa cena, mas dela fazer um quadro. Puxa! Que vem fazer aqui esse quadro? Ainda mais um quadro que, a nosso conhecimento, Lacan não mostrou, provavelmente até jamais desenhou (embora com bastante freqüência lhe tenha acontecido levar objetos e outros desenhos para a estante de seu seminário). Qual é, em sua leitura de *Hamlet*, a função daquilo que não será nunca senão um quadro descrito por sua fala, como procedemos ao dizer uma imagem de sonho?

Vejamos, pois, esse próprio dizer, única marca que temos do quadro em questão[24]. Lacan volta por duas vezes ao que foi apenas, no melhor dos casos, um rabisco guardado para si. A primeira vez, em 11 de março de 1959. Ele apresenta então seu "quadro" a um só tempo na seqüência e em oposição àqueles, clássicos, de Ofélia morta flutuando sobre as águas em seu vestido molhado.

---

[23] Carlo Ginzburg, "Signes, traces, pistes", *Le débat*, n° 6, novembro de 1980, Paris,
[24] Eis um caso em que, sem dúvida, não seria sem importância a publicação das pequenas notas. Gallimard.

Eu gostaria de que alguém fizesse um quadro em que se veria o cemitério no horizonte, e aqui o buraco da tumba, pessoas indo embora como as pessoas no final da tragédia edipiana se dispersam e cobrem os olhos para não ver o que está acontecendo, isto é, algo que, em relação a Édipo, é mais ou menos a liquefação do Senhor Valdemar.
[...] Vemos Laertes arranhar o peito e pular no buraco para abraçar uma última vez o cadáver da irmã, clamando em voz alta seu desespero. Hamlet, literalmente, não só não pode tolerar essa manifestação em relação a uma moça que, como sabem, ele maltratou bastante até então, mas <ainda> se precipita atrás de Laertes após ter soltado um verdadeiro rugido, grito de guerra no qual diz a coisa mais inesperada. Ele conclui dizendo "Quem solta esses gritos de desespero a respeito da morte dessa jovem?", e diz: "Quem grita isso sou eu, Hamlet o dinamarquês". Nunca se ouviu dizer que ele era dinamarquês! Ele tem aversão pelos dinamarqueses! De repente, ei-lo absolutamente agitado por alguma coisa de que posso dizer que [ela] é muito [significativa] quanto a nosso esquema[25]: é na medida em que algo S ali está numa certa relação com "*a*" que ele faz de repente essa identificação que o faz reencontrar pela primeira vez seu desejo em sua totalidade.
Isso dura um certo tempo enquanto eles estão no buraco atracados. Vemos desaparecerem no buraco e, por fim, são puxados e separados.
É o que veríamos no quadro: esse buraco de onde veríamos escapar coisas[26].

Essa descrição falada deriva antes da seqüência, com diferentes tempos, do que de um quadro, pelo menos quando um quadro se quer pendurar por um instante./Há, aqui, dois momentos: o do combate e o das pessoas indo embora; o momento dessa dispersão é o do fim da cerimônia, o do combate é anterior. O combate ocorre quando Ofélia é colocada no túmulo e está claro que, enquanto acontecimento inesperado e por certo não previsto pelo rito, esse combate faria antes com que os assistentes, longe de se dispersarem, tendessem a se aproximar do túmulo. Depois, na semana seguinte:

---

[25] Trata-se do "grafo do desejo" (cf. J. Lacan, *Écrits,* op. cit., pp. 804-827), então chamado por Lacan "grama do desejo". Estudaremos mais adiante e em detalhe a intervenção desse grama na leitura lacaniana de *Hamlet*; a frase acima estará, esperamos, esclarecida.
[26] J. Lacan, *Le désir et son interprétation*, sessão de 11 de março de 1959, pp. 31-32.

[...] o ponto decisivo, a partir do qual, se podemos dizer, Hamlet parece mordido por um bicho, pois, com efeito, como muito bem se observou, após ter "enrolado" um bom tempo, de repente Hamlet está com a corda toda, lança-se num negócio que se apresenta em condições inverossímeis: a ele, que tem de matar o padrastro, um emissário vem lhe propor sustentar para esse padrastro uma espécie de aposta que vai consistir em bater-se (ao florete com certeza) com um senhor de quem ele sabe que a mínima das coisas para ele <esse senhor> é que, na hora em que aquilo está se passando, esse senhor não lhe quer bem <pois> é nem mais nem menos que o irmão de Ofélia que acaba de pôr fim a seus dias, nitidamente num estado de perturbação com o qual ele [Hamlet] tem algo a ver; ele sabe, em todo caso, que esse senhor lhe quer mal; ele, Hamlet, gosta muito desse senhor, ele lhe diz isso e a isso voltaremos, no entanto, é com ele que Hamlet vai bater-se em nome da pessoa que em princípio ele tem de massacrar! E nesse momento ele se revela um verdadeiro matador, absolutamente sem precedente; ele não deixa o outro acertá-lo, é uma verdadeira corrida contra o tempo que ali está inteiramente manifesta. O ponto no qual Hamlet parece mordido por um bicho é aquele no qual terminei com meu pequeno plano do cemitério e aquelas pessoas que se atracam no fundo de um túmulo, o que não deixa de ser uma cena esquisita, inteiramente da cabeça de Shakespeare, pois, no pré-*Hamlet*, não há vestígio dela.
O que está acontecendo e por que Hamlet foi se meter ali? Porque ele não pôde suportar ver outro que ele mesmo demonstrar, ostentar um luto transbordante[27].

Um diretor não fala com os atores que se preparam para representar uma peça de modo diferente de Lacan, dessa vez, a seus ouvintes! Ele lhes explica como entende a peça, acentuando a importância de tal cena, explicando qual é a função dessa cena na economia global da obra, explicitando o que sente em tal momento tal personagem, as razões atuais de seu mau procedimento, dando precisões não contidas no texto sobre o que acontece então com esse personagem, fixando o tom no qual cada um terá que regrar seu jogo dramático e que fará dessa representação futura algo coerente e único. Num tal contexto, o "quadro" ou o "pequeno plano" tem bem seu lugar; rabiscar assim deriva da prática usual do roteirista.

---

[27] Ibid., sessão de 18 de março de 1959, pp. 29-30.

Se a posição de Lacan procede, assim, da posição do diretor, seria um pouco abusivo crer, a partir da palavra "quadro", que ele desejava, como aquele pintor cujo ato ele descreverá mais tarde, "prender o olhar" de seus ouvintes. Seu primeiro movimento parece ir nesse sentido, com seu "eu gostaria de que alguém fizesse um quadro", mas a última palavra volta ao "pequeno plano", que afasta essa dimensão propriamente pictural. Tratar-se-ia então, quando muito, de um quadro apagado, do qual só resta um esquema, espécie de *aide-mémoire* destinado a orientar a ação teatral futura (que, ela, visualmente, pode pretender ir até fazer quadro); trata-se de um ajudante, de uma maneira de regrar a ação, de ordenar o balé com a ajuda de alguns traços apenas esboçados.

Lacan, leitor de *Hamlet*, teria sido, assim, tomado por uma espécie de desejo de encenação. Sua acolhida dessa peça teria sido ela mesma de ordem teatral. Assim, daqui por diante, falaremos não de uma versão, nem de uma leitura, mas da *interpretação* lacaniana de *Hamlet*, esse termo comportando essa conotação teatral, artística.

Segundo essa conjuntura, estaríamos numa posição que não é a de Lacan – o que é, em geral, um bom sinal, um indício de que nos encontramos, de certo modo, em posição de ouvi-lo. Aqui estamos, pois, como que sentados na sala no momento do ensaio, no momento em que o diretor Lacan dá suas indicações aos atores. Aliás, lá não estamos presentes de modo passivo; tal o coro antigo que, durante a representação, nos representa enquanto público e não se priva, quando necessário, de intervir, reagimos ao que se passa, seja a respeito das indicações dadas pelo diretor aos atores ou no próprio ensaio.

Temos aí, de modo exemplar, uma modalidade da diferença entre um curso e um ensino. Lacan não chega exatamente a distribuir os papéis, mas sua ação, ao fazer seminário, pende para esse sentido. Não foi ele, aliás, quem notou que o *acting out* consistia nesse desnível segundo o qual cessamos de ler a peça para nos levantarmos e começarmos a representá-la?

Ficaremos menos espantados com essa teatrosa maneira se aceitarmos precisar seu contexto, não tanto seu contexto psicanalítico (Lacan livra-se dele com relativa facilidade), mas o próprio contexto de *Hamlet*, queremos dizer, o estado em que nos encontramos, no fim dos anos cinqüenta, em relação a essa peça. Se, com efeito, admitirmos, com Lacan, que

Hamlet constituiu uma verdadeira virada na subjetividade, não ignorar esse contexto parecerá simplesmente elementar.

O contexto mais facilmente notável é dado por um livro acontecimento. Trata-se do livro de John Dover Wilson que se intitula, em francês, não sem todo o humor shakespeareno exigido, *Vous avez dit* Hamlet? [Você disse Hamlet?] e, em inglês, mais trivialmente: *What happens in* Hamlet[28]. Foram necessários cinqüenta e três anos para que uma tradução francesa enfim aparecesse, e esse atraso, esse adiamento de um estudo que logo que publicado se tornou, na Inglaterra, a um só tempo um *best seller*, um clássico e um escândalo, não é por certo atribuível à preguiça. Foi Chéreau[29], seu *Hamlet* de 1988 em Avignon, quem provocou a publicação da obra de Dover Wilson – confirmação perfeita da intricação sempre muito estreita entre os estudos sobre *Hamlet* e as efetivas encenações dessa peça.

Lacan serviu-se bastante desse livro de Dover Wilson para sua interpretação de *Hamlet*. A terceira edição de *What happens in Hamlet* foi publicada em 1950 e a obra continuava sendo, em 1958-1959, o comentário mais notório dessa peça na Inglaterra. Lacan menciona discretamente Dover Wilson[30], o que não o impede de citar numerosos outros comentários sem dar sempre suas fontes. Ora, a maioria das citações se encontra na obra de Dover Wilson! Por exemplo, os comentários de *Hamlet* assinados Goethe e Coleridge: Lacan os menciona nos próprios termos em que são encontrados citados no segundo capítulo de *Vous avez dit* Hamlet?[31]. Esse livro, deve-se dizer, é formidavelmente esclarecedor, notadamente por nos

---

[28] John Dover Wilson, *What happens in* Hamlet, Cambridge University Press, 1935.
[29] Chéreau, a quem devemos muito e notadamente uma encenação decisiva do *Ring* – aquele anel que um certo Sigmund passava no dedo de seus discípulos mais próximos.
[30] Entre 11 e 18 de março de 1959, Lacan leu o estudo que Ernest Jones dedicava a *Hamlet*. Jones nele menciona várias vezes o estudo de Dover Wilson. Em 18 de março, Lacan declara: "[...] Dover Wilson, que escreveu muito sobre *Hamlet* e que escreveu muito bem. No intervalo, como eu mesmo havia lido uma parte da obra de Dover Wilson, creio ter-lhes dado mais ou menos a substância." Um agradecimento especial a Marcelo Pasternac por ter evitado que eu contornasse essa referência, a Danielle Arnoux por ter chamado minha atenção para a intervenção de Jones neste assunto.
[31] Exatamente nas páginas 54 e 60. Da mesma forma encontramos de novo em Lacan (sessão de 11 de março de 1959, p. 14), a observação de Dover Wilson segundo a qual "Existem tantos Hamlet quanto atores que o representem" (*Vous avez dit* Hamlet?, Paris, Nanterre-Amandiers, 1988, p. 212).

ajudar a acolher *Hamlet* com o estado de espírito dos espectadores elisabetanos da época.

Num dia de outubro de 1917, Dover Wilson, na época inspetor do Ministério da Educação, que tinha que passar quatro horas num trem entre vinte horas e meia-noite, trouxe, quase que por acaso, um exemplar de uma revista erudita dedicada à literatura e à filosofia medievais e modernas, *The Modern Language Review*. E foi ali o choque que, nos diz ele, ia mudar "todo o teor de minha existência[32]". O primeiro artigo dessa revista era de um certo Walter Wilson Greg e se intitulava "A alucinação de Hamlet". Neste estudo, assinado por um shakespeareno confirmado, tratava-se precisamente de uma cena de *Hamlet*, a da pantomima. Greg observava o que ninguém vira até ali, isto é, que Cláudio, que a ela assiste, não está sobremodo "afetado[33]", embora até se trate da exata representação do assassinato que ele cometeu. Essa indiferença de Cláudio destoa, notava Greg. Como explicar isso? Greg acabou, assim, por sustentar que, se Cláudio continua perfeitamente impassível, é, simplesmente, porque não é seu crime que se acha representado na pantomima (se ele reage mais tarde à peça na peça que, no entanto, reproduz a pantomima, isso não seria devido a essa nova versão, desta vez representada e falada, daquele mesmo crime, mas às selvagens intervenções de Hamlet durante o espetáculo). O que isso quer dizer? Isso quer dizer, prosseguia Greg, que o espectro não deu a Hamlet uma versão correta do assassinato que o fizera espectro. O que isso quer dizer? Que o discurso do espectro, concluía Greg, era apenas o produto da imaginação muito excitada de Hamlet; em uma palavra: uma alucinação. Logo, outro mistério estava resolvido. Como se explica, com efeito, que os atores que se dirigem ao castelo de Elsenor tivessem, em seu repertório, uma peça correspondendo exatamente ao que se passara na corte da Dinamarca? É mais que improvável que pudesse ter, assim, acontecido! E ainda mais improvável que Shakespeare tivesse cometido tal erro de roteiro. Ora, tudo se

---

[32] Ibid., p. 21.
[33] Dover Wilson ressalta o sentido luterano de "afetar": fingir. Certos demônios afetam a aparência de amigos ou de parentes defuntos; assim eram explicados, entre os protestantes, os fantasmas (cf. pp. 71 e 78). Esse vínculo do afeto com o semblante lança uma justa luz sobre a teoria dos afetos, que oferecemos à meditação daqueles que pretendem que Lacan não levou isso em conta.

explica se admitirmos que essa "alucinação" de Hamlet é uma revivescência da peça que ele quis utilizar para apanhar a consciência do rei na armadilha.

Ao ler essa versão de *Hamlet*, Dover Wilson vibra na cabine do trem. Relê seis vezes seguidas o artigo, depois põe na primeira caixa de correio encontrada ao ir da estação para o hotel a seguinte mensagem, endereçada ao diretor de *The Modern Language Review*:

> Artigo Greg diabolicamente engenhoso, mas merece o inferno. Aceita uma réplica?

Assim se determina uma vida! E num acontecimento que podemos dizer de escola, pois fica claro, ao se ler a literatura que ele soube suscitar, que Shakespeare fez escola. A seqüência o demonstra. Dover Wilson, com efeito, em seu empreendimento de contestar Greg, não ia deixar de encontrar uma pedra no caminho sob a forma da seguinte constatação: está excluído discutir a dramaturgia da peça, uma vez que o texto não é seguro. E não foi preciso muito tempo, imaginamos, para que ele fosse encarregado do estabelecimento crítico do texto shakespeareno, o que, por sua vez, desembocou em toda uma enorme quantidade de explicações pertinentes de pontos de detalhes sobre os quais evitávamos nos interrogar. Só, portanto, a partir desse trabalho de estabelecimento crítico do texto shakespeareno que Dover Wilson ia mudar radicalmente a leitura de *Hamlet* ao mesmo tempo que contestava com sucesso a interpretação de seu querido Greg, a quem dedicava sua obra, sem, aliás, pedir-lhe a permissão, e "em modestas represálias pela praga[34]" que Greg lhe havia rogado.

No prefácio à terceira edição de seu livro, em 1950, Dover Wilson menciona a interpretação de Jones (publicada em 1949), com a qual não é gentil. Recusa-a do ponto de vista do método. Jones tomou um elemento, isolou-o para, a partir dali, estudar Hamlet como um caso psicanalítico. A própria versão assim obtida se ridiculariza por sua parcialidade.

---

[34] *Vous avez dit* Hamlet?, op. cit., p. 21.

Sobre o que há a ser explicado, a maioria dos exegetas e dos espectadores está de acordo: é o adiamento do ato[35]. Lacan assim formula a coisa:

> Trata-se, evidentemente, de algo que concerne às relações de Hamlet com o quê? Com seu ato, essencialmente. É claro que a mudança profunda de sua posição sexual é inteiramente capital, mas ela deve ser articulada, organizada um pouquinho diferente. Trata-se de um ato a ser feito, e disso depende em sua posição de conjunto. E muito precisamente [trata-se] daquele algo que se manifesta ao longo dessa peça, que faz dela a peça dessa posição fundamental em relação ao ato que, em inglês, tem uma palavra de uso muito mais corrente que em francês, é o que chamamos em francês adiamento, retardamento, e que se exprime em inglês por *procrastinação*, deixar para o dia seguinte[36].
> [...]
> Trata-se de saber o que vão querer dizer os diversos diferimentos do ato que ele vai fazer sempre que tiver oportunidade e o que vai ser determinante, ao final, no fato de que esse ato a ser cometido, ele vai superá-lo[37].

Conjugando Hamlet e Édipo, a interpretação psicanalítica construiu e quase que impôs uma tese sobre o adiamento do ato. Hamlet não ataca Cláudio porque Cláudio representa para ele alguém que realizou seu próprio complexo de Édipo, matou seu pai e dormiu com sua mãe. Golpear Cláudio seria, portanto, golpear a si mesmo[38]. Além da objeção metodológica de Dover Wilson a Jones, essa versão é objeto de duas outras objeções maiores.

Uma é uma observação de Anne Barton, citada por Marie-Thérèse Jones-Davies em seu prefácio à edição Corti de *Hamlet*, observação segundo a qual:

---

[35] Podemos notar, a esse respeito, que era também o problema de Marguerite Anzieu, das irmãs Papin, de Louis Althusser e de muitos outros; é ao ponto de acabarmos por nos perguntar se não estaria aí uma questão essencial a se colocar a respeito de cada caso ao qual nos confronta a clínica psicanalítica: que ato é, assim, adiado?

[36] O equivalente inglês de nosso provérbio "Não deixe para amanhã o que pode fazer hoje" é *Procrastination is the thief of time*, o adiamento é o roubo, ou a enganação do tempo.

[37] J. Lacan, *Le désir et son interprétation*, sessão de 4 de março de 1959, pp. 19-20.

[38] Esta linha interpretativa se achava presente na paranóia de autopunição de Lacan; tivemos que desconstruí-la para dar um pouco de ar à problematização do caso.

é perigoso buscar analogias entre Shakespeare e os trágicos gregos[39].

Fazemos nossa essa regra que é um ponto de acordo entre os críticos literários. Com efeito, como observa M.-T. Jones-Davies, em *Agamemnon*, a ordem dada a Orestes para matar sua mãe tem o estatuto de um constrangimento, o que não é o caso daquela dada a Hamlet pelo espectro, tanto que o estatuto do adiamento do ato e depois o de sua realização são bem diferentes em *Agamemnon* e em *Hamlet*. A referência grega só pode assim prejudicar o acolhimento desta última peça no que ela apresenta de singular.

Aliás, Lacan interveio nesse mesmo sentido de separar o que Jones conjugava, já que o único ponto de junção que ele menciona entre Hamlet e Édipo é justamente um ponto... de diferença, um ponto ao qual ele voltará numerosas vezes com anos de distância, ao qual ele dá muita importância; a saber, que, ao contrário de Édipo, Hamlet, este, *sabe* quem ele deve matar. Lacan não cessou de repetir que esse saber inicial muda tudo. Não nos espantaremos, assim, ao vermos Lacan se alinhar junto àqueles que contestam a interpretação edipiana de *Hamlet*. Como ele o faz do interior da psicanálise, ele tem lá suas objeções, que são particularmente impressionantes. Em 18 de março de 1959, ele apresenta uma objeção de uma feitura muito wittgensteiniana (será nossa segunda objeção maior):

> Mas, afinal, será que tudo isso não nos permite (fascinados diante de uma espécie de insondável ligado a um esquema que, para nós, está cercado por uma espécie de caráter intocável, não dialético) poder dizer que tudo isso, em suma, se inverte? Quero dizer que *poderíamos igualmente*, caso Hamlet se precipitasse imediatamente sobre seu padrasto, dizer que ele lá encontra, no fim das contas, a oportunidade de estancar sua própria culpa, encontrando fora de si o verdadeiro culpado[40].

Com o esquema edipiano, podemos dizer a coisa e seu contrário, dar igualmente conta dos dois. O que demonstra sua inconveniência de modo suficiente. Da mesma forma, durante a sessão seguinte:

---

[39] *Hamlet*, Corti, prefácio, p. vi.
[40] J. Lacan, *Le désir et son interprétation*, sessão de 18 de março de 1959, p. 17.

[...] o enigma que tentamos resolver [...] é que o desejo em causa, já que é o desejo descoberto por Freud, o desejo pela mãe, o desejo na medida em que suscita a rivalidade com aquele que a possui, esse desejo, meu Deus, deveria ir no mesmo sentido que a ação[41].

Exit, logo, a interpretação psicanalítica recebida. Lacan não seguirá esse percurso, e nossa intuição inicial, segundo a qual Lacan se alinharia junto aos homens de teatro, acha-se singularmente confortada. No entanto, trata-se aí apenas de uma razão negativa. Lacan não se situa na coorte dos comentadores "psi", sim. Daí a sustentar que ele tomou teatralmente essa peça de teatro, há uma resolução que agora devemos mostrar que pode ser tomada.

A dificuldade diante da qual estamos poderia parecer derivar da hermenêutica, de um conflito de interpretações. A interpretação de Lacan vem, com efeito, se alinhar junto a certo número de outras, e não vemos bem qual (quais) critério(s) determinaria(m) sua escolha em vez de tal outra. A de Dover Wilson, por exemplo, sublinha que o problema de *Hamlet* é político (Hamlet é o legítimo herdeiro do trono); ela explica a procrastinação notadamente em função de dados propriamente políticos; é uma versão brilhante e convincente[42]. Diretores de teatro a representaram, comentadores atuais de *Hamlet* a adotaram amplamente (por exemplo, André Lorant, em 1992[43]).

Diante dessa diversidade, sobre o que vamos fixar nossa decisão? Sobre o sentimento, que poderemos ter, de estarmos convencidos? Não é, por certo, nada, mas continua sendo muito insuficiente para constituir um saber que se mantenha. Ou, então, vamos, por exemplo, adotar o critério eleito por Dover Wilson para discriminar, de todas essas versões, qual é a certa, a saber, seu caráter representável? Seria considerar o fato de que Hamlet não é um personagem nem histórico, nem legendário, nem mesmo literário, mas de fato "dramático", tal como escreve e martela Dover Wilson (por exemplo, p. 197). O efeito de tal encenação que ele vai fazer seria o critério

---

[41] Ibid., sessão de 8 de abril de 1959, p. 4.
[42] Diremos mais adiante o traço maior que nos faz recusá-la.
[43] André Lorant, *William Shakespeare Hamlet*, Paris, PUF, 1992.

mais decisivo? Neste caso, não seria um seminário que seria preciso fazer e sim várias representações (cada uma correspondendo a uma encenação de acordo com uma das versões propostas), em que seriam anotadas as reações do público.

É possível precisar ainda mais a dificuldade em que nos encontramos. Com efeito, a interpretação lacaniana deixa-se situar numa das modalidades de acolhimento de *Hamlet*, uma modalidade que, segundo alguns, não é evidente, longe disso. Na medida em que a interpretação lacaniana de *Hamlet* se dá por regra desenhar o conjunto do itinerário de Hamlet, ela não é, enquanto tal, tão original assim. Ela se inscreve, ao contrário, numa longa tradição (que Dover Wilson faz remontar a Goethe), aquela que dota o personagem de Hamlet do que foi chamado uma "espinha dorsal psicológica[44]" – expressão de Salvador de Madariaga, que também propunha uma versão de conjunto de *Hamlet* fazendo de Hamlet um César Bórgia espanhol. Contestando Madariaga, Dover Wilson não demora muito a pôr em série essas leituras do tipo "fio de Ariadne": Goethe, Coleridge, Bradley, Jones, uma lista à qual não recuaremos em acrescentar Lacan de modo, em todo caso, a esticar ao máximo o fio de nossa dificuldade (com uma dificuldade, com efeito, é melhor não regatear, já que é, ao contrário, quase sempre ao acusarmos seus traços que conseguimos resolvê-la). Aliás, Dover Wilson teria, sem dúvida alguma, inscrito Lacan como derradeiro avatar desse modo de interpretação de *Hamlet* que, portanto, repousa num duplo postulado: 1. – *Hamlet* é uma obra-prima, e 2. – como tal, a peça é coerente.

Mas Dover Wilson não se contenta em pôr juntas e em série essas interpretações; ele nos dá, além disso, o que é, segundo ele, a razão dessa série, ao observar que

> cada época escolhe [a espinha dorsal psicológica] que melhor corresponde ao tipo humano mais em vista no olho popular.

Assim, ele nota que o Hamlet-Bórgia paranóico, o Hamlet de Madariaga, bárbaro aristocrata de uma Renascença dominada pela Espanha, é uma figura de Hitler. Temos aí uma observação próxima da de Lacan, que

---

[44] J. Dover Wilson, *Vous avez dit* Hamlet?, op. cit., p. 287.

nota que *Hamlet* é uma peça em que "[...] qualquer um vem [nela] encontrar seu lugar, vem nela se reconhecer [...]⁴⁵".

Ora, é como se essas leituras tivessem recebido um golpe durante os últimos trinta anos, como se tivessem se tornado meio fora de época. O ataque consistiu em manifestar que *Hamlet* não é uma peça tão bem feita nem tão coerente assim, graças ao que a idéia de "espinha dorsal psicológica" não tem muito mais sentido. T. S. Eliot já contestava as qualidades artísticas da obra, ressaltando que Shakespeare não soubera impor ao material de que dispunha (as peças de Saxo Grammaticus e de François de Belleforest) o que queria dele obter, isto é, a expressão da repulsa sentida no erro da mãe. Mas foram principalmente os literatos que se empenharam em pôr *Hamlet* em... peças. Na linha daquilo que Peter Sellars faz hoje de Mozart e com Mozart, em detrimento dos puristas, os hamletoclastas ridicularizaram a obra-prima: *Naked Hamlet* é uma comédia musical em que um varredor porto-riquenho, espécie de duplo de Hamlet, solta a tirada *To be or not*, enquanto Ofélia, de colante preto, canta um rock. Tom Stoppard, por sua vez, escreveu seu *Rosencrantz et Guildenstern sont morts* [Rosencrantz e Guildenstern morreram]. Lacan viu, aliás, essa obra de inspiração beckettiana que foi representada na França ainda recentemente, é verdade que bem depois de ele comentar *Hamlet*. Houve também, em 1968, *The Marowitz Hamlet*, em que Hamlet e Fortimbrás são como Dr. Jekyll e Mr. Hyde, ou ainda, em 1975, *Hamlet-machine* em que o luto se transforma em alegria, em que o assassino "come" a viúva no caixão vazio. Tudo isto, no entanto, não é tão novo quanto se pode imaginar. Assim, desde 1605-1606, viu-se um autor, Cyrill Tourneur, escrever uma peça a partir da cena do cemitério, *The Revenger's tragedy*, em que o macabro domina.

A despeito desses trabalhos de *Hamlet* (como dizemos trabalhos de Hércules) diversamente felizes, e alguns o são, escolhemos, com Lacan e muitos outros, o preconceito "clássico" segundo o qual *Hamlet* é uma obra verdadeira, não apenas uma justaposição mais ou menos desajeitada de cenas. Só o alcance heurístico desse preconceito pode legitimá-lo.

O critério consistiria aqui, da mesma forma que para o êxito de um rébus ou de um quebra-cabeças, em que cada um dos detalhes encontrasse

---

⁴⁵ J. Lacan, *Le désir et son interprétation*, sessão de 11 de março de 1959, p. 15.

seu lugar na interpretação de conjunto? Desse ponto de vista, vamos de encontro a um obstáculo, já que Lacan não percorre sistematicamente o conjunto das cenas, o que faz Dover Wilson e que ele mesmo fará, pouco depois, para sua leitura do *Banquete*. Outro exemplo, a maneira como Lacan extraiu a estrutura de *A carta roubada*, levando em conta o conjunto do texto (a tal ponto que Derrida pôde dizer com razão que não era esse o caso!). Aqui, nada parecido; estamos lidando com indicações por certo pontuais e precisas, mas que não são completas (há cenas inteiras sobre as quais Lacan não diz palavra, personagens de que ele não fala, Fortimbrás, por exemplo). No melhor dos casos, como fazem as costureiras ao começarem a costurar, Lacan terá alinhavado o pano a grandes agulhadas, dando já, assim, sua forma à roupa, mas não mais.

Sejamos ainda mais precisos quanto ao contexto em que intervém a interpretação lacaniana de *Hamlet*. Quando Lacan "pega" *Hamlet*, já faz algum tempo que essa peça, desprezada pelos críticos como não coerente, vem adquirindo nova vitalidade graças aos homens de teatro. Foram eles e não mais os sábios, por exemplo, os historiadores especialistas da Renascença, ou os professores de literatura, que reanimaram a chama de Shakespeare; Dover Wilson é disso, com efeito, um caso exemplar, mas não único. Ele também, tomamos conhecimento ao lê-lo, acaba por escrever sobre *Hamlet* como um diretor de teatro. Isso parece inevitável tão logo nos interessamos por *Hamlet*!

Mas devemos citar aqui também, na Europa do Leste e nos mais belos dias da Guerra Fria, Jan Kott[46], que, sobre Shakespeare em geral e sobre *Hamlet* em particular, é de uma inteligência de tirar o fôlego. Como para Lacan, há para Kott (e para Peter Brook e muitos outros) tantos Hamlet quanto atores representando Hamlet[47]; vale dizer que, como para Lacan, *Hamlet* é para Kott "a própria moldura na qual se vem situar o desejo", uma "rede de passarinheiro onde o desejo é articulado essencialmente[48]".

---

[46] Jan Kott, *Shakespeare notre contemporain* [Shakespeare nosso contemporâneo], prefácio de Peter Brook, traduzido do polonês por Anna Posner, Paris, Payot, 1992 (1ª edição, Julliard, 1962).
[47] Mas não deveríamos doravante dizer: tantos Hamlet diretores de teatro?
[48] J. Lacan, *Le désir et son interprétation*, sessão de 11 de março de 1959, p. 15.

Kott formula à sua maneira esse domínio do desejo. Que ele seja tão pertinente nessa formulação, isto se deve, diremos, ao fato de ele escolher referir-se a diversas encenações de *Hamlet*, em particular a de Cracóvia, em fevereiro de 1956, que acentuava o fato de que, nessa peça, todos são permanentemente espiados, vigiados, de que cada um nela sofre, portanto, de uma constante asfixia política (mesmo Laertes, durante sua estada na França, será espiado por pessoas que seu pai designa expressamente para essa tarefa). Mas é preciso entender "política" no sentido forte desse termo, no sentido em que a ação de um pai pode ser espiada, vigiada como que colocando em jogo uma certa política da família e da paternidade.

O acolhimento que Lacan reservava a *Hamlet* deixa-se claramente situar nessa corrente moderna de uma interpretação teatral da peça, bem mais do que naquela constituída pelos comentários interpretativos do estilo Jones ou Freud, ou, mais recentemente, Sibony. Kott escrevia isso explicitamente:

> O traço comum dos estudos modernos sobre *Hamlet* consiste em examiná-lo sob o ângulo do teatro. *Hamlet* não é um tratado de filosofia ou de moral; nem um manual de psicologia; *Hamlet* é uma peça de teatro. Logo, é teatro; em outras palavras, um roteiro e papéis[49].

Ora, para explicar o milagre, isto é, como *Hamlet* pode a um só tempo ser uma peça assinada por Shakespeare bem no início do século XVII e uma peça sem cessar contemporânea, para explicar algo que, portanto, se aparente bem de perto com a "rede de passarinheiro" lacaniana, Kott vai fazer representar essa diferença que acabamos de entender entre roteiro e papéis nela acrescentando um terceiro termo, o de "distribuição". Shakespeare, nos diz Kott, escreveu o roteiro e, portanto, definiu os papéis, mas é a época quem "distribui" os papéis. Não dispondo do texto de Kott em polonês, não pudemos estudar, com a ajuda de um tradutor, a palavra aqui tornada por nosso francês "distribuição". Entretanto, outras observações de Kott permitem notar que por "distribuição" ele designa algo que

---

[49] J. Kott, *Shakespeare notre contemporain*, op. cit., p. 65.

nada tem a ver com o *casting*, o tipo do herói que vai encarnar o papel: o papel permanece o mesmo, mas os heróis diferem conforme as épocas.

É, justamente, segundo Kott, a função do diretor de teatro heroificar o papel, levar o papel ao herói. Ora (e é essa uma das mais finas observações de Kott, ao mesmo tempo que aquela pela qual ele nos explica a rede de passarinheiro), durante a primeira sessão de leitura da companhia que se prepara para representar *Hamlet*, quando o diretor procede dizendo "Você será Gertrudes, você, Ofélia, você, Laertes, você, Cláudio, você, Hamlet, etc", Kott nota que *a situação efetiva já é a da peça, a qual é justamente uma peça em que se impõem papéis*. *Hamlet*, escreve Kott, é "o drama das situações impostas".

Assim Kott distingue com felicidade dois grupos de personagens: existem aqueles definidos sem equívoco por sua situação, aqueles para os quais não há hiato entre o personagem e a situação (o rei, a rainha, Polônio, Rosencrantz e Guildenstern, etc), e, por outro lado, o bando dos quatro de idade homogênea, o grupo de três rapazes e uma jovem (Hamlet, Laertes, Fortimbrás e Ofélia), todos os quatro envolvidos num sangrento problema político e familiar, mas que não escolhem seu papel nem o conjunto do roteiro; representam seus papéis e aceitam o roteiro ao mesmo tempo que deixam bem claro para nós que não estão ali por vontade própria. Hamlet, exemplarmente, continua sendo, de uma ponta à outra, alguém que não seu papel. Mas é também, notadamente, o caso de Ofélia. Ora, é com essa distância que *Hamlet* nos apanha em sua armadilha, já que é nessa distância que nos engolfamos tal como nota Kott. Nela nos engolfamos ao... distribuirmos os papéis. É, portanto, muito notável que, a respeito dessa peça, especialmente Lacan tenha sido conduzido a fazer como Dover Wilson ou Kott ou Brecht, a apanhar seus ouvintes na própria armadilha de *Hamlet* e a nela ser apanhado com eles.

Ao se inscrever nessa linha dos homens de teatro atravessados por *Hamlet*, ao repor, assim, *Hamlet* de pé contra os filólogos e os psicólogos, Lacan faz efetivamente outra coisa que um comentário psicanalítico a mais sobre *Hamlet*. Ele cai na armadilha de *Hamlet* tão bem descrita por Kott, que nela caía também. Prova disso aquele pequeno plano da cena do cemitério em que é surpreendido feito um tolo bem antes de poder dizer-se tal, até mesmo de reivindicá-lo.

Primeiros balizamentos

Elegeremos aqui como obra de referência a edição bilíngüe de *Hamlet* publicada por José Corti em 1991. Isto, por uma razão de ordem bibliográfica, e outra de tradução *.

Essa obra reproduz as três versões da peça reconhecidas como as mais notáveis. Ora, como para a leitura de Lacan, não podemos ignorar o problema do estabelecimento do texto, pois em certas réplicas decisivas para nosso questionamento essas diferenças intervirão. A edição Corti baseia-se no texto do *in-fólio* (= F), publicado com a integral, em 1623. Mas ela nos dá também o *in-quarto* 2 (= Q2), texto que foi publicado em 1604-1605 e que fazia parte dos *foul papers*, dos manuscritos de trabalho de Shakespeare. É que há importantes diferenças, notadamente: 230 versos de Q2 desapareceram em F, ao passo que encontramos, em F, 70 versos ou linhas ausentes de Q2. A versão F seria uma cópia limpa de Q2 e, por essa razão, é, em geral, escolhida como texto de referência. O importante é, evidentemente, não fazer como muitos editores, isto é, misturar alegremente Q2 e F e criar, assim, um texto que nunca existiu para Shakespeare e que, além disso, coloca problemas que nunca foram os de Shakespeare. Enfim, cúmulo da felicidade ou quase, tão séria quanto se pode esperar, a edição Corti nos dá também Q1, versão de 1603 defeituosa, incompleta, mas que comporta alguns elementos que encontramos em F. Dispomos, em suma, com essa obra, de uma edição inglesa bem erudita, baseada em trabalhos recentes, posteriores à leitura de *Hamlet* por Lacan.

Interessante nos parece também a tradução de Jean Malaplate publicada por Corti. *Hamlet* comporta três diferentes espécies de textos: prosa, versos brancos e versos rimados. Ora, Malaplate escolhe, a nosso ver com toda razão, respeitar em sua tradução esses três modos do discurso**. Além disso, Malaplate tem a ousadia de apostar na troca do decassílabo

---

* Usaremos a tradução brasileira de F. Carlos de Almeida Cunha Medeiros e Oscar Mendes, da Editora Abril, 1981, exceto quando o autor se referir expressamente à tradução francesa de Malaplate. (NT)
** A tradução brasileira é toda em prosa. (NT)

shakespeareno pelo alexandrino francês, e a impressão que fica dessa escolha é a de um feliz efeito.

A importância da tradução, singularmente aqui, deve-se ao fato de que cabe a ela ressaltar que o texto inglês torna manifesta uma certa relação com o simbólico como tal. Mostremos que essa relação é nada menos que portadora da melancolia; em outras palavras daquilo mesmo que distinguiria o simbólico enquanto *di-mensão* [*dit-mention*]. Mostremos que essa relação com o simbólico seria "simbólica" no sentido em que ela ressaltaria justamente a relação do simbólico consigo mesmo. Ela poderia, talvez, ser dita *as palavras pelas palavras*, ou o agenciamento das palavras pelo agenciamento das palavras, como se pôde criar a divisa "a arte pela arte". Trata-se de uma certa maneira que têm as palavras, mas também as estruturas gramaticais (já que definem lugares que são, eles também, parcialmente permutáveis), de ficar independentes notadamente quanto ao sentido, mas também quanto ao que os lógicos chamam a referência[50]. Essa independência em que fica o simbólico está, é claro, muito presente nas cenas de loucura ou de loucura fingida (e a coisa diz respeito também ao famoso *to be or not to be* que deveria ser lido desse ponto de vista, isto é, fora de sentido, ou, pelo menos, como fórmula de pouco sentido[51]). Tudo se passa como se o simbólico tivesse resolvido fazer só por sua cabeça, as palavras remetendo essencialmente às palavras, homófonas de preferência, e os lugares aos lugares. Para presentificar mais concretamente esse fato de linguagem (cf. o tão justamente célebre "*words, words, words...*"), escolhamos uma cena em que é ainda mais patente, justamente por não ser uma cena de (fingida) loucura, mas de palhaçada: Polônio anuncia que vai dizer ao casal real o que ele crê (ou quer crer, ou quer que creiamos que crê) constituir a razão da loucura de Hamlet (2. 2. verso 91 e seg.):

---

[50] Em seu seminário *L'angoisse* [A angústia], Lacan liga a mania à ausência de pequeno *a* enquanto lastro da relação do sujeito com a linguagem.

[51] O que parece confirmar um dos chistes (relatado por Lacan) referente à invenção dessa fórmula: Shakespeare, fraco de idéias, começa a escrever "*To be...*", depois hesita, "*To be or not?*", depois repete essa interrogação (como hoje as cartas vídeo que circulam em fitas elétricas), o que dá "*To be or not...? To be or not...?*", que, recortado de outra maneira – heureca! –, escreve a definitiva e divina fórmula.

POLÔNIO: Serei breve:
Vosso nobre filho está louco.
Chamo-o de louco porque, para definir a verdadeira loucura,
que é ela senão estar alguém simplesmente louco?
Mas deixemos isto.
A RAINHA: Mais fatos com menos arte.
POLÔNIO: Minha senhora, juro que não estou usando de qualquer arte.
Que ele esteja louco, é verdade. É verdade que é triste e
é triste que seja verdade. Medíocre figura de retórica...
Mas adeus com ela, visto que não quero usar de artifício.
Admitamos, então, que esteja louco e agora resta
De ce qui est l'effet à découvrir la cause [averiguar a causa desse efeito,]
Ou la cause, plutôt, qui fait qu'il est défait, [ou, melhor dizendo, a causa desse defeito,]
Car de fait, cet effet défectueux a cause [pois esse efeito defeituoso vem de uma causa.]

Temos os mesmos efeitos de jogo de palavras, de quase puro palavreado, em inglês. Assim para os três últimos versos acima, em que podemos apreciar a que ponto estão notavelmente traduzidos por Malaplate.

That we finde out the cause of this effect
Or rather say, the cause of this defect;
For this effect defective, comes by cause,

Fazer palhaçadas, como já se sabia explicitamente na Renascença, é uma maneira de esconder a melancolia[52]. Lacan nota essa característica do estilo de Shakespeare, esse falar livre dos loucos de cortes que procedem

[...] essencialmente pela via do equívoco, da metáfora, do jogo de palavras, de um certo uso do floreado, de um falar precioso, dessas substitui-

---

[52] Mas por que, então, quando Marguerite Anzieu tratava Lacan de "palhaço" (ela será seguida nesse julgamento), consideramos que se trata de algo não correto, a ser posto como tal na conta de Lacan, que perderia, assim, sabe-se lá que prestígio, ou brilho, ou grandeza, ou seriedade? Estaria aí uma posição a ser inscrita no quadro mais geral segundo o qual adoramos o melancólico que pinga de infelicidade e abominamos aquele que faz palhaçadas, isto é, que se dispensa de infligir sua infelicidade a outrem? É em tais opiniões formadas que vemos como o cristianismo nos domina.

ções de significantes em <as quais> aqui insisto quanto à sua função essencial[53].

Em modo menor, isto lhe evoca o disparate maníaco (que, parece, não tem nenhum equivalente no discurso psiquiátrico anglo-saxão e hispanófono). Ele chega até a mencionar que um comentador teria contado que quatro quintos do texto de *Hamlet* desaparecem se suprimirmos esses pedaços de bravura[54].

Como vemos, Malaplate não despreza o estilo significante do texto shakespeareno. Assim, sem nos proibirmos consultar outras traduções, nem modificar, quando necessário, a dele, nela vamos nos basear, ainda que, nos momentos cruciais, tenhamos de consultar o inglês em suas diversas versões.

O que vai decidir

Como quase todos, Lacan se propõe dar conta da procrastinação de Hamlet, em seguida da supressão da procrastinação (evidentemente, uma única e mesma questão). Mas, nisso diferindo das interpretações anteriores à sua, Lacan vai explicar essa supressão da procrastinação pela função do luto de Ofélia, fazendo, assim, da cena do cemitério, o verdadeiro ponto

---

[53] J. Lacan, *Le désir et son interprétation*, sessão de 22 de abril de 1959, p. 16.
[54] A báscula inaugural da iniciativa tanto filosófica quanto melancólica (mas da qual o modo do pensar obsessivo participa bem amplamente) está aí perfeitamente indicada nesta tirada de Polônio: em vez de dizer a loucura de Hamlet em sua singularidade, de relatá-la, de repetir textualmente as coisas que diz Hamlet, de contar seus atos, ou, ainda, em vez de dizer sua interpretação dessa loucura, Polônio, logo após ter anunciado que Hamlet, na sua opinião, está louco, interroga-se sobre a palavra "louco", pergunta-se o que é a loucura, enquanto, durante esse tempo que ele leva para desenvolver suas interrogações dali por diante desligadas do que as provocou, seus interlocutores sapateiam de impaciência em relação ao que ele lhes prometeu tratar, a saber, a causa dessa loucura de Hamlet. O caso é típico, para a discussão das sessões aqui justamente ditas "curtas" (e não "pontuadas": não há nada a pontuar a não ser a impaciência provocada por esse discurso ali para onde ele se dirige, uma impaciência de que a psicanálise não tem de se fazer cúmplice). Polônio, aliás, acaba por ser cortado, é verdade, antes radicalmente.

decisivo da peça. Sobre esse ponto preciso, Lacan inaugura. A função do luto será, assim, o ponto de inovação de sua interpretação de *Hamlet*, enquanto que, reciprocamente, essa interpretação inovará em relação ao luto. Digamos, numa frase poloniana: *Hamlet* traz para Lacan uma versão inédita do luto, o luto traz para Lacan uma interpretação inédita de *Hamlet*.

Fazer seu o clássico problema da procrastinação leva Lacan a distinguir essencialmente cinco cenas:

(1) o encontro com o espectro [1. 4]
(2) a rejeição de Ofélia [2. 1]
(3) a "cena" que Hamlet faz para sua mãe no quarto desta [3. 4]
(4) o enfrentamento com Laertes durante o enterro de Ofélia no cemitério [5. 1]
(5) o duelo final com Laertes e o ato que põe um termo na procrastinação [5. 2].

Essas cinco cenas serão como cinco pilares sobre os quais repousará sua interpretação de *Hamlet*. A procrastinação corta na raiz e no denso ao isolar estas cinco cenas, consideradas maiores por mostrarem, sucessivamente:

1. – as coordenadas, a instalação da procrastinação [cenas (1), (2), (3)],
2. – o ponto de báscula, a virada da procrastinação [cena (4)],
3. – a supressão da procrastinação [cena (5)].

Esse esquema ultra-simples ressalta o luto como aquilo que acerta os pêndulos de Hamlet de acordo com a hora de seu desejo – formulação por certo metafórica, imperfeita e insuficiente, mas que indica bem do que se trata.

Essa interpretação da procrastinação não é tão simples, longe disso. Assim, por exemplo, segundo Kott, não é a cena do cemitério que tem o estatuto de ponto pivô, de ponto de báscula da procrastinação, mas o encontro com Fortimbrás:

> Após ter hesitado em responder ao crime pelo crime, ele decidiu se exilar, quando encontra, na costa, o jovem Fortimbrás, que, à frente de suas

tropas, vai em direção à Polônia. Esse exemplo guerreiro o subjuga. Ele volta para massacrar o tio e a mãe e, vítima ele mesmo dessa sangrenta carnificina, abandona a Dinamarca ao norueguês[55].

Essa leitura, a despeito de seu alcance político, guarda uma força de ordem "psicológica" no sentido egóico, imaginário desse termo. Segundo Kott, durante a cena do cemitério, Hamlet já está determinado a cumprir a missão que lhe foi confiada pelo espectro de seu pai. A crédito de Kott, deve-se imputar o fato de que ele dava, assim, conta do papel de Fortimbrás, ao passo que Lacan não faz (aparentemente) nada disso. Em compensação, a fraqueza da interpretação proposta por Kott, além de seu psicologismo, deve-se ao fato de que esse encontro de Hamlet com Fortimbrás praticamente não tem nenhuma espessura textual na peça e que parece, portanto, algo abusivo fazer com que desempenhe papel tão crucial.

Mas encaremos principalmente a interpretação de Dover Wilson, já que Lacan dela tinha conhecimento quando estava formulando a sua. Ela principia com o fato, primeiro, de que Hamlet deveria legalmente ter sucedido seu pai; a situação em que ele se encontra já de início é, portanto, estar às voltas com o que chamaremos aqui um *epiclerismo usurpado*: o irmão do pai abusivamente tomou o lugar do herdeiro de direito, ao passo que este, Hamlet, está bem ali, presente e pronto para representar seu papel. Segundo Dover Wilson, o ponto decisivo da peça é, portanto, a cena da cena sobre a cena, ao longo da qual Hamlet, vendo a reação pela qual Cláudio se trai, verifica que a figura espectral que ele encontrou nas muralhas não é um agente do diabo (ele sabe, dali por diante, graças à reação incontrolada de Cláudio, que ela lhe disse a verdade), ao passo que Cláudio, sabendo, dali por diante, que Hamlet está "por dentro" do segredo, toma consciência, então, das intenções homicidas de Hamlet a seu respeito. A partir dessa virada, o problema político-familiar vê-se, com efeito, colocado em outros termos: tanto Hamlet quanto Cláudio, cada um sabe que o outro sabe que ele quer matá-lo, ao passo que, por razões diferentes, nem um nem outro pode falar do que sabe. Por isso, escreve Dover Wilson[56], Cláudio envia

---

[55] J. Kott, *Shakespeare notre contemporain,* op. cit., p. 62.
[56] J. Dover Wilson, *Vous avez dit* Hamlet?, op. cit., p. 131.

Hamlet à Inglaterra, não mais para lá ser tratado, mas para lá ser morto e enterrado. A Inglaterra será seu cemitério.

Mas resta um problema essencial. Hamlet é enviado à Inglaterra de modo precipitado, porque, após a virada provocada pela cena sobre a cena, cada um dos dois, sabendo que o outro sabe, é forçado a agir o mais rápido possível; ora, Hamlet não faz nada disso. Dover Wilson escreve:

> as protelações de Hamlet só se tornam realmente flagrantes após o drama de Gonzaga[57].

Há aí um limite capital. Depois que o saber proferido pelo espectro se tornou verdade e mesmo certeza, o fato de Hamlet aceitar, sem chiar, partir para a Inglaterra demonstra a persistência nele de uma protelação que vale, com efeito, dali por diante, como tal (já que não tem mais a desculpa da dúvida que pesava até ali sobre as palavras do espectro). Mas de que modo Dover Wilson a explica, e que função reserva ele, a partir daí, à cena do cemitério?

Nossa surpresa é grande ao vermos Dover Wilson abandonar a linha de homem de teatro e brincar de... psiquiatra. Todo o motivo da segunda parte da peça, nos diz ele, é a melancolia[58]. Ora, essa explicação é puramente tautológica e nominal; ela corresponde a dizer que o que identificamos como sendo um sintoma melancólico explica-se pela melancolia. Segundo Dover Wilson, Hamlet o melancólico atravessa fases de excitação e de abatimento, e a cena do cemitério é a última das sete fases de excitação cuja lista[59] ele faz então, aquela que precede de bem pouco o resultado final, aquela durante a qual Hamlet já se comporta como o matador que breve será no duelo com Laertes.

Além disso, essa pseudo-explicação pela melancolia é uma figura mal escondida de uma explicação pelo orgânico, ela mesma feita de uma certa persistência, em pleno século vinte, da teoria dos humores, frios ou quentes, como se sabe. Eis essa economia e química humoral: segundo Dover

---

[57] Ibid., p. 184.
[58] Razão pela qual dissemos, a respeito do problema da tradução de *Hamlet*, como Lacan situava essa "melancolia" fora do campo psicopatológico.
[59] J. Dover Wilson, *Vous avez dit* Hamlet?, op. cit., pp. 194, 231, 240.

Wilson, Hamlet reage com grande frieza quando vê e entende que estão enterrando Ofélia, e depois:

> Essa frieza involuntária produz sua própria reação, à medida que o orador vai lembrando o que a defunta foi para ele outrora e que essa lembrança lhe dá remorsos[60].

Tanto que a ostentação da aflição de Laertes é, para Dover Wilson, apenas um suplemento (ao passo que será crucial para Lacan):

> A ostentação indecente de Laertes lhe fere também a alma, ainda mais que ela já está ferida por sua própria lítotes. O resultado é uma explosão, último exemplo dessa histeria incontrolável [...][61].

Assim, pois, vejamos como o recurso à melancolia[62] é aqui uma evasiva, vem tapar o furo de um impensado que se refere a nada menos do que à questão da supressão da procrastinação, isto no momento mesmo em que Dover Wilson ressalta, com justeza, toda a estranheza dessa procrastinação.

Dover Wilson encontrará uma última vez seu registro, precisamente a respeito da cena do cemitério. Muito judiciosamente, ele nos explica que, durante um bom tempo antes dessa cena, Laertes roubou a simpatia dos espectadores, ele que não está atolado na procrastinação (a procrastinação, diferentemente do heroísmo, em geral não atrai simpatia!), ele que vemos pronto para vingar o pai, ele que podemos, pois, identificar como um verdadeiro herói. Ora, depois que Hamlet pulou dentro da cova declarando o que sabemos, a situação se inverteu, "[...] a falsidade declamatória de Laertes tornou-se comum e desprezível[63]", e é de novo Hamlet quem, após essa cena, será o queridinho do público (conforme a interpretação de Dover Wilson, Laertes é o filho do cortesão que contribuiu para a instalação do epiclerismo usurpado[64]).

---

[60] Ibid., p. 239.
[61] Ibid., p. 240.
[62] Ibid. Cf., igualmente, a nota 15 da página 238.
[63] Ibid., p. 241.
[64] Ibid., pp. 144-245.

O que deixa, no entanto, intacto o erro de Dover Wilson, que reformularemos assim: se a doença, se a melancolia é o objeto da peça, ela não pode constituir sua explicação, ainda menos sua explicação teatral. E podemos, portanto, admitir que Lacan, que leu Dover Wilson[65], leva adiante a explicação não-psiquiátrica, a explicação teatral deixada de lado por Dover Wilson.

Na medida em que ela introduz a função da cena sobre a cena, a interpretação wilsoniana nos parece tanto mais pertinente tanto melhor ressaltar a incidência *real* do teatro, porquanto houvera o precedente histórico do levante de Essex em fevereiro de 1601. Na véspera, haviam representado *Ricardo II*, e essa representação incitara uma multidão de londrinos à revolta: como já houvera no passado deposições de monarcas (o que era ressaltado pela peça), podia haver outra no presente[66]. *Ricardo II* fora representado nesse intuito expresso de apoiar a revolta e... tinha dado certo! Assim, o drama de Gonzaga podia, em *Hamlet*, preencher a mesma função de levar ao ato que em *Ricardo II*. Ora, com muita justeza, Dover Wilson sublinha que o problema da protelação nem por isso está resolvido após essa cena da cena sobre a cena, que é, ao contrário, nesse momento que ele toma corpo em toda a sua estranheza. Então? Então, é nesse ponto preciso que, a nosso ver, Lacan levou à frente; porém, mais bem prevenido que Dover Wilson em relação à psiquiatria, Lacan leva à frente num registro que será aquele mesmo que Dover Wilson acabava de abandonar. Prevenido, de mais a mais, da incidência da melancolia na relação do sujeito com o simbólico (cuja origem remonta ao *Problema XXX* de Aristóteles), Lacan não pode fazer da melancolia a causa psicopatológica da persistente protelação de Hamlet[67].

Confirmando a posição de Lacan, há essa declaração de Hamlet a Horácio,

---

[65] Como nos mostra ainda sua pequena observação sobre o florete (Dover Wilson discutiu longamente, p. 248, quais eram as armas do combate final).
[66] J. Dover Wilson, *Vous avez dit* Hamlet?, op. cit., p. 159.
[67] É tanto mais claramente abusivo brincar aqui de médico uma vez que o médico, daqui por diante, é o próprio Hamlet quem o é: ele chama Cláudio de "úlcera" e acha-se bem decidido a erradicá-lo enquanto tal.

> C'est que le flamboiement de son deuil m'a rempli
> De colère insensée (*towring*: désordonnée)
> [embora, falando francamente, a ostentação de seu pesar
> me levasse à vertigem da raiva]
> But sure the brauery of his griefe did put me
> *Into a towring passion*[68].

Essa declaração é ainda mais notável pelo fato de não figurar na versão Q2. Lacan vai apreciar isso. Esse luto será a lâmina com a qual ele cortará a interpretação de Hamlet de maneira não médica.

Ter feito seu o problema da procrastinação e de sua supressão conduziu Lacan a isolar as cinco cenas durante as quais a procrastinação se instaura, bascula, depois se resolve. Assim se desenha um itinerário de Hamlet que nada tem de evidente, que nada tem de um dado; deve, ao contrário, dar prova de sua validade, mostrando-se suscetível de fornecer uma explicação de conjunto da peça, notadamente permitindo que cada um dos pedaços do quebra-cabeças possa, a partir daí, achar seu lugar. Assim, cada cena deverá ser interpretada por si mesma (e o critério textual e teatral, isto é, de encenação, será aqui decisivo); mas cada cena será também colocada em perspectiva em função das outras "cenas da procrastinação" (vamos chamá-las assim); assim se constituiu uma série (não menos literal e teatralmente experimentada) que revelaria as grandes linhas da imagem final do quebra-cabeças. Essas cinco cenas valeriam, portanto, como os significantes no sentido de Saussure ou de Jakobson, situadas conforme dois eixos, o paradigmático, de sua significação, o sintagmático, de suas conexões.

Podemos conceber três vieses segundo os quais essa interpretação, que é também, à sua maneira, uma "construção" (no sentido freudiano desse termo), estaria não validada: ou uma das cinco cenas comportaria algo capaz de contestar a interpretação que dela é feita, o que jogaria por terra o conjunto, ou o agenciamento como tal das cinco cenas não conseguiria se manter e, neste caso, a interpretação de cada uma teria de ser reconsiderada, ou, enfim, tal das outras cenas, primeiramente não consideradas, não conseguiria tomar lugar na construção de conjunto.

---

[68] *Hamlet*, 5. 2, ed. Corti, p. 249.

Digamos logo que Lacan não se engajou nessa última prova e que nós tampouco o faremos, já que o objeto do presente estudo é não tanto a interpretação lacaniana de *Hamlet* quanto a função do luto nessa interpretação.

Em compensação, Lacan engajou-se bem longe na interpretação de conjunto, e de imediato situar a natureza desse engajamento nos ajudará a melhor estudar cada uma das cinco cenas da procrastinação. Vamos chamá-lo homologia no sentido próprio desse termo: um mesmo *logos*. Lacan, com efeito, lê *Hamlet* com seu "grafo do desejo" (que ele chama então "grama"; adotaremos, então, essa nomeação cada vez que se tratar de sua intervenção na interpretação de *Hamlet*). Esta maneira de "ler com a escrita" era, nele, sistemática[69]. Haverá, desta vez, mesmo *logos*, mesma razão pode-se também entender, e não somente mesma fala, na medida em que esse grama cifra a própria constituição do desejo e que, paralelamente, *Hamlet* é pensado como sendo a tragédia do desejo.

"A articulação do desejo nas instâncias do sujeito", eis como, em 1967, Lacan posicionava seu grafo uns dez anos após sua fabricação. O grafo é o das instâncias do sujeito, das instâncias ligadas de maneira tal que permitiria a articulação do desejo. Lacan explicita esse ponto desde a primeira vez em que faz intervir seu grama para a interpretação de *Hamlet*. Lemos, na sessão de 18 de março de 1959 do seminário:

> É, evidentemente, o conjunto, a articulação da tragédia em si mesma que é o que nos interessa. É isso que estou acentuando, isso vale por sua organização, pelo que isso instaura de planos superpostos no interior do que pode achar lugar a dimensão própria da subjetividade humana. (estenotipia, p. 9).
> [...]
> Se ficamos emocionados com uma peça de teatro [...] é em razão, repito, das dimensões do desenvolvimento que ela oferece no lugar a ser tomado, para nós, daquilo que propriamente falando guarda em nós de problemático nossa própria relação com nosso próprio desejo. E isso só nos é oferecido de modo tão eminente numa peça que, por certos lados, rea-

---

[69] J. Allouch, *Letra a letra, transcrever, traduzir, transliterar*, Companhia de Freud, Rio, 1995.

liza ao máximo essas necessidades de dimensão, essa ordem e essa superposição de planos que dão seu lugar ao que deve ali, em nós, vir ressoar. (estenotipia, pp. 10-11)
[...]
Hamlet é [...] uma estrutura tal que ali o desejo possa encontrar seu lugar suficiente, correta, rigorosamente colocado, para que todos os desejos, ou, mais exatamente, todos os problemas de relação do sujeito com o desejo lá possam se projetar. (estenotipia, p. 13).

Essas frases vêm em linha direta do grama. Nessas frases, o grama não é, como tal, mencionado, mas a identidade das fórmulas aplicadas ao grama e do mesmo modo a *Hamlet* basta para nos assegurar que Lacan tem o grama na cabeça ao formular, assim, sua interpretação de *Hamlet*. Assim, demarcamos que a hipótese então sustentada por Lacan é nada menos que esta: *Hamlet* é uma realização do grama. *Hamlet* é composto como se compõe o grama, de certos planos superpostos e que asseguram, assim, a articulação do desejo.

Muitas outras vezes anteriormente, Lacan fizera intervir o escrito dessa mesma maneira que não seria metafórica. Seria antes *mateförica*, a escrita "matemática" fazendo-se, em seu próprio trilhamento, portadora (*phorein*) de um furo (trilhamento / perfuração). Será também o caso na seqüência de seu ensino: o problema é de composição, não simplesmente de aplicação. Mais tarde, em Lacan, far-se-á (ou não) o nó como aqui se compõe (ou não) o grama, com seus diferentes andares. Logo, não se trata tanto de pôr em jogo o grama como uma grade interpretativa dada (ainda que exista isso); tampouco se trata da maneira como procede o jogador de xadrez, fazendo um lance com base em um quadrado já composto e cuja composição ele não discute. Aqui, não se trata tanto de um dado quanto de um algo que se compõe ou não e cuja composição é ela mesma reconhecida equivalente à articulação como tal do desejo, ao acesso do sujeito a uma efetiva posição de sujeito desejante. A composição do grama tem o mesmo *logos* que a tragédia de *Hamlet*, em outras palavras, que a supressão da procrastinação. Pode haver não-constituição parcial do grama, a qual não-constituição equivale a desregramento, ele também parcial, do sujeito em relação a seu desejo.

Em outras palavras, e em toda lógica: a leitura de *Hamlet* vai permitir a Lacan compor seu grama do desejo[70]. Solicitados por essa intervenção do grama, ficamos impressionados com o fato de esse matema, embora reúna num mesmo esquema quase todas as letras e sílabas da álgebra lacaniana, m, i(a), $, I(A), A, *s*(A), d, D, S($\cancel{A}$), ($ ◊ D), ($ ◊ a), assim como os dois operadores principais que são o parêntese e a punção, não comportar em lugar algum uma inscrição do falo! Não encontramos, nesse "grafo do desejo" (como é chamado usualmente), nem φ nem tampouco Φ! Esse fato foi, aliás, notado durante o ano de 1958-1959; ele trazia, portanto, problema, algo continuava, portanto, em suspenso desde o seminário do ano precedente em que o grafo fora forjado:

> Na verdade, declara Lacan durante seu seminário de 11 de fevereiro de 1959, sei que alguns de vocês se perguntam onde se deve colocar esse sinal do falo nos diferentes elementos do grafo em torno do qual tentamos orientar a experiência do desejo e de sua interpretação[71].

Essa observação nos conduz de imediato a uma outra: se considerarmos apenas como é produzido esse grafo no artigo "Subversão do sujeito e dialética do desejo"[72], Lacan procedendo em quatro etapas sucessivas até o buquê final, não podemos deixar de ficar impressionados, bastando pôr lado a lado esses quatro desenhos, com o aspecto erétil dessa escrita. Desde o primeiro desenho da página 805, pequenininho, até o da página 817, o último e o mais desabrochado, passando por aqueles das páginas 808 e 815, não param de crescer cada vez mais sem parar! O próprio grafo do desejo seria, então, equivalente a φ? Pois só pode se tratar de Φ nessa ereção

---

[70] Vê-se logo o historiador do lacanismo levantar os braços ao céu: "Mas não, dirá ele, foi no ano anterior, durante o seminário *Les formations de l'inconscient* [As formações do inconsciente], que foi composto esse grama!". O histórico dos seminários certamente não parece acusá-lo. E, no entanto... o estabelecimento dos fatos em história não é uma ciência tão segura! Antes de recusar, em nome da história, as conclusões da lógica, olhemos isso, pois, mais de perto.
[71] J. Lacan, *Le désir et son interprétation*, sessão de 11 de fevereiro de 1959, p. 5.
[72] Artigo oriundo de uma comunicação feita em setembro de 1960, mas publicado apenas em 1966, nos *Escritos*.

sem detumescência, Φ sendo uma notação reservada ao falo, já que está excluído pôr a mão nele.

Essa possível equivalência do grafo do desejo com φ nada tem de muito inabitual na perspectiva do trilhamento de Lacan, aconteceu a Lacan articular outra equivalência formalmente semelhante. Quanto ao matema da transferência, ele dizia não apenas a equivalência, mas a identidade desse matema (colocado como algoritmo) com o *agalma*. Além disso, ele o fazia então na própria linha de uma menção do grafo:

> Lembremos o guia dado por meu grafo à análise e a articulação que se isola do desejo nas instâncias do sujeito.
> É para notar a identidade do algoritmo aqui precisado, com o que é conotado em *O banquete c*omo αγαλμα[73].

A despeito de seu caráter algo absurdo, a questão da equivalência do grafo com φ pode, portanto, ser encarada[74]. Ela foi, dizíamos, suscitada por nosso mergulho (no sentido topológico desse termo) em Hamlet; com efeito, a primeira palavra de Lacan a respeito de *Hamlet*, aquela pela qual ele introduz seu mergulho nesta peça que, bem mais que uma peça, é um acontecimento histórico[75], uma virada na subjetividade ocidental, essa primeira palavra refere-se precisamente ao falo.

Encontramos isso na sessão de 4 de março de 1959. A respeito do falo, Lacan põe em jogo a oposição do ser e do ter e define (afinal, de modo bem simples) a posição feminina como sendo da ordem do "ser sem o ter".

---

[73] J. Lacan, "Proposition...", in *Annuaire 1977* da EFP, p. 11.
[74] Danielle Arnoux observou que essa identificação do grafo como falo, que encarei primeiramente como uma conjectura pessoal, acha-se de fato denotada nos *Écrits* de Lacan. Lê-se, na página 815, referente à penúltima versão do grafo (aquela em forma de ponto de interrogação, aquela que inscreveria a posição de *Hamlet* antes da incidência da cena do cemitério): "De que vidro é esse saca-rolha?". Não se pode ser muito mais claro.
[75] Lacan toma ciência desse acontecimento: "É, no fim das contas, o Shakespeare jóia da história humana e do drama humano quem abre uma nova dimensão no homem" (sessão de 18 de março de 1959, p. 10 – após ter mencionado a morte do pai de Shakespeare). Mas não está só, longe disso, a proclamar, assim, o caráter inaugural de Shakespeare. Citemos, notadamente, a introdução de Henri Fluchère a *La tragédie du vengeur*, Paris, Aubier, 1971.

Vem então *Hamlet*, mais precisamente a tirada *to be or not to be*. A interpretação proposta de imediato por Lacan, uma vez mais, consiste num acréscimo; justamente, o acréscimo... do falo! Parece, portanto, de acordo com essa indicação, que a questão de Hamlet seria ser ou não ser o falo. Lacan parece estar indo longe demais, por isso convém cuidadosamente anotar a restrição a seguir:

> [...] não é possível que, a respeito desse ser e não ser o falo, não se tenha levantado em vocês o eco que verdadeiramente se impõe mesmo a propósito de toda essa observação do *to be or not to be* sempre tão enigmática, tornada quase uma mistificação, que nos dá o estilo da posição de Hamlet e que, se nos engajássemos nessa abertura, só faria nos trazer de volta a um dos temas mais primitivos do pensamento de Freud, daquele algo em que se organiza a posição do desejo [...]⁷⁶.

Essa restrição denota toda a distância que Lacan tomará quanto à interpretação psicanalítica de *Hamlet*, mas ela não impede que essa entrada de Lacan em *Hamlet* através do falo tenha sua pertinência, como tal notada por Lacan ao declarar, logo depois, que *Hamlet*

> pode nos servir para reforçar essa espécie de elaboração desse complexo de castração [aquele que aparece pela primeira vez em Freud na *Traumdeutung*].

Eis, pois, definidos de entrada a visada da leitura de *Hamlet* e o que nela está em jogo: vai se tratar do complexo de castração. Como confirma a

---

⁷⁶ Estenotipia, p. 2. A questão levantada por Lacan, em todo caso não excluída por ele, seria, atendo-se à literalidade do dito: "ser [sem outra atribuição reservada a esse "ser"], ou não ser o falo". Ela é pura e simplesmente escamoteada pela transcrição Miller que se permite escrever "ser e não ser". Lê-se, assim, mais adiante: "[...] era a questão do ser que se colocava a ele, a do ser ou não ser [...]", uma questão que Lacan certamente não colocou aqui. Miller "corrige" também, "se nos engajássemos", por um "se nos engajarmos"; desaparece, assim, a restrição feita por Lacan a esse respeito e que é também uma restrição relativa a Freud (cf.: "só faria nos trazer de volta"). A supressão dessa restrição é um contra-senso: "engajarmos" sugere que Lacan nos propõe que nos engajemos nisso com ele, ao passo que, ao contrário, "engajássemos" sugere uma reticência dele em relação a esse engajamento, que ele nos convidaria a fazer nosso (Lacan não vai, justamente, se engajar numa versão psicologizante de *Hamlet*).

conclusão dessa sessão inaugural da leitura de *Hamlet*, quando Lacan observa que, no fim da peça, algo acaba por "equivaler"[77] à castração que faltou no início. "Equivaler", que remete ao fim da tragédia circunscrita como "trabalho estragado", não pode ser tomado como a indicação de uma identidade. Vai se tratar de uma efetuação parcialmente abortada da castração. Assim, esperamos que, homologicamente, haja uma efetuação do grafo tomada, ela também, como efetuação da castração. Ora, é bem esse o caso (mas teremos que dizer como): a interpretação que Lacan faz de *Hamlet* lhe terá permitido situar o falo no grafo. E esperamos também, sempre de acordo com a lei dessa homologia, que a inscrição do falo no grafo resulte do "trabalho estragado" (teremos que dizer se a homologia vai até aí e, se vai, como vai).

A homologia entre a tragédia de *Hamlet* e a composição do grafo do desejo parece, portanto, ser a verdadeira chave da interpretação de conjunto da peça. Ela poderá ser julgada fraca, enferrujada, mal, ou, ao contrário, extraordinariamente operante, num primeiro tempo pouco importa. Importa, em compensação, ter claramente situado que essa homologia era a chave.

Veremos, assim, o grafo intervir de modo decisivo não só numa interpretação global que seria feita em grandes linhas, mas também na leitura de cada uma das cinco cenas da procrastinação. Vamos agora considerá-las uma após a outra, já que comporiam, as cinco juntas, os pontos-cruzamento do itinerário de Hamlet.

Veremos, assim, nesse itinerário, como intervém o falo no grafo, na supressão da procrastinação de Hamlet, ou, ainda, para dizer tudo, na função do luto.

O itinerário de Hamlet

1. O encontro com o espectro (1. 4)

Lacan não faz um comentário literal; são, antes, anotações pontuais que ele propõe.

---

[77] J. Lacan, *Le désir et son interprétation*, sessão de 4 de março de 1959, p. 24.

Primeira fibra, o pai, aqui, sabe muito bem que está morto, morto conforme o voto daquele que queria tomar seu lugar, a saber, Cláudio [...][78].

Essa observação relativa ao saber será decisiva por várias razões; a começar por isto: ela vai fazer a arrumação, permitir diferenciar Hamlet de Édipo, afastar a interpretação "edipianista" (teria dito Pichon) de *Hamlet* e, assim, engajar Lacan num outro campo que o dos psicólogos.

Aqui, o pai sabe. Esse saber sabido dá imediatamente lugar a uma primeira intervenção do grama para a interpretação de *Hamlet*. Lacan inscreve, com efeito, esse "ele sabia que estava morto" na linha de cima do grama[79]. Apresentemos, pois, esse grama em algumas palavras, de modo a que expressões tais como "linha de cima" tenham algum sentido[80]. Pois, então, uma pitada de grafo-logia.

Breve apresentação do grafo

A célula elementar é assim:

A cadeia significante S S' vem, de modo retrógrado, por duas vezes cruzar o vetor da intenção, Δ S, o lançar do pescador visando fisgar o peixe[81] –, mas essa metáfora vale também metonímia para qualquer movi-

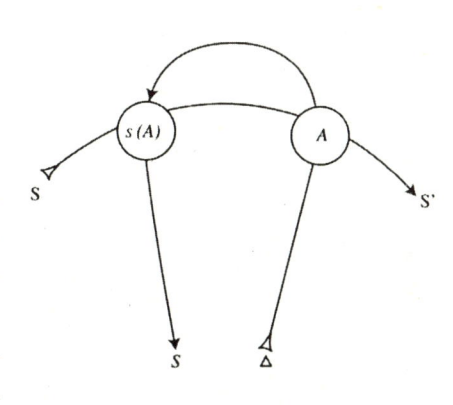

Grafo I

---

[78] Ibid., sessão de 4 de março de 1959, p. 13.
[79] Ibid., p. 15.
[80] Talvez fosse desejável que, tendo chegado a esse ponto, nosso leitor deixasse de lado por um tempo o presente estudo para se reportar ao próprio texto de Lacan (no artigo citado: "Subversão do sujeito...") que as linhas acima se propõem apenas lembrar – como algumas palavras bastam, por vezes, para tornar presente toda uma história. Se não for esse o caso, será mais desejável ainda, já que mais fácil, que ele se reporte ao seminário *Les formations de l'inconscient* [As formações do inconsciente], onde o grafo foi construído, e que não oferece as dificuldades de leitura do artigo citado.
[81] Lacan, *Écrits,* op. cit., p. 805, em que Lacan desenvolve longamente essa metáfora para recusar a função discriminante (do verdadeiro ou do falso) da realidade.

mento do desejo. O cruzamento em A é o lugar do "tesouro dos significantes", termo que designa não uma codificação bi-univocamente estabelecida entre significantes e significados e sim o fato de que o significante só se constitui como tal em virtude de seu agrupamento sincrônico com os outros significantes. O cruzamento marcado $s(A)$, escrita do "significado ao Outro", é aquele onde, graças à pontuação (a começar pelo ponto final da frase), a significação se constitui como produto acabado. Notemos também o jogo direita / esquerda, repartindo código e mensagem.

E já é possível, na apresentação feita por Lacan em 1960 dessa versão elementar do grafo, ler o problema de Hamlet, a procrastinação:

> A submissão do sujeito ao significante, que ocorre no circuito que vai de $s(A)$ a A para voltar de A a $s(A)$, é propriamente um círculo, já que a asserção que nele se instaura, por não terminar em nada a não ser em sua própria escansão, em outras palavras, por falta de um ato em que ela encontraria sua certeza, remete apenas à sua própria antecipação na composição do significante, nela mesma insignificante[82].

Um primeiro desdobramento é obtido com a distinção do fingimento e da enganação, que correspondem, respectivamente, aos registros imaginário e simbólico (o animal não finge fingir). A oposição baixo / alto corresponde a cada um destes registros. Distinguir como tal o simbólico implica o reconhecimento de que é de outro lugar que não a realidade que a verdade recebe sua garantia (justamente, a realidade guarda indistintos o simbólico e o imaginário); ela a recebe da fala.

Ora, isto, por sua vez, pelo (virtual) todo-poder assim concedido à fala, implica, para além do imaginário, a cristalização e, por conseguinte, a inscrição de um traço de identificação simbólico que seria como que a insígnia desse todo-poder. I(A), o ideal do eu, tomará, assim, o lugar primeiramente destinado a $, ao passo que $ virá, de certo modo, "em seu lugar", em outras palavras, como não sendo nunca senão aquilo que terá sido. Com a notação de m, o eu [*moi*], construído sobre i(a), a imagem do outro, obtemos uma segunda versão:

---

[82] J. Lacan, *Écrits*, op. cit., p. 806.

Grafo II

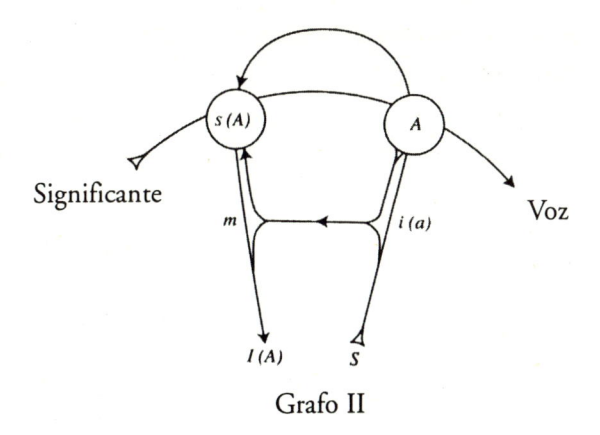

Uma terceira e mais completa versão vai se impor, uma vez que se vai tratar de inscrever que o sujeito desejante, dirigindo-se ao Outro (ele é desejante do desejo do Outro, no sentido do genitivo subjetivo), dele recebe uma resposta de oráculo, um "que queres?" que Lacan transcreve transformando categoricamente seu grafo em ponto de interrogação. A resposta ao "*che vuoi?*" não pode vir do Outro, lugar por excelência onde, de significações em significações, qualquer resposta é sempre suscetível de repercutir. A fantasia, tal um turbilhão pegando em sua vertigem o que quer que se apresente em suas paragens – e, por exemplo, um objeto transicional –, focalizará a resposta. Lacan assim inscreve a fantasia, ($ ◊ a), em seu lugar no grafo III: já que é a resposta, ela chega ao termo da interrogação.

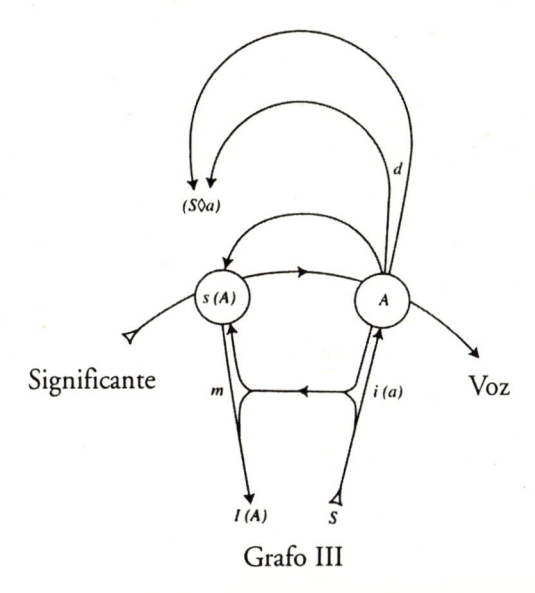

Grafo III

Uma quarta versão, desta vez completa, virá inscrever que o nível do desejo, d, será determinado pelo da fantasia, a linha d − ($ ◊ a) sendo, então, homóloga, no nível simbólico, à linha i(a) − m no nível imaginário. Dois elementos recém-chegados vêm, então, dar os marcos estruturais que delimitam o espaço de jogo do desejo como fantasia (enquanto só havia interrogação, esse espaço, não delimitado, permanecia virtual), ao mesmo tempo que se fecha o possível percurso, o acabamento do processo subjetivante em s(A) graças à ligação agora estabelecida entre ($ ◊ a) e s(A). Esse fechamento constitui o grafo como ponto de estofo.

Os dois elementos novos se repartem em direita esquerda. Do lado do código, Lacan inscreve a pulsão, que assim recebe o que acolhemos, por nossa vez, como sua mais operatória definição: "o que advém da demanda quando o sujeito lá se esvaece". Assim, ela se escreve ($ ◊ D), transcrição do fato de ela não estar articulada como demanda, mas de, no entanto, derivar de uma gramática (foi a descoberta de Freud a seu respeito): enquanto simbólico não simbolizado, seu lugar é, de fato, no grafo, no alto e do lado código.

Do lado mensagem, Lacan inscreve S($\cancel{A}$), uma das mais difíceis letras de seu ensino a ser restituída conceitualmente, se é que pode sê-lo. A interrogação do Outro, levada até o *che vuoi?*, não encontra no psicanalista nenhuma resposta, nem religiosa, nem de doutrina[83]. O psicanalista ressalta, assim, que um significante falta no Outro, o que Lacan chama "o Sem-Fé da verdade"[84]. Mas ele o ressalta em termos que não são, como se diz, "intelectuais": S($\cancel{A}$), "significante para o qual todos os outros significantes representam o sujeito[85]", deriva dos termos da pulsão; seu lugar será, portanto, do lado mensagem, homólogo ao da pulsão do lado código. Desembocamos, assim, no estofo enfim constituído. (ver grafo IV)

---

[83] Cf. "[...] nosso ofício nada tem de doutrinal", *Écrits*, op. cit., p. 818. Medimos a mudança em relação a certas práticas freudianas e, agora, lacanianas. Muitos analisandos de Lacan (mas não todos) revelam que ele não teve, durante a análise deles, uma única palavra de doutrina, atendo-se ao próprio texto que eles lhe traziam.
[84] Ibid.
[85] Ibid., p. 819.

Grafo IV

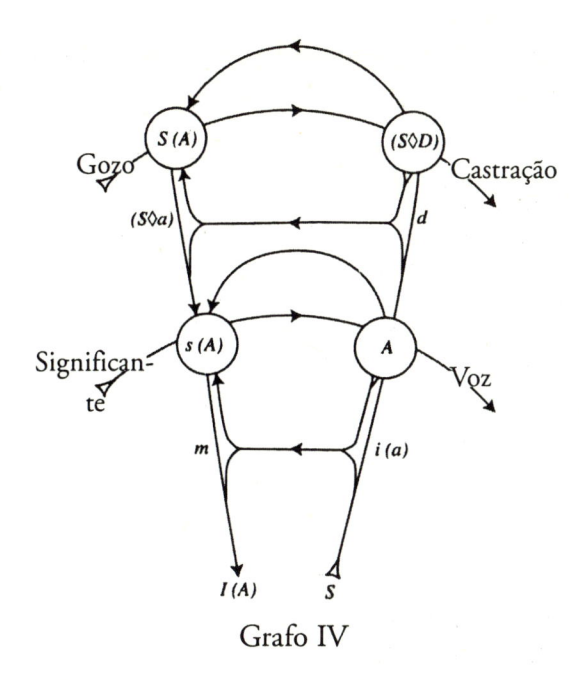

Não vamos continuar a dissertar sobre o grafo, em particular não daremos conta do que mesmo assim constitui seu alcance heurístico, a saber, os diferentes trajetos. Nossa questão permanece focalizada na versão do luto incrustada na interpretação lacaniana de *Hamlet*; só nos importarão, portanto, os trajetos que essa interpretação distingue.

Quando começa a procrastinação
Primeira intervenção do grama para essa interpretação, a inscrição, na "linha de cima", da essencial diferença entre Hamlet e Édipo:

> Se quiserem, nessa linha de cima, do "ele não sabia" [caso de *Édipo*], ali [caso de *Hamlet pai*], é "ele sabia que estava morto". Ele estava morto conforme o voto mortífero que o jogou na tumba, o de seu irmão[86].

A questão colocada a partir daí refere-se ao efeito desse saber sobre Hamlet filho. A esse respeito, Lacan vai a um só tempo fazer seu o problema da procrastinação, ao qual a psicanálise pretende trazer sua solução, mas

---
[86] J. Lacan, *Le désir et son interprétation*, sessão de 4 de março de 1959, p. 15.

sem aceitar essa solução. Ele assim declara logo após e antes classicamente (em relação a Jones e Freud):

> [...] a partir do encontro primitivo com o *ghost*, isto é, literalmente, o mandamento de vingá-lo (o fantasma), Hamlet, para agir contra o assassino de seu pai, está armado de todos os sentimentos. Ele foi despossuído: sentimento de usurpação, sentimento de rivalidade, sentimento de vingança e, bem mais ainda, a ordem expressa de seu pai acima de tudo admirado. Seguramente, Hamlet, tudo está de acordo para que ele aja, e ele não age. É, evidentemente, aqui que começa o problema.
> [...] Em todo caso, digamos com Freud que há algo que não funciona a partir do momento em que as coisas estão comprometidas de tal modo, há algo que não funciona quanto ao desejo de Hamlet. É aqui que vamos escolher o caminho.

Quinze dias mais tarde, já tendo tomado ainda mais distância da versão edipianista de *Hamlet*, notadamente ao fazer notar que ela poderia igualmente explicar que Hamlet agisse, Lacan situará mais precisamente seu encontro com o espectro, falando, então, de um "mandamento do supereu":

> [...] poderíamos, do mesmo modo, caso Hamlet se precipitasse imediatamente sobre o padrasto, dizer que ele encontra afinal a oportunidade de estancar sua própria culpa ao encontrar fora de si o verdadeiro culpado, que, de qualquer modo (para chamar as coisas por seu nome), tudo o leva a agir ao contrário, e vai no mesmo sentido, pois o pai volta do além sob a forma de um fantasma para lhe ordenar aquele ato de vindita. O que não deixa dúvida alguma, o mandamento do supereu ali está, de certo modo, materializado e provido de todo o caráter sagrado daquele mesmo que volta de além-túmulo com o que lhe acrescenta de autoridade sua grandeza, sua sedução, o fato de ser a vítima, o fato de ter sido, com efeito, barbaramente despossuído não só do objeto de seu amor, mas de sua potência, de seu trono, de sua própria vida, de sua salvação, de sua felicidade eterna[87].

Esta menção do supereu permanece discreta e, sem dúvida, os termos propriamente religiosos convêm melhor a Lacan (e a Hamlet!):

---

[87] Ibid., sessão de 18 de março de 1959, pp. 17-18.

O que Hamlet tem diante de si nesse "ser ou não ser" é encontrar o lugar ocupado pelo que lhe disse o pai. E o que o pai lhe disse enquanto fantasma é que ele, o pai, foi surpreendido pela morte "na flor de seus pecados". Trata-se de encontrar o lugar ocupado pelo pecado do outro, o pecado não pago[88]. Aquele que sabe é, por outro lado, contrariamente ao Édipo, alguém que não pagou esse crime de existir. [...] Hamlet não pode nem pagar em seu lugar nem deixar a dívida aberta. No fim das contas, ele deve fazê-lo pagar, mas, nas condições em que está colocado, o golpe passa através dele mesmo[89].

Poderíamos entender essa última afirmação no sentido em que um Dupin parece sair absolutamente ileso do caso de *A carta roubada*[90]. Não é nada disso:

[...] se Cláudio, ao final, cai morto, é, de qualquer modo, trabalho estragado. Pois simplesmente só ocorre depois de ter passado através do corpo de alguém que ele acaba por certo – vocês verão – mergulhando no abismo, a saber, o amigo, o companheiro, Laertes, depois de sua mãe, por engano, ter-se envenenado [...], depois de um certo número de outras vítimas, e não é antes de ele mesmo ser atingido mortalmente que ele pode desferir o golpe[91].

O horror à sorte do pai, que o espectro, aliás, de modo não menos pesado que o Germont de *A Traviata*, se esforça em sublinhar, não impede que também intervenha, no encontro no alto das muralhas de Elsenor, um elemento de temperança. O mandamento, com efeito, tem duplo alvo, ele não se limita à realização da vingança:

[...] o mandamento consiste em que ele, seja lá como ele [isto é: Hamlet] for proceder, faça cessar o escândalo da luxúria da rainha e que em tudo isso, de resto, contenha seus pensamentos e seus movimentos, que não se vá deixar levar por sei lá que excessos quanto a pensamentos relativos à sua mãe.

---

[88] Lacan notará o caráter de horror da coisa (sessão de 11 de março de 1959, p. 18).
[89] Ibid., sessão de 4 de março de 1959, p. 22.
[90] J. Lacan, "Le séminaire sur *La lettre volée*", in *Écrits,* op. cit., pp. 11 a 61.
[91] J. Lacan, *Le désir et son interprétation*, sessão de 4 de março de 1959, p. 23.

[...] a ordem dada pelo *ghost* não é uma ordem em si mesma; é algo que, desde já, põe em primeiro plano, e como tal, o desejo da mãe[92].

O fato de a conclusão da tragédia decorrer de um "trabalho estragado", tal como o definia Lacan (consistindo no fato de o assassinato de Cláudio vir após toda uma série de mortes), já está em germe na cena (I) da procrastinação; durante o encontro de Hamlet com o espectro, certos pensamentos, certas questões permanecem dissimuladas. E a mesma contenção, a proteção de Gertrudes (e, talvez, por trás dela, do próprio espectro) estabelece também uma ponte entre as cenas (1) e (3), entre o encontro com o espectro e o enfrentamento abortado com Gertrudes.

Entrevemos alguns possíveis itinerários de Hamlet. Haveria o ato direto e imediato da vingança, aquele ao qual Hamlet não se resolve, mas que não deixa de constituir um itinerário de referência, ainda que permaneça virtual. Assim, como quase todos, Lacan fala de um "desvio", de um "lento caminhar em ziguezague[93]" segundo o qual, para acabar, se efetua o ato. Esse ziguezague é, portanto, um itinerário diferente daquele que acabamos de distinguir; ele inscreve, em relação a ele, um primeiro desprendimento, correspondendo ao primeiro momento da procrastinação: não ir direto à vingança já assinala a incidência da procrastinação.

Mas só pode se tratar da procrastinação porque Hamlet terá sido prevenido pelo pai. Hamlet pai sabia o que lhe havia acontecido; já que ele disso informa o filho, Hamlet filho, dali por diante, também sabe. A mensagem é significada ao outro; ela pode, portanto, se inscrever, no grama, em S(A̸). Lacan parece não ter dúvida alguma quanto a esse ponto maior de sua interpretação de Hamlet:

> É essa comunidade de despregamento [*déssilement*] [*um neologismo de Lacan*], porque pai e filho, um e outro, sabem, que é aqui a força que faz toda a dificuldade do problema da assunção por Hamlet de seu ato[94].

E, ainda, um mês depois:

---

[92] Ibid., sessão de 11 de março de 1959, p. 19.
[93] Ibid., sessão de 4 de março de 1959, pp. 22 e 24.
[94] Ibid.

[...] há aqui [*Lacan designa com o dedo a linha de cima do grama, onde ele inscreveu o "ele não sabia"*] algo que é justamente aquilo pelo que eu os introduzi esse ano – e não é por acaso – nessa iniciação ao grama como chave do problema do desejo. [...] E marquei para vocês na linha superior a linha de enunciação no sonho: "ele não sabia", aquela bem-aventurada ignorância dos que estão mergulhados no drama necessário que se segue pelo fato de que o sujeito que fala está submetido ao significante, essa ignorância está aqui[95].

A não-ignorância de Hamlet deixa-se transcrever no grama (não, aliás, sem evocar a noção heideggeriana da verdade como *aletheia*):

> Algo é levantado [*pelo inaugural encontro com o espectro*], um véu, aquele que pesa justamente sobre a articulação da linha inconsciente, esse véu que nós mesmos tentamos levantar, não sem que ele nos dê, vocês sabem, pano para manga.
> [...] Aqui a questão está resolvida, o pai sabia e, pelo fato de saber, Hamlet também sabe. O que quer dizer que ele tem a resposta. [...] Essa resposta é, em suma, a mensagem no ponto em que ela se constitui na linha superior, na linha do inconsciente[96].

Corrijamos a afirmação. Não, Hamlet, de início, não sabe tanto assim o que aquele fantasma que se apresenta sob os aspectos de seu pai lhe faz saber que ele sabe. Ao contrário. Ele duvida, admitamos com Dover Wilson, da autenticidade daquilo que lhe diz o espectro e do próprio estatuto do espectro, isto até a intervenção da cena sobre a cena. Mas essa diferença de tempo não elimina o problema; tampouco deixa de tornar pertinente sua formulação. A procrastinação só ocorre de fato, como diz Lacan e como confirma Dover Wilson, uma vez admitida essa diferença de tempo, a partir do momento em que Hamlet sabe.

Logo depois da cena sobre a cena, eis, portanto, a mensagem, claramente inscrita na linha superior do grama. Lacan formula ainda de outro modo a coisa, dizendo que, dali por diante, "ele [*Hamlet*] tem a resposta[97]", ao passo que, no nível da linha inferior a resposta é "o que é significado ao

---

[95] Ibid., sessão de 8 de abril de 1959, p. 9.
[96] Ibid., p. 10.
[97] Ibid.

Outro", s(A), no nível superior, a resposta à questão "O que é que me tornei nisso tudo?" é S(Ⱥ), outra instância do sujeito na articulação do desejo. Assim, Lacan transcreve o fato de que a mensagem seja sabida com esta seguinte fórmula:

> E é isso que faz o valor de *Hamlet*, <é> que nos é dado ter acesso ao sentido de S(Ⱥ)[98].

Na versão estenotipada dessa sessão, encontramos, na margem, um desenho do grama que temos de reproduzir tal qual, pois seu próprio traçado, no sentido mais concreto desse termo, é revelador do problema tal como vai se colocar a partir daí.

Neste desenho, vemos notadamente o quanto a linha de esquerda, a da mensagem, a que desce desde S(Ⱥ) até embaixo passando por ($ ◊ a) e S(A), é mais clara, menos marcada que a linha em forma de ponto de interrogação de que ela é o prolongamento. Ora, acaso ou não, será todo o problema!

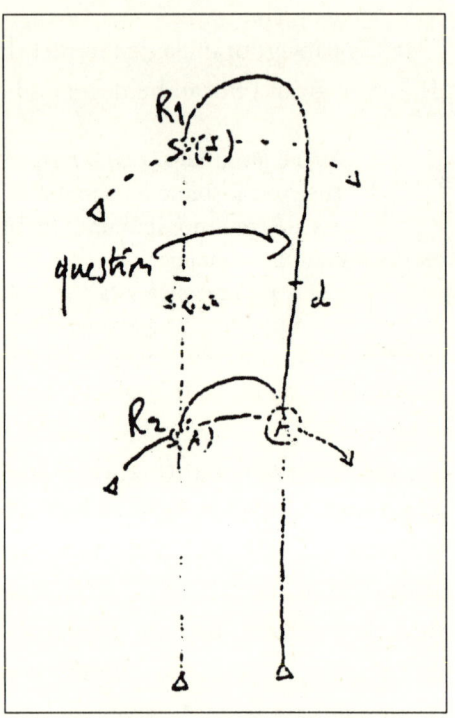

Grama da versão estenotipada. Sessão de 8 de abril de 195)

S(Ⱥ), a que teríamos acesso com *Hamlet*, é a resposta cujo sentido Lacan explicita então de uma maneira que criou slogan e que é, talvez, aqui inaugurada:

> S(Ⱥ), isso não quer dizer <que> tudo o que se passa no nível de A não vale nada, a saber: "Toda verdade é falaciosa" [...] Tentemos articular algo mais sério, ou mais leve. [...] S(Ⱥ) quer dizer isto: [...] se A, o grande

---

[98] Ibid., p. 11.

> Outro não é um ser, mas o lugar da fala, S(A̸) quer dizer que neste lugar da fala, onde repousa, sob uma forma desenvolvida ou sob uma forma [*falta uma palavra*], o conjunto do sistema dos significantes, isto é, de uma linguagem, falta algo. Algo, que pode ser apenas um significante, lá está faltando.
> O significante que falta no nível do Outro, e que dá seu valor mais radical a esse S(A̸), é isso que é, se posso dizer, o grande segredo da psicanálise
> [...] É isso o grande segredo: não há Outro do Outro.
> [...] Não há, no Outro, nenhum significante que possa, na oportunidade, responder pelo que sou.
> [...] essa verdade sem esperança de que eu lhes falava há pouco [*a respeito do ponto alcançado por Hamlet: não há marca de além*], essa verdade que encontramos no nível do inconsciente é uma verdade sem figura, é uma verdade fechada, uma verdade dobrável em todos os sentidos. Estamos cansados de saber, é uma verdade sem verdade[99].

Evidentemente, não vemos por que nem como ter alcançado essa verdade essencial da absoluta falsidade de toda verdade, em outras palavras dispor da resposta levaria ao ato! Ter a resposta – eis o ponto capital – não resolve *ipso facto* a questão do desejo. E a seqüência das cenas, em que essa questão será resolvida, vai corresponder a um problema de composição do grafo.

Tem-se aí um jogo muito notável entre Lacan e Dover Wilson. Segundo Dover Wilson, uma vez que Hamlet sabe (graças ao drama de Gonzaga), a procrastinação se torna um mistério, aquele que Dover Wilson não consegue resolver a não ser em termos psiquiátricos. Esse saber é, em todo caso, um saber positivo, o que, a seus olhos, só faz colocar a questão da procrastinação de modo ainda mais agudo. Dover Wilson supõe que, quando se sabe, a ação deve decorrer de modo quase natural, até mesmo necessário. Segundo Lacan, uma vez que Hamlet sabe (ele acha que é o caso desde o encontro com o espectro), esse próprio saber pode perfeitamente combinar com a procrastinação. Esse saber está marcado por uma ausência radical de

---

[99] Ibid., sessão de 8 de abril de 1959, pp. 12-14. Deduz-se dessa tese que não há ensino de Lacan. Da mesma forma o budismo, com freqüência se notou, é uma religião sem religião.

garantia, tanto que ele nem está seguro de que a dita procrastinação seja uma. Segundo Dover Wilson, o saber enfim adquirido por Hamlet é saber sólido, verdadeiro de verdade; segundo Lacan, é por ser sólido que ele não é *verdadeiro de verdade*, mas, ao contrário, um saber que torna patente a ausência de garantia de toda verdade do saber. Segundo Lacan, um saber acontecido com a mensagem não é verdadeiro de verdade e sim "verdadeiro falsificado", verdadeiro irremediavelmente falso (no sentido musical e não somente lógico desse termo). Tanto que, no lugar onde, para Dover Wilson, surge o problema da procrastinação é, para Lacan – tornado patente pela procrastinação –, o problema do desejo que se acha colocado.

A articulação do desejo, isto é, a castração, é homóloga ao trilhamento do grama, tal é a hipótese de leitura. Ora, o grama só pode ser realizado plenamente se a mensagem prosseguir seu caminho até seu termo, embaixo, à esquerda – o que Lacan vai chamar, pouco depois, "chegar à mensagem"[100]. Assim, a seqüência do percurso de Hamlet parece dever se inscrever no grama, no qual identificamos que a fantasia, ($ ◊ a), vem logo após S($\cancel{A}$). Lacan apresenta a inscrição da fantasia no grama como sendo

> [...] o cursor, o nível onde se situa, <onde> se coloca o que é, no sujeito, propriamente falando, o desejo[101].

A idéia de um cursor poderia fazer crer que os percursos estão pré-determinados. Não é nada disso, como mostra o fato de que Lacan introduziu esse cursor dizendo que o que ele chamará fantasia é

> [...] o que jaz no intervalo [*das duas linhas*], o que, se posso dizer, faz para o sujeito a distância que ele pode manter entre as duas linhas para lá respirar durante o tempo que lhe resta a viver, e é isso que chamamos o desejo[102].

A função do luto será suscitar o prolongamento do percurso que é, por seu estatuto, um trilhamento, isto é, um trajeto, mas abrindo uma

---

[100] Ibid., sessão de 15 de abril de 1959, p. 6.
[101] Ibid., sessão de 8 de abril de 1959, p. 20.
[102] Ibid., p. 17.

estrada; o luto intervém como componente, num lugar muito preciso, o grama. Não ficaremos mais espantados, seguindo esse fio, que Lacan situe a cena do cemitério bem no ponto que segue aquele em que Hamlet sabendo chegou, isto é, no ponto da fantasia. De que modo as coisas vão se passar nesse além de S(A̸)? Como o luto intervirá? Com que função? Para tratar convenientemente esse problema, temos de seguir Lacan nas cinco cenas da procrastinação, a próxima a vir sendo, então, a rejeição de Ofélia.

2. A rejeição de Ofélia (cena relatada: 2. 1)

Ofélia

Lacan é fascinado[103] por Ofélia, avatar (no sentido hindu de ressurgimento sob outra forma) de Helena e figura com a qual Shakespeare torna presente para nós "o horror da feminilidade". Lacan, a esse respeito, mais uma vez não está representando o papel do médico que deteria as normas de uma sabedoria sexual, da harmonia entre os sexos. Ele, ao contrário, aprova como pertinentes, como justificadas as declarações de Hamlet a Ofélia:

> Vemos esse horror da feminilidade como tal; os termos estão articulados no sentido mais próprio do termo, isto é, o que ele descobre, o que ele valoriza, o que ele faz representar diante dos próprios olhos de Ofélia como sendo de todas as possibilidades de degradação, de variação, de corrupção que estão ligadas à evolução da própria vida da mulher, já que ela se deixa levar a todos os atos que pouco a pouco fazem dela uma mãe. É em nome disso que Hamlet repele Ofélia da maneira que aparece na peça, a mais sarcástica e a mais cruel[104].

---

[103] Ibid., sessão de 4 de março de 1959, p. 18: "Ofélia é, evidentemente, uma das criações mais fascinantes que foram propostas à imaginação humana. Algo que podemos chamar o drama do objeto feminino, o drama do desejo, do mundo que aparece na aurora de uma civilização sob a forma de Helena".

[104] Ibid.

Lacan faz mais do que admitir a validade dessas declarações; ele, de fato, parece fazê-las suas. Assim, ele nos apresenta uma Ofélia diferente do que freqüentemente se fez dela, a encarnação de uma inocência virginal, a jovem pura e casta, devota, obediente ao pai e ao irmão, sabendo esperar o futuro regrado que lhe é prometido, quase como se deve apaixonada por seu príncipe, depois infeliz por ele ter se afastado dela e, para concluir, que fica louca com a morte do pai. Não é essa figura diáfana que Lacan erige. Logo depois de ter dito que Ofélia é, para ele, "uma das grandes figuras da humanidade", ele nota a ambigüidade de seus traços: ninguém sabe se ela é a própria inocência, ou, muito pelo contrário, uma "meretriz pronta para todos os trabalhos". Depois:

> [...] sente-se bem que ela não é nem um pouco, e bem longe disso, a criatura desencarnada ou descarnalizada [*sic*!] feita pela pintura pré-rafaelita que evoquei. É bem outra coisa. Na verdade, ficamos surpresos com o fato de que os preconceitos quanto ao tipo, à natureza, à significação, aos modos, para tudo dizer, da mulher estejam ainda tão fortemente ancorados que possamos, a respeito de Ofélia, nos fazer tal pergunta. Ofélia parece ser simplesmente o que é toda moça, tenha ela ou não tomado, no fundo nada sabemos disso, a resolução tabu da ruptura de sua virgindade[105].

Pouco depois Lacan notará que, em Belleforest, o equivalente de Ofélia é uma cortesã, o que lhe permitirá apoiar a equação: Ofélia = falo,

> broto prestes a abrir e ameaçado pelo inseto roedor no coração do broto.

O falo, com efeito, traz consigo não apenas sua luminosidade, mas, logo atrás dela, sua própria destituição. Reencontramos essa ambivalência no que é dito quanto à virgindade, a "resolução tabu" que basta transcrever sem vírgula para perceber que Lacan sugere que esse tabu não é lá tão tabu assim. Seria, com efeito, muito surpreendente que uma jovem chegasse à idade em que se torna realizável tal passagem sem jamais ter percebido o caráter potencialmente (e também, em certos momentos, efetivamente) mole do falo.

---

[105] Ibid., sessão de 8 de abril de 1959, p. 21.

Essa queda suspeita de Lacan por Ofélia (*fascinatio*: a palavra grega *falo* diz-se em latim *fascinus*[106]) já sugere que, segundo ele, o desejo de Hamlet está voltado para Ofélia. Ora, Hamlet não terá feito de Ofélia sua via; aí está o primeiro de todos os desvios que devemos identificar com cuidado, pois é nele que se funda a eficácia da cena do cemitério; logo, a teoria lacaniana do luto.

Esse desvio inaugural é próximo daquele de *A Traviata*, a desviada. O Alfredo de Verdi, como Hamlet, é ele também desviado, apartado de seu amor por uma mulher pela intervenção maciça do pai[107]. Esta intervenção, notemos, vai no sentido de destinar Hamlet à questão que lhe é colocada pelo desejo de Gertrudes. Assim, podemos acabar pensando que um defeito maior do "complexo de Édipo" é que ele situa de modo antinômico pai e mãe, embora, vemos isso claramente aqui, a alternativa esteja alhures: os estragos de que o complexo de Édipo pretende ser a um só tempo o motivo e a razão com freqüência só são terríveis por causa dessa convergência dos dois pais cujos respectivos pesos vêm se inscrever no mesmo prato da balança.

Lacan fala de Ofélia como de um

> dos mais íntimos elementos do drama de Hamlet que nos fez Shakespeare, do Hamlet que perdeu a rota, a via de seu desejo[108].

Já entrevemos que deve existir um vínculo entre essa perda inaugural da via e o fato de que no fim o ato reclamado pelo pai só será efetuado inscrito na categoria do trabalho estragado.

Forçando um pouco as coisas, Lacan vai até mesmo apresentar Ofélia como sendo "a primeira pessoa que Hamlet encontrou após o encontro com o *ghost*". O que não é exato; há, entre esses dois encontros, toda a sutil cena do juramento; mas isso é exato no plano da análise da peça, do jogo

---

[106] Cf. Pascal Quignard, *Le sexe et l'effroi*, Paris, Gallimard, 1994, p. 9.
[107] Por ter publicamente questionado esse pai durante um congresso da École freudienne de Paris (não tinha ele nada a ver com a infelicidade que ele dizia o estar oprimindo?), tive que agüentar os efeitos da irritação da *nomenklatura* lacaniana. É verdade que um mensageiro veio na mesma noite anunciar-me que Lacan havia previsto, para o dia seguinte, uma sala onde eu ia poder prosseguir a exposição que fora interrompida por alguns de seus próximos discípulos.
[108] J. Lacan, *Le désir et son interprétation*, sessão de 15 de abril de 1959, p. 3.

entre as cinco cenas da procrastinação. Ofélia é bem a primeira pessoa (encontrada por Hamlet)... que não está metida na história, que parece não estar em nada implicada no caso reavivado pela intervenção do fantasma. O que não impede, muito pelo contrário, que esse próprio caso só vá ter influência sobre Hamlet a partir dessa rejeição de Ofélia. Lacan lê o texto em inglês, traduzindo passo a passo o conjunto da tirada de Ofélia. Nesta cena, Hamlet diz adeus a Ofélia, a seu amor por Ofélia, ao amor de Ofélia. Ou, mais exatamente, sem poder lhe dizer claramente "adeus", sem poder lhe dizer que está rompendo definitivamente com ela, ele lhe mostra que lhe está dizendo "adeus", que está efetuando essa ruptura – um pouco como se fecha a porta do quarto de hospital onde sabemos que deixamos, para nunca mais rever, uma pessoa amada a ponto de falecer e a quem não queremos ou não podemos dizer que aquela visita é a última. Eis a tradução de Lacan dos versos 86 a 99:

> [...] ele cai num tal exame de minha figura <como> se quisesse desenhá-la. Fica muito tempo assim e no final, sacudindo-me ligeiramente o braço e por três vezes balançando a cabeça de cima para baixo, exalou um suspiro tão triste e tão profundo que esse suspiro pareceu abalar todo o seu ser e acabar com sua vida. Depois do que ele me larga e, sempre olhando por cima do ombro, parece encontrar seu caminho sem a ajuda dos olhos. Fora da porta e até o fim, ele os mantém fixos em mim[109].

Hamlet está decidido. Não há nenhuma dúvida, nenhuma hesitação, nenhuma procrastinação quanto a esse ato. Ele acaba, com efeito, de fazer o juramento que o engajava nessa via que já não era mais a sua, se a sua, como sustentamos com Lacan, tivesse nome de Ofélia. Um traço confirma essa via ofeliana como sendo a de seu desejo: Ofélia, filha de um cortesão, não convinha ao herdeiro do trono, traço onde se marca que ela era, de fato, a eleita de seu coração, não de seu dever nem dos interesses do reino.

A divisa

Hamlet reagiu a seu encontro com o *ghost* adotando uma divisa: "Adeus, adeus e lembra-te de mim". Foram as últimas palavras de seu pai,

---

[109] Ibid., sessão de 15 de abril de 1959, pp. 23-24.

mas elevadas por ele ao nível de uma divisa. Tal operação não foi muito estudada pelos psicanalistas. Será que se deixaria alinhar em nossas categorias? Podemos duvidar. Seja como for, Shakespeare sublinha que há aí como que uma instalação de algo de ordem monomaníaca: haverá isso, e daqui por diante nada além disso, unicamente isso. Leiamos estes versos brancos (1.5, 98 a 106):

> Sim, da tabuleta de minha memória apagarei
> Qualquer lembrança trivial e vã,
> Todas as sentenças dos livros, todas as idéias, todas as impressões passadas
> [*logo, também as cartas de amor a Ofélia*]
> Que a juventude e a observação haviam tido cuidado de ali copiar!
> E só teu mandamento viverá
> No livro e no volume do meu cérebro,
> Sem mistura de matéria vil. Sim, pelos céus!...
> Oh! mulher pérfida! [*Oh most pernicious woman*]
> [*trata-se de sua mãe, mas aqui tomada enquanto mulher*]
> Oh! infame, infame, risonho e maldito infame!

Essa resolução toma as mulheres sob o quantificador "todas". Ofélia não será exceção quanto ao horror da feminilidade; este horror não estará localizado, para Hamlet, apenas no lugar de sua mãe. Tal tomada em bloco do feminino se explica se repararmos que o "não todo" funciona alhures, precisamente no nível da própria adoção da divisa: fazê-la sua é escolhê-la, ela, contra todo o resto que se acha, assim, afastado e colocado enquanto todo. No entanto, parece que constituir em todo o feminino não seja tão simples, como mostra a visita a Ofélia. De acordo com a divisa, Hamlet vem lhe aconselhar o convento ressaltando a que ponto a feminilidade é perniciosa; mas vem também, tal um pintor, tomar dela uma verônica e, logo, a despeito do que exigia a divisa, inscrevê-la nas tabuletas de sua lembrança. Não é menos verdade que, quanto às exigências da divisa, a apropriação dessa imagem de Ofélia é fora da lei, fora da lei do supereu. A adoção da divisa realiza uma transmutação do amor de Ofélia: este resulta, dali por diante, da relembrança e não mais da repetição.

Ora, um termo será posto nisso justamente com a virada da cena do cemitério. A incidência dessa cena vai se afigurar diretamente ligada a essa rejeição de Ofélia. O juramento ao pai já realizava essa rejeição, e a visita a Ofélia nada muda nessa determinação. Hamlet a manifesta a Ofélia, inclusive apresentando-se a ela descomposto[110]. No entanto, assim situado, esse amor segundo a relembrança permanecerá ativo; ele intervirá, não sem algum paradoxo, vamos ver, na cena do cemitério, em que ele tomará de novo seu regime de amor conforme a repetição, isto é, "requerido em sua destinação[111]".

Ajuntemos num esquema o que começamos a desdobrar quanto ao itinerário de Hamlet. Seria uma estrutura folheada em que nenhum dos itinerários desenhados seria o certo, como se o que importasse no folheado, conforme as vias de uma topologia que não sabemos escrever, fosse não tanto a trama quanto a ilusão que ela só faz tornar possível. Essa tragédia, notava Lacan,

> vale por sua organização, pelo que isso instaura de planos superpostos no interior do que pode encontrar lugar a dimensão própria da subjetividade humana[112].

Escrevamos assim essa superposição de planos:

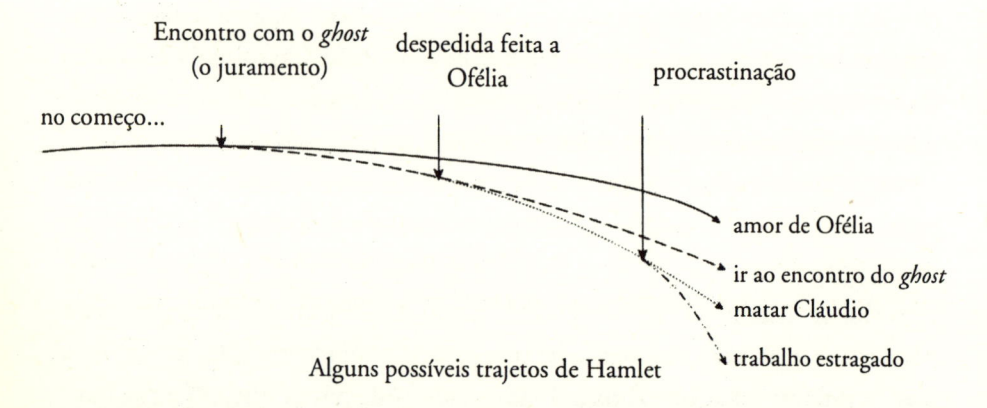

Encontro com o *ghost* (o juramento) — despedida feita a Ofélia — procrastinação

no começo...

amor de Ofélia
ir ao encontro do *ghost*
matar Cláudio
trabalho estragado

Alguns possíveis trajetos de Hamlet

---

[110] O que evoca a estratégia empregada por Kierkegaard para sua ruptura com Régine e também esse mesmo problema magistralmente tratado por Albert Cohen em *Belle du seigneur* [Bela do senhor].
[111] Michel Foucault, *Dits et écrits*, 1954-1988, T. I, Paris, Gallimard, p. 199.
[112] J. Lacan, *Le désir et son interprétation*, sessão de 18 de março de 1959, p. 9.

Se completássemos esse esquema com outros possíveis desprendimentos (por exemplo, a partida para a universidade luterana de Wittenberg[113]), obteríamos algo como o diafragma de um aparelho fotográfico meio velho, formado de lâminas superpostas e deslizando umas sobre as outras nos limites fixados pela escolha da abertura. Mas, justamente, Shakespeare não faz senão sugerir essa multiplicidade de itinerários possíveis e o jogo deles; daí a observação de Lacan, que acabamos de ler.

A decomposição da fantasia

Como Lacan situava a rejeição de Ofélia, a um só tempo claramente efetiva e não absoluta? Encontramos, a esse respeito, uma nova intervenção do grama, que sublinha, além disso, a importância do primeiro itinerário acima figurado.

Lacan é ambicioso ao abordar Ofélia, já que anuncia, assim, de modo bem cru, que vai se tratar de "situar o papel do objeto no desejo[114]". Pensamos que vai se tratar de algo como a relação homem-mulher. Pois bem, nada disso! Vai se tratar da menina-menino ou do menino-menina. Estudar o papel do objeto no desejo é estudar o matema ($\cancel{S} \lozenge a$). O que é anunciado na sessão de 8 de abril de 1959 e desenvolvido na do dia 15.

Se Hamlet "perdeu o rumo, a via de seu desejo", é legítimo sustentar que, embora acabe por cumprir o ato (a morte de Cláudio), ele o faz "contra a vontade". Hamlet é a imagem desse nível em que o sujeito "é, de certo modo, apenas o avesso de uma mensagem que nem mesmo é a sua[115]". Também podemos entender nesse sentido a observação de que Hamlet está sempre "na hora do Outro[116]" (que faz de Hamlet um neurótico), ou, ainda, o "trabalho estragado": no ato, Hamlet não é dessubjetivado no sentido em que a ausência do sujeito é constitutiva de seu ato. Hamlet não está

---

[113] A respeito do qual Lacan tem essa bela fórmula, aplicável a muitos casos, com certeza também a Marguerite Anzieu: "[...] evitamos muitos dramas dando passaportes a tempo" (sessão de 15 de abril de 1959, p. 18).
[114] Ibid., sessão de 8 de abril de 1959, p. 19.
[115] Ibid., sessão de 15 de abril de 1959, p. 3.
[116] Ibid., p. 17.

fazendo o que gosta nem no torneio com Laertes nem na morte de Cláudio (que ele efetua em referência ao desejo de sua mãe e ao mandamento de seu pai). Ora, o fato de ele não estar nisso tudo fazendo o que gosta deve-se a uma certa virada ocorrida em sua relação com Ofélia. Como explicar isso?

Lacan inscreve Ofélia na letra pequeno *a* (pequeno outro) da fantasia:

> Vamos ver, por enquanto, simplesmente o que quer dizer e como funciona, na tragédia shakespeareana o que chamei o momento de enlouquecimento do desejo de Hamlet, já que é a esse ajustamento imaginário que convém relacioná-la.

Acaba-se de falar de "ajustamento imaginário", termo pelo qual Lacan designa o fato de que, no grama, o desejo (d) se ajusta na fantasia: ($ ◊ a). Ora, a própria fantasia, precisou ele anteriormente, só se constitui sobre "a via de retorno do código inconsciente para a mensagem inconsciente no plano imaginário"[117]. A citação acima prossegue assim:

> Ofélia, nesse balizamento, se situa no nível da letra pequeno *a*, a letra pequeno *a* uma vez que está inscrita nessa simbolização de uma fantasia – a fantasia sendo o suporte, o substrato imaginário de algo que se chama propriamente falando o desejo, uma vez que ele se distingue da demanda, que se distingue, também, da necessidade. Esse "*a*" corresponde àquele algo para o qual se dirige toda a articulação moderna da análise ao buscar articular o objeto e a relação do objeto[118].

Como, a partir daí, situar a despedida de Ofélia logo após o encontro com o *ghost*? Lacan traduz (2. 1, 93-95):

> [...] ele exalou um suspiro tão triste e tão profundo que esse suspiro pareceu abalar todo o seu ser e acabar com a sua vida.

Malaplate escreve:

> [...] *A poussé un soupir si triste, si profond*
> Qu'on eût dit qu'il allait emporter tout son corps

---

[117] Ibid., sessão de 18 de março de 1959, p. 26.
[118] Ibid., sessão de 15 de abril, de 1959, p. 7.

> *Et terminer sa vie. Après il m'a quittée*
> [...] Soltou um suspiro tão lamentável e profundo,
> como se seu ser fosse desfazer-se em pedaços,
> tendo chegado ao fim da existência
> That it dit seeme to shatter all his bulke
> And end his being. That done, he lets me goe

Tradução mais literal:

> que parecia realmente abalar (quebrar, fazer explodir) toda a sua carcaça e acabar com seu ser (sua vida). Depois, deixou-me partir

Há uma espécie de "último suspiro" nesse suspiro que faz explodir um corpo carne, que o desfaz em pedaços. Dizemos "carne", pois *bulke* (palavra de origem escandinava, o que, neste caso, não deixa de ser espirituoso, e trazida há pouco para o inglês no momento em que Shakespeare escrevia isto) é do mesmo modo o ventre, o tronco, a barriga. A noção de um corte de carne no sentido de um despedaçamento faz parte das conotações do texto.

Lacan, de modo categórico e lógico (já que a norma é dada pelo grama), designa como "patológico"[119] o que aconteceu com Hamlet nessa cena de ruptura. Ele lê essa distância tomada em relação ao objeto Ofélia (que foi "o objeto de exaltação[120] suprema") como sinal de uma "identificação daí por diante difícil" – frase na qual não se pode bem determinar se se trata de uma identificação *com o* objeto ou, então, *do* objeto, e talvez se deva tomar juntos os dois sentidos.

Essa identificação daí por diante difícil é provocada pelo que acontece, e que Lacan formula assim: "algo vacila na fantasia, faz nela aparecer seus componentes". Assim, essa experiência de Hamlet seria vizinha daquelas de despersonalização do fantástico e também do *Unheimlichkeit*[121].

---

[119] Ibid., sessão de 15 de abril, op. cit., p. 25.
[120] Não se pode deixar de observar aqui a aproximação puramente significante entre "exalar" (da tradução Lacan) e, agora, "exaltar" (*ex altus*, "levar para cima", difere etimologicamente de "soprar para fora"): na cena de ruptura com Ofélia, Hamlet exala o que o exaltava!
[121] Palavra que saiu fora na transcrição e que proponho inscrever no lugar desse branco (sessão de 15 de abril de 1959, p. 25).

Leiamos a seqüência imediata (as asserções só têm alcance pela escrita do grama):

> [...] algo na estrutura imaginária da fantasia consegue reunir-se, comunicar-se com o que chega muito mais facilmente ao nível da mensagem, isto é, o que vem por baixo, naquele ponto que é a imagem do outro, uma vez que essa imagem do outro é seu próprio eu[122].

A "estrutura imaginária da fantasia" é a vertigem, o torniquete entre $\cancel{S}$ e pequeno *a* é a própria punção. Enquanto imaginária, a fantasia *é* a punção, esta é o que a compõe, é sua composição. Esse ponto merece alguma atenção, ainda mais que o primado do simbólico (o qual se acha, com efeito, no grama, em cima) como que recobriu a coisa: para funcionar como tal, para "tornar o desejo apto ao prazer", a fantasia deve ser tomada nessa sua estrutura imaginária; ela deve, em outras palavras, apresentar-se de tal modo que seja colocado, no nível imaginário, o horizonte de uma não-distinção de $\cancel{S}$ e de pequeno a[123].

Essa estrutura imaginária da fantasia não funcionaria mais para Hamlet, já que ele terá rejeitado Ofélia. Essa rejeição efetuaria essa decomposição da fantasia. E, novo passo de Lacan, sempre induzido pelo grama, essa decomposição estabeleceria uma comunicação entre o andar de cima e o andar de baixo do grama tomado do lado da mensagem. Lacan situa aqui o *Unheimlichkeit* não como derivando de sabe-se lá que irrupção do inconsciente e sim como experiência de decomposição da fantasia que:

> [...] ultrapassando os limites que lhe são primeiramente destinados, se decompõe e vem reencontrar aquilo através do que ela se reúne à imagem do outro[124].

Essa decomposição consistiria, portanto, no fato de o pequeno *a* de ($\cancel{S} \lozenge a$), daqui por diante disjunto de $\cancel{S}$, vir reunir-se ao m do andar de cima

---

[122] Ibid., sessão de 15 de abril de 1959, p. 24.
[123] De minha parte, chamo "passador" um analisando a quem a análise permitiu ver de perto essa indistinção.
[124] J. Lacan, *Le désir et son interprétation*, sessão de 15 de abril de 1959, p. 25.

–, ao passo que S remonta em S(A̶) onde Hamlet, incessantemente, rumina sua melancólica procrastinação. O pequeno *a* pode, aliás, tanto mais facilmente reunir-se ao m porquanto o m dele recebe sua consistência (por identificação imaginária). Seria apenas, por assim dizer, um injusto retorno das coisas.

Para apreender do que seria feito esse "injusto retorno das coisas", convém estudar como Lacan estabelece o que era a via da constituição da fantasia a partir da imagem do outro. Ora, isso vai fazer intervir um termo cuja presença, até o momento, não fizemos senão indicar com a observação: Ofélia = falo.

3. A "cena" no quarto de Gertrudes (3. 4)

Essa cena faz parte das cinco cenas da procrastinação enquanto contraprova e notável não-cessação da procrastinação. Nesta qualidade, ela contribui para a composição do grama.

Até o momento, com efeito, estivemos às voltas com o grama em sua versão incompleta, em sua versão ponto de interrogação. Em outras palavras: estivemos às voltas com o grafo até a inscrição de S(A̶). Mas esse S(A̶) ainda não está, propriamente falando, em seu lugar, ele permanece como que flutuando na extremidade do ponto de interrogação. Para que seu lugar fique algo estabilizado, é preciso a intervenção da outra linha horizontal, a de cima, que vai localizar S(A̶) no ponto onde ela vai cruzar a linha da demanda e de seu além. Ora, Lacan vai inscrever essa nova linha a respeito da cena no quarto de Gertrudes.

Ele distingue essa cena como sendo a da "recaída", do caráter não sustentado da posição de Hamlet. Nesse ponto, precisamente, ele oporá essa cena e a do cemitério, ela inaugural, porque a partir dela não estará mais nem um pouco em questão tal recaída. No quarto de Gertrudes, Hamlet exige de modo bem violento que sua mãe pare de trepar com Cláudio; acreditamos, vemos que Hamlet está muito determinado quanto a isso. E depois, oh! surpresa, ele deixa para lá – Lacan chama isso (uma nomeação que vale interpretação) seu "consentimento no desejo da mãe":

[...] há em Hamlet uma brusca recaída que o faz dizer: "E depois, afinal, agora que eu te disse tudo isso, faze o que te der na cabeça, e vai contar tudo isso ao titio Cláudio. É evidente que vais deixar que ele te dê um beijinho no rosto, te faça umas cócegas rápidas na nuca, uma coçadinha no ventre, e que tudo vai acabar, como de hábito, na sacanagem"[125].

Lacan, dizíamos, intervinha como um diretor de teatro dando o tom; é bem aqui o caso com estas palavras "beijinho", "cócegas" e "coçadinha" conduzindo à "sacanagem". Não tem, evidentemente, o mesmo valor que dizer, por exemplo: beijo, carícia, emoção erótica, felicidade de um gozo desembocando em sua satisfação. Não se está tampouco num registro *à la Bataille* ou Klossowski. E é possível discutir a questão de saber se esse tom, introduzido por Lacan, é bem o de Shakespeare. Este manda Hamlet dizer

> *Oh! Comment vivre*
> *Dans la rance sueur d'une couche graisseuse*
> *Baignée de stupre, s'embraser, faire l'amour*
> *Dans cette bauge ignoble (3. 4, 83-87)*
> [E tudo somente para viver
> No meio do hediondo suor de um leito infecto,
> Preparado na corrupção, afagando e fazendo amor
> Numa imunda sentina!...]
> *Nay, but to liue*
> *In the ranke sweat of an enseamed bed,*
> *Stew'd in Corruption; honying and making love*
> *Ouer the nasty Stye*

Pouco depois, Hamlet volta a isso falando de:

ce temps d'obèse et lourde jouissance (3. 4, 146)
[na grosseira sensualidade de nossos tempos]
the fatnesse of these pursie time

Ali onde Shakespeare ressaltava antes o nojo de Hamlet, Lacan sublinha sua mensagem à mãe. Tudo se passa, com estas palavras de Lacan, como

---

[125] Ibid., sessão de 18 de março de 1959, p. 23.

se Hamlet lhe sugerisse que seu gozo não é tão sensacional quanto ela pode pensar. Lacan não está errado em fixar assim o tom, pois essas palavras que ele retoma e reformula à sua maneira são quase todas ditas por Hamlet, mas somente *depois* de ter recaído sua intenção primeira de pôr um termo nos prazeres de sua mãe. Lacan fala assim dessa recaída:

> [...] vemos aí [...] o desaparecimento, o esvaecimento de seu apelo em algo que é o consentimento no desejo da mãe, as armas depostas diante de algo que lhe parece inelutável[126].

Coloca-se a questão de saber se é bem diante do desejo da mãe que Hamlet renuncia. Esse ponto, essencial para a interpretação de Lacan, lhe seria, sem dúvida, contestado por certos atentos leitores de *Hamlet*. E, com efeito, essa vacilação de Hamlet acontece logo após a intervenção do espectro. Hamlet reage a esse acontecimento no quarto, dizendo:

> [...] Não olheis assim para mim;
> Não permitais que esse gesto tão lastimoso
> Aplaque meus rigorosos propósitos!
> Então, o que resta a fazer perderia cor,
> Rolando lágrimas ao invés de sangue! (3. 4, 118-121).

Assim, portanto, as intenções de Hamlet poderiam, naquele instante, arruinar-se na piedade por seu pai. Há bem, ali, uma primeira indicação de uma vacilação. No entanto, com outros comentadores, Lacan retém aqui que o espectro intervém para proteger Gertrudes, Lacan diz: "com uma espécie de transbordamento agressivo" de Hamlet. Ora, essa intervenção do espectro, embora representando, como acabamos de dizer, vai bem, portanto, no sentido de dar novamente um certo lugar ao desejo de Gertrudes. Já como no alto das muralhas, o espectro significa a seu filho que existem certas coisas em Gertrudes nas quais esse filho não deve mexer.

Mas a objeção assim retirada poderia bem repercutir a partir do que se segue. Após a intervenção do espectro, Hamlet continua sua ação pre-

---

[126] Ibid., p. 24.

sente, dizendo explicitamente à mãe que ela deve abster-se, propondo-lhe até um método de um tipo que diríamos hoje comportamentalista: se ela se abstiver uma primeira vez, será mais fácil para ela na vez seguinte e assim por diante. A que momento, pois, se situa a recaída? A coisa é talhada como cristal. Após a intervenção do espectro, a pressão exercida por Hamlet sobre Gertrudes é muito intensa; além disso, deve-se notar que ela se torna aceitável para Gertrudes, já que Hamlet, graças à intervenção do espectro, não considera mais que tudo nela é ruim. Tanto que ela acaba pondo nas mãos do filho a direção de sua vida (como dizia Descartes), pondo-se quase completamente nas mãos dele quando lhe diz:

What shall I do?
Que devo fazer? (3. 4. 165)

Resposta:

Nada façais daquilo que eu disse que fizésseis.
Deixai que o rei bêbedo vos convide novamente para seu leito,
Belisque lascivamente vossas faces [...]

Poderíamos, portanto, crer que Hamlet está longe de baixar as armas diante do desejo de sua mãe, já que, logo antes de ele baixar os braços, sua mãe escolhe regrar-se quanto ao que ele lhe pedirá para fazer. Ora, justamente, é essa, a nosso ver, a prova não ambígua da justeza da tese de Lacan a esse respeito. Pois é parecendo anulá-lo que Gertrudes ressalta seu desejo como tal. Ela não ignora, com efeito, que a essa questão Hamlet não pode responder, e não só porque seu pai acaba de lembrá-lo de que ele não tem de fazê-lo. Enquanto filho, isto é, enquanto ser não-falóforo perante essa mulher, ele não está em posição de fazê-lo[127]. Validamos, portanto, a interpretação de Lacan: é, de fato, diante do desejo de sua mãe que Hamlet baixa os braços.

---

[127] E podemos apreciar, a esse respeito, a encenação de Zefirelli que faz passar toda essa cena entre mãe e filho na cama da mãe, os dois atores lá imitando excessivamente o incesto, o que, a nosso ver, ressalta, assim, que o incesto está radicalmente excluído.

Como esse acontecimento vai se deixar inscrever no grama? E, em retorno, que valor vai lhe outorgar igual inscrição? Leiamos:

> [...] é, evidentemente, nesta linha que em algum lugar vai se situar o x que é o desejo; <> esse desejo tem uma relação com algo que se deve situar na linha de retorno, diante dessa linha intencional – é nisso que ele é o homólogo da relação do eu com a imagem. O grafo nos ensina que esse desejo [ ] flutuando ali em algum lugar, mas sempre nesse além do Outro <> está submetido a uma certa regulação, a uma certa altura, se se pode dizer, de fixação, que é determinada. Determinada pelo quê[128]?

Até então, a despeito da falta de uma transcrição crítica desse seminário, as coisas estão relativamente claras. Existem três asserções formuladas:
1. o desejo deve ser situado no além da demanda endereçada ao Outro, após, portanto, a instância A;
2. é a fantasia que lhe dá sua altura (o que Lacan vai precisamente fazer entrar em jogo para sua escrita da cena no quarto de Gertrudes);
3. há homologia entre essa posição do desejo diante da fantasia e a do eu diante da imagem do outro (uma homologia que veremos entrar em jogo quando se tratar de explicar como a cena do cemitério tem êxito ali onde fracassava a do quarto de Gertrudes).

Logo, se até aqui podemos seguir o passo a passo de Lacan, o mesmo não acontece na seqüência, quando a versão da estenotipista se torna confusa. Eis a passagem que se segue tal como se apresenta:

> Por algo que aqui se desenha assim: a saber, por uma via de retorno do código do inconsciente para a mensagem do inconsciente no plano imaginário. Que o circuito pontilhado, em outras palavras inconsciente, que começa aqui e que, passando no nível da mensagem inconsciente S(A̸), vai ao nível do código inconsciente $ diante da demanda, volta para o desejo, dali para a fantasia; que é, em outros termos, essencialmente em relação ao que regra nessa linha a altura, a situação do desejo, e numa via que é uma via de retorno em relação ao inconsciente — pois, se repararem como é feito o grafo, verão aqui que o traço não tem retorno, é nesse sentido que ocorre o circuito da formação do desejo no nível do inconsciente.

---

[128] J. Lacan, *Le désir et son interprétation*, sessão de 18 de março de 1959, p. 26.

Há muitos pontos obscuros nesse texto agramatical. De mais a mais, não nos dão a versão do grama na qual Lacan se apóia e, portanto, tampouco o circuito pontilhado de que ele nos fala (estes pontilhados não são retomados nos *Escritos*). Além disso, de acordo com seu estatuto, os dêiticos são ambíguos. Alguns pontos, entretanto, estão bem determinados, tanto que podemos tentar desenhar, no grafo, o itinerário a que se refere Lacan.

O começo do percurso do cursor é claramente situável em A; depois, o cursor passa em S(A̸), no nível da mensagem inconsciente, e é, portanto, o ponto de interrogação; em seguida, o cursor passa em ($ ◊ D), que só aparece, notemos, agora, isto é, após a intervenção da linha do inconsciente vindo cruzar a da intenção; em seguida... direção desejo, e com certeza tomando uma via pontilhada, aquela que está no interior e no início paralela à linha primeira. Parece que "via de retorno em relação ao inconsciente" designa este último traçado. Todo o problema, tanto para a cena do quarto quanto para a do cemitério, permanece, pois, o da altura desse d. É sobre esse ponto que as duas cenas vão divergir.

O que acontece, visto pelo grama, no quarto de Gertrudes? Uma recaída do desejo de Hamlet. Como se escreve ela? Há um enfraquecimento da fantasia ($ ◊ a) – já vimos até que se trata de sua estrutura imaginária –, um enfraquecimento tal que a altura de d não pode ser mantida. Ele conduz, portanto, a esse resultado, que d vai cair sobre A, com o que é a própria composição do grafo que é colocada em perigo e, mais precisamente, a distinção como tal das duas linhas horizontais.

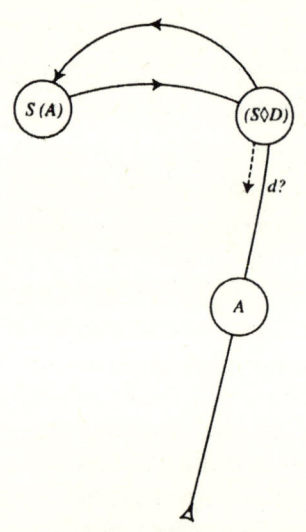

Grama da via de retorno em relação ao inconsciente

> [...] uma vez que é ele quem mantém diante da mãe esse discurso mais além dela mesma [a mãe] e nele recai, a saber, que recai no nível estrito dessa outra diante da qual ele [só] pode se curvar [...]
> [...] para além do Outro, a adjuração do sujeito tenta reunir-se, no nível do código, da lei[129], e [...] ele recai não em direção a um ponto onde algo o pára, onde ele próprio se encontra com seu próprio desejo – ele não tem mais desejo, Ofélia foi rejeitada –, [...] como se essa via de retorno voltasse pura e simplesmente na articulação do Outro, se dela não pudesse receber outra mensagem que aqui o significado do Outro, a saber, a resposta da mãe: "Sou o que sou, comigo não há nada a fazer, sou uma verdadeira genital (no sentido do primeiro volume de *A psicanálise de hoje*), eu não conheço o luto[130]".

Como vemos, segundo Lacan, é a rejeição de Ofélia que intervém de maneira decisiva nessa decaída de Hamlet em relação ao desejo de sua mãe. Ofélia é seu pequeno outro, pequeno *a*, e sua rejeição, ao não permitir mais que funcione a estrutura imaginária da fantasia, a vertigem entre S e pequeno *a*, faz com que o nível de seu desejo não possa ser mantido; o desejo, pequeno d, cai então, conforme a única via disponível, no nível A, no nível do desejo não por sua mãe, mas de sua mãe.

Ter isolado as cinco cenas maiores era levar em conta os fios que as ligam. Muitos analistas de *Hamlet* notaram que a cena com a mãe repete a da rejeição de Ofélia. Nessas duas cenas, em termos bem próximas, Hamlet se desvia da sexualidade feminina e faz das mulheres meretrizes. O grama dá conta desse quase-dublê. Ora, a cena do cemitério, em que a rejeição de Ofélia tomará outro aspecto e será até suspensa, permitirá a Hamlet transpor aquele limite até ali intransponível. Situamos aí, bem de perto, a função do luto segundo Lacan.

---

[129] A frase é agramatical: em francês, é reunir-se necessariamente *a* algo; ora, essa coisa (se é que algo a esse respeito foi pensado por Lacan) está ausente da frase transcrita. Podemos, portanto, lê-la de duas maneiras pelo menos: transformar "ao" em "o" (o sujeito tenta reunir-se no nível do código, da lei), ou, então, levar em conta um (suposto) tartamudear: o sujeito, para além do código e da lei, tenta reunir-se... (aqui um termo que Lacan teria esquecido de precisar).

[130] J. Lacan, *Le désir et son interprétation*, sessão de 18 de março de 1959, pp. 27-28.

4. A cena do cemitério

A interpretação dessa cena por Lacan comporta a versão lacaniana do luto; ela se apresenta, portanto, como a estrutura de nosso assunto. O luto nela operaria a supressão da procrastinação de Hamlet, tendo, assim, êxito ali mesmo onde fracassava a cena (no sentido de "cena de casal") feita a Gertrudes. Esse fracasso deixa-se situar no grama sob a forma da recaída de d, o desejo, em A, o Outro, mas tomado enquanto lugar do código: nada responde quando Hamlet apela para sua fantasia a fim de sustentar seu desejo em relação a Gertrudes. A diferença entre esse fracasso e o êxito da cena do cemitério será problematizada por Lacan como sendo o fato de uma função (nós a dizemos inédita) do luto. No fracasso com Gertrudes, intervinha o acontecimento ao longo do qual Hamlet se separava de Ofélia. Lacan o interpretava escrevendo que o pequeno *a* da fantasia era, em razão dessa ruptura, disjunto de $, e assim atraído para i(a) no andar inferior do grama; a partir dessa desarticulação de $ e de pequeno *a*, a estrutura imaginária da fantasia não funcionava mais.

A partir dos "dados" assim estabelecidos, deixa-se inferir, quase *a priori*, como Lacan vai dever inscrever a cena do cemitério na lógica de seu grama. Se há, então, supressão da procrastinação, será bem preciso que o grama se recomponha, que, no grama, isso passe ali onde não passava, em outras palavras, no lugar da fantasia. Será, portanto, preciso que a fantasia se reconstitua, condição para que o desejo atinja o nível que tornará possível matar Cláudio. Essa alternativa está claramente formulada por Lacan, em termos binários, logo, bem abruptos:

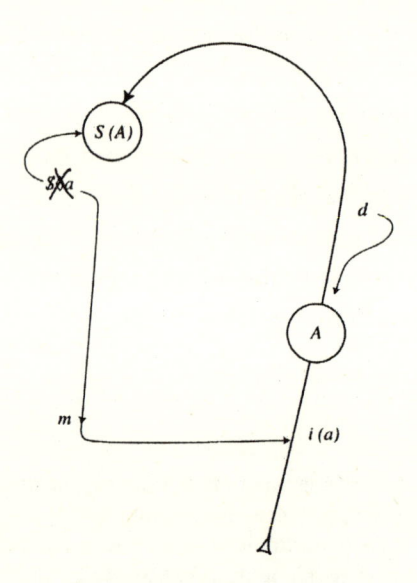

Grama da desarticulação da fantasia

É na medida em que essa fantasia passa ou não passa para chegar à mensagem que nos encontramos numa situação normal ou numa situação atípica[131].

Podemos, de imediato, ser sensíveis a uma dificuldade, aquela mesma que a função do luto resolveria. Como a recomposição da fantasia de Hamlet seria possível, durante essa cena, se justamente foi a separação com Ofélia que a desmembrou? A morte de Ofélia, tornando essa separação definitiva, deveria, logicamente, tornar também definitiva a decomposição da estrutura imaginária da fantasia. Ora, segundo Lacan, de modo algum! É até exatamente o contrário que vai acontecer. O que a vida de Ofélia não havia obtido (que ele não cedesse quanto à sua condenação de Gertrudes, nem quanto à impostura de Cláudio), e, *a fortiori*, o que tampouco permitira a separação de Hamlet com Ofélia[132], a morte de Ofélia vai operar. Mas não devemos, por isso, convocar a esse respeito uma relação necrofílica com o objeto Ofélia? Contra a necrofilia, vem objetar uma observação de Jean-Jacques Mayoux: diferentemente de Fausto ou de Macbeth, nota esse autor, aliás, de acordo com Dover Wilson, Hamlet não é um necromante, ele desconfia das aparições e, longe de crer nelas, "quer substituir uma forma de revelação por uma forma de confissão[133]". Pouco importa, uma vez afastada a necrofilia, a tese de Lacan sobre a função da perda de Ofélia continua a ser surpreendente.

O problema assim (paradoxalmente?) colocado é o da "estrutura imaginária" da fantasia, aquela que é cifrada, na escrita "algébrica" da fantasia, pela punção. A punção inscreve todas as relações possíveis (em outras palavras, a vertigem) entre o objeto pequeno outro da fantasia e o sujeito dividido pelo significante. Vemos, assim, Lacan, no momento em que está se preparando para situar a cena do cemitério, deslizar sua "condição prévia" sob "Luto e melancolia". Ele o faz em termos que sublinham que se trata bem do problema da constituição do objeto:

---

[131] Ibid., sessão de 15 de abril de 1959, p. 6.
[132] Daí a importância da observação segundo a qual essa separação continuava a ser parcial.
[133] Cf. Jean-Jacques Mayoux, *Shakespeare*, Paris, Aubier, 1982, p. 139.

se o luto acontece – e nos dizem que é em razão de uma introjeção do objeto perdido –, para que seja introjetado, talvez exista uma condição prévia, isto é, que ele seja constituído enquanto objeto [...]¹³⁴.

Consideremos portanto, com essa questão em mente, a mudança da posição de Hamlet em relação a Ofélia tal como a operaria o acontecimento no cemitério. Em que consiste ela? Lacan volta a isso várias vezes.

11 de março de 1959

Nessa primeira abordagem, Lacan revela seu "quadro", afirmando de início que se trataria, assim, de mostrar que Hamlet "reencontra pela primeira vez seu desejo em sua totalidade". Talvez esteja aí uma frase totalitária demais, tendo em conta o "trabalho estragado"; ela não deve ser tomada literalmente, mas como uma maneira, para Lacan, de sublinhar um traço a seus olhos capital, ainda que tenha que exagerá-lo, uma maneira, também, de marcar um acorde final. Estamos, com efeito, bem no fim dessa sessão do seminário e, além dessa afirmação maior, nada será, portanto, dito sobre a questão que, a partir daí, se coloca, a do como: como é possível que, morta Ofélia, Hamlet reencontre seu desejo que era precisamente um desejo de Ofélia?

18 de março de 1959

Mais uma vez em questão esse problema em fim de sessão! Decididamente, pode-se pensar, Lacan teme abrir o jogo a esse respeito. Agora, porém, após ter, ao longo da sessão, interpretado com o grama a cena no quarto de Gertrudes e situado o obstáculo intransponível do desejo de Hamlet em sua rejeição de Ofélia, Lacan vai poder circunscrever a cena do cemitério com mais precisão. Ele nos dá uma razão: Hamlet salta dentro do túmulo e se atraca com Laertes porque

> [...] não pôde suportar ver outro que ele mesmo demonstrar, ostentar um luto transbordante¹³⁵.

---

¹³⁴ J. Lacan, *Le désir et son interprétation*, sessão de 18 de março de 1959, p. 29.
¹³⁵ Ibid., sessão de 18 de março de 1959, p. 30.

Assim vem à luz o que Lacan vai chamar "a via de um luto", aquela que se traça "no momento culminante, crucial da peça[136]". O parágrafo que nos apresenta essa "via de um luto" é bem confuso – o que, vamos lê-lo, não se deve apenas à estenotipista:

> É pela via do luto, em outras palavras, e de um luto assumido na mesma relação narcísica que existe entre o eu e a imagem do outro, é em função daquilo que lhe representa de repente num outro essa relação apaixonada de um sujeito com um objeto que está no fundo do quadro, a presença do $\cancel{S}$ que lhe põe diante dele, de repente, um suporte onde esse objeto que para ele é rejeitado por causa da confusão dos objetos, da mistura dos objetos, é na medida em que algo ali de repente o agarra que esse nível pode de repente ser restabelecido que dele por um curto instante vai fazer um homem.

Somente a consideração do grama como escrito de referência permitiria estabelecer esse texto corretamente. Assim a proposição seguinte: "[...] um luto assumido na mesma relação narcísica que existe entre o eu e a imagem do outro [...]". Lê-se, com os dois andares do grama: da mesma forma que está inscrita uma relação narcísica entre o eu e a imagem do outro, uma relação constituinte do eu, isto no andar inferior (imaginário) do grama, da mesma forma pode se inscrever, no andar superior (simbólico), um luto assumido, até mesmo constituído, tomando apoio em outro luto. Essa leitura tem por ela toda a seqüência da frase, isto é, a menção de $\cancel{S}$ e a alusão ao objeto pequeno outro, associado a $\cancel{S}$ na escrita da fantasia. O desenho de Laertes abraçando o cadáver de Ofélia teria, assim, o valor de uma escrita ideográfica de ($\cancel{S} \lozenge a$), ele seria uma transliteração. Esta transliteração funda, em razão, o que até agora apresentamos como uma homologia entre o grama e Hamlet: ela seria (daí a importância do "quadro") a razão comum deles. Seu estatuto seria idêntico ao dos nomes próprios num deciframento, a um só tempo chave de leitura e ponto de contato entre duas escritas.

Mas também é possível ler outra coisa, a saber, que esse luto em Hamlet é assumido no mesmo registro narcísico no qual se compõe o eu. Trata-se, então, de outra analogia. Escrevamos essas duas analogias diferentes:

---

[136] Ibid., p. 31.

1. – o luto está para um outro luto como o eu está para o outro,
2. – como o eu, o luto se compõe no registro narcísico.

Segundo essa outra leitura, Laertes teria o estatuto de um pequeno outro e não mais apenas o de "suporte" de $\mathcal{S}$ ligado de mil maneiras a Ofélia enquanto pequeno outro na transliteração da fantasia.

Essas duas leituras não são necessariamente incompatíveis; o grama, precisamente, com seus dois andares, permitiria escrever a co-incidência delas.

Durante a sessão seguinte do seminário, "a via de um luto" não é mais abordada; ao final somente, Lacan, enfim, se permite desenhá-la.

8 de abril de 1959

Ao introduzir seu falo (e podemos de fato assim dizê-lo), Lacan se dá um termo suplementar que vai intervir de modo decisivo na interpretação da cena do cemitério. Ao longo dessa sessão, esse termo será posicionado e posto em jogo no nível de Ofélia. Tudo estará, então, no lugar para o estudo da cena do cemitério.

Seu incessante questionamento e sua raciocinação (melancólica?), que combinavam tão bem, bem demais, com o adiamento do ato, mostravam que, enquanto sujeito dividido, Hamlet, já que sabia, fora levado até o ponto S(Ⱥ) do grama (esta localização de $\mathcal{S}$ é corolário daquela de *a* em i(a), ambas resultando do desmembramento da fantasia). Lacan vai, portanto, agora, ressaltar a incidência do falo nessa seqüência a ser dada ao trajeto de $\mathcal{S}$ para além de S(Ⱥ), logo, para além do ponto onde o sujeito é prevenido de que não há Outro do Outro. De que modo?

> Esse significante de que o Outro não dispõe, se dele podemos falar, é bem, de qualquer modo, por ele estar, bem entendido, em algum lugar[137].

O que é um significante que falta ao conjunto dos significantes, que falta em A, "tesouro dos significantes"? Essa dificuldade acha-se localizada no nível do grama. Esse significante faltante lá não está, por definição,

---

[137] Ibid., sessão de 8 de abril de 1959, p. 15.

inscrito em lugar algum; mas, como deve bem estar em algum lugar, Lacan produz, então, essa mui elegante solução de oferecê-lo a nosso reconhecimento "por toda parte onde estiver a barra": – "Tiro o chapéu!", diz-se, quando se trata por exemplo de um bela jogada no bridge. Com efeito, não é dito que a barra "o escreve", é dito que ele seria reconhecível por toda parte onde ela estiver. A barra toma, assim, o valor de um dêitico do falo, mas de um dêitico bem particular, já que designaria um "significante escondido" e não localizável num lugar determinado (no sentido de um "aqui e em nenhum outro lugar"). O falo seria esse significante-objeto a procurar num lugar designado por um puro dêitico, "puro", pois não designando nenhum lugar em particular, mas designando, de qualquer modo, alguns lugares particulares. A operação não se deixa situar como idêntica àquela de um argumento vindo preencher uma função, f(x) tornando-se, assim, f(a). Mas, justamente, o fato, tratando-se do falo, de o modelo "funcionalista" não convir[138] não é conforme à própria essência do falo? Sim. Estamos aqui às voltas com um verdadeiro mas pertinente golpe de esgrima: ter, assim, jogado com a pouco determinante determinação do dêitico, ter jogado com o dêitico *como tal*. Tem-se aí o horizonte da tese sobre a *Bedeutung* do falo[139], isto é, do falo como sendo, da linguagem, a única *Bedeutung*. Pois, evidentemente, antes de expor explicitamente suas intenções, Lacan, na citação acima, já significa que esse significante de que está falando só pode ser o falo.

Essa maneira de designar sem localizar é coerente com o que está em questão, ou seja: o falo[140]. Encontramo-la, por exemplo, num *Journal d'une*

---

[138] Surge, aqui, portanto, um interessante problema, já que, é sabido, Lacan acabará por falar de uma "função fálica"; não é contraditório com o próprio conceito de falo fazer disso uma função? Esse momento anterior do ensino de Lacan viria, assim, possivelmente objetar a um desenvolvimento posterior. O falo não é aquilo que escapa a qualquer domínio de função?

[139] J. Lacan, "La signification du phallus, *Die Bedeutung des Phallus*", *Écrits*, op. cit., pp. 685-695. Essa conferência foi pronunciada em 9 de maio de 1958. Cf. Catherine Webern, "La *Bedeutung* du phallus comme pléonasme", *L'Unebévue*, nº 2, "L'élangue", Paris, EPEL, primavera de 1993, "La prééminence du semblant" *L'Unebévue*, nº 4, "Une discipline du nom", Paris, EPEL, outono/inverno de 1993.

[140] Pode-se fazer melhor, em matéria de ortodoxia freudiana? Lembramos aqui que Freud sustentava o fato de que existe apenas uma espécie de libido e que ela é, de essência, masculina.

demoiselle du Grand Siècle [*Diário de uma jovem* do Grande Século], que, designando não seu sexo (como ela crê), mas seu sexo enquanto falo, escrevia:

> O lugar que não ouso nomear é tão opulento que me acho sempre em grande estilo.

Segue-se outra tese que, esta, vai operar uma báscula do problema, o qual não será mais, assim, apenas aquele do Outro, mas aquele do sujeito. O que vem imediatamente após a citação de Lacan que acabamos de ler:

> Vocês podem reconhecê-lo em qualquer lugar onde estiver a barra, esse significante escondido, aquele de que o Outro não dispõe, e que é justamente aquele que lhes concerne; *é o mesmo*[141] que vocês fazem entrar no jogo uma vez que vocês, pobres bobocas, desde que nasceram, estão presos nesse bendito assunto de *logos*.

Vale mais, provisoriamente pelo menos, dar à afirmação dessa estranha "mesmidade" o estatuto de um mistério. Prossigamos a leitura:

> A saber, a parte de vocês que ali dentro é sacrificada, e sacrificada não pura e simplesmente "fisicamente", como se diz, "realmente", mas simbolicamente, o que não é nada, essa parte de vocês que assumiu função significante. E é por isso que só há uma, e não há trinta e seis, é bem exatamente essa função enigmática que chamamos o falo [...] O falo, a turgescência vital, esse algo de enigmático, de universal, mais macho do que fêmea e, no entanto, de que a própria fêmea pode tornar-se o símbolo, eis do que se trata e o que, porque no Outro ele está indisponível [...] embora seja essa vida mesma que o sujeito faz significante, não vem em lugar algum garantir a significação do discurso do Outro. Em outras palavras, por mais sacrificada que seja, essa vida não lhe é <ao sujeito>, pelo Outro, devolvida.

Toda a interpretação da cena do cemitério bem como a formulação de uma (inédita) função do luto vão repousar sobre essas teses.

---

[141] Sublinho, pois, com a afirmação dessa mesmidade, eis o novo passo, a nova tese.

Lacan se contradiz falando aqui de um "sacrifício"? O sacrifício, exemplarmente, em sua função propiciatória, não se dirige a um Outro não barrado, não descompletado do significante faltante? Sim, em regra geral (na Índia, onde o sacrifício é por excelência a Lei, no Egito faraônico, na Grécia, etc), os dons aos deuses são considerados numa economia mercantilista com os deuses: espera-se deles um dom em retorno. Ora, vemos aqui Lacan transformar explicitamente esse conceito de sacrifício, precisar que nada vindo do Outro é devolvido ao sujeito como resposta ao sacrifício que ele lhe faz. Se há um sacrifício respondendo àquele indicado por Lacan, talvez devêssemos nos voltar para Abraão para dele nos aproximar. Abraão sacrifica Isaac numa outra perspectiva que aquela, digamos "clássica", do sacrifício, uma diferença que é a razão das tão belas páginas de Kierkegaard a seu respeito[142]. Isaac é o instrumento pelo qual se realizará a promessa divina de uma inumerável linhagem oferecida a Abraão. Sacrificá-lo a Deus, a despeito dessa promessa e a pedido (radicalmente incompreensível) de Deus, nada tem, portanto, de ato propiciatório e vai mesmo, abertamente, de encontro à esperança de Abraão. A perda implicada num tal sacrifício "absurdo" (Kierkegaard) é uma perda seca – o que, em inglês, se diz de uma maneira que vem confirmar a possível função de tal perda no luto: *dead loss*.

Resumamos:
1. – o falo é esse significante da ausência de garantia no Outro, escrita S($\cancel{A}$), que faz toda verdade falaciosa,
2. – o falo enquanto objeto é a parte real simbolicamente sacrificada pelo sujeito e não devolvida ao lugar do Outro.

Como vemos, resta uma ambigüidade referente a esse duplo estatuto de significante e de objeto atribuído ao falo. Ela será parcialmente esclarecida, senão suprimida, posteriormente, quando Lacan ler a fórmula ($\cancel{S}$ ◊ a).

Há, porém, um terceiro ponto a ser notado, pois essa sessão de 8 de abril de 1959 não se encerra sem que já Lacan aborde o problema dessa

---

[142] Søren Kierkegaard, *Crainte et tremblement*, Œuvres complètes, T. 5, Paris, ed. de l'Orante, 1972.

ambigüidade, nomeadamente a respeito de Ofélia (ele acabará falando de Ofélia como de um "botão <prestes a> abrir", de uma vida portadora de todas as vidas, logo, de um falo, de uma *girl-phall*). Ele declara, então:

> E o que se trata agora de introduzir não é em que Ofélia pode ser o falo, mas se ela é, como dizemos, verdadeiramente o falo, como Shakespeare faz para que ela preencha essa função[143].

Ora, esse "como" só pode ser delimitado se considerarmos que as relações de Hamlet com Ofélia estão "escandidas ao longo da peça", a escansão maior sendo, após a da ruptura, a cena do cemitério.

15 de abril de 1959

A sessão seguinte nos apresenta uma das mais finas análises da fantasia produzidas por Lacan. Ela comporta uma palavra muito ousada (e marcada "fálica"), Lacan falando do "*mistério* da fantasia" como "último termo de um desejo[144]".

Ofélia "se situa no nível da letra a[145]" da fantasia. E Lacan vai então fazer entrar em jogo os planos imaginário e simbólico:

> [...] o a, objeto essencial, objeto em torno do qual gira, como tal, a dialética do desejo, objeto em torno do qual o sujeito se experimenta numa alteridade imaginária, diante de um elemento que é alteridade no nível imaginário [...][146].

em seguida:

> Na articulação da fantasia, o objeto toma o lugar daquilo de que o sujeito é privado <simbolicamente>. É o quê? É do falo que o objeto toma essa função que ele tem na fantasia e que o desejo, com a fantasia por suporte, se constitui.

---

[143] J. Lacan, *Le désir et son interprétation*, sessão de 8 de abril de 1959, p. 23.
[144] Ibid., sessão de 15 de abril de 1959, p. 6.
[145] Ibid., p. 7.
[146] Ibid., p. 10.

Penso que é difícil ir mais longe no extremo do que quero dizer[147] relativo ao que devemos chamar propriamente falando o desejo e sua relação com a fantasia.

O "toma o lugar" indica que há uma substituição em jogo: pequeno *a* viria no lugar de Φ. Lacan, aliás, escreverá essa substituição. É, no entanto, o momento de não esquecer o que dizíamos a respeito do falo, de sua inscrição, ou, mais exatamente, de sua pseudo-inscrição no grama, ou, ainda, de sua equivalência com o grama. Se o falo está, no grama, "em qualquer lugar onde estiver a barra", se a barra tem essa função de puro índice que dissemos, o índice de algo sempre escondido, velado, jamais claramente mostrado pela indexação, então a substituição em questão não é simples. Não é exatamente um significante vindo no lugar de outro significante, como para a metáfora, a metonímia ou qualquer outra figura: "feixe" para "Booz"*, "velas" para "barcos"; temos aí elementos discretos, bem definidos, distintos de outros elementos mais ou menos vizinhos (a bateria dos fonemas e o jogo dos traços distintivos, extraídos pela lingüística estrutural, dão conta, numa larga medida, da possibilidade de tais claras distinções). Ora, não é justamente o caso do falo que, este, tal como o furão, escapa tão-logo pretendamos agarrá-lo!

Na constituição da fantasia, pequeno *a* substitui um elemento que não estava, pois, inteiramente ali, ou, mais exatamente, que só estava ali sob aquele modo de ser somente indexado – e velado por essa mesma indexação. Pode-se dizer isso ainda de outra maneira. Essa espécie de presença ausência do elemento falo clarearia o lugar que ele ocupa, sem ocupá-lo, com um certo brilho, com uma certa cor, a do desejo do sujeito; tanto que, quando um objeto pequeno outro viesse se alojar nesse lugar, ele "usufruiria" desse brilho e dessa cor fálica, ele se coloriria dessa cor e seria, por isso mesmo (não somente por isso: essa determinação é necessária e insuficiente), constituído em objeto do desejo. O lugar, de certo modo, já que seria como que inundado sob e por certa luz, não é um qualquer, é um lugar marcado.

---

[147] Sublinho.
* Personagem bíblico, esposo de Ruth, bisavô de David, celebrado no poema de Victor Hugo, *Booz adormecido*, da obra *A lenda dos séculos*. (NT)

Eis o gênero de substituição que estaria em questão, aquela após a qual

> esse objeto imaginário se acha, de certo modo, em posição de condensar nele o que se pode chamar as virtudes ou a dimensão do ser, [...] ele pode tornar-se aquele verdadeiro logro do ser que é o objeto do desejo humano[148].

Logo em seguida, Lacan traz uma precisão suplementar que lhe vem, através de *O balcão*, de Genet, do enredo perverso (o fetiche, com efeito, é, segundo Lacan, uma das mais exemplares presentificações, ainda que seja parcial, do estatuto desse objeto do desejo):

> [...] *a*, esse outro imaginário, o que isso quer dizer? Isso quer dizer que algo de mais amplo que uma pessoa pode nele se incluir, toda uma cadeia, todo um enredo[149].

Graças a esse jogo entre a e Φ, Lacan vai então, mas agora somente, poder escrever a ruptura de Hamlet com Ofélia, acontecimento antitético da cena do cemitério.

> [...] esse objeto em questão não é mais tratado como podia ser, como uma mulher. Ela se torna para ele a portadora de filhos de todos os pecados, aquela que é designada para engendrar pecadores, e aquela que é designada em seguida como devendo sucumbir sob todas as calúnias. Ela se torna o puro e simples suporte de uma vida que, em sua essência, torna-se, para Hamlet, condenada. Em suma, o que acontece nesse momento, é nessa destruição ou perda do objeto que é reintegrado em sua moldura narcísica[150].

Ofélia não está mais, enquanto pequeno outro imaginário, no lugar do falo, ela se torna, para Hamlet, no próprio ato de rejeitá-la, o falo. Após sua ruptura com ela, a relação de Hamlet com Ofélia escreve-se, pois, não

---

[148] J. Lacan, *Le désir et son interprétation*, sessão de 15 de abril de 1959, p. 11.
[149] Ibid., p. 13.
[150] Ibid., p. 26.

mais ($ ◊ a), mas ($ ◊ Φ) – uma escrita que, no entanto, não deve nos fazer esquecer as observações que acabam de ser feitas a respeito da localização de Φ. E Lacan a precisar que, a seu ver, Hamlet descamba, então, para o lado perverso[151]. Sua rejeição da feminilidade, aquele nojo inelimiável que a feminilidade, que a degradação feminina provoca nele são, com efeito, traços comuns às diversas modulações da perversão.

Em conseqüência, deixa-se mais precisamente escrever a incidência da cena do cemitério. Ela operará a "reintegração de a[152]", recompondo a fantasia e, assim, reorientando Hamlet na via de seu desejo.

> [...] aquela espécie de batalha furiosa no fundo de uma tumba sobre a qual já insisti, aquela designação como que de uma ponta da função do objeto como só sendo aqui reconquistado ao preço do luto e da morte [...][153].

Sabemos agora, portanto, e, cremos, com tanta precisão quanto possível, qual operação realiza a luta com Laertes no fundo da tumba de Ofélia. Em compensação, não sabemos ainda como intervêm a morte e o luto de Ofélia na efetuação dessa substituição de Φ pelo pequeno a.

22 de abril de 1959

$ é o sujeito barrado pelo significante. Apenas no registro simbólico, a questão "O que queres de mim?" dirigida ao Outro não recebe resposta, a não ser sob a forma dessa ausência de garantia [escrita S(A̶)], no Outro, de qualquer verdade que seja. Essa falta é transcrita Φ, em parte alguma inscrita no grama a não ser sob a forma que precisamos. Mas esse *Che vuoi?*, insolúvel apenas no nível simbólico, recebe, numa certa interseção do imaginário e do simbólico, efetivamente uma resposta. Essa é, portanto, dada ao sujeito num movimento que vai do simbólico ao imaginário. O grama, em sua composição como em seu agenciamento, escreve que essa resposta é

---

[151] Poderíamos, a partir dessa interpretação lacaniana de *Hamlet*, tentar construir uma cifração da estrutura perversa que se baseria no grafo.
[152] J. Lacan, *Le désir et son interprétation*, sessão de 15 de abril de 1959, p. 28.
[153] Ibid.

a própria fantasia, já que ela associa de mil maneiras $ (simbólico) e o pequeno outro imaginário. A fantasia é a resposta ao "*Che vuoi?*". Leiamos:

> [...] a estrutura da fantasia, sua estrutura geral, é [...] uma certa relação do sujeito com o significante, o que é expresso por $ (é o sujeito, já que está irredutivelmente afetado pelo significante com todas as conseqüências que isso comporta) numa certa relação específica com uma conjuntura imaginária em sua essência, *a*, não o objeto do desejo, mas o objeto no desejo[154].

E, logo após, uma precisão aqui já levada em conta:

> É na medida em que o sujeito está privado de algo de si mesmo que tomou valor do próprio significante de sua alienação, < > o falo, < > algo que tem a ver com sua própria vida porque isso tomou o valor daquilo que o vincula ao significante, é na medida em que ele está nessa posição que um objeto particular se torna objeto de desejo.
> [...] essa libra de carne comprometida em sua relação com o significante, é porque algo vem ocupar o lugar disso que esse algo se torna objeto no desejo.

Temos aí exatamente o itinerário de Hamlet segundo Lacan, aquele que se desenha desde a cena de ruptura com Ofélia até a cena do cemitério. Não se pode dizer se é *Hamlet* quem guia Lacan para desdobrar como e a que ponto do questionamento do simbólico se compõe a fantasia, ou se é essa composição que lhe permite produzir sua leitura de *Hamlet*. A questão, aliás, não tem mais muito sentido.

Hamlet não pôde tomar Ofélia como objeto pequeno outro de sua fantasia, como sendo o objeto em seu desejo; Ofélia tornou-se, assim, para ele, aquela figura fálica da sexualidade feminina, como tal rejeitada. Essa substituição, tão particular, de Φ por pequeno *a*, longe de ter ocorrido, pôs, em seu fracasso mesmo, Φ no lugar mesmo onde pequeno *a* não adveio. Há, nesse momento do ensino de Lacan, para a composição da fantasia, uma fórmula equivalendo ao *Wo Es war soll Ich werden*:

---

[154] Ibid., sessão de 22 de abril de 1959, p. 6.

ali onde era Φ, ali mesmo deve advir pequeno *a*.

O luto de Ofélia realizará, operará essa substituição. Daí essa fórmula: o luto compõe a fantasia. Ela implica imediatamente essa outra: o luto regra o nível do desejo. Não prejulgamos, por enquanto, o alcance dessas fórmulas, tampouco resolvemos a questão de saber se *Hamlet* tem o valor de um caso paradigmático. Elas são as da interpretação lacaniana de *Hamlet*.

Em direção a uma problemática lacaniana do luto: o impossível objeto

A questão essencial que se coloca agora é a do como: como o luto intervém para compor a fantasia? A esse respeito, Lacan vai dar o passo a um só tempo conclusivo e decisivo de sua interpretação de *Hamlet*. Ele sabe, aliás, que está então "abrindo toda uma problemática[155]". Leiamos:

> Que relação existe entre o que trouxemos sob a forma de $ \mathcal{S} \lozenge a$, referente à constituição do objeto no desejo, e o luto?

Trata-se da questão cuja resposta é dada pela fórmula acima, segundo a qual o luto compõe a fantasia. Lacan prossegue assim seu discurso:

> Hamlet conduziu-se com Ofélia de maneira mais que desprezível e cruel; insisti no caráter de agressão, desvalorizante, de humilhação, sem cessar imposto a essa pessoa que de repente se tornou [cf. *a cena de ruptura*] o próprio símbolo da rejeição como tal de seu desejo. Não podemos deixar de ficar impressionados com algo que completa para nós uma vez mais, sob outra forma, num outro traço, a estrutura de Hamlet. É que de repente esse objeto vai retomar para ele sua presença, seu valor. Ele declara: "Eu amava Ofélia, e trinta e seis mil irmãos[156], com tudo o que têm de amor, não chegariam de modo algum à soma do meu. Que farás por ela?". É nesses termos que começa o desafio dirigido a Laertes.

---

[155] Ibid., p. 20.
[156] Mais exatamente: *fortie thousand Brothers!*

Vem, então, a anotação suplementar, inédita e capital, em que vamos ver o real (isto é: o impossível) vir compor-se com o simbólico e o imaginário na constituição da fantasia:

> É, de certo modo, na medida em que o objeto de seu desejo se tornou um objeto impossível que ele se torna novamente para ele o objeto de seu desejo.

Como entender esse "impossível objeto" ou, mais precisamente ainda, esse devir impossível do objeto? Podemos distinguir três versões dessa impossibilidade.

Versão 1:
a "nota de impossibilidade" do objeto do desejo

Tão-logo a coisa dita, Lacan prevê como ela vai ser acolhida no que (já) era a babaquice[157] ambiente, na "clínica" no sentido mais deplorável desse termo.

> Assim, portanto – *vai imediatamente pensar o clínico lacaniano* –, ele está nos dizendo que Hamlet é um obsessivo. Já não nos martelou que o obsessivo coloca seu desejo como impossível? Estou, pois, às voltas com um belo caso de obsessão que ilustra e confirma a teoria!

Antecipando essa reação facilmente previsível, Lacan logo corrige o tiro. Como? Sua política da teoria, a esse respeito, foi a seguinte: se não há meio de deixar absolutamente de lado o que acreditamos saber (o saber referencial), melhor modificá-lo. Em outras palavras, em vez de absorver a singularidade do caso de Hamlet no saber referencial relativo ao obsessivo, vamos modificar esse saber de modo a permanecermos nesta singularidade do caso.

---

[157] Essa palavra, que não é mais muito grosseira, foi para Lacan elevada ao estatuto de um conceito tendo sua função, uma função de *dé-connaissance* [des-conhecimento] [*jogo de palavras com *déconner* [cometer uma babaquice] e *connaissance* [conhecimento] (NT)].

O que caracteriza o obsessivo não é tanto que o objeto de seu desejo seja impossível – se bem que, em razão da própria estrutura dos fundamentos do desejo, há sempre essa nota de impossibilidade no objeto do desejo. O que o caracteriza não é, portanto, que o objeto de seu desejo seja impossível (pois ele não estaria ali e por esse traço ele não é senão uma das formas especialmente manifestas de um aspecto do desejo humano), é que o obsessivo põe o acento no encontro dessa impossibilidade. Em outras palavras: ele dá um jeito para que o objeto de seu desejo tome valor essencial de significante dessa impossibilidade[158].

O debate com o obsessivo não tem por única função afastar, se for possível, esse "intolerável cheiro de clínica" que um André Gide não deixou de farejar. Ele também permite a Lacan ressaltar esse ponto de impossibilidade da relação de objeto como sendo um traço de estrutura; em outras palavras, relativo ao desejo como tal. A impossibilidade do objeto é constituinte do objeto como tal, do objeto libidinal. O objeto do desejo se mantém no lugar dessa impossibilidade; ele mora nesta impossibilidade. Nela morando, não a subverte nem a mascara. Por ela e por ela somente o objeto toma seu lugar na fantasia, torna-se objeto no desejo. Longe de constituir esse traço em sua estrutura, o obsessivo não faz senão acusá-lo (em todos os sentidos desse termo). Um pequeno outro torna-se objeto de desejo se e somente se ele for tomado enquanto objeto impossível.

Terão sido precisas a morte de Ofélia, a cena do cemitério, as manifestações de luto de Laertes para que Hamlet tivesse acesso a essa impossibilidade, nela se resolvesse enquanto sujeito barrado pelo significante e pusesse, com essa resolução, fim à sua procrastinação. O que não implica necessariamente que tal acesso ao objeto impossível só possa ter lugar com a morte real do objeto, isso implica que existem certos casos em que só a morte real permite tal acesso[159].

---

[158] J. Lacan, *Le désir et son interprétation*, sessão de 22 de abril de 1959, p. 21.
[159] Não dizemos, em francês, a respeito de um próximo vivo, e provavelmente considerado, então, como vivo demais: "Ele é impossível!"?

Versão 2: o objeto absoluto, sem correspondência

Ao longo dessa mesma sessão, Lacan formula ainda de outro modo essa impossibilidade. Notando o vazio no qual ficamos a respeito da dita incorporação do objeto perdido no luto, ele acaba por dizer, a propósito da experiência do luto:

> O sujeito mergulha na vertigem da dor e se acha numa certa relação aqui de algum modo ilustrada da maneira mais manifesta pelo que vemos se passar na cena do cemitério, o salto de Laertes dentro do túmulo e o fato de que ele abraça, fora de si, o objeto cujo desaparecimento é a causa dessa dor, [esse desaparecimento] que faz dele [desse objeto] no tempo, no ponto desse abraço, do modo mais manifesto, *uma espécie de existência tanto mais absoluta porquanto não corresponde mais a nada que seja*[160].

Eis, então, essa outra fórmula: o objeto do desejo adquire uma existência absoluta; essa existência absoluta é sua existência enquanto objeto do desejo. A que se deve esse caráter absoluto? Ao fato de que essa existência não corresponde mais a nada que seja. Em outras palavras, é o "não corresponder mais a nada que seja" que dá ao objeto seu estatuto de objeto do desejo.

Estamos, aí, às voltas, como intrínseca à relação de objeto, com uma espécie de *vai tudo* (o "tudo" sendo correlativo do "nada-que-seja" – o qual não é, notemos, um "nada", isto é, um objeto, notadamente o do anoréxico). O fato de o objeto do desejo não corresponder mais a "nada que seja" é uma das afirmações mais extremas de Lacan. Ela nos leva para além de toda problemática de reconquista do objeto, do objeto re-encontrado, do objeto encontrado pois co-respondente ao objeto perdido. Estamos em outro lugar que ali onde tenta impor-se a teoria da substituição de objeto. Segundo Lacan, o objeto se constitui libidinalmente na fantasia não por corresponder a outro objeto, ainda que um objeto perdido, e sim por não haver mais, ou não haver (pois na verdade nunca houve) correspondência com qualquer outro objeto que seja. Dito de outra maneira: o objeto libidinal está, com efeito, fundamentalmente perdido, não por ter havido uma perda pri-

---

[160] J. Lacan, *Le désir et son interprétation*, sessão de 22 de abril de 1959, p. 22 (sublinho; estenotipia corrigida: "embrassement" [abraço] e não "embranchement" [ramificação]).

meira¹⁶¹, mas justamente por ele ser um objeto sem correspondência. Daí, esta fórmula:

> o objeto do desejo é um existente absoluto sem correspondência.

Resta que o sujeito deve bem regrar-se em algo para construir esse objeto como absoluto sobre a base de uma ausência de toda correspondência. Daí uma terceira versão do objeto impossível, que Lacan produz sempre nessa mesma sessão de seu seminário.

Versão 3: o objeto furo no real

Ela rotula o objeto sem correspondência como furo no real. Certo, isso vem confluir com a definição desse objeto como objeto impossível (já que o impossível define em Lacan o real como tal), mas a referência a um furo no real (ainda que continue sendo uma metáfora) vai, sobretudo, permitir a Lacan ressaltar que essa impossibilidade funciona topologicamente como um lugar, um lugar onde o sujeito pode despejar todo tipo de coisas, notadamente as imagens e os significantes colocados em jogo no trabalho do luto. Este vai, portanto, receber aqui seu lugar de exercício, mas não sem acabar relativizado: o trabalho do luto não precisa mais pretender ser o alfa e o ômega do luto.

Fracassamos enquanto não tivermos entendido que tudo o que for despejado nesse furo (o próprio enlutador por vezes, nos casos ditos de "suicídio" durante um luto) jamais o preencherá. Essa passagem, a rigor, é a mesma que aquela do objeto aliviado do peso de toda correspondência a "nada-que-seja". Logo após ter delimitado essa não-correspondência radical, Lacan declara:

> Em outros termos, o furo no real provocado por uma perda, uma perda verdadeira, essa espécie de perda intolerável ao ser humano que provoca

---

[161] Estamos aqui de acordo com a tese sustentada por Guy Le Gaufey em *L'éviction de l'origine* (Paris, EPEL, 1994): Lacan pode, diferentemente de Freud, passar sem uma referência ao originário.

nele o luto, esse furo no real acha-se, por essa função mesma, nessa relação que é o inverso daquela que promovo diante de vocês sob o nome de *Verwerfung*. Da mesma forma que "aquilo que é rejeitado do simbólico reaparece no real", [da mesma forma] que essas fórmulas devem ser tomadas no sentido literal, da mesma forma a *Verwerfung*, o furo da perda no real de algo que é a dimensão propriamente falando intolerável oferecida à experiência humana (que é, não a experiência da própria morte, que ninguém tem, mas aquela da morte de um outro que é para nós um ser essencial); isto é um furo no real, [isto] se acha no real e por esse fato está, e em razão da mesma correspondência que é aquela que articulo na *Verwerfung*, oferecendo o lugar onde se projeta precisamente esse significante faltante, esse significante essencial à estrutura do Outro, esse significante cuja ausência torna o Outro incapaz de lhes responder, esse significante que vocês só podem pagar com a carne e o sangue, esse significante que é, essencialmente, o falo sob o véu.

É por esse significante ali encontrar seu lugar e, ao mesmo tempo, não poder encontrá-lo (porque esse significante não pode articular-se no nível do Outro), que vêm, como na psicose [...], pulular em seu lugar todas as imagens de que se erguem os fenômenos do luto – cujos fenômenos de primeiro plano, aqueles pelos quais se manifestam não tal ou tal loucura particular, mas uma dessas loucuras coletivas mais que essenciais à comunidade humana como tal, <são> o que é posto ali em primeiro plano, no ponto capital da tragédia de *Hamlet*, a saber, o *ghost*, o fantasma, essa imagem que pode surpreender a alma de todos e de cada um.

Se, do lado do morto, aquele que acaba de desaparecer, esse algo que se chama os ritos não foi cumprido... Os ritos destinados, no fim das contas, a quê? O que são os ritos funerários, os ritos pelos quais satisfazemos o que é chamado "a memória do morto"? O que é se não for a intervenção total, maciça, do inferno [*e não "o inverso", como escreveu a estenotipista!*] até o céu, de todo o jogo simbólico?

[...] não há nada que possa preencher com significante esse furo no real, se não for a totalidade do significante. O trabalho cumprido no nível do *logos* (digo isso para não dizer no nível do grupo nem da comunidade, é claro que são o grupo e a comunidade, enquanto culturalmente organizados, que são seus suportes), o trabalho do luto se apresenta primeiramente como uma satisfação dada ao que acontece de desordem em razão da insuficiência de todos os elementos significantes para fazer frente ao furo criado na existência pela colocação em jogo de todo o sistema significante em torno do mínimo luto[162].

---

[162] J. Lacan, *Le désir et son interprétation*, sessão de 22 de abril de 1950, pp. 22-24.

Estas linhas valem, a um só tempo e indissociavelmente, como fechamento da interpretação lacaniana da cena do cemitério, em outras palavras, de *Hamlet*, e como a apresentação de uma inédita versão do luto.

O que acontece, segundo Lacan, com Hamlet, durante o funeral de Ofélia? Quando ele salta na tumba, lá se atracando com Laertes, que ostenta seu luto, efetua-se uma operação "inversa" da foraclusão. O que isso quer dizer? Essa inversão não tem o sentido daquela sofrida pela imagem no espelho; seu lugar não é o imaginário; trata-se, como na foraclusão, de uma operação em três dimensões: simbólico, imaginário, real. Na foraclusão, o apelo se dirige a um termo simbólico, o Nome-do-Pai, e é, logo, no simbólico que o psicótico, com esse apelo vão, se depara com um furo. No luto, o furo é real. O parentesco entre as duas operações se deve a isto: enquanto que, na foraclusão, a esse furo simbólico responde algo no real (é a concepção do "retornar"), no luto, um elemento simbólico é convocado pela abertura do furo no real. Temos, pois, boas razões para falar de uma inversão no sentido de uma permutação termo a termo: o furo simbólico com retorno no real seria inverso do furo real com apelo ao simbólico. Uma diferença essencial subsiste, no entanto: o significante foracluído do simbólico deve ser determinado em cada caso (justamente, pelo viés de seu retorno no real, e a alucinação é aqui mais que exemplar, basal), ao passo que, no luto, ele é, decerto, igualmente particular a cada caso, literalizado, mas, seja qual for essa literalidade, se tratará sempre do significante fálico (velado como tal[163]). Se está em questão situar o luto enquanto experiência erótica, sim, é isso que está em questão, somos forçados a constatar que não se pode fazer muito mais!

Mas por que deveria sempre e sempre estar em questão apenas o falo? Por que, nesse lugar de sofrimento extremo, esse pansexualismo? Já o mencionamos e estudamos, essa razão se deve ao estatuto específico do significante fálico no simbólico, e Lacan volta a isso durante a sessão seguinte de seu seminário:

> [...] a perda do falo, experimentada como tal, é o próprio resultado da volta feita de toda a relação do sujeito com o que se passa no lugar do

---

[163] Cf. o significante "pulga" do pesadelo estudado em "Literatura cinza I".

Outro, isto é, no campo organizado da relação simbólica na qual começou a se exprimir sua exigência de amor. Ele está no final e sua perda, neste assunto, é radical.

O que acontece, então, é muito precisamente aquele algo cujo parentesco já indiquei com um mecanismo psicótico, uma vez que é com sua textura imaginária e somente com ela que o sujeito pode a isso responder[164].

Hamlet já efetuou essa volta de todo o simbólico quando se vê confrontado com a morte de Ofélia. Lacan achava que era esse o caso desde o encontro com o fantasma, e nós mostramos, com Dover Wilson, que Hamlet de fato sabia, mas somente após o drama de Gonzaga. Confrontado com o furo no real que é para ele (e não para Laertes[165], daí a briga) a morte de Ofélia, Hamlet, que até ali rejeitava Ofélia enquanto falo, resolve convocar esse falo como suscetível de tapar esse furo. Esse apelo põe fim a essa rejeição. Ele, Hamlet, não precisa, considerando o ponto em que já chegou (essa é uma particularidade de seu luto), efetuar uma nova volta do conjunto dos significantes, não tem que realizar esse trabalho do luto sobre o qual teremos acima identificado que Lacan o situa como trabalho do *logos*, em outras palavras, como simbólico. Hamlet é, de imediato, levado ao ponto conclusivo de tal trabalho, a seu ponto de fechamento, aquele onde o significante fálico "ali encontra seu lugar e ao mesmo tempo não pode encontrá-lo".

Assim, a operação do luto, parente da psicose, comporta um segundo passo que é também sua resolução. O fato de o falo encontrar e, ao mesmo tempo, não encontrar seu lugar não é, com efeito, por si só e enquanto tal, resolutório. O problema desse segundo passo deixa-se formular nos seguintes termos: a convocação de todo o simbólico e seu culminar em – Φ [166] na posição torta que acaba de ser dita bastam para constituir, como tal, a perda do falo? A citação acima o deixaria pensar; seria, no entanto, um erro. Não há nada aí de automático; bem antes se trata de identificar como a convocação do falo abre a possibilidade de seu sacrifício e como se efetua esse sacrifício, em outras palavras, o ato que, como tal, põe fim ao luto.

---

[164] J. Lacan, *Le désir et son interprétation*, sessão de 29 de abril de 1959, p. 15.

[165] Em seu estudo do luto, Geoffrey Gorer não deixa de notar que, com muita freqüência, a morte de um irmão ou de uma irmã está entre aquelas que afetam menos.

[166] Que podemos assim escrever, já que, do mesmo modo, nesse ponto de subjetivação, $\Phi = -\Phi$.

Seguindo o exemplo de Lévi-Strauss, passemos a agulha através das cartas perfuradas onde estão anotados os mitemas, aqui aqueles que concernem a esse sacrifício do falo.

> [Esse significante escondido] é a parte de vocês que ali dentro ["desse bendito assunto de *logos*"] é sacrificada, e sacrificada não pura e simplesmente "fisicamente", como se diz, "realmente", mas simbolicamente [...] O falo, a turgescência vital, [...] o que, embora seja essa vida mesma que o sujeito faz significante, não vem em lugar algum garantir a significação do discurso do Outro. [...] por mais sacrificada que seja, essa vida não lhe é, pelo Outro, devolvida[167].
> Esse sacrifício de si mesmo, essa libra de carne comprometida em sua relação com o significante, é porque algo vem ocupar o lugar disso que esse algo se torna objeto no desejo[168].

Somente ao termo da leitura de *Hamlet* é que será estabelecido o contato, por Lacan, entre essa problemática sacrificial e o luto. Ele o faz de forma muito notável, ligando o que Freud havia deixado disjunto: a problemática do luto e a do Édipo. O estabelecimento de tal vínculo tem com o que satisfazer a mais rigorosa necessidade de ortodoxia ("Mas como não se pensou nisto mais cedo[169]?"), e há, no entanto, aí, uma inovação que Lacan experimenta e anuncia como tal.

> O falo é aquilo que nos é apresentado por Freud como a chave da *Untergang*, da descida, do declínio do Édipo. [...] É na medida em que o sujeito entra [...] numa relação que podemos chamar de lassidão – está no texto de Freud – quanto à gratificação, é na medida em que o menino renuncia a estar à altura (isto foi ainda mais articulado para a menina, que nenhuma gratificação deve ser esperada neste plano), é na medida em que, para tudo dizer, algo cuja emergência articulada sabemos que não ocorre naquele momento, vale dizer, o sujeito tem de fazer o luto do falo, que o Édipo entra em seu declínio.
> A coisa se depreende de modo tão evidente que é em torno do luto, que não é possível que não tentemos fazer a aproximação [...].

---

[167] J. Lacan, *Le désir et son interprétation,* sessão de 8 de abril de 1959, p. 15.
[168] Ibid., sessão de 22 de abril de 1959, p. 7.
[169] Exceto, é claro, Melanie Klein. Já notamos essa vizinhança Klein / Lacan.

> [...] O que define o alcance, os limites dos objetos cujo luto podemos ter que guardar? Isto, até agora, tampouco foi articulado. Sabemos bem que o falo, entre os objetos cujo luto podemos ter que guardar, não é um objeto como os outros. Ali como em toda parte, ele deve ter seu lugar bem à parte. Mas, justamente, é o que se trata de precisar.
> [...] Estamos aqui em terreno completamente novo; tentemos, portanto, avançar, pois é para isso que vai nos servir, no final de tudo, nossa análise de *Hamlet*.
> [...] O que nos diz Freud quanto a esse luto do falo[170]? Ele nos diz que o que está ligado a ele, o que é um dos motores fundamentais dele, o que lhe dá seu valor é uma exigência narcísica do sujeito. [...] Em presença do resultado último de suas exigências edipianas, o sujeito prefere, se podemos dizer, abandonar toda a parte dele mesmo, sujeito, que lhe será, então, para sempre proibida, a saber, na cadeia significante pontuada, o que faz o alto de nosso grafo[171].

A derradeira citação enganchada pela agulha lévi-straussiana traz uma precisão importante. Trata-se de dizer a razão pela qual a subjetivação se efetua para além da castração, graças à operação chamada privação[172].

> [...] o sujeito enquanto real [*Lacan acaba de situá-lo como agente da castração*] é algo que tem essa propriedade de estar numa relação particular com a fala condicionando nele esse eclipse, essa falta fundamental que o estrutura como tal, no nível simbólico, na relação com a castração[173].

Não se pode melhor figurar o que está em jogo na castração do que lembrando a posição de Hamlet: levado em S(Ⱥ), Hamlet está simbolicamente castrado, mas isso não impede sua procrastinação. Daí, essa seqüência:

---

[170] Caso típico: evidentemente, Freud não diz nada, literalmente falando, sobre o "luto do falo". Lacan está por isso errado? Aproximando luto e Édipo, está ele, por isso, se afastando de Freud? Ou, ao contrário, está realizando Freud?

[171] J. Lacan, *Le désir et son interprétation*, sessão de 29 de abril de 1959, pp. 12-14.

[172] Lacan toma aqui apoio no ternário frustração castração privação, parcialmente estabelecido dois anos antes no seminário *A relação de objeto e as estruturas freudianas*. Ele não pudera, então, definir o agente da castração nem o da privação. A interpretação de *Hamlet* permite preencher essas casas deixadas vazias.

[173] J. Lacan, *Le désir et son interprétation*, sessão de 29 de abril de 1959, p. 19.

Então, o que vai aparecer aqui[174], no nível da privação, a saber, [...] o que acontece com o sujeito, já que ele foi simbolicamente castrado? *Mas ele foi simbolicamente castrado no nível de sua posição como sujeito falante, de modo algum em seu ser,* esse ser que tem de fazer o luto daquele algo que ele tem de portar em sacrifício, em holocausto[175] à sua função de significante faltante. Isso se torna muito mais claro e muito mais fácil de conotar a partir do momento em que é em termos de luto que colocamos o problema. [...] no plano em que o sujeito é idêntico às imagens biológicas que o guiam e que, para ele, fazem o sulco preparado de seu *behavior*, do que vai atraí-lo, e por todas as vias da voracidade e do acasalamento, <é> aí que algo é tomado, é marcado, é subtraído nesse plano imaginário, e que faz do sujeito como tal algo realmente privado[176].
[...] Chamamos isso – φ, isto é, aquilo que Freud apontou como sendo o essencial da marca, no homem, de sua relação com o *logos*, isto é, com a castração, aqui efetivamente assumida no plano imaginário. Vocês verão mais adiante para que nos servirá essa conotação – φ. Ela nos servirá para definir o que está em jogo, isto é, o objeto *a* do desejo [...].
É esse objeto que sustenta a relação do sujeito com o que ele não é. Até aí vamos mais ou menos tão longe, embora um pouquinho mais, quanto o que a filosofia tradicional e existencialista formulou sob a forma da negatividade ou da nadificação do sujeito existente. Mas acrescentemos: com o que ele não é... na medida em que ele não é o falo[177].

Assim, o segundo passo dessa parapsicose que é o luto segundo Lacan deixa-se situar como um sacrifício do falo. Na cena do cemitério, Hamlet

---

[174] Lacan provavelmente aponta com o dedo, no quadro negro, a casa embaixo, à esquerda de seu ternário cujo quadro em sua versão completa aqui reproduzimos:

AGENTE	AÇÃO	OBJETO
mãe simbólica	frustração imaginária	seio real
8 real	castração simbólica	φ imaginário
φ imaginário	privação real	Φ simbólico

[175] Esse termo, neste contexto, não convém. Lacan precisa: o sacrifício em questão não é propiciatório.
[176] J. Lacan, *Le désir et son interprétation*, sessão de 29 de abril de 1959, p. 20 (eu sublinho).
[177] Ibid., p. 21.

põe fim à sua rejeição de Ofélia como falo. Ofélia se acha posicionada enquanto falo, convocado pelo luto que Hamlet faz dela, mas é seu sacrifício enquanto falo que a elevará ao estatuto de objeto no desejo de Hamlet. Por esse sacrifício, Hamlet será não mais apenas castrado, mas privado do falo, em outras palavras, castrado não mais apenas no significante, mas também em seu ser.

Recolhamos, sob forma condensada, o que acaba de ser desdobrado: o objeto no desejo, que é, segundo Lacan, o da fantasia, aparece preso sob os fogos cruzados do simbólico, do real e do imaginário:

— Do simbólico ele recebe seu lugar, o da incompletude do simbólico[178], o que se escreve S(A̶), letra que condensa a interrogação do "*Che vuoi?*".

— Do real ele recebe seu teor de objeto impossível, de objeto absoluto, de objeto furo.

— Do imaginário ele recebe seu brilho fálico que faz dele não um representante do falo, mas, ao contrário, o indício, a marca, a cristalização de um sacrifício do falo[179].

Já entrevemos que o luto, em sua função constituinte da fantasia (enquanto luto do falo), não intervém apenas de modo ocasional, ligado a certas particularidades de Hamlet, ao fato de que Hamlet tenha tido que se ver às voltas com Ofélia morta para reconhecê-la como objeto impossível.

Daí se efetuava o segundo passo do luto em Hamlet: tendo chamado o falo simbólico no furo real com o qual se depara, constituí-lo, pelo sacrifício, em libra de carne, em ser de sacrifício, e elevar assim um pequeno outro enquanto objeto em seu desejo. Desdobramos tanto quanto possível os componentes desse luto quase instantâneo não só por ele ser o mais condensado possível no tempo, mas também por se tratar, a cada vez, de

---

[178] Guy Le Gaufey, *L'incomplétude du symbolique, De René Descartes à Jacques Lacan,* Paris, EPEL, 1991.
[179] O objeto da fantasia "[...] sustenta a relação do sujeito com o que ele não é [...] acrescentemos: com o que ele não é na medida em que ele não é o falo. É o objeto que sustenta o sujeito nessa posição privilegiada que ele é levado a ocupar em certas situações que é de ser propriamente esta, que ele não é o falo" (sessão de 29 de abril de 1959, p. 21).

Ofélia, nos três termos que acabam de ser sucessivamente empregados. O grama nos terá, portanto, permitido diferenciar esses três valores de Ofélia: Ofélia enquanto falo rejeitado (no desmembramento da fantasia), Ofélia reintegrada como falo e como tal sacrificada (ela encarna, então, o falo enquanto ser), Ofélia como objeto pequeno outro no desejo de Hamlet, elevada a essa função por esse sacrifício do falo que delimita o lugar que ela pode, por conseguinte, vir ocupar enquanto pequeno outro. Lacan havia inaugurado sua leitura de *Hamlet* escrevendo: "Ser ou não ser... o falo" (era essa a fórmula da procrastinação). Ele pode agora fechá-la com a rotulação de Hamlet como – Φ: Hamlet advém como desejante uma vez que se trata dele mesmo no objeto fálico que ele sacrifica.

Esse sacrifício do falo responde à "condição prévia" que Lacan impusera a "Luto e melancolia". Mas é preciso ainda, dizia, para que funcione a versão freudiana do luto, que o objeto seja constituído. Constituído como? A resposta joga por terra os dados do problema, Lacan nela recebendo, de certo modo, sua própria mensagem sob uma forma invertida: é um luto essencial, o luto do falo, que constitui o objeto no desejo.

Após essa impressionante interpretação da cena do cemitério, só resta a Lacan colher, espécie de benefício, além do mais oferecido só-depois, o que será doravante sua versão da procrastinação. Hamlet não pode matar Cláudio enquanto Cláudio continuar sendo para ele portador do falo, isso pelo fato de que esse falo "ainda que ali seja, de fato, real, é uma sombra[180]", uma sombra que um golpe de espada jamais atingirá:

> Ele diz estas palavras que ficaram até agora bem inacessíveis aos ouvintes: – "*The body is with the king* (ele não emprega a palavra *corpse*, ele diz *body* aqui, peço-lhes que observem isso[181]), *but the king is not with the body*".

---

[180] Ibid., sessão de 29 de abril de 1959, p. 25. Hamlet "sabe que o que ele tem que atacar é outra coisa que o que está ali". Da mesma forma, nota Lacan, não se assassinava Hitler.

[181] A frase de *Hamlet* (4. 1, 23) faz alusão à teoria dos dois corpos do rei (cf. Ernst Kantorowicz, *Les deux corps du roi*, Paris, Gallimard, 1989). A intenção é equívoca: trata-se, num primeiro tempo e num primeiro sentido, do corpo de Polônio, mas também do corpo do rei, aquele que não é uma coisa, como precisa a seqüência imediata do texto: *The king is a thing of nothing*.

Peço-lhes, simplesmente, para substituir a palavra "rei" pela palavra "falo" para que percebam que é precisamente o que está em questão, a saber, que o corpo está comprometido neste assunto de falo, e quanto!, mas que, por outro lado, o falo, este, não está comprometido com nada, e que ele continua escorregando entre os dedos de vocês[182].

É certo que só após ter feito o sacrifício do falo imaginário, logo, na seqüência da cena do cemitério, é que Hamlet poderá efetuar o "trabalho estragado". Mas por que "trabalho estragado"? É possível também, agora, dar razão a essa constatação: porque a condição aqui acima era necessária, mas não suficiente. Só esse sacrifício (em que Hamlet está cuidando de seu assunto, isto é, de Ofélia[183]) não basta para que ele resolva o outro assunto, aquele que não é, na verdade, o seu[184]. Hamlet só poderá atingir Cláudio enquanto usurpador falóforo no momento

> [...] em que, justamente, ele tiver feito o sacrifício completo, e do mesmo modo contra a vontade, de todo seu apego narcísico, é, a saber, quando está ferido de morte e que sabe disso[185].

Lacan nota assim, logicamente, que Hamlet não se compromete com seu falo no torneio final com Laertes. Hamlet não é mais ele mesmo no que vem depois da cena do cemitério. Ele faz o que tem de fazer, mas é apenas trabalho, pois, acrescentaremos, como Hamlet anunciou durante a briga com Laertes dentro do túmulo de Ofélia, doravante ele está com ela:

---

[182] Ibid., p. 27.
[183] Um assunto em que ele não está comprometido enquanto neurótico: "O que o neurótico não quer, e o que ele recusa obstinadamente até o fim da análise, é sacrificar sua castração ao gozo do Outro, deixando-o servir-se dela. E, é claro, ele não está errado, pois, ainda que se sinta, no fundo, o que há de mais vão a existir, uma Falta-em-ser ou um A-Mais, por que sacrificaria ele sua diferença (tudo, mas não isso) ao gozo de um Outro que, não esqueçamos, não existe. Sim, mas, se por acaso existisse, disso gozaria" (J. Lacan, "Subversion du sujet...", *Écrits*, op. cit., p. 826).
[184] "Veremos ainda mais, hoje, a que ponto Hamlet é bem a imagem desse nível do sujeito em que se pode dizer que é em termos de significantes puros que o destino se articula, e que o sujeito é apenas, de certo modo, o avesso de uma mensagem que nem é a sua" (Ibid., sessão de 15 de abril de 1959, p. 3).
[185] Ibid., sessão de 29 de abril de 1959, p. 26.

Para provocar-me, pulando dentro do túmulo?
Deixa-te enterrar vivo com ela, que é o que desejo;
E se falas de montanhas, deixa que sobre nós atirem
Milhões de geiras [...]

Em direção a uma escrita do luto

Há, segundo Lacan, um luto parapsicótico que constitui como tal a relação de objeto. Não há sujeito desejante fora da via dessa parapsicose. A razão essencial disso é que o objeto do desejo é um objeto fundamentalmente perdido, um objeto impossível, que nisso consiste seu real. Ora, essa impossibilidade não é um dado. Ter acesso a ela equivale a constituir o objeto no desejo. Freud havia nomeado castração a via de acesso ao objeto do desejo; prolongando Freud, graças a essa dimensão imaginária que ele soube distinguir, Lacan acrescenta que o objeto do desejo só se constitui, na fantasia, tendo por base um sacrifício, um luto, uma privação do falo. Esses três termos designam aqui uma única e mesma operação, aquela que torna gracioso o objeto do desejo, aquela que permite que funcione a estrutura imaginária da fantasia.

Lacan radicaliza a função do luto: não há relação de objeto sem luto não só do objeto, mas também desse suplemento, dessa libra de carne fálica que o sujeito só pode sacrificar para ter acesso ao objeto.

Tal radicalização não pode deixar de ter conseqüências sobre o luto no sentido usual desse termo. O luto não é apenas perder alguém (furo no real), mas convocar para esse lugar algum ser fálico para lá poder sacrificá-lo. Há luto efetuado se e somente se tiver sido efetivo esse sacrifício. O sujeito terá, então, perdido não só alguém, mas, além disso, mas, ademais, mas, em suplemento, um pequeno pedaço de si. Escrevemos isto:

$$\mathcal{S} \cong - (1 + a)$$

contanto que se proíba suprimir o parêntese, em outras palavras, contanto que se considere essa fórmula como não redutível a:

$$\mathcal{S} \cong 1 - a$$

o que supõe um axioma suplementar e não clássico. Com efeito, a perda de 1 *não* se realiza *sem* a de pequeno *a*.

Esse luto, assim situado como perda de (1 + a), ainda que não faça senão registrar as práticas funerárias mais estabelecidas na Antigüidade, quando a riqueza dos túmulos é sem igual, não é sem alguma surpresa que o encontramos, com todas as letras, em *Hamlet*. Encontramos isso nos versos 156 a 160. Laertes, de volta, acaba de saber que o pai morreu e acha-se bem decidido a vingá-lo, com o que já parece estar em posição de duplo, de *alter ego* de Hamlet, ainda e para melhor dizer de eu-ideal de Hamlet. Cláudio começa a lhe sugerir que ele, Cláudio, não é responsável pela morte de seu pai, quando surge Ofélia, que essa morte teria deixado louca. Laertes está aterrado. Malaplate traduz assim essa passagem de sua declaração:

> *O Cieux, est-il possible que l'esprit d'une vierge*
> *Puisse être aussi mortel que les jours d'un vieillard?*
> *Nature est habile en amour, et là où c'est le cas,*
> *Elle envoie quelque partie précieuse d'elle-même*
> *Courir après l'objet qu'elle aime.*
> [Oh! céus! será possível que o juízo de uma donzela
> Seja tão mortal quanto a vida de um velho?
> A natureza é sutil no amor e, onde sutil se mostra,
> Envia alguma preciosa informação de si mesma
> Àquele a quem ama.]
> *h Heauens, is't possible, a yong Maid wits*
> *Should be as mortall as an old man life?*
> *Nature is fine in Love, and where'tis fine*
> *It sends some precious instance of it selfe*
> *After the thing it loves.*

É, com todas as letras, exatamente o que notávamos: o morto vai embora levando, para o enlutado, um pequeno pedaço de si. Nosso achado terá consistido somente num passo, numa transposição do fosso que separa uma notação poética de uma teoria analítica. Essa transposição nos permite, com Lacan, precisar qual é o estatuto exato dessa parte de si mesmo então sacrificada pelo enlutador, o que o poeta, em seu justo semidizer, não faz.

Os versos que acabamos de ler não se encontram na versão Q2. Tampouco em Q1:

I'st possible yong maides [sence]
Should be as mortall as an olde mans [life]?
O heau'ns themselues! how how Ofelia?

Tanto que devemos admitir que.Shakespeare teria introduzido depois essa preciosa notação, o que sublinha sua importância a seus olhos e... aos nossos.

O emprego de *to send after* é, nesse contexto, particularmente bem-vindo. Com efeito, ele tem também o valor de "enviar buscar alguém" que, tendo partido, esqueceu algo para trás. Esta situação diria, portanto, respeito ao morto. Tanto que, ao notarmos que o enlutado corre atrás dele para lhe trazer uma preciosa parte de si mesmo, colocamos em jogo uma pertinente ambigüidade relativa a esse "si mesmo".

Tem-se aí o possível ponto de enxerto de uma problemática paranóica sobre a do luto: o morto vai embora levando algo (aquela parte preciosa do enlutador que este deverá, ao termo de seu luto, lhe ceder). Mas, é esse o alcance da ambigüidade do "si mesmo", pode acontecer de o morto deixar algo e declarar que o enlutador lhe tomou aquilo que o morto deixou nele (não sem razão, aliás, ver o caso de Hamlet pai). Assim, as posições do morto e do enlutador, tão semelhantes, podem ser tomadas num enfrentamento imaginário, tipo perseguidor-perseguido.

Essa citação de Shakespeare nos deixa também em condição de pôr os pingos nos is quanto a essa parte de si sacrificada no luto. Com efeito, o que perde Ofélia perdendo seu pai e o que seu pai leva consigo para o túmulo? Shakespeare chama isso *maids wits*, "o juízo de uma donzela". Trata-se, evidentemente, do falo, como demonstra suficientemente o fato de que basta à donzela em questão encontrar alhures esse falo para inelutavelmente perdê-lo em sua forma, em seu avatar de juízo de donzela. O *maids wits* presentifica tanto mais nitidamente o falo porquanto é exatamente aquilo que lhe falta, porquanto é exatamente essa falta que o define (isto segundo uma lógica desenvolvida por Lacan no fim do seminário *A transferência...*[186]).

O valor fálico de Ofélia está, aliás, claramente indicado nas delirantes guirlandas por ela exibidas, compostas de:

---

[186] J. Lacan, *Le transfert dans sa disparité subjective...*, op. cit., sessão de 21 de junho de 1961, p. 4.

> [...] *Nettles, Daysies and long Purples*
> *That liberall Shepheards giue a grosser name;*
> *But our cold Maids doe Dead Mens Fingers call them*[187].

Malaplate traduz:

> *Œillets, orties et pâquerettes, digitales*
> *Que nos bergers hardis nomment d'un nom grossier*
> *Mais que nos vierges ont baptisées doigts des morts.*
> [Cravos, urtigas e margaridas, digitais
> Que nossos pastores ousados chamam por um nome grosseiro
> Mas que nossas donzelas batizaram dedos dos mortos.]

Lacan se interessa por essas *"long Purples"* e declara:

> A planta em questão é a *orchis mascula*. Trata-se de algo que tem uma relação qualquer com a mandrágora, que faz com que isso tenha alguma relação com o elemento fálico. Procurei no *New English Dictionnary*, mas fiquei muito decepcionado, pois, ainda que esteja citado nas referências do termo *finger*, não há nenhuma alusão àquilo a que Shakespeare faz alusão com essa denominação[188].

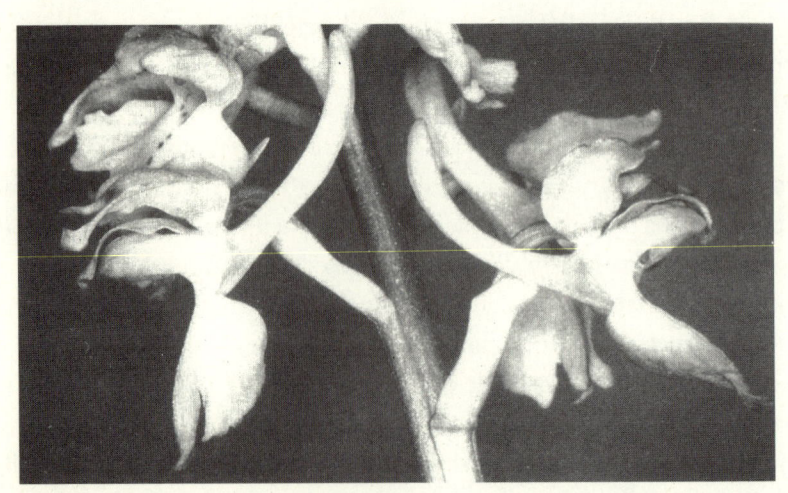

Orchis mascula[189]

---

[187] *Hamlet*, op. cit., (4. 6, 145-147).
[188] J. Lacan, *Le désir et son interprétation*, sessão de 15 abril de 1959, p. 27. Acrescentemos que *orchis*, em grego, é o testículo.
[189] Foto de Jean-Claude Arnoux. Essa imagem vale, sozinha, a um só tempo como metáfora e metonímia para a teoria lacaniana do luto, a da função do luto no desejo: o falo, versão virgem, é um dedo de morto.

É também posta de lado, em Hamlet, a versão do luto orientada pela idéia de uma possível substituição de objeto, que é também recusada, e duplamente, pela escrita do luto $ 8 \cong - (1 + a)$. Com efeito, quanto ao 1, o objeto está absolutamente perdido, e essa radicalidade da perda está em contradição com qualquer substituição que seja. Mas, além disso, o pequeno pedaço de si, enquanto objeto, enquanto libra de carne sacrificada, é ele também sem equivalente possível.

Uma discussão do problema da substituição de objeto em *Hamlet* ocorre bem no início da tragédia na tragédia. O rei, morrendo, preocupa-se com o que sua mulher vai fazer, e ela o tranqüiliza:

[Que eu seja amaldiçoada], se tiver segundo esposo!
Ninguém se casa com o segundo, sem matar o primeiro (3. 2, 161-162).

Essa declaração é interrompida por Hamlet, que a pontua, mais uma vez, tal o coro antigo ou tal um psicanalista:

HAMLET: Que absinto! Que absinto!
[jogo de palavras: absinto, *Wormwood*, verme de madeira, o caixão, o verme está dentro da fruta]

O que não impede a rainha Batista de prosseguir:

Os motivos que incitam a um segundo matrimônio
São vis razões de lucro, jamais de amor.
Mato pela segunda vez meu defunto marido,
Se o segundo esposo me beijar no leito conjugal.

Batista, o rei da comédia, continua cético (para a maior felicidade de Hamlet, que usa esse ceticismo como uma flecha lançada contra Cláudio) e pede a intervenção sempre imprevista da Fortuna. Mais finamente ainda, ele observa que sua morte vai pô-lo na necessidade em relação à sua mulher: ele será um pobre diabo esperando dela, além do mais sem poder intervir, o prosseguimento de seu amor. Ora, essa indigência do morto, essa pobreza representa uma posição de infelicidade em que, todos sabem disso, se reconhecem os verdadeiros amigos! Estará ela entre eles? Daí sua inquietude persistente, que acha sua verdadeira resposta sob forma de um juramento que ela lhe faz, isto é, no ato:

> Que não só neste mundo como no outro, uma eterna adversidade me persiga
> HAMLET: E se quebrasse ela agora a promessa!
> Se, quando ficar viúva, torne a ser esposa!

Essa escrita do luto que acabamos de propor (seu interesse, como de toda escrita, é abrir um certo jogo) permite transcrever a experiência, que os sociólogos nos asseguram ser bem freqüente, em que o enlutador segue no túmulo (suicídio ou doença) seu objeto perdido. Num tal caso, o enlutador parece absorver-se ele mesmo nesse pedaço de si, realizar-se como pedaço de si; ele "prefere" ele mesmo morrer que perdê-lo no sentido de ficar dele privado[190]. Se não fosse o fato de nem todo o enlutador se realizar como pedaço de si, se não fosse o fato de essa realização manter um resto[191], a mais lacônica fórmula de tais lutos se escreveria:

$$- (1 + (1 + ...)) \Rightarrow - (1 + a) \cong \cancel{S}$$

A morte chama a morte. O fato de Hamlet estar habitado pelo desejo de reunir-se ao pai no túmulo está indicado de múltiplas maneiras na peça. Sua mãe rainha lhe pede, por exemplo, para não fazer aquilo numa bela interpretação de seu olhar baixo:

> Não permaneças continuamente com as pálpebras abaixadas,
> Procurando no pó teu nobre pai (1. 2, 68-69).

Quanto ao próprio Hamlet, ouvimo-lo praguejar contra a lei cristã que proíbe o suicídio em termos que indicam, bem como numerosos outros, que a morte está ligada à água e não ao fogo:

---

[190] Ouvimos às vezes essa reação formulada: "Antes morrer que... lhe dar um franco!". Tal raiva assinala que a declaração em questão responde a um problema não de castração, mas de privação.
[191] O que notamos em "Literatura cinza I" a respeito do rito da sati.

Oh! se essa sólida, completamente sólida carne
Pudesse ser derretida, ser evaporada e dissolvida num orvalho!
Por que o Eterno fixou suas leis contra o suicídio? (I, 2, 126-130)

As chamas, em *Hamlet*, são as da vida, do amor, do desejo (cf. 1, 3, 117-120), o que, por um curioso desvio e um não menos estranho paradoxo, parece bem ser também o caso entre nossos modernos adeptos da cremação quando adotam como divisa ecológica: *a terra aos vivos*. Em outras palavras: não há lugar terrestre para os mortos!

Em *Hamlet*, como na fórmula "a morte chama a morte", ir ao encontro do morto seria não tanto uma iniciativa pessoal cuja responsabilidade seria do sobrevivente quanto responder a um apelo do morto: aos olhos do coro antigo que são, naquele momento, seus companheiros, o perigo, para Hamlet, no encontro com o espectro, é precisamente que este acabe por arrastá-lo consigo, convidando-o a "segui-lo para a água" (I. 4, 48).

Essa escrita do luto poderia também servir para situar a versão kleiniana do luto. "Melanie", etimologicamente, é *melaina*, "a negra" – traço de que se pode conjecturar que interveio na escolha das botas vermelhas calçadas por sua filha Melitta no dia do enterro de sua mãe[192]. Este vermelho, com efeito, para além do sentido de agressividade que logo se imagina, teria antes o de um triunfo sobre a morte. Ele evoca também o vermelho das chamas da incineração e com certeza não é um acaso se, em seus remanejamentos contemporâneos da relação com a morte, a igreja católica adotou, ao mesmo tempo, o vermelho como cor da morte e riscou dois mil anos de recusa enérgica da incineração.

Além da interpretação de Hamlet, há um traço decisivo em que pode ser experimentada a pertinência da versão lacaniana do luto e em que ela

---

[192] A versão kleiniana do resultado final do luto poderia ser assim transcrita:
$$Ego \cong (1 + a') - a"$$
Com efeito, a saída do luto ou da fase depressiva supõe, em Klein, uma nítida separação do bom e do mau objeto parcial, a rejeição do mau objeto e a incorporação do bom, dupla operação que contribui, assim, para a unidade do Ego. O parêntese não tem exatamente a mesma função que anteriormente, ele não serve mais para tomar numa mesma negatividade o 1 e o pequeno *a*, e poderia até, matematicamente falando, saltar fora; ele está aqui apenas para indicar a incorporação do bom objeto no eu e essa passagem do parcial ao total (1 + a' = 1) que, segundo Klein, assinalam o fim do luto.

vem concorrer com a versão de "Luto e melancolia". Por um lado, vimos, com efeito, que a versão lacaniana engloba a de Freud. O trabalho do luto é simbólico, o simbólico é seu lugar, Lacan sublinhando que é traço a traço (*einziger Zug*[193]) que se efetua a retomada das lembranças ligadas ao morto. Mas o luto não pode ser terminado apenas no nível simbólico: o objeto do desejo, como o do luto, se constitui numa via descendente do simbólico para o imaginário (cf. o grama), e é somente aí que ele pode ser, no real, constituído em objeto radicalmente perdido. Assim, a versão lacaniana incorpora a de Freud, que dela se torna uma parte[194]. Entretanto, sua pertinência, comparativamente à de Freud (na medida em que esta se quereria total e exclusiva), pode ser discutida e até experimentada num ponto preciso: a função do público no luto, um problema que está diretamente ligado ao problema da função do rito.

Uma vez mais, Lacan estabelece um vínculo não trilhado em Freud: da mesma forma que Freud não havia articulado sua versão do luto ao Édipo, da mesma forma não havia ele relacionado "Luto e melancolia" e sua análise do chiste. O chiste acaba sendo, na lista das formações do inconsciente, aquela em que Freud desdobra de modo mais amplo e mais explícito a relação de tal formação com o ou os públicos que ela põe em

---

[193] Para falar a verdade, se já temos, em 1959, na interpretação lacaniana de *Hamlet*, a indicação de que o luto, tal como Freud lhe constrói uma versão, no andar de cima do grafo, será apenas dois anos mais tarde, exatamente em 21 de junho de 1961, que Lacan vai rotular a identificação com o objeto perdido não como uma identificação "envolvente de ser a ser", mas como uma introjeção "não da realidade de um outro no que ela tem de envolvente, de amplo, até mesmo de confuso eventualmente, de maciço, mas sempre de *einziger Zug*, de um único traço". É sempre o mesmo prego que Lacan enterra, então, quando declara: "No cerne da função pequeno *a*, permitindo agrupar, situar os diferentes modos de objetos possíveis, na medida em que eles intervêm na fantasia, há o falo". A versão lacaniana do luto já levava, de certo modo, em conta essa observação, feita por Lacan naquele dia, segundo a qual Abraham falara, em sua história do desenvolvimento da libido, não do objeto parcial, mas do amor parcial do objeto. Essa versão, em outras palavras, não encara globalmente o objeto (perdido), mas distingue, segundo a indicação dada por Abraham, esse objeto enquanto pequeno outro e esse falo de que ele é portador, mas como um branco sobre sua imagem.

[194] Caso típico de "Freud deslocado" no sentido da equivalência metonímia / deslocamento.

jogo. Não há público, não há tampouco discussão quanto à função do rito, em "Luto e melancolia"[195]. Lacan, que estudava, a se crer nele, sob a vigilância de um supereu particularmente severo, não se autorizou semelhante impasse. Já lemos em que termos ele abordava pela primeira vez o problema dos ritos funerários:

> O que são os ritos funerários, os ritos pelos quais satisfazemos o que é chamado "a memória do morto"? O que é se não for a intervenção total, maciça, do inferno até o céu, de todo o jogo simbólico?
> [...] não há nada que possa preencher com significante esse furo no real, se não for a totalidade do significante. O trabalho cumprido no nível do *logos* (digo isso para não dizer no nível do grupo nem da comunidade, é claro que são o grupo e a comunidade, enquanto culturalmente organizados, que são seus suportes), o trabalho do luto se apresenta primeiramente como uma satisfação dada ao que acontece de desordem em razão da insuficiência de todos os elementos significantes para fazer frente ao furo criado na existência pela colocação em jogo de todo o sistema significante em torno do mínimo luto[196].

Ele volta a isso em 29 de abril:

> Já fiz alusão, na penúltima vez[197], a essa função do rito no luto. É por essa mediação que o rito introduz àquilo que o luto abre de hiância em algum lugar; mais exatamente à maneira como ele vem <fazer> coincidir, pôr no centro de uma hiância muito essencial, a hiância simbólica maior, a falta simbólica [...].

O rito faz coincidir o furo real e a hiância simbólica. Sua função é tomada, por Lacan, como equivalente àquela do trabalho do luto, e encontramos aqui uma confirmação e ao mesmo tempo a razão do que notávamos no "Estudo a": não há rito em "Luto e melancolia" porque o trabalho do luto lá é colocado no lugar do rito, o luto psíquico substituindo o luto

---

[195] Cf. *Estudo* a, no qual cremos ter dado conta desse fato sublinhando o romantismo desse texto.
[196] J. Lacan, *Le désir et son interprétation*, sessão de 22 de abril de 1950, pp. 22-24.
[197] Na verdade: na última vez.

social. Mas essa coincidência do furo real e do furo simbólico, seja qual for sua via, social ou psíquica, não é, segundo Lacan, o todo do luto; ela só concerne, por assim dizer, à parte de cima do grama. O segundo passo do luto, sacrificial, reencontra, ele, quando ela foi perdida, a função de um público. Não se pode, com efeito, conceber ato sacrificial privado, privado de todo público. O sacrifício de Abraão, que parece estritamente um assunto entre Deus e ele (Isaac sendo aqui o objeto), tem, mesmo assim, Kierkegaard por público.

O sacrifício do falo

O luto moderno, veremos também com Kenzaburô Ôe, é gracioso sacrifício. E poderemos ser sensíveis, lendo Ôe, a essa maneira que tem a história mais particular de ser também um rito. Tudo se passa como se o enlutador, na história de seu luto, devesse juntar-se ao rito, encontrar por um viés não codificado, não ritual, a possibilidade de que se exerça a função do rito. Parece-nos, em conseqüência, tanto mais importante precisar aqui em que consiste a contribuição propriamente psicanalítica em relação a esse rito de luto que não é um luto, mas que, tampouco, não pode não ser um luto. A psicanálise precisa: o pedaço de si sacrificado é fálico. O que acontece, então, com esse "sacrifício do falo"? Em que tal sacrifício, considerando seu objeto, seria suscetível de ter uma função separadora, de intervir como "gracioso sacrifício de luto" (Ôe)?

Já dissemos que separar era a função do sacrifício em geral, do *sacra facere*, do "fazer sagrado", isto é, do separado. Logo, se a separação aqui notada não é esta, a mais usual quando se trata de sacrifício, aquela que não pára de não fazer união e até comunhão numa separação bem relativa, qual é ela?

Freud (que seguimos em sua não-distinção entre sacrifício ritual e sacrifício moral), a crer-se em *Totem e tabu*, não caracteriza, ele tampouco, o sacrifício como separação. Ele escreve:

> A significação que o sacrifício adquiriu de modo geral reside no fato de que o ato mesmo que havia servido para humilhar o pai serve agora para

dar-lhe satisfação por essa humilhação, ao mesmo tempo que perpetua a lembrança desta[198].

O vínculo de rememoração e até de comemoração do filho com o deus/pai está suficientemente indicado para nos dispensar de qualquer outro comentário: o sacrifício se identifica como um ato de amor pelo pai, um amor segundo o relembrar. Ele permanece confinado na troca.

Já criticamos essa definição do sacrifício como troca. *Do ut des*[199] – dou para que dês –, a fórmula seria como que o núcleo ritual do sacrifício pensado enquanto comunhão. Mas será que, por isso, essas críticas colocam o sacrifício enquanto separação?

Sem empreender um estudo geral do problema, consideremos apenas uma das posições mais caracterizadas, a posição kantiana. O purismo de que Kant dá prova ao oferecer à lei moral o sacrifício de todo o "patológico" foi situado como uma exigência de tipo superegóico. Freud já se empenhava nisso:

> O supereu, a consciência moral em ação nele, pode, então, mostrar-se duro, cruel, inexorável em relação ao eu que ele tem sob sua guarda. O imperativo categórico de Kant é, assim, o herdeiro direto do complexo de Édipo[200].

Ao falar de "herdeiro *direto*", Freud age sem rodeios; é, de fato, o extremo purismo da ética kantiana que é assim visado (o imperativo *categórico*). Freud situa esse imperativo como oriundo daquele suplemento de severidade de que se encarrega o supereu ao assumir a potência, a severidade, a tendência em vigiar e em punir pessoas parentais introjetadas no eu. Como essas pessoas eram anteriormente objetos libidinais, como sua introjeção reclamou sua dessexualização, daí decorre que, segundo Freud, o imperativo categórico kantiano está ligado a uma desintricação das pulsões

---

[198] Sigmund Freud, *Totem et Tabou*, trad. S. Jankélévitch, Paris, Payot, PBP, 1968, p. 172.
[199] A fórmula é de E. B. Tylor, *La civilisation primitive*, trad. P. Brunet, Paris, 1876, citada por Baas, op. cit., p. 125.
[200] S. Freud, "Le problème économique du masochisme", trad. Jean Laplanche, in *Névrose, psychose, perversion*, Paris, PUF, 1973, p. 295.

de vida e de morte, logo, a algo que Freud situa como patológico. Aqui estamos, pois, com o patológico ali mesmo onde estava em questão eliminá-lo radicalmente[201].

Lacan[202] não esperou 24 de junho de 1964, sessão de seu seminário em que ele recusa o desejo puro kantiano, para tomar suas distâncias em relação ao que ele considera, entretanto, como sendo não o erro, mas, de fato, a verdade de Kant. Em sua "Introdução teórica às funções da psicanálise em criminologia", ele sustentava que a noção de supereu nada tem de idealista, mas "se inscreve na realidade da miséria fisiológica própria aos primeiros meses da vida do homem[203]"; ele fala, então, do supereu como de uma

> [...] instância obscura, cega e tirânica *que parece* a antinomia, no pólo biológico do indivíduo, do ideal do Dever puro que o pensamento kantiano põe em contrapartida à ordem incorruptível do céu estrelado. Sempre prestes a emergir da desordem das categorias sociais para recriar, segundo a bela expressão de Hesnard, "o Universo mórbido da falta [*faute*]", essa instância só é apreensível, no entanto, no estado psicopático, isto é, no indivíduo.
> Assim, nenhuma forma do *supereu* é deduzível do indivíduo para uma sociedade dada. E o único *supereu coletivo* que se pudesse conceber exigiria uma desagregação molecular integral da sociedade. É verdade que o entusiasmo no qual vimos toda uma juventude sacrificar-se por ideais de

---

[201] O sentido desse termo é, por certo, diferente em Freud e Kant, o que não impede que essa diferença não seja simétrica, já que Kant teria situado como patológico no sentido dado por ele o que Freud qualificava de tal; a observação acima não é, portanto, puramente verbal.

[202] Aqui, uma observação metodológica. Vê-se, com efeito, que a diferença das leituras de Kant, entre Lacan e Freud, é mais que nítida, que há ali duas leituras irredutíveis uma à outra – um gênero de diferença negligenciado pelo freudolacanismo, ao passo que Lacan, em "Kant com Sade", prende Kant em seu próprio fio, de Kant, ao passo que Lacan não é avaro quanto à questão da rejeição do patológico, ao passo que Lacan, em outras palavras, empurra Kant para suas trincheiras kantianas (isto é, segundo Lacan, em Sade), Freud, ao contrário, nesse momento da rejeição do patológico, levanta o braço direito e diz sem suspeita: "Um minuto! Esperem! É tão certa essa rejeição do patológico? Mas não, vocês vêem bem que ela deriva da patologia do supereu!". Freud, em outras palavras, *não compra* (como se diz nas cartas), ao passo que Lacan, ao contrário, compra, e até para além do que Kant podia esperar! Lacan se integra à lógica kantiana, Freud a recusa de início.

[203] J. Lacan, *Écrits,* op. cit., p. 136.

nada nos faz entrever sua realização possível no horizonte de fenômenos sociais de massa que então suporiam a escala universal[204].

Estamos, portanto, nos baseando em Freud e naquilo "que parece" de Lacan para identificar o sacrifício kantiano como sendo um sacrifício superegóico. Além disso, a análise de Hannah Arendt que confirma a pertinência da declaração de Eichmann segundo a qual, ao pôr em prática o genocídio dos judeus pelos nazistas, ele teria agido conforme à moral kantiana tem peso suficiente para admitir que o assunto está entendido.

É uma dependência que está em questão nesse sacrifício kantiano superegóico, e até uma dependência particularmente inevitável *, já que se paramenta dos mais nobres ideais. A palavra aparece, aliás, algumas linhas mais acima nesse texto de Lacan:

> Esta noção [de supereu] exprime *a dependência*, genérica, com efeito, do homem em relação ao meio humano.

Se, pois, o sacrifício de luto, com seu alcance separador, deixa-se assim especificar como essa exceção num campo de práticas sacrificiais decididamente ordenado pela troca, como situar seu objeto? Aqui vem um bocadinho de história dos textos.

Abordamos o problema do sacrifício do falo ao estudarmos a função subjetivante do luto tal como Lacan a construiu em sua interpretação de *Hamlet*. O que nos remetia à sessão de 8 de abril de 1959 e às sessões seguintes de seu seminário. Ora, esteve também em questão o sacrifício do falo na "Nota sobre o relatório de Daniel Lagache 'Psicanálise e estrutura da personalidade'". Tratava-se de uma intervenção, em Royaumont, entre 10 e 13 de julho de 1958. Não sabemos, porém, o que foi dito com exatidão naquele dia (lá se tratou de sacrifício do falo?), já que o texto publicado que corresponderia a essa intervenção foi redigido, Lacan precisa, na Páscoa de 1960, logo, posteriormente à interpretação de *Hamlet*, ao longo do

---

[204] *Ibid.*, p. 137 (exceto o "que parece", os itálicos são de Lacan).
* Trocadilho: o verbo *parer* tanto significa *evitar um golpe* [adj. *imparable*: inevitável, indefensável] quanto *paramentar*. (NT)

seminário *A ética da psicanálise* e após a conferência "A significação do falo, *Die Bedeutung des Phallus*", em 9 de maio de 1958 (esta relatada tal qual nos *Escritos, dixit* Lacan). Ele precisa também, exceção que confirma a regra, que procedeu a importantes remanejamentos "na gravação" (uma fita magnética? Sua transcrição?) de sua "Nota sobre..." e que não distribuiu texto algum dessa intervenção, tanto que, conclui, o texto proposto em 1961[205] vale pelo original.

Situemos em que momento preciso, logo, baseado em que problema preciso então encarado, Lacan produziu seu conceito de um sacrifício do falo. Cronologicamente, as coisas se apresentam assim:

1. 9 de maio de 1958: (Conferência "A significação do falo"
   (seria dada tal qual nos *Escritos*)
2. 13 de julho: Conferência "Nota sobre..."
   (não há texto)
3. 8 de abril: *O desejo e sua interpretação*
   (menção do sacrifício do falo a respeito de *Hamlet*)
   18 de nov. 1959: 1ª sessão de *A ética da psicanálise*.
4. 23 set. 1960: Conferência em Royaumont "Subversão do sujeito...",
   (publicada em *Escritos*, menção do sacrifício do falo)
5. Páscoa de 1960: Durante *A ética da psicanálise*,
   escrita de "Nota sobre..."
   (duas menções do sacrifício do falo, pp. 822 e 826)
6. 6 julho de 1960: Sessão de *A ética*.
   (menção do sacrifício da libra de carne,
   preço pela satisfação do desejo)

O problema do sacrifício do falo (identificado como sacrifício de luto na interpretação lacaniana de *Hamlet*) é tratado várias vezes. Temos pelo menos três "ângulos": *Hamlet*, a "Nota sobre..." e "Subversão...".

A interpretação de *Hamlet* terá sido o lugar inaugural dessa formulação do sacrifício do falo? Essa conjectura poderia ser desmentida se, um dia, saísse dos baús uma transcrição da conferência de 13 de julho de 1958; no entanto, o fato de não estar em questão, dois meses mais cedo (no texto "A significação do falo"), o sacrifício do falo não trabalha muito a favor

---

[205] *La psychanalyse*, vol. VI, "Perspectives structurales", Paris, PUF, 1961, pp. 111-147.

dessa possibilidade. Com efeito, eis um dado importante: o sacrifício do falo não está em questão em "A significação do falo", tampouco o preço fálico a pagar. Nessa data, de 13 de julho de 58, Lacan provavelmente ainda não havia concebido a noção de um sacrifício do falo. Esse texto torna até dificilmente pensável tal sacrifício, na medida em que ele outorga ao falo um estatuto de significante do desejo.

> Para exprimir o desejo, como a sabedoria popular sabe muito bem, não há como a "cantada". A questão do significante do desejo se coloca, então, como tal e é por isso que o que o exprime não é um significante como os outros, é algo que, com efeito, é tomado a uma forma prevalente[206] do impulso do fluxo vital, nessa ordem, mas que não deixa de estar preso nessa dialética a título de significante, com <tudo o que> essa passagem ao registro do significante que comporta de mortificado [...] Aqui a mortificação ambígua se apresenta bem precisamente sob a forma do véu [...][207].

O falo, lê-se na conferência que, dois dias mais tarde, retoma boa parte das coisas formuladas nessa sessão de 7 de maio de 1958 de que são extraídas as linhas acima, não é uma fantasia, não é um objeto como tal (parcial, interno, bom, ruim, etc), menos ainda um órgão (pênis ou clitóris, o órgão que ele simboliza)[208]. O que queria dizer sacrificar um significante?

Se admitíssemos que o texto de 1960, a "Nota...", transcreve com fidelidade a conferência à qual supostamente corresponde, a de 13 de julho de 1958, deveríamos concluir que nessa data de 13 de julho de 1958, ou seja, dois meses mais tarde, sim, a noção desse sacrifício do falo estava colocada. Mas essa conjectura é pouco segura. Como resolver? Um viés consiste em ver, nos seminários entre 9 de maio e 13 de julho de 1958, se é encontrada alguma indicação relativa ao sacrifício do falo. Experiência feita, a resposta é não[209]. Foi, pois, sua interpretação de *Hamlet* que terá sido o

---

[206] E não "previdente"!
[207] J. Lacan, *Les formations de l'inconscient*, sessão de 7 de maio de 1958, p. 28.
[208] Jacques Lacan, *Écrits*, op. cit., p. 690.
[209] Isso é um argumento de peso para decidir situar a "Nota..." não em 1958, mas como um escrito de 1960, logo, para integrar esse texto no seminário *A transferência...* (onde está muito presente).

lugar mesmo de onde veio a Lacan o sacrifício do falo. Ora, esse dado histórico e filológico tem, de imediato, um alcance teórico: o sacrifício do falo é, de saída, sacrifício de luto. Como, então, situar juntos sacrifício do falo e sacrifício de luto?

Responder exige um ligeiro recuo: que temos logo antes, em Lacan, relativo ao falo, e que seria como que o solo sobre o qual vai surgir o sacrifício do falo? Temos uma problematização da função fálica em forma de gaveta de fundo duplo. Ela importa para nós, pois traz de volta, em outros termos, a dificuldade que encontramos estudando a localização do falo no grafo. Ela deriva da mesma sutileza, aquela que se esquece nessa inconveniência que quer que tudo se resuma em "tê-lo ou não", aquela que se encontrará ainda, em Lacan, com as fórmulas da sexuação...

O ponto então em discussão está nos antípodas do sacrifício do falo. Trata-se da fantasia de *fellatio*, mais precisamente de incorporação oral do falo do psicanalista, incorporação esta que constituiria, segundo Maurice Bouvet, o final bem sucedido da análise do obsessivo[210]. Ter conseguido incorporar esse mirabolante falo é, evidentemente, o contrário de sacrificá-lo. Mas igual a dizer que há, nessa incorporação, uma presença em oco, em negativo, do sacrifício. A coisa não se deixa somente deduzir abstratamente; esse sacrifício acha-se realmente indicado, no caso discutido por Lacan, sob a forma de um crucifixo[211] – que ele não tem muita dificuldade em identificar como falo. Durante sua discussão desse caso, em que o falo é colocado como significante do desejo do Outro (a mãe), Lacan dá sua versão do complexo de castração segundo Freud, e é então que nos vemos às voltas com a problemática fálica situada em fundo duplo. O complexo de castração

> [...] que, em suma, se resume nisto: que ele [o homem] só pode ter o falo sobre o fundo disto, que ele não o tem, o que é exatamente a mesma coisa que o que se apresenta na mulher, isto é, que ela não tem o falo sobre o

---

[210] J. Lacan, *As formações do inconsciente*, sessão de 11 de junho de 1958, p. 17. Em 25 de junho, Lacan, fazendo falar Bouvet, dirá: "Isto é meu corpo, isto é meu sangue, esse falo, vocês podem [...] confiar em mim, homem como tal, absorvam-no, permito-lhes isso, esse falo é o que deve dar-lhes força e vigor, é o algo que deve resolver para vocês todas as suas dificuldades de obsessivo" (p. 38).
[211] Ibid., sessão de 11 de junho de 1958, p. 30.

fundo disto, é porque ela o tem – pois, caso contrário, como poderia ficar apaixonada por esse *penisneid* irredutível[212]?

Lê-se, ainda mais adiante, e de um modo que não é necessariamente homogêneo ao que acaba de ser dito, notadamente para a mulher:

> Ele não vê [Freud] que a solução do problema da castração, tanto no homem quanto na mulher, não é em torno desse dilema de ter ou não ter o falo, pois <o problema se coloca> unicamente a partir do momento em que o sujeito percebe que há uma coisa que, em todo caso, deve ser reconhecida e colocada, é que ele não é o falo; e é a partir dessa realização, na análise, de que o sujeito não é o falo, que ele pode normalizar essa posição que eu diria "natural" que, ou ele o tem, ou, então, ele não o tem[213].

Temos, portanto, um primeiro casal:

<u>homem</u>: tem o falo sobre o fundo de não tê-lo
<u>mulher</u> : não tem o falo sobre o fundo de tê-lo

depois um segundo:

<u>homem</u>: ter o falo sobre o fundo de não sê-lo
<u>mulher</u> : não ter o falo sobre o fundo de não sê-lo.

Transcrevamos essas observações num quadro (de imediato ressalta que sua composição não deriva de um puro jogo de algoritmos):

	Homem fundo / fundo duplo		Mulher fundo / fundo duplo	
ter	+	–	–	+
ser	–	+	+	–

Há bem uma apresentação folheada da questão fálica, com duas folhas diferenciadas (como uma superfície de Riemann?). Lacan pode situar

---

[212] Ibid., p. 34.
[213] Ibid., p. 36.

um bom número de dados clínicos a partir desse duplo fundo do significante fálico, a começar pela perversão fetichista, que põe a mulher do lado homem, já que ela corresponde, para o sujeito masculino, a

afirmar que a mulher o tem sobre o fundo de não o ter[214].

O fundo duplo fálico permite também estudar a mascarada feminina (a mulher nela se apresenta como sendo o falo sobre o fundo de não sê-lo), ou, ainda, a agressividade da mulher para com seu homem (que em sua rivalidade ela supõe ser o falo sobre o fundo de não sê-lo). Já na sessão seguinte de seu seminário, Lacan afirma que trouxe, com essas observações, o que ele chama um "esquema", que ele vai mesmo até qualificar de "princípio". E podemos admitir a pertinência dessa qualificação quando vemos Lacan, pouco tempo depois, derramar esse fundo duplo do significante fálico na fôrma dos dois tempos do *Wo Es war, soll Ich werden*: ali onde o sujeito não é o falo (identificado, logo, com o *Es!*), ele pode aceitar saber se o tem ou se não o tem[215] (curiosamente, essa leitura do *Wo Es war...* não é muito citada).

Nesse momento do trilhamento de Lacan, esse princípio do fundo duplo fálico ainda não tem seu estatuto, o de ser constituído por um sacrifício. Toda perda, com efeito, todo defeito, toda falta, mesmo enquanto produzida, evidentemente, não tem necessariamente esse estatuto de um objeto de sacrifício. Como essa decisão, que desemboca no sacrifício do falo, vai ser tomada por Lacan?

Seu início é, portanto, em suma, bem simples: interrogando-se sobre o enigma do desejo do Outro, logo sobre o que poderia bem ser o significante desse desejo, a criança mostra, por aí mesmo, que ela já não é mais aquele falo que satisfaria esse desejo. Trata-se, portanto, para dizê-lo assim, de uma questão de estado, de ser ou não ser o falo. Como se vai passar daí a uma questão de objeto, de mais a mais de objeto de sacrifício, de objeto perdido dessa maneira sacrificial?

---

[214] Ibid., sessão de 11 de junho de 1958.
[215] Ibid., sessão de 25 de junho de 1958, pp. 32-33.

Essa questão se mostra ainda mais tensa porquanto Lacan, sempre nesse seminário *As formações do inconsciente*, nota que, se o falo *enquanto imagem* de um objeto erigido está singularmente apropriado para representar a turgescência vital, se, portanto, *enquanto significante*, ele está particularmente marcado por essa essencial conaturalidade do simbólico e da morte que Lacan valorizou em Freud (cf. a interpretação lacaniana do instinto de morte)[216], em compensação, *enquanto objeto*, o falo não está bem feito para figurar o objeto destacável, até mesmo para realizar-se enquanto objeto destacado, perdido. Os outros objetos, mama, cíbalo, são como que dados pelo lado de fora; se devem, por certo, passar ao estado de significante para desempenhar seu papel no jogo subjetivo, convém, no entanto, notar que eles antes se prestam bem ao jogo, como as conchas que, em certas sociedades, servem com tanta facilidade como moeda de troca.

> Observem bem que, para o falo, de qualquer modo, a coisa não é inteiramente igual, porque enfim o falo... sob sua forma orgânica real (o pênis ou aquele algo que lhe corresponde na mulher), afinal..., é preciso para isso muito mais do que para os objetos predeterminados para que o sujeito faça dele um objeto e, fantasmaticamente ou de outro modo, um objeto destacável. [...] esse algo que é, de qualquer modo, realmente algo que tem a ver com o corpo e que, afinal, que nada ameaça mais do que é ameaçado qualquer membro, ou braço ou perna, até mesmo nariz ou orelha [...] esse elemento, que afinal, é sobre o corpo próprio apenas um ponto de volúpia [...] e seguramente muito menos sujeito à caducidade que qualquer outro dos elementos que tomaram alcance de significante[217]...

O sacrifício do falo estará às voltas com o falo enquanto objeto. Mas como transformar em objeto o que aparece primeiramente como um nó de volúpia? Como se constitui o falo enquanto objeto e, como tal, sacrificável? De *Hamlet* virá a resposta.

Haver sacrifício e sacrifício é um fato patente em *Hamlet*. Com efeito, a ruptura com Ofélia já é um sacrifício de Ofélia, mas não o mesmo que aquele outro sacrifício de Ofélia, efetuado durante a cena do cemitério. Em

---

[216] Ibid., sessão de 18 de junho de 1958, p. 18.
[217] Ibid., sessão de 25 de junho de 1958, pp. 23-24.

outras palavras: há sacrifício do falo e sacrifício do falo, o que torna não desconsiderável o duplo fundo fálico.

O que se vê notadamente no fato de que um e outro sacrifícios não têm a mesma conseqüência. O primeiro sacrifício de Ofélia deixa Hamlet clinicamente quase despersonalizado e estruturalmente perverso; após o segundo, ao contrário, ele cessará de ser um "sujeito não identificado"[218]. O primeiro sacrifício de Ofélia descomporá sua fantasia, o segundo, ao contrário, a recomporá. O primeiro não suprime a procrastinação, o segundo a suprime. Todo o problema da função subjetivante do gracioso sacrifício de luto está nessa diferença. A que se deve ela? A uma colocação em jogo diferente do falo num e noutro caso. Segundo Lacan, a ruptura de Hamlet com Ofélia desemboca numa posição segundo a qual Ofélia é identificada ao falo. Assim lê ele essa tirada em que Hamlet fala a Ofélia de seu nojo da feminilidade (daquilo que o acesso à sua feminilidade comporta de degradação numa mulher), essa tirada em que, para acabar, Hamlet aconselha a Ofélia o convento:

> [...] esse objeto em questão [*Ofélia*] não é mais tratado como podia ser, como uma mulher. Ela se torna para ele a portadora de filhos de todos os pecados, aquela que é designada para engendrar pecadores, e aquela que é designada em seguida como devendo sucumbir sob todas as calúnias. Ela se torna o *puro e simples* suporte de uma vida que, em sua essência, torna-se, para Hamlet, condenada. Em suma, o que acontece nesse momento, é nessa destruição ou perda do objeto que é reintegrado em sua moldura narcísica[219].

Este "puro e simples" é capital. Ao sair dessa ruptura, Ofélia é falo, um ponto simplesmente, falo "puro e simples". Há aqui um jogo muito notável entre *a* (o pequeno outro) e Φ. Ofélia não está mais, enquanto pequeno outro imaginário, no lugar do falo simbólico (se é que jamais lá esteve), ela não está mais, comentamos, sob cor fálica, ela se torna, para

---

[218] Cf. a resposta de Lacan a Serge Leclaire que, durante um colóquio da Escola Freudiana de Paris, falava de um "sujeito não identificado": justamente, na análise, replicou Lacan, trata-se da identificação do sujeito (subentendido: a qual implica sua divisão).
[219] J. Lacan, *Le désir et son interprétation*, sessão de 15 de abril de 1959, p. 26.

Hamlet, no próprio ato pelo qual ele a rejeita, o falo. A cena do cemitério, em outras palavras, o luto de Hamlet recolocará Ofélia em seu lugar de pequeno outro na fantasia de Hamlet. Por qual outro sacrifício? Graças a um sacrifício de um outro gênero, em vez de *ser* o falo e de ser como tal sacrificada, Ofélia virá *no lugar* do falo.

> Hamlet conduziu-se com Ofélia de maneira mais que desprezível e cruel; [...]. Não podemos deixar de ficar impressionados com algo que completa para nós uma vez mais, sob outra forma, num outro traço, a estrutura de Hamlet. É que de repente esse objeto vai retomar para ele sua presença, seu valor. Ele declara: "Eu amava Ofélia, e trinta e seis mil irmãos, com tudo o que têm de amor, não chegariam de modo algum à soma do meu. Que farás por ela?". É nesses termos que começa o desafio dirigido a Laertes.

Há, de fato, dois sacrifícios distintos do falo, já que, com o primeiro, Ofélia é sacrificada enquanto *sendo* o falo, ao passo que o segundo tem por objeto sacrificial o falo no ato mesmo de posicionar Ofélia *em seu lugar*, em outras palavras, na medida em que ela não o é (ou não o é mais). Há, por assim dizer, um fundo duplo de Ofélia como falo. Vindo no lugar do falo, ela não deixa de sê-lo (como o bufão que se senta por um instante no trono não deixa de ser o rei), mas essa modalidade de ser é distinta daquela em jogo quando ela se achava rejeitada como falo. Um sinal vem, aliás, marcar essa diferença, que nomearemos aqui o sinal do convento. Hamlet, ao lhe aconselhar o convento, modera um pouco a seqüência, no instante mesmo em que pretende radicalmente rejeitá-la como portadora de vida. Em compensação, o sacrifício de Hamlet durante a cena do cemitério é sem resto, sem repercussão possível, sem nenhuma esperança de um retorno. A perda é seca, traço onde se faz manifesto que o sacrifício do falo (que também tem nome: privação) merece ser elevado ao estatuto de "gracioso sacrifício de luto".

Todos os homens, recita-se em boa lógica, são mortais. O homem, dizem, como sábio metafísico, é o único animal prevenido de que está destinado a morrer. Há, porém, outra definição do homem, sempre relacionada à sua morte, menos conhecida no Ocidente, mas fundamental na Índia, e que dá seu pleno alcance a essa versão lacaniana do luto fundada no sacrifício. Encontramo-la na linguagem do rito dado pelo *Veda*:

De todos os animais aptos a *serem* vítimas sacrificiais, o homem é o único que também está apto a *fazer* sacrifícios.

Charles Malamoud, ao nos oferecer essa citação[220], a acompanha desse comentário:

> Entretanto, se quisermos apreender todo o alcance dessa maneira de caracterizar o homem, é preciso lembrar que, mesmo quando sua ação sacrificial se refere a um objeto exterior, há sempre um momento em que, segundo a doutrina bramânica, o sacrificante ele mesmo se constitui em oblação.

Mas o que, então, valeria para "ele mesmo"? Citemos aqui um outro indianista, Madeleine Biardeau; apreciaremos como, nessa nota técnica que parece não valer nada ou grande coisa, o falo transparece, no lugar desse "si mesmo", com tudo o que convém de discrição:

> 1. Renunciou-se aqui a traduzir o termo *atman* como quase sempre se faz por "si" ou "o Si", já que do mesmo modo esse si mesmo em jogo, mais interior a mim mesmo que eu [*moi*] – *aham* –, é aquele do qual nunca poderei dizer "eu" [*je*] ou "meu"[221].

---

[220] Cf. *Cuire le monde,* op. cit., p. 8 (itálicos de Malamoud).
[221] Madeleine Biardeau, *L'hindouisme, anthropologie d'une civilisation*, Paris, Champs Flammarion, 1981, p. 96.

Literatura cinza III

> Enfim, disse a princesa de Parma falando das relações do
> Sr. de Charlus com sua defunta esposa, ele lhe votou um
> verdadeiro culto a partir de sua morte.
> É verdade que às vezes fazemos pelos mortos
> coisas que não teríamos feito pelos vivos.
> – Antes de mais nada, respondeu Mme de Guermantes
> num tom sonhador que contrastava com sua
> intenção debochada, vamos ao enterro deles, o
> que nunca fazemos pelos vivos[1].

Não foi sem certa apreensão que me dispus, em agosto, depois em dezembro de 1993, a ir apresentar minha análise do luto na cidade do México e em Montevidéu. Com efeito, eu não ignorava em absoluto que essa análise questionava uma relação de cada um com Freud e com Lacan, não menos sensível, até mesmo irritável, lá como aqui, na França. Foi assim que, bem no meio do seminário na cidade do México, interveio um sonho, que vou dizer, já que diz respeito também, creio, ao leitor destas linhas.

No Sul. Alguém acaba de morrer. Um homem idoso. Há assuntos a serem resolvidos. Há um grande muro de tijolos para derrubar, que pertencia à sua casa, mas só resta esse muro. O que anda causando problemas

---

[1] Marcel Proust, *A la recherche du temps perdu*, Le côté de Guermantes II, NRF, p. 273. Citado por Jean Fallot, *Cette mort qui n'en est pas une*, Presses universitaires de Lille, 1993, p. 116.

para algumas pessoas com quem converso. Pergunto-me interiormente: "Será que não poderiam ficar com um murinho?". Mas rejeito essa idéia, pois a via que seria assim aberta (caindo o muro por completo) não o seria mais; só a visão ficaria livre.
Ao mesmo tempo, estou comendo muito, pegando até comida numa mala no momento de fechá-la.

Esse homem que acaba de morrer é meu sogro, é meu pai (cf. "Literatura cinza I"), mas também, vamos ver, Lacan e Freud. Com efeito, pareceu-me, ao despertar – embora a estranheza desse sonho se devesse à disparidade entre suas duas cenas –, que uma palavra ligava essas duas partes tão diferentes, uma palavra notavelmente ausente do texto manifesto do sonho, logo, uma palavra censurada: a palavra "restaurar". Fez-se um clique como um chiste: "restaurar-se" é comer, e "restaurar" uma casa (a casa do sonho de que só resta um muro) é efetuar um certo número de obras que, talvez, visem a repô-la em seu estado de origem, mas que, inevitavelmente, fazem outra coisa. Esta última reflexão indicava que se tratava, nesse sonho, da oposição restaurar / instaurar.

No pedacinho de papel onde eu tomava notas, eu inscrevia, logo depois, abaixo dessa primeira oposição, uma segunda. Com efeito, (e eis por que se trata de Lacan e Freud), o sonho aconteceu naquele momento preciso do seminário em que, cessando de estudar "Luto e melancolia", eu estava me preparando para apresentar a versão lacaniana do luto. Eu estava, portanto, numa espécie de passagem, como num espaço fronteira entre Freud e Lacan – e a questão a respeito do murinho devia bem ter relação com isso. Essa segunda oposição foi, portanto, assim anotada sob a primeira:

instaurar / restaurar
Lacan / Freud

Entretanto, foi só mais tarde, ao escrever a primeira sessão de um novo ano de seminário (em janeiro de 1994), que me apareceu o que eu então não vira. Eu achava ter associado Freud a instaurar e Lacan a restaurar. Freud – não é? – instaurou a psicanálise e Lacan a teria restaurado em seu corte (apresentar assim a história tornou-se um barco). Mas não, na cidade do México, eu havia escrito o contrário! Seria bem possível, com efeito, que fosse instaurando Lacan que restauraríamos Freud, e não nos regrando em Lacan restaurando Freud como pudemos pensar num tempo dali por diante desaparecido (aquele do "retorno a Freud").

Por que "instaurando Lacan"? Porque o grande segredo da escola lacaniana (no qual essa escola pode, melhor do que outra, regrar-se – como um teólogo pode, mais seriamente que um leigo, ser ateu) é que não há ensinamento de Lacan. Entrevemos o fato desde a seguinte observação: se, conforme esse "ensinamento", o significante não é idêntico a ele mesmo, essa determinação deve também referir-se ao significante "ensinamento"; assim, pois, esse ensinamento, diferindo dele mesmo, nunca pode ser localizado em um: "O ensinamento de Lacan? Mas é claro! É isso! Ei-lo!". O ensinamento de Lacan é, ao contrário e em permanência (sempre pela razão que acaba de ser dita), rotulado com um "Não é nada disso". Em fevereiro de 1993, eu havia publicado a esse respeito uma pequena obra intitulada: *Freud, e depois Lacan*; a observação feita em maio não fazia senão registrar as teses então formuladas.

A vírgula é o essencial do título desse livro, ela equivale àquele murinho de meu sonho: ele seria portanto, de certo modo, tudo o que nos resta da articulação Freud / Lacan. Ele separa Freud e Lacan, ainda que, enquanto muro a separá-los, não se saiba muito bem se pertence a um ou a outro. A questão do sonho era: será que eu ia derrubar completamente o muro, abrir uma via praticável e não apenas imaginável (cf. a observação do sonho sobre o ver), em que Lacan e Freud estariam no mesmo espaço, no mesmo "campo"? O sonho jogava com essa possibilidade, a elegia, e, no entanto, em seu justo semidizer, não a realizava: o murinho ainda está ali quando desperto (alguns dias antes haviam me explicado bem que esse problema agitava os espíritos daqueles que, na cidade do México, tinham lido *Freud, e depois Lacan*, e que íamos ter que falar daquilo).

Para melhor abordar a questão, convém tomá-la num nível mais acima. Qual é nosso estatuto, para nós, a quem importam, de modo bem eletivo, os trilhamentos de Freud e de Lacan? O que pensar dessa diplopia? Por esse único fato, que alguns podem julgar patológico, somos uma espécie um pouco particular, o que se pode ver claramente referindo-se a uma anedota de Ludwig Wittgenstein.

Uma espécie de lenda, mas que corresponderia também a um fato histórico, era bem conhecida de todos os membros da riquíssima família Wittgenstein. Essa abastança fora obtida graças ao avô de Ludwig, Herman Wittgenstein, figura exemplar de judeu integrado que se alçara, por suas próprias forças, até o estatuto de industrial próspero. Mecenas generoso, amigo das artes e dos artistas, soube também recolher em sua casa um menino bem pequeno de outro ramo da família, Joseph Joaquim, que se tornará um célebre pianista. Bem cedo conhecem o talento do menino; decidem, portanto, fazer com que tome aulas particulares com um dos músicos mais conhecidos dos que freqüentam regularmente o salão Wittgenstein: Felix Mendelssohn. Chega o momento da primeira aula e Mendelssohn pergunta a Herman:

– Que devo ensinar ao menino?
Resposta:
– Deixe-o simplesmente respirar o mesmo ar que você.

Eis, pois, a lenda-história, a anedota que Ludwig, bem entendido, conhecia. Mas a coisa devia repercutir com ele (com ele espera-se que ela não pare por aí!). Um dia, quando aconselhava um de seus alunos a deixar Cambridge, o ar universitário, segundo Ludwig, não convindo a seu aluno[2], o aluno lhe respondeu que para ele também, Wittgenstein, faltava oxigênio no ar de Cambridge. Resposta:

– Pouco me importa, produzo meu próprio oxigênio!

É claro que, cientificamente, é falso. Mas existem, com efeito, aqueles que são assim, vamos chamá-los os solteiros. De fato, as réplicas de Herman e de Ludwig desenham dois pólos antinômicos:

---

[2] Ludwig não cessou de desaconselhar a universidade, professor de universidade sendo a seus olhos o estatuto mais sufocante possível – o que é uma verdade primeira à qual, com efeito, bem poucos escapam. Lacan, este, brincava: "*Tous unis vers Cythère!*" [*Jogo de palavras: *Tous universitaires* = todos universitários e *Tous unis vers Cythère!* = Todos unidos para Citera. (NT)], o que evoca Offenbach, o endereçamento a Menelau (acrescentaremos a música) de todo o povão: "*Pars pars pars pour Cythère, pars pour Cythère, pars pour Cythère, pars pars pars pars pars pars pars pars pars pars pars!*" [Parte para Citera].

1. – respirar o ar de outrem, são os casados
2. – produzir seu próprio oxigênio, são os solteiros.

De certo modo (quero dizer por aí que não seria preciso desenvolver longe demais a metáfora e sim que ela permanece falante em certos limites), esses dois pólos desenham um itinerário de Lacan em sua relação com Freud. Lacan terá começado, como Ludwig, produzindo seu próprio oxigênio, depois terá continuado, como Joseph Joaquim, a respirar o ar de outrem. O que teria acontecido se ele tivesse continuado a produzir seu próprio oxigênio? É evidente que nunca vamos sabê-lo, mas isso não nos impede de nos dizer que perdemos talvez algo no dia em que Lacan se pôs a respirar o ar de Freud. E como situar, segundo essa topologia bipolar, a virada de 1975, esse momento em que Lacan, notadamente, reivindica a descoberta do inconsciente (mais um problema de vizinhança, de muro de separação)? São questões por certo inúteis, mas que não deixam de ter seu interesse.

Nossa posição não é a dos solteiros. Respiramos o ar ou os ares (é todo o problema do murinho) de Freud e de Lacan. Como, pois, intervém meu sonho nessa questão que, vemos agora, não é somente a minha? Ele indicava que o assunto, daqueles que respiram o ar de outrem, se mantém entre as quatro possibilidades inscritas no quadro seguinte:

	rF rF
1. – Instaurando Lacan, restauro Freud	
2. – Instaurando Lacan, destituo Freud	iL 1 2
3. – Não instaurando Lacan, restauro Freud	iL 3 4
4. – Não instaurando Lacan, destituo Freud	

Essa grade simples, e até simplista, apresenta a vantagem de problematizar, de modo formalizado, uma questão que não pode ser resolvida, como faz o *Kulturüberich*, por um *diktat*, algo do gênero "Graças a Lacan, acabamos, daqui por diante, com Freud", ou, ainda: "Graças a Freud, vamos poder acertar sua conta com Lacan" (cf. o fetichismo freudiano que se desenvolve atualmente na *International Psychoanalytic Association*[3]).

---

[3] Na capa da última revista publicitária da seção francesa desse organismo: a escrita manuscrita de Freud. No interior: foto de Freud e foto do consultório de Freud. Dá para imaginar que só Freud psicanalisa! Esse fetichismo aconteceria se não houvesse (existido) Lacan? Lacan habita esse imaginário freudiano.

O seminário proposto, em dezembro, em Montevidéu, devia trazer outra surpresa. Justo antes de seu início, quando me preparava para, no dia seguinte, deixar Buenos Aires para Montevidéu, tive o seguinte sonho:

> Meu consultório. Estou atendendo. Abro a porta da peça onde estou e constato com sideração (um vazio no estômago) que, durante esse tempo, vieram e levaram absolutamente todos os objetos que estavam nas outras peças (onde eu não me encontrava, portanto) e no corredor. Não resta mais nada.
> O que me surpreende muito, então, é que tudo foi laqueado de branco (todas as superfícies planas onde os objetos estavam dispostos).

Algumas associações vêm no despertar. Eu havia laqueado de amarelo o chão do corredor de meu primeiro domicílio parisiense. Imagino, portanto, que o sonho me remete não apenas a Paris, onde sei que minha ausência está marcada, mas também àquela época, como a uma época mais feliz que agora. Mas, por isso, já que essa primeira associação isola esse primeiro detalhe, surge a seguinte questão: "Por que, pois, laqueado 'branco' e não 'amarelo'?". Resposta: o branco é a cor do luto entre os budistas. Nesse sonho, o fato de se tratar de luto (para cujo exame estou me preparando) está, aliás, confirmado pela intervenção surda do significante "roubo": lá sou roubado. Com efeito, o achado sobre o luto como perda não de ALGUÉM, mas de alguém mais um pequeno pedaço de si – cf. o (1 + a), foi feito, lembramos, a partir de um pesadelo no qual, precisamente, eu não voava, no qual mantinha os pés no chão, ainda que estivesse no alto. E eu tinha, então, formulado que o grito do enlutado é "Pega ladrão!", já que o enlutado corre atrás desse alguém, mas também atrás desse pequeno pedaço de si que ele perdeu ao mesmo tempo que esse alguém. Penso então, nova associação, na expressão "Tomaram-me tudo" (cf. "Um único ser lhe falta..."), a qual intervém no sonho de modo ligeiramente censurado ("não resta mais nada" equivalendo a "... e tudo fica despovoado").

Penso também no que me acontece nesse sonho, que é que me tomaram tudo, mas covardemente, isto é, ali onde eu não estava. Por conseguinte, a interpretação não deixa dúvida: trata-se da morte de minha filha, que de fato aconteceu, agora há mais de dez anos, quando eu estava ocupado em outro lugar com meus assuntos, e mesmo muito longe, na China (o "muito longe" trazido ao sonho por seu contrário, a grande proximidade do furto). O ilusório retorno ao tempo do laqueado amarelo é, pois, um retorno a um tempo em que minha filha vivia.

Uma primeira conclusão se impõe: nesse sonho, há um (ou vários) ladrão(ões), responsável(veis) pelo golpe sujo que me aplicam. O que mostra que, em sonho em todo caso, creio em Deus, para nomear com seu nome o agente do "tomaram-me tudo" tornado existente no sonho ("Deus deu, Deus retomou. Bendito seja o nome de Deus"). E vê-se claramente, notemos de passagem, a justeza da observação de Lacan segundo a qual a realidade psíquica é a realidade religiosa. Mais vale, parece, um Deus responsável do que imputar o acidente de trânsito que lhe custou a vida ao acaso, ou a uma imprudência.

Mas há outra coisa evocada pela laca, pintura das mais frágeis. Logo após ter sido avisado da morte de minha filha, no segundo que se seguiu, depois de modo sempre pontual nos dois ou três dias que se seguiram, tive uma impressão corporal das mais estranhas, jamais sentida antes, nem, aliás, depois. Meu corpo bruscamente se tornara como que um corpo de vidro. Li, depois daquilo, que Areteu da Capadócia, no século I, já havia notado que "certos homens pensam ser feitos de vidro e têm medo de ser quebrados[4]; e o próprio Descartes fará desse corpo de vidro um exemplo particularmente bem caracterizado de loucura. Trata-se, portanto, de um *topos* bem corrente, mas com o qual eu jamais me deparara antes desse momento em que essa impressão me habitava. Meu corpo parecia feito de um vidro frágil, de um cristal tão fino quanto uma folha de papel de cigarros. Se alguém me tivesse, então, tocado bem de leve, eu teria partido em pedaços. Eu estava como justo antes de ser partido.

Não é proibido interpretar simbolicamente essa impressão corporal. Se eu me tornara assim "partível", é que não estava partido, o que eu estava,

---

[4] Cécile Collée, "La lycanthropie", in *Nouvelle histoire de la psychiatrie*, Toulouse, Privat, 1983, p. 91. Pierre de Lancre, no *Tableau de l'inconstance des mauvais anges et démons...*, texto de 1612, escreve (perto da p. 260) que alguns não precisam de um bom médico, mas de um juiz, "como aqueles portadores da mania ou como aquele que pensa, vendo sua sombra, que sua alma se separou dele, ou aquele que pensa ser um vaso de barro e teme ser quebrado, ou aquele que, em Areteu, pensava ser de tijolo e não queria beber temendo ficar encharcado – não são, de modo algum, crimes, ainda que o maligno espírito nisso se meta às vezes, aproveitando-se da imbecilidade humana, e aproveite-se

no entanto. Essa impressão levava-me, assim, de novo, para logo antes do pavoroso anúncio, ela expulsava o anúncio, ela realizava, assim, o voto de que minha filha estivesse viva (cf., no sonho, o retorno ao tempo de antes). O que, aliás, está diretamente ligado ao fato de que, naquele acidente, minha filha bateu com a cabeça no pára-brisa de um carro. Eu era de vidro, como aquele pára-brisa, eu era aquele pára-brisa ainda intacto. Talvez, enquanto cristal não opondo nenhuma resistência ao choque, eu tivesse, no lugar daquele pára-brisa, resistido menos ao choque, e minha filha teria escapado.

Entretanto, isto, que por certo está presente, corresponde a tratar essa impressão corporal como uma imagem de sonho, o que essa impressão não era. Não sonhei ser um corpo de vidro; subjetivamente eu o era. Meu corpo estava oco, mas isso ficava em segundo plano e, se hoje preciso ainda mais a forma dessa espécie de garrafa ou de vaso (mas estas palavras já dizem demais), uma coisa é certa, coisa que, aliás, estava presente naqueles momentos de corpo de vidro: essa forma não comportava nenhuma aspereza, nem braço, nem perna, nem sexo, nem cabeça separada do resto por um pescoço. Meu sentimento era de que bastaria pouco, quase só um peteleco, para que aquele corpo, feito todo de uma peça, se quebrasse em pedaços como voam em estilhaços bem nítidos certos objetos de cristal. Deve bem haver uma certa necessidade nessa relação entre esse despedaçamento e esse "todo de uma peça". Não se trata apenas de determinações simbólicas, significantes; também está presente um contexto imaginário.

Isso tinha ficado para mim absolutamente enigmático e foi só, mais uma vez, mais tarde, no momento de preparar um terceiro ano de seminário sobre o luto, que estabeleci o vínculo entre essa impressão de corpo de vidro e a laca. Tive a oportunidade, justamente durante outra mudança (quando estava deixando aquele domicílio de corredor laqueado amarelo), de ver um laqueador trabalhar: a laca é espalhada, puxada, é preciso uma preparação perfeita do suporte antes de colocar a primeira camada, a qual

---

daqueles que têm mais bile negra, rindo das paixões dos homens". Para ler o texto acima, é preciso saber que seiscentos feiticeiros e feiticeiras bascas foram queimados por ordem de Pierre de Lancre, magistrado de Bordeaux, sectário e anti-semita. Lancre inventa o que ele atribui a Areteu da Capadócia?

deve ser seguida de várias outras. E o mínimo gesto mal feito faz com que tudo tenha que começar de novo, da mesma forma que o mínimo arranhão torna sem valor uma laqueação. Naquele sonho, meu escritório é meu eu (Freud notou isso a propósito das casas ou dos castelos), e reato assim, mas simbólica e não mais imaginariamente, com aquele corpo de vidro, pela virtude do significante laca. Enfim, dez anos depois, vem uma palavra que pendura essa estranha e desagradável impressão no simbólico. O que dá, de qualquer modo, uma medida da duração das coisas do luto hoje, no Ocidente, uma duração que é confirmada perfeitamente pela experiência de Anny Duperey[5].

Descobri, assim, em Buenos Aires, naquela espécie de exílio que toda viagem torna presente, que, se eu parecera até ali abordar o luto a partir da morte de um pai, no caso, o meu, via-me, dali por diante, tendo que prosseguir aquele questionamento a partir da morte de minha filha.

A experiência do corpo de vidro, por mais fugidia que tenha sido, ou antes, inclusive seu caráter fugidio mostrava que aquela morte me atingira, eu podia situar isso agora, no plano imaginário. Para falar a verdade, não tenho, pessoalmente, confirmação mais clara da justeza do "estádio do espelho", da conjectura segundo a qual o eu é construído como uma imagem (e é sabido que outras conjecturas são possíveis e formuladas, por exemplo a de um eu-pele, por Didier Anzieu), do que essa experiência de um corpo de vidro. Eu era essa imagem. Prova de que sua unidade, enquanto imagem, seja fálica, o fácil jogo de palavras sobre laca*. E, sem dúvida, a impressão de extrema fragilidade também participa desse falicismo. A morte de meu pai me atingira enquanto falóforo, mas, diria eu, só isso. Muitos homens vivem ao se anularem enquanto falóforos, dizem mesmo que, passada uma certa idade, foi o caso de Freud. A questão da faloforia não é, como tal, necessariamente vital. Em compensação, a morte de minha filha atingia minha identidade imaginária, e a questão então colocada é realmente vital: vidro não tem vida. A alternativa que se coloca ao vidro, e que eu sentia como tal, é partido / não partido, ela está inteira num registro nem mesmo de morte, de não-vida.

---

[5] Anny Duperey, *Le voile noir*, Paris, Seuil, 1992.
* *Laque* [laca] e *la queue* [o "pau"], a última, oxítona. (NT)

Poderia eu, sozinho, ter ido mais longe do que essa constatação de uma diferença de registro entre o luto de um pai e o de um filho? Evidentemente ignoro. Não tive, aliás, a chance de experimentá-lo. Com efeito, pouco antes desse sonho, Jean-Max Gaudillière e Françoise Davoine me haviam falado de Kenzaburô Ôe em termos tais que, no dia seguinte, eu tinha em mãos *Une affaire personnelle*[6] [Um assunto pessoal] e *Dites-nous comment survivre à notre folie*[7] [Diga-nos como sobreviver à nossa loucura]. Foi assim que, já que o sonho me levava a isso, decidi, mesmo com o risco de improvisar, estudar em Montevidéu, com aqueles que participavam de meu seminário, um dos contos de *Dites-nous comment survivre à notre folie*, "*Agwîî, le monstre des nuages*" [*Agwii, o monstro das nuvens*]. Trata-se da morte de um filho.

---

[6] Kenzaburô Ôe, *Une affaire personnelle*, trad. de Claude Elsen, Paris, Stock, 1971 (reed. 1985).
[7] Kenzaburô Ôe, *Dites-nous comment survivre à notre folie*, Nouvelles, trad. de Marc Mécréant, prefácio de John Nathan, Paris, Gallimard, 1982.

Estudo c

Areu: o luto segundo Kenzaburô Ôe

> Sim, continuam vivos
> Mas há no trem cheiro de cadáver
> E eu aqui estou
> Onde cada um já é pela metade um fantasma
> Apóiam-se uns nos outros
> Roçam-se uns nos outros
> Bebem e comem
> Ainda um pouco
> Mas suas nádegas já estão transparentes
> E alguns quase desapareceram...
> KSHIHARA YOSHIRO

> Penso estar do lado dos seres deformados, como os aleijados, os "idiotas". É meu ponto de partida. Qual é o contrário do monstro e das anomalias? A burocracia.
> KENZABURÔ ÔE[1]

Qual versão do luto ressalta o conto *Agwîî, le monstre des nuages* [*Agwii, o monstro das nuvens*], de Kenzaburô Ôe[2]? Seus traços parecem, desde o início, notáveis.

---

[1] "Kenzaburô Ôe: da aldeia à escrita", frases colhidas por Ryôji Nakamura, *Magazine littéraire*, julho-agosto de 1987.
[2] In Kenzaburô Ôe, *Dites-nous comment survivre à notre folie*, op. cit., pp. 137-180.

Um: o enlutado está habitado pelo ser que ele perdeu. Ao longo de todo o conto, só isso vai estar em questão para o personagem principal. Esse primeiro traço não é trivial, uma vez que, em nosso mundo ocidental, subsiste essa relação com a morte que Ariès[3] chamou "a morte invertida", que aqui dizemos *morte seca* para sublinhar que o selvajamento da morte combina com uma transformação da relação com a morte: daqui por diante, cada uma de suas intervenções constitui, para o enlutado, uma perda seca. Em razão desse desconhecimento da morte tornado quase sistemático, cada um se acha habitado não tanto pela "questão da morte" (uma fórmula de duvidosos ares filosofeiros[4]), mas, bem mais concreta e "insabidamente", por seus mortos. Um dos últimos testemunhos que foram tornados públicos, o de Anny Duperey[5], mostra como a posição de cada um diante de tal(tais) morte(s) está ali, agindo em permanência nas determinações mais cruciais de sua vida, em alguns dos traços em aparência dos mais anódinos dessa vida, mas também no que nela se isola a título de sintoma.

Já Hipócrates havia reconhecido "o espírito dos defuntos" como causa das doenças da alma; e não se pode excluir que o psicanalista, supondo que o doente "não faz *seu* luto" (ler: aquele que ele descreve e... prescreve), passe ao largo desse vínculo, inauguralmente situado, entre doença mental e esses mortos que cada um traz consigo com mais segurança que o viajante, suas malas. Eis, pois, um segundo traço, manifesto no conto de Ôe: a equivalência de uma doença mental e de um luto. Com seu corolário: a cura valeria fim do luto.

Terceiro traço: o luto não é substituir o morto; não é tanto separar-se do morto (não conviver com ele) quanto mudar a relação com o morto. Aí também *Le voile noir* [O véu negro] atesta no estado "natural", sem análise feita com um psicanalista, que tal mudança pode efetivamente acontecer. Por sua natureza, ele não pode ser mantido apenas no âmbito do privado.

---

[3] Philippe Ariès, *L'homme devant la mort,* op. cit.
[4] Razão pela qual nos apoiamos aqui amplamente na literatura, deixando de lado, sem muitas tristezas, a meditação filosófica moderna sobre a morte.
[5] A. Duperey, *Le voile noire,* op. cit.

O quarto traço diz respeito à sua modalidade de cumprimento. Ôe ressalta que se trata de um sacrifício; ele o qualifica de "gracioso". Já aqui, para o Ocidental moderno, as coisas ficam menos evidentes. Por que ligar o sacrifício ao luto? O que é que o enlutado, que acaba de perder um ser próximo, poderia ter, ali mesmo, para sacrificar?

Quinto: ela igualmente bem inesperada, mas tendo, como os outros, o valor de um traço de estrutura, a problemática do *duplo luto*[6].

Está longe de ser excepcional que várias pessoas fiquem conjuntamente (não dizemos, por certo, "juntos") de luto. Como esses lutos interagem uns com os outros? Ôe ressalta que o duplo luto[7] não está ligado às contingências de situações particulares, que ele intervém em qualquer luto, desde apenas que se esteja num luto.

O sexto traço é especialmente valorizado pela morte do filho. O filho que acaba de morrer era, por certo, um vivente, mas também uma promessa; sua morte, desse modo, põe fim à sua vida de filho, mas também a essa promessa. Em que condições o enlutado pela morte do filho pode renunciar, se isso for possível, ou quando isso se afigura possível, a tal promessa? Aqui, não há meio de apelar para as lembranças; aqui, não há identificação possível com os traços do objeto perdido, já que se trata, desta vez, de um luto "daquilo-que-não-aconteceu", mas também de um luto de "não-se-sabe-o-quê" (já que não se sabe o que teria acontecido se algo tivesse acontecido). As duas questões assim formuladas, a do luto daquilo-que-não-aconteceu e a do luto de-não-se-sabe-o-quê, nada têm de abracadabrante, ou, antes, por mais bizarras que sejam, se colocam realmente. Ôe não as desconsidera; elas, longe disso, constituem um dos pontos cruciais de seu conto.

---

[6] Ela se deixa diferenciar da problemática do *luto redobrado* que, ela também, está longe de ser excepcional. No luto redobrado, o enlutado terá sofrido uma primeira perda, depois outra; tudo se passa, às vezes, como se essa nova perda e o luto que ela chama permitissem que se engrenasse o luto primeiro. O luto redobrado não se desdobra necessariamente no tempo; ele pode sobrevir, por exemplo, com o falecimento de uma mulher grávida ou tal acidente ao longo do qual vários próximos terão ao mesmo tempo encontrado a morte.

[7] Assim, Marguerite Anzieu se depara não só com seu próprio luto de sua irmã morta, mas também com a modalidade segundo a qual sua mãe está de luto de Marguerite, a mais velha.

Esse traço, especialmente valorizado pelo luto do filho, não diz, no entanto, respeito unicamente a ele. Para qualquer um, o luto põe em jogo o que terá tido de cumprido ou de não cumprido a vida que acaba de cessar. Como intervém esse cumprimento/não-cumprimento no luto? Resposta de Ôe, fulgurante como um raio: não pode haver luto de uma vida não cumprida (acolhamos o traço como ele merece: trata-se, aí, de uma efetiva impossibilidade, de um ponto de real do luto). Em outras palavras: cabe a todo enlutador determinar em que terá sido cumprida a vida de quem acaba de morrer[8]. O que supõe uma espécie de postulado muito extremo, mas que seria bem intempestivo afastar em nome do medíocre bom senso: toda vida sempre se cumpre. Convém ainda determinar em que ela o foi. Exemplo? Aquele avô que foi tão importante para Thomas Bernhard e que foi um escritor fracassado não teria ele, mesmo assim, cumprido sua vida ao ter tido aquele neto escritor, tendo sido, de certo modo, o rascunho de seu neto?

Um sétimo traço vem modular o primeiro que anotávamos. Já que não fazemos psicologia demais, fica claro que a afirmação segundo a qual os mortos habitam cada um não basta para situá-los. Além disso, quando recusamos localizar o luto no indivíduo, isto é, o indivisível, a questão "Em que lugar público estão os mortos?" não pode ser erradicada[9]. O realismo ingênuo ambiente, ou até "científico", ao sugerir que eles não estão mais em lugar algum, não consegue resolvê-la.

Ela é, aliás, indissociável desta outra: "Onde, pois, estamos nós, nós mesmos, os viventes?". Há, na ideologia, uma resposta já pronta para essa última questão, uma resposta já um pouco velha, sem fôlego, mas que apresenta a vantagem de não afastar a primeira: estamos num mundo, e os mortos são de um outro mundo. Comecemos nossa leitura de *Agwii, o monstro das nuvens* por um questionamento dessa distinção. As nuvens,

---

[8] Nos termos, talvez um pouco altissonantes, de Malraux: "A morte transforma uma vida em destino". Tomada literalmente e talvez fora de contexto, a frase não diz de que morte se trata.

[9] Ela evoca o célebre: "De onde vêm as crianças?". Daí a juntar esses dois mistérios... basta tomar uma só resolução que foi, imaginamos, tomada de mil e uma maneiras, notadamente a mais simples: sempre que alguém morre, em algum lugar no mundo, renasce criança.

com efeito, lugar onde ficam os mortos segundo Ôe, não são nem totalmente deste mundo, nem totalmente do outro. E isso por si só coloca o problema da existência do mundo como tal.

Para introduzir o fim do "mundo"

Já que vai se tratar dos mortos, do que são e de lá onde estão, uma vez que morreram, já que vai se tratar também de seus sobreviventes que, estes também, estão mal localizados (mostram e dizem isso de mil maneiras[10]), deve-se precisar um pouco o estatuto do que designa este termo "mundo". Isto a fim de dar corpo à seguinte asserção: o morto por quem um sujeito está de luto pertence a um mundo que não existiria. Alertar o leitor quanto a isso parece-nos, com efeito, ser um dos desafios de *Agwii, o monstro das nuvens*.

No *Tractatus logico-philosophicus*, Wittgenstein dá do mundo essa definição:

o mundo é tudo o que "é o caso[11]".

O que implica que o mundo não é *tudo*, já que existem muitas coisas que *são*, que *consistem* diríamos nós com mais precisão, usando um termo de Lacan, e a respeito das quais, no entanto, não se pode dizer que elas *são o caso* – estas, sempre em termos lacanianos, *ex-sistem*. Seria até possível que, para qualquer um, o inventário das coisas que *são o caso* fosse bem curto.

Mas como situar o que "é o caso"?

Em francês, a expressão "é o caso" confirma um acontecimento, tal o reconhecimento do caso gramatical:

---

[10] Uma fórmula tão banal quanto "*Je ne sais plus où j'en suis*" [Estou perdendo a cabeça] comporta essa outra: "*Je ne sais plus où je suis*" [Não sei mais onde estou].

[11] Na tradução de Pierre Klossowski: "O mundo é tudo o que acontece" (col. "Idées", Paris, Gallimard, 1961, p. 43). A tradução acima (feita por Monk) é literal (cf. Jacques Bouveresse, *Le mythe de l'intériorité*, Paris, Minuit, 1987, p. 123).

Rosam é um acusativo, diz, não muito seguro de si, o aluno;
— É bem o caso que *rosam* seja um acusativo, responde o mestre.

Por sua ambigüidade, esse exemplo sublinha também que não há "é o caso" isolado, que a declaração "é o caso" implica necessariamente uma bateria de casos, desta vez: nominativo, vocativo, acusativo, etc.

A expressão pode também provocar o acontecimento "É o caso que nunca...", ela assinala a oportunidade, então reconhecida, de um certo ato.

Ao indicar que o "Não o obrigo a dizer" constitui o fino do fino da interpretação psicanalítica, Lacan põe um *é o caso* no cerne mesmo da interpretação. E de sua eficiência; a identificação de algo como sendo o caso pode mudar completamente o humor de alguém. Assim na seguinte anedota:

> Dois analisandos de Lacan se conhecem. Um deles, no boteco mais próximo do consultório de Lacan, espera a hora de seu próximo encontro quando vê surgir o outro que, a julgar por sua cara de tragédia, devia ter acabado de sair de uma penosa sessão. Mas abrir-se com o amigo lhe sugeriu logo que, afinal, ele bem poderia... voltar. Dito e feito. E ei-lo, alguns minutos mais tarde, de volta ao boteco, com um largo sorriso no rosto. Aquela mudança de humor tão brusca e espetacular suscita, por certo, a curiosidade do amigo. Ele o interroga sem rodeios:
> — E então? O que você lhe disse?
> — Que eu tinha a sensação de estar ferrado!
> — Sim? E... o que é que ele lhe respondeu?
> — Ele me disse: "Mas você *está* ferrado[12]".

Entendemos, é só *quando necessário* que algo pode acabar sendo o caso. O que implica que um "é o caso" se fabrica: que o *prado* seja um *perto*, que "seja o caso" que ele seja um perto, é preciso para isso toda a fábrica pongiana, é preciso para isso o poema[13]. O conceito freudiano de "prova da

---

[12] Jean Allouch, *132 bons mots avec Jacques Lacan*, Toulouse, Érès, 1984.
[13] Francis Ponge, *La fabrique du pré*, Paris, Skira, 1971. [*Jogo de palavras com a homofonia *pré* [prado] e *près* [perto]. (NT)].

realidade" supõe que a morte de alguém é o caso, para o enlutado, tão-logo esse alguém cessou de viver[14]. Tal suposição não é evidente, ela dá poder demais à realidade.

Em que condições se afiguraria que algo possa ser o caso? Tiremos uma resposta de Wittgenstein: o que quer que seja não pode ser o caso sem uma certa montagem simbólica. Apresentando uma das teses essenciais do *Tractatus*, tese à qual, aliás, seu autor voltará, Bouveresse distingue e, portanto, sublinha essa intervenção do simbólico:

> [...] que algo ocorra (literalmente "seja o caso") no símbolo diz que algo está acontecendo no mundo[15].

Mas é possível, tal como fazia Wittgenstein nessa frase inaugural do *Tractatus* citada acima, fazer *um todo*, logo, um mundo daquilo que é o caso? O que é que viria provar que os fatos, que os acontecimentos assim definidos possam totalizar-se? Que, portanto, um mundo existe? A, na álgebra de Lacan, inscreve, no que acontece com sua vertente simbólica, a exclusão como tal dessa totalização, dessa totalidade. Ora, se já o Outro, simbólico, não existe[16], o mundo então...

Abordemos esse problema ainda de outro modo. No Ocidente, parecemos ter seriamente colocado em questão a existência de um outro mundo. Os sociólogos, os historiadores das mentalidades nos asseguram que é doravante o caso, que o inferno não assusta mais, que o paraíso não interessa mais nem às crianças. Mas isso foi possível sem prejudicar a pretensa existência deste, no qual certas pessoas dizem que vivemos (proclamar a um só tempo seu ateísmo e seu "ser no mundo" é sofrer de falta de teologia)? Com efeito, se há este, não há nenhuma razão para que não haja um outro e até montes de outros. O que faz com que se desloque o problema de um furo: o conjunto desses mundos faz um mundo? A dificuldade torna-se,

---

[14] Cf., aqui mesmo, "Estudo a".
[15] J. Bouveresse, op. cit., p. 123.
[16] O que, por vezes, censuramos violentamente a um parceiro, "Para você, o Outro não existe!", ao que é freqüentemente excluído retorquir o que, no entanto, seria a resposta certa: "Se pelo menos fosse verdade!".

então, a de uma regressão ao infinito. Seria, pois, recusando também a existência desse mundo que se resolveria a questão do outro mundo da maneira mais satisfatória: ressaltando que essa questão não tem razão de ser. Não há este, não é, portanto, imaginável que possa haver outro (Wittgenstein observava que a melhor maneira de se livrar das questões filosóficas era dar um jeito para que não se colocassem).

Mas então, onde estamos nós? Mas estão onde, então, os nossos mortos? Esperamos uma resposta a estas duas questões (que são só talvez uma, de duas vertentes) da leitura de *Agwii, o monstro das nuvens*. O que nos indica Ôe em relação ao mundo? Ôe faz corresponder a seu conto duas gravuras de William Blake e um quadro de Salvador Dali. Assim, por vias diferentes, uma literária, outra pictural, teríamos acesso ao mesmo "o que é o caso", à mesma queda, ao mesmo objeto (estes termos são equivalentes). Esses quadros, acabará por declarar D***, o personagem principal do conto, a seu acompanhante,

> [...] apresentam criaturas aéreas que têm a mesma intrínseca realidade que os seres da terra; e tenho até a certeza de que o que nisso vejo sugerido é uma outra face do mundo; encontrei também, numa tela de Dali, algo de extraordinariamente próximo desse universo que discirno; vale dizer que todas as espécies de seres diáfanos, tendo a brancura e os reflexos do marfim, estão em suspensão no ar, a uma centena de metros acima do solo: é exatamente o mundo que vejo. Agora, se você me perguntar o que são esses seres flutuantes, deslumbrantes, de que o céu está cheio, pois bem! são os seres que perdemos ao longo da vida aqui embaixo e que vemos balançar no céu, a cem metros acima de nós, serenamente luminosos, um pouco como as amebas no microscópio. De vez em quando eles descem[17].

D*** não acredita que os mortos fiquem num outro mundo, que o céu (de modo bem razoável ele o situa a cem metros acima de nossas cabeças) seja a metáfora de um outro mundo. Ele procura, antes, nos tornar sensíveis e acolhedores a essa presença dos mortos não num outro mundo,

---

[17] K. Ôe, *Dites-nous...*, op. cit., p. 172.

mas nesse lugar próximo de nós, que alguns, no entanto, conhecem de perto sem poder ou saber nele encontrar seus mortos, e que aqui ele chama "outra face do mundo".

O quadro de Dali seria *O concílio ecumênico*[18], pintado em 1960? As criaturas marfinizadas em suspenso no ar são bispos e outros prelados.

O concílio ecumênico, Salvador Dali.

---

[18] Cf. Robert et Nicolas Descharnes, *Salvador Dali*, Edita, Lausanne, 1993, p. 291. Outra reprodução em Jacques Dopagne, *Dali*, Hazan, Paris, nos 78 e 79. Cf., igualmente, *Galacidalacidesoxyribonucleidacid*, in Robert Descharnes e Gilles Néret, *Salvador Dali*, Taschen Köln, 1989, p. 186.

Ilustração: Cristo recusando o festim de Satã, William Blake.

Cristo recusando o festim de Satã, de Blake[19], nos põe em presença de um Cristo de carne, um homem bem vivo e, no entanto, muito diáfano.

The Morning Star sang Together[20], aquarela pintada por Blake entre 1805 e 1810, apresenta, numa visão mística, o universo que Jó entrevê depois que o Senhor a ele se revelou.

---

[19] Reproduzido em preto e branco em Kathleen Rane, *William Blake*, Thames and Hudson, Londres, p. 151.
[20] Reproduzida *in* K. Rane, op. cit., p. 165, ou, ainda, em William Vaughan, *William Blake*, Chêne, Paris, s.d., reprod. nº 31.

*Quando as estrelas da manhã cantaram
juntas*, William Blake

A natureza do homem é quádrupla: carne (embaixo), depois, à direita de Deus, a inteligência (Apolo) e, à sua esquerda, a sensação (a lua), ao passo que em cima o coro dos anjos simboliza o espírito. A pintura mostra, com efeito, o que Ôe nela encontra, a saber, que esses quatro elementos são, em sua consistência, homogêneos (inclusive Deus!). Ela manifesta também a que ponto está excluído totalizá-los num mundo –, já que essa totalização só pode vir de nosso olhar e que este, parte da humana natureza, não pode estar fora do mundo, o que ele deve, no entanto, estar para juntar sinopticamente, no quadro, os quatro componentes dessa natureza humana comportando Deus.

Se nosso mundo aqui embaixo deve constituir um tudo, bem diferenciado de um outro mundo, então não há mundo; quando muito, com

Ôe, podemos, neste ponto, distinguir "duas faces", o que, pelo menos, coloca a existência do mundo um pouco de través. Diremos, para qualificá-las, "duas faces mundiais"? Nossa concepção do "mundo" fica abalada: "mundial" casa mal com "duas": MUNDO, *MONade ronDE* [Mônada redonda]; mas nada funcionará mais se preferirmos, antes, dizê-las "mundiosas"[21]. A morte de Deus, no Ocidente, nos privou da partição aqui embaixo / além, tanto que se tornou sensível, daí por diante, o próprio forçamento, graças ao qual ainda apelamos para o "mundo".

Porém reconhecer essa inexistência do mundo[22] (e, portanto, do outro) não leva a crer, *ipso facto*, que os mortos não estão em lugar algum. Seria até, antes, o contrário: do jeito que vai hoje em dia a morte seca, os mortos de um sujeito vão junto a ele tomando consistência, na medida em que terá tido acesso à inexistência do mundo. A experiência é bem banal, a

---

[21] Distinguir o aqui embaixo e o além de um modo que se sustente, que não prejudique a idéia unitária do mundo é, na Índia, um problema tratado pelo rito. Exemplo: "[...] por que nas cerimônias da *agnihotra* é preciso que as brasas estejam à distância uma das outras? 'É que desse modo se separam os dois mundos (o aqui embaixo e o além). Por isso é que os dois mundos, embora estejam juntos, estão, por assim dizer, separados'" (cf. Charles Malamoud, *Cuire le monde*, Paris, La Découverte, 1989, p. 43). O pensamento hinduísta, pensamento dos mais unários, é particularmente sensível e, logo, propício a ressaltar as aporias do "mundo".

[22] O francês confirma essa inexistência do mundo. Seja a expressão "o mundo do trabalho", ou qualquer outra do mesmo gênero. Alguma vez se ouviu um operário usar essa expressão? O operário "trabalha", por certo, ele "vai ao trabalho", volta dele (habitualmente), mas não lhe passa um segundo pela cabeça que, isto fazendo, ele faz parte de um mundo específico. De um grupo, de uma comunidade, sim, e diferente de outros grupos ou comunidades... de interesses. De um "mundo", não. Ele nunca declara que os outros grupos constituem tantos outros mundos. Tampouco é, evidentemente, o que diz Marx. Foram os burgueses evangelizadores da classe operária que colocaram, assim, a existência de um "mundo do trabalho", não sem manifestar, dessa maneira, que se situam em seu exterior. É, aliás, *fazendo disso tudo um mundo* [*Duplo sentido: *en faisant tout un monde* = exagerando. (NT)] que dele se excluem (cf. a figura do sindicalista responsável pelo comitê de empresa, terno e gravata e pasta de executivo entupida de documentos, esperando de manhã bem cedo o avião da Air-inter [*Linha de vôos domésticos. (NT)]: verdadeiro executivozinho!). Todos sabem, além disso, que o resultado garantido da operação que consiste em *fazer-se* (à esfera) *um mundo* com o que quer que seja é o impedimento da ação quanto a essa coisa. É que *fazer-se um mundo* de algo é levar essa coisa ao estatuto de um objeto embaraçante e disso gozar como tal.

tal ponto que a diríamos quase uma passagem obrigatória: em análise, o analisando acaba por notar o que tinha, aliás, quase sempre debaixo do nariz há lustros, a saber, que tal parente não está enterrado ali onde ele pensava, ou com quem ele acreditava, ou como ele acreditava[23]. A análise levou o sujeito até aquele ponto em que se trata da inexistência do Outro, o analisando pode, então, tomar as decisões que se impõem para pôr seus mortos em seus lugares e, enfim, passar a outra coisa que aos assuntos deles. Mauriac: "Um cemitério só nos entristece por ser o único lugar do mundo onde não reencontramos nossos mortos". Dizemos, pois, que derivam de um mesmo gradiente o regramento de um sujeito sobre a inexistência do Outro (e, portanto, *a fortiori*, do mundo) e o acolhimento que ele pode reservar a seus mortos como tais. Daí esta fórmula: o morto por quem um sujeito está de luto pertence a um mundo que não existiria, não mais que não existe o dos vivos, que deriva da "mesma intrínseca realidade".

Um assunto pessoal[24]

Um primeiro contato conta. *Une affaire personnelle*[25] [Um assunto pessoal], primeiro texto que li de Ôe, causou em mim uma reação que nenhum outro literato até então obtivera. Depois de ter lido umas dezenas de páginas desse conto, tive a quase irreprimível vontade de jogar o livro pela janela, tanto um certo horror do mais cotidiano nele estava posto (como escrever "oferecido"?) a meu alcance. Como para Wagner, e sem querer desagradar Woody Allen[26], se formos uma única vez atingidos por Ôe, estaremos "perdidos", só restará engolfar-se sempre mais adiante na crise assim

---

[23] Poderíamos imaginar um estudo de casos que tomaria por base a "geografia mortal" com a qual se depara um sujeito: dize-me onde estão teus mortos, com quem estão teus mortos, e te direi quem és.
[24] Primeiro escrito de Ôe a ter tido um grande sucesso, esse curto romance é apresentado por Ph. Pons como sendo a "chave de toda a sua obra futura" ("Kenzaburô Ôe, le funambule solennel" (*Le Monde* de 15 de outubro de 1994, p. 18)).
[25] K. Ôe, *Une affaire personnelle*, op. cit.
[26] Ele declarava, em *Tiros na Broadway*, que ouvir Wagner demais dava-lhe vontade de invadir a Polônia.

desencadeada. É verdade que tal afirmação, no caso, é conjectura. Entretanto, da mesma forma que a crise Wagner é algo de conhecido, um "é o caso" que aconteceu a mais de um (a começar por Luís II da Baviera, Nietzsche, ou Cosima), da mesma forma que ele não está seguro de que existe outra maneira de lidar com Wagner, da mesma forma sou levado a pensar, pela maneira como Ôe me foi apresentado e como se apoderou de mim, que deve haver algo como uma crise Ôe, da qual só se sai nela engajando-se a fundo, ... a fundos... perdidos.

Em *Um assunto pessoal*, um pobre diabo de um professor, casado às pressas, fica sabendo que acaba de ser pai de um menino anormal; dizem-lhe "uma espécie de vegetal" e predizem dois ou três dias àquela "coisa". Ao deixar o hospital, ele fica errando pela cidade e acaba por secar sua dor no "uísque", na casa de uma antiga namorada que, ele logo percebe, faz michê discretamente. Os dois bebem muito, transam, o que, imaginamos, no contexto que é, naquele dia, o dele, se passa bem mal (a moça, compreensiva e que conheceu outros, tem o bom gosto de não ser rigorosa com ele). Mas ei-lo, de manhã cedo, de um pulo muito desperto, principalmente graças a uma súbita lembrança do que o espera: a ressaca, a fossa, o ato sexual deplorável da véspera, o filho morrendo a seu pedido. Como se isso não bastasse, as coisas continuam apesar de tudo, e o herói, ou, antes, o anti-herói de Ôe tem que fazer boa figura diante dos colegas e dar aula a seus alunos.

Só que fingir tem seus limites, não se senta sempre com facilidade sobre os problemas, fazendo como se pudessem não estar ali. Quando o fazemos (e quanto mais decididamente nos empenhamos nisso, mais nítido será esse retorno), acontece de o sintoma vir, no real, lembrar ao sujeito a ordem de seu desejo. Eis, pois, que durante a aula o prof. (não se pode mais chamar essas pessoas de *pro-fesseurs* desde que estão terminantemente proibidas de dar palmadas*) sente-se tomado por um terrível mal-estar: ele se debruça por trás da carteira e vomita até as tripas. As duas páginas em que estão descritos esse ato e seu produto são, a meu ver, duas das mais fabulosas páginas que existem. Foi lendo isso que tive vontade de jogar fora

---

*   Trocadilho a partir de *fesse* [nádega], *une fessée* [uma palmada nas nádegas], *prof* [abreviatura de professor]: pro-*fesseurs* [o que dá palmadas]. (NT)

o livro que, portanto, caso eu tivesse passado ao ato, teria, nisto mesmo, tomado valor de vômito. Ora, a performance de Ôe é justamente ter-me permitido identificar-me imaginariamente com seu personagem, mas não do modo absoluto, mas justo o que era preciso, mas não mais, mas não demais, tanto que, dali por diante, muito pouco à vontade, assim mesmo prossegui minha leitura. Aquela passagem ao ato me teria evitado a seqüência imediata, que é... pior. Os alunos (cujos pais pagam, trata-se de uma espécie de escola de comércio que forma aqueles que vão nos vender nossos próximos aparelhinhos Sony), no começo, são mais gentis, e o doente não fica, aliás, muito surpreso: o professor tem um mal-estar, isso acontece... Porém um deles resolve logo ir cheirar o vômito e nele sente, é claro, o álcool. Imaginamos, isso vai lhe bastar para crer que entendeu tudo, que encontrou a causa (embora, na verdade, não tenha entendido grande coisa e que só detenha daquilo um pequeno pedaço, embora ignore, também, a que desígnio ele serve).

Depois, num momento de horror absoluto e tanto mais sensível porquanto a cena permanece senão habitual pelo menos banal, tudo bascula: sob gozações e outras zombarias, o professor deixa a sala de aula; devidamente denunciado às autoridades da escola, perde o emprego no ato. E acrescenta-se "desemprego" à lista de suas desditas. Não contarei após que outras peripécias ele se decide a ir buscar o filho moribundo, escolhendo assim, num mesmo ato, renunciar a seu desejo (viajar) e ser pai de um filho anormal; notemos, pois, apenas que o fino do fino desse fim é este: uma vez virada a última página, não se pode saber se se trata de um *happy end* (ele enfim aceita seu destino, diria o psicólogo maravilhado), ou se, ao contrário, sua escolha é a de engolfar-se numa espécie de eternização do horror[27].

---

[27] Essa posição final do leitor, esse fracasso para resolver, ou esse encalhe numa suspensão indefinida de uma questão faz inevitavelmente pensar, ainda que seja num registro bem diferente, no Marcel Bénabou do *Oulipo* [*movimento literário (NT)], naquela outra performance, a escrita de *Pourquoi je n'ai écrit aucun de mes livres* [Por que não escrevi nenhum de meus livros] (Paris, Hachette, 1986). Da mesma forma que com a insolúvel alternativa horror / fim feliz, uma vez virada a última página do livro de Bénabou, seu leitor não pode absolutamente determinar se o autor escreveu ou não escreveu um livro. Bénabou, como Ôe, terá produzido um indecidível. Esperto, Bénabou teve a cara-de-pau de recentemente reiterar com *Jette ce livre avant qu'il ne soit trop tard* [Jogue fora este livro antes que seja tarde demais], Paris, Seghers, 1992.

Uma das razões pelas quais desejei abordar Ôe por *Um assunto pessoal* é esta: os textos de Ôe são estruturados como os mitos de Lévi-Strauss; neles encontramos sempre os mesmos traços, acontecimentos ou mitemas, com ligeiras variantes a cada vez[28]. "O admirável rigor da construção de cada um de seus romances[29]" se manifesta até nos mínimos detalhes. Exemplos tomados em *Agwii...*? D*** calça tênis brancos de ginástica (p. 146), esse detalhe encontra sua explicação no fim do conto (p. 177): são os sapatos de um cego. O monstro é descrito "grande como um canguru" (p. 153), esse detalhe se explica mais adiante (p. 168) quando ele tem de correr ao lado da bicicleta de D***, etc. Em um nível de composição superior, que seria o dos mitos e não mais dos mitemas, encontramos situações típicas, o que, como fazia Lacan para a fobia de Herbert Graf[30], pede uma leitura que ponha junto o corpus completo de seus textos. Há um pobre diabo que é maltratado por um bando de perseguidores, há uma criança anormal (Ôe tem um filho anormal[31]), há uma grande cabeça, por vezes disforme, há o álcool como ineficaz meio de evasão, há o corpo médico que só vê seu próprio interesse, etc. Não é, pois, sem algum artifício que isolamos *Agwii, o monstro das nuvens*, ainda que, enquanto conto como tal distinto dos outros, não nos proíba de tratá-lo (quase) separadamente.

---

[28] Uma das razões desse fato se deve à tradição literária japonesa que, nisso diferente da ocidental, não distingue romance e autobiografia (cf. Irmela Hijiya-Kirschnereit, "L'inspiration autobiographique", in *Littérature japonaise contemporaine*, ensaios, sob a direção de Patrick De Vos, Bruxelas, Labor e ed. Ph. Picquier, 1989 – a obra comporta também um notável estudo: "Ôe Kenzaburô ou la vie 'volontaire'", assinado por Ninomiya Masayuki).

[29] René de Ceccatty e Ryôji Nakamura, "Kenzaburô Ôe, le marginal reconnu" (*Le Monde des livres* de 21 de outubro de 1994, p. VII).

[30] Jacques Lacan, *La relation d'objet*, Paris, Seuil, 1994.

[31] Hikari ("luz", em japonês), hoje com trinta e um anos, tendo por único meio de comunicação a música, mas como o pai fez com que estudasse as regras de composição e harmonia, dava seu primeiro concerto público em Tóquio no momento mesmo em que seu pai recebia o prêmio Nobel de Literatura (em 13 de outubro de 1994) e anunciava que estava deixando de escrever romances.

Areu e não Agwii

O narrador do conto é um estudante que encontra um primeiro empreguinho e que não ignora que será, para ele, como se fosse a figura definitiva de sua posição em todo trabalho futuro:

> Certo, era apenas um trabalho extra; mas era a primeira oportunidade que se apresentava de assumir uma tarefa precisa [...][32].

O conto é escrito como uma série de curtíssimas cenas que, colocadas uma após a outra, acabam por traçar e até (vamos mostrar) efetuar um percurso subjetivo. No início desse percurso, o estudante não sabe que está de luto (um quinhão hoje dos mais comuns, *Le voile noir* [O véu negro] demonstra claramente esse traço), no fim, seu luto é cumprido (o de um filho morto), e ele é avisado disto.

No entanto, o relato não é estritamente cronológico. Numa espécie de preâmbulo, o narrador, que escreve dez anos após os acontecimentos que vai relatar, nos informa que, quando está só em seu quarto, usa uma faixa negra de pirata em cima do olho direito. Esse olho vê mal, tanto que, quando ele olha com os dois olhos, acredita ver dois mundos.

> um, luminoso e claro, notavelmente nítido; o outro, indeciso e ligeiramente sombrio, um pouco acima do primeiro [...][33].

Seus sintomas, anunciados de início, estão diretamente ligados a essa essencial diplopia:

> Conseqüentemente me acontece, andando numa rua perfeitamente pavimentada, parar de repente, como um rato saindo de um esgoto, com uma sensação de insegurança e de perigo. Ou, então, creio ler uma nuvem de cansaço e morosidade no rosto de um amigo jovial; logo experimento uma impressão de penoso desnível, que arrasta em seu sulco um gaguejo destruidor.

---

[32] K. Ôe, *Dites-nous...*, op. cit., p. 140.
[33] Ibid., p. 137.

Logo somos informados de que, caso não consiga se habituar a esse desnível, o estudante está desde já decidido a usar sua faixa negra fora da intimidade de seu quarto, em outras palavras, em público, "por toda parte", passando por cima dos sorrisos de comiseração que não vão faltar[34]. Em suma, ei-lo quase pronto para enfrentar um certa dose de perseguição. Por que levaria as coisas tão longe? Para suprimir o que dá seu solo a seus sintomas, essa diplopia em que se superpõem seus dois mundos. Mas ele o faria como decidimos não jogar mais quando perdemos no jogo, isto é, sem abordar, nem, portanto, resolver o problema – ele mereceria portanto, pensando bem, a comiseração de que se imagina, então, dever ser objeto. Ora, há outra maneira de se apresentar assim, caolho, em público, maneira que, esta, não vai de encontro à comiseração de outrem nem tampouco apresenta sintomas ou sufocamento de sintomas. Entre essas duas maneiras, fazendo a diferença: um luto.

Assim, supomos quase de imediato que a própria escrita de seu relato, a qual comporta sua publicação, será o que realmente permitirá ao narrador apresentar-se em público usando sua faixa negra (como a das *Ligações perigosas* teria permitido a Laclos tornar-se, para o resto de seus dias, um homem apaixonado por uma única mulher[35]). Há um desafio real da escrita; a escrita, aqui, faz parte do ato de luto. Tendo feito saber que se acha de luto, e sabendo-o ele próprio assim, o narrador estará, no mesmo gesto, aliviado de seu sintoma e podendo (mas essa possibilidade é uma necessidade) mostrar-se em público com essa faixa negra.

O estudante é contratado por um banqueiro para acompanhar em seus passeios o filho do dito banqueiro, dez anos mais velho que ele. O leitor logo repara que, escrevendo seu relato dez anos após os acontecimentos, o narrador tem, portanto, a idade que tinha, na época, o filho do banqueiro. Este foi um brilhante jovem músico prometido ao mais belo futu-

---

[34] O cinema, em particular, deve muito aos caolhos; citemos: Raoul Walsh, John Ford, Fritz Lang, Nicolas Ray.
[35] Cf. Pierre Bayard, *Le paradoxe du menteur*, Paris, Minuit, 1993.

Doença de pele, Daniel Spoerri – Col. particular,

ro, mas que, há algum tempo, se encafuou em casa e vive, daí por diante, feito uma espécie de fantasma, Agwii, o monstro. Logo ficamos sabendo que o ex-músico perdeu um filho no berço, nascido com uma enorme protuberância no cérebro, o que o médico, erradamente, achou ser uma hérnia, com o que o pai "fez desaparecer o filho[36]", aceitando que lhe dessem para beber não leite, mas água com açúcar, "apesar de seus gritos" e até

---

[36] K. Ôe, *Dites-nous...*, op. cit., p. 157.

que morte "natural" se seguisse. Ora, a autópsia revelou que se tratava de um tumor sem gravidade, e foi ao tomar conhecimento dessa assustadora notícia que o pai instantaneamente deixou de lado todos os seus próprios interesses para "viver" apenas com seu fantasma. "Agwii", nome que ele lhe deu, foi o único pio que o bebê pronunciou.

Desta vez, teria sido oportuno traduzir e não transliterar o nome próprio. Com efeito, o significante (no sentido saussureano) "Agwii" soa entre nós de modo bizarro, inscreve-se mal em nossa "alíngua", a começar por sua bateria fonológica; de mais a mais, no contexto francês, esse significante soa "japonês", acaba por solicitar nossa "japonesice"; ao invés disso, optamos por uma política da tradução que nos permitiria ler Ôe como é lido por um japonês e não num contexto de estranheza e exotismo de má qualidade. Ôe, aliás, nos destina explicitamente esse lugar quando declara que, diferentemente de Mishima, que visa uma audiência... mundial, ele, Ôe, escreve para um público japonês que tem as mesmas experiências que ele[37]. Na França, os bebês muito pequenos não fazem "agwii agwii...", mas "areu areu", como atesta [o dicionário] *Le petit Robert* *. Por isso escolhemos, em francês, chamar "Areu" o monstro das nuvens.

Esse problema de tradução não é secundário. Com efeito, a nomeação do bebê acontece num litoral[38] onde ela beira a autonomeação. O bebê, por certo, não se autonomeia, é seu pai quem o nomeia. Porém esse pai não lhe dá, como nome, alguma seqüência literal que viria de outro lugar que do bebê, digamos, do próprio fundo fantasmático dele, o pai (ainda que dali provenha, em última instância, a intervenção do bebê, sua primeira "fala", é eleita como fazendo parte ou entrando em ressonância com esse fundo, ela permanece decisiva). Assim, o pai eleva ao estatuto de nome

---

[37] Cf. "Entretien avec Kenzaburô Ôe", por Léo Gillet, *La Quinzaine littéraire*, nº 659, 1-15 de dezembro de 1994. A entrevista publicada em *Le Magazine littéraire* (cf. nota 1) sublinha a que ponto é nítida a fratura com Mishima e a recusa correlativa de Ôe de qualquer relação com o estrangeiro do tipo exotismo.

* *Areu areu*: onomatopéia que transcreve um dos primeiros sons da linguagem que o bebê transmite em sinal de bem-estar. (NT)

[38] Cf. Jacques Lacan, "Lituraterre", *Littérature* nº 3, Paris, Larousse, 1971.

próprio o pio emitido pelo bebê. Ele *o terá feito nomear-se*, seria essa a fórmula exata dessa tão particular nomeação. "Particular" ela é, uma vez que cria uma distância tão reduzida quanto possível entre o bebê como sujeito falante e seu nome. Qual pode ser o efeito, sobre o bebê, de dar assim tal peso de nome a esse primeiro e único pio? E que efeito sobre o pai? A resposta se lê no nível do pai, que suas duas ex-mulheres, em sua profunda maldade (que a um só tempo acerta em cheio e erra por completo), chamam de "criança mimada":

> – Você não acha que essa maneira de batizar o demônio que o possui é, por parte de D***, puro sentimentalismo? [a ex-mulher, p. 157]
> – O Areu dele não passa de uma história de criança mimada! [a mesma, p. 158, notar aqui a ambigüidade]
> – E D*** quis persuadir-se de que, fazendo isso, o bebê declinava seu nome! Que amor de pai, não é? [a ex-amante, p. 163]

Essa nomeação "mima" a criança, não só no sentido de um excesso de presentes, mas também no sentido em que esse excesso mesmo do dom faz da criança (e do pai) um fruto estragado*. Como é que isso estraga a criança? Ao não lhe abrir amplamente as vias do simbólico, do envio de um significante a outro, mas, ao contrário, ao realizar aquela espécie de curto-circuito pelo qual o significante poderia, primeiramente, ele próprio significar-se. A primeira fala do filho terá sido seu nome, seu nome, sua primeira fala. Ele não poderia mais, dali por diante, desligar-se dessa primeira fala, dela distinguir-se. E também seu pai não a deixaria evaporar-se (*verba volant*), ela estaria cada vez presente, já que ele falará dele ou o chamará. Questão abertura sobre o simbólico, fazemos melhor! E já entrevemos que o fato de D*** não poder fazer de outro jeito, no final do conto, a não ser efetuar seu luto de Areu, reencontrando Areu na morte, deve estar estreitamente ligado a essa tão curiosa nomeação, à sua responsabilidade (*père-formative*) de pai-nomeante; o fruto terá sido estragado até essa podridão que o filho e o pai são: ninguém.

---

* *Gâter*, em francês, tanto significa *mimar* quanto *estragar*. (NT)

Uma tal quase auto-nomeação vai direito ao cerne do problema do luto tal como Ôe no-lo apresenta. É, portanto, capital, em francês, ficarmos bem próximos disso, o que realiza o nome Areu. Este nome não translitera o nome Agwii, como querem o uso e a regra, ele reitera a própria operação que produziu o nome de Agwii. Esta tradução Areu nos põe também, leitor de Ôe, em nosso lugar no conto, aquele no qual vamos poder ser tocados, como seu pai, pelo filho morto[39] (embora o exotismo de "Agwii" nos pusesse na posição que Kierkegaard distinguiu como sendo a do esteta: – "É muito interessante", diz o esteta já pensando na próxima coisa que vai, ela também, interessá-lo).

Para um leitor francês, a observação do narrador:

> Como negar que fosse, para um monstro descido do céu, um nome lisonjeiro demais[40]

não tem sentido algum se esse nome for "Agwii", mas, em compensação, toma sentido se esse nome for "Areu". Para que o nome seja recebido como lisonjeiro demais, ainda é preciso que faça sentido, o que é o caso, em francês, de Areu (como, em japonês, de Agwii). Mas esse sentido de Areu também mostra, por isso, que se trata de um nome próprio "de araque" –, já que é justamente o fato de não ter sentido que distingue como tal o nome próprio (o que explica sua função essencial no deciframento de escritas desconhecidas).

Onde se escolhe o pedaço transferencial

O luto não é reduzível a uma relação sujeito-objeto soberbamente isolada de qualquer intervenção terceira. D*** só se reunirá a Areu após ter contratado o estudante-narrador, só após tê-lo levado a uma certa posição, a de um semelhante, de um irmão, de um amigo sabendo ser, ele também,

---

[39] O que remete à maneira como Ôe joga, mas somente até certo ponto, com a identificação imaginária. Já notamos esse procedimento a respeito de *Um assunto pessoal*.
[40] K. Ôe, *Dites-nous...*, op. cit., p. 160.

afetado pela própria coisa que o afeta, por mais estranha e monstruosa que seja essa coisa. De imediato o traço nos pareceu notável: no momento em que escreve seu relato, o estudante tem vinte e oito anos (p. 140), a idade do músico quando ele o encontrava. Mas logo toda uma série de outros traços virá situar o estudante como um duplo do músico:

– durante o primeiro encontro, ambos ficam de pé numa mesma postura, quase como duas imagens-espelho (p. 144);
– ambos se sabem mentalmente perturbados (pp. 137 e 144);
– D*** é músico, o narrador toca flauta (p. 167) e até, como D***, gaita (p. 140). Num dado momento, eles até se põem, um e outro, musicalmente, em uníssono (p. 167);
– D*** é identificado como cão (p. 143), o narrador também o será (p. 176);
– num momento próximo do fim do relato, o narrador acaba por escrutar o céu exatamente como aquele que ele acompanha fazia durante a primeira saída comum dos dois (p. 171);
– D***, num movimento inverso ao precedente e cruzando-o (já que, dessa vez, é ele quem passa a ter um traço presente desde o início no narrador), será identificado como cego (p. 177), o narrador, sabemos, sofre dos olhos.

Esse conto vai, assim, construindo, passo a passo, uma figura de enlutado como dividida em dois personagens: um sabe ser tal e vive com seu fantasma, o outro vai acabar sabendo que está, ele também, de luto. Essa divisão é das mais exemplares do luto no tempo da morte selvagem (Anny Duperey também acaba sabendo que terá estado de luto, momento em que nela, como no conto de Ôe, se reúnem os dois "personagens").

As cenas sucessivas operarão esse encontro pontual que assinalará que, de fato, adveio uma certa mutação subjetiva (se a psicanálise afirma como possível uma certa mutação no sujeito pelo viés de uma operação acabada, é manifesto que o luto em primeiríssimo lugar dá consistência a essa asserção). Vamos, então, colocá-las em lista.

Cena 1 (pp. 137-138): o narrador, seus sintomas, sua diplopia; o desafio da escrita (mostrar-se – ou não – publicamente como caolho); o anúncio de um recente acontecimento subjetivamente mutante sobre o qual é mantido certo mistério.

Cena 2 (pp. 139-142): o exame de admissão, o banqueiro mau caráter, o que está em jogo para o banqueiro (sobretudo nada de escândalo!); a inquietude diagnóstica do futuro acompanhante (vai ele lidar com um deprimido? Com um esquizofrênico?); o traumatismo (nunca mais exame de admissão dali por diante); a essencial questão (não colocada) a respeito do monstro (de que gênero é ele?).

Cena 3 (pp. 142-143): a aproximação de D***, os gritos de animais vociferantes (primeira presentificação de um bando de perseguidores).

Cena 4 (pp. 143-147): primeiros contatos com D***, negativando o encontro com o banqueiro, o não-exame de admissão ("Será que um indivíduo de espírito perturbado pode aplicar um exame num indivíduo normal?"); D*** visto pelo narrador (notadamente enquanto cão); a enfermeira, a um só tempo escrutante e irresponsável.

Cena 5 (pp. 147-151): o (duplo) contrato a respeito de Areu (não parecer surpreso quando Areu desce de seu céu, intervir eventualmente), o isolamento de D*** (sua "recusa sistemática" de qualquer contato com outrem).

Cena 6 (pp. 151-152): a primeira saída, primeira aparição de Areu e encontro com o velho dançando; o fracasso do acompanhante.

Cena 7 (pp. 152-153): informações sobre Areu arrancadas da enfermeira (Areu bebê canguru, seu medo que se pela dos cães e da polícia).

Cena 8 (pp. 153-155): a segunda saída, o enigma do nada-de-marca (remontar o tempo exige nele não intervir em nada); por que o enlutado está fora do tempo.

Cena 9 (pp. 155-158): encontro com a ex-mulher, novas informações sobre Areu (o porquê de seu nome, o erro de diagnóstico).

Cena 10 (pp. 158-161): sintoma obsessivo do narrador e tomando o valor dele em relação a D*** (ele não pode nem dar nem guardar a chave que D*** mandou-o buscar); D***, ajudado pelo narrador, queima seus navios (seus cadernos de música); daqui por diante, o narrador, tendo percebido que D*** o utiliza para uma manobra nada católica, fica à distância dos encontros de D*** com Areu (contrato parcialmente não respeitado).

Cena 11 (pp. 161-166): encontro com a atriz-psicóloga (ex-amante de D***), quando ficamos sabendo o motivo dos longos passeios em Tóquio: criar

lembranças para Areu; discussão teórica sobre o luto do filho; o fracasso do narrador (em estrangular a atriz e/ou dormir com ela).
Cena 12 (pp. 167-171): quando D*** e seu acompanhante encontram Areu, em seguida a malta de cães; o narrador assustado, depois cessando toda resistência.
Cena 13 (pp. 171-175): fraternidade no luto. O narrador dá a D*** a prova de que poderia crer na existência de Areu. D*** pode, então, se explicar. O sacrifício "relacionado com a coisa".
Cena 14 (pp. 175-177): a malta dos caminhões, o acidente mortal.
Cena 15 (pp. 178-179): a confissão do narrador, ele "ia crer nele", em Areu, a morte de D***.
Cena 16 (pp. 179-180): o acidente sacrificial do narrador.

Cena após cena, a posição do narrador vai mudando em pinceladas sucessivas, ao passo que a de D***, ao contrário, permanece constante. D*** resiste bem numa posição que podemos dizer "sinthomática"[41], aqui no sentido em que seus sintomas derivam dessa santidade que, contra tudo e contra todos, não cede na via que foi fixada[42]. D*** resiste bem até que o narrador, ao termo de um percurso quase iniciático, acabe numa certa posição subjetiva de fraternidade com ele. Essa fraternidade vai permitir que D***, enfim, se explique (cena 13, ao passo que, até ali, eram as mulheres que forneciam ao narrador as explicações – cf. cenas 7, 9, 11); mas, sobretudo, para além dessas explicações, essa fraternidade abrirá a via para que D*** se realize enquanto tendo perdido o filho numa certa passagem ao ato.

Convém, por certo, acrescentar que se modifica também, a cada visita a Tóquio, a posição subjetiva de Areu, do monstro; estudaremos esse ponto. Mas notemos, por enquanto, a função da não-mudança da posição de D***: é operando no acompanhante-narrador uma certa mutação subjetiva que D*** efetua seu luto, e não por um trabalho intrapsíquico, como quer a teoria psicanalítica do luto.

---

[41] Em 1975, Lacan dava novamente vida a essa primeira escrita da palavra *sintoma*.
[42] Exemplifiquemos essa posição, que não tem nada de uma "fixação" no sentido psicanalítico desse termo, com Pauline Lair Lamotte; cf. Jacques Maître, *Une inconnue célèbre, la Madeleine Lebouc de Janet*, Paris, Anthropos, 1993; cf. igualmente *Littoral,* nº 41, "Sa sainteté le symptôme", Paris, EPEL, novembro de 1994.

Se, por uma analogia um tanto abusiva, identificarmos o narrador ao psicanalista e D*** como analisando, tratar-se-ia de uma análise na qual só o analista, conforme avançam as sessões, trocaria de posição em relação ao analisando; e seria assim procedendo que o analisando poderia, em fim de percurso, subjetivar-se numa passagem ao ato. Evidentemente, o importante é então que D*** seja, a cada passo, avisado das transformações realizadas no narrador. Isto precisamente nos servirá de guia de leitura. Em outras palavras, *tomamos esse conto por um certo pedaço, o das transformações subjetivas realizadas no lugar do narrador* (e, de tabela, em nós, leitores) *e* (precisão essencial) *de que D*** pode tomar ciência*. A partir daí, três cenas deixam-se distinguir, as cenas 6, 10 e 12 (correspondendo a três saídas em Tóquio)[43].

*A mutação subjetiva
do acompanhante-narrador*

A cena 6

Seja, pois, o primeiro de todos os passeios em Tóquio. Durante essa saída (as saídas são anunciadas como momentos em que Areu se manifesta), o estudante, que não crê na existência do monstro, dá a esse que ele deve vigiar para evitar que faça escândalo (a reputação do banqueiro está em jogo, logo, seu dinheiro também – o banqueiro é uma primeira figura de cão perseguidor) a prova de que está errando completamente o alvo. Ora, isso não constituirá, aos olhos de D***, um início tão mau assim; esse início não desqualificará o estudante pelo que ele vai fazer com aquilo, longe disso.

Eles encontram naquele dia, numa rua de Tóquio, um velho dando voltas em torno de si mesmo, sem largar de bem junto do corpo uma maleta e um guarda-chuva, o que chama a atenção das pessoas. Os dois jovens se aproximam, e é então que aparece Areu. D***, com efeito, está com um dos braços na horizontal, como que passado sobre o ombro de alguém, o

---

[43] O problema aqui resolvido é formalmente idêntico àquele que encontramos na interpretação lacaniana de *Hamlet* (cf. "Estudo b"). O critério eleito para cortar, assim, na raiz do texto era o sintoma (a procrastinação de Hamlet), desta vez é a transferência.

que não deixa de perturbar um pouco o espírito de seu acompanhante (na cena 13, ele mesmo estará nesse lugar de Areu). D*** lhe pede, então, uma explicação:

> O que ele solicitava era uma explicação: por que aquele velho desconhecido, de aspecto tão grave, punha tanto ardor em girar em honra do visitante que descera do céu? (p. 152).

Trata-se de uma questão delirante: Jung veria nisso um fenômeno de sincronicidade[44], é também "o carro vermelho" de Lacan[45]. No entanto, delirante ou não, o importante continua sendo que essa questão comporta uma afirmação, a desse vínculo entre dois acontecimentos que ninguém, exceto D***, teria a idéia de associar. Seu acompanhante, incapaz de levar em conta a afirmação contida na questão, sabe apenas responder: – "Doença de são Guido". Como acontece com freqüência, produzir um diagnóstico faz fracassar o que está em jogo. O acompanhante não vê que D*** acaba de encontrar sua imagem narcísica, que aquele velho está de luto. Além da questão, outros indícios poderiam ter lhe soprado a resposta: a maleta significa a viagem do enlutado ao reino dos mortos e o guarda-chuva é o objeto que isola das nuvens, ou seja, do lugar onde está Areu, entre os outros mortos. O acompanhante não decifrou o rébus, nem viu que havia ali um rébus a ser decifrado.

Tendo recebido essa resposta destoante, D*** põe logo fim à primeira excursão[46], significando assim que está doravante avisado (como às vezes o analisando após as primeiras entrevistas) de que, já que seu interlocutor não sabe ler, ele vai ter que lhe ensinar isso.

---

[44] C. G. Jung, "*Die Synchronizität als ein Princip akausaler Zusammenhänge*", em C. G. Jung e W. Pauli, *Naturerklärung und Psyche*, Rascher, Zurich, 1952.

[45] "[...] se ele [isto é: 'um de nossos psicóticos'] encontrar na rua um carro colorido, por exemplo, este terá para ele um valor [...], este carro é vermelho, terá para ele tal sentido, não é por nada que um carro vermelho passou naquele momento". J. Lacan, *Les structures freudiennes dans les psychoses* [*As estruturas freudianas nas psicoses*], sessão de 16 de novembro de 1955.

[46] Esse ato de corte é singularmente propício a esclarecer a pontuação da sessão analítica.

A cena 10

A opção de leitura impõe, em seguida, a cena 10.

Nesse meio tempo (cena 8), o acompanhante terá aprendido uma coisa importante: D*** se encontra numa postura em que está proibido de deixar no chão a mínima marca. Por que esse constrangimento? Ele embarcou, com seu luto, numa máquina de volta no tempo. De acordo com um dado clássico da ficção científica, tal volta no tempo só é possível ao preço de não deixar mais, no chão, marca[47] alguma. Por que, voltando no tempo, é absolutamente necessário não intervir em nada no passado? Porque não se pode modificar o passado sem logo perdê-lo: a mínima marca deixada por aquele que lá retorna mudaria esse passado, com o que o viajante no tempo não retornaria ao passado, mas a uma outra coisa que o que se passou. Esse nada-de-marca deriva, pois, não de um interdito e sim de uma impossibilidade.

A maioria dos comportamentos estranhos, até mesmo anormais, de D*** deixa-se explicar por essa impossibilidade. Por exemplo, exigir a qualquer preço que os operários apaguem imediatamente a marca de seu pé, deixada por distração no cimento fresco da calçada; ou, ainda, deixar intacta a xícara de chá que ele deveria ter consumido sob o olhar de outrem. Pela mesma razão, D*** encarregará seu acompanhante das providências que ele tem de tomar; ele as executará não "em seu lugar", mas neste lugar no tempo de hoje que ele não pode ocupar.

Assim, D*** lhe pede (será a cena 10) para ir buscar um certo objeto, uma chave, na casa de sua ex-mulher. Nessa oportunidade, o acompanhante vai se sentir habitado por um sintoma obsessivo típico, uma série de decisões alternadas entre dar ou não a chave a D***; a hesitação se resolverá por um compromisso não menos característico: ele vai lhe dar a chave, mas não ele mesmo, mas não em mãos próprias, por intermédio de um envio postal anônimo. A coisa não precisa ser dita, supõe-se que D*** terá sabido, recebendo assim a chave, os tormentos nos quais seu pedido terá mer-

---

[47] Cf. *Timescape* de David Twohy; toda a força dramática desse filme trata desse ponto.

gulhado seu acompanhante. O que acontece, então, com D*** (e vê-se claramente como um sintoma tem sua razão não tanto no sujeito quanto no outro – o que desconhece a *one body psychology*)? D***, dali por diante, sabe que seu acompanhante também está agora preso nessa problemática do nada-de-marca. Ei-lo também embarcado na máquina de voltar no tempo. Mas seu acompanhante, este, ainda não sabe disso efetivamente, só sabe na medida em que seu sintoma é portador desse saber que enquanto sintoma lhe permite também desconhecer; ele tampouco sabe, portanto, que D*** sabe.

A cena 12

A colocação em jogo do mesmo critério (o que D*** fica sabendo da mudança de posição subjetiva do narrador) nos leva, em seguida, à cena 12.

Logo antes, entretanto (cena 11), o estudante terá sabido qual é a função das saídas em Tóquio: dar lembranças ao bebê morto, constituir-lhe uma experiência humana, pois... não é:

> [...] uma coisa terrível morrer sem ter feito o que quer que seja de humano enquanto se estava vivo e, por conseguinte, sem conhecer o que quer que seja, sem ter a lembrança do que quer que seja? É, no entanto, o que se passa com um bebê que morre, não é[48]?

É a "star" de cinema quem fala assim. Talvez devamos considerá-la como uma *singing star* de Blake, da mesma forma que não é anódino que esse nome D***, sob pretexto de censura, comporte três estrelas.

Ouvindo essa observação, o narrador considera a *star* como uma psicóloga que não deixa de ter originalidade. Impossível dizer melhor! A dita originalidade é colocada como tal sobre fundo de doxa freudiana.

Freud, seus companheiros e sucessores[49] elegem, como referente do luto, a morte do pai[50]. Ora, o pai, como tal, é alguém que terá deixado marcas; é, inclusive, alguém que, no momento de sua morte, cessou, por

---

[48] K. Ôe, *Dites-nous...*, op. cit., p. 164.
[49] Exceto Melanie Klein e sua escola.
[50] Cf., aqui mesmo, "Estudo a".

vezes há um certo tempo, de produzir novas, como se... sua conta estivesse boa. Em conseqüência, o luto pode ser pensado a partir de algumas dessas marcas, o enlutado devendo, no "trabalho do luto", retomá-las uma a uma de modo a rejeitá-las. Mas o que está se passando, interroga a original psicóloga de Ôe, para quem perde um filho? Tal perda é bem mais radical. O enlutado perde não apenas um ser amado, ou um passado comum, mas também tudo o que, potencialmente, o filho poderia ter lhe dado se tivesse vivido (por exemplo, se for uma menina: um genro ou nada de genro, netos trazendo outro nome ou nada de netos, etc). Ora, como identificar-se (já que tal é a via do luto segundo o freudismo ordinário), como fazer seus traços simbólicos que, por causa da morte do filho, precisamente não existirão jamais? De que o enlutado não saberá nunca o teor? O "trabalho do luto" está aqui amplamente excluído. Como vemos, problematizar o luto em relação à morte do filho conduz a uma outra pista, justamente aquela da *star* "psicóloga original" de Ôe.

É verdade que ela crê no outro mundo, num "mundo de após a morte", ela delira, o que nota o narrador, observando que "sua lógica não tinha lá muita lógica[51]". Mas, justamente, esse delírio lhe permite tocar num ponto de real: *não se pode perder quem não viveu.*

O cerne do problema moderno do luto – já que seu paradigma é o luto do filho – está aqui do modo mais claramente formulado. A partir daí, poderíamos considerar esse fato clínico tão nítido e hoje tão freqüente: o caráter subjetivamente devastador do, em aparência, mais bem socialmente banalizado aborto[52]. Daí, igualmente, entrevemos o que indica Lacan ao dizer que, no luto, é todo o simbólico que é convocado[53], convocado não desde que já lá se acha inscrito, mas porque não é preciso menos que "todo o simbólico" para circunscrever um furo real – um furo cuja imaginarização que está sendo a mais ao alcance do enlutado é constituída pela idéia de uma vida não cumprida. Formulemos, a esse respeito, algo

---

[51] K. Ôe, *Dites-nous...*, op. cit., p. 164.
[52] Com toda razão, vai acontecer de uma mulher não perdoar seu aborto àquele que, tendo-a engravidado, lhe dá bobamente sua caução.
[53] Cf. Jacques Lacan, *Le désir et son interprétation*, seminário inédito, sessão de 22 de abril de 1959.

como um teorema: quanto menos tiver vivido, segundo o enlutado, aquele que acaba de morrer, mais sua vida terá, a seus olhos, permanecido uma vida potencial (Aristóteles), mais assustador será seu luto, mais necessária será essa convocação do simbólico.

O problema não é essencialmente de duração de vida, de longevidade; mas resta que é preciso um certo tempo para que algo, seja o que for, se cumpra. Por isso é que o caso do luto do filho tende a se tornar o caso paradigmático. Quanto a esse ponto, Lacan e Ôe (através de sua *star* entre dois álcoois) estão de acordo. Com seus percursos em Tóquio, D*** convoca o simbólico não para si, mas para Areu, aquele bebê morto que ele tem, acima de tudo, que fazer existir, condição necessária e insuficiente para que possa perdê-lo, ou, o que poderia bem dar no mesmo, reunir-se a ele.

Inibição, sintoma, angústia:
os três tempos do luto?

Como eixo de análise, escolhemos o seguinte fio: o que D*** fica sabendo das transformações subjetivas operadas em seu acompanhante. O que nos conduziu a distinguir primeiramente duas cenas, a cena 6, primeira saída em Tóquio em que se fazia notória a surdez do estudante em vista do assunto de que estava, no entanto, encarregado, depois a cena 10, em que o acompanhante apostara num sintoma obsessivo característico. Como numa análise, pode-se crer que o surgimento desse sintoma manifesta que as coisas não estão indo muito bem para ele. Ora, é exatamente o contrário que acontece; a ocorrência desse sintoma assinala, e em primeiro lugar para D***, que seu acompanhante está, dali por diante, realmente engajado na via de reconhecer-se enlutado; em outras palavras, de reconhecer-se por aquilo que é, mas, até então, sem saber; esse sintoma tem a função de dêitico desse luto (com tudo o que um dêitico mantém de confuso com respeito ao designado).

Essa mesma referência nos conduz agora à cena 12, durante a qual ocorre o encontro com a malta de cães perseguidores. Mas, no limite da leitura dessa cena 12, uma observação não pode deixar de ser feita; é impressionante que com essas três cenas o acompanhante-narrador efetue um percurso que se deixa formular com a ajuda do ternário freudiano[54]: inibição sintoma angústia. Nesse caso, esse ternário parece ajustar-se aos fatos tanto quanto uma teoria pode fazê-lo. Com efeito, a cena 6, vimos, é a da inibição a ser lida, a 10, a do sintoma, e a 12, vamos ver, será a da angústia. É muito espantoso que ter isolado três cenas em função de um critério bem preciso tenha por conseqüência quase imediata (e não prevista) que esse ternário, aqui, cole tão bem aos fatos.

Nem por isso vamos, por certo, nos precipitar em fazer disso a norma da efetuação de todo luto. Ficamos, se possível com constância, em Bacon: "Onde o homem percebe um pouquinho de ordem, ele disso supõe imediatamente demais". Mas não vamos ainda mais fazer o jogo da "formação reativa", em outras palavras, nos proibir todo questionamento quanto a essa convergência teórico-clínica: o luto enquanto percurso (e como, já que tem começo e fim, não seria um?), o luto enquanto mudança da relação com o objeto não se deixa situar, em suas etapas, pela sucessão desses três termos? Esta série – inibição, sintoma, angústia – viria dar corpo e, digamos, um certo peso ao que notávamos de entrada, a saber, que, longe de equivaler ao luto não feito, longe de constituir uma ausência de luto, a clínica *é* o luto.

Mas voltemo-nos por um instante, com essa conjectura, para o percurso de Hamlet. Como o do narrador de Areu..., esse percurso deixa-se dizer com esse ternário. A procrastinação de Hamlet é, com efeito, primeiramente uma inibição, ninguém contesta; vê-se menos que essa procrastinação torna-se um sintoma a partir do momento em que, graças à intervenção da cena sobre a cena, Hamlet acha-se, dali por diante, prevenido a um só tempo da responsabilidade de Cláudio e da veracidade das palavras de seu pai. Esse momento é, aliás, aquele em que John Dover Wilson[55] apela (além disso, apesar de suas próprias restrições e reticências, aliás funda-

---

[54] Um ternário retomado, situado e desenvolvido por Lacan. Freud não foi muito prolixo em ternários; considerando o que dizemos da articulação Lacan / Freud como passagem de um dois a um três fundamental, teria sido inconcebível que Lacan não se tivesse apoderado disso! Cf. Sigmund Freud, *Inhibition, symptôme et angoisse*, trad. Michel Tort, Paris, PUF, 1965 (nova edição).

[55] J. Dover Wilson, *Vous avez dit* Hamlet?, op. cit.

das) para a psicopatologia para explicar a persistente ausência de ação, em Hamlet, para além da intervenção do drama de Gonzaga. Dover Wilson depreende, então, muito bem esse fato de que a procrastinação não tem o mesmo valor antes e depois da intervenção dos atores, fato que transcrevemos aqui dizendo que ela é primeiro inibição (ligada a uma falta em saber), depois sintoma (na medida em que essa falta em saber, é suprimida). Quanto à angústia, é nela que Hamlet põe um termo ao descer na tumba de Ofélia para lá clamar publicamente seu luto. A angústia acha-se presentificada, na cena do cemitério, pela provocante evocação repetida (primeiro Laertes, em seguida Hamlet) de ser enterrado vivo com Ofélia.

Ser enterrado vivo é uma das figuras típicas da angústia e, a crer no que diz Jean Fallot[56], essa situação "nécrica", como ele a chama, continua sendo ainda hoje mais freqüente do que em geral se pensa. Na Idade Média, o falso morto que se fazia reconhecer batendo na tampa do caixão (os caixões ficavam bem mais rente ao solo do que hoje) era considerado habitado pelo diabo; testemunha da potência diabólica, ele devia, em conseqüência, ser feito morto: o temporal abria a tumba e cortava a cabeça enquanto o espiritual dava sua benção. Cegos pelo atual sentimentalismo ocidental em relação à morte, não nos enganemos, o ritual expiatório dizia respeito não ao erro de ter enterrado alguém vivo, mas ao desse alguém que tinha a inconveniência maior de se fazer conhecer como vivo, embora estivesse morto. Essa prática esclarece o que quer dizer "estar morto"; ela demonstra que um critério médico está, por si só, longe de convir para discriminar os mortos e os vivos; o que discrimina é a *declaração*, ela é social como tal – como diz a gíria, está morto aquele que engoliu sua carteira de identidade.

O cumprimento / não-cumprimento de uma vida, desafio do luto

Indicamos que duas condições parecem necessárias para que D*** possa efetuar seu luto de Areu. A condição simbólica consiste em criar uma vida para o filho que não pode ter morrido sem ter tido uma. Essa é a razão

---

[56] J. Fallot, *Cette mort qui n'en est pas une,* op. cit., p. 16.

essencial dos passeios em Tóquio. Esse ponto nos levou a concluir com um teorema: *a medida do horror, no enlutado, é função daquela da não-realização da vida do morto*. Não são as lembranças mais ou menos comuns, em sua beata positividade, que dão o "tom" de um luto. Não é *o que se passou*, e Wittgenstein não é pouco crítico quanto a essa maneira "psicanalítica" de ir buscar a razão do sintoma no passado, um traço que talvez fosse, hoje ainda, característico do freudismo, se Lacan nele não tivesse intervindo. É, ao contrário, e em negativo, o que a morte torna de definitivamente não cumprido no morto, é, portanto, o que ele terá cumprido, ainda que sob essa forma negativa, que intervém como que determinando o que será o luto no enlutado.

E não é Hamlet quem nos desmentirá: se, com efeito, o luto de seu pai termina em "trabalho estragado", é difícil não ver que o assunto começara antes mal, isto desde a choradeira desse pai diante do filho. Essa choradeira vai desencadear as operações (se ousarmos assim nomear a procrastinação), mas ela serve também de cobertura, mascarando que esse pai não soube cumprir-se como esposo. Nunca se encontrou cornudo inocente. A isso responde o "trabalho estragado": da mesma forma que esse pai cujo nome ele traz, Hamlet, matando Cláudio, não se quer responsável por seu ato.

O não-cumprimento é primeiro, é por ele, antes de mais nada, que o enlutado se depara com a morte de quem lhe era próximo. Num *instante de ver*, essa vida lhe aparece no que ela tem de definitivamente inacabado, em tudo o que ela não soube realizar. O tempo do luto seria, então, *o tempo para compreender*, desembocando nesse *momento de concluir* que, de fato, essa vida foi cumprida, e em que ela o foi.

Pode-se, deve-se bijetivamente ligar os dois ternários que acabamos de mencionar? O percurso do luto se deixaria, então, assim modelizar:

LADO ENLUTADOR		ESPAÇO TRANSICIONAL	LADO DO MORTO
Instante de ver	inibição	-1	vida não cumprida
Tempo para compreender	sintoma	$-a$	cumprimento?
Momento de concluir	angústia	$-(1 + a)$	vida cumprida

Sem pretender, evidentemente, assim formalizar todos os casos, cremos, no entanto, não dever afastar sistematicamente esse tipo de escrita, que pelo menos apresenta a vantagem de colocar de maneira regrada alguns problemas.

O caráter determinante do não-cumprido nos fez tomar ciência de que, em nosso tempo de morte seca, já que a mortalidade infantil deixou de ser o que era, o paradigma do luto é o luto do filho. Daí a questão: é imaginável, é possível que, assim, a morte do filho tenha acabado por tomar esse lugar? Em que condições poderia ela ter sido elevada a esse estatuto de paradigma gramatical para todo luto? Terá sido preciso para isso, para que fosse avaliada a uma-vida de cada um sem outro recurso que essa própria avaliação enquanto humana (ainda que humana demais), que Deus não fosse mais reconhecido como tendo em mão, Ele e Ele só, as cartas do juízo, com efeito, necessariamente "final". Terá, pois, sido preciso a morte de Deus, proclamada por Nietzsche, terá sido preciso que Deus fosse pelo homem destituído da contabilidade. Enquanto Ele mantinha as contas – contas de que Sua transcendência nos deixava essencialmente incapazes de saber o que quer que seja –, o luto podia ser bem mais regrado: a morte do filho tinha, por certo, um lugar singular, como ainda tem, no México, em "a arte ritual da morte criança", mas esse próprio lugar deixava-se, para acabar, absorver no jogo do pecado e de seu perdão, no grande jogo do inconhecível juízo de Deus.

O que nos pede para melhor situar nossa presente análise do luto. Seu contexto é, por certo, aquele descrito por Ariès, esse tempo da morte selvagem instalado no Ocidente no instante mesmo em que Freud escrevia "Luto e melancolia". Mas esse contexto continua sendo também aquele da proclamação da morte de Deus.

Basta nos reportarmos a *Adieu, Essai sur la mort des dieux* [Adeus, Ensaio sobre a morte dos deuses], de Jean-Christophe Bailly[57]. O autor situa sua problemática na linha direta da proclamação nietzscheana da morte de Deus, mas sem desconsiderar, como se faz habitualmente, a seqüência imediata e profética da frase de Nietzsche em *Le gai savoir* [O alegre saber]:

> Deus está morto. Mas tais são os homens que ainda haverá, durante milênios, cavernas nas quais será mostrada sua sombra... e nós... ainda é preciso que vençamos sua sombra[58].

---

[57] J.-C. Bailly, *Adieu, Essai sur la mort des dieux,* op. cit.
[58] Citado por J.-C. Bailly, p. 11.

Estamos, com efeito, nesse ponto, por não termos vencido essa sombra; a ponto de, tardiamente, Lacan identificar a realidade psíquica como realidade religiosa. Cem outros traços (e alguns estudos) viriam facilmente acrescentar-se a numerosos textos literários (mencionamos alguns) para confirmar que nossa situação presente é bem aquela que Bailly formula, ao escrever que

> [...] o homem não se mostrou digno da destituição do divino por ele operada, ficou com medo da extensão que diante dele se abriu [...] o homem ocidental moderno realmente não quis a morte de Deus, simplesmente perdeu Deus no caminho, e tão bobamente que ainda nem se deu conta disso[59].

Darmo-nos *conta* de que perdemos os deuses e Deus, no sentido forte de "dar-se" realmente "conta", tal seria uma das determinações maiores cujo defeito participaria do selvajamento da morte. Bailly não o diz. Bailly não estabelece o vínculo entre seu questionamento e o estudo de Ariès, ao passo que Ariès, por sua vez, não ligava morte invertida e morte de Deus. É difícil, porém, não fazer a aproximação e não interrogar: tornar a morte menos selvagem seria efetuar o luto de Deus?

A "loucura Artaud", como tão justamente se disse "a loucura Wittgenstein[60]", toca, portanto, num ponto ideologicamente sensível ao se colocar no mesmo diapasão de seu "Para acabar com o juízo de Deus". Com efeito, é preciso jogar no lixo essa referência a Deus e a seu outro mundo para que tenha peso a avaliação humana daquilo que terá sido uma vida e, logo, daquilo em que ela terá sido, pela morte, tornada definitivamente descumprida/cumprida.

---

[59] Ibid., p. 32.
[60] Françoise Davoine, *La folie Wittgenstein*, Paris, EPEL, 1992.

Uma perseguição como pivô do luto

A cena 12

Durante a cena 12, o acompanhante vai ser obrigado a manifestar a D*** que seria bem possível que ele também acreditasse na existência de Areu. Ele o manifesta de modo tanto mais nítido que o viés dessa manifestação vai ser uma crise de angústia, que vai, portanto, ocorrer abertamente, como é a regra, *apesar* daquele que a angústia vem pegar. Durante essa saída, os dois estão a passear de bicicleta numa estradinha no campo margeada de cada lado por cercas de fios de arame farpado, o estudante um pouco na frente, D*** atrás, conversando com Areu como se Areu – canguru – estivesse correndo a seu lado.

Como que para bem mostrar que a respectiva posição de cada um se tornou amigável, fraterna, que são, dali por diante, *alter ego*, no início dessa cena, Ôe os põe, ludicamente, em rivalidade, eles apostam uma corrida de bicicleta. Mas eis que aparece pouco depois, diante deles, uma malta de dobermanns enfurecidos. O acompanhante foi avisado de que Areu, o bebê-fantasma, morre de medo de cães; pensa então que D*** vai fazer tudo para protegê-lo, embora até, preso entre duas fileiras de arame farpado, não possa impedir que ocorra o encontro entre Areu e seus cães perseguidores. Assim, pois, *seu acompanhante se angustia com a suposta angústia de D****, uma frase justamente ambígua, já que não exclui que ele também se angustie em relação a Areu.

Os cães figuram os perseguidores de Areu e seu pai. Na lista dos perseguidores, temos, por certo, que inscrever o banqueiro, os médicos (que mataram Areu com o falso diagnóstico), mas também o próprio ex-músico (ele também matou Areu, ao não aceitar que ele vivesse enquanto legume – o que lhe prediziam erradamente). Na escrita tão precisa de Ôe, um pequeno detalhe vem assinalar a inscrição de D*** na malta de cães: ao ver pela primeira vez aquele por quem devia velar, o estudante teve a impressão de que estava diante de um cão (D*** estava vestido com uma roupa que tinha por motivos pulguinhas!).

Já é tempo de observar o que parece ser evidente ao se ler Ôe, mas também aquilo cuja ausência, muito erradamente, não notávamos claramente na versão psicanalítica do luto[61], a saber, que os mortos não estão ao abrigo das perseguições. A perseguição é a grande ausente de "Luto e melancolia". Ora, reconhecer sua importância é também admitir que os mortos possam perfeitamente ser perseguidos. Eles se acham até numa posição singularmente frágil, singularmente propícia a sofrer perseguições. Evoquemos Akhenaton martelando o nome de Amon no de seus predecessores faraós, ou, ainda, as profanações dos túmulos judeus, os protestos, lamentações e outras repugnâncias suscitadas por essas perseguições, mas que não trazem a estas respostas muito efetivas[62].

Eis, pois, os cães perseguidores. Maior que o músico, seu acompanhante pode pular o arame farpado; pode, ele, sair-se bem da história. Mas como esquecer sua missão? Como deixar D*** e, sobretudo, D*** protetor de Areu, sozinho diante dos cães? Ignorando seu próprio instinto de autoconservação, como o nomeamos, ele se vê, então, preso a um pânico terrível, ao pensar que, querendo proteger Areu, seu protegido vai ser dilacerado pelos dobermanns em fúria. O que corresponderia, bem exatamente, ao fracasso da missão que lhe foi confiada pelo banqueiro.

É, então, o ponto de báscula, que nos evoca essa experiência de Joyce espancado[63] que tanto interessara Lacan[64] (uma experiência que será, aliás, aqui repetida uma segunda vez): sufocado por sua angústia, o acompanhante cessa toda resistência, deixa-se submergir pelas trevas do medo, renuncia a tudo e a si mesmo.

Depois..., mudança completa de cenário: surpresa, espanto, D***, que não ficou nem um pouquinho com medo, põe-lhe gentilmente a mão no ombro após a passagem dos dobermanns, deixando-o chorar à vontade.

---

[61] Melanie Klein, ainda esta vez, é exceção.
[62] A indignação (e não mais o bom senso, tão caro ao filósofo) tornou-se hoje, dizem, a coisa mais bem partilhada do mundo.
[63] Cf. James Joyce, *Dedalus, portrait de l'artiste jeune par lui-même* [Dedalus, retrato do artista jovem por ele mesmo], traduzido do inglês por Ludmila Savitzky, Paris, Gallimard, "Folio", pp. 123-125. Poderá ser confrontado com o relato de Ôe (op. cit., pp. 170-171).
[64] Eis o que dizia Lacan disso (*Le sinthome*, seminário inédito, sessão de 11 de maio de 1976): "[...] a respeito de Tennyson, de Byron, enfim... coisas que se referiam a poetas, aconteceu que camaradas o amarraram numa porteira algo diferente, era, inclusive, de

E não se pode deixar de notar que, com esse gesto, aceito, o acompanhante se acha no lugar que era o de Areu na cena 6, a primeira da série que isolamos.

> Minhas lágrimas secadas, minha alma achava-se agora limpa de qualquer marca de respeito humano, [...]⁶⁵

---

arame farpado, e deram nele, Joyce, James Joyce, <umas pancadas>. O camarada que dirigia toda a aventura era um tal de Heron, o que não é um termo muito indiferente: é o "zinho" [*Em francês *eron*, sufixo diminutivo (NT)]; este "zinho" espancou-o, portanto, durante um certo tempo, ajudado, é claro, por alguns outros camaradas, e, após a aventura, Joyce se interroga sobre o que fez com que, passada a coisa, não ficasse zangado com ele. Joyce se exprime de um modo – pode-se esperar isso dele – muito pertinente; quero dizer que ele metaforiza algo que é nada menos do que sua relação com seu corpo. Ele constata que todo o assunto se esvaiu, ele próprio se exprime dizendo que é como uma pele de legume. [...] não é simplesmente a relação com seu corpo, é, se posso dizer, a psicologia dessa relação, pois afinal a psicologia não é outra coisa senão isso, a saber, essa imagem confusa que temos de nosso próprio corpo. Mas essa imagem confusa não deixa de comportar, chamemos isso como isso se chama, afetos, a saber, que, ao se imaginar, justamente, isso, essa relação psíquica, há algo de psíquico que se afeta, que reage, que não está desligado (como mostra Joyce após ter recebido as cacetadas de seus quatro ou cinco camaradas), há algo que quer apenas ir embora, apenas ser largado como uma casca de legume. É impressionante haver pessoas que não tenham afeto à violência sofrida corporalmente. Isso talvez tenha lhe dado prazer, o masoquismo não está nem um pouco excluído das possibilidades de estimulação sexual de Joyce, ele insistiu bastante nisso com respeito a Bloom. Mas direi que o que é antes impressionante são as metáforas que ele emprega, isto é, o desligamento de algo como uma casca de legume. Ele não gozou daquela vez, ele se... ele teve (é algo que vale psicologicamente) uma reação de nojo, e esse nojo diz respeito a seu próprio corpo, em suma. É como alguém que põe entre parênteses, que expulsa a má lembrança. É isso que está em jogo. [...] Essa forma do "deixar pra lá", do "deixar pra lá" da relação com o corpo próprio é inteiramente suspeita para um analista. Esta idéia de si, de si como corpo, tem algo que tem um peso. É isso que se chama *ego*. Se o *ego* é dito narcísico, é bem porque há algo, num certo nível, que suporta o corpo como imagem. Mas será que, no caso de Joyce, o fato de que essa imagem, no momento, não esteja interessada, será que não é isso que assinala que o *ego* tem uma função, nesse momento, bem particular? [...] Ele tem um *ego* de natureza bem diferente daquela que não funciona, precisamente, no momento de sua revolta, que não funciona imediatamente logo depois da dita revolta. Pois ele consegue se desprender, é um fato, mas, após isso, direi que ele não guarda mais disso nenhum reconhecimento a quem quer que seja, por ter recebido aquelas pancadas".

⁶⁵ K. Ôe, *Dites-nous...*, op. cit., p. 171.

E foi assim que D***, sabendo-o, dali por diante, sensível, pôde enfim falar do mundo de Areu com o estudante. Eles têm, então, consciência de que se tornaram como que irmãos[66].

D*** sairia, assim, de sua loucura, D*** poderia, assim, pôr fim a seu luto, já que o terá contado a outro? De mais a mais, esse outro também se declara, então, de luto:

> Mas o meu céu, estava ele realmente, a cem metros acima do nível do solo, habitado em tudo e para tudo por um gato redondo de listras cor de laranja? Com essa interrogação abri de novo maquinalmente os olhos e dirigi meus olhares para o céu aberto daquele início de inverno em que já caía a noite, quando um terror me invadiu e me fez fechar de novo, hermeticamente, as pálpebras. Terror de mim mesmo ao pensar no que poderia ter visto!... Sobre fundo de céu, por toda parte, em número incalculável, seres tendo o brilho do marfim, a multidão flutuante das existências que vimos desaparecer da superfície e do tempo dessa terra!... Se esse espetáculo tivesse realmente se oferecido a meus olhos e eu nele tivesse reconhecido uma aparência infantil[67]?...

Essa comunhão não traz, porém, solução. O problema é aqui isomorfo àquele que encontramos a propósito de Hamlet ("Estudo b"): saber o que está em jogo não é resolvê-lo. A resolução não está no saber, mas no ato.

A cena 14

A cena seguinte repete a do ataque dos cães. Ao longo de uma derradeira saída, quando estão atravessando um grande *boulevard* de Tóquio e que o sinal de trânsito fica verde, D*** precipita-se bem no meio do trânsito (para salvar Areu? A questão, bem entendido, se coloca) e será atropelado pelos enormes paquidermes. Fala-se, é claro, de suicídio, outro diagnóstico que ajuda a não entender nada. "Eu tremia *feito um cão*", escreve, dez anos depois, o estudante, evocando sua posição subjetiva durante o acidente. Esse traço assinala sua identificação com D*** enquanto perseguidor de

---

[66] Ibid., p. 175.
[67] Ibid..

Areu: nesse ponto, também, eles são irmãos. Prevenido pelos sintomas de seu acompanhante, D*** sabia que eles tinham se tornado irmãos, mas agora o acompanhante também sabe e, por aí também, sabe que D*** sabe.

Como não há, dali por diante, mais nada a saber, entre eles, D*** poderá ir, se quisermos assim dizer, "salvar" Areu, ou, ainda, "reunir-se" a Areu na morte ou na vida – pois está, bem evidentemente, excluído decidir.

A ex-mulher de D*** havia, aliás, em sua "sacanagem" de despeitada, aberto o jogo:

> [...] e da mesma forma que anteriormente ele recusara deixar viver o bebê, também se recusou, categoricamente, a continuar vivendo. Reparem, porém, que ele não se suicidou! Contentou-se em fugir das realidades para refugiar-se no mundo das quimeras. Mas, desde o instante em que a morte de um filho nos pôs sangue nas mãos, por mais que fujamos das realidades, não conseguiremos nunca mais ter as mãos limpas. Pois bem! ele tem as mãos sujas, e seu Areu não passa de uma história de criança mimada[68].

No momento dessa cena 14, duas condições, que permitem que a passagem ao ato "seja o caso", são cumpridas:

1. Areu tem lembranças (que são as de seu pai);
2. D*** tem um duplo amigável, que não está nessa sua impossibilidade de deixar marcas e que poderá, portanto, levar a história de Areu e de seu pai junto a um certo público. O acompanhante se tornará narrador e cumprirá, assim, sua verdadeira função de acompanhante. Ele será para D*** o que Horácio foi para Hamlet:

> Horácio, estou morto,
> Tu estás vivo. Explica minha conduta e justifica-me
> Perante os olhos daqueles que duvidarem. [*To the vnsatisfied*].
> [...]
> Sofrendo o teu sopro de vida neste mundo de dor
> Para contar minha história[69].

---

[68] K. Ôe, *Dites-nous...*, op. cit., p. 158.
[69] *Hamlet*, ed. bilingue José Corti, op. cit., pp. 265-267.

No hospital, D*** recebe a mais bela, a mais extraordinária, a mais satisfatória, a mais feliz recompensa que poderia ser dada a alguém em sua posição: o estudante lhe confessa, enfim, justo antes de sua morte:

Mas eu ia crer nele, em Areu[70]!

Não se pode ser mais preciso quanto ao estatuto moderno dos mortos. A alternativa não é crer ou não crer na existência desse monstro que todo morto, com efeito, é. A alternativa, tal como a ressalta Ôe, é, por assim dizer, mais *soft*; ela consiste em *se prestar ou não se prestar a possivelmente crer nisso*. Prestar-se a isso basta amplamente. E é o que demonstra a seqüência da história para o narrador.

O sacrifício do luto

A cena 16

Ela relata uma derradeira intervenção da malta de perseguidores. Um bando de crianças (de crianças! Trata-se de uma indicação precisa do aspecto monstruosamente perseguidor do morto) ataca o narrador, uma pedra fere seu olho direito (aquele em cima do qual ele se propunha a usar uma faixa de pirata). Acontece, então, uma nova reação "joyceana", equivalente àquela provocada pelo ataque dos dobermanns. Leiamos:

> Naquele minuto, nas minhas costas, bem colado em mim, tive a sensação de que tomava seu impulso em direção ao céu de um azul patético que ainda tinha o vigor do inverno um ser que me fazia falta e que tinha o tamanho de um canguru. "Adeus, Areu!" surpreendi-me a dizer-me no fundo de mim mesmo. Nessa hora dei-me conta de que estava derretendo e desaparecendo a antipatia que eu sentia em relação àquelas crianças desconhecidas e amendrontadas; eu soube igualmente que, durante os dez anos transcorridos, o "tempo" para mim fora povoado de criaturas marfinizadas flutuando nas alturas de meu céu. Oh! provavelmente não estavam todas revestidas do mero brilho da inocência! Mas quando, feri-

---

[70] K. Ôe, *Dites-nous...*, op. cit., p. 179.

do pelos garotos, graciosamente consenti num autêntico sacrifício, durante um curto instante por certo, mas, durante um instante, fui dotado do poder de abraçar com o olhar um ser descido das alturas de meu firmamento[71].

São as últimas linhas do conto. O relato não diz explicitamente, portanto, se o narrador decidiu-se ou não a usar em toda parte, em cima do olho direito, a faixa de pirata que é a marca pública do sacrifício de seu olho "graciosamente consentido", como diz tão justamente o texto. Ora, nessa abstenção, a escrita de Ôe, uma vez mais, soa muito justa. Por quê? Porque essa precisão não tem por que ser explicitada. Por quê? Pela razão de que *essa faixa negra nada mais é do que o texto do próprio conto*. O ato de publicação do conto faz parte do conto, ou, ainda, e reciprocamente, esse conto era tal que não podia findar de outro modo a não ser por sua publicação. Sua publicação é sua realização enquanto faixa negra.

A publicação de *Areu, o monstro das nuvens* tem valor de uma faixa negra posta em cima do olho do narrador, da mesma forma que *O véu negro*, de A. Duperey, relato de seu luto, aparece, leitura feita, como sendo não só o véu que obscurecia sua vista do que estava em jogo em sua vida antes que ela efetuasse seu luto, mas, também, como sendo o próprio relato com que ela se enfarpela publicamente. Seu livro é, realmente, seu véu negro; prova disso o fato de que ele a transformou, como a Ôe seus escritos, em alguém com quem se pode falar (cf. a coletânea de certas cartas que lhe foram endereçadas[72]). O que a colocou nesse lugar? O que põe Ôe nesse mesmo lugar[73]? Um ato que Ôe nomeia por seu nome: um sacrifício.

---

[71] Ibid., p. 180.
[72] Anny Duperey, *Je vous écris...*, Paris, Seuil, 1993.
[73] "L. G.: – Estou seguro de que você recebeu muitas cartas de leitores que encontraram consolação em seus livros, estando numa situação similar à sua. Ôe: – É verdade. Sobretudo as jovens mães que me escrevem dizem-me que se sentem encorajadas por minhas obras, bem como pela obra musical de meu filho. E sou, por minha vez, encorajado: envio romances escritos sobre meu filho ao público e o público me remete um *feed-back* sobre minha literatura. É a melhor relação que se possa ter com o mundo exterior" (*La Quinzaine littéraire*, op. cit.). Através dessa relação tão particular com seu público, a criação literária de Ôe participa de um gênero que sempre é anunciado vivo no Japão: o *shisôsetsu* (Irmela Hijiya-Kirschnereit, "L'inspiration autobiographique", in *Littérature japonaise contemporaine*, op. cit.).

O sacrifício de um olhar, um sacrifício que aceita ser público, tão público quanto o ato do vice-cônsul atirando de sua sacada nos mendigos em Lahore[74], é esse o preço pago pelo narrador (e por Ôe) pela perda de um filho. Já D*** o havia prevenido:

> De vez em quando eles descem; descem em nossa direção como faz nosso Areu (D*** diz "nosso" sem que eu, de minha parte, proteste; o que não significa, de modo algum, que eu concordasse com aquela maneira de ver). Só por avistá-los lá em cima, ou ouvi-los vir em nossa direção, é preciso adquirir, ao preço de um sacrifício relacionado com a coisa, os olhos e os ouvidos necessários. Entretanto, há certos instantes em que, sem sacrifício nem esforço de espécie alguma, somos gratificados com esse poder[75].

Um "autêntico sacrifício" de luto, um sacrifício a um só tempo público e "relacionado com a coisa", é essa a resposta de Kenzaburô Ôe à questão: *como sobreviver à nossa loucura?*[76], a essa loucura que parte de um luto, que *é* um luto.

O narrador ficará livre de seus sintomas (notadamente o gaguejo, forma invocante da série de hesitações), mas nem por isso o fato de estar mais leve faz dele um indivíduo atraente. Ele é, ao contrário, um sujeito notoriamente furado por um olhar que lhe falta, já que ele o terá, não menos notoriamente, sacrificado. Esse olhar terá sido o próprio Areu, o monstro, a uma centena de metros nas nuvens. Terá sido Areu não de toda eternidade, não ao longo da história, mas naquele momento notavelmente evanescente, fugidio, em que o narrador, tendo transposto o plano da per-

---

[74] Marguerite Duras, *Le vice-consul*, Paris, Gallimard, 1996.
[75] K. Ôe, *Dites-nous...*, op. cit., p. 172.
[76] *Dites-nous comment survivre à notre folie* [Diga-nos como sobreviver à nossa loucura], assim se traduziu, em francês, o título de um conto de Ôe e da coletânea que o publica, com alguns outros. Ôe pega essa questão do poeta inglês W. H. Auden, como ele assinala na página 164 de *Lettres aux années de nostalgie* (Paris, Gallimard, 1993). Em inglês, a questão está formulada no singular: *"The voice of Man: 'O teach me to outgrow my madness'"* cf. *In time of war, A Sonnet sequence with a verse commentary* (o verso citado pertence à parte comentário), *The English Auden, Poems, Essays and Dramatic Writings, 1927-1939*, edited by Edward Mendelson, Londres e Bostom, Faber and Faber, 1967. O que acontece com o japonês?

seguição por seu sacrifício, teve o poder de abraçar Areu em seu ser, no lugar de seu firmamento.

Um gracioso sacrifício de luto põe termo a uma perseguição, mas sem a ela opor-se com sucesso, muito pelo contrário, anulando-a pelo fato mesmo de ter-se a isso prestado. O enlouquecido "Areu, cuidado!" do início do conto torna-se, a seu termo, um olhar, mas perdido*. O narrador torna-se Ôe, Ôe o narrador, no ato de publicação pelo qual ele se descompleta de um olhar. O morto suscita o enlutado a sacrificar-lhe graciosamente um pequeno pedaço de si; assim seu luto torna-o desejante.

---

* Trocadilho: *L'éperdu "Areu, gare!"* [O enlouquecido "Areu, cuidado!"] e *un regard mais perdu* [um olhar, mas perdido]: é a mesma frase, invertida. (NT)

Literatura cinza IV

> Pois no fim das contas tudo já está cozido, trata-se apenas de cozer de novo[1].

Curioso encontro, de qualquer modo: uma versão do luto vinda do longínquo Japão parece convergir para o mesmo resultado que a versão extraída por Lacan de *Hamlet*.

Lendo essa interpretação de *Hamlet*, tomamos a decisão de situar essa versão como uma parapsicose. E os sintomas que habitam D*** durante seu luto de Areu, que vão mesmo até fazer pronunciar a seu respeito o palavrão "esquizofrenia[2]", não objetam, é o mínimo que se pode dizer, a essa qualificação.

De onde provém ela? Da asserção segundo a qual essa morte que enluta afeta o sujeito como um "furo no real". Lacan formulava assim as coisas em abril de 1959 e não se pode, em 1995, desconhecer que, desde então, a água passou sob as pontes da topologia. Mas com que resultado? Sobretudo desde o estudo da cadeia borromeana, tornou-se menos fácil, em Lacan, falar de um furo. Sobre uma superfície tal um toro, a definição do furo pode parecer quase evidente: diremos que há furo uma vez que um cordão, que nele faria a volta, se afiguraria, à prova, não redutível.

---

[1] Charles Malamoud, *Cuire le monde, rite et pensée dans l'Inde ancienne*, Paris, La Découverte, 1989, p. 65.
[2] K. Ôe, *Dites-nous...*, op. cit., p. 140.

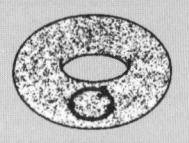

Cordão redutível    Um cordão longitude 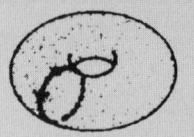   Um cordão meridiano
Cordões não redutíveis[3]

E o jogo topológico de tais furos oferece certas determinações claras e distintas, do tipo: uma esfera furada é um disco.

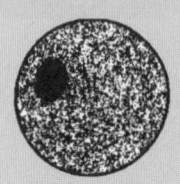

Pratiquemos um furo na esfera. A face interior do estofo aparece ao olhar.

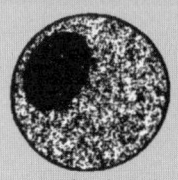

Alargamos o tamanho desse furo, descobrindo cada vez mais a face interna do pano.

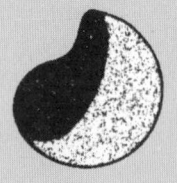

O componente de sua borda aumenta ainda...

... até que o estofo possa ser desdobrado e achatado.

A esfera furada é um disco

Em compensação, definir o que seria um furo na topologia borromeana se apresentava, a Lacan e àqueles que, na época, trabalhavam com ele, como um problema muito delicado. Cada anel de barbante do nó borromeano de três anéis delimita um furo (a tal ponto que seria possível, com toda inocência, boa fé e tranqüilidade, falar de um "furo do simbóli-

---

[3] Desenhos de Jean-Michel Vappereau.

co", de um "furo do imaginário", de um "furo do real")? Esses furos seriam, cada um, furos centrais desses anéis de barbante tomados como toros?

Logo se suspeitou de que isso não era tão simples, ainda que porque, no nó borromeano de três anéis de barbante, nenhum dos barbantes passa

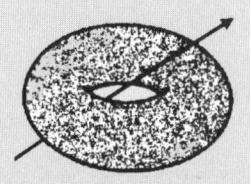

Furo do toro   Nó de três anéis de barbante

no furo de nenhum dos dois outros anéis, apesar até de o nó agüentar. Ele agüenta, mas, aparentemente, sem penetração. Haveria, pois, com esse nó a três, um único furo? Mas onde? Sua localização exige o achatamento do nó, a projeção do nó em três dimensões sobre um plano? E qual seria, de tal furo, a definição topológica, até mesmo algébrica? A topologia borromeana dos anos setenta terá desembocado numa solução provisoriamente satisfatória desses problemas? É permitido duvidar disso. Mesmo arriscando ter que mudar de posição caso se revelasse que um resultado efetivo foi, de fato, produzido quanto à definição do furo a partir do borromeano, admitiremos, por enquanto, que, se houve "progresso", entre 1959 e 1979, foi no sentido de não mais saber demais o que se acreditava saber, quanto ao furo. Disso decorre que a mais elementar prudência doutrinal reclama que acolhamos hoje esse "furo no real", tal como Lacan o usava em 1959, como uma metáfora. Ao vir se inscrever como um termo fundamental de uma versão do luto, essa metáfora adquire o estatuto de um postulado.

Postulado: uma morte que enluta faz furo no real[4].

Conseqüência imediata: se tal é também o estatuto do objeto no desejo, a função do luto leva muito além de sua moldura habitual. Existe um luto essencial, implicado no próprio desejo, convocado uma vez que um sujeito deseja um objeto que, como real objeto do desejo, só pode ser um objeto impossível.

---

[4] O que só tem pouco a ver com uma perda na realidade (cf. "Estudo a").

Ficaremos menos espantados, a partir daí, que aqui mesmo tenha sido proposta a fórmula segundo a qual a clínica é o luto. Mas, ainda a partir daí, há lugar para o que foi rotulado como "luto normal"? O que se manifesta a respeito do luto, no sentido usual desse termo, o que vamos situar como parapsicótico, parece poder derivar, do mesmo modo, dessa estranha normalidade que não é aquela, engolida, da estatística, mas aquela, incongruente, que se manifesta, já que o sujeito se aceita desejante. Nenhum desejante que seja caolho, no sentido em que o narrador de Ôe se tornou, e Ôe com ele.

Enquanto postulado, a fórmula "uma morte que enluta faz furo no real" não tem de ser justificada; menos ainda fundada. O que não impede que sua pertinência possa ser parcialmente avaliada ao se estudar suas conseqüências; em outras palavras, as teses que ela permite formular. Postulamos esse furo no real na medida em que os fenômenos do luto afiguram-se derivar de uma operação que não deixa de ter relação com aquela que Lacan distinguiu como constituinte da psicose, a *Verwerfung*, termo retomado de Freud, primeiramente traduzido por "rejeição", depois por "foraclusão". A passagem do seminário de Lacan que apresenta essa operação merece bem uma nova leitura:

> [...]esse furo no real acha-se, por essa função mesma, nessa relação que é o inverso daquela que promovo diante de vocês sob o nome de *Verwerfung*. Da mesma forma que "aquilo que é rejeitado do simbólico reaparece no real", [da mesma forma] que essas fórmulas devem ser tomadas no sentido literal, da mesma forma a *Verwerfung*, o furo da perda no real de algo que é a dimensão propriamente falando intolerável oferecida à experiência humana (que é, não a experiência da própria morte, que ninguém tem, mas aquela da morte de um outro que é para nós um ser essencial); isto é um furo no real, [isto] se acha no real e por esse fato está, e em razão da mesma correspondência que é aquela que articulo na *Verwerfung*, oferecendo o lugar onde se projeta precisamente esse significante faltante, esse significante essencial à estrutura do Outro, esse significante cuja ausência torna o Outro incapaz de lhes responder, esse significante que vocês só podem pagar com a carne e o sangue, esse significante que é, essencialmente, o falo sob o véu.
> É por esse significante ali encontrar seu lugar e, ao mesmo tempo, não poder encontrá-lo (porque esse significante não pode articular-se no ní-

vel do Outro), que vêm, como na psicose [...], pulular em seu lugar todas as imagens de que se erguem os fenômenos do luto – cujos fenômenos de primeiro plano, aqueles pelos quais se manifestam não tal ou tal loucura particular, mas uma dessas loucuras coletivas mais que essenciais à comunidade humana como tal, <são> o que é posto ali em primeiro plano, no ponto capital da tragédia de *Hamlet*, a saber, o *ghost*, o fantasma, essa imagem que pode surpreender a alma de todos e de cada um.

[...] não há nada que possa preencher com significante esse furo no real, se não for a totalidade do significante. O trabalho cumprido no nível do *logos* (digo isso para não dizer no nível do grupo nem da comunidade, é claro que são o grupo e a comunidade, enquanto culturalmente organizados, que são seus suportes), o trabalho do luto se apresenta primeiramente como uma satisfação dada ao que acontece de desordem em razão da insuficiência de todos os elementos significantes para fazer frente ao furo criado na existência pela colocação em jogo de todo o sistema significante em torno do mínimo luto[5].

O luto como parapsicose estaria fundado nesta operação "inversa" da *Verwerfung*: um furo no real se refere à "totalidade do significante", às imagens de que se erguem os fenômenos do luto. Mencionamos a quase-alucinação[6] de um encontro do morto, o ultraje à imagem do corpo no enlutado (cf. o corpo de vidro[7]), a que se acrescentam o trabalho do luto no sentido de uma convocação dos elementos simbólicos ligados ao morto e as "loucuras coletivas" do tipo crença em fantasmas.

O "para" de parapsicose valeria, classicamente, como um "ao lado de", como uma vizinhança, mas também conotaria essa "inversão" da *Verwerfung*[8] de que fala Lacan de modo um pouco aproximativo, já que não se trata de uma imagem invertida ou de uma proposição inversa, mas

---

[5] J. Lacan, *Le désir et son interprétation*, sessão de 22 de abril de 1950, pp. 22-24.
[6] O "para" de parapsicose equivale, portanto, ao "quase" de quase-alucinação; melhor, ele constitui sua razão, aquela que não tivemos condição de trazer de início.
[7] Segundo Descartes, imaginar "ser colmeias ou ter um corpo de vidro" caracteriza o insensato de cérebro perturbado. Lacan cita essa passagem das *Meditações* em "Propos sur la causalité psychique", *Écrits*, op. cit., p. 163. Cervantes construiu um de seus contos sobre esse mesmo motivo de corpo de vidro.
[8] Gostaríamos também de poder associá-lo ao *para* avéstico, "dívida", derivando do radical *par*, "condenar". Essa raiz *par* quer dizer: "compensar por algo tomado de si, de sua pessoa ou de seu bem" (cf. C. Malamoud, *Cuire le monde*, op. cit., p. 118).

de uma composição de elementos tomados em três dimensões. Os fenômenos do luto não seriam retorno no real do que terá sido foracluído do simbólico e sim apelo ao simbólico e ao imaginário provocado pela abertura de um furo no real.

Lacan leva um passo mais adiante o luto como parapsicose. Ele nota que, com esse furo no real e esse apelo ao simbólico e ao imaginário, é um significante bem particular que é convocado, o próprio significante da impotência do Outro em dar a resposta, o significante fálico. Por conseguinte, derradeiro passo lacaniano, o fim do luto, mas igualmente o acesso do sujeito a uma posição de desejante, deixa-se circunscrever como sacrifício desse falo simbólico. Derradeiro... ou quase, visto que, já na primeira vez em que o mencionava, Lacan devia logo precisar que esse sacrifício do falo não era um sacrifício como os outros.

Aqui, o que nos importa é o "gracioso sacrifício do luto" de Kenzaburô Ôe. Como se esclarecem, um em relação ao outro, gracioso sacrifício de luto e sacrifício do falo? Como situá-los a um só tempo como distintos e não distintos? Como circunscrever, a partir daí, tanto a experiência de luto quanto o engajamento de um sujeito enquanto sujeito desejante? Estas questões são a um só tempo a mesma questão e duas questões diferentes: o luto transforma selvagemente o enlutado num *eraste*, a tal ponto que fazer seu luto será subscrever a esse advir que lhe é imposto, e advir *eraste* implica a efetuação de um luto essencial, o luto do falo.

Lendo a interpretação lacaniana de *Hamlet* (em que o sacrifício de luto coloca como determinante, para a constituição da fantasia, essa função do falo sacrificado[9]), entrevimos que dizer "sacrifício do falo" não é dar um objeto ao sacrifício da mesma maneira que um argumento, a, vem se inscrever numa função f(x) de tal modo que se pode escrever: $f(x) \rightarrow (f(a))$. O objeto fálico, já que é tomado como objeto de sacrifício, define de outra maneira a função sacrificial: escreveremos não $f(x) \rightarrow f(\Phi)$, mas $f(x) \rightarrow (f'(\Phi))$. Já que vai se tratar do falo como sacrificado, o sacrifício em questão afigurar-se-á específico.

---

[9] Cf. a observação sobre o falo como "preço do desejo", *Écrits,* op. cit., pp. 682-683.

Situar o sacrifício como essencialmente plural recusa o que já foi imputado a Lacan, uma versão unitária do sacrifício[10]. Ao passo que essa perspectiva unificante tende a pôr Lacan do lado da filosofia, a abordagem plural do sacrifício nos situa, saibamos reconhecer, do lado da religião (um lado para onde, por certo, não precisamos arrastar Lacan, já que ele lá se alojava, de certo modo, por si mesmo, especialmente no momento em que entrevia que seu trilhamento, chegado a seu termo, avizinhava a religião[11]).

Só no plano religioso o problema unidade/pluralidade foi colocado com respeito ao(s) sacrifício(s). Um certo plural dos sacrifícios foi largamente desdobrado pela religião judia, como mostra o A.T., o Antigo Testamento. A operação cristã sobre o judaísmo, notou-se, terá consistido em reduzir essa pluralidade a uma unidade, a do sacrifício da cruz (uma expressão deliciosamente ambígua: e se, com efeito, decidíssemos, então, sacrificar... a cruz?).

Quem não está muito familiarizado com a religião judia imagina com certa dificuldade o que pôde ser a abundância dos sacrifícios em Israel. Sobre fundo de recusa do sacrifício de crianças, a refeição sacrificial (*shelamin* ou *todah*), o holocausto, o sacrifício expiatório, o sacrifício pascal compõem todo um arsenal cujo resultado era que os sacerdotes não folgavam. No templo, à época de Jesus, a porta de entrada dos animais ficava bem próxima do Santo dos Santos. O holocausto perpétuo (*tamid*) tem lugar no templo duas vezes por dia, de manhã e de tarde. Não era pouca coisa:

> Alguns balidos, vindos do norte, assinalam a chegada do cordeiro, com as patas amarradas. Dois sacerdotes o examinam para verificar se não tem algum defeito. O sol começa a clarear o alto do santuário [...], chegou a hora. O sacerdote designado para o holocausto pega o cordeiro e faz o gesto da oferenda, virado para o santuário: balança o bicho para frente e para trás, depois para cima e para baixo. Ao pé do altar, enquanto um outro segura o bicho, o sacerdote corta-lhe a garganta com um gesto preciso. Um outro recolhe cuidadosamente, numa bacia de prata, o san-

---

[10] Bernard Baas, "Le sacrifice et la loi", 1ª publicação in *Les temps modernes*, nº 529-530, republicado in Bernard Baas, *Le désir pur, Parcours philosophiques dans les parages de J. Lacan*, Louvain, ed. Peters, 1992.

[11] Cf. *Littoral*, nº 41, "Sa sainteté le symptôme", op. cit.

gue que escorre, pois o sangue é a vida. O oferente sobe em seguida as escadas do altar e derrama o sangue sobre dois dos cornos que marcam cada ângulo do altar, cumprindo, assim, o rito essencial. Embaixo, tiram a pele do cordeiro – a pele caberá aos sacerdotes –, em seguida retalham-no, limpam-lhe as patas e as entranhas num lavadouro. Por fim, seis sacerdotes colocam todos os pedaços sobre o altar, jogam sal e os dispõem em lugares precisos para queimá-los. Dois outros sacerdotes trazem a oblação: um grande bolo de farinha amassado com azeite e feito na frigideira e uma jarra de vinho. O bolo é queimado junto com o cordeiro e o vinho é derramado em libação. Durante esse tempo, os levitas chantres entoam salmos repetidos pela assembléia. Um sacerdote pegou brasas do altar com uma pá; ele joga incenso por cima e vai depositá-la no santuário, sobre o pequeno altar dos perfumes, diante do Santo dos Santos[12].

Isso dá, no mínimo, oito sacerdotes ocupados durante uma boa hora! Após o holocausto da manhã, cede-se o lugar aos fiéis que querem oferecer sacrifícios privados, de expiação ou de comunhão. Todos os dias é também oferecido um duplo holocausto para o imperador de Roma, pago pelo tesouro imperial, e acontece até de pagãos oferecerem holocaustos ao Deus dos judeus! Há, aí, um aspecto "carne" (no sentido de Pierre Legendre), que não deve, entretanto, nos fazer esquecer que, desde o século VIII antes de Jesus Cristo, houve também pessoas em Israel, notadamente os profetas Amos e Isaías, para alertar o povo dos sacrificantes contra o caráter, digamos, "não automático" da reposta divina à ação sacrifical:

> Que me importam vossos inumeráveis sacrifícios? diz o Senhor. Estou saciado dos holocaustos de carneiros e da gordura dos vitelos... (*Isaías* I, 11).
> O sacrifício de vossos bichos gordos não atrai meu olhar. Afasta de mim o barulho de teus cânticos, que eu não ouça a música de tuas harpas (*Amos* V, 22-23).
> Quando me ofereceis holocaustos, vossas oblações, não as aceito (*Amos* V, 21-22).
> Estou saciado... No sangue dos touros, dos cordeiros e dos bodes não sinto prazer – Quem vos pediu para pisar meu adro?... Para mim é uma

---

[12] Philippe Gruson, "Une journée au temple", *Les dossiers de la Bible, Sacrifices*, junho de 1985, ed. Cerf, pp. 12-13.

fumaça insuportável!... Vossas festas da lua nova, vossas reuniões, minha alma as odeia, elas são um fardo que estou cansado de portar (*Isaías* I, 11-14).

Deus toma suas distâncias! Deus dá, a seu povo eleito e algo desajeitado em suas oferendas, um pequeno sopro anoréxico! Deus se refugia em Sua transcendência. Deus significa a seus servos que ele não consente sistematicamente, que a oferenda pode ser vã. O que quer Ele então, Deus? Segundo Seus profetas, ele quer que aqueles que o adorem obedeçam à Sua lei, em outras palavras, sejam justos[13]:

> Cessai de fazer o mal, aprendei a fazer o bem! Buscai o direito, educai o violento! Dai direito ao órfão, defendei a viúva (*Isaías* I, 16).

Não é que o Deus de Israel seja contra os sacrifícios, nem mesmo quando são Seus profetas que falam. Mas Ele recusa a hipocrisia; em outras palavras, Deus reclama que a disposição do coração lá esteja também, e até principalmente. Em suma, Ele exige, antes de tudo, o sacrifício interior (não é muito difícil ver a que ponto tal demanda é bem feita para que as coisas piorem). Eis o salmo 51 (Bíblia de Jerusalém):

> Ó Deus, cria para mim um coração puro,
> restaura em meu peito um espírito firme;
> não me afaste para longe de tua face,
> não retire de mim teu espírito santo.
> [...]
> Liberta-me do sangue, Deus de minha salvação
> e minha língua aclamará tua justiça;
> Senhor, abre meus lábios,
> e minha boca publicará teu louvor.

---

[13] Toda uma psiquiatria foi, inclusive, forjada sobre isso. Seu inventor, H. Baruk, pensava que, se fôssemos *realmente justos* com outrem, não haveria mais loucura, o que dava um certo estilo ao funcionamento de seu serviço, ainda lembram disso no meio. Pouco importa, com certeza a justo título do ponto de vista da disciplina psiquiátrica, o nome de Baruk não figura nem na *Nouvelle histoire de la psychiatrie* (sob a direção de Jacques Postel e Claude Quétel, Toulouse, Privat, 1983) nem na lista dos 56 psiquiatras que constituem *La psychiatrie* (Jacques Postel, Paris, Larousse, 1994).

Não sentirias prazer algum no sacrifício;
se ofereço um holocausto, dele não queres saber.
Meu sacrifício é um espírito partido; [sublinho]
de um coração partido, *moído*, não tens absolutamente desprezo.
Em teu bom querer, faça bem a Sion;
construirás novamente Jerusalém em suas muralhas!
Então te agradarão os justos sacrifícios,
– holocausto e total oblação –,
então jovens touros serão oferecidos sobre teu altar.

A mudança é qualitativa. É possível *ordenar*, *exigir* que o coração lá esteja? Seja como for, esse salmo nos leva à origem do que foi, em seguida, clivado entre "sacrifício ritual" e "sacrifício moral". O passo ao lado dado por esse Deus de Israel já radicaliza o jogo sacrificial, já que, a rigor – um rigor justamente atingido pelo cristianismo (mas com uma pequena diferença, capital é verdade: é Deus e não o homem quem se sacrifica) –, com a noção de sacrifício interior, o sacrificante é intimado a tomar o lugar da vítima. Nessa radicalização, "si", sob o aspecto do "espírito partido", toma, no sacrifício, o lugar do "pedaço de si" usualmente sacrificado (através da substituição vicariante). Nesse rigor, *pequeno a* torna-se *1*, exatamente como nos suicídios de luto.

Segundo a teologia cristã, o sacrifício-acontecimento da cruz subsumiria, realizaria e, portanto, tornaria caducas todas as formas anteriores de sacrifício. Questão doutrina unitária do sacrifício, é, com efeito, muito notável que esse sacrifício de Cristo não admita essa clivagem sacrifício ritual / sacrifício moral (seria melhor dizer "espiritual"), que terá belos dias diante de si (em filosofia e em sociologia). Mas sejamos mais completos. Conforme as profecias de Isaías, e como se as realizasse, o Servidor de Deus se oferece em sacrifício expiatório, Jesus anuncia, aliás, sua Paixão, retomando *ao pé da letra* as palavras de Isaías. O sacrifício expiatório da cruz é também holocausto, sacrifício de comunhão, e sacrifício pascal, isto é, de adeus. Nele encontramos, também, Deus substituindo o homem, a *substituição vicariante*. O que designamos aqui como sacrifício de um pedaço de si é outra coisa que esse semblante chamado "substituição vicariante", com seu corolário notado por Lacan, não sem uma vulgaridade desejada e...

apropriada, o que ele chamava "o repasto dos sacerdotes atrás do altar". O ensino da Igreja pode, portanto, concluir que, ao ajuntar, assim, todos os sacrifícios judeus, o de Cristo revela a essência íntima do sacrifício: o sacrifício, em sua substância espiritual, torna-se assim, nos dizem, um ato de amor. Tal fixação do amor ao sacrifício e do sacrifício ao amor permanece um dado importante na cabeça de cada um – Freud inclusive, para quem o amor só se instaura às expensas do narcisismo.

A assunção cristã dos sacrifícios do A.T. (curiosa transliteração de "ateu"!) assim unificados num só propõe-nos a seguinte questão: vale dizer que, na necessidade em que estamos de reconhecer uma pluralidade dos sacrifícios estaríamos retornando ao judaísmo? Estaríamos, assim, alimentando aquilo a que a morte de Lacan notadamente abriu a via entre alguns de seus "alunos", a saber, aquela psicanálise judia à qual Freud se opunha radicalmente[14]? Nosso problema é bem mais delicado. Seu objeto sendo o falo, trata-se de ressaltar uma forma inédita de sacrifício num certo interstício *entre* o judaísmo e o que Lacan chamava a "idéia doida do redentor[15]". Com o gracioso sacrifício de luto, o objetivo será ir ao encontro daquele ponto bem definido, não pelo judaísmo nem pelo cristianismo, que Lacan indicava ao observar que

> Freud viu muito bem algo que é muito mais antigo que a mitologia cristã, é a castração, é que o falo se transmite de pai a filho (e que isso, inclusive, comporta algo que anula o falo do pai antes que o filho tenha o direito de portá-lo); é essencialmente [a] *(e não "de")* essa maneira, que é uma transmissão claramente simbólica, que Freud se refere nessa idéia de castração[16].

As diversas problematizações do sacrifício (que elas o unifiquem ou não) dissimulam, com freqüência, o estatuto e a função do falo no sacrifício. Como, então, considerando o falo, não admitir, contra esse estado de coisas, uma essencial pluralidade dos sacrifícios?

---

[14] Foi a derrapagem de Baruk, cf. nota precedente.
[15] J. Lacan, *Encore*, sessão de 8 de maio de 1973, Paris, Seuil, 1975, p. 98.
[16] J. Lacan, *Le sinthome*, sessão de 10 de fevereiro de 1976.

Imaginamos bem, o cristianismo não cessou de atacar os cultos fálicos, ou, ainda, mais discretamente, de expulsar sem cessar o falo cada vez que este aparecia presentificado de modo muito claro (exemplos, aliás, tardios: sua luta contra as orgias dos Templários, ou, ainda, a abolição do passeio do "Santo Membro" em Trani, na Itália, pelo arcebispo da cidade, no início do século XVIII[17]). No entanto, o cristianismo não conseguiu afastar muito os falos das igrejas; evoquemos suas representações mais ou menos deslocadas, tal a famosa mitra dos bispos[18] (o *cross-cap* lacaniano), mas também as representações sexuais cruas abundantes nas paredes das igrejas – como tornou patente um famoso concurso de fotografias do *Canard enchaîné* nos anos 1970. Pouco importa, persiste-se em cuidadosamente deixar na sombra as emergências fálicas. Exemplo? Uma das obras contemporâneas mais acessíveis sobre a santidade não diz uma palavra sobre os santos com falo ou sobre os costumes aos quais eles deram lugar. Assim, em Montreuil, foi preciso deixar pouco acessível a estátua de São Guignolet de modo a limitar os estragos feitos a seu imponente falo de pedra friável pelas mulheres que vinham raspar, não se sabe exatamente para que uso (mas a imaginação tem aqui todos os direitos!), um pedaço da preciosa pedra fálica[19]. Ousaremos falar, a esse respeito, de um "pênis artificial"*, *"Gaude mihi!"*, de um "Faça-me gozar!"? Basta acrescentar "... da eterna felicidade" para a coisa ficar (quase) aceitável.

Após ter estudado *Agwii, o monstro das nuvens*, após ter notado essa convergência entre Ôe e Lacan sobre o gracioso sacrifício do luto, parecia, portanto, excluído não pôr os pingos nos is do sacrifício. Já que se trata do falo, como definir corretamente o sacrifício? Ademais, o peso dessa questão do sacrifício, até na vida cotidiana de cada um, e também a carga que acabou por veicular um termo como holocausto[20] estavam, de fato, destinados a exigir, quanto a isso, certa precisão.

---

[17] J. Marcireau, *Le culte du phallus*, ed. Alain Lefeuvre, 1979, p. 146.
[18] Ibid., p. 121.
[19] Ibid.., p. 166.
* Em francês, *godemiché*, derivado do latim *Gaude mihi*. (NT)
[20] Intelectuais e homens de Estado fazem dele, de concerto, seu cavalo de batalha: o *Holocaust Memorial Museum*, promovido por Elie Wiesel, desejado por Jimmy Carter, foi inaugurado por Bill Clinton em 22 de abril de 1993 (cf. Denis Lacorne, "Des pères

Assim, eu havia anunciado que as sessões seguintes de meu seminário tratariam do sacrifício do falo; era sem contar com a seqüência quase imediata de tal promessa: uma pane, uma incapacidade de tomar o problema por um ponto que valesse, uma embaraçosa distração que sem cessar vinha perturbar veleidades de trabalho assim tornadas cada vez menos freqüentes, e, para acabar, um enfraquecimento que se afigurava ainda mais franco, quanto se aproximava ainda mais o dia em que eu teria de cumprir a espécie de contrato moral que eu me fixara. Nitidamente, não andava.

Precisei de algum tempo para entender que, se não podia estudar como previsto e anunciado, é que um fio me amarrava a outro lugar que aquele aonde eu pretendia ir. Não havia muita escolha, a não ser seguir ou persistir em recusar seguir aquele fio. Assim, ficou logo claro que eu estava desconsiderando algo que era nada menos que meu comprometimento naquele seminário. Eis, pois, a seqüência dessa chamada à ordem, mais

---

fondateurs de l'holocauste", *Le débat*, Paris, Gallimard, janeiro-fevereiro de 1994, pp. 3-15). Mas não escondamos por trás de um antiamericanismo primário a cumplicidade de um F. Mitterrand com E. Wiesel. Todos esses bons indivíduos que não param de dar lições de direito e moral ousam chamar "holocausto" o extermínio dos judeus pelos nazistas, em outras palavras, a *shoah*. Como se os nazistas tivessem sacrificado o povo judeu ao Deus de Abraão, de Isaac e de Jacó. Como se os nazistas fossem judeus. Nada menos que isso! Ignoro o que pensa disso esse Deus, mas duvido que isso lhe dê particularmente prazer. Seja como for, os Estados financiam monumentos, museus e colóquios. Daí a questão: em que o holocausto serve aos Estados mais modernos? Mesmo assim, há intelectuais, notadamente judeus, que tomam suas distâncias do que deve bem ser chamado uma sacanagem. Em Israel mesmo, um certo professor Elkana, desde 1988, havia lançado a esse respeito um grito de alarme, e esse mesmo grito, repetido na televisão israelense em 1993, encontrou, dessa vez, nos dizem, alguns ecos positivos. Ao lermos as declarações do Sr. Yehuda Elkana ("La leçon iconoclaste du professeur Elkana", *Le Monde*, de 8 de abril de 1994), temos, por vezes, a impressão de ler puro Lacan; por exemplo: "Pretender que possam ser tiradas 'lições humanistas' da *shoah* supõe que se considere esse acontecimento como compreensível. Ora, ele não o é! [...] Além disso, a noção de humanismo deve ser recolocada em questão". Sempre brilhante com sua língua solta, esse senhor declara também: "O culto do genocídio [...] só fez suscitar uma insuportável *ubris* moral judia. Pior, ele refreou toda criatividade, substituindo-a por uma arrogância que pretende legitimar-se na eternidade da perseguição. Em Israel [...] só a literatura ainda é poupada, mas por quanto tempo?".

exatamente, dessa recusa de desconsiderar meu *dharma*, um dos quatro objetivos fundamentais que cabem ao homem[21].

Enquanto estava tomando notas sobre o sacrifício, preparando, assim, a seqüência do seminário então centrado no desbastamento de *Agwii, o monstro das nuvens*, no fim de janeiro de 1994, viera um sonho que eu não havia, como é, evidentemente, o caso mais comum, pensado ter de levar ao seminário, ainda que certos pontos assim tocados lá estivessem também sendo estudados. Logo, eu estava guardando esse sonho e o que dele pudera tirar a título de interpretação num escaninho do armário – por vezes lotado – das coisas que só trago para o dizer de maneira indireta e não explícita.

A pane sofrida algum tempo após esse sonho me sugere transcrevê-lo aqui, pois ele é como que o primeiro passo de uma seqüência que eu acabaria bem por levar em conta para terminar o estudo do luto. Eis, pois, de certo modo, a primeira resposta que recebeu minha intenção, no momento de ser realizada, de estudar mais de perto a função do sacrifício do falo no luto, chamemo-la "o sonho do gargalo".

> Em viagem. Estamos voltando para a França, o barco (ou o avião? Acho que me lembro mais de se tratar de um barco) parte dentro de algumas horas. Ora, os organizadores não fazem nada, deixam que continuemos a visita em curso como se o tempo não estivesse sendo contado. Preocupo-me e acabo por ficar com muita raiva deles.
> É o fim da visita (devido à minha intervenção? Não é certo). Estou numa peça elevada, redonda. Explicam-me que devo deixá-la não pegando a escada pela qual entrei e que está atrás de mim, mas por uma espécie de estreito gargalo à minha direita, uma espécie de tobogã de pedra, que parte de junto do chão, como uma escada cujos degraus teriam sido tão usados que se achariam como que em continuidade uns com os outros.

---

[21] Os três outros sendo o interesse, ar*tha, o* desejo, *kama*, e a libertação, *moksa*. De modo muito notável, bem antes de Peano e Lacan, a libertação deu lugar, no pensamento bramânico, a uma discussão sobre a função de "+ 1". O jogo dos quatro foi também concebido de modo bem próximo de sua problematização com a cadeia borromeana de quatro elementos (3 + 1, ou 2 + 2, ou quatro ou nada, etc) – Cf. C. Malamoud "Sémantique et rhétorique dans la hiérarchie hindoue des 'buts de l'homme'", in *Cuire le monde,* op. cit., pp. 137-161.

Constato que é quase impossível enfiar-se por ali, que sou gordo demais. Mas dizem-me que sim, que passarei. Penetro, os pés primeiro [*"os pés na frente": pensado no momento de escrever o sonho em 3 de fevereiro*]. E logo percebo que não passarei, que preciso, portanto, voltar antes de estar tão lá dentro que acabe, de fato, preso.

É nessa hora que me vem o seguinte pensamento: "De qualquer modo, minha mãe (dou-me conta naquela hora de que ela está na viagem) não poderá nunca passar por esse gargalo". Parece que isso me dá uma coragem a mais para recusar obedecer aos organizadores.

Não me proponho interpretar aqui esse sonho no conjunto de seus detalhes, como foi feito para o pesadelo do torreão. Mais que esse sonho em si mesmo, fica claro para mim, só-depois, certo ou errado, que sobretudo importa a seqüência da qual ele constitui, em relação à pane, o primeiro momento. Eis, pois, somente alguns elementos interpretativos, sem preocupação de ser exaustivo.

Foi na China que fiquei sabendo do acidente com minha filha, precisamente logo depois de ter visitado a Grande Muralha, de noite, ao voltar para o hotel. Ela estava inconsciente, ferida, num leito de hospital, a milhares de quilômetros. Nosso avião de volta estava previsto para o dia seguinte. Eu tinha que esperar, não havia possibilidade de voltar mais cedo. Tive de engolir. De quem sentir raiva? No sonho, essa raiva se manifesta, até com o risco de inventar aquele personagem quase divino: os organizadores.

O barco é aquele que nos levava à África, minha mãe e eu, pouco depois da morte de meu pai, para ir ao encontro de seu segundo marido cujo nome garanto não inventar: Sigmund, um hipocondríaco de alto nível. Minha mãe brigara com unhas e dentes para partir, indo todos os dias chatear o empregado da companhia Paquet em Marselha, até que, cansado de lutar, ele acabasse por nos dar dois bilhetes. Há esse mesmo tipo de reivindicação junto aos organizadores do sonho: "Mas que façam algo, então!".

Estamos visitando uma peça alta de um torreão. O que remete à Grande Muralha, logo, ao instante justo antes da terrível notícia. O que remete também ao sonho do torreão, que pode, portanto, agora se ler: por mais angustiante que seja minha posição, fico preso à Grande Muralha!, logo, como uma recusa decidida da morte de minha filha. Deve-se notar que, desta vez, estou no interior do falo ao qual estava agarrado. Desta vez, não arrisco cair, meus movimentos estão mais soltos e há menos angústia. Há até a indicação, o traçado de uma saída. Essa saída é a morte: deslizar-me, os pés na frente, no que devo, portanto, chamar "o gargalo da morte" (talvez minha prática de espeleologia valesse, na época, exploração do subterrâneo mundo dos mortos[22]). Algum tempo antes do sonho, eu engordara uns quilos. O sonho indica o sentido dessa sobrecarga ponderal: se estou suficientemente gordo, não poderei penetrar pelo gargalo da morte.

A presença de minha mãe, em toda essa série de sonhos de luto, é nova. Vem-me a idéia de que nunca a interroguei sobre minha reação de criança à morte de meu pai (estou praticamente seguro da resposta: *nada* *, nada, sem reação). Da mesma forma, é novo o fato de que eu possa ler (e, logo, ligar) **, num mesmo sonho, a morte de meu pai e a de minha filha. Agora eu sei, é meu pai quem me fazia com a mão "bom dia, bom dia", um sorriso largo nos lábios, enquanto eu, angustiado, ficava agarrado à Grande Muralha. Ele não via nada do que estava se passando, o que, em suma, não é tão mal, o que mostra que não creio tanto assim em Deus, mas ao preço de não esperar, vindo daí, nenhum socorro. Não foi dado o passo que diria criminoso esse cegamento de meu pai, por exemplo sob a forma de uma não-assistência a alguém em perigo e de um processo que lhe seria (paranoicamente) intentado.

Igual ao do torreão, o sonho presentifica uma antinomia: é preciso deixar um lugar onde não se pode ficar, mas deixá-lo é morrer. No entanto, há variação das modalidades segundo as quais se apresenta essa antinomia. No simbólico, tais variações importam (cf. os mitos, segundo Lévi-Strauss, as fantasias de Hans segundo Lacan[23], ou, ainda, o truque de Freud que consistia em fazer contar duas vezes um sonho de modo a isolar, justamente, o ponto de variação); tais variações não deixam de ter conseqüências reais. Assim, em relação ao pesadelo do torreão, o sonho do gargalo é mais

---

[22] As entranhas terrestres eram o que é o *bunker* do jovem herói de *Petits arrangements avec les morts* de P. Ferran.
* No original. (NT)
** *Lire* [ler] e *lier* [ligar]. (NT)
[23] Tal como ele as estuda no seminário *A relação de objeto e as estruturas freudianas*.

nitidamente pulsional. No pesadelo, eu era um eu, a imagem de um cara pendurado num muro; no sonho, sou esperma, ou titica, a ponto de ser ejetado, ou alimento a ponto de ser devorado pela morte (cf. o gargalo é algo que "agrada a goela", a morte gulosa se regala), sou, portanto, mais objeto do que imagem. Pulsional como tal deixa-se situar no luto.

Segundo tempo dessa seqüência: poucos dias após esse sonho, exatamente um domingo 6 de fevereiro, aconteceu algo que não julguei útil, tampouco, relatar na sessão seguinte do seminário, a de 3 de março. Por ocasião desse domingo passado em Paris, parecera-me oportuno pôr em ordem um monte de papéis que andavam no meio de diversos classificadores (não estabeleci, no momento mesmo, nenhum vínculo entre essa arrumação tão incomum e o sonho que datava de mais ou menos uma semana). Fui, assim, levado a ter em mãos o texto do que eu havia declarado durante o enterro de minha filha. Qual não foi minha surpresa ao constatar que aquela declaração comportava a teoria do luto que eu achava que me caíra nas mãos com a análise do pesadelo feito oito anos e meio mais tarde! Com efeito, aquele texto terminava assim (eu não tinha, na época, lido nem Gorer, nem Ariès, nem Vovelle, nem ninguém que me tivesse colocado um pouco a par do segredo, mas essa declaração é idêntica a dezenas que encontramos em Gorer e semelhante ao conceito de "morte invertida" proposto por Ariès):

> Como não somos filiados a uma religião, encontramo-nos, para essa cerimônia, quase completamente privados de ritual. Aqueles que assim o desejarem, joguem um punhado de terra sobre o caixão de Hélène. Estaremos, assim, marcando que deixamos aqui algo de nós mesmos. Diremos também, por esse gesto, o luto que guardamos.

Reler isso encheu-me de um entusiasmo súbito: eu havia realmente identificado aquele pedaço de terra como um pedaço de si. Desde a *Gênese*, somos apenas, como corpo, um punhado de terra; e aquele gesto que eu propunha comportava, a despeito do que eu declarava, uma forte conotação religiosa. Posso hoje situar seu valor mais pessoal: ele se liga a minha experiência anterior de "corpo de vidro"; eu lançava sobre o túmulo de minha filha aquela areia mesma com a qual era feito aquele corpo de vidro.

Eu era bem incapaz de dizê-lo na época, pouco importa, aquele gesto tentava equivaler ao *"Que te sirva de vela!"*, que eu não sabia nem podia pronunciar.

A pane "intelectual" acontecera logo depois de eu ter decidido guardar esse sonho e essa pequena descoberta só para mim. Em que, pois, meus ouvintes podiam ter a ver com aquelas histórias? Que lhes importava que eu tivesse formulado a tal ou tal data a versão do luto que estávamos estudando? Mas, justamente, a pane objetava àquela apreciação, e dois sonhos vieram, então, dizer de que era feita a tensão cujo sintoma ela era. Eles surgem sobre o fundo dessa questão que supomos estava presente: como pude, durante todo aquele tempo, anos, estar cego ao *já ali* da função do pequeno *a* (do pequeno monte de terra) no luto?

Resposta: "A morte está me procurando"; está me procurando no duplo sentido desse "está me procurando", 1. ela está me procurando para levar-me consigo, 2. ela está me arrumando encrenca *. Mas por que atualmente? E, sobretudo, questão mais precisa, mais local, mais particular e, logo, mais interessante e mais tratável, por que me faz ela saber, isso nesse momento preciso em que abordo essa questão do sacrifício a ela consentido? Mais uma vez, a questão contém sua resposta, a qual tem sua parte de perseguição: a morte está me procurando para que eu me cale, para que não seja publicamente proferido o que me apresto a formular, para que a função do sacrifício no luto continue passada em silêncio. Era a pane. Mas, se a morte intervém assim, é que me apresto a lhe fazer algo. O quê? Mais uma vez, se a resposta reside na questão que assim se formula, "Que lhe faço eu, ao ressaltar publicamente esse saber do sacrifício gracioso, para que ela reaja assim?", essa resposta será que eu arranque, dela, esse saber.

Primeiro sonho, vindo no fim de março, logo após o seminário durante o qual eu me abstivera de indicar minha pequena história "pessoal":

> Eu me encontrava em presença de duas mulheres de meia idade, duas companheiras, de pé diante de mim, meio risonhas a meu respeito; a um momento, eu percebia que uma gota de sangue escorria pela comissura de meus lábios. Uma ponta de angústia. Despertar.

---

* *Elle me cherche* [ela está me procurando] e *elle me cherche des histoires* [ela está me arrumando encrenca]. (NT)

Ao despertar, eu soube que estava sendo perseguido pela morte que aquelas duas mulheres personificavam. Estou avisado de que uma daquelas duas mulheres me odeia, e sei até o motivo disso; no sonho, ela funciona como ego auxiliar ou, para melhor dizer, como companheira da outra (há uma boa dose de "cópia" em "companheira"*, o que raramente presta serviço a cada uma daquele infernal duo); o que sublinha a efetividade desse ódio de aspecto erotomaníaco que a outra tem por mim. Por que me pareceram elas personificar a morte? Por causa desse ódio (Lacan dizia, na minha opinião pertinentemente, que o ódio visa à existência como tal do outro), por outras razões ainda que não digo aqui, mas também, e sobretudo (já que é o ponto novo e original trazido por esse sonho), porque elas eram vampiras que sugavam meu sangue e assim me matavam. Habitualmente, são as representações de vampiros que têm, assim, um pouco de sangue na comissura dos lábios, e a censura fizera seu trabalho deslocando para mim aquela gota de sangue. Ao mesmo tempo, o fato de aquelas vampiras terem me mordido na boca (um ponto que escapa à censura, a qual se trai, portanto, no próprio ato de se exercer) mostra que se tratava, de fato, me matando, de me impedir de falar.

Num primeiro tempo, e ainda que se admita que eu o interpretava corretamente, não tomei realmente ciência desse sonho, e a pane subsistia. Há uma distância bem grande, até mesmo um verdadeiro fosso entre a interpretação de algo e sua efetiva consideração, esse fosso mesmo que a procrastinação de Hamlet claramente presentifica. Tanto que, alguns dias mais tarde, tive um segundo quase-pesadelo que está, hoje, numa posição bem particular, já que o... esqueci. Esqueci, mas não de imediato; tendo-o, ele também, com relativa facilidade, interpretado como "A morte está me perseguindo", a ele acrescentando portanto, para a ocasião, um "Decididamente...!", eu o esquecia, mas não em qualquer momento; exatamente no momento em que sobreveio esse terceiro sonho que me pus a estudar:

> Minha mulher e eu estamos em nossa casa de campo, é de manhã bem cedo e policiais de moto, negros e numerosos, aparecem e se põem a revistar a casa em busca de sabe-se lá bem o quê, mas tenho muito medo

---

* *Copie* [cópia] e *copine* [companheira]. (NT)

de que descubram. Aquilo dura muito tempo, e acordo naquela tensão da busca deles, a um só tempo prosseguida com determinação e, até ali, sem resultado.

Dessa vez desci das alturas dos torreões. Nem todo medo está, por isso, desaparecido, soltam a polícia sobre mim como soltavam os cães sobre Areu e seu pai. O que, por uma associação simples, remete ao sonho que eu contava precedentemente. Os motoqueiros também são a morte, isto duplamente: minha filha morreu de um acidente de moto e aqueles motoqueiros sombriamente vestidos (são negros, no sonho) lembram-me, ao despertar, que, desde James Dean, os motoqueiros são nossos modernos cavaleiros da morte. *Motard*: verlan *ta mort* [Motoqueiro = tua morte] *.

Foi, portanto, após ter mentalmente anotado esse terceiro sonho e ter tomado a decisão de comunicar tudo isso em meu próximo seminário que eu esqueci completamente o segundo – o que mostra que o assunto não estava absolutamente resolvido, que a morte tem ainda trunfos em sua sacola.

Entretanto, esse último sonho constitui uma espécie de "progresso" em relação àquele onde me matavam para me fazer calar; desta vez, não estão mais com raiva de meu sangue, de minha vida, não, estão somente com raiva do meu saber (aquela casa revistada pelos motoqueiros é, com efeito, o lugar de minha biblioteca). Além disso, o fato de se tratar de motoqueiros-policiais denota uma mudança de registro do "fazer calar", que, com toda evidência, se escreve "fazer terra"**. Com esse último sonho, a morte terá apelado para o "Socorro Polícia"; é por estar em dificuldade que ela não está tão alegre assim, como cada vez que alguém declara: "eu assumo as conseqüências"; é também que ela mudou de tática, tentando agora impor-me silêncio através de um superegóico *interdito* e não mais de um *impedimento* de falar. Pensamos aqui no *bon mot* de Freud quando os

---

* O *verlan* [à l'envers = ao avesso]: gíria que consiste em inverter as sílabas de certas palavras. Assim: *motard* [motoqueiro] torna-se *ta mort* [tua morte]. (NT)
** *Taire* [calar] e *terre* [terra] pronunciam-se igual. (NT)

nazistas queimaram suas obras: "Em outros tempos, comentou sucintamente, seria eu quem teriam queimado[24]!". Mas, no momento em que me apresto a dizer a função sacrificial desse "pequeno pedaço de si" que o enlutado deve entregar à morte para efetuar seu luto, eis que a morte me responde fazendo-me saber que de modo algum aceita que, assim fazendo, eu arranque dela um pequeno pedaço de si. É o que chamam, *no caminho de* Lacan, "receber mensagem de forma invertida".

Esse pedaço de um percurso subjetivo apresentava, no entanto, uma vertente positiva; nela se podia distinguir, de modo bem claro, o ponto onde o luto comporta essa forma de perseguição presentificada pelo pai de Areu antes do instante de sua passagem ao ato. Com efeito, essa passagem ao ato muda esse dado de perseguição, ele poderia ser dito paranóico, poderia ser considerado como o momento em que essa perseguição de luto vira psicose não fosse a instalação do narrador em posição de duplo de D***, de *alter ego* que não poderá dispensar-se de dar testemunho, e um testemunho inteligível como tal[25]. Deve bem haver, nesse luto "parapsicótico" por Lacan distinguido, a possibilidade de uma báscula numa perseguição psicótica. Como situá-la?

Ter escrito a perda de luto (1 + a) nos ajuda a responder. Essa espécie de combate com a morte, essa disputa a respeito de um objeto de saber, esse combate que a morte trava, embora esteja até segura, no fim das contas, de ser ganhadora (mesmo sabendo disso ela não se deixa tão facilmente desapossar de um terreno que só tarde demais nos demos conta de ter-lhe indevidamente cedido – cf. a morte invertida de Philippe Ariès), esse combate em que a morte reivindica, de certo modo, mais que seu devido, tal combate torna manifesta a bivalência desse pequeno *a*, desse pedaço de si que é um pedaço do enlutador, mas, se isso se encontra* (uma expressão a ser entendida aqui em seu sentido literal), também um pedaço do morto e,

---

[24] Podemos sorrir, foi feito para isso; é, de qualquer modo, um pouco sedutor demais, uma vez que não se pode esquecer que duas irmãs de Freud foram levadas pelos nazistas.

[25] Cf. A problemática espinosiana da tese de Lacan: a paranóia é uma forma de conhecimento, mas que não sabe tornar-se inteligível como conhecimento verdadeiro.

* A expressão *Si ça se trouve* serve para apresentar uma eventualidade. (NT)

por aí, da morte. Justamente, isso só se encontra na efetuação do luto, em outras palavras, no gracioso sacrifício de luto. Enquanto esse sacrifício não tiver ocorrido, o estatuto desse pedaço de si permanece flutuante (daí por que evocamos, a esse respeito, o espaço transicional). Pertence ele ao enlutado? Ao morto?

Pois o morto, ao partir, juntou os pedaços*, deixou seu pedaço (pode-se com direito supor esse plural redutível a um singular[26]) no meio da peça que ele acaba de deixar e que não está tão vazia quanto se pode, então, acreditar. Ele não pegou todas as suas coisas; ele deixa o enlutado com um assunto dele, que não está resolvido, e de que não vai mais poder ele mesmo cuidar (cf. toda a obra de Pierre Bergounioux). Poder-se-ia quase crer que ele adquire, assim, direitos sobre o enlutado, tal o *ghost* dirigindo-se a Hamlet. E achamos menos estranha a tese segundo a qual cumprir o luto é realizar a vida do morto enquanto cumprida.

Assim, o laço do morto e do enlutado é suscetível de uma apresentação e até de um posicionamento simétrico em que cada um teria consigo um pedaço do outro, não um pedaço qualquer, mas um pedaço que lhe importe, um pedaço libidinalizado, um pedaço em que o desejo está comprometido. Como ninguém sabe se se trata de dois pedaços ou de um só – pois não basta que um diga que o outro detém seu pedaço para que a questão esteja, para o outro (e, logo, tampouco para esse um), resolvida –, tendo por fundo essa tensão, pode ressoar o apelo ao recurso paranóico: um terceiro intervém para dizer: "Olhe, é sim, ele detém teu pedaço! Logo, ele te segura também, tu que te apegas a esse pedaço!**. Que vais fazer, então?". E achamos, aqui, menos estranha a solução que, em conseqüência, se apresenta: o enlutado reencontra seu pedaço na morte. O objeto perdido do luto não sendo mais, então, $(1 + a)$, mas $(1 + (1 + ...))$, com essa questão que de imediato se impõe: onde estará o sujeito barrado em quem a equiva-

---

* Jogo de palavras: *a "mis les bouts"* significa *foi embora*, mas, literalmente, *pôs (juntou) os pedaços ou as pontas*. (NT)

[26] Raymond Devos colocou em relevo essa aporia da ponta [* *Bout*: pedaço ou *ponta*. (NT)]: um bastão tem duas pontas, mas, se cortarmos uma ponta, sempre lhe restarão duas pontas.

** No original: *Il détient donc ton bout! Il te tient donc toi aussi qui tiens à ce bout!* (NT)

lência se restabelecerá (em "Areu...", o narrador), aquele em quem esse (1 + (1 + ...)) transporá o limite onde $S \cong (1 + a)$?

A contribuição da psicanálise terá consistido em ressaltar o valor fálico desse pequeno *a*, em sublinhar que o olhar do narrador de Ôe, que ele perderá na efetuação de seu luto, é um olhar erigido, fálico, sacrificado enquanto tal.

Conclusão

Em pura perda

> Eu acabara por compreender que as pessoas morriam porque tinham tido uma doença, porque tinham tido um acidente, e que, tomando muito cuidado para não ficar doente, sendo comportado, usando cachecol, tomando direito os remédios, prestando atenção nos carros não se morria nunca.
> IONESCO[1]

> *It's got to be my sacrifice.*
> Um enlutado moderno
> citado por GORER

Espera-se de uma conclusão que ela recolha as teses mais ou menos dispersas em fórmulas soantes e não muito vacilantes; não nos espantamos muito se o operário disser todo o interesse da obra. Escolhamos, antes, precisar mais o que parece poder sê-lo.

O luto não é somente perder alguém (um "objeto", diz algo intempestivamente a psicanálise), é perder alguém perdendo um pedaço de si. Dizemos: "*pequeno* pedaço de si" para marcar o valor fálico dessa libra de carne; o que não prejulga o tamanho que, de qualquer modo, conotará o pequeno.

---

[1] Eugène Ionesco, *Entretiens avec Claude Bonnefoy*, citado por Ruth Menahem, *La mort apprivoisée*, Éditions universitaires, Paris, 1973, p. 59.

Eis, em oferenda de luto, um pequeno pedaço de si particularmente imponente e notado. Sua celebridade viria do fato de se tratar de um pedaço de si cujo sacrifício de luto foi muito mal rematado. Será esse fracasso mesmo que atrai hoje 15.000 pessoas por dia, isto de modo bem paradoxal, já

Taj Mahal

que esse monumento muçulmano se tornou o emblema nacional de um país hinduísta? Justamente que se tenha, não faz muito tempo, brigado a seu respeito a ponto de imaginar o transporte do monumento, pedra por pedra, para um país muçulmano confirma o caráter não terminado do gracioso sacrifício de luto. Outros sinais, é verdade, já demonstravam isso. Certo, a magnificência do túmulo, aqui como alhures, pode manifestar seu valor de precioso pedaço de si sacrificado. Mas ainda é preciso que as coisas terminem com a perda sacrificial, que no lugar mesmo dessa perda elas não repercutam. Shah Jahan (Rei do mundo) quisera que esse monumento, todo de mármore branco, fosse um puro canto de amor para sua amada esposa, Mumtaz Mahal, sua "eleita do harém", aquela que, inclusive, se levantara contra sua própria família para segui-lo, a ele, em seu conflito com seu pai; ele quisera que aquela escultura num jardim mogol estivesse em paz como devia estar sua alma, a dela, no paraíso de Alá. Quanto a ele, teria sido enterrado bem ao lado, do outro lado do rio, num túmulo idêntico, mas de mármore negro. Não estava contando com sua progenitura e suas necessidades de dinheiro. Aurangzeb abandonou a construção do segundo mausoléu, enterrou o pai junto da esposa, rompendo, assim, a simetria de um edifício que era feito apenas disso, e, para acabar, amoedou, inclusive, a balaustrada de ouro, safiras e diamantes que separava as duas pedras tumulares.

O caso é exemplar: uma vez que um enlutado não pode subjetivar o acontecimento com o qual se depara num gracioso sacrifício de luto como, no fim das contas, consegue D***, o personagem de *Areu, o monstro das* *nuvens*, o problema pode repercutir na geração seguinte – com certeza também, em muitos casos, naquela(s) de depois. Pelo viés de um relato, *L'orphelin* [O órfão], de Bergounioux vale como estudo, dos mais precisos, de tal repercussão em três gerações contadas a partir da dos combatentes de 1914[2].

Escrevíamos a subjetivação do luto em sua forma mais concisa:

$$S \cong -(1 + a)$$

O parêntese cifra uma solidariedade: nada de subjetivação da perda de luto sem perda desse suplemento; só estando ele mesmo perdido, graciosamente sacrificado, é que esse suplemento satisfaz sua função de possibilitar a perda desse alguém que foi perdido. Assim, de desaparecido esse alguém adquire o estatuto de inexistente. Assim, ele cessa de possivelmente aparecer, tal um fantasma ou uma alucinação.

"Pedaço de si", esse nome parece pertinente por outra razão ainda, aliás ligada a seu valor fálico. "Si", com efeito, notemo-lo agora, pode facilmente ser falicizado; com efeito, no ato sexual, como perfeitamente situou o tantrismo, o falo intervém como terceira pessoa[3].

> Quando o amor deixa os pensamentos (de cada um) diferentes, é como se houvesse união de dois cadáveres. [...] Quando o pensamento não é absorvido no ato amoroso e na concentração da ioga, de que adianta o recolhimento? De que serve o ato amoroso[4]?

Madeleine Biardeau, que as apresenta, sublinha a que ponto essas anotações não são teóricas e sim correspondem à experiência de uma feminilidade que é mais importante que a maternidade, que passa pela expe-

---

[2] "Encerrar o assunto 1914-1918" poderia bem constituir nossa atualidade: além de Bergounioux, citemos François Furet, que, num outro registro, ressalta hoje o caráter a um só tempo pregnante e inclassificável da Grande Guerra (cf. *Le passé d'une illusion*, Paris, Robert Laffont, Calmann-Lévy, cap. II.) A leitura crítica de "Luto e melancolia" à qual tivemos que nos dedicar com certeza deriva dessa nova relação com 1914-1918.

[3] Lacan teve uma palavra para manifestar isso: o falo goza, sim, dizia ele, quanto ao portador, é um outro assunto.

[4] Madeleine Biardeau, *L'hindouisme. Anthropologie d'une civilisation*, Paris, Flammarion, pp. 60 e 137.

riência amorosa, pelo prazer físico enquanto despossessão de si. O Ocidente fez do *Kamasutra* uma literatura de plataforma de estação, para masturbadores com falta de imaginação. Era esquecer que esse texto (escrito por um renunciante, isto é, alguém que havia virado as costas ao ciclo dos renascimentos, alguém já bem comprometido na via de igualar-se à terceira pessoa), que esse método da paixão amorosa era um ensino para uso das mulheres. Dizem até que vinha provavelmente delas, de uma arte do amor que oralmente elas se transmitiam[5].

Não é, pois, seu falicismo que objetará a que reconheçamos no pedaço de si seu valor de terceira pessoa. Esse valor não está apenas ligado a essa contingência que quer que, já que falamos do enlutador, ele apareça aqui como necessariamente em terceira pessoa. É que a questão aberta por um luto não é daquela em que indivíduos seriam, de início, bem distintos, em que "eu", de modo algum, seria "tu", em que nem "eu" nem "tu", de modo algum, seriam "ele". Como atestam a experiência egóica do corpo de vidro, que esteve em questão, mas também *Areu, o monstro das nuvens*, em que a identificação imaginária do pai enlutado e do narrador ocorre justo antes desse fim do luto que ela permite.

Considerando sua problemática localização, esse pedaço de si, quando necessário, pode valer como um objeto de gozo da morte. Tal possibilidade está aberta uma vez que a vida daquele que faleceu não é recebida como cumprida; um certo desafio continua valendo, e o enlutador pode, assim, deparar-se com um morto que, para além de sua morte, reivindica um pedaço de si. Ora, a situação assim criada torna-se facilmente simétrica, já que o enlutador, que acaba, ele também, perdendo um pedaço de si, pode reivindicar junto ao morto, como o morto reivindica a seu respeito. Por conseguinte, essa simetria – que não é muito feita para que seja colocada a questão de saber se, de um lado e do outro, se trata do mesmo pedaço de si – merece seu nome de paranóia (no sentido, há muito identificado, do perseguidor perseguido). O fato de os mortos poderem ser perseguidos nos escandaliza sem querermos muito saber, no entanto, o que essa repulsa revela como crença em uma vida do morto. Em compensação, outra reação

---

[5] Ibid., p. 58.

acontece, quando percebemos que os mortos podem perseguir. Seja qual for o mal-estar, o fato é de uma pregnância, de uma importância, de uma amplitude tais que hesitamos até em escrevê-lo, tanto é evidente; e só nos decidimos porque "luto e melancolia" virou as costas a esse vínculo essencial entre o luto e a perseguição.

A perseguição de luto (tomado neste sentido, seria um pleonasmo) parece constituir o pólo antitético do gracioso sacrifício de luto. Sua possibilidade deve, portanto, estar inscrita nesse próprio sacrifício. Como as outras manifestações recebidas como patológicas que a clínica psicanalítica tenta esclarecer, a perseguição de luto constitui, à sua maneira, uma certa volta, até mesmo desvio da efetuação do gracioso sacrifício de luto. A questão que está assim colocada, a questão da própria clínica, é, logo, a dessa efetuação, dos vieses tomados por seu fechamento. Mais essencialmente, nos perguntaremos: existe, necessariamente, fechamento?

Encarando essa questão a partir da perseguição, optando hipoteticamente pelo fechamento e admitindo, com Lacan, que é preciso três gerações para "fazer um psicótico", escreveremos assim a subjetivação em jogo:

$$- (1 + (1 + (1 + ...))) \Rightarrow - (1 + a) \cong \mathcal{S}$$

O problema dos parênteses[6] retoma o do fechamento do gracioso sacrifício de luto. Não se pode escrever mais simplesmente:

$$- (1 + 1 + 1) \Rightarrow - (1 + a) \cong \mathcal{S}$$

Por quê? A razão se deve ao fato de que, enquanto não há fechamento do gracioso sacrifício de luto, o passo seguinte tampouco termina sem resto. Ao contrário, é a partir desse novo resto que repercute o movimento da subjetivação. Tanto que nunca se pode, uma vez que não há fechamento, somente escrever: + 1, mas sempre: + (1 + ...). Aqui mesmo nos deparamos com várias ocorrências dessa necessidade. A começar pela marca de mão da sati, marca que escapa à fogueira onde ela se reúne ao esposo morto

---

[6] Jacques Lacan usou essa escrita, notadamente durante seu seminário de 3 de junho de 1964. Tratava-se de inscrever que um mais um mais um mais um não somam necessa-

(este gesto toma, para nós, consistência, se não nos esquecermos de que a sati tem a iniciativa em matéria de desejo, nomeadamente de desejo amoroso). É, também, o caso de sua própria história para D***: ele só se reunirá ao filho na morte – em nossa álgebra: seu estatuto de + (1 + ...) – após ter fabricado seu Horácio, fazendo, assim, dessa história, sua marca de mão e, de seu narrador, o viés do fechamento de seu gracioso sacrifício de luto – em nossa álgebra: – (1 + a) $\cong$ S

Mas não estamos nos afastando da experiência ao falarmos de um fechamento? Hamlet, Areu, não se trata aí – de literatura? Certo, para não dizer nada da de Shakespeare, a própria vida de Kenzaburô Ôe parece bem mostrar que Areu não é apenas um personagem de Ôe (se é que possa ser jamais um personagem). Certo, as matemáticas atestam a existência de séries finitas ao lado de outras indefinidas. No que concerne ao luto, o problema parece poder ser formulado nestes termos: a perda de um pedaço de si como resto pode ser, ela mesma, uma operação sem resto?

O estudo de Charles Malamoud sobre a noção de resto no bramanismo[7] é, a nosso ver, capital, por dever sua universalidade a uma particulari-

---

riamente quatro: 1 + (1 + (1 + (1 + (...)))). "[...] cada vez que um novo termo é introduzido, há sempre um ou vários outros que arriscam nos escorregar entre os dedos. Para chegar a quatro, o que importa não é o cardinal, é o ordinal. Há uma primeira operação mental a ser feita, depois uma segunda, depois uma terceira, depois uma quarta. Se vocês não as fizerem na ordem, não acertam. Saber se, no fim das contas, somam três, quatro ou dois é relativamente secundário. É o assunto de Deus". Apresentamos acima uma série de três; a série de *Areu* é em dois. O relato de Ôe confirma que, com efeito, a ordem importa, que não se pode passar por cima da ordem sem fazer fracassar, *ipso facto*, todo o assunto (nossa leitura isolou certas cenas, mas mantendo-as ordenadas). Uma escrita prima-irmã desta será ainda formulada por Lacan no seminário *De um Outro ao outro*. Não se trata apenas do uso que é, então, feito da série de Fibonacci, mas também de uma escrita topológica: "[...] tudo o que se deixa tomar na função de significante não pode nunca mais ser dois sem que se cave, no lugar dito do Outro, esse algo ao qual dei na última vez o estatuto do conjunto vazio [...]" (sessão de 18 de junho de 1969). O alcance dessa escrita é, então, particularmente amplo, ao passo que seus termos se precisam (ganho em extensão e em compreensão). Vamos, entretanto, nos dispensar de estudá-la mais adiante, pela razão de que tal estudo passa pelo estudo do luto em fim de análise (o seminário em questão é posterior àquele dedicado a *O ato psicanalítico*), o qual foi aqui deixado de lado.

[7] Charles Malamoud, *Cuire le monde,* op. cit., cap. I, Observations sur la notion de "reste" dans le brahmanisme.

dade que nos importa: a problematização da função do resto no sacrifício. Malamoud ressalta que, no hinduísmo, o resto não é apenas abominado, julgado impuro, que ele é também constitutivo, como tal, do vivente, notadamente no registro do comestível. Na Índia, só se comem os restos, aqueles do Outro, depois que o Outro tiver sido saciado pelo dom sacrificial[8]. Então, comer não é prejudicar o Outro, já que só se come sempre o que ele tiver deixado. O resto é, assim, germe de vida; tal a arca de Noé no momento do dilúvio: leva-se tudo, exceto um pequeno algo a partir do qual tudo vai poder recomeçar. Da mesma forma, no plano individual, o jogo das *samsara,* das transmigrações, é regrado pelo saldo que resulta do fato de que, para cada um, o céu não esgota o conjunto dos gozos que são o fruto legítimo das ações boas. Esse saldo determinará o novo nascimento. Assim se desdobra, no plano cósmico como individual, uma série indefinida de operações jamais absolutamente terminadas; e, como podemos esperar, com a concepção dessa série indefinida, sobrevém essa idéia, que encontramos em Lacan, segundo a qual a promessa de uma infinidade de vidas futuras só poderia suscitar horror em quem ela fosse recebida como efetiva.

Uma escola de pensamento hinduísta, a Mimamsa, estudou ainda mais finamente o problema do resto relacionado ao sacrifício. Foram, assim, distinguidas duas espécies de restos. O princípio fundamental é que "o sacrifício se abole no momento em que se cumpre"; ele equivale, em nossa terminologia, a uma determinação essencial do ato: ele é sem volta[9]. Mas,

---

[8] Por exemplo, o ato ritual do comer deriva da mesma lógica que o ato do *cogito*. Interpretado em termos freudianos, isto é, pulsionais, e lacanianos, isto é, com a ajuda de um acréscimo interpretativo, o *cogito* deixa-se escrever: "Penso logo estou... cheio". A dúvida hiperbólica, que o precedeu e trouxe, terá consistido em saciar o Outro (a ele todo o saber de que pode precisar para gozar plenamente), tal o brâmane dando primeiro a comer ao deus ao qual ele sacrifica; mas a operação deixa um resto, um bagaço de pensamento, de pensar, de que o sujeito René Descartes pode se encher por sua vez, seguro que está, dali por diante, de não ofender ninguém constituindo-se como si. Lacan não deixou escapar a homofonia "pensa" [* De pensar, em francês *penser*. (NT)] e "pensa" [*De pensar, pôr curativo, em francês *panser*. (NT)]: *panser* [tratar], mas também encher a pança [*la panse*]. Sobre a função do pleno, cf. C. Malamoud, *Cuire le monde,* op. cit., p. 88.

[9] Onde se vê que o recalque não é um ato, ele que se define, justamente, pelo retorno do recalcado. Em compensação, esse retorno é um ato, um ato sintomático, como tal real, e, como real, independente de sua consideração: não há retorno do retorno do recalcado.

nos ensina Malamoud, segundo essa escola, essa própria perda deixa uma marca que vai, portanto, constituir, ela também, um resto, diferente do resto habitual do sacrifício, da comida que o sacrificante consome. Essa marca-resto, esse *restomarca* deveríamos dizer para marcar a que ponto os dois traços estão primeiramente (isto é: no momento de sua produção) solidarizados, tem nome *apurva*, "o que não existia anteriormente"; é uma espécie de pagamento parcial que, no momento certo, tornará o sacrificante apto a ganhar o céu. O pensamento da apurva é, portanto, aquele de uma repercussão ali mesmo onde se parece, no entanto, admitir que ele não está em questão, que o cumprimento do sacrifício é sua abolição. Ousaríamos situar como apurva o relato de Hamlet, ou o de Areu, o monstro das nuvens? Num e noutro caso, teria havido sacrifício, mas não sem aquele restomarca que faria com que nem tudo estivesse absolutamente perdido. O horizonte desse fazer saber seria um Outro não-barrado?

Se a resposta devesse ser "sim", a questão seguinte deveria ser colocada: recaímos por isso na concepção do sacrifício como troca, dom em troca de dom? No caso, seria esquecer que, muito precocemente, o hinduísmo constituiu uma tensão entre a busca do céu (a Mimamsa se inscreve nessa perspectiva) e a busca da libertação, *moksa*, via onde se trata de acabar em definitivo com os renascimentos indefinidos, isto é, com o peso dos atos, isto é, com os restos. Malamoud escreve:

> Considerado na perspectiva da religião "secular", o saldo dos atos assegura a perenidade da pessoa que pode esperar ganhar o céu ou, então, uma série de renascimentos bons; considerado na perspectiva do *moksa*, ele é o obstáculo por definição[10].

Como o gracioso sacrifício de luto trata essa antinomia? Em nossa álgebra, a questão é a da solidariedade mantida entre 1 e *a* no parêntese (1 + a); não menos concretamente, trata-se do vínculo – mantido ou não – entre aquele ou aquela que terá sido perdido e aquele pedaço de si do qual sabemos que, desde a pré-história, tem especialmente seu lugar no túmulo. Pensar esse vínculo como indestrutível corresponde a fazer de (1 + a) uma

---

[10] C. Malamoud, *Cuire le monde,* op. cit., p. 32.

mensagem; é a perspectiva do céu. Em compensação, a da libertação cabe no mesmo ato sacrificial tendo esse mesmo objeto (1 + a), mas, dessa vez, o ato expõe o que está ajuntado à dispersão. Não só os objetos em questão, mas o próprio ato desse ajuntamento são oferecidos, por esse ajuntamento, ao nada (o ato é sua abolição). Os faraós tomavam mil precauções para que seus túmulos não fossem pilhados (chegando até a matar aqueles que os haviam cavado, desenhado, esculpido, pintado, ou que poderiam tê-los localizado); geralmente em vão.

Da mesma forma, com o derradeiro pedido de Hamlet a Horácio (*tell my story*), Shakespeare expõe seu texto a não ser nada. *Scripta volant*[11]. Só existe literatura produzida a partir desse nada a que o escritor expõe seus textos; tal determinação se indica em oco na inibição em escrever tal como a psicanálise disso distingue uma razão: imaginar estar escrevendo para a eternidade.

Assim, achamos que a exposição a que o gracioso sacrifício de luto não seja nada faz disso intrinsecamente parte. Ele se expõe, sim, no sentido de requerer um público. Enquanto sacrifício, ele só pode ser um ato público, e essa exposição tira o luto desse impasse de uma operação de si a si na qual a psicologia freudiana o havia imobilizado. Mas o gracioso sacrifício de luto se expõe também no sentido de se colocar na frente, de, assim, se oferecer à sua própria fragilidade, a não ser talvez nada, a já só contar para esse nada onde o espera não a morte, mas a segunda morte. A exposição parece, assim, o traço distintivo cuja presença ou ausência determina que haja ou não fechamento do gracioso sacrifício de luto.

Seria, assim, mediante essa exposição que o ser falante poderia, sem deixar de ficar a uma distância infinita, beirar o mais próximo possível essa segunda morte que, só ela, fará da perda uma perda seca.

Assim celebramos, para concluir esta erótica do luto no tempo da morte seca, as núpcias impossíveis do sacrifício e da fala[12].

---

[11] "Quis o céu que os escritos permanecessem, como é, antes, o caso das falas [...]", J. Lacan, *Écrits*, op. cit., p. 27.
[12] C. Malamoud, *Cuire le monde,* op. cit., pp. 176-177. A apresentação é de Charles Malamoud. As citações são retomadas dos Brahamana, alguns trechos estando disponíveis em francês (*Mythes et légendes, extraits des Braahmanas*, traduzidos do sânscrito e anotados por Jean Varenne, Paris, Gallimard/Unesco, 1967).

"O criador[13], Prajapati, repartiu seus bens entre suas criaturas: os deuses recebem em partilha o Sacrifício e os Asura, seus adversários (os "demônios"), a Fala.

> Os deuses disseram ao Sacrifício: "A Fala é mulher. Interpela-a, e seguramente ela te convidará". Ou, então, o Sacrifício espontaneamente se disse: "A Fala é mulher, vou interpelá-la. Ela seguramente me convidará". Ele a interpelou. Mas ela, primeiramente, o desdenhou. E é por isso que uma mulher, quando um homem a interpela, o desdenha primeiramente. O Sacrifício disse: "Ela me desdenhou". Os deuses lhe disseram: "Senhor, interpela-a. Ela seguramente o convidará". Ele a interpelou. Mas ela lhe fez apenas um movimento de cabeça. E é por isso que uma mulher, quando um homem a interpela, lhe responde apenas com um movimento de cabeça [...]. Ele a interpelou e ela o convidou. É por isso que uma mulher convida um homem no fim das contas. Ele disse (aos deuses): "Ela me convidou". Os deuses refletiram: "A fala é mulher. Tomemos cuidado para que ela não o arraste". (eles disseram ao Sacrifício): "Dize-lhe: fico aqui, vem comigo e, quando ela tiver chegado, avisa-nos". Ela veio até o lugar onde ele se achava. Por isso é que uma mulher vai até um homem que se acha em bom lugar. Ele lhes avisou que ela tinha chegado [...] Os deuses, então, a tomaram dos Asura, e se apoderaram [...] dela.

O sacrifício foi, portanto, a isca. Mas ele próprio se apaixona por aquela que ele devia seduzir em nome dos deuses.

> O Sacrifício desejou a Fala. "Ah! como eu gostaria de fazer amor com ela!". E eles se uniram.

"Nada é mais perigoso para os deuses" – acrescenta Malamoud – "do que esses amores do Ato sacrificial e da Fala".

---

[13] Prajâpati – de quem lembraremos por ter concluído o *Rapport de Rome* [Relatório de Roma] pelo ternário e até pelo trovão: submissão, dom, graça, cujo caráter religioso é um pouco temperado pelas homofonias sânscritas: *Da da da* (J. Lacan, *Écrits,* op. cit., p. 322). Françoise Dolto ficou... encantada, o que não lhe permitiu entender, naquele blablablá, o gesto de desdém *à la* Dada. O fechamento indianizante do *Rapport de Rome*, bem como a referência (de mesma origem) à segunda morte, tão crucial em *A ética da psicanálise*, além do fato de Freud ter feito do Nirvana o mais fundamental dos princípios da psicanálise, esses traços situam o hinduísmo como borda do campo freudiano.

Bibliografia

1856	Hugo V., *Les contemplations*, Paris, Livre de poche.
1866	Tolstoï L., *La mort d'Ivan Illitch*, Paris, Livre de poche.
1895	Schnitzler A., *Mourir*, Paris, Stock.
1915-1917	Freud S., "Deuil et mélancolie", trad. Transa.
1920	Shand A. F., *The Foundations of Character*, 2ª ed., London MacMillan.
1929	Freud S., "Lettre à Binswanger", *Correspondance 1873-1939*, Gallimard, Paris, pp. 421-422.
1930	Eliot T., "The Bereaved Family", *Ann. Amer. Political and Social Sciences*, 160, 184-190.
1931	Borel J., *Les méconnaissances systématiques de l'aliéné: la méconnaissance de la mort*, Paris.
1935	Winnicott D., "La défense maniaque", *De la pédiatrie à psychanalyse*, Paris, Petite Bibliotèque Payot.
1937	Detsch H., "Absence of Grief", *Psychoanalytical Quartely.* 6. 12.22.
1944	Lindemann E., "Symptomatology and Management of Acute Grief", *American Journal Psychiat.* 101, 141-149.
1947	Pichon E., "Mort, angoisse et négation", *Évolution psychiatrique* nº 31.
1948	Blanchot M., *L'arrêt de mort*, Paris, Gallimard.
1950	Blanchot M., *Thomas l'obscur*, Paris, Gallimard.
1952	Jung C. G., Pauli W., *Die Synchronizität als ein Prinzip akausaler Zusammenhänge, Naturerklärung und Psyche*, Zurich, Rascher.

1953	LACAN J., *Le symbolique, l'imaginaire, le réel*, Conferência inédita.
1953	WESTHEIM P., "La calavera", *Lecturas mexicanas* n° 91, México.
1954-1955	LACAN J., *Le Moi dans la théorie de Freud et dans la technique psychanalytique*. Seminário inédito.
1955	ELIOT T., "Bereavement: Inevitable but not Insurmontable", H. Becker and R. Hill (eds.), *Family, Marriage and Parenthood*. Boston, Heath.
1956	FREUD S., BREUER J., *Études sur l'hystérie*, Paris, PUF.
1956	FREUD S., "Esquisse d'une psychologie à l'usage des neurologues", *La naissance de la psychanalyse*, Paris, PUF.
1956	LAGACHE D., "Deuil pathologique", *La psychanalyse*, Paris, PUF.
1956	LEHRMAN S., "The Reactions to Untimely Death", *Psychiatric Quarterly*. 30, 564-578.
1957	STERN K., LARIVIÈRE, "Observations psychiatriques sur le deuil", *Union Méd. Canada*, outubro de 1957.
1957-1958	LACAN J., *Les formations de l'inconscient*. Seminário inédito.
1958	SCHMITZ et GREEN, "Le deuil maniaque", *L'évolution psychiatrique*, n° 106.
1958-1959	LACAN J., *Le désir et son interprétation*. Seminário inédito.
1959-1960	LACAN J., *L'éthique de la psychanalyse*. Seminário inédito.
1960	BOWLBY J., "Processes of Mourning", *Int. Journal of Psychoanalysis*, vol. XLII, parts. 4-5.
1960	BOWLBY J., "Grief and Mourning in Infancy and Early Childhood", *Psychoanalytic Study of the Child*, XV, 9-51.
1960	BOWLBY J., "Note on Dr Max Schur's Comment on Grief and Mourning in Infancy and Early Childhood".
1960	FREUD A., "A discussion of Dr J. Bowlby's Paper", *Psychoanalytic Study of the Child*, XV, 53-62.
1960	SCHUR M., "Discussion of Dr Bowlby's Paper 'Grief and Mourning in Infancy'", *Psychoanalytic Study of the Child*. XV, 63-84.
1960	SPITZ R., "Discussion of Dr Bowlby's Paper 'Grief and Mourning in Infancy'", *Psychoanalytic Study of the Child*. XV, 85-94.
1960-1961	LACAN J., *Le transfert dans sa disparité subjetive, sa prétendue situation, ses excursions techniques*, bulletin Stécriture.
1961	MALLARMÉ S., *Pour un tombeau d'Anatole*, Paris, Seuil.

1961	WITTGENSTEIN L., *Tractatus logico-philosophicus*, Paris, Gallimard.
1961	BOWLBY J., "Processes of Mourning", *Int. Journal of Psychoanalysis*, 42, 317-340.
1961	COLLECTIF, "Perspectives structurales", *La psychanalyse* n° 6, Paris, PUF.
1961	ENGEL G., "Is Grief a Disease?", *Psychosom. Med*, 23, 18-22.
1961	JONES E., *La vie et l'œuvre de Sigmund Freud*, Paris, PUF.
1961	MAHLER M. S., "On Sadness and Grief in Infancy and Childhood", *Psychoanalytic Study of the Child*. 16, 332-351.
1962	BOWLBY J., "L'angoisse de séparation", *Psychiatrie de l'enfant*, T.V, I.
1962-1963	LACAN J., *L'angoisse*. Seminário inédito.
1963	FLEMING J. and ALTSCHUL, "Activation of Mourning and Growth by Psycho-analysis", *Int. Journal of Psychoanalysis* 44, 419-431.
1964	**DALI S., *Journal d'un génie*, Paris, La Table ronde.**
1964	FURMAN R. A., "Death and the Young Child: some Preliminary Considerations", *Psychoanalytic Study of the Child*, 19, 321-333.
1964	PARKES C. M., "Recent Bereavement as a Cause of Mental Illness", *British Journal of Psychiatry*, 110, 198-204.
1965	ABRAHAM K., "Préliminaires à l'investigation et au traitement psychanalytique de la folie maniaco-dépressive et des états voisins", *Œuvres complètes*, T. I. Paris, Payot, 1965, pp. 99-113.
1965	FREUD S., *Inhibition, symptôme et angoisse*, Paris, PUF.
1966	**DURAS M., *Le vice-consul*, Paris, Gallimard.**
1966	LACAN J., "D'une question préliminaire à tout traitement possible de la psychose", *Écrits*, Paris, Seuil.
1966	LACAN J., "Le séminaire sur *La lettre volée*", *Écrits*, Paris, Seuil.
1966	LACAN J., "Jeunesse de Gide ou la lettre et le désir", *Écrits*, Paris. Seuil.
1966	LACAN J., "La signification du phallus", *Écrits*, Paris, Seuil.
1966	LACAN J., "Subversion du sujet et dialectique du désir", *Écrits*, Paris, Seuil.
1966	SIGGINS L., "Mourning. A Critical Review of the Literature", *Int. Journal of Psychoanalysis*, 47, 14-25.
1966	WOLFENSTEIN M., "How is Mourning Possible?", *Psychoanalytic Study of Child*, 21, 93-123.

1967	FREUD S., *L'interprétation des rêves*, Paris, PUF.
1967	GILIBERT J., "Deuil mort, même", *Revue française de psychanalyse*, 31, 153-171.
1967	LAPLANCHE J., PONTALIS J.-B., *Vocabulaire de la psychanalyse*, Paris, PUF.
1968	COHEN A., *Belle du Seigneur*, Paris, Gallimard.
1968	FREUD S., *Totem et tabou*, Paris, Payot.
1968	KLEIN M., "Le deuil et ses rapports avec les états maniaco-dépressifs", *Essais de psychanalyse 1921-1945*, Paris, Payot.
1969	KLEIN M., "Contribution à la psychogenèse des états maniaco-dépressifs", *Essais de psychanalyse 1921-1945*, Paris, Payot.
1969	BOWLBY J. *Attachment and Loss*, vol. 1, New York, Basic Books 4-5.
1969	GANGUILHEM G., *Études d'histoire et de philosophie des sciences*, Paris, Vrin.
1969	CHORON J., *La mort et la pensée occidentale*, Paris, Payot.
1969	FREUD S., ABRAHAM K., *Correspondance*, Paris, Gallimard.
1969	MANNONI O., *Clefs pour l'imaginaire*, Paris, Seuil.
1969	VERNANT J.-P., "Histoire et psychologie" in *Religions, histoire, raison*, Paris, Maspéro.
1969	WORFENSTEIN M., "Loss, Rage and Repetition", *Psychoanalytic Study of Child*, 24, 432-460.
1970	LAPLANCHE J., *Vie et mort en psychanalyse*, Paris, Flammarion.
1970	PARKES C. M., "The Psychosomatic Effects of Bereavement", Hill (ed.), *Modern Trend in Psychosomatic Medecine*, London, Butterworth.
1971	PONGE F., *La fabrique du pré*, Genève, Skira.
1971	TOURNEUR C., *La tragédie du vengeur*, Paris, Aubier.
1971	LACAN J., "Lituraterre", *Littérature* nº 3, Paris, Larousse.
1973	ANTHONY E. J. et KOUPERNIK C. (eds.), *L'enfant dans sa famille*, vol. 2, *L'enfant devant la maladie et la mort*, Paris, Masson.
1973	BINION R. "Hitler's Concept of Lebensraum: the Psychological Basis", *History of Childhood Quartely*, I, 187-215.
1973	BOWLBY J., *Attachment and Loss*, vol. 2, New York, Basic Books 4-5. Trad. Paris, PUF, 1978.

1973	Freud S., "Le problème économique du masochisme", *in Névrose, psychose, perversion*, Paris, PUF.
1973	Kierkegaard S., *La répétition / Crainte et tremblement*, Paris, ed. de l'Orante.
1973	Menahem R., *La mort apprivoisée*, Paris, Éditions universitaires.
1974	Joyce J., *Dublinois: Les morts. Contreparties*. Paris, Aubier-Flammarion bilingue.
1974	Paul N. L, "De la fonction du deuil", *L'enfant et la famille*, vol. 2, 176-181, Masson.
1974	Solnit A. T., "Le deuil de l'enfant mort", *L'enfant et la famille*, vol. 2, 176-181, Masson.
1974	Vovelle M., *Mourir autrefois*, Paris, Gallimard/Julliard.
1974	Weiss R. S., *Loneliness*, Cambr. Mass., MIT Press.
1975	Abraham N., Torok M., "L'objet perdu – moi", in *Revue française de psychanalyse* 39, 409-426.
1975	Ariès Ph., *Essai sur l'histoire de la mort en Occident du Moyen Age à nos jours*, Paris, Seuil.
1975	Collectif, "Lieux et objets de la mort", Paris, *Traverses*.
1975	Kübler-Ross E., *Les derniers instants de la vie*. Genève, Labor.
1975	Lacan J., *De la psychose paranoïaque dans ses rapports avec la personnalité*, Paris, Seuil.
1975	Lacan J., *Encore*, Paris, Seuil.
1975	Leclaire Serge, *On tue un enfant*, Paris, Seuil.
1975	Raimbault G., *L'enfant et la mort*, Toulouse, Privat.
1975	Scherrer P., "Une forme mineure de la manie de deuil", *Annales médico-psychologiques*, 2, 564-570.
1975	Thomas L,-V., *Anthropologie de la mort*, Paris, Payot.
1975-1976	Lacan J., *Le sinthome*. Seminário inédito.
1976	Collectif, *Les hommes et la mort, rituels funéraires à travers le monde*, Paris, Le Sycomore.
1976	Hanus M., *La pathologie du deuil*, Paris, Masson.
1977	Ariès Ph., *L'homme devant la mort*, Paris, Seuil.
1977	Augé M., *Pouvoirs de vie, pouvoirs de mort*, Paris, Flammarion.
1977	Jankélévitch W., *La mort*, Paris, Flammarion.

1977	LACAN J., "Proposition d'octobre 1967 sur la psychanalyse de l'école", *Annuaire de l'E.F.P.*
1977	LAGACHE D., "Deuil maniaque", *Les hallucinations verbales et travaux cliniques 1932-1946*, Paris, PUF.
1977	LAGACHE D., "Le travail du deuil. Ethnologie et psychanalyse", *Les hallucinations verbales et travaux cliniques 1932-1946*, Paris, PUF.
1977	MORIN E., *L'homme et la mort*, Paris, Seuil.
1977	DE M'UZAN M., *De l'art à la mort*, Paris, Gallimard (cf. aussi "Freud et la mort", in *L'Arc*, 34-55).
1978	TOROK M., "Maladie du deuil et fantasme du cadavre exquis", in *L'écorce et le noyau*, Aubier, Paris, 229-251.
1979	VEGH C., *Je ne lui ai pas dit au revoir*, Paris, Gallimard.
1979	MARCIREAU J., *Le culte du phallus*, Paris, ed. Alain Lefeuvre.
1979	VERNANT J.-P., "Histoire et psychologie", *Religion, histoire, raison*, Paris, Maspéro.
1980	FREUD S., *Concordance to the Psychological Works of Sigmund Freud*, Library of Congress Cataloging in Publication Data.
1981	LEGENDRE P., "Administrer la psychanalyse", *Pouvoirs* nº 11.
1981	BIARDEAU M., *L'hindouisme, Anthropologie d'une civilisation*, Paris, Flammarion.
1982	ÔE K., *Dites-nous comment survivre à notre folie*, Paris, Gallimard.
1982	COLLECTIF, "Travail du deuil, travail de l'analyste", *Topique*, nº 30, Paris, EPI.
1982	MAYOUX J.-J., *Shakespeare*, Paris, Aubier.
1983	COLLÉE C., "La lycanthropie", in *Nouvelle histoire de la psychiatrie*, Toulouse, Privat.
1983	CORNUT J., "Deuils ratés, morts méconnues", *Bulletin de la SPP*, nº 2, 9-25.
1983	FOUCAULT M., "Qu'est-ce qu'un auteur?", *Littoral*, nº 9, "La discursivité", Toulouse, Érès.
1983	GRANOFF W., REY J.-M., *L'occulte, objet de la pensée freudienne*, Paris, PUF.
1983	LEVY-FRIESACHER C., *Meynert-Freud "L'Amentia"*, Paris, PUF.
1983	VOVELLE M., *La mort et l'Occident de 1300 à nos jours*, Paris, Gallimard.

1984	Allouch J., *Lettre pour lettre, transcrire, traduire, translittérer*, Toulouse, Érès.
1984	Allouch J., Porge E., Viltard M., *La "solution" du passage à l'acte, le double crime des sœurs Papin*, livro assinado com o heterônimo Francis Dupré, Toulouse, Érès.
1984	Allouch J., "Une femme a dû le taire", *Littoral* nº 11/12, "Du père", Toulouse, Érès.
1984	Bowlby J., *Attachement et perte*, T. III, *La perte, tristesse et dépression*, Paris, PUF.
1984	Freud S., "Un cas de guérison hypnotique...", in *Résultats, idées, problèmes*, T. I, Paris, PUF.
1984	Lacan J., *Les complexes familiaux*, 2ª ed., Paris, Navarin.
1985	Ôe K., *Une affaire personnelle*, Paris, Stock.
1985	Cornut J., "L'ombre de l'objet et la représentation de mots", *Revue française de psychanalyse*, 49, nº 3, 871-874.
1985	Gruson P., "Une journée au temple", *Les dossiers de la Bible, Sacrifices*, ed. du Cerf.
1985	Racamier P.-C., "Dépression, deuil et alentour", *Revue française de psychanalyse*, 49, nº 3, 871-874.
1985	Viltard M., "Les publics de Freud", *Littoral*, nº 17, Toulouse, Érès.
1986	Bénabou M., *Pourquoi je n'ai écrit aucun de mes livres*, Paris, Hachette.
1986	Freud S., *Trois essais sur la théorie du sexuel*, Paris, trad. Transa.
1986	Ruffié J., *Le sexe et la mort*, Paris, Jacob/Seuil.
1986	Sterba R., *Réminiscences d'un psychanalyste viennois*, Toulouse, Privat.
1987	Bouveresse J., *Le mythe de l'intériorité*, Paris, Minuit.
1987	Burgin D., "Le deuil chez l'enfant et chez l'adulte", *Bulletin Société suisse de psychanalyse*, 23, 31-38.
1987	Godfrind J., "Deuil et fin d'analyse", *Revue française de psychanalyse*, 10, 13-33.
1987	Guillaumin J., "La métapsychologie du deuil et l'objet perdu", *Revue belge de psychanalyse*, nº 10, 1-11.

1988	ALLOUCH J., "Perturbation dans pernépsy", *Littoral*, n° 26, Toulouse, Érès.
1988	ALLOUCH J., *132 bons mots avec Jacques Lacan*, Toulouse, Érès.
1988	DOVER WILSON J., *Vous avez dit Hamlet?*, Paris, Aubier / Nanterre Amandiers.
1988	FREUD S., "Passagèreté", *Œuvres complètes de psychanalyse* XIII, Paris, PUF.
1988	FREUD S., "Pulsions et destins des pulsions", *Œuvres complètes de psychanalyse* XIII, Paris, PUF.
1988	FREUD S., "Complément métapsychologique à doctrine des rêves", *Œuvres complètes de psychanalyse* XIII, Paris, PUF.
1988	FREUD S., *Le mot d'esprit et sa relation à l'inconscient*, Paris, Gallimard.
1988	LAURENT É., "Mélancolie, douleur d'exister, lâcheté morale", *Ornicar?*, n° 47, Paris, Navarin.
1988	THOMAS L.-V., *La mort*, Paris, PUF, "Que sais-je?".
1989	COLLECTIF, *Littérature japonaise contemporaine*, Bruxelles, Labor.
1989	DESCHARNES R., NÉRET G., *Salvador Dali*, Taschen Köln.
1989	GUILLAUMINT J., "La clinique de la perte à la recherche d'une métapsychologie, de la séparation", *Cahiers de l'I.C.P.R.*, Paris, VII, 10, 52-64.
1989	MALAMOUD C., *Cuire le monde*, Paris, La Découverte.
1990	ALLOUCH J., *Marguerite, ou l'Aimée de Lacan*, Paris, EPEL.
1990	COLLECTIF, dir. GNOLI G., VERNANT J.-P., *La mort, les morts dans les sociétés anciennes*, Paris, ed. MSH, Cambridge, CUP.
1991	JEAN DE LA CROIX, *Poésies complètes*, Paris, Corti.
1991	SHAKESPEARE, *Hamlet*, ed. bilíngüe, Paris, Corti.
1991	ALLOUCH J., "Interprétation et illumination", *Littoral*, n° 31-32, Paris, EPEL.
1991	ALLOUCH J., "Gel", in *Le transfert dans tous ses errata*, Paris, EPEL.
1991	ARNOUD D., "Aimée par Joë Bousquet", *Littoral*, n° 33, Paris, EPEL.
1991	AZOURI C., *J'ai réussi là où le paranoïaque échoue*, Paris, Denoël.
1991	BEGUIN A., *L'âme romantique et le rêve*, Paris, Conti.
1991	BRIAN MC GUINESS, *Wittgenstein*, T. I, Paris, Seuil.

1991	COURTOIS M., *Les mots de la mort*, Paris, Belin.
1991	GAY P., *Freud, une vie*, Paris, Hachette.
1991	LANTERI-LAURA G., *Les hallucinations*, Paris, Masson.
1991	LE GAUFEY G., *L'incomplétude du symbolique*, Paris, EPEL.
1991	PRADELLES DE LATOUR C.-H., *Ethnopsychanalyse en pays bamiléké*, Paris, EPEL.
1991	SAMPSON A., "Fantasía o fantasma?", *Stylus*, nº 3, Cali.
1992	BÉNABOU M., *Jette ce livre avant qu'il ne soit trop tard*, Paris, Seghers.
1992	AUSTER P., *L'invention de la solitude*, Aix-en-Provence, Actes Sud.
1992	BERGOUNIOUX P., *L'orphelin*, Paris, Gallimard.
1992	DUPEREY A., *Le voile noir*, Paris, Seuil.
1992	MORAND P., *L'art de mourir*, L'Esprit du temps.
1992	AGAMBEN G., *Stanze*, Paris, Payot et Rivages.
1992	ALLOUCH J., *Louis Althusser récit divan*, Paris, EPEL.
1992	BAAS B., *Le désir pur, parcours philosophique dans les parages de J. Lacan*, Louvain, ed. Peters.
1992	BENVENGA M., COSTO T., *La main du prince*, Paris, EPEL.
1992	BOURGEOIS M., VERDOUX H., "Deuil, veuvage et psychopathologie", *E.M.C. (psychiatrie)*.
1992	CLÉRAMBAULT G., *L'automatisme mental*, Paris, Les Empêcheurs de penser en rond.
1992	COLLECTIF, El arte ritual de la muerte niña", *Artes de Mexico*, nº 15.
1992	COLLECTIF, "Deuils", *Autrement*, nº 128.
1992	COLLECTIF, "La part du secrétaire", *Littoral*, nº 34-35, Paris, EPEL.
1992	DAVOINE F., *La folie Wittgenstein*, Paris, EPEL.
1992	FREUD S., *L'inconscient*, suplemento gratuito da revista *L'Unebévue*, Paris, EPEL.
1992	FREUD S., FERENCZI S. J., *Correspondance*, Paris, Calmann-Lévy.
1992	GARRABÉ J., *Histoire de la schizophrénie*, Paris, Seghers.
1992	KOTT J., *Shakespeare notre contemporain*, Paris, PUF.
1992	LORANT A., *William Shakespeare Hamlet*, Paris, Payot.
1993	DUPEREY A., *Je vous écris*, Paris, Seuil.
1993	ALFONSO M. I., "Georges Canguilhem et l'histoire du concept de fétichisme", *Georges Ganguilhem philosophe, historien des sciences*, Paris, Albin-Michel.

1993	ALLOUCH J., *Freud, et puis Lacan*, Paris, EPEL.
1993	BAYARD P., *Le paradoxe du menteur*, Paris, Minuit.
1993	BAILLY J.-C., *Adieu, essai sur la mort des dieux*, La Tour d'Aigues, ed. de l'Aube.
1993	DESCHARNES R. et N., *Salvador Dali*, Lausanne, Edita.
1993	FALLOT J., *Cette mort qui n'en est pas une*, Lille, PUL.
1993	MAÎTRE J., *Une inconnue célèbre, La Madeleine Lebouc de Pierre Janet*, Paris, Anthropos.
1993	MONK R., *Wittgenstein, le devoir d'un génie*, Paris, ed. Odile Jacob.
1993	SERULLAZ A. et BONNEFOY Y., *Delacroix & Hamlet*, Paris, Éditions de la Réunion des musées nationaux, col. "Musarde", 1993.
1993	THOMAS L.-V., *La mort en question*, Paris, L'Harmattan.
1993	WEBERN C., "La *Bedeutung* du phallus comme pléonasme", "La prééminence du semblant", *L'Unebévue* n°s 2 et 4, Paris, EPEL.
1994	BERGOUNIOUX P., *La Toussaint*, Paris, Gallimard.
1994	APEL K. O., *Le logos propre au langage humain*, Combas, L'Éclat.
1994	ASSOUN P.-L., *Le fétichisme*, Paris, PUF.
1994	COLLECTIF, "Le deuil", *Monographie de la Revue française de psychanalyse*, Paris, PUF.
1994	COLLECTIF, "Mémoires comparées", *Le débat* n° 78, Paris, Gallimard.
1994	COLLECTIF, "Sa sainteté le symptôme", *Littoral*, n° 41, Paris, EPEL.
1994	COLLECTIF, *La psychiatrie* (sob a direção de J. Postel), Paris, Larousse.
1994	FOUCAULT M., *Dits et écrits*, Paris, Gallimard.
1994	GUILLON C., *L'invention freudienne, logique et méthode d'une découverte*, Rennes, PUR.
1994	LACAN J., *La relation d'objet*, Paris, Seuil.
1994	LÉCURU D., *Citations d'auteurs et de publications dans l'ensemble de l'œuvre écrite, Thésaurus Lacan*, vol. I, Paris, EPEL.
1994	LE GAUFEY G., *L'éviction de l'origine*, Paris, EPEL.
1994	QUIGNARD P., *Le sexe et l'effroi*, Paris, Gallimard.
1994	SCHMITT J.-C., *Les revenants, les vivants et les morts dans la société médiévale*, Paris, Gallimard.

1995	Furet F., *Le passé d'une illusion, essai sur l'idée communiste au XXe siècle*, Paris, Robert Laffont/Calmann-Lévy.
1995	Gorer G., *Ni pleurs ni couronnes*, precedido de *Pornographie de la mort*, Paris, EPEL.

Companhia de Freud editora

OBRAS PUBLICADAS

Psicanálise e Tempo
Erik Porge

Psicanálise e Análise do Discurso
Nina Leite

Letra a Letra
Jean Allouch

Mal-Estar na Procriação
Marie-Magdeleine Chatel

Marguerite ou "A Aimée" de Lacan
Jean Allouch

Revista Internacional nº 1
A Clínica Lacaniana

A Criança na Clínica Psicanalítica
Angela Vorcaro

A Feminilidade Velada
Philippe Julien

O Discurso Melancólico
Marie-Claude Lambotte

A Etificação da Psicanálise
Jean Allouch

Roubo de Idéias?
Erik Porge

Os Nomes do Pai em Jacques Lacan
Erik Porge

Revista Internacional nº 2
A Histeria

Anorexia mental, ascese, mística
Éric Bidaud

Hitler – A Tirania e a Psicanálise
Jean-Gérard Bursztein

Littoral
A Criança e o Psicanalista

O Amor ao Avesso
Gérard Pommier

Paixões do Ser
Sandra Dias

A Ficção do Si Mesmo
Ana Maria Medeiros da Costa

As Construções do Universal
Monique David-Ménard

Littoral
Luto de Criança

Trata-se uma Criança – Tomos I e II
Congresso Internacional de Psicanálise e suas Conexões – Vários

O Adolescente e o Psicanalista
Jean-Jacques Rassial

— Alô, Lacan?
— É claro que não.
Jean Allouch

A Crise de Adolescência
Octave Mannoni e outros

O Adolescente na Psicanálise
Raymond Cahn

A Morte e o Imaginário na Adolescência
Silvia Tubert

Invocações
Alain Didier-Weill

Um Percurso em Psicanálise com Lacan
Taciana de Melo Mafra

A Fantasia da Eleição Divina
Sergio Becker

Lacan e o Espelho Sofiânico de Boehme
Dany-Robert Dufour

O Adolescente e a Modernidade – Tomos I, II e III
Congresso Internacional de Psicanálise e suas Conexões – Vários

A Hora do Chá na Casa dos Pendlebury
Alain Didier-Weill

W. R. Bion – Novas Leituras
Arnaldo Chuster

Crianças na Psicanálise
Angela Vorcaro

O Sorriso da Gioconda
Catherine Mathelin

As Psicoses
Philippe Julien

O Olhar e a Voz
Paul-Laurent Assoun

Um Jeito de Poeta
Luís Mauro Caetano da Rosa

Estética da Melancolia
Marie-Claude Lambotte

O Desejo do Psicanalista
Diana S. Rabinovich

Os Mistérios da Trindade
Dany-Robert Dufour

A Equação do Sonhos
Gisèle Chaboudez

Abandonarás teu Pai e tua Mãe
Philippe Julien

A Estrutura na Obra Lacaniana
Taciana de Melo Mafra

Elissa Rhaís
Paul Tabet

Ciúmes
Denise Lachaud

Trilhamentos do Feminino
Jerzuí Tomaz

Gostar de Mulheres
Autores diversos

Os Errantes da Carne
Jean-Pierre Winter

As Intervenções do Analista
Isidoro Vegh

Adolescência e Psicose
Edson Saggese

O Sujeito em Estado Limite
Jean-Jacques Rassial

O que Acontece no Ato Analítico?
Roberto Harari

A Clínica da Identificação
Clara Cruglak

A Escritura Psicótica
Marcelo Muniz Freire

Os Discursos e a Cura
Isidoro Vegh

Procuro o Homem da Minha Vida
Daniela Di Segni

A Criança Adotiva
Nazir Hamad

Littoral
O Pai

O Transsexualismo
Henry Frignet

Psicose, Perversão, Neurose
Philippe Julien

Como se chama James Joyce?
Roberto Harari

A psicanálise: dos princípios ético-estéticos à clinica
W.R. Bion – Novas Leituras

O significante, a letra e o objeto
Charles Melman

O complexo de Jocasta
Marie-Christine Laznik

O Homem sem Gravidade
Charles Melman

O desejo da escrita em Ítalo Calvino
Rita de Cássia Maia e Silva Costa

O Dia em que Lacan me Adotou
Gérard Haddad

Mulheres de 50
Daniela Di Segni e Hilda V. Levy

A Transferência
Taciana de Melo Mafra

Clínica da Pulsão
Diana S. Rabinovich

Os discursos na psicanálise
Aurélio Souza

Littoral
O conhecimento paranóico

Revista Dizer - 14
A medicalização da dor